U0102405

非虚构文学　—想象一个真实的世界—

Desehrt Sculp

阿拉伯菲利克斯

The Danish Expedition 1761—1767

1761—1767年
丹麦远征

ARABIA FELIX

THORKILD HANSEN

［丹麦］托基尔·汉森 ■ 著

李双 ■ 译

中国社会科学出版社

图字：01-2020-1179号
图书在版编目（CIP）数据

阿拉伯菲利克斯 ：1761—1767年丹麦远征 /（丹）托基尔·汉森著；李双译. — 北京：中国社会科学出版社，2021.1
ISBN 978-7-5203-6202-3

Ⅰ.①阿… Ⅱ.①托… ②李… Ⅲ.①纪实文学—丹麦—现代 Ⅳ.①I534.55

中国版本图书馆CIP数据核字(2020)第057006号

出 版 人　赵剑英
项目统筹　侯苗苗
责任编辑　侯苗苗　高雪雯
责任校对　周晓东
责任印制　王　超

出　　版　中国社会科学出版社
社　　址　北京鼓楼西大街甲 158 号
邮　　编　100720
网　　址　http://www.csspw.cn
发 行 部　010-84083685
门 市 部　010-84029450
经　　销　新华书店及其他书店

印刷装订　北京君升印刷有限公司
版　　次　2021 年 1 月第 1 版
印　　次　2021 年 1 月第 1 次印刷

开　　本　880×1230　1/32
印　　张　18
字　　数　358 千字
定　　价　99.00 元

前　言

那个充斥着殖民主义征服的18世纪，同时也是一个启蒙时代。在这期间涌现出了大批远征考察队，他们肩负学术使命，只为翻越千山万水去一探究竟。到后来，世殊时异，这些冒险行动时而会遭受抨击和指摘，但更寻常的结果，却是他们在经历过漫长的艰难险阻后，取得的考察成果以及留下的文字记载，已无人问津。至于那些参与者，有痴迷于此而求知心切的，有孜孜不倦而热情永不退减的，有愚钝无能而一味追求成功的，有野心人士，有业余爱好者，有才高八斗的饱学之士……无论哪一个，到头来人生结局还是一样的不公。波澜壮阔是过程，出人意料如戏剧，却都难以在生前得到应有的承认。

在第一批这样的冒险远征中，有一趟驶向阿拉伯的远航，满怀雄心而历尽悲苦。意外的是，它与大英帝国和法国都无关系：这趟远征萌发于一块弹丸之地——丹麦王国。它的动机是混杂的：一方面要进行科学研究，要测绘地图；另一方面又要去寻找传说中以色列人从埃及逃走后留下的那些神迹和铭文，要考察过红海时的潮汐变化。至于这场冒险的成就与荣耀，自然全部归于丹麦，以及作为资助者兼庇护人的国王——弗里德里克五世。

远征队自 1761 年 1 月起程以来，备受瞩目与期待，欧洲各国政府和高等院校都十分密切地关注其进展。然而，随着时间的流逝，随着远征队寄回的文件断断续续而逐渐减少至无，发起者的殷切关注也渐渐转为强烈的不祥预感，后来，他们就对远方的沉寂彻底习惯了。1767 年，当唯一的幸存者蹒跚一路回到家乡，终于结束这场远征的时候，却发现，远征一事已被故国全然忘却。弗里德里克五世已经不在人世了。王位继承人尚且年少，他更感兴趣的是娼妓，而非文化。没有人在乎他们的远征成果，如此重要的调研发现在经过百般波折被运回丹麦后，已损耗巨甚所剩无几，但最终的结局却是被堆在杂物间里腐烂发臭。

1962 年出版的《阿拉伯菲利克斯》(*Det lykkelige Arabien*，丹麦文版)，便以一种全新的视角讲述了这段非比寻常的远征之旅。故事的讲述者是对旅行和探险深深着迷的托基尔·汉森，以其个人作品——丹麦西印度公司的奴隶贸易三部曲[1]——闻名于世，最终在加勒比海上去世，时年 62 岁。一直以来，他孜孜不倦地研究原始文件与手稿，在前人所作的相关记述的基础上，融以谨慎而合情合理的想象，从而以一种再创作的书写方式完成对历史的还原与再现。

可以这么说，前往阿拉伯的丹麦远征，几乎是一场连丹麦人

[1] 奴隶贸易三部曲:《奴隶海岸》(*Coast of Slaves*)、《奴隶的船舶》(*Ships of Slaves*)、《奴隶岛》(*Islands of Slaves*)。

自己都不了解的冒险考察，而为了弄清楚其中的来龙去脉，汉森则是一头扎进了丹麦国家档案馆，把与之相关的所有资料都找来阅读，包括往来信件、书面汇报，甚至是远征队成员的财务账目，以及他们发表的日记——与学术作品几乎没有分别。正是基于如此浩繁的素材库，凭借小说家对故事节奏和人物性格的感觉与把握，汉森创作出了这样一部生动的作品。该书问世后没多久，麦克法兰夫妇詹姆斯[1]和凯瑟琳[2]便着手翻译起来，而后就有了它的英文版，即《阿拉伯菲利克斯》(*Arabia Felix*)，译文深入浅出，清晰易懂，于1964年出版。直到那时，这场充满戏剧与奇妙的远征之旅才被世人广为知晓。[3]

这趟远征的目的地是阿拉伯菲利克斯——现在的也门[4]——一个以香料、没药[5]、乳香[6](一种在当今欧洲几乎找不到的香料)而闻名于世的国度。当时，这个被称为“阿拉伯福地”的地方正处于疟疾的无边笼罩下，因此，探险者到访后也没能逃脱病魔的侵袭——他们相继不治身亡。

---

[1] 詹姆斯·麦克法兰(James Mcfarlane，1920—1999)，在牛津大学学习现代语言，后担任东英吉利大学的欧洲研究学院的首席院长。他是英国杰出的易卜生研究学者，编辑了八卷《牛津易卜生》，其中大部分作品是他自己翻译。1944年，他和凯瑟琳·克劳奇结婚。

[2] 凯瑟琳·麦克法兰(Kathleen Mcfarlane，1922—2008)，生于桑德兰，是翻译家、杰出的织物专家和艺术家。她有一幅雕塑织物艺术品在诺里奇城堡展出了30年。

[3] 本书即由英译版转译而来。

[4] 也门(Yemen)，正式名称为也门共和国，位于西亚阿拉伯半岛的南端。

[5] 没药(Myrrh)，一译“末药”。芳香液状树脂，被用作香水、熏香、药物。犹太人用作药材，也用来涂抹身体。

[6] 乳香(frankincense)，一种贵重的香料，可作敬神之用，也可作为礼物赠送亲友。

其实他们的旅途从一开始就是波澜起伏而险象环生的。他们乘坐的那艘“风帆战舰”[1]载着远征队从哥本哈根出发后，先是受到狂烈飓风的影响，竟向北驶去，差点儿就到冰岛了。后来轮船进入地中海区域，随着温和的南风向东航行，如此才有了一丝喘息休整的机会。谁知随后又遇上了虎视眈眈的英国私掠船[2]，“风帆战舰”终以威勇将对方逼退，抵达忒涅多斯岛[3]。小岛靠近小亚细亚海岸，远征队在这里登上了一艘人员超载的土耳其海船，以蜗牛速度驶向君士坦丁堡，到那以后便踏上了最终去往亚历山大[4]的航途。

接下来远征队在埃及待了一年。那是收获满满的一年，也是失意连连的一年：购买希伯来语和阿拉伯语的手稿及抄本，收集早前不知名的花儿和种子，测绘尼罗河三角洲的地图，抄录古老的象形文字，甚至是测量金字塔的高度。与此同时，他们也时常会面临各种威胁、危险，以及棘手难办的问题，比如会遇上劫匪强盗，会被疑心重重的当地民众妨害、干扰，还会在身临《圣经》

[1] 风帆战舰（Man-o’-war），指大航海时期的主力战舰，在蒸气动力出现后逐渐退伍。

[2] 私掠船（privateer），战时特准掠捕敌方商船的武装民船。

[3] 忒涅多斯岛（Tenedos），希腊名称，土耳其名称为博兹贾阿达岛（Bozcaada）。该岛是土耳其第三大岛屿，相传希腊英雄特内斯（Tenes）在特洛伊战争时期统治了该岛，“Tenedos”这一名称来源于此。后来，当奥斯曼帝国占领该岛，改称为博兹贾阿达。

[4] 亚历山大（Alexandria），埃及最大海港、第二大城市；最早于331年4月由亚历山大大帝建立。

中的圣地之后，眼睁睁地看着考察机会白白溜走而无可奈何。只不过，无论福祸怎样，阿拉伯半岛蒙着的面纱仍旧没有揭开，他们对那个地方仍旧一无所知。

回看这段历程，远征队的命运仿佛从一开始就已注定。甚至是在远征出发之前，由于阶级、性情、民族等多方面的差异，组队成员已经处于严重分裂的状态。这场远行最初是德国东方学专家约翰·大卫·米凯利斯向丹麦外交部部长提出的想法。前者同时对此行需要完成的目标任务提出了相关建议，甚至细化到列出了上百个问题，等待远征队实地考察以解决。但是由于队员们之间的差异与分歧，他们并没有指定领队——他们希望这支队伍能有一个和谐的民主之旅。

远征队一行 6 人，其中有 3 名最重要的参与者：一是弗里德里克·克里斯蒂安·冯·黑文，丹麦语言学家，徒劳无功而又狂妄懒惰；二是彼得·福斯科尔，瑞典自然科学家，绝顶聪明却争强好胜；这两人是冤家聚头，彼此之间的嫌恶很快就促使他们闹翻了脸，弄得整个团队都不得安生；第三位便是卡斯滕·尼布尔，德国地籍测绘员，谦逊冷静而又踏实坚韧，他后来觉得前面二人的明争暗斗行为十分可耻，宁可独善其身也不愿夹在中间。除了这三人之外，远征队还有三位成员，分别是德国画家，负责用绘画记录科学发现；丹麦物理学家（从一开始就被福斯科尔羞辱）；一名瑞典侍仆，先前曾做过骑军勤务。

看到了吧，还没抵达土耳其呢，团队氛围就已经到了剑拔弩张的地步，等到冯·黑文偷偷买砒霜一事败露之后，队友更是大吃一惊，惶恐不已。“他可是买了两大包砒霜，究竟要用来做什么？我们思虑再三，还是会不由地联想到他买这些毒药背后最可怕的那种打算”，后来，三位队员联名给驻君士坦丁堡的丹麦大使写信道，“毫无疑问，一个瘟疫肆虐的国度里，定会有大量暴毙而亡的人，如果一行人突然死去，又何足为奇？世人都会觉得，那一行人死于非命的原因是疾病作怪——这种想法再自然不过了”。于是在这样的威胁之下，他们好歹勉强挨过了在埃及的那一年。

读者也许认为冯·黑文不大可能会谋杀队友。不过他看起来确实是个宠溺自我的家伙。对于欧洲读者来说，远征队所经之处最应当着重考察的地方，或许就是西奈沙漠[1]里那一处偏远的小山：世人相信，那里的古老山岩上刻着的铭文是过去以色列人留下的，所以如此有价值的文字怎么也得抄录下来。按理说，冯·黑文责无旁贷，他应当留下来完成此任，但他太怯懦了，或者说太懒惰了，因此他就那样不管不顾两手空空地走了。（相反，尼布尔承担起了这份责任，并发现那里不过是古埃及人的一处墓地而已。）不仅如此，在西奈沙漠的圣凯瑟琳修道院[2]那里，还发生了

[1] 西奈沙漠（Sinai desert），指西奈半岛广大的干燥区域。
[2] 圣凯瑟琳（Saint Catherine），位于西奈山脚下，是世界三大亚伯拉罕宗教，基督教、伊斯兰教和犹太教的神圣地区。

更荒唐的事。冯·黑文作为远征队的语言学家，本可借此机会在世上唯一一座有着 3500 份手稿抄本的图书馆里展开研究的，但他却知难而退了，原因就是他在开罗时忘记事先取得这里的介绍信，导致人到院前却被拒之门外。然而此次错过的远不止这些。谁也没有想到，修道院墙上其实写有世界上最古老而完整的《圣经·新约》，即世人所称的“西奈抄本”——直到一个世纪之后才被发现。

远征队的终极目标是什么呢？是要发现前人未曾有过的发现。自从公元前 1 世纪阿伊柳斯·加卢斯领导的罗马军团在阿拉伯腹地大片死去后，西方国家的远征考察队便再也没有深入其中。不过，丹麦远征队在抵达之初发现，阿拉伯菲利克斯还是名副其实的，当地居民热情友善，他们身处其中也仿佛被这种美好的氛围感染了一样，队友之间也都冰释前嫌了：福斯科尔和尼布尔互相尊重，彼此配合，齐心协力实现考察目标；经过一番全面而深入的沙漠“刺探”之后，尼布尔测绘出了也门地图，那张地图在他所处的时代中算是最详尽准确的了；福斯科尔也完成了导师的心愿，给卡尔·林内乌斯[1]寄了那根树枝，此枝源自一种稀有的麦加香脂树，是福斯科尔在帖哈麦山麓上偶然发现的，是最伟大的植物学家梦寐以求的东西。

但好景不长。随着盛夏溽暑的侵袭、阿拉伯人的刁难猜疑，

[1] 卡尔·林内乌斯（Carl Linnaeus，1707—1778），瑞典植物学家、医生、动物学家，被称为“现代分类学之父”。

还有致命疟疾的形影不离，故事的发展进入残酷的高潮阶段，远征队也开始了漫长的磨难。到最后只有尼布尔一人活着回到了丹麦。本书的尾声阶段就算是那场远征故事的续集了，讲述的是尼布尔千里走单骑，惊心动魄的奇妙归乡历程。由于先前受疟疾困扰，他身体仍旧虚弱，这一路走下来并不容易：先是取道印度，继而波斯湾，随后前往巴士拉、巴格达、摩苏尔、阿勒颇，每到一处都会了解收集信息，测绘地图，佐以星盘观测，甚至还在波斯波利斯把楔形文字铭文抄录了下来（为楔形文字的最终破译起到了重要推动作用）。随后他便穿过了奥斯曼土耳其帝国[1]，经由瘟疫肆虐的布加勒斯特，抵达信奉基督宗教的波兰，最终于 1767 年 11 月回到了哥本哈根，耗时近 7 年的远征到此结束。

“如今”，汉森为那场远行的成员们写道，“距离远征结束已经有两百多年，他们几乎已被世人全然忘却”。回首往昔，两百多年前又何尝不是如此？那时，尼布尔总算回到了出发地，却发现自己历经艰辛不辱使命完成的这场冒险事业，早已被国家抛在脑后。大局已变，世风日下，故国不再：作为资助人兼庇护人的国王弗里德里克已经驾崩；没过多久，就连最支持这场远征的国家外交

---

[1] 奥斯曼土耳其帝国（1299—1922），为土耳其人建立的帝国，创立者为奥斯曼一世，自灭亡东罗马帝国后，定都君士坦丁堡（改名伊斯坦布尔），且以罗马帝国继承人自居；极盛时势力达亚欧非三大洲；领有巴尔干半岛、中东及北非之大部分领土。1922 年，凯末尔领导起义，击退欧洲势力，建立土耳其共和国，奥斯曼帝国至此灭亡。

部部长，也是惨遭罢免，抱羞含恨地离开了丹麦。

尽管如此，尼布尔还是立即投身到写作中去了，很快他就用母语（德语）完成了第一部作品。这本书对阿拉伯展开了大规模的研究记述——但是并没有在社会上引起反响。后来他又自费出版了自己的远征日记，共3卷，多达1500页——然而这3部也是一样备受冷遇。随后他又转向出版已故友人福斯科尔的手稿，自己承担了所有的出版费用。不过遗憾的是，这些手稿没有遇到一个好编辑。当时不知道是哪来的一个水平粗劣不堪的瑞典人接手了这部心血之作，此人简直是闭着眼翻译的，把好好的一部拉丁文手稿弄得乱七八糟。再后来，远征队画家的作品也问世了。这次出版的是一本画册：对开本，全部着彩色，印刷精美，内含作品43幅——仍是尼布尔自己承担的出版费用。

等尼布尔的个人作品终于得到学术界认可时，他已经不再年轻了。彼时他正在偏远的乡村地区担任地方议会的书记员。有生之年他终于被授予了极高的荣誉。在《阿拉伯菲利克斯》的讲述过程中，对于这场远征的影响和意义，汉森时而会表示怀疑。但自从尼布尔开始得到认可之后，这场远征的名誉便如芝麻开花一般节节攀升。尽管远征成果在千山万水的颠簸运输中遭受诸多损毁，尽管在抵达祖国后又逢上社会败退的大潮，然而说到底，远征的考察成果总归没有白费。尼布尔绘制的地图，以及他收集的简明扼要的信息，都为后世人走向未来铺垫了基石，也将会一直流传下去；福斯科尔的研究成果准确无误，颇具首创性，无论是在动物学领域还是植物学领域，他都已经走在了时代的前面——他的那本植物标本集至今仍为世人使用。针对这场远征，当今的哥本哈根大学开设了相关研讨课，举行大型研讨会议，建立了一座“卡斯滕·尼布尔-多元文化遗产中心”（Carsten Niebuhr Centre for Multicultural Heritage），并以尼布尔的名义创办了一座学院研究所。此外，在2011年，丹麦还满怀自豪地庆祝了远征队起程250周年。

250多年的时间里，一场远征从播种、生根，到发芽、破土，最后茁壮成长。这般丰盛繁茂的景象，汉森在世时虽然没能亲眼看见，但他的辛勤耕耘却是重要缘起。正是这部在丹麦广受好评的著作，以生动的笔触还原了那场远行：充满英雄主义的光辉，也不乏时运弄人的荒诞。

科林·休布伦[1]

---

[1] 科林·休布伦（Colin Thubron），皇家文学学会主席。他的作品包括《亚洲失落的心脏》《丝绸之路的旧影》，以及最近推出的《火之夜》。他和阿泰米斯·库珀合作编辑了帕特里克·利·弗莫尔的行走三部曲的最后一部——《破碎之路》。

在命与运的裹挟中，他唇齿启合，他在诉说；倘若没有了声音，他会用文字诉说；倘若手不能写，他还有眼睛诉说；倘若双目失明，他的心脏，仍旧可以继续诉说。无论茕茕，无论比翼，无论隆冬盛夏，这一生都不会变。诉说，直到生命尽头。

——托基尔·汉森

目　录

上部

暴风雨前的平静

| 1 |

“尽管时局动荡不安”

1761年的1月4日，一个风平浪静的冬日上午，五个旅行装束的男子，从哥本哈根的收费站出发，向着城外的港口锚地缓缓驶去。仿佛是在向着太阳前进。立于船头回身望去，城市躺在一月淡薄的光线里沉默不语。这座小小的国际都会，那片环绕着伊格维[1]的崭新成果——阿马林堡贵族宫殿[2]——的优雅城区，就这样渐渐远去了。而前方等着他们的，是那艘沐浴在冬阳里的“格陵兰号”海军舰艇。大船十分耀眼，船桅、风帆、绳索，远远就能望见；或许也有人注意到船身投下的那片黑色暗影，随即一丝隐隐的不安划过心头。是的，他们将会登上这艘轮船，开启漫长的远航之旅，未来的数月时间，他们都得在旅途中度过了：轮船出发后要先往北行，到斯卡恩[3]附近，再往南行，进入地中海，穿行而过，前往君士坦丁堡。而后从那里继续旅途，去往亚历山大，继而抵达开罗、苏伊士[4]；随后便是远行，南下穿过红海，直到抵达阿拉伯半岛南端，抵达那片生产乳香、没药、香脂的不可思议的土地。那片土地是亚历山大大帝都曾梦想征服的人间天堂；不过那里也是从未有人涉足的地方，包括年轻有为的亚历山大大帝——或许他没去那里的原因恰恰就是从没有人到过那里。那个

[1] 尼古拉·伊格维（Nicolai Eigtved，1715—1754），丹麦著名建筑师，在1730—1740年成为丹麦建筑中法国洛可可风格的主要支持者。他设计并建造了那个时代最著名的建筑，其中一些至今仍然存在。
[2] 阿马林堡贵族宫殿（Amalienborg），是四座皇家贵族宫殿。
[3] 斯卡恩（Skagen），丹麦最北部小镇。
[4] 苏伊士（Suez），埃及东北部的港口城市。

地方在很久很久以前就被称为“阿拉伯菲利克斯”，即“阿拉伯福地”。

“阿拉伯菲利克斯”也好，“阿拉伯福地”也罢，它的名字对于此时摆渡船上的五个人来说，由于他们国籍不同，语言不同，表达方式自然也不一样。有人喜欢用拉丁语，有人则习惯用德语。因为这支队伍里只有两个丹麦人，另外两个是德国人，还有一个瑞典人。他们都还年轻，其中年纪最大的也不过 34 岁，最小的才 28 岁。此行一去，可以说，在未来好几年的时间里，他们都得互相陪伴，共同生活在一起，但在当下这个节骨眼儿上，这一行人彼此相识不过几周而已。虽说他们已经上了同一条船，同往一处，然而彼此之间却极有可能无话可说。没错，他们是奔着“阿拉伯福地”而去，不过此时并没有谁的脸上洋溢着快乐与幸福。诚然，陌生的远方确实带有强烈的吸引力，但也不排除有未知的险恶，如果他们是因为觉察到了这一点，而有打退堂鼓的心理，倒也是人之常情。不过这只是一方面的原因，而我们也只是推测罢了。至于远征队为什么会在刚刚出发后的这段时间内沉默不语（阴云不散），或许还有更为严重的原因吧——其实都用不着推测。因为很不幸，那已是确切的事实。种种缘由一言难尽，总之，团队虽小，内部的冲突与纷争却不小。他们早在出发前就已经闹得很难堪了。

不过对于此次远征考察的消息，国家并没有透露给新闻媒体。

直到一周以后，也就是1761年的1月12日，《哥本哈根邮报》（*Copenhagen Post*）的头版才报道了这则新闻，宣布如下：

> 时局动荡不安，陛下虽勤于朝政，日理万机，但仍旧不忘促进知识与科学的进步，为他的子民谋求更辉煌的荣耀，陛下为此，殚精竭虑，就在不久前，他派遣了一支乘坐“格陵兰号”军舰出发的学者队伍，他们将会穿越地中海前往君士坦丁堡，再穿过埃及抵达阿拉伯菲利克斯，之后他们会取道叙利亚，返回欧洲；无论何时何地，他们都会全心致力于新的考察、研究、探索、发现，以期学术成就上的新突破，同时，他们也会在那边收集有价值的东方手稿及抄本，并将其与东部地区的标本及珍品等，一并寄回。远征队包括以下成员：1. 古典语言学家，弗里德里克·克里斯蒂安·冯·黑文教授；2. 自然科学家、植物学家，彼得·福斯科尔教授；3. 数学家、天文学家，工兵上尉[1]卡斯滕·尼布尔；4. 医学家、自然科学家，克里斯蒂安·卡尔·克拉默博士；5. 画家、雕刻家，格奥尔格·威廉·博朗芬先生。这支队伍会在东方考察数年时间，加之在担此重任前，他们也经过了好些年的认真准备，因此，就让我们满怀信心地期待吧，他们的勤奋、才干、毅

[1] 工兵上尉（Engineer-Lieutenant），皇家海军军官职称，指工程部门的工程师获得的类似于军事部门的职称。

力，加上上帝的保佑，一定会取得可喜的丰硕成果，会为我们带回先进的知识，特别是对《圣经》教义更为精准的解读与阐述。

就在万众期待之下，丹麦远征队向着阿拉伯半岛出发了。这支队伍，不仅是丹麦历史上向阿拉伯半岛派遣的第一支大规模的远征考察队，同时也是世界历史上向阿拉伯半岛派出的第一支远征考察队。于是丹麦远征队在当时引起了广泛关注。因为说到底，当时可是启蒙时代啊，整个欧洲都在渴求知识，对这场大胆的事业自然是予以密切关注；来自整个欧洲大陆[1]的各个顶级大学的学者，都会给远征队成员寄去他们在这些未知领域的学术研究过程中遇到的问题，并期望对方能为其提供解答。如此，在整个18世纪剩下的几十年里，他们把这场远征尊称为“阿拉伯之行”（Arabian Journey），正如其名，它代表着一种高度尊重，因为远征实现了诸多新发现的可能——尽管它本身历尽悲苦艰辛；在此一百年后，英国探险家提及“卡斯滕·尼布尔的远征”（Carsten Niebuhr's expedition）时，也会带着最崇高的敬意。而今天，在这场远征结束两百年后的今天，我们却已全然忘怀。

1761年，是“格陵兰号”从哥本哈根出发的时间，但却并不是这项远征事业的真正起点。事实上，早在1756年的5月，当

[1] 不包括英国和爱尔兰。

格丁根大学（Göttingen University）的德国东方学专家约翰·大卫·米凯利斯，向丹麦外交部部长 J.H.E. 伯恩斯托夫[1]提出那个颇具首创性的建议时，这场远行就已经萌芽了。话说米凯利斯当时就像是被这个新奇的想法击中了一般——当然他后来也因此闻名于世。他是这么建议伯恩斯托夫的，丹麦每年不是都会派遣传教士到德伦格巴尔[2]吗？应当抓住这个机会，对一些传教士加以培训，让他们去探索阿拉伯半岛的南部地区。

彼时格丁根是汉诺威王朝[3]统治下的学术之都，由于血缘纽带关系，汉诺威是和英格兰联在一起的，因此，就整个欧洲大陆而言，英国实证主义的脚跟，在这儿站得最稳。米凯利斯教授是个自然神论者，也是实证主义者。他摒弃了世人对《圣经》的旧有理念，并不认为书中的每句话都出于上帝的默示而神圣不可侵犯；相反，他只是把经文视为普通文献，认为它是处于独立的历史学与语言学的系统之中，从而能够对此加以考证。于是在研究过程中，他忽然想到，若能去到阿拉伯半岛一探究竟，或许他在解析《圣经》语言文本时所遇到的一系列困惑就能迎刃而解了。

---

[1] J.H.E. 伯恩斯托夫（J.H.E.Bernstoff,1712—1772），德国—丹麦贵族，丹麦首相，外交部部长。

[2] 德伦格巴尔（Trankebar），或“Tranquebar”，位于今天的印度东南部泰米尔纳德邦，曾是丹麦殖民地，丹麦东印度群岛的一部分（1620—1845）。

[3] 汉诺威（Hanover）王朝，是在 1692—1866 年统治德国汉诺威地区和在 1714—1901 年间统治英国的王朝。由于在英国本土，最后三位斯图亚特君主均无子嗣成活至成年，但斯图亚特家族一位公主嫁到了德国汉诺威，她的汉诺威后裔因此拥有了英国王位继承权。

例如，可以对阿拉伯半岛上生长着的那些动植物进行考察与识别，而后便能明确它们是否也在《圣经》里出现过；可以对阿拉伯半岛的地理环境展开研究，尤其是红海的潮汐变化，这对以色列人逃离埃及那部分内容的理解极为关键。最后，米凯利斯还设想，前往那里的调研人员也可以研究阿拉伯人的日常习惯、风俗传统，以及他们的建筑样式与风格。总之，他的想法就是，阿拉伯人一直固守着古老传统的传承与沿袭，而如今像他们这般生活的民族，在这个地球上已经不多见了；因此这是一个很好的机会，可以通过研究阿拉伯的文化形态来了解与之相似的那些古老的以色列人；并且仅就研究范畴而言，阿拉伯半岛甚至要优于巴勒斯坦，因为后者在古今间隔的数世纪的时间里受到了太多外来影响而已渐渐失去它的原有文化形态了。

米凯利斯在信中向伯恩斯托夫提议，如果丹麦真的打算把那些传教士从德伦格巴尔派往阿拉伯半岛，那就应该让他们在出发前接受一次全面的初步培训，至于培训他们的人员，丹麦政府可以给格丁根大学的两个学生发放三年的奖学金，让这两个学生得到充足培训，再去哥本哈根，向那些被选定的传教士言传身教。由此，米凯利斯继续说道，他很想推荐两个学生担此重任，一个是来自挪威的斯特伦，另一个是来自丹麦的冯・黑文，他俩在他的语言学课上成绩都十分突出。

教授的提议立即在汉诺威王室贵族的这位伯恩斯托夫心中产

生了共鸣，后者回应道，此事关乎文艺与学术事业的兴荣，意义重大。对此，丹麦政府只有一个要求，恳请米凯利斯为那两位学生提交一份更为具体明确的旅行日程安排。这一要求使米凯利斯调整了最初计划，建议不妨就培训一个学生——省却再次培训传教士的麻烦——这个学生可以独自承担起前往阿拉伯半岛的考察之旅。米凯利斯坦言，这样做可能会导致更多开销，但若站在学术研究的立场上考虑，他又觉得此次花费与投入十分值得。至于谁来挑起大梁，教授则从此次任命的候选人中推荐了得意门生斯特伦。

待到这一年刚刚迈进十月，伯恩斯托夫已给米凯利斯发去通知，国王弗里德里克五世已将此事提上议程，也接受了斯特伦的提名；另外，考虑到后者主要是一名语言学家，哥本哈根决定任命一名植物学家与之一同前往。

但故事后来并没有顺理成章，他俩谁都没能抵达阿拉伯菲利克斯，这还得从另一个候选人说起。在整个过程中，丹麦的冯·黑文觉得自己被彻头彻尾地无视了，内心甚觉屈辱。当听说了斯特伦的任命后，他先是立即写信给伯恩斯托夫，说，其实斯特伦不堪大任，此人一想到自己要全力承担这种性质的考察工作，内心便畏惧得很；与此同时，他觉得自己应该向部长阁下表明心迹，即若斯特伦无法战胜自己对迢迢旅途的恐惧心理，而决定谢绝这份皇室任命，那么他本人，冯·黑文，欣然前往，义不容辞；能够承担这样一场远征考察是他一直以来的渴望，他定会排除万难，不辱使命。这封信写罢，冯·黑文便把说服的矛头转向了格丁根的那位校友。在接下来的几天里，他可真是苦口婆心，那百般劝阻的模样，就好像他是一个阿拉伯旅行方面的专家，对行途中的种种危险了若指掌似的。反正不管怎么说，斯特伦没过多久便联系到米凯利斯，请求他帮自己推掉这个重任；而冯·黑文则是如愿以偿，他自然很开心，几近忘乎所以，以至于他对斯特伦描述的那些可怕的生死存亡艰难险恶，统统被抛诸脑后，仿佛它们都会瞬间消失掉一样。但，只有命运本身——留意了他说的每句话——对此深思熟虑且铭记在心了。

其实米凯利斯选斯特伦参加远征，既非贸然之举，也无偏袒之意。毕竟身体是革命的本钱，二选一的时候他就跟冯·黑文解释过，在阿拉伯半岛的考察绝非易事，身体素质必须过硬，相比之下挪威人要更适合一些，但是丹麦人根本听不进劝。而现在呢，斯特伦已经退出，米凯利斯觉得自己很难再拒绝冯·黑文的请命，便向伯恩斯托夫推荐此人：“冯·黑文是我校学生，目前已取得硕士学位。一开始他听说机会给了斯特伦，心里就有些不是滋味。他告诉我，他心心念念能有这样一场远征考察，并为此准备了很久，几年前他就开始选我的东方学课程，恰恰也是这个原因。他日期夜盼着能承担此次远征考察，如此强烈的内心动力实为可贵，就是花钱、专门教导都不一定能培养得出的。此外，他博学多识，对考察所必要的辅助知识领域也都相当熟悉，包括植物学。”听听这赤诚之心，这出类拔萃，真是可敬可佩。然谁曾想，这番荐词到底还是让教授打脸了。在几年之后，就在给伯恩斯托夫写另一封信时，米凯利斯却无法自圆其说了，他几乎是逐字逐句地推翻了自己在推荐信中所说过的话。然而到了那时再去澄清看清，却已经来不及了。

作为加入这场远征的条件，冯·黑文要求给他两年的时间做初步研究，但在此期间丹麦政府每年必须给他提供 500 里格斯达勒[1]的津贴。一个月之后，也就是 1756 年 11 月 2 日，伯恩斯托夫通知米凯利斯，冯·黑文已经通过了审议，现在已被正式任命。

冯·黑文随即投入了准备工作中，但他很快就被一些困难给钳制了：远征考察涉及的范围极广，他担心自己一人应付不来。1757 年的春天，米凯利斯不得不去信伯恩斯托夫，说，冯·黑文之前没有考虑到自己要掌握这次考察所必需的全部数学知识，因此为大局计得再添一名数学家，主要负责相关的地理研究。如此设定的意图，是让新添的数学家给冯·黑文做助理。也就是说，冯·黑文仍旧作为这次任命的第一负责人——对此人享有命令权和指挥权。

冯·黑文之前提出的津贴问题，伯恩斯托夫也同意了，但为

---

[1] 里格斯达勒（Rigsdaler），也称国家硬币达勒，丹麦旧时货币（银圆），1625 年首发，1875 年废除。

难的是，上哪里去找一个适合远征的数学家呢。虽然米凯利斯推荐了一个名叫瑟德贝里（Söderberg）的瑞典人，但这次举荐被迫以失败告终，因为那人参加了本国的一次革命，由于未能成功而惨遭流放；哥本哈根那边似乎也寻不到合适人选；还有一个名叫伯尔青（Bölzing）的德国人，在慎重考虑过这项使命之后，还是选择了放弃。眼看着 1758 年的夏天已经来临，彼时距离出发的日子也越来越近，数学家的事却还是没有眉目。无奈之际，他们只好选了格丁根大学的名学生来担任这个助理。此人非常年轻，可以说是初出茅庐，名不见经传。至于这不见经传的名字，便是卡斯滕·尼布尔。

刚刚完成了数学家的任命没多久，伯恩斯托夫又被告知，起先选好的那个和冯·黑文同往的植物学家，也临阵变卦了。米凯利斯敦促他得尽快补上这个职缺。可这的确不是件容易事儿。但事在人为。1759 年 1 月 1 日，这位德国教授给伯恩斯托夫发去一个振奋人心的消息：“我终于找到了担任‘阿拉伯之行’植物学家的极合适人选，可以这么说，此人其实超出了我的预期。他是我先前的一个学生，名叫福斯科尔，出生于瑞典。来上我的课程之前，他就已研习过阿拉伯语，在植物学方面也相当出色——事实上他对整个自然历史领域也是游刃有余 —— 根本不需要进行任何初步培训。若说此人的缺点，大概就是他秉持过分的怀疑主义，不过这一点也是‘双刃剑’，利用得当会使他更加适合这次考察。”

再一次，教授的满腔热忱溢于言表，在荐词中对自己的学生赞许有加——只不过日后他不需要再对这番话后悔不迭；而伯恩斯托夫也是立即回信给教授，说自己已经接受他的提议，并授权与他，和福斯科尔协商有关细节。

最初的方案，是培训两个学生，然后让他们教授那些被选出前往考察的传教士。而最后取而代之的，是在这个基础之上逐步形成的一个独立自主的学术远征考察队。丹麦国王之所以立时接受了这个方案，是时代的整体风潮使然——支持文艺与科学事业正成为当时的一种风尚。普鲁士的弗里德里克大帝[1]就把他的闲暇时光花在无忧宫[2]里：和伏尔泰进行哲学探讨，或者和约翰·塞巴斯蒂安·巴赫一起演奏长笛。丹麦自然对此有所耳闻：既然这个弗里德里克能如此消遣解闷，那另一个弗里德里克便可以此为典范，效而仿之，岂不美哉？倘若丹麦国王也愿意牺牲个人闲暇，以倾心于这种哲学的或艺术的消遣方式，那么如此一来，必能像腓特烈大帝一样闻名遐迩。不过作为国王的个人顾问，冷漠而精明的莫尔特克心里很清楚，这么做确实有点儿东施效颦，因为多

---

[1] 普鲁士的弗里德里克大帝（Frederick the Great of Prussia，1712—1786），即普鲁士国王腓特烈大帝，此处译作“弗里德里克”是为呼应下文。他是欧洲历史上著名的军事家、政治家，还是一名作家、作曲家。

[2] 无忧宫（Sans Souci），18世纪德意志王宫和园林，位于德国波茨坦市北郊，为普鲁士国王腓特烈二世模仿法国凡尔赛宫所建。整个王宫及园林面积为90公顷，因建于一个沙丘上，故又称“沙丘上的宫殿”。无忧宫是18世纪德国建筑艺术的精华，全部建筑工程延续时间达50年之久。虽经战争，但从未遭受炮火的轰击，至今仍保存十分完好。

数情况下，弗里德里克五世在娱乐消遣面前会把持不住自己，以至于末了回寝宫时总是“沉醉不知归路”。但即便如此，莫尔特克也觉得无伤大雅，他力谏陛下实行积极慷慨的文艺政策，因为他更清楚的一点是，他们可以从中赢得尊崇和声望，凭此扬名于世并万古流芳——难道还不足够吗。

足够。这些人顺势而为，的确无可非议。他们明白，眼下他们对文艺和科学事业的支持，实际上是一种具有长远利益的投资——可以为自己赢取未来的声望，亦可无惧年轮更迭岁月交接。他们希望能为自己成就这样的功与名，以穿越日后漫长时间而不被磨灭。这种渴望是发自内心的，他们渴望能被世人记得久一点，再久一点。男人在这方面真是十足天真，他们想要功盖天下，名垂青史，为人生获得历史意义，于他们而言，被人钟爱和铭记是如此重要的事。他们甚至要让远在两百多年后生活在这片土地上的人们仍旧记得：他们建造了阿马林堡贵族宫殿；他们邀请德国诗人克洛卜施托克[1]在丹麦完成他的史诗《弥赛亚》，并赏赐他丰厚的酬金；他们加入到与瑞典的竞争中，只因学识渊博的林内乌斯赢得了科学界的至高荣誉；他们邀请植物学家厄德尔[2]在哥本哈根

[1] 克洛卜施托克（F.G.Klopstock，1724—1803），德国诗人，最著名的作品是史诗《弥赛亚》。

[2] 格奥尔格·克里斯蒂安·厄德尔（Georg Christian Oeder，1728—1791），丹麦植物学家、经济学家。

设计一座植物园，支持出版那本造价高昂的《丹麦植物志》[1]；他们在夏洛滕堡[2]打造了一座自然历史博物馆，成立了皇家艺术学院[3]。尽管面临战争的威胁和国家财政收入的困难，这些政要首脑仍要设法执行一个大胆而丰富的文化工程计划，其中，最棒的想法之一便是"阿拉伯之行"：不仅仅是进行一些史无前例的尝试，更重要的是在异国领域展开学术探究。这一举措同时满足了那个时代最狂热的两种追求：对科学投入的极大兴致，和对外国尤其是东方地域燃起的高昂热情——这给整个18世纪后期的欧洲留下了深刻印记和深远影响。由于此次远行的主要目标之一是实地考察收集资料，以期对《圣经》文本有更深刻的理解与剖析，因此执行这场行动的信念是不可动摇且毋庸置疑的。伯恩斯托夫老谋深算，把整个计划的筹备与开展交与格丁根大学的米凯利斯，自信这位兴致勃勃欣然领命的教授定能不负重托。年轻的弗里德里克手上有这张王牌，纵使是普鲁士的腓特烈大帝也得甘拜下风。

---

[1] 《丹麦植物志》（*Flora Danica*），一本综合性植物图集，1753年由厄德尔提出，从1761年到1833年，历时123年完成。

[2] 夏洛滕堡（Charlottenborg），建于1672—1683年，是挪威总督 Ulrik Frederik Gyldenløve 的住所。然而，这座建筑不是以他的名字命名的，而是以女王夏洛特·阿马利亚（Charlotte Amalie）的。

[3] 皇家艺术学院（Royal Academy of Arts），当皇家艺术学院于1753年搬入时，夏洛滕堡归属国王弗里德里克五世。起初，学院仅使用了建筑的一部分，大部分房间都被用作艺术家的家和工作室。

2

冯·黑文、福斯科尔、尼布尔的任命完成，意味着伯恩斯托夫和米凯利斯已经为即将到来的远征考察配备了核心力量：排在首位的是语言学家兼人类文化学家，次位的是植物学家兼动物学家，末位的则是数学家兼天文学家。他们非常希望被选中的这三个人可以彼此欣赏相处融洽——但这种期待到底还是落空了。作为学者，他们的确可以组成一个整体；但作为人，他们彼此之间差异太大，组成一个所谓的整体后，反而在人性的烘托下呈现出意想不到的戏剧性。

三人中，最先被任命的是弗里德里克·克里斯蒂安·冯·黑文，他也是年龄最长者。1727 年，冯·黑文出生于丹麦菲英岛[1]南部的西斯凯宁厄教区，是一名牧师的儿子。父亲在他 11 岁那年就去世了，除此之外，他的童年生活不为人知。母亲名叫玛丽·维兰特，可能是哥本哈根著名的印刷商及出版人约胡姆·维兰特的姐姐，约胡姆是靠发行轻松读物发家致富的，此人同时也为《丹麦日报》的发行奠定了基础。尽管丈夫去世得早，玛丽还是设法继续供儿子念书。18 岁那年，也就是 1745 年，冯·黑文离开欧登塞去上大

[1] 菲英岛（Fyn），丹麦第二大岛，介于日德兰半岛南部和西兰岛之间，西濒小贝尔特海峡 (Little Belt)，东临大贝尔特海峡 (Great Belt)。

学，仅三年的时间，他便通过了神学专业的考试，再两年后则获得了语言学硕士学位。随后他专注于东方语言学的研究，作为入门，他应该是先接触了希伯来语，而后搬到了格丁根 —— 为的就是去听米凯利斯教授的课程。

冯·黑文接替斯特伦前往“阿拉伯之行”的任命时，正值 29 岁。阅读他在这个时期的往来信件 —— 都是用标准而优雅的法语写就——会觉得此人是一个在世间如鱼得水的男子，天资聪颖且风华正茂。学术研究对他而言，与其说是一项严肃的使命，不如说是满足个人愉悦的消遣爱好。他总是一副逍遥自在的样子，好像什么都了解，实则学识并不渊博；圆滑有余而敏锐不足；打扮得倒是挺讲究，看起来也风流倜傥，但若论及真正的风度，确是差得远了。冯·黑文用计使同僚斯特伦知难而退一事，让我们对他的品行有了一个大致判断。但他身上绝对也有过人之处，这一点我们不能否认，不然的话，他怎么能让伯恩斯托夫和米凯利斯这等重要的人物妥协让步呢。尽管父亲早逝，他还是沿着求学这条道路走了下去，且从未中断，那么可想而知，在 1756 年时，他身上应该还承担着不少债务。再结合他后来种种变本加厉的索钱行为来看，若不是因为债台高筑，又能因为什么？所以，说到底就是为了钱，钱才是他给米凯利斯施加压力的真正动机——毕竟身负诸如此类的债务——而不是起先他口口声声说的“渴望排除万难，不辱使命”。可能最初他是存有一丝侥幸心理的，于是也没有细加考虑这个疯狂的远征方案到最后究竟会不会成功实施——他觉得不会。但不管怎样，对于冯·黑文来说，承担阿拉伯菲利克斯项目所获得的资金支持，显然意味着一笔可观收入。他为加入这次考察所申请的附加条件，实际上是为自己保证了一个长久稳固的阶段：他可以一边做研究，为自己做好准备工作；同时每年还能从丹麦国王那里领到一笔津贴。这笔账算得稳赚不赔。

起初，冯·黑文获批了两年的准备时间，这两年中他每年都能拿到500里格斯达勒，也就是现在的2500英镑。这笔钱的数目不小吧？然而，就是在没有承担任何特殊责任及义务的情况下，他还是成功拿到了两倍不止的津贴。冯·黑文刚被任命后没多久，就开始设法停留不前，迁延观望——急促要求他们去找一个数学家来协助他；而后在接下来的一年里，他在米凯利斯的指导下研究阿拉伯语；但是到了1758年的春天时，他已经对这些研究感到厌倦，遂即心生一计，转而叨扰哥本哈根的伯恩斯托夫，一再表明这次远征得往后推迟。伯恩斯托夫就去说服国王，另外提供给冯·黑文一份津贴，好让他去罗马的马龙派教会学院[1]学习叙利

---

[1] 马龙派教会学院（Collegio Maronitico），成立于1584年。马龙派（Maronites），东仪天主教会，曾经是基督教的一个产生比较早的教派，早在叙利亚还是罗马帝国的行省时，（据说）为叙利亚人马龙（？—410）所创；该派保持古代叙利亚教会的传统礼仪，使用叙利亚语和阿拉伯语；直至16世纪时，该教会才承认罗马教皇，与天主教会合一。事实上，16世纪的马龙派教会学院只是一个边境教堂，封闭在黎巴嫩的山脉之间，不仅与罗马相隔离，同时也与基督教世界的其他地方处于隔绝状态。在马龙派宗教学院，所有来自东方帝国的神职人员都会受到欢迎。

亚语和阿拉伯语。至于冯·黑文说服伯恩斯托夫的理由，则是在罗马他能学说阿拉伯语，能学习那些在格丁根大学学不到的语言知识。

但这一次，伯恩斯托夫心存顾虑。他请教米凯利斯对这件事情的看法；德国教授则请外交部部长给他三周时间仔细考虑。最后终于在1758年的夏天，伯恩斯托夫收到了回复：教授是反对的。在听取了不少阿拉伯专家的意见之后，米凯利斯得出了这样的结论："若单单是为了学习现代的阿拉伯语和叙利亚语，此次罗马之行是没有必要的。"在最近这两百年的时间里，罗马已经没有人会说阿拉伯语。即便能在那里寻到一两个，他们说的家乡话也是叙利亚语，而不是阿拉伯菲利克斯的语言。冯·黑文之所以会去罗马，应该是想在那里研究真正的东方手稿及抄本，毕竟在别的地方找不到。除此之外，米凯利斯也想不到其他可以解释罗马之行必要性的原因了。

毫无疑问，米凯利斯的回复产生了负面影响。然而没过多久，也就是在1758年的9月9日这一天，伯恩斯托夫通知米凯利斯，他还是同意让冯·黑文去罗马了，并且给他涨了年津贴，这笔钱很充足，他这趟罗马之行的开销也包含在内。至于他此行去罗马的任务，便是"加强东方抄本读写能力方面的练习"。

冯·黑文最终达成了诉求，但他并不着急出发。前往罗马的行程是在1758年夏天就获批了的，然而等到1759年的春天都已经来临的时候，他却还没有迈出北德半步。转眼就入四月了，冯·黑文仍旧只是赋闲在法兰克福，这时，他突然收到伯恩斯托夫的一封信——外交部部长想知道他这段时间都在干什么。为了给自己洗白，冯·黑文把过去三年里他所做过的与学术沾边儿的事情都摆在台面上讲了起来，还从中推诿道：至于那一类阿拉伯语抄本，但凡格丁根大学有的，他都找来阅读了；此外，原本他还可以完成一篇关于先知那鸿[1]的评注，但遗憾的是健康状况不允许，他只得暂时把写作放到一边。（不瞒阁下您，可叹城市罹难，战乱不断。如我不逢其时，贱体抱恙，加之三年时间身不由己，辗转苦思之余，倾注心血，然所得成果仍是这般寥寥，令我甚是羞愧。）（恕我直言，此间长久滞留于格丁根，并非我愿，只因协佐尊师米凯利斯，不得已而为之；未料岁月如梭，不觉间已延滞十月有余。如若不然，无论巴黎罗马，黑文必是仰取俯拾，甚或满载而归矣。是故心中如有块垒，郁闷难当；然事已至此，我亦无言以缀。）这些含混不清的暗示，似乎都在指向一点：冯·黑文和当初的恩人曾把他极为赞赏地推荐给伯恩斯托夫之间已经不和。至于学生和老师之间为什么会变成这样，我们不得而知，不过，凭此信有一点可以清楚断定：冯·黑文已经把钱都花光了。他只

[1] 先知那鸿（Nahum），也译作纳胡姆，那鸿。《旧约》中的生活在 7 世纪的希伯来先知。《那鸿书》是《旧约》的一卷，共 3 章。记载了尼尼微城倾覆的预告、景况、原因等。

得被迫在法兰克福等上一阵子，等莫尔特克伯爵应承给他的汇款，也就是国王发放的下一笔津贴。

这封回信写于 1759 年 4 月。彼时冯·黑文千等万盼的下一笔津贴已从哥本哈根寄出，可是此后收钱人却杳无音信了。伯恩斯托夫想再次与他取得联系，但这回只能是给米凯利斯去信。然而米凯利斯也不知道眼下那个丹麦人究竟在什么地方。到了 8 月，教授向失望的伯恩斯托夫汇报，自己并没有联系上冯·黑文，用他的原话来说，即冯·黑文“去什么地方之前总是忘记知会我一声”。看来这一回冯·黑文是忘光忘净了。一直持续到 12 月，米凯利斯仍未打听到此人半点儿消息，他只得沮丧地向伯恩斯托夫汇报：“有一件让人担忧的事，我必须得向阁下您坦白。其实我已经很久都没收到冯·黑文的来信了，包括意大利那边也没有消息。之前他在法兰克福和斯特拉斯堡时给我写过信，但其中并没有透露自己什么时候出发或是要去往哪里，因此我根本没法写信给他，从而便彻底失去了联系。或许最好的办法，是向他在哥本哈根的亲戚打听一下他如今身在何处，如果他们也不知道的话，那就再去向汇给他津贴的人打听打听。”

只不过教授的提议晚了一步，来不及了。至于为什么来不及了，他其实心知肚明——也是他甚为担忧的原因。眼看着 1759 年的冬天正在到来，其他成员在很久之前也都已选拔完毕，准备了这么久，远征考察队可以出发了。10 月，按照原定计划，前往德伦格巴尔的轮船已经从哥本哈根起程，但是远征队却没有一同出发。因为领队人，弗里德里克·克里斯蒂安·冯·黑文，如同人间蒸发，在此之前消失得无影无踪。

3

幸运的是，米凯利斯收到了福斯科尔的肯定回答——也算他对冯·黑文事件的将功补过吧。福斯科尔就是他在 1759 年初向伯恩斯托夫高度称赞的那个瑞典科学家，他比冯·黑文要小 5 岁，也是一个牧师的儿子，不过两人之间的共同点也就仅此而已，福斯科尔在其他各方面可以说是与那个好逸恶劳的丹麦人截然不同。1732 年，他出生于赫尔辛基[1]，大约在 10 岁那年就被乌普萨拉大学[2]破格录取了，而后便在乌大专研神学。对于那个时代而言，一个如此年轻的孩子能够进入大学学习是一件非同寻常的事情，自然是引起了轰动（与质疑）。尽管如此，仅三年时间过去，年少的福斯科尔就用笔杆子证明了自己的真才实学——那时他已经能够用希伯来语创作长篇文章。但是，由于家中兄弟姊妹众多（福斯科尔的父母育有三子七女），随着时间的推进，这位牧师父亲的

[1] 赫尔辛基（Helsingfors），芬兰的首都，也是最大的港口城市。
[2] 乌普萨拉大学（University of Uppsala），瑞典一所国际著名的顶尖大学，全球 Top100 名校，坐落于瑞典古都乌普萨拉市。

经济能力很难支撑三个儿子都上大学。于是在1744—1750年的数年时光中，彼得·福斯科尔不得不留在家里，接受仅有的“私塾”教育：来自父亲的拉丁语、希腊语、哲学和神学。

但福斯科尔似乎并没有因此荒废时间而错失良机。1751年，他在通过考试之后，因“学识渊博、成绩突出”被推荐为某奖学金的获得者候选人，该奖学金会在他就读于乌普萨拉大学的五年期间持续发放，包括他在国外任何一所大学深造的两年。后来福斯科尔便被授予了这项荣耀的资助；在乌大接下来的几年里，福斯科尔跟随著名的林内乌斯学习植物学，刚拜在尊师门下没多久，他就对林内乌斯心生敬佩，甚至近乎偶像崇拜；再之后便迎来了他的国外求学之旅，1753年10月13日，他通过了注册申请，正式进入格丁根大学学习。他打算在这里攻读神学和哲学，以及米凯利斯教授的东方语言学（米凯利斯那时年仅36岁，但已经成为当时最知名的东方学者）。作为一个无神论者，福斯科尔早就摒弃了进入教会服务以及就任圣职的想法。而那时，正是他天生好争善辩的性格促使他做了这个决定：借撰写博士论文的机会，投入到对沃尔夫主义[1]的专题批判之中。沃尔夫主义，一种哲学学说，在当时可谓享尽整个学术界——自然也包括福斯科尔在格丁根大学的那些教授老师们——的臣服与膜拜。尽管他与他们之间存在

[1] 沃尔夫主义（Wolffianism），莱布尼茨哲学中所蕴含的极端唯理主义因素在他的思想继承者沃尔夫（Christian Wolff，1679—1754，德国著名的哲学心理学家、数学家）那里被进一步系统化，从而发展成为一种形而上学的独断论。

观点上的根本差异，福斯科尔的工作还是引起了极大的关注和赏识。遂即不久，他就被授予了一项至高荣誉，并且成为当时得此荣誉的最年轻者：这位年仅 24 岁的博士被推选为德国国家科学院[1]的准院士。

因此，当福斯科尔在 1756 年秋天回到母校乌普萨拉大学时，他已经成为顶尖学术圈里的精英人士。就在回归后的这段时间里，他投身到了批驳工作中，以笔为武器，与德国和瑞典的那些批判他博士论文的学者展开了唇枪舌战；而他所给出的回应，无不显示那是来自一个敏锐聪慧而又冷酷无情的顶级辩才。仿佛一夜之间，福斯科尔声名鹊起；但与名声几乎同时到来的，是一个接一个迅速涌现的敌人。这些敌人原本是笑语盈盈慈眉善目的支持者，只因他兵锋所指刀剑无情，令他们深觉自身被辱掠侵犯，于是转身之间，就站在了他的对立面。他有着天才级别的才华，只此一点力挫群雄，是情理之中，原本无可非议；但又恰恰是因为他恃才傲物甚至放旷，不懂得收敛锋芒，由是招致猜忌，不被容纳，反被视为大患，不可原宥。等到几年之后，随着另一篇充满争议的论文横空出世，福斯科尔也再一次暴露于睽睽众目之下，腹背受敌——乌普萨拉各个大学的全体教职员将会群起而攻之。所有

[1] 德国国家科学院（German Academy of Science），源于 1652 年成立的利奥波第那科学院（Leopoldina），是世界上最古老的科学院，以神圣罗马帝国皇帝利奥波德一世命名，是德国最古老的自然科学和医学方面的联合会，也是世界上存续时间最长的学术机构（研究中心）。

觉得自己曾被福斯科尔蔑视过的人，都想趁此机会狠狠打击他一番。彼时对于这篇论文的函复便是报复手段之一：回函简要说明了此文引起的反响，并驳回了他刊登发表这篇论文的要求。

就这篇新论文而言，彼得·福斯科尔在其中大胆地提出了一些观点，比起任何对沃尔夫主义的纯粹批判，这些观点都要显得更加异端。因为他提到的都是平民百姓并不了解甚至是一无所知的事——“祸患”之处恰在这里——仿佛能够一语惊醒梦中人。但他这么做，却在无形中给自己再一次树了劲敌，而这些劲敌可不是格丁根大学和善可亲的教授们，这一回的对手要危险多了——他打到了国家权势集团的营地。至于那篇引起轩然大波的论文，是他用拉丁语和瑞典语创作而成，题目就叫作“论平民的自由”（Thoughtson Civil Liberty）。虽然他写作这篇论文的时候，瑞典已经不再是君主专制的国家。但在当时，任何新著作要发表，都必须先呈报给上面，经过国家政府的查看，即“帽派党”的仔细审核。换言之，国家检查委员会对所有手稿实行的审查制度，意味着言论自由其实是处于高度密切的监管之下，这甚至要比瑞典国王享有独断权的时代更为封闭专制。

正是在这种制度之下，福斯科尔提出了捍卫平民自由的论点，并以此为中心，阐述了 20 条清楚明确的理论依据。他首先声明，对于一个人而言，除了生命本身，没有什么比自由更宝贵。而威胁公民自由的唯一危险因素，恰是来自国家中那些凭借官职、等级、金钱而拥有无上权力的人，因为他们会滥用手中权力，不惜牺牲他人利益，来为自己谋得好处。甚至有些共和政体也是穿新鞋走老路，他们打着自由的名义，许政府官员以空头支票，到最后大多数人还是沦为统治阶级的奴隶。因此，权力为国王一人所有，比掌握在人民手中更加危险可怕。过去在查理十二世的统治之下，瑞典的子民、物资、金钱，统统被榨干，然而百姓仍旧维持现状，只因这个英雄曾经保卫过祖国。但最终他还是没能守卫祖国，恰恰相反，他是那个一手将之毁灭的人。可见，反抗这种独权谋私的行为，就是一种自由，要公开声讨任何与公共福祉背道而驰的事情。因此，平民自由应当包含有限的政府权力，和无限的言论自由。如此，也是政府保障国家安定的最佳经略——压迫的统治只会引发暴乱和武力。让普罗大众用笔杆子去表达他们的不满，而非用剑，不是更好吗。人若无法拥有自由，何谈捍卫自由？

这番言论，可谓字字如矢，句句中的。但总而言之，实在太过犀利：此文一旦发表出来，被声讨的权势集团如何容得下？因此所有高等院校都拒绝了这篇论文的刊登要求，他们希望就此掐灭这个或许会引发一场“爆炸”的苗头。可福斯科尔何许人也，他的固执和自信，岂会允许自己因几所大学行政管理人员的阻挠就轻言放弃。自然不会。收到这些回绝后，福斯科尔遂即向国家检查委员——也恰恰是他的敌方大本营——提出抗议，投诉所有大学对其论文发表不予通过一事。结果可想而知。瑞典最高审查机构当即就肯定了那些行政部门的做法：这篇论文含有危险的思想观念，不能予以刊登发表。但福斯科尔也拒绝接受国家检查委员会的决定，遂正式提交书面申诉，而对方却未予置评地驳回了。面对驳回，福斯科尔依然故我，又给上面写了一封信，不过这次他主动表示文稿可作修改，只要是国家检查委员会认为不正确的地方，他都可以改。然而这个提议也被拒了。福斯科尔又写了第三封信，恳请对方给自己一份详细的说明，为什么始终不给通过，到底是哪些内容他写错了，或者不该写；并且重申道他可以改正那篇论文中出现的任何错误。这封信照样也被回绝了。常言道，事不过三——福斯科尔决定进行一场公开的战斗。他跟一位印刷商签了协议，以自费方式在瑞典出版了这份手稿：1759 年 11 月 23 日，这篇《论平民的自由》首先在乌普萨拉大学“出版”，由萨维乌斯 [1] 初版印刷了 500 份。等最后一份也印刷完毕，福斯科尔就亲自将这整整一版的文稿全部装订成册，并在这天下午分发给了乌普萨拉大学校园里的学生们。

这时，隐形的武器开始真正对准这位只想通过笔杆子来捍卫自己权利的年轻男子。国家检查委员会由此颁布法令，没收这篇

[1] 萨维乌斯（Lars Salvius，1703—1773），瑞典出版商、记者。萨维乌斯一直是瑞典图书史上最重要的人物之一，在他之前，书籍印刷是小规模的，书店由德国人主导。

论文；同时下令给大学校长，把散出去的小册子全部召回。而作为大学校长的卡尔·冯·林内乌斯，这位深受福斯科尔爱戴的老师，将当时搜集到的79份论文复本，全部付之一炬。福斯科尔当然对这次没收行动表达出强烈抗议，紧接着，他就被传唤审讯了。在面询过程中，他被要求放弃那番自由声明，公开认错，并被声色俱厉地威胁道，倘若还不知悔改，那就等着接受法院的审判吧。但福斯科尔拒绝了。他不会放弃自己的主张，更不会公开认错收回前言，哪怕是一个字，他都不会收回。于是事态愈演愈烈，公共舆论都聚焦在这个固执的年轻学者身上，对此，国家检查委员会开始不安起来，他们竭尽全力去平息这件事——虽然能做的不过是给他一个警告。

福斯科尔也注意到了敌方的犹豫，遂而不但拒绝接受他们的警告，还在平安夜这晚，向瑞典国王提交了一封请愿信。在信里，他向国王详细讲述了这篇被没收的论文内容，并借此着重阐述了其中关于捍卫自由的几点重要性。但国王并不赞同福斯科尔所写，不过为大局计，他还是得对此下达一条“严肃而必要的惩戒”命令。要知道国王的决定是无可非议的。在写过一次，两次，继而多次都无果后，福斯科尔只得让这件事不了了之。可是如今看来，很明显这场战斗他打赢了。因为就在此事过去几个月后，1760年的瑞典议会大会成立了一个委员会，旨在商讨“出版自由”（the freedom of press）的相关事宜；1766年，瑞典颁布《出版自由法》，书报审查制度废除——笔杆子最终战胜了剑。到那时，这个“出版自由”的捍卫者和得胜者，曾经的年轻斗士，却已经离开人世三年了。

在与瑞典当局漫长的斗争过程中，有一件事对福斯科尔极为有利，即他是服务于丹麦国王的。这种效劳的荣耀给他整个人带去了一种权威光环，使人们觉得，甚至是不情愿地承认：此人能得到另一位国王的赏识正是得益于他的先锋思想和特立独行。1759年9月，正当斗争进入白热化状态时，《瑞典水星报》(Swedish Mercury) 就刊登了下面这则嘉许通告：

彼得·福斯科尔博士以自然历史学家的身份，接受丹麦国王陛下的邀请，加入由陛下出资建设的一支学术远征队，前往东印度群岛、考察地中海东部沿岸诸国及岛屿（包括叙利亚、黎巴嫩、巴勒斯坦等地）；因此，除却在远征中享有的诸多福利，他还会被授予教授的职称和荣誉。毋庸置疑，这是教授自身价值体现的证明。在自然历史领域，福斯科尔教授学识渊博，尤其对历史比较语言学和东方语言学专研颇深，因此，他将被奉以双倍的远征考察酬金。

1759 年的春天，经过和父亲以及林内乌斯的详尽商讨之后，福斯科尔决定接受他原来的老师的邀请，加入这场丹麦远征。虽说父亲与恩师双重出谋划策，但这二人的出发点根本不同。林内乌斯是立即觉察到了罕有的可能性：要是他的忠实使徒真踏上这趟前往东方的长途旅程，那么他就可借此扩展自己的“收藏博物馆”；然而父亲担忧的却是儿子在远征途中的人身安全，他担心危险重重令人防不胜防，遂建议无论如何，要向求贤若渴的米凯利斯表示出不情愿来，以此，尽可能把参加这次远征的酬金往上拔高。

后来，彼得·福斯科尔终于答应了，也确实提出了很高的条件。从 1759 年 1 月 1 日起，直到远征队起程，他要求丹麦政府每年支付给他 500 里格斯达勒；至于远征期间，他也坚持要求享有相同数目的津贴，膳宿和装备的所有花费一并在内；酬金之外，他要求授予自己教授职称；另外强烈表示，远征队应当在去德伦格巴尔的途中考察南非——一个被林内乌斯称作“植物学家的天堂”的国家——并准许他在那里为自己的恩师收集植物和种子。此外还有一点是他十分坚持的，即远征队的所有成员都应处于同等级别。话虽如此，福斯科尔的这个强烈要求其实并不是期望整个组织成员之间享有民主关系的意思，恰恰相反，他只是借此表明个人态度：同处一队，若有地位在他之上的领导者，他都不愿意也不打算承认其权利。最后一条是留作长远计划的，在这场远征结束之后，他应当被赐予一笔终生抚恤金，同时他也有权使用这笔抚恤金——在世界上任何一个适宜他生活的国家——丰衣足食安身立命。关于这笔抚恤金的数目，他在给米凯利斯的信中写道，“对我而言，无论在这方面给出什么暗示，都是不合适的做法；但皇室的馈赠，自然要配得上国王的身份才合适”。

这是目前为止，米凯利斯最难向伯恩斯托夫开口的一次，要知道，就连消失了的冯·黑文都不曾敢要求这么多。在给丹麦外交部部长的信中，米凯利斯试图对此轻描淡写。至于福斯科尔要求的那项权力——用终生抚恤金在任何一个由他自己选择的国家安身立命——米凯利斯在信中宽慰地写到，自然而然，这个国家是丹麦无疑了。他之所以这么说，也是想让自己摆脱这份干系，其实在刚收到福斯科尔的信时他就这么想了。因为后者在信中还是惯常生硬的傲慢语气，单刀直入，咄咄逼人：“若涉及思想与言论的自由，那我是不会臣服于权力的束缚及控制的，毕竟这种情况我在瑞典遇到了，不能保证丹麦就没有。”如此一来，米凯利斯便忧心忡忡地将这封请愿信寄向了哥本哈根，他觉得里面提到的诸多要求肯定不会被通过。没过多久，伯恩斯托夫回信了。丹麦国王很高兴可以帮助福斯科尔先生在学术界里立住脚跟，当然了，也会满足他的要求。

由此，1759 年的 7 月 21 日，丹麦外交部部长同意了福斯科尔提出的所有条件。但因为冯·黑文的神秘失踪，同年 10 月，远征队没能跟随轮船一同出发前往德伦格巴尔；一直到了第二年福斯科尔才收到通知，命令他 9 月抵达哥本哈根。

待在瑞典首都的最后那段时间里，福斯科尔做的最后一件事，是请人给自己画了一幅肖像。画上男子看起来非常强健，志向高远：眉眼之间透着傲气，以淡漠的目光投向看着他的人；面部表情舒朗柔和却又有所收敛——丝毫看不出慈悲或迎合的迹象；只是略微外凸的下唇暗示着，这外表的平静掩盖着他内里危险而易急躁的性情。他的毛皮大衣敞开着，右手插进口袋，使他的上半身轻微向后仰，给他带来一种不动声色的高贵气质，但却不是那个时期人物肖像画上常有的那种自命不凡和自我陶醉。福斯科尔的确胸有成竹，但他不狂妄自大。画上的男子坚定如铁，精力充沛，他不是以各种卑劣狭隘的手段来延迟出发的那类人，他清楚自己的价值。要么就一无所得什么都不做，要么就是每年 500 里格斯达勒的酬金，并全力以赴。

待那幅人物肖像画完成，福斯科尔就告别了家人和朋友，动身离开了。林内乌斯希望他能给自己寄回来一截正道花期的香脂树枝，希望自己能在有生之年得见此树模样，按照其特征做好分类编目。他曾在《内梅西斯·迪维纳》[1]一书中写过，那一天他的爱徒来告别时，说话结结巴巴的，有几分口吃。林内乌斯觉得这是不祥之兆。同样的情形还发生在他的另一个很有前途的使徒学

[1] 《内梅西斯·迪维纳》(*Nemesis Divina*)，林内乌斯于 1758—1765 年运用其自然理论知识为其子卡尔（Carl）创作的一部道德典训。林内乌斯在这本书中将自然描述为神圣启发的和谐系统，其中的每个生物体都在发挥着特定的作用，从而维持整体的平衡。书中探讨了“神学实验”，即“经验神学”对人类生活的神秘操纵和影响。

生身上，那个年轻的彼尔·劳弗令[1]，当时也是在临行前顺道过来拜望恩师，说话也是磕磕巴巴的不顺当。和福斯科尔一样，劳弗令也是一名植物学家，在前往南美库马纳[2]的远征考察途中，他身染疟疾而在痛苦中死去。

1760年9月20日，彼得·福斯科尔作为最先抵达丹麦的远征队成员，受到了伯恩斯托夫“最庄重的”礼仪接待。几天之后，他被引见给队里另一位成员。那是一名年轻的德国测绘员，恰在他抵达哥本哈根的那天从格丁根出发。福斯科尔了解到，后者是以数学家和天文学家的身份加入远征队的。他叫卡斯滕·尼布尔，给人感觉非常谨慎小心，沉默寡言，总是一副羞怯的样子。显然，福斯科尔的民主平等观念并不包含对大学学历的一视同仁，他仿佛降贵纡尊般地和尼布尔打了个招呼，态度专横。他早就听说了这个“星辰瞭望者”的一些情况，并未觉得他有什么过人之处。据他所知，尼布尔既不是教授也不是博士，现在看来，他连硕士都不是。他就是一个地籍测绘员。仅此而已。乏善可陈。

---

[1] 彼尔·劳弗令（Pehr Löfling，1729—1756），瑞典的博物学家和植物学家，林内乌斯的十七使徒之一。

[2] 库马纳（Cumana），委内瑞拉东部重要城市，加勒比海岸港口，苏克雷州首府。位于曼萨纳雷斯河畔，始建于1520年，为南美最古老的居民点之一。

4

卡斯滕·尼布尔来自弗里斯兰省[1]的平原沼泽地带。1733年3月17日，他出生在海边湿地的一个小农场里。父亲和爷爷都是农场主，读书识字对于那个家庭来说，毫无实际用处。除了在礼拜天去听牧师讲道之外，其余时间里他们都是日出而作日落而息，面朝黄土背朝天，日复一日。尼布尔一家虽然有自己的土地，但仍旧生活清贫，勉力生存：年久失修的屋外厕所、冬天里弥漫不散的海上大雾、女人牙齿脱落、孩子感冒咳嗽，这些常年都是生活的一部分。他们从来没好奇过阿拉伯菲利克斯那儿究竟有什么；他们养的牲畜被拴在外面的沼泽地上，那些潮湿的奶牛悲哀地凝望着，仿佛在为他们遗憾，为什么这户人家既不会读书也不会写字。

对于一个贫穷而孤苦但终会获得财富和声望的小男孩来说，在这样的环境中度过人生的童年时光，仿佛是童话故事里必须满足的先决条件。还不满六个月时，他失去了妈妈，而后便由继母抚养；等他长得再大一点，他就得习惯在农场里工作了；后来又经历了漫长的游说，父亲尼布尔才不情愿地同意，把他送进学校；

[1] 弗里斯兰省（Friesland），位于荷兰北部的一个省，毗邻欧洲最重要的湿地自然保护区——瓦登海和瓦登岛。

但后来父亲也去世了，叔叔作为监护人便中止了供他上学这件“蠢事”——然而这时的卡斯滕不过才刚学会阅读。由于他分得的遗产都不够用来买下原先的那个农场，无奈之际他只得留心有哪方面的教育培训是自己能够支付得起的。至于以前那种学校教育，他必然与之无缘了，因为要学的东西太多，而花费又太大；这也是为什么他后来选择从事音乐，并寄希望于成为一名管风琴乐手。他学习拉小提琴、吹长笛——据说当时的腓特烈大帝也会在他的波茨坦王宫（无忧宫）里演奏长笛。然而好景不长，他叔叔认定这种形式的教育也是多余的。于是卡斯滕·尼布尔的“学业”再一次被迫中止了。

时间一晃而过，眼下他已经 16 岁了，性格有些内向，但身体强壮健康，双手充满力量。青壮小伙子自然是要去工作的，何况他从小就在农场长大，打理农场再合适不过。这不，他的监护人给他安排了一个好去处，就在阿尔滕布鲁赫（Altenbruch）的沼泽湿地社区：和父亲一样，叔叔名下也有一个农场，尼布尔刚好可以在这里“学以致用”。毫无疑问，这回和以往短暂的求学经历不同——他和叔叔一待就是四年。四年之后，他已长大成人，终于可以安排自己的未来了。细心的他留意到，由于缺少对沼泽湿地的精准测量，当地农民只要在土地使用上出现了什么分歧，都必须得大老远地跑一趟，去汉堡那边请专业人士前来帮忙。也就是说，这个地方没有自己的地籍测绘员。因此，在切实而冷静的考虑过后，尼布尔决定承担起这份职责。他必须成为一名测绘员，此外别无他志。但是不管怎么说，他得先让自己接受这方面的必要培训才行。由是，同样在 22 岁这一年，冯·黑文早就获得了神学和语言学的学位，福斯科尔也忙着准备有关沃尔夫主义的博士论文，而卡斯滕·尼布尔，才刚刚进入汉堡的一所学校，在某张长椅上坐下来，开始学习字母和九九乘法表。

多亏了父亲留给他的那笔遗产，尼布尔才能支付得起必要的私教课程；只用了一年时间，他就可以进入语法学校学习了——尽管其中的研习课程非常有限。1757 年，也就是米凯利斯和伯恩斯托夫商量“阿拉伯项目”的第二年，尼布尔获得了格丁根大学的入学资格，并且拜在克斯特纳[1]教授门下学习数学。克斯特纳很快意识到他是一个悟性极高的学生，遂助他申请了奖学金，以支持他继续学习接下来的包括天文学在内的相关课程，购买必要的天文仪器设备。尼布尔完全没想过会遇上这等幸运的事。对于从小在沼泽地长大的乡村小伙儿来说，大学世界简直就是一个处处充满快乐的知识殿堂。数学和天文学的原理、定律及法则，让他看到其中纯粹而又清晰的真理，各种存在有条不紊，各种现象也可以被解释，在这个空间里，与之有关的一切都仿佛充满了光。尼布尔万万没想到，如此难得的幸运竟然又一次与自己撞个满怀：

[1] 克斯特纳（Abraham Gotthelf Kästner，1719—1800），德国数学家。

眼下他刚刚得知，自己的名字和丹麦正在计划的一场史无前例的远征考察联系在了一起。

许多年以后，当再一次和自己的孩子提起这一天时，尼布尔称其为“改变人生走向的日子”。以下便是他的儿子，准确地说，也就是那个喜欢高调颂扬的 B.G. 尼布尔[1]（Barthold Georg Niebuhr）所做的记录：

> 那是 1758 年夏天的一个午后。克斯特纳教授刚刚结束了一场国家科学院召开的会议。此时此刻，他径直走进了我父亲的房间。“要是让你去参加一场阿拉伯的远行怎么样？”他问道。“若有人报销的话，为什么不去？”父亲如是回道。他对家乡无牵无挂，迫不及待地想要看看这个世界。
>
> “丹麦国王会负责所有开销”，克斯特纳随即将整个计划都告诉了父亲。父亲立即表态要加入远征队。这项提议正中他心，远征、考察、探险，这一类的事业，他的确渴望已久了。但表态的同时，父亲也说了两点顾虑：尽管他内心怀有对科学和真知的最高崇敬，可他还是会怀疑自己，能否胜任这项工作，又能否在这样一场远征中真正起到一点作用。克斯特纳让父亲放心，他保证会有足够时间让父亲做好充分准

[1] B.G. 尼布尔（Barthold Georg Niebuhr，1776—1831），丹麦—德国的政治家、银行家和历史学家，德国最先研究古罗马历史的专家，也是现代学术史学的创始人。

备，在准备过程中，除了目前正在学习的课程之外，父亲还可以拜在迈耶教授[1]门下研习天文学。由于父亲非常勤奋，意志力也坚定，克斯特纳自然对他深信不疑。所以眼下父亲唯一缺少的就是迈耶教授的支持，只要后者同意指导他学习，那就什么都好说。于是当天晚上他就去拜访了迈耶教授。然而，后者并没有像克斯特纳一样对此事表现出极大热情，相反，他告诫父亲，在任何毫无后路可退的抉择面前，切勿草率决定，尤其是在自己根本不了解将会面对什么样的艰难险阻的时候。不过话虽如此，迈耶还是答应了指导父亲研习天文学的请求。

紧接着就在第二天，父亲去向米凯利斯毛遂自荐。米凯利斯不以为意，只是将他的快速决定视为年轻人的一时冲动，并劝父亲三思而后行，让他等一周再来给出答复。一周时间过去了，父亲并没有任何动摇，他十分坚定地表明了自己的决心。这一回，米凯利斯接受了。

伯恩斯托夫也批准了卡斯滕·尼布尔的请命，承诺给他充足的时间做远征准备，并发放一年的补贴 —— 相当于冯·黑文在过去两年中所享受的津贴。自那时起，卡斯滕·尼布尔的生活重心

---

[1] 迈耶（Tobias Mayer，1723—1762），德国天文学家，格丁根大学的地理、物理、天文学教授，自学成才的数学家。

便彻底转移到了此次远征的准备工作上：他继续学习为辅助地理测量而必需的数学知识；努力拓展自己的历史学知识；训练自己在机械方面的实操能力，这样一来，如果仪器出现问题，他自己也能修好；另外还有两点，也是准备的重中之重，即跟随米凯利斯学习阿拉伯语，接受迈耶的天文学"一对一辅导"。

阿拉伯学起来的学习的确任重道远。尼布尔在复杂的语法面前失去了耐心，他觉得米凯利斯太容易拘泥于理论的细枝末节。几个月之后，他仍旧停在课本第一页上毫无进展，就索性放弃了。而另一方面，迈耶——这位在学术界举足轻重的数学家——对他的教授，令他身心畅达；他们师徒二人，学得迫切，教得恳切，教学相长，好不热烈。迈耶发现了一种通过观察解读月相来确定经度的新方法；就像林内乌斯和福斯科尔之间的关系一样，前者把后者参加阿拉伯远征当作是为自己扩增植物标本收集的一个机会，迈耶也在尼布尔身上发现了一个意料之外的机会，即可以将他的那些理论统统投入试验。尼布尔承诺，基于迈耶在那时尚未发表的月亮图表，他会应用迈耶的方法，竭尽全力来完成经度的推算工作。作为交换，迈耶也积极投入对尼布尔的仪器设备的详细研究中。他们一起设法弄到一台象限仪[1]，尼布尔想用它来测量太阳和其他恒星的地平纬度，还想用它来对地球进行角度测量。

[1] 象限仪（quadrant），又称地平纬仪，天文学家通常利用象限仪测量太阳和行星的子午线高度，进而确定纬度、黄道倾斜角和观测地点的恒星坐标。

为了尽可能地测量精准，迈耶甚至会亲自动手来校准仪器。我们可以想象他俩为这项工作俯身弯腰的样子：尼布尔认真地观看着，同时，迈耶相当谨慎地记下这台新象限仪所显示的度数。每当迈耶擦拭仪器时，光照在平滑的铜台上，映成一面小镜子；他们眉头紧皱，沉默不语，而这个时刻，往往充满了无限崇敬，就如我们在首次邂逅“星盘”[1]这一概念时的反应。星盘，往后我们还会经常遇到这个词，因为卡斯滕·尼布尔将会用它测量阿拉伯菲利克斯。

由于冯·黑文的失踪，尼布尔的这段准备时期比最初预估的要久一些。直到1760年9月29日，也就是米迦勒节[2]这一天，他才离开格丁根，坐上开往哥本哈根的邮政车。抵达后不久，他就被引荐给著名的彼得·福斯科尔。在这位男士面前，他深知自愧不如，尽管对方只是年长了一岁，却已经取得如此多的成就。相应地，他们会面时的气氛也一点都不活跃。福斯科尔先生看起来心事重重，与这位未来的同伴交流时也只是心不在焉地回应着。

但和伯恩斯托夫坐在一处的时候，情况就好太多了。这位外

---

[1] “星盘”（astrolabe），一种构造精密而复杂的磁倾计，白天或夜间都可使用，历史上是天文学家和航海人员用以测量可视天体地平纬度的仪器。其用途非常广泛，包括定位和预测太阳、月亮、金星、火星相关天体在宇宙中的位置，确定本地时间和经纬度，三角测距等。

[2] 米迦勒节（Michaelmas Day），纪念天使长米迦勒的节日，西方教会定于9月29日，东正教会定于11月8日。其日期恰逢西欧许多地区秋收季节，节日纪念活动十分隆重，尤其在中世纪，许多民间传统习俗都与它有关。

交部部长十分友好，会带着慈父般的喜悦倾听他。当尼布尔情不自禁地给他展示自己的新星盘时，伯恩斯托夫便问道为什么不把这个仪器所花费的账单寄给他报销。尼布尔直截了当地回答说，他目前正接受着丹麦国王赐予的补助金，所以他认为理所应当是自己来支付买星盘的钱。当时的情景可想而知，伯恩斯托夫坐在一旁定定地看着他，手托着下巴听他讲着，若有所思地点头称是。或许他也会在某一瞬间忽然联想到，那些流入冯·黑文手中的无止境的旅行花费和津贴，还有满足福斯科尔要求的所谓的教授薪资和终生抚恤金。但无论如何，他还是告诉尼布尔，丹麦国王将会且理应支付仪器的相关花费，此外，伯恩斯托夫以个人名义提出，如果尼布尔先生愿意担任远征队的财务负责人一职，那么他将会不胜欣喜。他还提到了瑞典植物学家彼得·福斯科尔通过自己的提议而被委以“教授”之事，遂问及尼布尔是否有意拥有相同头衔。尼布尔反倒被这个提议惊住了，忙回答说他还没拿到学士学位。伯恩斯托夫则又问他是否愿意担任队长一职。尼布尔极难为情地婉拒了，说自己实在是太年轻了，他还鼓起勇气向部长坦言，只要能给他一个工兵上尉的头衔，他就很满足了。

“作为一名工兵上尉，如果能够为大家提供精准的观察与测量，我便会感到十分光荣；但作为教授或者队长，如果大家知道我在高等数学的高深领域并没有什么钻研成果，我会觉得很羞愧”，他这样说道。

伯恩斯托夫沉默地看了他一会儿。随即决定委任他为“工兵上尉”，这个职位和地籍测绘员差不多。但尼布尔觉得恰如其分。由是，卡斯滕·尼布尔得到了允许，继续做一个无名之辈。

5

在尼布尔抵达哥本哈根后没多久，又有两位成员即将加入丹麦远征队。阿斯卡涅斯[1]教授和厄德尔[2]教授共同拟写了一份建议书，指出这个团队理应增加一名插图画家，负责为收集的标本绘出逼真的素描图像；此外，还需增加一名自然科学家，负责协助福斯科尔教授，同时担当远征队的医生一职。

对于第一个职位，新成立的艺术学院选出了一名画家，名为格奥尔格·威廉·博朗芬。此人也是一名雕刻家，时年 32 岁，来自德国南部的纽伦堡（Nuremberg），曾应召前往丹麦，为贵族克莱文费尔特制作家族历史的雕刻版画。在哥本哈根，他拜在伟大的普赖斯勒[3]门下学习，后者的学生包括后来蜚声艺坛的克莱门

---

[1] 阿斯卡涅斯（Peter Ascanius，1723—1803），挪威生物学家，林内乌斯的学生，于 1759—1771 年在哥本哈根教授动物学和矿物学，于 1755 年当选为皇家学会的外籍会员。

[2] 厄德尔（Georg Christian Oeder，1728—1791），德国—丹麦的植物学家、医学博士、经济学家和社会改革家，后来于 1753 年领导出版了那本造价高昂的《丹麦植物志》（*Flora Danica*）。

[3] 普赖斯勒（Johan Martin Preisler，1715—1794），德国雕刻家，其绝大部分作品是在丹麦完成的。

斯[1]。与深受法国影响的克莱门斯相比，博朗芬继承了那种更为粗犷，或者说有些粗糙的南德风格。作为一名画家，他几乎称不上出众，但也并非没有天分。早在1754年，他就曾被皇家艺术学院授予一小枚黄金奖章，而五年之后，那幅他称之为“摩西和燃烧的荆棘丛”（Mosesandthe Burning Bush）的版画，则为他赢得了更大的荣誉与奖章。当时博朗芬自然没有想到，几年之后，他会亲身走遍那片地域。除此之外，他的作品还是以显赫人物的肖像画为主，其中较为著名的，有《丹麦王室的画像》，描绘的是奥尔登堡王朝[2]的诸位国王在腓特烈堡[3]里的执政画像；以及相对来说绘作规模更大的，伊弗·罗森克兰茨[4]的肖像画。到后来，他负责完成了A.G.莫尔特克[5]的肖像画，这幅作品，被普遍认为是他最成功的一幅，也正是这幅画像为他赢得了丹麦远征队的任命。

身为画家和雕刻家的博朗芬，的确是一个非常称职的手工匠人，虽然他身上没有十分耀眼的光芒，但他做事勤勉认真，一丝不苟，为人心平气和，安宁温顺。他很少会有走极端的时候。即

[1] 克莱门斯（Johan Frederik Clemens，1749—1831），著名蚀刻版画家。

[2] 奥尔登堡1108年首见于史籍。12世纪初为伯爵领地，1345年建市，是德意志境内的一个邦。从该邦的统治家族中产生了北欧（丹麦、挪威和瑞典）的奥尔登堡王朝。1448年奥尔登堡的克里斯蒂安伯爵被选为丹麦第一任国王。

[3] 腓特烈堡（Frydensberg），又叫水晶宫，始建于1560年。

[4] 伊弗·罗森克兰茨（Iver Rosenkrantz，1674—1745），丹麦政治家，丹麦、挪威、瑞典的贵族。

[5] A.G.莫尔特克（Adam Gottlob Moltke，1710—1792），丹麦的朝臣，政治家、外交家，国王弗里德里克五世的心腹。

便是展露严肃的那一面时，说话也不刺耳，总会带着幽默愉快的语气。这也是性情使然。所以相处没多久，其他人就觉得他是个友好和善的伙伴，从不惹是生非。虽说在极偶尔的情形下，这种愉快明朗的心境也会为思乡的惆怅、忧郁，以及孤独感所笼罩，但博朗芬自始至终都兢兢业业，无论被要求做什么工作；他时常会持续多天不间断地工作，这份勤劳是出于自觉，而不是被动。因此，他也是远征队中唯一一个不会被牵扯到内部矛盾里的人。

不过，矛盾的第一次转化就发生在另一个和博朗芬同时被任命的人身上，也就是被选出担任远征队医生一职的那个人。他叫克拉默，丹麦人，曾就读于哥本哈根大学，跟随来自德国的克拉岑施泰因[1]教授学习自然历史学和医学。相较于远征队的其他成员来说，我们对克里斯蒂安·卡尔·克拉默的情况知之甚少。1732年1月19日，他出生于哥本哈根，母亲是索菲·卡斯，父亲约翰·克里斯托弗·克拉默是勋爵张伯伦·冯·普勒森的管家，毫无疑问，父子二人皆得益于这层关系——张伯伦时不时地能在宫中为这名年轻的医学学生美言几句。只不过克拉默直到满21岁时才进入大学校园，七年之后，也就是1760年，他通过了医学的毕业考试。他的博士论文是关于昆虫的，听起来很厉害，事实上却是

[1] 克拉岑施泰因（Christian Gottlieb Kratzenstein，1723—1795），生于德国，医生、自然科学家、工程师，是那个时代启蒙运动的典型代表人物。从1753年起，他在哥本哈根大学任教，曾四次担任校长。

一部很乏味的作品，原创性很低，当时只是为了确保自己能拿到为加入丹麦远征队而必须具备的那个头衔，于慌忙仓促间赶制出来的。1760 年 12 月 29 日，克拉默被授予博士学位 —— 距离远征队从哥本哈根出发只剩六天。除却这篇博士论文，他的作者身份也就仅限于 1759 年出版的一本书。至于那本书的内容，我们则是一无所知，其实坦白讲，即便那书就摆在面前，我们也不见得想了解其中到底写了什么。做个不太恰当的比较吧，这种不感兴趣的程度，就好比我们看到福斯科尔关于“出版自由”的作品时，那种很感兴趣的程度。因为光看它的题目就已经足够了：《金丝雀及其护理》（*Canariesand Their Care*）。

和博朗芬一样，克拉默温文尔雅，友善和气。但在他的专属领域里，他并没有展现出什么过人能力，在其他方面也是庸碌无为。由于这些品质，或者更正确地说是他所缺乏的这些品质，让他像一块无足轻重的，也许忽然就遭遇山体滑坡的小石块。

对于彼得 · 福斯科尔来说，他尤其不能接受克拉默的加入。因为这个瑞典人从斯德哥尔摩离开时，还有一个老乡与之一同前往哥本哈根。老乡名叫法尔克[1]，比他低一届，也是林内乌斯的使徒之一，也被认为是前途光明的植物学家兼自然历史学家。在征

---

[1]　法尔克（Jonas Peter Falck，1732—1771），瑞典植物学家，林内乌斯的使徒之一。在乌普萨拉大学跟随林内乌斯学习植物学的同时，担任后者的儿子卡尔 · 林内乌斯的家庭教师，1762 年完成博士论文答辩。

询过林内乌斯的意见之后，福斯科尔问法尔克是否愿意前往哥本哈根，因为这样他就可以尽力引荐他来担任自己的助理，从而助其加入丹麦远征队。而法尔克想的是，他不仅能凭借这个机会成为非常重要的个人助理，同时他也会是那个职位仅次于福斯科尔的人，这意味着由他来做那件事会更加方便——把植物标本直接寄给热切盼望的林内乌斯。

因此在抵达丹麦后不久，福斯科尔就向伯恩斯托夫提交了一封请愿书。伯恩斯托夫呢，其实在很早之前就已经表明自己的态度——他已经做好心理准备以接受福斯科尔最过分的请求。而这一回，福斯科尔提出了四项要求。一是他想得到一份担保：远征队将会在林内乌斯最喜欢的国家——非洲大陆南端的好望角——短暂停留；二是他想获得一个许可：给林内乌斯寄种子、植物以及其他标本；三是他想开设一个账户：以报销所有的特殊花费；四是他想要一名助理：即同样来自瑞典的约翰·彼得·法尔克先生。

最末这条是有些放肆了，因为当时福斯科尔明明已经知道，他的助理已经选好了，就是那个丹麦人克里斯蒂安·克拉默，但他还是送出了这封请愿信。然而，在他抵达哥本哈根四天之后，情形如何已一目了然。当时他给林内乌斯写了一封信，信中提及让丹麦政府接受法尔克的重重困难。“这是一项十分艰巨的任务”，他写道，“一方面我得注意言行，不能冒犯他们；另一方面，和一个不靠谱的人共事，还不能让他拖累了我，反正不管怎么说，两下里都不是容易事儿。我会尽我所能为自己谋权得势的。”

其实我们已经看过福斯科尔是如何“为自己谋权得势的”了：当初他笔战群儒，将那篇博士论文的批评者们击得溃不成军；后来在“出版自由”论战期间，他也是横眉冷对千夫指，宁为玉碎不为瓦全。在过去的两回对抗中，他都捍卫了自己的权利；在过去的两场战斗中，他都不得不做出选择，要么对他的反对者发起反攻，要么投降认错，接受他们的观点。而他在这两种情况下的应对方针是一致且明确的，那就是冲锋陷阵，绝不退缩。因此在当前他所面临的情形下，福斯科尔仍旧清楚自己应是据理力争的一方：毫无疑问，法尔克比克拉默强太多了。于是此时此刻，他依旧选择了出击进攻。

他提出的三项最重要的申请，都被伯恩斯托夫拒绝了。米凯利斯当然也不赞同让远征队在南非停留 —— 他可不想连累自己为此受责；再说了，这支远征队从一开始就是本着探索阿拉伯的计划才被组建起来的 —— 又不是为了跑到林内乌斯的理想国去寻找什么植物标本。更何况这趟远征是丹麦国王出资支持的，其间得到的任何成果，丹麦政府是绝对不允许他们寄往其他国家的，收货地址有且只有一个，必须是丹麦。仅凭这一点，理由已是无可辩驳。但对于负隅顽抗的福斯科尔来说，仍旧有可乘之机。他决定还是要再用一点策略，来确保他的两项请求都被满足，因为他知道宽宏的伯恩斯托夫是非常容易打交道的人。那么到后来究竟是什么原因使他机会尽失呢？与其说是丹麦政府的强势态度，不如说是祸起自身。特别是法尔克一事的再次要求。

此时请愿书已上呈给伯恩斯托夫一月有余，克拉默将会随同远征队一起前往阿拉伯菲利克斯已是板上钉钉的事。在这个节骨眼儿上，福斯科尔又给伯恩斯托夫去信一封，信中他再一次要求让法尔克代替克拉默。且看此信如何振振有词：“哥本哈根虽然出于研究目的也成立了不少学术机构，但事实上这些机构都只是刚刚投入运作而已；相比之下，乌普萨拉的自然历史研究则居于领先地位，也就远比哥本哈根的成熟；眼下我的同事便能够证明这一点，他有一封林内乌斯先生的亲笔推荐信，此人深受先生教导，学识渊博，堪当大任。由是我就斗胆说一句，请您接受我的恳求。如果他能加入远征队，他能带来的巨大成就便指日可期。然若以一个在自然科学最重要的领域都亟须补课的人而取而代之的话，那么，我又能指望从他那里获得什么帮助呢。”

如果说之前福斯科尔还剩一次可以说服伯恩斯托夫的机会，那么现在的他，是真的已经用光用净了。再有任何轻举妄动都不过是徒增自己的愚笨。他只用了四五行字，就清楚分明地告诉了刚刚答应任命他为教授，并让他得到终生抚恤金的丹麦政府：相比于瑞典，丹麦在自然历史领域的大学教育不过是业余水平；并且，相比于瑞典的候选人，丹麦政府为自己的远征队选拔的人是无能之辈。对于优先选择法尔克一说，最初仅出于学术考虑，福斯科尔或许还有据理力争的余地，但就目前而言，如果丹麦政府把他反对克拉默的行为看作一种民族优越感的展现，那他就只能是迎风吐唾沫——自作自受了。

果不其然，这封信迅速激起了抗议。克拉岑施泰因教授早就有所耳闻，福斯科尔把他描述成一个乡巴佬，说他连自然历史标本的分类编录工作都做不好，而且听后者的意思，仿佛是世界上只有林内乌斯一人清楚这些事该怎么做。而今白纸黑字，说自己的学生不及林内乌斯的学生。他感觉自己被狠狠地羞辱了，遂即找到伯恩斯托夫抗议此事，他说福斯科尔这样过分偏袒自己的老乡，其根源在于他们瑞典人的民族歧视。伯恩斯托夫认为他说得在理。于是福斯科尔的请愿根本没有商量的余地，丹麦政府毫不犹豫地给克里斯蒂安·卡尔·克拉默下达了任命。

这下挑起了恩怨。福斯科尔一听说这项任命，气得直顿足，愤怒冲昏了头脑，他当时就去找克拉岑施泰因理论了。我们永远都无法知道两人之间这次激烈会面的具体细节，但有幸的是，我们找到了克拉岑施泰因的个人陈述，就在一年之后他写给林内乌斯的一封信里。虽然这些讲述难免会有一边倒的嫌疑，但总体来看和我们了解的福斯科尔的性情基本一致，应该是很接近事实的：

他是一个人来的。我很难违背自己的善良天性，所以还是格外友好地接待了他。但他却时时充满敌意，动辄发怒。

刚一进门，他二话不说就开始谴责我，那么多不堪入耳的诅咒、辱骂，劈头盖脸而来，让我都忍不住觉得眼前这个人大概是发高烧了神志不清，不然怎会失控到这般地步。我回答他，这些辱骂冒犯的话，他不应该直接冲着我来，就是要撒气也应该对着阿斯卡尼俄斯，毕竟是他带头给克拉默任命的。并且我也很不习惯这种对话方式。但他还是不停地说说说。后来我就失去了耐心，我对他说：“你怎么可以到这里来，就在我的家里，羞辱我，何况我在这件事情上还是清白无辜的。你凭什么？”这时他说：“哼，克拉岑施泰因教授！要是我公开说你比林内乌斯差很多的话，你不应该觉得这是在冒犯你。要知道能和林内乌斯相提并论，并不是件让你羞愧的事。”“恰恰相反”，我回答他，“在这儿，在哥本哈根大学里，即便你羞辱了我，国外的林内乌斯也不会如你所愿被捧到天上去在这儿，是我，不是林内乌斯，在教授自然历史。最起码，我的学生不应为被灌输这样荒谬观点：我不能胜任这门分支学科——的教授工作。就算在我心里，我接受林内乌斯在我之上，那也是我自己的事。而至于你，我必须要强调的一点是，你根本没有资格对此作出任何评价，因为对于我所做的以及我不了解的事，你都一无所知。”他随即说道：“我无意要惹你生气，但我要告诉你，在林内乌斯的对比之下，你就只能算个侏儒。”为了克制自己想要动手打人的冲动，我站起身，

> 离开了沙发，回应道："很好！我或许是个矮子，但也是那个站在林内乌斯肩膀上的矮子。"此番论罢，话题就转向了远征队的其他成员。他开始了对克拉默的"机枪扫射"。但我建议过克拉默，不要参与跟这个狂徒有关的任何讨论。毕竟就在我自己家中，此人都毫不犹豫地侮辱了我——他已经被自己的疯狂吞噬了。

但福斯科尔并没有善罢甘休。继克拉岑施泰因之后，他又把矛头转向了伯恩斯托夫。11 月 24 日这天，福斯科尔书面知会丹麦外交部部长：刚刚有个叫克拉默的学生来拜访过我。那个学生声称自己被选定为我的队友，且在即将到来的远征考察中与我平起平坐。福斯科尔是要提醒伯恩斯托夫，他曾经要求过一个助理，但"由于这个新同事无论从哪方面来说都不是我的下属，那么我也就没有这个义务去检验他是否合格。只不过我完全有理由假设，要是他没有像我一样充分研究过自然科学，而我们俩却还被看作地位平等的话，这将意味着我得独自进行研究工作，而他却可以坐享其成。"于是福斯科尔再一次要求，把远征机会给予"林内乌斯博士能力超群的学生吧，也就是之前向您推荐过的我的那位忠实可靠的朋友——法尔克"。如果伯恩斯托夫不同意，福斯科尔要求，至少允许他考察一下克拉默博士的学识，然后根据他所呈报的结果，再作定夺也不迟。

彼得·福斯科尔的这些话，彻底超出了读信人的忍耐极限——即便是好脾气的伯恩斯托夫。对于任命克拉默一事，外交部部长虽已确定无疑，但他还是感受到自己再一次身处压力之下：福斯科尔要求任命法尔克，如果不能，此人便要试图坐在判官的位子上，来评判一个已经被丹麦各教授以及丹麦政府认可接受了的学者。这个瑞典人的傲慢态度令伯恩斯托夫勃然大怒，以至于在接下来的一段时间里，福斯科尔为丹麦国王效劳的未来地位也变得岌岌可危。但伯恩斯托夫非常清楚的一点是，在远征队起程之前，即便是拥有外交部部长大权的他，也无法再及时找到另一位植物学家替换此人。遂也只能是“罢了罢了”，事已至此。不过福斯科尔看起来倒像是得到了莫尔特克的支持（他曾为后者精心组织安排了哥本哈根的贝壳收集工作）。莫尔特克当然不会忽视，福斯科尔的性情有多离奇，相应地，他的天分就有多惊人。因此极有可能的一种情况是莫尔特克心知肚明。也就是说，首相大人在不动声色的淡漠外表下，其实已经暗暗观察到了这趟浑水的底：真正的问题，与其说是福斯科尔失礼冒犯，倒不如说事实上他是对的。

四天后，国王给远征队的各个成员下达了指示，包括对福斯科尔的明确斥责，以及对他最初写给伯恩斯托夫那封请愿书里的请求的驳回——以上这些都已经众所周知。“由于我们政府支付着整个阿拉伯远征的所有开销，那么理所应当，远征队一路上收集的任何东西，动物、鸟、鱼等诸如此类的标本和材料，都要按照我们亚洲集团公司的地址直接寄回来，并且只能寄给我们，不准寄往其他任何地方。如果在这些收集中有任何副本是我们不需要的，那可以视情况而定，考虑福斯科尔教授的心愿。就如上文提到的，既然从始至终远征队的开支都是由我们政府独自承担，那么相应地，承担远征事业的人选也是由我们自己决定。因此，在这里，我们由衷地希望，候选人克拉默医学博士做好准备，前往阿拉伯。”

作为回应，福斯科尔给伯恩斯托夫寄了一封更长的信，向他担保，那不是民族歧视，而是对学术的关心导致他行为失控。他恳请伯恩斯托夫不要把他往坏处想——这样的话会破坏他在工作中得到的所有乐趣；他还表明自己会接受所有安排。看过这封信后，伯恩斯托夫基本上已经原谅了这个不可一世的教授。但福斯科尔内心真实的怒火并没有平息，它们都淋漓尽致地表现在另一封信里了，也即他在向恩师林内乌斯倾诉衷肠时，对克拉默的医学论文作了如下评价：“我的队友同事克拉默最近以一篇题为‘丹麦昆虫标本研究’的差劲论文，拿到了他的医学博士学位。但如果你翻阅一下，就会发现这其中并无任何新事，涉及昆虫学的所有内容都抄袭了莱塞的研究成果；剩余部分则源自您的《自然系统》。他们从瑞典买了一批昆虫标本，都是早就贴好了标签的。现在他们想象真正的专家一样大展锋芒，这真是天大的笑话。”

他给林内乌斯的这封信写于1761年1月1日，距离远征队起航仅剩四天时间。有关克拉默的纠纷一直持续到1760年年末。随后这出闹剧却忽然向着始料未及的剧情展开：一个新人物突然出现在荧幕上，并占据了中心——身为硕士的弗里德里克·克里斯蒂安·冯·黑文，从罗马回来了。

6

上一次听说冯·黑文的消息，还是1759年4月，当时他从法兰克福给伯恩斯托夫寄了一封信，汇报自己历经六个月煎熬后，终于要离开哥本哈根，踏上前往罗马的旅途。但是从那之后就完全陷入了一片沉寂。没人知道这位丹麦学者在做什么。同年8月，米凯利斯不得不向伯恩斯托夫提议，找冯·黑文的亲戚要他在丹麦的地址。有关这方面的探询貌似也没什么结果：冯·黑文消失了。1759年10月，丹麦前往德伦格巴尔的轮船起航了，但学富五车的远征队并不在上面。

直到远征方案的计划被彻底打乱——冯·黑文终于成功地把个人的准备时间足足延长了一年之后——伯恩斯托夫才收到此人的一封来信。这封信是1759年11月11日寄到丹麦的，按理在这个时候，冯·黑文应该已经回到哥本哈根很久了才对。而现实却是，他踌躇满志、毕恭毕敬地向部长阁下宣布，他才刚刚抵达罗马。这趟旅途占去他一年时间不说，除去即时旅费开支，还花掉丹麦政府一年 500 里格斯达勒的津贴。

在给伯恩斯托夫的信中，冯·黑文以巧妙的借口为自己铺设了整整一路。他说起自己在 5 月 22 日那天是怎样离开法兰克福的：经由美因茨、斯特拉斯堡、巴塞尔、伯尔尼、日内瓦、尚贝里、都灵、热那亚，最终在 7 月 20 日这天抵达来航[1]。“如果从这儿出发直接去往罗马，八天内应该也能抵达。但出于对罗马糟糕的夏天气候的顾虑，阻滞了我前进的计划。所有人都在警告我别去。面对他们善意的提醒，我实在是找不到可以反对的理由；同时我内心也十分清楚，我所肩负的使命不允许我拿生活和健康来冒险——如果只是换来早到或晚到（×）[2] 五周的结果。恰恰这时天不助我，罗马果然像大家担心的那样。如此我便觉得自己应当前往佛罗伦萨。佛罗伦萨的气候可真是温和呐，到那儿以后，我充分发挥个人优势，在大公的图书馆里展开研习，随即决定在那儿停留一阵子，把最糟糕的时节先过了再说。就这样，前往罗马的日子一直推迟到了 9 月中旬。但到那时，我又被一场感冒击倒了，因此就又耽搁下来，这不，直到这月初我才抵达罗马。”

在罗马似乎也是一样，总有层出不穷的种种困难来和他作对。

---

[1] 来航（Leghorn），一译里窝那，意大利城市。

[2] 这里的“×”是原文符号。冯·黑文在“晚到”后面划了个“×”，表示他有思考过，也清楚晚到是不对的。

早前那一回，米凯利斯跟他强调过，前往意大利首都来寻找阿拉伯语的教导是没有意义的事，那里没有人会说阿拉伯菲利克斯的地方语言。但冯·黑文却不以为然，他说重要的是自己要去那里“加强东方抄本读写能力方面的练习”。如此说来，这也应该是他在梵蒂冈图书馆[1]唯一能做好的事了。然而，在抵达罗马三个月之后，他写信告诉伯恩斯托夫，眼下于每天的早晨和傍晚时分，一位来自叙利亚的神父会指导他阿拉伯语的学习；直到抵达四个月之后，他才报告说自己刚刚拿到了前往梵蒂冈图书馆的推荐信；五个月之后又说，多亏了一位法国大使，这封推荐信才成为一张进馆的准许凭证。终于，在抵达罗马六个月之后，也是他离开丹麦十八个月之后，这位学者总算展开了他的语言研究。然而好景不长，命运又对他动了动手指。3 月 22 日，他给伯恩斯托夫去信，说，不幸的是，梵蒂冈图书馆只在早九点到中午时间对外开放。“但是”，冯·黑文又补充道，“相比于已故的，我更愿意与生气蓬勃的人进行探讨与学习，加之我只能在早上见到我的叙利亚神父，如此一来，我就基本上没有什么空闲时间做别的事情了 —— 在图书馆里抄写原稿抄本的工作得让别人来做了”。

瞧，这个让人不快的“巧合”到底是出现了。最后落得个什么结果呢？待在罗马的那段时间里，冯·黑文连一份手稿都没誊抄下

[1] 梵蒂冈图书馆（Vatican Library），建于 1475 年，藏有大量手稿，是世界上最古老的图书馆之一。

来。但是他却依旧要到了一笔额外的200里格斯达勒的旅行经费。

此时已经是夏天了。7月15日这天，米凯利斯写信给冯·黑文，传达皇室下达的相关命令：最晚9月底，远征队所有成员都要在哥本哈根集合完毕。丹麦国王将会报销他们前来的路费。福斯科尔和尼布尔每人收到100里格斯达勒，考虑到冯·黑文的路途最远，他便可以得到300里格斯达勒。

我们已经看到前两名成员是如何服从皇室命令抵达哥本哈根的。但到了冯·黑文这儿，事情就又有了特殊情况。“阁下，这是无论如何都办不到的啊！”他在8月16日给伯恩斯托夫的信里抗议道。“我已经没有钱回返，承蒙阁下仁慈，就连上回国王陛下赏赐的那200里格斯达勒的津贴，我都没有收到。我需要400里格斯达勒作为回去的路费。如果在下个月结束前，我能收到这笔钱（但估计是不可能的，因为从哥本哈根寄信到罗马要七周时间）——我会即刻动身，11月就返回家乡。”然而，冯·黑文明显低估了这两座城市之间的邮寄速度，因为这笔钱已经在路上了：200里格斯达勒的津贴加上另外一笔300里格斯达勒的津贴来报销路费。也就是说，已经超出了他所要求的（400里格斯达勒）。他于9月中旬收到这笔费用，但并没有立即动身返回哥本哈根。彼时尼布尔和福斯科尔已经坐上他们各自前往丹麦的邮车，而这位精于拖延的大师，却依旧留在意大利，乐不思“丹”——而这个夏天那里的空气却明显不像他之前说的那么糟了。

或许，要是冯·黑文知道后果的话，他会麻利点儿动身的。在格丁根，米凯利斯教授对他回避皇室命令一事感到义愤不平。8月25日，他写信给伯恩斯托夫，恳请丹麦政府宽容冯·黑文并寄去他想要的全款，但在其他方面，他并不认可冯·黑文那些无礼失敬的说法。“一直以来，他在我心里都是一个反复无常、放任善变之人。唉，当时我之所以推荐他，主要是看重他的才华，尽管我与他也有过好几次冲突。但不管怎么说，从他的信里可以明显看出，他的品格并不比远征队的其他任何成员高尚，不足以掌管队里的各项事务，所以此次远征的基金不能交与他管理——应当托付给尼布尔。”

我们可以看到，随后伯恩斯托夫就接受了教授的建议。眼下冯·黑文根本就是在蓄意破坏伯恩斯托夫的计划——但他也进一步毁掉了自己成为远征领队的机会。在收到丹麦寄给他的路费之后，冯·黑文又继续在罗马待了将近一个月才离开，因为（正如他写道）有很多要告别的人和事，他不得不推迟他起程的日子。直到10月9日，他才到达威尼斯，原本打算只待三天就走，“但不如我愿，我不幸又在这里逗留了三天”。而穿过德国的路途，就更不用说有多慢了。10月28日，他离奥格斯堡已经不远，他在信中为自己的慢腾腾作了一番解释，并希望“得到阁下的谅解：设想一下，与其因为忽视必要的安全措施而使自己陷入意外及损失的危险中，还是安然无恙地抵达要更好一些，纵使会晚一点”。

11月14日，他到达汉堡，再次需要休息一段时间；于是直到12月，他才回到哥本哈根。唯一令人遗憾的一件事是，再一次，丹麦前往德伦格巴尔的轮船起航了，但丹麦远征队并不在上面。

这艘轮船本来会带着远征队踏上漫长的旅途，先绕过非洲大陆南端，前往印度东南部的德伦格巴尔，然后再千里迢迢回到阿拉伯菲利克斯，这也是最初的方案中保留下来的计划；原方案假设的是让丹麦殖民地的传教士负责阿拉伯的调研考察。由于最后提到的这一点已不再是计划的一部分，而前面的那一点（航行路线）却没有变更——就目前来说，执行下去并没有什么意义。冯·黑文也是最早发现这一点的人；他的返乡过程如此缓慢，不仅是因为他一贯的散漫悠闲，同样也是因为他想要扼杀计划中这一不合理的部分。在8月23日从罗马寄出的信里，他已经向伯恩斯托夫说明自己心中所想："要是我们打算随同那艘前往德伦格巴尔的轮船离开哥本哈根，那么显然，我就不指望自己能及时抵达了。因为无论如何，就算到了德伦格巴尔，也没我们什么事；并且它既不是最短，也不是最安全，更不是最佳路线。"冯·黑文指出，去德伦格巴尔的想法，本是源于最初的传教士计划；而他建议，远征队不如走最短的路线去阿拉伯：经由开罗、苏伊士、红海——（根据他听说来的）这里并不像米凯利斯教授以为的那么危险。

冯·黑文并不是唯一一个思考过这条路线的人。1760年2月，米凯利斯收到一封"针砭时弊"的建议书，是某个时任皇家国务顾问、奥尔登堡地方行政长官的冯·哈梅尔先生写给他的，此人一方面对德伦格巴尔的路线方案提出了尖锐批评，另一方面，他建议应该直接去往阿拉伯半岛，说是让远征队取道君士坦丁堡："远征队的成员们可以先接触那里的商人，因为行商之人必然会走最佳最妥路线；同时可以向皇家派驻君士坦丁堡的丹麦外交大使请求支持，以帮助他们熟悉东方礼仪和风土人情。"

先前对于这一类方案，伯恩斯托夫是持反对态度的，但由于冯·黑文迟迟没有回到哥本哈根，耽误的两月如今是既成事实，考虑到丹麦政府的利益，他接受了这个方案。12 月 14 日，福斯科尔写信给林内乌斯，说他们的路线有所变更："我们将会乘坐一艘战舰去往君士坦丁堡，由那里再去埃及，而后从亚历山大前往苏伊士，顺红海而下到吉达[1]（也就离麦加很近了），从吉达出发后，沿红海继续航行，抵达阿拉伯菲利克斯的穆哈[2]。"

此次远征的最终路线敲定了。冯·黑文的想法虽然被采纳了，但他现在明白过来，自己的胜利是伴随一场可耻的失败而来的。和福斯科尔一样，他会被授予教授头衔，但他并不是远征的领队；所有成员不分等级，一律平起平坐。他也没有被授予任何掌管资金的权利 —— 远征队财务负责人一职由尼布尔担当。

[1] 吉达（Djidda），17 世纪起作为朝觐者的中转港而兴盛，每年约有 15 万以上的海外穆斯林在此登岸前往麦加朝觐，是麦加的主要进出口岸。
[2] 穆哈（Mocha），即摩卡咖啡的盛产地，也作"摩卡"（Mokha），也门西南部非常重要的港口城市。

他听到这些消息时仿佛遭了当头一棒。他是队里年纪最长的那个，除了年轻的克拉默，他也是唯一的丹麦人。为了这次远征做自我准备，他接受国王给他的津贴差不多有五年时间了。然而现在他却不是那个领队的人。最初他没觉得这次远征会真正成行；当他意识到这是动真格的时，便开始了一系列无所不用其极的拖延策略。显然，比起在阿拉伯的繁重工作，更让他感兴趣的是皇家抚恤金。当所有的疑虑都被打消，当所有的拖延策略都用过之后，如果还是必须参与到这场冒险计划中去，那么他至少也要让自己舒舒服服的，他想的是由自己来做领队，这样一来，至少在分配艰难的工作时，他是掌握决定权的。他从一开始就这样设想，正因如此，他才会理所当然地认为自己是受保护的。他选择让其他人在哥本哈根等他两个月，由此强行对方案作出了重要的变更；他从没有一瞬间怀疑过自己的特权，他觉得自己在未来的远征各项事务中必然也掌握着同样决定性的权利。对此他深信不疑。这是他抵达哥本哈根时的想法；直到后来他获悉自己并不是远征领队。那份支配权，那份财务掌控权，在很久之前就被移交到了一个比他大概年轻六岁的乡巴佬手中。

冯·黑文不禁觉得自己被严重羞辱了。远征即将成行，计划是不会再变更了，只有天知道他日后将会怎样一无是处——眼下的他自然是不知——他只清楚自己这回是无论如何也逃不掉了。除了当机立断坚决表明态度之外，别无他法。放手一搏令他非常绝望，但也是他目前唯一的机会了：等到其他所有成员被召集到一起来会见新人冯·黑文时——根据后来尼布尔的记述——他要求将财务权移交与他；如果要采取投票表决的方式，他要求自己比别人多两票，并拥有否决权。当被问及理由时，他相当狂妄地回答道，这是因为其他人都不及他有学识。

哦？是吗。彼得·福斯科尔对此来了兴致。

7

虽然在这件事情上，现存的信件没有给我们提供进一步的线索，但明眼人都能看出来，从一开始，远征队这两位教授之间就可谓剑拔弩张。福斯科尔怎么能接受得了别人说他才疏学浅孤陋寡闻？谁说都不行，谁说谁不安生。再想想这两人的个性特征，一个是罗马之行锻造出来的借口王兼拖延侠，另一个是为自由为法尔克战斗到底不知疲倦的诡辩才，天知道他们俩会生出多少事端。而那些后来看到悲惨结果的人，就事后诸葛亮地责怪伯恩斯托夫，没有让尼布尔从一开始就担任这场远征的领队。有目共睹的一点是，由于他们的个人作为，福斯科尔和冯·黑文在哥本哈根都很不受待见；然而尼布尔，毋庸置疑是受到伯恩斯托夫最为深切关怀对待的那一个。但尼布尔毕竟是队里最年轻的，不要忘了福斯科尔后来也只是冷漠地接受了那个“尴尬的年轻学生”。然而，当财务权移交给尼布尔这件事公诸于众时，冯·黑文愤怒不平，福斯科尔却保持了沉默。很明显，他们俩在这一点上又是一样的，即都无法接受尼布尔被授予的权威；再者，尼布尔谨慎小心、沉默寡言的性情，导致他根本不具备领导者的气场。

一则是尼布尔发现自己很难做出影响他人的决策。他谦逊的本质，加上几乎全靠自学的实际情况，都促使他内心时而产生对自己的隐隐怀疑，尤其是在自信心爆棚的冯·黑文和福斯科尔的鲜明对比之下。尼布尔先前已经谢绝了教授头衔，而对任何让他担任远征领队的提议，他大概也会采取相同态度。天生不喜欢引人注目的他，更愿意安安静静做事，如果一个任务可以靠自己独立完成，那就最好不过。“抽象化、推测、臆断，都不是他的方式；他需要将事物具象化。”他的儿子如是说道。尼布尔生来就是一个观察家。他的能力既不在勇猛的决策上，也不在闪光的想法上，而是在耐心细致的描述中——无论在他眼前摆着的是什么。他曾经想要成为一名管风琴手，隐身于某个乡村教堂的管风琴楼厢里，再现着那些由别人写就的乐章，尽他所能。他曾经也想成为一名测绘员，独自一人出去，在茫茫旷野中，尽可能准确地测定那些规定的边界线。而最终，尼布尔满怀热情选择的，是奔赴这场前往阿拉伯菲利克斯的远征。

就远征的所有成员而言，就这场冒险本身而言，他应该是最深受其吸引的那个。正如他儿子所说的，在阿拉伯沙漠里等着他的任务，“与他内心深处的愿望完全一致”。比起沼泽湿地的荒野环境，比起农场边界线的枯燥划定，他在沙漠里的工作将会更加默默无闻，然而于离群隔绝之中，他却可以测量绘制出一整张的国家地图。他并不想要更多的财富，他也毫无野心将权力凌驾于他人之上。这个 28 岁的乡村小伙子漠视荣耀和权力，却对远征考察满怀希望与期待——不过恐怕只有他一人如此 —— 至于丹麦远征队的其他胸有成竹、骄傲自负且能争善斗的大学士们却并不像他这般乐观淡泊。尼布尔并不想要成为什么了不起的人，只要能过得充实、快乐、幸福，对他来说就已足够。

毫无疑问，伯恩斯托夫很快便意识到，不只是福斯科尔和冯·黑文绝不接受尼布尔担任领队的问题，实际上是尼布尔本身也不适合这个角色。为了让他成为财务负责人，伯恩斯托夫可以说是尽己所能地在帮扶他。而另一方面，按照冯·黑文的强烈要求，路线方案的规划早已调整完毕，他会坚决执行这一决策。反正眼下无论如何是没有时间再对远征方案作任何变动了。1760 年 12 月 21 日，风帆战舰“格陵兰号”已经在哥本哈根城外的锚地泊定。除了五位学者之外，皇室还会再派一名侍从随同前往。此人名叫贝里格伦，瑞典人，体格强健，沉默寡言，之前曾为一名与普鲁士作战的骑兵上校（colonel ofthe Hussars）效劳。他们六人都已接到命令，为即将出发的行程做好准备。随后在圣诞节之际，卡斯滕·尼布尔接到国王给丹麦远征队下达的最终旨命 ——

由 43 段组成 —— 以下便是其中最重要的远征要求：

远程队将乘坐“格陵兰号”战舰前往君士坦丁堡，在那里中转前往阿拉伯菲利克斯。只要心中时刻记着此次远征的目的，那么一切考察收获皆有可能。

此行路线有如下安排：经由君士坦丁堡到亚历山大、开罗；穿过埃及去西奈；顺红海而下到穆哈。远征队成员的通行证和推荐信，将由国王陛下派驻君士坦丁堡的外交大使提供。至于远征队在阿拉伯菲利克斯的停留时间，初步暂定为两年，如有必要，三年也可。

你的首要任务是尽你所能学习阿拉伯语，在这个过程中，植物学家和语言学家将会协助你。

你等需要穿越阿拉伯腹地，同时也要完成沿海岸线的旅途。此行我已安排一名医生与你等同行，那么在不危及生命的前提下，我也希望你等能够不惧艰辛劳苦，对那些致命疾病横行的大量地区进行走访考察。

远征队的每位成员都需要写日记，条件允许的情况下，要时常寄副本回来。

远征队成员在穆斯林面前要谨言慎行，要尊重他们的宗教，在穆斯林妇女面前要举止端庄，不得放肆，不得过分亲密。

2000 里格斯达勒用于购买手稿，但注意价格需合理：2/5

分配给语言学家，2/5 分配给植物学家，1/5 分配与你；购买种类：自然历史、历史、地理的笔迹，以及任何有关希伯来语《圣经·旧约》的古代手稿、抄本，阿拉伯语翻译的《圣经》抄本，尤其是那些最古老的、有别于现在使用的语言体系的文本。

各成员需要勇攀学术高峰，全力以赴解答疑难，无论是由米凯利斯教授提出的，还是其他欧洲学者寄过去的。解答的副本需和日记一起寄回。

所有成员一律平等；出现意见分歧时，少数服从多数。

但凡走过的地区，你必须广泛收集数据，通过全面而系统的经纬测量及计算，绘制出相关地图，对于当地干湿季节之间存在的任何差异也需要做好标注，要留心观察过去那些时代的各种遗迹、人口规模、国家出生率。此外，你还需要特别留心观察红海的潮汐变化规律、出生率与死亡率之间的比例、一夫多妻制对人口增减方面的影响、两性之间的关系、城乡女性人口的数量，等等。

克拉默博士需要专注调研所在地区的古怪疾病，并找出应对疾病的措施；要帮助生病的阿拉伯人，由此来赢得他们的信赖。

冯·黑文教授需要观察记录那里的风俗习惯，特别是《圣经》和犹太戒律中有所述及的；需要设法广泛而深入地研究阿拉伯人、希伯来人、叙利亚人，尝试去了解在伊斯兰教兴起之前的宗教服务与无宗教信仰者的习俗；需要誊抄古希伯来语和希腊语的《圣经》手稿的任何变体文本；若遇到自己不能解释的手稿抄本，无论古阿拉伯语抑或东方语言，在誊抄时都需要格外小心严谨。

福斯科尔教授需要采集动物和植物标本，特别是《圣经》中提到的。

画家博朗芬先生，要保证远征队其他成员需要协作时，提供相应帮助。

最后，整个团队要一起从巴士拉[1]返回，取道阿勒颇[2]、士麦那[3]，而后返回欧洲。

由此，在经历了多年准备和激烈的争执后，丹麦远征队即将扬帆起航。现在一切都取决于风帆战舰“格陵兰号”的指挥官菲斯克[4]先生。在新年之际，这艘大船即将拔锚起航；1761 年的 1 月 4 日这天，六人已经乘着摆渡船，缓缓驶离收费站。一周之后，《哥本哈根邮报》头版刊登了这则新闻快讯：“时局动荡不安，陛

[1] 巴士拉（Basra），伊拉克巴士拉省省会，位于底格里斯河和幼发拉底河交汇的夏台·阿拉伯河西岸，伊拉克第一大港及第二大城。建于 635 年，曾被战火摧毁，891 年重建。

[2] 阿勒颇（Aleppo），叙利亚第一大城市，阿勒颇省省会，占据了幼发拉底河和地中海之间的关键位置，是古代商路上的一个重要地点。

[3] 士麦那（Smyrna），土耳其第三大城市伊兹米尔（İzmir）的旧称。

[4] 菲斯克（Fisker，1753—1819），丹麦海军军官。

下虽勤于朝政，日理万机，但仍不忘促进知识与科学之进步，为其子民谋求更辉煌的荣耀，陛下为此，殚精竭虑……”

尽管时局动荡不安。也许只有在如此动荡的时局，人们才会梦想远航去阿拉伯菲利克斯。1761 年的丹麦，全国上下都弥漫着对战争的不安和恐惧。即便那时的丹麦政府正在执行着一个比以前 —— 也是比以后 —— 任何时期都要盛大的文化方案，但国家所面临的内忧外患却已无法遮掩。首当其冲的便是府库钱粮，国家财政赤字，这是与德国打仗的结果；为加固国防，伯恩斯托夫不得不派遣一个多达 2.4 万人的军团到荷尔斯泰因[1]驻扎。而另一边，俄罗斯帝国带来的战争威胁也迫使他外交活动频繁，焦躁不安；当时距离彼得三世[2]派军进驻梅克伦堡[3]已经不远了，那个君王还宣称他要将丹麦皇室赶到德伦格巴尔去。这些年来，丹麦几乎时时刻刻都面临着此种威胁。放进历史长河里，下一个时代几乎可以被称作世界大战时期。腓特烈大帝并不满足于只在无忧宫里吹长笛。1761 年，七年战争[4]的第五年，而在印度和美国，一场血战到底的英法殖民地争夺大战也已经进入第六年。所以对于丹麦国王来说，这应该才是他“勤于朝政，日理万机”的最主要

[1] 荷尔斯泰因（Holstein），北邻丹麦，南接德国的汉堡市、梅克伦堡 - 前波美拉尼亚和下萨克森三州。历史上的荷尔斯泰因包括今天的荷尔斯泰因和丹麦的南部。

[2] 彼得三世（Peter Ⅲ），俄罗斯帝国的第七位皇帝。

[3] 梅克伦堡（Mecklenburg），德国东北部历史地区名。

[4] 七年战争（Seven Years' War），1754—1763 年，主要冲突集中于 1756—1763 年，当时欧洲主要强国均参与了这场战争。

原因吧 —— 无论如何国库不能持续空虚下去。由于英国私掠船的横行霸道，丹麦商船在海域上颇不安全，贸易也就遭受到严重损失，为了保护商人，抵御大英帝国的威胁，丹麦政府不得不使用战舰来保商护航。

“格陵兰号”是一艘海军战舰，在1761年的新年之际即将出发前往地中海，护送丹麦的商贸船队从马赛到士麦那。没错，当时摆渡船上的六个人迎着阳光远望，映入他们视野的就是这艘大型轮船，也就是在这个风平浪静的冬日上午，他们集合到了一起，缓缓摆渡前行，静静凝视远方。只不过六人各怀心事，各自沉默：潇洒的冯·黑文——也潇洒不起来了——对自己的降级感到愤恨不平，充满悔怨；一丝不苟的福斯科尔一脸冰冷，就在四天前他还向林内乌斯抱怨那个“天大的笑话”，如今“笑话”作为自己的助理就在眼前；而“笑话”本人，这个不幸的克拉默，看着眼前这场趟即将展开且会持续多年的远征旅途，内心涌现的真实想法再清楚不过了 —— 他从一开始就不想参加；还有那个敦厚诚实的乡村小伙儿，来自沼泽湿地的尼布尔，最初见面时福斯科尔表现出来的屈身俯就模样还历历在目，然而如今他更得面对冯·黑文每天家常便饭似的羞辱侮蔑；最后是亲切友善的博朗芬，在这个寒冷得连阳光都透着凛冽的冬日早上，他依旧十分平静地在思索着什么——他总是过于平静了；身处整个团队的缄默氛围中，瑞典侍从贝里格伦应该是唯一一个没有陷入沉郁情绪的人吧，毕竟他经历过的战争比这糟糕多了。

所以他们一行六人，真的在路上了。他们最终将会抵达的那个国度，与世界上的很多地方一样，有着莫名其妙的名字。这是人类赋予它的充满魔力的名字。古往今来总是如此，名字的缘由寻究起来，不过是人内心的那份渴望与向往凝结而成的呼唤。对于那一片盛产焚香、没药和香脂的土地：“欢欣鼓舞的阿拉伯”，是亚历山大大帝给它起的名字，只因为他没能在有生之年将其征服；“阿拉伯菲利克斯”，是它的拉丁语名字（“阿拉伯福地”）；在冯·黑文优雅的措辞中，那里是“凤凰于飞的阿拉伯”；而在尼布尔的日记中，那里则被称为“幸福快乐的阿拉伯”，他从一开始就是这么写的，直到有一天他真正抵达那里。而后他便只是将其简称为“也门”。但这看起来不过是个巧合而已——将“阿拉伯福地”简称为“也门”——只是换了个叫法罢了。

但或许，在这个突然转变的名字背后，有什么深意也不定。可再转念一想，如果这一切只是出于偶然性的决定呢，即便是有史以来第一支被派往那里的丹麦科学远征队，即便那是一片曾被亚历山大大帝赐名为“欢欣愉悦”的土地。那个地方，真如他们内心认为的那般独特吗，“那里真的会推动知识往更高更远处，真的是《圣经》更恰切的诠释地吗？”说到《圣经》，其实这方面我们可以不用考虑，透过历史的层层面纱，我们最终会发现，那不过是他们为奔赴这场异国他乡的奇妙历程而找来的一个借口而已。

所以除此之外，必定还有什么东西在吸引他们。没有人曾说起过，也不见哪封信里有提及——但它确实是一直在那儿。是了，他们就是想知道，那个国度为什么叫这个名字。当然了，这个疑惑登不得大雅之堂，无法出现在任何一封请愿信里，只因它不是个足够严肃的问题。可即便如此，那个时代的人们依然好奇着。在那个冷冰冰的唯理主义时代，阿拉伯远征队就像是希腊神话中居住在北方乐土上的人，渴望在南方某处找到一片乐土——渴望在这个正处于酣眠的时代里激起一点点波澜。归根结底，他们是好奇的：那里究竟有什么，使它如此不同？即便是在那个唯理主义根深蒂固的时代，同样也是在那个最动荡不安的时代，每个人的身体里仍旧住着一个年轻的亚历山大大帝——对自己未能征服的那片“欢欣鼓舞的阿拉伯”之地，心心念念。

于是，向来打破砂锅问到底的彼得·福斯科尔，自然也开始好奇了，那个国家到底为何会有一个如此不寻常的名字呢。在日记本的第一页上，他开始详尽记录远征队上船后的第一天，他问自己，“为什么阿拉伯菲利克斯被称作‘幸福之地’，就因为是‘幸福之地’，才要世人远渡重洋去探寻吗？”为什么叫“幸福快乐的阿拉伯”？我们闭上眼睛看到，1761 年 1 月 4 日，在这个平静的冬日上午，他们六人沉默不语，乘着小船缓缓摆渡而去。于是我们也不禁重复着福斯科尔的疑惑，为什么是“阿拉伯菲利克斯”？

但谁也未曾料到，此行一去经年久，回乡不惑只一人。

| 2 |

暴风雨

远征队成员登上风帆战舰“格陵兰号”之后，受到了指挥官菲斯克的友好接待，包括旅途各种所需也都已为他们准备妥善。在船长亲自带领下，这些饱学之士来到船上最好的两处舱室，连人带书籍、纸张文件、仪器设备等，一并安置妥当。这场盛大的远征就要开始了。

然而，他们并没有在1月4日这天拔锚起航。由于海面太过平静，“格陵兰号”为等待有利的海风，被迫在锚地停泊了两天。也就是到了7日，在一阵南风的轻抚下，他们才得以扬帆北去，但是到了下午，温风一声不响地中断了，取而代之的是吹向北面的强劲气流，此乃天助也，于是他们在当天晚上就到了赫尔辛格。

在赫尔辛格，指挥官菲斯克亦复如是。在被迫等风来而耽搁行程的这段时间里，尼布尔用他的新星盘测量了太阳高度角，从而计算出了卡隆城堡[1]的纬度。虽说这些地方的数据都是已知的，但尼布尔还是愿意抓住任何可能的实践机会以检验自己的测算成果。

1月14日终于再一次迎来了南风。“格陵兰号”遂和许多被迫停泊的轮船一同驶出了赫尔辛格锚地。当风帆战舰经过卡隆城堡时，这个丹麦堡垒鸣枪三声以示致敬问候；待到经过赫尔辛堡[2]时，则是四声。站在甲板上的尼布尔见证了这个仪式，他在日记

[1] 卡隆城堡（Kronborg），丹麦赫尔辛格的一个要塞。
[2] 赫尔辛堡（Helsingborg），斯堪的纳维亚半岛的一个要塞。

中记了下来，如瑞典致敬的枪声是偶数，而丹麦的是奇数。然而到了傍晚时分，他们却还是只和库伦角[1]处在同一水平线上——风又停了。海员告诉福斯科尔，在冬季，这样突如其来的平静，通常是飓风预警，后来的天气突变证明确实如此。夜里起风了，整整一天半的时间，“格陵兰号”都滞留在卡特加特海峡[2]和天气搏斗。直到1月17日，乌云才四散开来，这时尼布尔用他的星盘确定了轮船的位置。结果显示，这阵飓风已经把他们带到了莱斯岛[3]，风力持续猛劲，菲斯克船长下令返回赫尔辛格——也就是前些天他们刚刚离开的地方。

在接下来很长一段日子里，大家都无所事事。对于活跃的福斯科尔来说，这种状态几乎比飓风和晕船还要难捱。他在日记里写道：“隆冬之下，广袤无边的大海上，毫无自然历史内容可供考察。猛烈的飓风让我们胡思乱想，同时又无事可做，包括学术研究。不是说这场远征要去挖掘那些前所未有的发现吗，如今可好，轮船始终停留在出发地，毫无进展可言。这种状态真是令人无法接受。”

福斯科尔到底是坐不住了。他开始测量各种水流的含盐量，研究各种各样的海藻。对于一个植物学家而言，这也是海上唯一

[1] 库伦角（Kullen），瑞典西南部的半岛。
[2] 卡特加特海峡（Kattegat），丹麦日德兰半岛和瑞典之间一海峡。
[3] 莱斯岛（Laesö），卡特加特海峡北部的最大岛屿。

能够吸引他的东西了："他们把船锚从海床上拽起的时候，基本每回我都在场，有时船锚会带上来一些海底植物，大多是海藻，幸运的话我可以在其中发现新品种。"还在赫尔辛格时，他就已经能够列出七种不同的海藻，同时奠定了软体动物采集的基础：在它们设法缩到壳里之前，他会用高浓度酒精将其杀死，这样一来博朗芬也可以按照真实尺寸进行描摹了。

海风再次迎合他们的心意时，已经是1月26日了；在温和的西南风中，"格陵兰号"穿过卡特加特海峡，向北缓缓行驶。经过斯卡恩后，海风转为西向，风力很快增强，接近飓风，他们有望到达一片开阔海域。卡斯滕·尼布尔在日记里尽力保持镇定："2月2日，一整天都是狂风大作，我们甚至都没法在船上点灯。尽管如此，我们也不应该过度担忧。当一个人在海上生活时，他必须适应种种不便，也得学会无视这种不尽如人意的情况。我们损失了一名海员，飓风期间，他从围栏横杆那儿掉到了海里，而我们却无法施救。夜太黑，大海太辽阔。"

尽管当前环境恶劣，船长却坚持不懈地努力着，希望能够彻底远离日德兰半岛沿岸；待到轮船驶出这片海域后，就掉头向南，如此便可借助风力继续前进。计划得倒是不错，但现实却是，经过整整24小时的挣扎，不仅徒然无功，轮船反而在风力的迫使下远离了挪威，越来越往北了；到了2月8日，菲斯克决意奋力向挪威港开去。待到群山跃入他们的视线，他便向港口领航员发

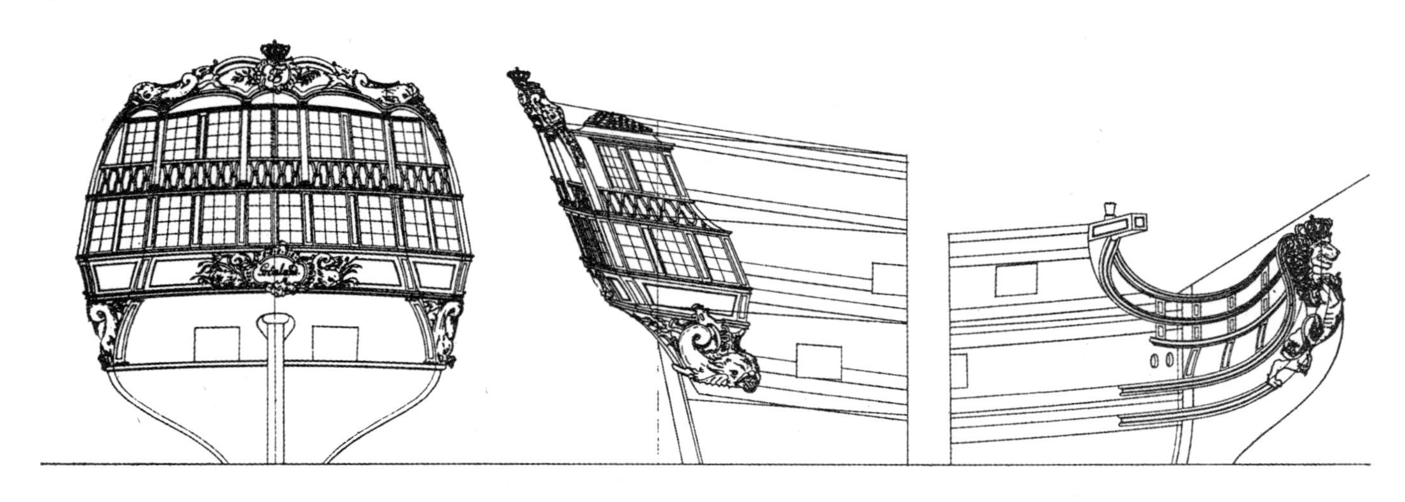

“格陵兰号”装饰图案的设计图

尽管没有“格陵兰号”的照片，但造船厂的平面图得以留存至今。以上为船头和船尾所设计的装饰图。这艘轮船首次下水是在1757年，因此它载着丹麦远征队前往地中海时，还是很新的。

出信号。随即便有一艘帆船向“格陵兰号”驶来，此船极容易识别——船帆的中间部分是正红色——这是挪威的领航船。然而风急浪高，领航员根本无法让船身靠近“格陵兰号”。任何努力都是白费，没过多久，“格陵兰号”不得不再次放弃靠岸。彼时，彼得·福斯科尔坐在客舱里，透过舷窗看着那艘小小的领航船，最终遁入那片皑皑白雪之间，没了踪迹。他把自己看到的这些景象都记录了下来，包括两艘船为了靠近彼此而付出的所有努力。显然，福斯科尔是被这种崇高的努力深深打动了，他在日记里写道：“只要现实允许，无论是否收到了信号，挪威领航员都会奔赴而去——每一艘轮船都会被郑重对待。如此，可敬，可佩。规定和律令，不正是因为这些人的以身作则、恪尽职守，才显得无上光荣、无比可贵么。”

奋力一搏失败之后，菲斯克已经别无选择，只得在飓风来临之前奔回赫尔辛格。曾耗时四天的来程，在风力助推下，原路返回只用了 24 小时。但在泊进赫尔辛格锚地之前，“格陵兰号”又失去了一名海员。

轮船在抵达前陷入了与天气的殊死较量。对于皇家远征队来说，菲斯克在斯卡格拉克海峡[1]如此孤注一掷地费力周旋，使他们头一回领略到大海的绝对浩瀚，以及晕船的痛苦。卡斯滕·尼

[1]　斯卡格拉克海峡（Skagerrak），在丹麦与挪威之间。

布尔力求镇定地写道："我彻底把自己交给了全能者[1]，我也完全信赖配置军官和船员们的技术，飓风持续期间，我还能够平静地躺在床上就寝已是十分幸运，而他们为了确保轮船的安全，不得不在冷雨寒风中坚守岗位。"彼得·福斯科尔也在日记中控诉以寻求内心安慰："真没想到如此重要的航程，从一开始就被各种艰难险阻团团围住。我们难免会灰心丧气，想就此听天由命。但是我们也清楚，当前处境是时节所致也有气候所迫，这百般阻挠并不单单只是针对我们，它们原本就存在。海上风雨颠簸，危险重重，我们既然无法轻易通行，就必须打起精神来，必须在这场海航中熬过去。"

在看过尼布尔和福斯科尔冷静而诚实的叙述后，我们再把镜头对准冯·黑文——就知道什么叫六神无主、失魂落魄了。在"格陵兰号"与斯卡格拉克海峡殊死搏斗期间，冯·黑文教授可以说整个儿身心崩溃了。再次抵达赫尔辛格锚地后，他做的第一件事就是找到菲斯克，请求放他上岸。船长当即回绝，且没有向哥本哈根政府征求许可令，这一来冯·黑文也恼了，遂向莫尔特可伯爵去信一封"连日来我备受煎熬，除却晕船之外，还有船上生活的那种已超出我耐受极限的潮湿与寒冷。尤其是在这个月里，连水都没法喝了。还有很多不适难耐，出于对阁下您的尊敬，我在

[1] 全能者（Almighty），即上帝。

这里不便明说，只得默默忍受，还请您海涵。但我说句真心话，其实自起航那天开始，我的生活就步入了长期的病痛忍耐与熬煎。”冯·黑文郑重其事地讲述了菲斯克在没有国王指令的情况下直接拒绝放他上岸一事，他说自己很担心，要是国王下达的命令不能在“格陵兰号”再次起航之前送到赫尔辛格，他该如何是好呢。说到这里他仿佛预见了最悲剧性的结局一般，说道：“我难道要牺牲在这个糟糕的冬天里，牺牲在大海上吗？若是如此，我恳请阁下准许我现在就离开。如果能够得到来自丹麦国王陛下和阁下您的这样一份恩准，那我真是不胜欣喜与感激，我将满怀谦卑地感谢您至高的善良与悲悯。我唯一遗憾的是，死亡将要阻拦我触及这份慈悲。”

真是一封令人动容的上诉信，仿佛一首古典的亚历山大体诗，让人如何忍心置若罔闻。就在此信抵达哥本哈根后的第二天，一封加急短讯被火速送至赫尔辛格。就这样，冯·黑文得到了国王的批准：可就此下船登岸，改走陆路到马赛——抵达马赛后再重新加入远征队。这位丹麦教授，还没来得及成为自己朝思暮想的远征领队呢，眼下却如亡命徒般，不顾一切地爬上了那艘摆渡船。他争先恐后的模样不禁令旁观者哑然，又没人和他抢什么；如今船已回归避风港湾，最惊骇的危急关头已然过去，毫无疑问，此时此刻他内心的感受不光是解脱，更多的是羞耻吧。远征队的其他成员站在甲板上，默不作声地盯着他。而他也是，余怒未消地盯着他们。互相盯着，直到看不见了，直到船把他送至终点，赫尔辛格坚实的大地再一次踩在他脚下。终于，他得到了老早之前就想要的保障。这就足够了，所有虚惊都可以被抛诸脑后，他整整衣襟，迈开稳健的步伐，留下一个看上去不慌不忙的背影，消失在我们的视线里了。

2

又过了一个月，丹麦的春天到了。彼得·福斯科尔在他的日记里写道，在赫尔辛格的那些小花园里，"雪花莲"——也就是冬季雪滴花——从光秃秃的淡绿褐色的灌木丛下面探出头来。"格陵兰号"仍旧滞留在锚地。2 月将尽时，菲斯克试图第三次出击，与斯卡格拉克海峡这只咆哮的汪洋猛兽进行搏斗，但是再一次地，他被逼退回来。等到轮船终于再次从赫尔辛格起锚时，卡斯滕·尼布尔通过持续累计的路程发现，从离开哥本哈根开始算起，这两个月以来，他们已经驶过了 2800 英里，还有 30 英里就要驶进地中海海域了。不过获得了这些数据之后，尼布尔也有了批评"格陵兰号"航海设备的理由。他其实早就留意到轮船器械有些不准确。在检查过一次测程仪后，他便确信，不仅测程仪线有一点点短，而且计时沙漏每次所计也不是半分钟，事实上是 28 秒。于是"格陵兰号"的配置军官不得不向这位不满的天文学家解释：使用时需要将测程仪线拉紧，由此才设计得短了一点点；至于计时沙漏，则是为了弥补高速航行时引起的误差，必须得在28秒时漏沙完毕，因此，要将仪线精确无误地停在那个标定位置上，是很困难的。这种得过且过的做法令尼布尔大为反感，他并不接受这些所谓恰当的测量仪器；他在日记里力荐天文仪器，认为这才是在海上确定位置的唯一精准的工具。无疑他是正确的。即便是在当今时代，计时沙漏仍旧是28秒漏沙完毕。

3月10日这天，菲斯克做了第四次尝试，这回成功了。驶离赫尔辛格两天后，他们抵达北海[1]。福斯科尔注意到，先是有（欧洲）苍头燕雀和其他小鸟开始停留在甲板上；大贼鸥随后而至，它们会追捕轮船周围的海鸥，直到那些鸟儿放弃嘴里的食物，而就在这时，大贼鸥会迅速飞扑上去。在北海海域里航行没多远，“格陵兰号”便又一次遭遇风暴的侵袭。这回是一场刮向北方的猛烈风暴，真是惊心动魄。3月13日，根据尼布尔的测算，他们当时应该是与一片被福斯科尔称为“赫特兰”的陆地处于同一纬度上。乍一看，“赫特兰”这个名字似乎并不能反映“格陵兰号”的行程信息，我们只知道它大概位于设得兰群岛和斯塔万格周边之间的地区。但具体在哪里并不清楚。不过，福斯科尔却给我们提供了另一条信息，使这两处地方与“格陵兰号”当前的位置关系一目

[1]　北海（North Sea），英国东海岸附近的大西洋海域。

了然。他在日记里是这么说的，至于尼布尔用星盘所确定的那个位置，其实他早已经掌握了相关信息：通过观察海上猫头鹰——一种长有黑尾翼的白色大鸟——海员们叫它“鸬鹚”。这些令人印象深刻的鸟儿，分布在北海和大西洋上，它们只会在仅有的几个地方繁殖后代，其中一处就是设得兰群岛。福斯科尔一时间看到许多“鸬鹚”，因此他推断，轮船一定离它们在设得兰群岛的繁殖基地不远，于是他几乎和尼布尔一样精准地确定了他们所在的位置。即便是在这样一片荒无人烟风暴不休的汪洋大海上，对于同一个问题，大自然从两种角度耐心地给出了回答。

苍头燕雀消失了，大贼鸥和海鹰也飞走了，但是风暴留了下来。3 月 25 日，几乎又是一夜飓风；第二天早上，尼布尔的星盘显示，“格陵兰号”已经被赶回到冰岛沿岸。

风最终还是停了。3 月 31 日，对于丹麦风帆战舰上的所有人来说，都是一个非比寻常的大日子。他们在日记里清楚地记下了这一天：当“格陵兰号”在动荡汹涌的海面上颠沛流离了一周之后，“终于在 3 月 31 日迎来了美好的春日气候，海面水平如镜自然甚好，只可惜无风，我们一整天都没挪动”，尼布尔写道。这些话在彼得·福斯科尔的日记里也得到进一步证实：“数月以来，阴云密布的天空终于在 3 月 31 日黎明曙光中，露出澄明、怡人、清新的面容。我们所有人的精神与思想，都宛若新生。以往通过观察海面来判断气象，是毫无意义的事。然而这一回，我必得记下，华氏温度计在傍晚 6 点钟时显示 49 度。”我们可以想象这个大西洋的夜晚，在经过了一整天晴空万里下的龟速航行后，此刻已是晚饭时间，天色仍旧明亮如昼；一些海员在前甲板上闲聊打趣，夜幕终于缓缓降临在平静的大海上，北极光开始显现。也难怪丹麦远征队的所有成员都会觉得身心灵肉宛若新生，毕竟前些天他们还被迫漂泊到了冰岛附近呢 —— 彼时罗盘的指向已完全失效。但是现在呢，至少华氏温度计已经开始正常显示了。在这个平静的、来自北方的夜晚，他们也许是头一回觉得，自己真的在向阿拉伯菲利克斯驶去。

就是这样的傍晚，彼得·福斯科尔或许正在“格陵兰号”的甲板上，俯下身子全神贯注于破解轮船两侧海水中的神秘“鬼火”现象。早在赫尔辛格等待的那段日子里，他就想为海水中的“鬼火”寻求一个合理解释。他自然是反对那种说法的——来自海中行善的仙女涅瑞伊得斯。对此，福斯科尔更忠于坚持自己的试管实验。他给其中一支试管加满了（在黑暗中）发微光的海水，并发现十四天后，当他再次摇晃时，那些海水仍旧能发出夜光；他便用细麻布过滤了海水，结果还是可以，尽管弱了一点；接着他又尝试用四张厚度的草纸过滤海水，随后夜光消失了。但他通过自己的显微镜观察时，不管是麻布还是纸张，都没有发现任何生物。于是在“格陵兰号”剩下的大段旅程中，福斯科尔一直都在进行他的解谜实验，最后他推断，发光的物质不可能是海水里的盐，因为过滤了的和不再发夜光的水中都没有流失盐分。但在纸上残留的黏液中，他还是没有发现任何生物；因此发光体一定来自于这些黏液本身。福斯科尔目前的假设是：那种黏液来自某种发光的水母。水的流动导致它们将一些发光的黏液流失其中。这也是为什么这些物质遍布于所有海水中，并使海水也会发光，即便不包含活生物。福斯科尔的解释是有纰漏的，其实他自己也意识到了，错误源自他的实验过程，他承认，只通过显微镜观察过滤黏液而作的推论证明，是不够有力的。到后来，调研结果显示，“鬼火”现象的出现，实际上就是由于活生物的存在——只不过所谓的涅瑞伊得斯其实是单细胞的鞭毛和跟足虫罢了。

这种神奇的生物虽然有了另一个名字，但依旧微光不减，好似先锋一样带兵在前，引领着“格陵兰号”劈波斩浪，继续航行在向南的漫长旅途中。转眼步入 4 月，风帆战舰仿佛和海风一样，经过了 3 月最后一天的休整，变得精力充沛。他们在一股北面吹来的新鲜海风的推动下，加速南去，直奔爱尔兰西部。只是一周以后，轮船由于严重的飓风耽误了几天，尼布尔再一次写到，一名海员从（牵拉船桅和风帆的）绳索那儿落入海中。到后来，也就是 4 月 13 日，尼布尔总算在测量太阳高度角时发现，轮船已经距离西班牙北部的菲尼斯特雷角不远了。他们现在可以满怀希望地等待陆地出现在视线里了。但与此同时，温度也急剧上升，福斯科尔对气温的骤然改变很是责怪，因为轮船上陆续有海员感染坏血病死亡；而后他便见证了热浪是如何席卷了整艘轮船，随即带走许多生命。最后终于在 4 月 21 日，他们看见了陆地——经过六周的海上漂泊，这是那天傍晚“格陵兰号”驶离挪威海岸之后的头一回——是葡萄牙南部的圣文森特角。尼布尔在日记里以深刻而共鸣的笔触记叙了这次胜利抵达。因为他的测算只超了 44 分钟，或是说，仅仅 3 刻钟。而更值得一提的是，眼下福斯科尔也在日记里写下了有关“工兵上尉先生”的赞美评价。可以看出，在互相帮助共同承受考验及磨难的漫长过程中，这两人之间的关系已经明显和缓了许多。尼布尔对这个瑞典人的孜孜不倦由衷钦佩，而福斯科尔也不得不承认，初出茅庐的测绘员不仅一次次测算航行，甚至给出的结果比船长的仪器都要精准。至于克拉默的存在，福斯科尔在哥本哈根时的确小题大做了。事实证明，他的助理形同虚设，既不是负担也不成威胁。这个年轻的医生，无论对含盐量还是“鬼火”现象，都不感兴趣，所以，福斯科尔可以安心地进行自己的实验。另外，福斯科尔也和博朗芬相处得十分愉快，后者从未有过抱怨 —— 即使他得常常为教授那些可怜的软体动物一遍又一遍地画图。而现在，“格陵兰号”最终看得到陆地了，博朗芬也看到了更令他心潮澎湃的绘画素材。他画了两幅美景，都是从直布罗陀海峡穿过时观察到的，分别是南北两侧的欧洲和非洲的海岸。

在这之前，远征队被迫在卡特加特海峡和北海度过了一个风暴肆虐的冬天，然而现在，地中海的春天都给弥补了回来：天朗气清，南风和畅，全天如是。这突如其来的美好转变，也令尼布尔心情舒朗；只有一件颇为遗憾的事，即他没能说动菲斯克在西班牙的港口短暂停留，以便为轮船更换新鲜的饮用水。眼下他已经发现，随船所带的那些水都不能喝了。至于福斯科尔呢，目前的情形他没有什么好抱怨的。因为他得到了准许，可以打开其中一个枪口[1]，使用最低电池档位，所以他此刻可以站在海面之上用渔网捕捞软体动物。“随着轮船的缓慢航行，我的捕鱼位置也要经常变化。我选择站在轮船的向阳面上，这样应该能够更容易地看清那些小生物。但事实却不尽如人意。其实它们只有在暗处时才容易识别，并且都是星星点点的，非常不好辨认，所以即便是光天化日之下也很难看清它们。后来我注意到，这些生物会在日出日落时大量涌现，等到我逐渐对这种捕鱼方式越来越熟练的时候，我就不会放掉网里的任何浮叶或树枝；相反，我会把它们都拖上来细细搜查，这就发现了依附于其中的各种各样的软体动物。没错，它们就是靠着这些小型船舶摆渡自己的。”

在如此悠闲的航行节奏下，风帆战舰正缓缓靠近马赛。到了傍晚，温度时常能够高达华氏 62 度，这时福斯科尔也会看到一大群蝴蝶飞过轮船。接着在 5 月 9 日，他们看到了普罗旺斯海岸，

[1] 枪口（gunports），这项技术大概可以追溯到 15 世纪后期，随着炮兵在海战中的出现，将枪炮安装在船体上，有些在船头和船尾也有。

四天后，“格陵兰号”停泊在埃斯塔克[1]海湾的锚地，距离马赛有几英里。

博朗芬画了一些画，都是关于这个村镇的。福斯科尔上岸后开启了一个短途旅行：一方面是有关植物学的涉猎，另一方面是拜访蒙特彼利埃大学著名的植物学家弗朗索瓦·德索瓦热，和安托万·古恩两位教授。“他们以无可挑剔的热诚接待了我，如此盛情，既是因为我个人，也是因为我所肩负的使命。”在蒙特彼利埃，福斯科尔忽然想到，远征队应当给欧洲所有的大型高等院校寄去种子，这样一来便能使林内乌斯从他的远征采集成果中有所获益。他立即写信给伯恩斯托夫，重申自己之前的要求：拜访非洲南部，也建议远征队或许可以经由哥本哈根来给蒙彼利埃、巴黎、乌普萨拉、切尔西和阿姆斯特丹等地的高等院校寄送种子。他也写了封信通知林内乌斯，说他目前已经找到一种途径，来给恩师提供与他研究发现相关的信息，而不是任其成为丹麦人的知识。“林内乌斯教授，如果我写给您的信中要提及一种动物或植物，我就只写出这个物种和科属的编号；但是为了在丹麦那边能够审批合格且被作为他们自己的发现成果来发表，我会一直把编号的前两位颠倒过来写，举个例子，82 就写成 28，435 就写成 345，诸如此类。”

福斯科尔对他的计划很满意：因为最终林内乌斯还是很有希

[1] 埃斯塔克（Estaque），法国南部的一个村庄，位于马赛西部。

“格陵兰号”在马赛

另有三艘小型丹麦轮船与“格陵兰号”一同抵达马赛，这三艘皆为商船，由后者护送到士麦那。该图为博朗芬所绘。画的前景中有两人，很明显，其中一位便是画家本人，而另一位衣着考究的男士——正俯身朝向一株植物——不是福斯科尔是谁呢。

望用到他的考察成果的；这场远征的展开也比他所期望的要顺利；在马赛的这段时间里已经硕果累累，他与其他成员的关系也还不赖……在这些乐观积极的反映下，有那么一瞬间福斯科尔甚至都忘记了远征队“不合格成员”中最糟糕的那个丹麦人。而事实上，这种如鱼得水的自在日子也就快要画上句号了。5月14日这天，两个月的航行终于结束，丹麦远征队的所有成员都上岸了。此时，冯·黑文也已抵达马赛。

3

当远征队其他人都留在“格陵兰号”上，继续过着与世隔绝漂无定所的海上生活时，弗里德里克·克里斯蒂安·冯·黑文也没让自己闲着。从某种程度上来说，他在卡特加特海峡的飓风期间由于个人行为而丧失的尊严，以及他在赫尔辛格的锚地对远征队集体的叛离，终于在他的一番努力下得到了部分挽回和弥补。冯·黑文十分清楚，今后若想再在一个对自己有利的氛围中我行我素，怕是很难了，既然如此，他想道，还不如通过打压自己的队友，来尽力恢复这其中的平衡。为此，他给丹麦政府，使原本就很紧张的关系进一步恶化。

他紧紧攥住不放的理由，便是“没有新发现”。当时在给莫尔特克伯爵的信里，他要求得到离开“格陵兰号”的许可时，就充分利用了这一点。在那些令人动容的话语中，他描绘了自己的“终结”情景，而后继续说道：“一想到绝大部分队友都要经受旅途的折磨，我心里也不好过。身处炎热气候中，很容易得病，也很容易相互传染，此外，恶劣的旅途环境也会对意志力产生巨大损耗。到目前为止，远征队能有机会进行的研究，除了太阳高度角的观测之外便是一些海藻的辨识，而这无疑都是早已明确的知识内容，再去重复有何意义呢，反正都没有新发现。”

彼时“格陵兰号”还在赫尔辛格锚地眼巴巴地等着天气好转，而已经踏上返回哥本哈根旅途的他，却向政府提交了一封建议书，其中提出的要求，就像之前为了去罗马游学而找的理由一样——夸大其词言过其实。首先，他认为博朗芬很粗俗，又没受过什么教育，他认为那个画家的位置应该由别人代替，他强烈推荐彼得·克拉默——此人后来成为举世闻名的剧院的舞台策划。而后他再一次运用自己熟悉不过的拖延策略，毕竟他曾得益于此，在罗马享受过 18 个月徒劳无功却堂而皇之的游学历程，如今他又要寻求许可，想在君士坦丁堡停留数月，以学习阿拉伯语、土耳其语和希腊语。此外，他还要求考察期间寻访各种各样的村镇时，远征队应该由他一人掌握所有路线的决定权，包括什么时候应该走访什么村镇，以及在这些村镇分别停留多久；他甚至还进一步要求，涉及外国劳动力的雇佣分配时，他应该拥有最终决定权。简言之，百般要求汇成的是一封请愿信：他想当远征领队。虽然之前他也曾被拒绝过，且深感颜面扫地，但他余念未灭，为了强调自己的胜任资格，他保证“会在尽可能地给予宽容的前提下，使用这份领导权。事实上，也只有如此，才能防止各种层出不穷的分歧”。最后，他在建议书里自然不忘要求一笔400里格斯达勒的津贴，以支付他前往马赛的旅费。

这封请愿信所遭受的命运，和他的上一封信一样：他唯一从伯恩斯托夫那里得到的，是钱。博朗芬没有被取代；冯·黑文也没有得到在君士坦丁堡停留的许可。最重要的是，他并没有成为远征领队，也就无法拥有至高权威，他原本谋划着在抵达马赛后可以一雪前耻，眼下看来，一切都泡汤了。他只是得到了400里格斯达勒。毫无疑问，这笔钱的到来也传达着另一个命令：事不宜迟，他必须快点上路与大部队会合。

随着春天的到来，冯·黑文再一次坐上了穿越德国的驿站马车。这一次他选择在巴黎停歇。从他写给伯恩斯托夫的一封信里，我们可以看到，在丹麦经历苦寒隆冬之后，冯·黑文这次停歇权当是给自己的安慰奖赏，真是要多惬意有多惬意。想当初在菲斯克船长与斯卡格拉克海峡的殊死较量期间，这个男人只能吓得躲在“格陵兰号”甲板下面的客舱里战战兢兢，闭门不出。如今可真是换了一番天地呐，作为一个对全世界都很挑剔的男人，冯·黑文在巴黎找到了如在家中的感觉，因此一待就是好几周。那段日子里他看了一场由克莱龙小姐出演的伏尔泰创作的新悲剧——

《唐克雷德》；还去拜会了著名的达朗贝尔[1]，并被奉为上客，与之谈论起当时最畅销的新书——作者是一个名叫卢梭的古怪男子——《新爱洛伊斯》[2]；他出席了各种招待宴会，还参观了教堂，唯一让他失望的，是某天晚上的一出歌剧辜负了他的期待。后来很不幸，他被迫在里昂待了一阵子，也是因为勃艮第刮起了阴冷的西北风，他有些着凉。但到4月底，他的确再也找不到借口拖延行程，好在对他而言，这个城市也没有什么新奇之处可吸引他继续逗留了。眼下他必须继续赶路。别无选择，必须重返远征之旅，向着阿拉伯菲利克斯进发。

5月7日，冯·黑文抵达马赛，一周之后，他在这里见到了丹麦远征队的其他成员。他们都很高兴，双脚终于再次踏上坚实的大地，千难万险的风雨同舟之后，他们此刻已结成坚固同盟。他听说了福斯科尔与尼布尔之间的友好关系；也看到了他想除掉的那个画家的所有画作；此外，他还发现，福斯科尔不仅已经开始了一系列"有意义"的实验，同时也为广泛而全面的标本采集工作打下了坚实基础。现在，他比过去更有理由感觉自己像个外人。所以极有可能，就是在那时他下定了决心，要抓住第一个机会来加倍报复。

[1] 达朗贝尔（d'Alembert，1717—1783），法国数学家、机械师、物理学家、哲学家和音乐理论家。波动方程解的公式以他的名字命名，有时被称为 d'Alembert 方程。

[2] 《新爱洛伊斯》（La Nouvelle Héloïse），让 - 雅克 · 卢梭于1761年发表的书信体爱情小说，又译《新爱洛伊兹》。

他的确没等多长时间。抵达马赛后不久，为接风洗尘，指挥官菲斯克邀请丹麦远征队成员一同进餐。晚宴期间，谈论内容逐渐转向了政治方面。而就这一话题来说，冯·黑文也认为自己持有相当高明的意见。他们提到近来的瑞典王位继承人选举落幕一事。结果是阿道夫·弗雷德里克掌权，而丹麦王储落选。在冯·黑文看来，这就是一个严重的错误，而错误的制造者，则是那位赫赫有名的大贵族，瑞典王室的伯爵大人，也是瑞典的"礼帽派"[1]领袖——卡尔·古斯塔夫·特辛[2]。冯·黑文当即不屑一顾地评论道，那就是"一个声名狼藉的人"。

在那场关于出版自由的持久战之后，彼得·福斯科尔虽然算不上是"礼帽"党派的自己人，但他了解这位杰出的特辛大人。冯·黑文言之过甚。他义愤不平地回应，特辛伯爵大人尽职尽责、尽其所能地服务于国家，他有着令人钦佩的品格，高尚的思想，他不该被这样诟病。随后是一阵短暂的沉默。接着福斯科尔又说道："对特辛如此评价的人才是声名狼藉！"

冯·黑文以沉默回应了福斯科尔的指责。但当众人结束晚餐时，他站起身来，径直走到瑞典人面前，质问他是否依旧坚持刚

[1] "礼帽派"（Hats Party），瑞典自由时代（1718—1772）的两大政党之一，为区别于保守的便帽派（The Caps）而得名。

[2] 卡尔·古斯塔夫·特辛（Karl Gustav Tessin，1695—1770），政治家、诗人、作家、收藏家、艺术鉴赏家，是18世纪瑞典议会"礼帽派"的创始人，于1738—1739年以出色的口才被封为贵族。

刚在宴席上表达的观点。我们知道有个词叫“覆水难收”，倔强的福斯科尔更是一言既出驷马难追，何况他曾经孤身一人对抗整个斯德哥尔摩，眼下又凭什么要在一个冯·黑文面前让步呢。他冷漠地看着眼前的人，重复了他前面说过的话：对特辛如此评价的人才是声名狼藉！

现在好了，一切土崩瓦解。冯·黑文彻底被激怒。据一位可信的知情人士（我们稍后就会提到）透露，当时冯·黑文怒不可遏，当着众人的面，冲福斯科尔大骂了一句千古流传的话：“你连给我擦屁股都够不着！”

此话一出，戏剧便拉开了序幕。愤怒与仇恨交织许久，直到舞台最后落幕，继而多年过去，尼布尔在给君士坦丁堡的丹麦外交大使写信时，回忆起这段过往，提及冯·黑文的愤怒之火，自船长的“悲剧晚宴”上烧起来后，便一发不可收拾，并在之后很长一段时间里一直没有平息：“战舰上的一切都面临着怨毒的攻击。甚至就连冯·莫尔特克和伯恩斯托夫两位大人都未能幸免。远征队的所有成员都遭受过他的羞辱，除了克拉默先生——老乡一次又一次地赞扬其能力。但冯·黑文对他自己也是一样恼怒，他不能原谅自己就这样离开了哥本哈根，加入这样一个糟糕的组织，却没有凌驾于一切之上的至高权威。”

冯·黑文再次登上“格陵兰号”的第一个傍晚，原本是打算维护他的个人权威的，最终却以失败结尾。他比过去更为孤立无援。唯一一个还能允许他施加一点影响的人，是可怜的克拉默，他的同胞同事：他足够淳朴，因而对任何人都能做到言听计从。尽管如此，这个金丝雀护理专家很多时候也会觉得自己是在容忍一个反复无常的怪教授。而冯·黑文将他的同事分成了两组：一是那些他不能忍受的，也就因而是不可信任的；二是那些他能忍受的，但也同样是不可信任的。

于是，所有人都要为他受伤的骄傲埋单，所有人都感到自己成了受害者。那福斯科尔呢？情况恰是截然相反了。这个瑞典人安静笃定，每个人似乎都对他敬重有加，他总是正确的，他用每个机会证明了自己不容置疑的能力，而那些让冯·黑文丧失信心的困难阻碍，基本上对他没有什么影响；相反，他展现出无穷无尽的旺盛精力和心神耐力，尤其是大家有目共睹，他总能迅速地展现出自己身上明显的优势；甚至是阿拉伯语，这个本应是冯·黑文大显身手的领域。于是，冯·黑文对福斯科尔的愤怒，只能由沸腾渐而冷却，终至化为仇恨。不难想象，他对福斯科尔的荣耀会多么嫉妒，而福斯科尔又会怎样受到他的侮辱。是啊，那个坚定的回答结束了船长晚宴的同时，也拉开了他俩之间的明火战争。

前文提到过，“格陵兰号”开往地中海，要负责护送丹麦商船从马赛到士麦那，以防御英国私掠船：在英法殖民战争期间，整个海域在私掠船的称霸下变得极不安全。5月底，三艘商船已经准备好拔锚起航；6月3日，船队正式出发了。

海航行进两天以后，指挥官菲斯克展示出了他的果敢和魄力。对于这次经历，尼布尔给出了最为全面的记述："6月5日这天下午，远处有四艘轮船进入视线，没过多久我们就看清了他们的国旗。原来是英国船。由于丹麦与英国之间是和平关系，严格来说，我们战舰应该不会遭遇任何敌对行动。但考虑到我们的商船刚从一个法国港口出发，因此我们不能保证英国人不会想当然地以为，我们是被派来更近距离地视察他们的。所以我们的船长也做好了要击退他们的准备。船上所有的大炮都各就各位，小型武器也分布开来，所有的床，无论是军官的还是乘客的，都被拖到甲板上了。用一句话来说，这是在准备战斗。向晚时分，我们听到一声炮响，随即便是我们船长给出的回击。天气很柔和，然而这一整天里，我们时时刻刻都在提防英国船，哪怕是他们有任何一丝靠近。大概在次日午夜降临前，一艘战舰——皇家海军上将桑德斯[1]的四艘战舰之一——开到我们面前。在一番简短的问询回答之后，双方船队继续各自中断的旅程。6月7日晚上，我们再一次看到远处出现了十艘船舰，我方于是再次全副武装；入夜以后，外国船队消失了。次日，一艘英国战舰的船长要求检查我们的三艘商船。当我们的船长拒绝时，他看到我们已经全副武装，时刻准备着保卫自己，他也——虽然表现出强烈的迟疑和不满——不得不

[1] 桑德斯（Admiral Sanders，1715—1775），皇家海军军官，1727—1766年服务于大不列颠王国皇家海军，参加了"七年战争"。

撤退了。”

在这些激动人心的事件之中，还出乎意料地发生了一件事，整个期间卡斯滕·尼布尔都对其全神贯注：1761年的6月6日，金星绕其轨道运行至太阳前面。虽然这时所有海员都在忙于轮船的全副武装，但为了观察记录这一罕见现象，尼布尔还是在甲板上把他的星盘以及天文望远镜都安置好了。天气虽柔和，然而船身的摇晃却令他无法读到内心渴望的准确数据。尽管如此，眼下的画面中还是有它非常迷人的地方：这个极为投入的天文学家就站在前甲板上，忙着操作他的仪器，而与此同时，海员们围绕着他展开战斗的各种准备，不远处，粼粼波光的海面上，是坐等着的英国战舰。为什么这个世界尚未麻木沉睡？很可能的一个原因是，即便千钧一发之时，还是会有人心无旁骛地做事情。会在沙漠里周而复始，他也会在代尔夫特[1]的山墙上全神贯注。就是这个男子，在排枪布阵之中，在杀气腾腾之中，正屏气凝神地观察着金星的运行轨迹。

指挥官菲斯克成功屏退了敌方的战舰，一周之后，丹麦船队驶入马耳他[2]海港。福斯科尔记录了这次抵达。“我们鸣礼炮13响，回应我们的分别是来自军舰长大划艇的4响，来自城中的11

[1] 代尔夫特（Delft），荷兰南荷兰省的一个城市，地处海牙和鹿特丹之间。
[2] 马耳他（Malta），一个位于地中海中心的岛国，有“地中海心脏”“欧洲的乡村”之称。

响。从海港这儿远望，那些屋舍的坐落排布，就像一个（古罗马时代的）圆形剧场，整个城市美不胜收，也正是因为这种阶梯排布，鸣炮声才响彻天际。”福斯科尔和尼布尔随即登岸，“格陵兰号”在海港停泊的六天时间内，他们的成果也相当丰厚。有关这个石岛的林林总总，他们都写进日记。福斯科尔汇编了一部《马耳他野生植物群》，内含 87 种不同的植物；他研究了海岸上提取海盐的大型机器设备以及岛上的贸易情况，也清楚了马耳他人如何从西西里的山顶上把冰雪弄下来，再用它冰镇饮用水的过程。

福斯科尔还记述了城中的历史遗迹、房屋、教堂，尤其对他第一次亲眼所见的天主教物化礼仪的盛大展览进行了一番细致而深入的观察与思索。当游览到圣约翰大教堂（Cathedralof St. John）时，他看到一组展出的宗教圣物，这位饱学之士的怀疑主义思想又被点燃了：“陈列之中，有一根刺，据说是来自耶稣的荆棘王冠，如果按照哈塞尔奎斯特[1]的研究来说，它应该是由西番莲的刺制作而成。但我无法以植物学家的眼光，容忍这根‘圣刺’——充其量不过是一小截白色而笔直的尖骨——堂而皇之地展示在那儿。”

他们在外面广泛游览涉猎的这段时间，尼布尔也做了不少事

[1] 哈塞尔奎斯特（Hasselquist，1722—1752），瑞典的旅行家和博物学家。在乌普萨拉大学跟随林内乌斯学习，也是其众多使徒之一。1750 年当选为瑞典皇家科学院院士。

情，他根据这座岛后来在地图上变更了的位置，测量验证它的经纬度。这是第一次（当然不是最后一次），这个来自沼泽湿地的年轻测量员能够在岛上和海岸边尽情地漫步游走。很明显的一点是，和福斯科尔在一起久了，他也深受其怀疑主义的影响。他们仔细打量着岛上的那个洞穴，传说是圣保罗在遭遇海难后找到的避难所，随即他们在一堆眩目的白垩中发现了那个小小的被称为“蛇眼”的东西，当地人相信这就是证据，是圣保罗驱逐了岛上的蛇。尼布尔不带感情地评论道，或许只是因为蛇无法在这种石地上生存：“毫无疑问，人们也能发现其他这样的小岛：从没有圣人去过，但也从未有过蛇。”

离开马耳他之后不久，在一场痢疾的突然袭击下，尼布尔病倒了。远征队的其他成员，眼见着一些感染疾病的船员死去，也开始为他们这位年轻的天文学家捏一把汗；尼布尔自己也在日记里写道：“我是没有任何希望看到君士坦丁堡了，更不用说阿拉伯。”当他们抵达希腊群岛时，正值炎夏高温——每天傍晚福斯科尔都会测量——华氏温度计显示 79 度。热浪让这个病榻上的男人辗转难耐：幸好被这场热病击倒后还没出欧洲（否则客死他乡）——这样想多少能让他心里宽慰一点。

6 月 30 日，他们抵达士麦那。这一回，由于在马耳他游览时的同伴不能前往，福斯科尔不得不只身踏上短途考察之旅。“我几乎没什么力气，连支撑着自己在客舱窗前那儿多坐一会儿的力气都没有。我真想好好看看这个著名的商港。”尼布尔在日记里写道。这煎熬要把他折磨尽了。在士麦那停留的那段时间里，远征队的其他成员都感受到了东方扑面而来的第一印象：覆荫的阳台面向大街，人们或靠或卧在那儿，看着过往行人；男人女人都蜂拥向市场，购买秋葵、水果，以及亚伯拉罕树制成的药粉，男人包头巾、穿白色长袍，女人用面纱盖住脸庞：未婚的戴白色，已婚的戴黑色，不禁让人觉得，待芳华一逝，她们就和寡妇没两样了。

在士麦那，福斯科尔发现了一种鸟，之前从未见到过。他叫它“塞琉古鸟鸫”。当地人告诉他，在《古兰经》里是禁止猎杀这种鸟的，因为它一天能吃下 1 万只青草蜢。福斯科尔发现的这种鸟，就是现在被称为“牧师玫瑰”，或“玫瑰椋鸟”的一种鸟。它的确是一种椋鸟：头顶、咽喉、翅膀和尾部都是黑色，背部和身下却是玫瑰红色，颈部那里有一小撮成簇的羽毛。其实《古兰经》并没有记载玫瑰椋鸟，但它在那时的东方十分常见，因为它们备受需要——确实是捕青草蜢的好手。人们经常会站在那儿观看“福斯科尔的忙碌小鸟”：它会把昆虫分尸，却通常不会立即吃掉它们。实际上，这种小鸟一天究竟能否吃掉 1 万只青草蜢，并没有人真正去数过。在那个时代，类似于这种没落实的说法，实在是太多了。反正不管怎么说，如今是连一只玫瑰椋鸟都看不到了。

4

“格陵兰号”在7月10日离开士麦那，驶向更北方的忒涅多斯岛，也就是现在的“博兹贾阿达”。远征队的成员要在那里下船，告别菲斯克船长；丹麦的风帆战舰六个多月以后则会回到他们的家乡总算是把他们送到这个门户了——堪称比丘之国弹丸之地的丹麦。忒涅多斯岛，就是他们从欧洲进到东方世界的入口。他们会从这儿乘坐一艘土耳其的小船驶向君士坦丁堡。可尼布尔现在非常虚弱，只能被架着运上这艘外国轮船。这段日子里，他的日记也总是充满那种极端定论的话。就在他阵发性的害热期间，在那艘新船上，他仔细观察了那些外貌突出的土耳其人，他发现“他们的语言，他们的衣着，他们整体的言行举止，实在是太怪异了。还想在东方国度里发现什么乐趣吗？算了吧，我对此不抱任何希望了”。其实错责不在那些土耳其人身上，是可怜的尼布尔自己病弱，他在那段艰难时期可真是为肠胃受尽了折磨。

穿越达达尼尔海峡[1]和马尔马拉海的那段旅途，是由很多段慢程拼接起来的。这艘土耳其轮船已经超载，只能在风力不太强

[1] 达达尼尔海峡（Dardanelles），世界上用于国际航行的最狭窄海峡之一，位于土耳其西北部，连接欧亚大陆边界的一部分，将亚洲土耳其与欧洲土耳其分开。

的情况下航行。于是福斯科尔每天都会设法要求上岸，一去就是几个小时，在这段沿海的玉米田和棉花地里，继续扩展他在植物学方面的研究发现。直到7月30日这天，远征队才抵达君士坦丁堡。到那儿以后，远征队成员将去投奔丹麦驻外大使，冯·加勒，他是伯恩斯托夫家族中非常年轻有为的外交官。从现在开始，他得在这些过境旅客和哥本哈根政府之间，扮演好中间人的角色。

等候远征队成员到来的这段日子里，冯·加勒的家宅早已变成一个大型邮局。欧洲的每一所大学都特地写信来，恳请这个旅行考察团去调查研究每一个“穷尽想象”的困惑：从在性交过程中，受过割礼的男人是否会比未受割礼的男人体验到更为极致的快乐；到还要过多久，这个干旱少雨的阿拉伯沙漠，才会被视为终将扩散至整个地球的干旱化进程的开端。

在这些信件里，也有一封来自伯恩斯托夫，回复的是福斯科尔从马赛寄出的那封请愿信。盼望已久的答复终于来临，国王非常愉快地准许了提议：以远征队的名义，分送种子给欧洲的大型高等院校。最终啊，最终，福斯科尔还是争取到了这个资格——来取悦他所崇拜的林内乌斯。另外，他被允许在回乡途中经过非洲南部，前提是只要远征队成员中有人自愿与他一同前往。从这一条件的申明来看，伯恩斯托夫显然希望能够对这个瑞典人有所掌控，毕竟后者是想借丹麦政府报销的路费，来成全自己环游世界的私愿。考虑到唯一可能前往的丹麦人——鉴于福斯科尔和冯·黑文之间易燃易爆的处境——应该是这个没有作为的克拉默了，因此，对于自己和林内乌斯的共同计划，福斯科尔目前还看不到可以实现的机会。不过这也不是什么难题，按照他以往不达目的誓不罢休的作风，对于（即便是）国家政府刚刚回绝的要求，他也会当即呈上书信一封，再次重申请命。

不管怎么说，可以给乌普萨拉寄种子，这一许可到底还是激励了这位孜孜不倦的植物学家。由于尼布尔的身体状况，他们在君士坦丁堡停留的时间不得不延长了一周又一周。在这段时间里，福斯科尔常是进进出出，忙个不停。他不满足于只是逗留在这座城市，徘徊于花园植物园间的研究，所以他开始了长距离的深入考察。沿着马尔马拉海沿岸，顺着直抵黑海的海峡，福斯科尔走访了一大批村镇。他和一些土耳其渔民交上朋友，与他们一起出海，深入海峡中，借此机会来记录下他们捕获的鱼和贝类，研究当地的海洋植物。他还研究了各个地方的土壤；收集并迅速寄出了种子；调查了村镇里的——过去由查士丁尼大帝[1]建造的——供水系统；此外，他编制了一张染料清单：皮棕、靛蓝、亮黄、古红，这些染料都是村镇集市上的犹太人在卖。

这些调查研究进行着的同时，在大使家中安宁的环境里，虚

[1] 查士丁尼大帝（Emperor Justinian，约482—565），东罗马帝国皇帝（527—565），统治期一般被看作东罗马帝国由古典时期希腊化的重要过渡期，其本人也被称为“最后一位伟大的罗马皇帝”。

弱的尼布尔终于也接受了治疗。他的身体正逐渐恢复，在君士坦丁堡疗养一个月之后，尼泊尔也能够试着在城市里小逛一会儿了。他和冯·加勒商讨远征队的经费问题，后者会帮助他从开罗的豪商巨贾那儿弄到汇票，还会为他写介绍信，把他引荐给埃及和阿拉伯世界有影响力的人物。

他们也商定，等离开君士坦丁堡时，远征队成员必须换上东方服饰。尼布尔在他的日记里作了一番解释："在阿拉伯世界，我们复杂的装束，任何与众不同的衣物，都会使我们成为当地的笑料。就我们自己而言，欧洲服饰也的确不舒服。所以从现在起，我们不仅得学着适应没有椅子的生活，同时身为欧洲人感受到的其他方面的诸多不便，也得一一克服掉了。"

冯·加勒帮助远征队置办那些必需的衣物。到 9 月初，他们已准备就绪，即将重新踏上征途。然而，就在起程前不久，一个意外发生了。这件事对余远征路途造成了严重影响，也给君士坦丁堡的这位好客主人留下了痛苦回忆，多年以后，仍觉历历在目。此番起因，依旧是弗里德里克·克里斯蒂安·冯·黑文。

自从在马赛，在菲斯克船长的晚宴上冲撞过之后，只要冯·黑文与福斯科尔共处一室，这二人必会针锋相对。君士坦丁堡期间，他俩都尽其所能地克制自己。福斯科尔投入他在附近地区的长途跋涉时，冯·黑文也忙于收集和购买珍贵稀有的阿拉伯手稿。这么多年以来，我们现在终于看到，冯·黑文也能拿得出些实质性的成果了，这还真是头一回。在他们逗留的最后这段时间里，他给伯恩斯托夫寄去了他购买的书目，绝大部分是历史和诗歌，但也有两本价值连城的阿拉伯语辞典。

正是由于冯·黑文的成果都摆在这儿了，我们才说他是个自相矛盾的人。就在这之前不久，他又一次打退堂鼓了。他在给伯恩斯托夫的密信中表示，阿拉伯菲利克斯之行必然虚度。当然，他没有直接这样说，也没有长篇大论。他只是提到自己曾和某位法国大使交流过，后者声称“要深入阿拉伯福地，显然是不可能的事”。所以啊，都到君士坦丁堡了，即便还有几周就要出发前往亚历山大，冯·黑文还是试图证明这次远征的不可能，仿佛自从他与福斯科尔冲撞过后，这个远征对他的吸引力就更不及从前了。最初，他是畏怖于沙漠的危险和工作的辛劳，而现在，同事对他的不屑一顾，使他的担忧更加重了。如同添柴加薪一般，那种被自己人孤立的感觉，深化了他在陌生人中被孤立的难受。还记得在赫尔辛格时，他曾在信中预言了远征队所有成员的过早死亡吗，而今故伎重演，他又声称“永远不可能实现目标”。他是对的——就他自己而言。对冯·黑文来说，深入阿拉伯菲利克斯，毫无疑问，是不可能的事。他只会担惊受怕，就像当初飓风来袭，他在斯卡格拉克海峡时表现的那样，但这一回，他不可能再离开轮船，脚下也不可能再有坚实的土地让他踏上去。于是他不得不依靠别的手段。

尽管在君士坦丁堡期间他会尽量躲避，但其实这已是他越来越避不开的命运安排。所以他并不满足于只是说服伯恩斯托夫，让其相信整个阿拉伯之行都是无望无果的，就像他不单单对此愤懑不平，他还感到绝望——所以他要采取秘密措施。不过诸多端倪都未能逃过冯·加勒敏锐的双眼。大使心中也疑惑呢，究竟是为何，这位丹麦教授和瑞典教授之间冷若冰川？眼看他们起程的日子迫近了，大使决定要调查一下。这一调查，整个故事的来龙去脉——包括“格陵兰号”晚宴的前因后果 —— 全都清楚明朗了。于是这位经验丰富的外交官便主动肩负起了劝和责任。两位教授总算在他的说服之下，各自表达了对先前冲突行为的抱歉。他又恳请他们俩，当着此行所有人的面，互相道歉，并拥抱彼此。最终二人也给了他面子——福斯科尔和冯·黑文互相道歉，并拥抱了彼此。

冯·加勒认为，他们之间的矛盾冲突就此消解平息了。然而很快他发现自己错了。他们的言行举止照旧没变；一切都似乎在表明，福斯科尔只是勉强形式化地道了歉；而对于冯·黑文来说，此次和解的作用则如同心上插着的那把匕首拧转了一下，反倒使痛恨更深了。这不，在冯·加勒的起居室里和解后没多久，真实情况就现了原形：冯·黑文向克里斯蒂安·克拉默吐露了心声，他说，看着吧，我迟早会和那个瑞典人平起平坐的。就在他们起程前一天，这两个丹麦人相约去了佛洛伦特的药房，冯·黑文在这儿为旅途订购了一些药物。当药剂师把它们一袋袋拿出来放到柜台上时，年轻的丹麦医生不禁惊恐万分，耳边回响起冯·黑文说过的要对付福斯科尔的话，此时此刻，他终于明白那些可怕的威胁具体是什么了。

在为旅途订购的药物之中，丹麦教授准备了 8 阿斯皮尔[1]的黄砷和 16 阿斯皮尔的砒霜。

5

1761 年 9 月 8 日，万事俱备，只欠起程。真正的冒险，此刻才算刚刚开始。崭新的东方服饰穿戴在身，这些学者绅士与东道主冯·加勒挥别之后，登上了那艘驶向亚历山大的轮船。

这是一艘来自乌尔齐尼[2]的亚得里亚海港[3]的小型土耳其轮船。航行开始后，远征队邂逅的是一个新世界，这个世界与他们在“格陵兰号”上习以为常的那个世界迥然不同。这艘轮船的航行目的再简单不过，只是要把一船的年轻女奴运送到埃及市场上去。毫无疑问，从一开始，这些令人好奇的“船货”就抓住了我

[1] 阿斯皮尔（Asper），土耳其和埃及从前的银币名，后来作为钱币的单位，等于 1/120 皮阿斯特。

[2] 乌尔齐尼（Dulcigno），亚得里亚海沿岸最古老的定居点之一，始建于公元前 5 世纪。

[3] 亚得里亚海（Adriatic），地中海的一个大海湾，位于地中海的最北端，意大利与巴尔干半岛之间。

们旅行考察团的兴致。在此期间，福斯科尔把他的软体动物和海洋植物也都抛在了脑后，他在日记写道：“这回我们是和一位商人同行，他带了一船货物前往开罗，但和欧洲港口交易的货物大相径庭，他带的是女人。出于谨慎，以防他人垂涎，他采取了所有安保措施：那是一个特殊包厢，就在我们客舱之上，是预留给那些年轻女子的，他会亲自给她们送食物 —— 不允许他人进入。此外，他还在舱门里边挂了一条毯子，这样一来，在他自己进出时，那些女人就可以避免被外面的人看到。”从这些描述中可以看出，福斯科尔作为学者，他精准的洞察力丝毫未减；对此，尼布尔也似乎研究得很认真细致：这些年轻女子——他在日记中是这么描写的——“得到了相当优渥的待遇。既然要把她们带到埃及去贩卖，商人就得确保她们抵达那里的市场时是健康而快乐的——这对挑选她们的主户来说非常重要”。虽然到目前为止，似乎除了这一件之外，其余的事都乏善可陈，但事在人为，一切皆有可能嘛，眼下这两位学士对即将到来的旅途还是充满了某些，说不太清的希望。因而他们并不丧气。

9 月 8 日这天，正当船要拔锚时起风了，此风对航行极为不利，他们花了好长时间才驶离君士坦丁堡；三天之后，也就是 11 日这天，他们穿过了达达尼尔海峡——福斯科尔和尼布尔在这里登陆：福斯科尔收集了一些花种，因为之前在户外展开植物学考察旅行的过程中，他就留意过那些花儿；尼布尔呢，则架起他的星盘，展开观测和记录，毕竟之前由于病痛缠身，这些工作都被迫疏忽了。

旅途继而经过希腊群岛。在忒涅多斯岛的锚地，他们遇见了来自威尼斯的战舰，对方却拒绝鸣炮致敬，因为这项荣誉为法国和大英帝国的轮船所专有。9 月 19 日，他们驶过萨摩斯岛[1]时，头顶上的天空黑云密布，重重地向群山压下来。土耳其船长很害怕遇见帕夏船长[2][3]，此人是这片海域上的海盗头子，会向任何被他捕获的船只勒索一大笔过路费。在罗得岛[4]的外面，帕夏正与六艘战舰坐等在那儿，因此这个岛上的所有居民都闭门锁户，以防遭到掠夺侵袭。

然而这段日子里，远征队成员正面临着相当棘手的问题。9 月 21 日这天，轮船在罗得岛海港锚定，而让所有人惊慌失色的，既不是头顶船舱里那些美丽的女奴，也不是罗得岛锚地外面充满威胁的帕夏，是克拉默。他倾吐出心底的秘密，关于君士坦丁堡的佛洛伦特药房，关于那个发现。

依据日记中所述，那天刚一到罗得岛，尼布尔、福斯科尔、

---

[1] 萨摩斯岛（Samos），希腊岛屿，在爱琴海东部，是爱琴海中距小亚细亚大陆最近的希腊岛屿。和小亚细亚只隔窄狭的萨摩斯海峡。

[2] 帕夏（Pasha），奥斯曼帝国行政系统里的高级官员，通常是总督、将军及高官。帕夏是敬语，相当于英国的“勋爵”。

[3] 帕夏船长（Captain Pasha），即加齐·哈桑帕夏（Gazi Hasan Pasha，1713—1790），1770—1790 年担任奥斯曼舰队司令，1738 年参加了对奥地利和俄罗斯的战争，随部队收复了贝尔格莱德。

[4] 罗得岛（Rhodes），希腊第四大岛，爱琴地区文明的起源地之一。

博朗芬就立即登岸了，然而那两个丹麦人，冯·黑文和克拉默，一直到了第二天才下船。但无论是尼布尔，还是福斯科尔，关于远征队分成两拨上岸的原因，他们俩的记录中都没给出任何说明或暗示。为什么这三个人在9月21日，会想要单独待在罗得岛上呢？答案就藏在丹麦国家档案馆中，也就是那封写给驻君士坦丁堡的丹麦外交大使的信。日期：9月21日，地点：罗得岛。信的内容是由福斯科尔用磕磕绊绊的德文写就，但落款处也有尼布尔和博朗芬的签名。行文如下：

宽宏仁慈的大使阁下：

您好！

在君士坦丁堡的那段日子里，大人您对我们这个小团体非常友善慷慨，毫不吝惜地给予我们慈父般的体贴与关怀。因此我们再次心怀崇敬地向您表示由衷的感激，并且保证，我们余生都会以一颗感恩的心，来铭记您、瞻仰您。

今天，我们已经抵达罗得岛。在这里的法国领事馆，我们遇到了一位绅士，他正要前往君士坦丁堡，主动提出要帮我们捎信。现在，我们终于有机会把这件事，尽早地、好好地讲给阁下您听。大约两天前，第一次听我们的医生，也就是克拉默先生说起这件事的时候，我们所有人都震惊了。

就是我们待在君士坦丁堡的最后那天，药剂师佛洛伦特，当着我们的医生克拉默先生的面，向我们的语言学家冯·黑文——也是在其要求下——提供了两种砷。并且量多得惊人。当我们的医生表示出对此事甚为担忧时，这些药物的接受者就把它们打包好，交给我们的医生来妥善保管，希望以此减轻他的疑虑。但就从那一刻开始，我们的医生寝食难安，惶惶不可终日。所以，他将整件事都告诉了我们，还给我们看了两包药。现在，这些密封好的药，会随着我们一同，前往埃及。这两种药，数量如此之多，足以让我们所有人一命呜呼。我们相信大人您，已经很清楚这个人的品格。众所周知，他是多么迫切地想要成为财务负责人，掌管经济大权。我们的医生还告诉我们，那次他在大人您面前承认了自己的过错后，就发下毒誓，在他回家之前，他会废掉那个早该为他的羞耻负责之人。

他可是买了两大包砒霜，究竟要用来做什么？一想到他一贯自命不凡的本性，我们思虑再三，还是会不由地联想到他买这些毒药背后最可怕的那种打算。毫无疑问，一个瘟疫肆虐的国度里，定会有大量暴毙而亡的人，如果一行人突然死去，又何足为奇？世人都会觉得，那一行人之所以死于非命是疾病作怪——这种想法再自然不过了。如此一来，就没人会再怀疑死因，也不会有人剖尸，真相便会永远被掩藏。我们也相信，一旦我们其中一个被害，那么必然所有人都逃不掉，因为任何幸存者，都意味着他的罪行可能会暴露于世。所以我们已经别无选择，只好再次请求您的帮助和庇佑。我们的确甘愿拿生命赴险，无论远征中的任何危险。但对我们来说，自家同事的日常威胁，反而好像比其他任何危险，都更令人害怕，防不胜防。我们请求阁下您理解，能否辛劳一趟，向那个药剂师佛洛伦特查问清楚，是否有人向他买过两大包砒霜和黄砷，是不是他亲手把药递交出去的。买毒药的人或许自己还留了一些，即便没留，到埃及后他也可以想要多少就弄多少，对他来说这都是小菜一碟的事。我们实在想不出合理的解释——在旅途中储备这些毒药能做什么用。要是我们能在抵达埃及时收到阁下您的示命就好了，请求您帮我们永远开除掉这个同事吧，不然的话，这人不会善罢甘休，祸及自身的同时，也祸及我们所有人！

此致敬礼，即请久安！

您最忠诚的奴仆

彼得·福斯科尔　卡斯滕·尼布尔　C.W. 博朗芬

P.S. 语言学家和我们的医生目前还在船上。

1761 年 9 月 21 日 写于罗得岛

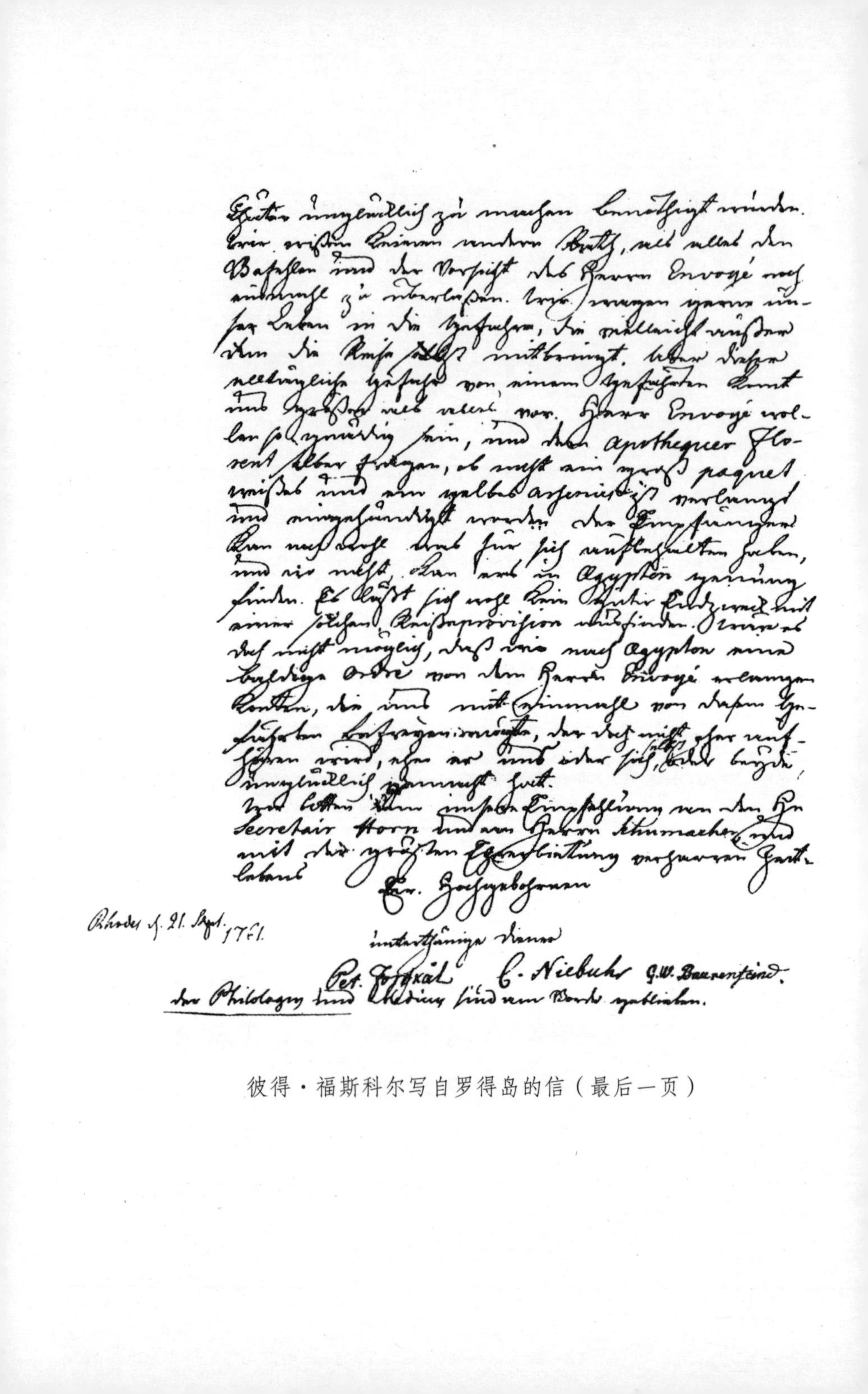

Rhodes d. 21. Sept. 1761.

Pet. Forsskål C. Niebuhr G.W. Baurenfeind.

彼得·福斯科尔写自罗得岛的信（最后一页）

“眼前就是罗得岛，要跳就在这里跳吧！”[1] 如果福斯科尔上岛后，于执笔写信之际，不禁将此名言脱口而出，那也是情理之中的事。他的控诉，使他点燃了一根导火索，即便这火星能够不辞辛劳地烧下去，一直烧到君士坦丁堡，那它也还是会导向一桶炸药，爆炸的瞬间，便会炸毁整个远征队。与此同时，卡斯滕·尼布尔还给冯·加勒的秘书——舒马克先生——寄去一封信。他也在信中讲了冯·黑文买砷的事，随后写道：“我倒是真的希望，他买这些药，是用来救他自己的。因为我认为，对于他这样的人而言，要想从全部罪恶中疗愈救赎自己，这应该就是最佳方式。但如若不幸，事实是另一种情况，定要将我卷入这样一场羞耻的谋杀计划中的话，那么作为一名工兵上尉，我希望自己清楚，应当如何惩办这样的邪恶行为。我承认这么做，的确也很难让自己心安理得；可我宁愿更为光荣地英勇就义，也不要成为懦夫苟且偷生。就算真的会在这场意外中牺牲，我也相信，天堂的大门会为我们敞开。”看完他说的这些话后，也就清楚了他的立场：要是那个丹麦人真的敢对大家下毒手，那尼布尔一定会先发制人。

在这件事带来的阴霾笼罩下，就连帕夏向他们提出的放行条件——即便要求得很过分——也显得如此微不足道了。因此，任

[1] 原文是“Hereis Rhodes，herethe deed done！”出自《伊索寓言》中的“罗得岛的故事”。故事是讲一个爱吹牛的运动员曾向别人炫耀自己在罗得岛可以跳得多么远，而眼下却无法向别人展现自己的那些本领。

何人都觉得没有必要再在那些条件上费脑筋周旋。9月22日，他们满足了海盗的要求。于是，轮船再次起锚，再次载着一船舱的女奴，缓缓推进那片广阔的大海中去。只有尼布尔日记里的话不无犀利地道出了实情，眼下远征队的某些成员之间的关系仍旧十分紧张。当时是在远征队成员与一个穆斯林之间（后者是船长的抄写员）偶然引发了一场关于宗教的讨论。在这个过程中，冯·黑文费尽口舌，想要让对方变更信仰，皈依基督教。为此他还妄下定论，说当基督教徒要优于当穆斯林。此话一出，那位抄写员遂变色离席，临走前给所有人撂下一句话：任何人，无论他是信哪门子神，只要不是信真主安拉，那就狗屁不是。从尼布尔的记述来看，他对此所持态度——尽管也可能有其他原因——是明显倾向于那位穆斯林的。“通过这件事，那个好人给我们提了个醒，什么才是最好的呢？是你要坚定不移地信奉自己的宗教信仰，这没错，但你也要允许别人坚守他们自己的宗教信仰。各自安好，即是最好。对我而言，我并不热衷于让别人改宗换教，那不是我的工作。但在那之后，每当我——向知理明义的穆斯林——询问他们宗教的基本教义时，我也一定会告诉他们基督教徒过去的各种经历，但我从不会声称它比《古兰经》宣扬的教义更优越；因此，他们中也不曾有人，会因这样的讲述而变得激愤。”简短的一段话，展现了一个真实的尼布尔。把不同信徒分出个三六九等优劣高下？那不是他的想法。他的信仰的确让他受益。所以他希望去照亮别人，而不是转化别人。真理毕竟是个人的。

一如既往，轮船航行在广袤无际的大海上。自离开君士坦丁堡后，这是头一回，大家心知肚明，却又心照不宣，只是任凭气氛再一次冷僵掉。他们一个个都回到各自寻常的忙碌中去了。克拉默和冯·黑文，两人总会聚在一处，用丹麦语聊很久；博朗芬得完成福斯科尔在土耳其制作的植物标本的绘图；尼布尔呢，他终于结束了天文和气象的观测，就在这时，客舱上方会又一次传来那些年轻女奴的欢笑声浪。

当天色变得更暗些，船身两侧的海水也会再次发出微弱的光。福斯科尔每天傍晚都会从舷窗那儿收集海水，以在他的显微镜下观察，而后他会在日记里讲述自己做了很久实验。他讽刺地写道，无论观察得有多细致，他还是没能发现海神涅柔斯[1]之女的任何踪迹。但从他的日记中可以看出，福斯科尔还是有意外收获的。虽说这位年轻的瑞典男子在船身周围的发光海水里苦求无果，但那位美丽的海仙女涅瑞伊得斯，反倒就在这艘船上，和他幽会了。

彼得·福斯科尔写道："为了捕捞那些微光，我得经常从客舱的舷窗那里收集海水。每当我这个欧洲人在那儿捕捞时，住在客舱上方的那些女子就会借机俯瞰。我听到她们讨论的声音，便向上看去，这时，她们就会非常快地往回一缩，幅度很小，不过是

[1] 涅柔斯（Nereus），希腊神话中的一个海神，蓬托斯（大海）和盖亚（大地）的儿子，住在爱琴海中。

象征性地。因为她们还是露在外面，先是一个，然后又一个，第一次会很迅疾，下一次时间就会长点儿，直到最后我们就开始说话了，相互之间还定好了下一次约会。”瞧，这件事就这么发生了。不过很幸运的是，我们还可以通过尼布尔的日记，来跟踪一下福斯科尔，看看这次约会发展得怎么样，尤其是那些小细节。喏，以下就是尼布尔对这则趣闻轶事的记述（版本略有出入）：

> 福斯科尔先生与我，常会坐在我们客舱内部的行李箱包上阅读和写作。头顶上方时不时传来那些女子的嘈杂声，我们便会从窗户那儿探出身子去，想要弄清楚到底发生了什么——最自然的反应莫过如此。这时，那些女奴——还不习惯这种好奇的观望——看到了她们心中所谓的奇怪的野蛮人（由于我们现在还没有完全适应东方习俗，因此在室内就没有缠穆斯林的头巾），接着就开始对我们恶语相加。我俩虽不骂粗口，但也不至于被她们嚣张的气焰吓得退回舱内，尤其是我们也留意到了，这群姑娘中有一些在试着安抚劝说，让那些嚷嚷的安静下来。于是，一回生二回熟，渐渐地她们便能习惯看到我们了。我们也会给她们展示各种各样的水果，以及一些欧洲制作的糖果甜品。要是她们看到自己喜欢的东西，就会从上面的窗户那儿把围巾放下来，这样我们就能把那些东西系在里头，让她们拉上去。她们甚至也给过我们一两样小物件。但我们还是连一

句土耳其语都不会说，她们中也没有人会说欧洲语言，可我们会通过打手势来理解彼此的意思。在很多时候，那些极为友好的年轻姑娘都会和我们说一些相同的话。为了弄明白这些话的意思，我们向那个抄写员请教了很多，都是那些姑娘常说的土耳其单词。通过这个办法，我们了解到了，她们之前是在警告我们要小心谨慎，要我们在上面那些男士们做祷告的时间里露面。然而，即便是通过这种方式，我们有时也不太明确她们的意思。最后，那些姑娘采用的是轻叩窗户的办法，以此为信号，来告诉我们此刻她们是单独在上面的。就这样，这趟旅途因为这种交流，给我们彼此都带来许多意想不到的欢乐。

是的，原本在罗得岛的飞鸽传信一事，已经拉开了黑云压城的序幕，没想到在故事行进过程中，在地中海这儿还唱了一段小插曲，这着实让他俩的精神得到了舒缓。看这两位饱学之士，忽而中断他们手中的研究，侧耳倾听叩窗的信号声；随后再给那些年轻女子把糖果甜品系好，看着它们被吊上去。这一切，让他们仿佛走进了一片充满爱与幸福的沙漠绿洲，也让他们产生了对另一个世界浮光掠影的感受。因为那个世界，阿拉伯菲利克斯，看起来就像海市蜃楼。

离开罗得岛刚好有一周时，尼布尔不得不警告船长——此人航行不用测程仪和罗盘——埃及海岸低平，因而非常危险，虽然到现在几乎还没看到岸影，但事实上已经在逼近了。9月26日，轮船抵达亚历山大港，而远征队成员一直等到第二天才上岸，因为他们希望遇到那位法国领事。在这之前，尼布尔写道，船上大概有 6—8 人死去。自从离开罗得岛之后，瘟疫就在船上蔓延开来，有一些实在扛不住的也找克拉默医生治了，但最后还是无力回天。令尼布尔欣慰的是，远征队成员们都好着，没有任何疾病症状。他的这些话，不禁令人想起他们写给冯·加勒的那封信里的句子：“毫无疑问，一个瘟疫肆虐的国度里，定会有大量暴毙而亡的人，如果一行人突然死去，又何足为奇？世人都会觉得，那一行人之所以死于非命是疾病作怪——这种想法再自然不过了。”事实上，真正的瘟疫已经放过了他们，但另外的传染病却在无意间被他们继续带在了身上。

这是他们将要首次踏足阿拉伯土地的前一晚。待到第二天早上醒来，福斯科尔和尼布尔忽然发现，那些年轻的女奴，就像尼布尔日记中写的那样：“已经在夜里被悄无声息地带走了。”她们就这样不告而别了——这句话听起来失落极了——也标志着这场从哥本哈根开始的漫长漂泊接近尾声。而此时此刻，我们也不由地想到，这些年轻女子将会面临怎样的被选择的命运呢。或许尼布尔和福斯科尔也会想到这个问题。或许当他们在那个早上发现那些女子的船舱已经空了的时候，当福斯科尔想起当下正威胁着这场远征的那些危险的时候，他就在一瞬间记起了——在旅途的最初——他向自己提出的问题。为什么，把阿拉伯菲利克斯称为“福地”？为什么一直以来，要弄清楚那点微微发光的鬼火，竟这般难？

| 3 |

埃及一年

从罗得岛起程后，远征队所要面对的种种情况中又添不测，那便是来自死亡的威胁：既可能会死于悄然潜伏不易觉察的流行病，也不排除异国外邦的当地人通常充满敌意的态度和行为；当然还有可能会死于一个男人愤恨至极的绝望报复计划——它本身所投射出的不祥之兆，阴影般地一直笼罩着他们的生活。种种威胁就变成了他们生存处境中赤裸裸的现实所在，（好比）复调音乐[1]，这些存在会与他们对“福地”的追寻“和谐地”地统一为一个整体。就像那些无意识的动机，或多或少地潜伏在他们意识深处，不被觉察地共存，成为一体的复调。恐惧会与希望交织共存，结为同盟。可想而知，这五个男人会因此而变得率真自然，但与此同时，也变得更温驯听话了。就像令生活稍稍释缓的那一丝阳光，它不仅仅依靠照耀在物体表面所展现出来的光亮，同时还靠阴影，在阴影映衬之下才勾勒出了边缘。因此，在罗得岛之后，远征队的成员会渐渐明白，远征这一路，必定是明灭起伏，明暗交间。

的确，在很多具体的方面，来自死亡的种种威胁都毫不含糊，影响到很多重要事情的推进过程。从他们在埃及停留的时间说起。起初，他们只是把埃及当作一个必要通道——经由、来去——只

[1] 复调音乐（counterpoint），“主调音乐”的对称。多声部音乐的一种，旧称对位。它是以两个、三个或四个在艺术上有同等意义的各自独立的曲调，前后叠置起来，同时协调地进行为基础。

作必要停留；而现在由于新情况突如其来，他们就在这里持续逗留了一年多，但除了那些早就想解决的困难仍旧存在且进一步恶化之外，基本上一无所获。在他们的日常工作中，在他们的信件里，在他们的汇报和日记里，这个新处境让他们的情绪波动不断。虽然对环境的新鲜感暂时取代了心中的失望，有关人员的注册登记工作，占据了他们所有精力。但好景不长，新的矛盾和威胁会像不速之客，把他们的热情逼退，让他们看到生活原本幽暗的底色。就像摆锤的一次摆动，故事情节反转后，会刻画出远征队幸存者的形象——但他个人钟摆的摆动并没有随时间而减弱，恰恰相反，在现实世界里增强了。

这一程起始于亚历山大。远征队成员来到的是一座业已败落的城市，然而，各种事物的新鲜感涌上心头，很快就驱逐了黯然愁绪。甚至才来第一天，福斯科尔就全神贯注于他的植物学研究了。不然的话，我们这位相当冷漠的学者怎么会沉浸在观察中无法自拔："当地的植物群是我从没见过的，野生勃勃，无所顾忌，一派茂盛景象。一点都不像家乡那儿的温室空间里所展示的那些植物。人、国家、大自然，万事万物于我都是新的。所有的植物也是新的。除了好好采集观察之外，我还能做什么呢？"

眼下福斯科尔已经接连出去很多天了。在海边那一整片区域里，他一边走一边探寻，从清早就出去，一直到日落才结束。有时他也会在城中某植物园里的一个小花坛前站定，俯下身来细细观察，好几个小时就这么过去了。他在日记里愉快地记录了亚历山大随处可见的棕榈树——是他生平第一次见。也就是在这里，他开始研究起那种稀有的香脂树，那可是林内乌斯生前极度渴望一睹其状貌的植物。这种树也是此次远征中植物学方面的首要研究对象，因此，在福斯科尔的日记中，我们会看到他是如何期盼，又如何失望。“他们告诉我，这里的确有一棵名副其实的麦加香脂树，但得到这座城外面的一个园子里才能找到。为了寻找这种最为稀有的树，我听罢片刻都没耽误就跑出去了。然而，当我按照他们说的，去到了那个地方时，我面前不过是一个空荡的场地，不过是些刚刚栽好的树。或许是我找的地方压根儿就不对。后来，有位住在内部城区的犹太人主动要给我带路，他斩钉截铁地告诉我，他就在一个大石瓮里种了这么一株稀罕物。犹太人都住在他们自己的街区里，到那儿要通过那条街上仅有的一道门；然而后来真正进到那片住宅区时，除了从一户家庭穿到另一户的黑黢黢的通道外什么都没有。我就这么硬着头皮走过了那些相当不靠谱的通道，而最后真的抵达时，我只看到了一株‘花园香脂’[1]，与我要的相去甚远。真是期望越大失望越大，那一瞬间毫无惊喜可言。唉，我多么想亲眼见到、亲笔描述真正的麦加香脂。”

还好其他考察没被辜负。眼下这里有大量的稀世奇珍可供观

---

[1]　花园香脂（Mormordica balsamina），一种非常脆弱的一年生植物，高达 70 厘米，具有分枝的茎，叶柄以规则的方式排列，沿着茎的叶腋中有大的不规则的花。

赏、记录。在尼布尔的陪同下，福斯科尔参观了历史遗迹，都是亚历山大的不朽杰作。他们从一处行到另一处，就用毛驴代步（这里的大街上满是备有鞍座的毛驴，可租用，随时出发）。他们看到在那些废墟之上的，克娄巴特拉宫殿，庞培神柱[1]，以及著名的方尖碑[2]，更不用说，静躺在这座城市地下的那片墓穴[3]。通往墓室的通道漆黑不见底，他们对着里面打了好多枪，以吓走那些生活在这儿的豺狼虎豹，而后他们才敢往里走。福斯科尔发现，亚历山大的房子都是用同一种石材建造的，而开辟在山坡地下的这座陵墓也不例外，他由此猜想或许早年间这里就只是一个采石场，人们一边在这儿打造一座全新的地下城镇，一边为地表之上的其他城镇开采石材。这位植物学领域的思想家回到了地面上，站在过往的这些纪念碑像面前，他开始不断地沉思人类历史，不免感慨万千："尽管我对这些历史事件并不知情，但我站在这儿，看着这些壮观雄伟的遗迹旧址，这些作为古人先辈们独具慧心、勤劳不息的最好证明，那种崇敬感便油然而生，涌在心头；我不禁想到，我们当代的这些伟大建筑——令我们备感自豪的建筑作品——或许就会在某个时机成熟之时，轰然变成废墟。并且我们不确定'后

[1] 庞培神柱（Pompey's Pillar），又称骑士之柱，原是萨拉皮雍神庙的一部分，神庙仅仅存在很短时间就被毁了，只有石柱保存下来，成为航海者的航标。

[2] 方尖碑（obelisk），古埃及的杰作之一，是古埃及崇拜太阳的纪念碑，也是除金字塔以外，古埃及文明最富有特色的象征。

[3] 地下墓穴（catacombs），即亚历山大地下陵墓，坐落于亚历山大城西南的马里尤特沙漠中，1980 年列入世界遗产名录。

之视今，亦犹今之视昔'：后世人也会对它们那样崇敬吗？是否会像我们一样，充分地感受到古埃及历史遗迹中的光辉与荣耀？"

福斯科尔和尼布尔在 1761 年参观考察的绝大部分遗迹，其实早就被另一位旅行家记述过。此人同样来自丹麦。他就是克里斯蒂安六世[1]于 1737 年派往埃及的，年轻的海军军官 F.L. 诺登[2]。他曾沿尼罗河而下，远航至努比亚[3]。诺登把他整个旅程的一部分用文字记录下来；一部分通过大批的雕刻版画记录下来——这些画像出现在他死后国家出版的那本书中，即《埃及到努比亚的远航》[4]—— 曾震惊当世——它是记录那次远航的第三部分，也是最后一部分，出版发行的那一年，距离"格陵兰号"从哥本哈根出发的时间，不过六年而已。因此对于尼布尔来说，就诺登已经测绘出的那张亚历山大地图，他决定不对其作任何增添改动，取而代之的是，他要专注于检查这位前辈所完成的那些极为重要的测量工作。然而出乎意料的是，当他投身到这项工作中时，才发现没有那么容易——他的工作环境可以说是阻挠重重。事实证明靠近

[1]　克里斯蒂安六世（Christian VI, 1699—2746），1730—1746 年的丹麦和挪威国王，是奥尔登堡王朝第一位不参加任何战争的国王。

[2]　F.L. 诺登（Frederic Louis Norden，1708—1742），丹麦海军上尉，探险家。

[3]　努比亚（Nubia），非洲东北部一地区，指苏丹北部和埃及南部的沿尼罗河地带，位于尼罗河第一瀑布下游与尼罗河第四瀑布下游之间。

[4]　《埃及到努比亚的远航》（*Voyage d'Egypte et de Nubie*），1755 年出版。在这之前（1741 年）也出版过诺登航行中所作的绘画。但由于 1742 年，诺登死于肺结核，英年早逝的他把文件和绘画等都交给了朋友。这也是这部作品晚了这么多年才问世的原因。

庞培神柱的那块高地，的确适合用来采取方位，虽然只是稍高一点，却可以把老城墙的很大一部分都收入视野之中。这天尼布尔展开工作，正忙于调整仪器的时候，人群突如其来地在他身边聚拢起来："当时有一个人——一个土耳其商人——注意到我正在调整星盘的方向，对着这座城市。他对此好奇得很，坚持要透过取景器看个究竟，而当他看到一座上下颠倒的塔时，就表现出极大的忧虑和不安。于是这件事很快就被传开，流言四起，说我来到亚历山大，是要倾覆整座城市，让它就像那座塔一样。"

就其工作所激起的这种流言，尼布尔起初并不怎么在意，但是后来镇上开始出现了种种惶惑不安的骚乱迹象。如此一来，整件事就被呈报给了地方长官。这下好了，每当尼布尔把这个"祸国殃民的罪恶仪器"带在身边时，他的土耳其仆人就拒绝陪同出行，于是尼布尔又不得不另找个疑惧心少些的人来替换他。人们多次想把他的星盘从他身边拖走，以便损毁它，让它失灵。没多久，他就只敢在这座城市外使用它，但在那儿也会生出很多误解。有一天尼布尔想测量一下尼罗河三角洲南部的太阳高度角："我正忙着，一个庄稼人——来自附近的黑人聚居区——向我走来，看起来对我手中的物件非常感兴趣。我也想给他看一些他之前没有见过的东西，所以我就将象限仪的目镜调整到对着城市的方向，但是当他看到所有的房屋都是朝下的模样时，他就吓坏了。他问我的仆人这是怎么一回事，后者则回答说，国家政府就是对这个城市的居民格外不满，遂派我来毁灭它。这个可怜的农民一听，立刻变得非常悲痛，问我是不是不会给他充足的时间，好让他回去带上自己的妻儿、牛群，转移到安全之处。我的仆人就向他保证会给他两个小时的时间，这个农民一听，就飞也似地向家里冲去了。”

接着，从荒唐滑稽到肃穆沉重，从热情四射到错愕不安，故事来了一次彻底的反转。在亚历山大的这段时间里，远征队成员一直住在那位法国领事的家中。有一天傍晚时分，他们登上屋顶，从这儿望向宣礼塔，看着日薄西山，到彻底沉没余晖，他们想在此刻享受一下夜幕降临时的凉爽。然而没想到的却是，目睹了一出令人痛心的悲剧，就突发在他们下面的那条街道上。一批贝都因[1]强盗从沙漠一路赶来，冲到镇子上，对着老百姓下手，有些没能逃掉的百姓，都被他们围困在了法国领事馆的前面，被那些愤怒的强盗殴打致死。这次事件令欧洲学者们望而生畏且心有余悸，也因此留下了根深蒂固的记忆，对他们而言，这是第一次看到东方残暴野蛮的一面，这给他们提了一醒，让他们看清自身危险处境——如果他们别无选择只能面对这样一帮充满敌意、群情激愤的暴民。也就从那一天开始，只有在确信绝对安全的情况下，尼布尔才敢使用他的星盘。

[1] 贝都因人（Bedouins），阿拉伯人的一支，是以氏族部落为基本单位在沙漠旷野过游牧生活的阿拉伯人。主要分布在西亚和北非广阔的沙漠和荒原地带。

环绕在他们周围的诸多危险中，始终有一份是来自冯·黑文的存在。10月初上，尼布尔写信给冯·加勒，再次提起这个丹麦人买砷一事，并详细叙述了此人如何想要掌握远征的经济大权、如何想让自己成为领队等事。从一开始，冯·黑文就与其他人势不两立，尼布尔说道，不光是他不喜欢与之为伍，博朗芬也一样，就连克拉默到后来都向冯·黑文表明态度了——他们与他不想有任何瓜葛。“色厉而胆薄，还被强烈的控制欲念攫住了心识，这样的人如何共事？细思极恐而不可思议。”尼布尔在信末重复自己的坚决意志，若冯·黑文敢轻举妄动，他必一枪崩了他。很明显，他是在寻求冯·加勒的帮助，希望在抵达开罗时，他们可以摆脱掉这个心胸狭隘的同事。而摆脱掉他，的确是所有人都心照不宣一致赞同的事。

然而，他们在亚历山大的那段时间里，驻君士坦丁堡的外交大使始终没有书信写来。10月31日，他们登上一艘小型的埃及轮船，离开了这座城市。此船将会沿海岸线一路航行，直到抵达位于尼罗河西部狭长地带的拉希德[1]，也称罗塞塔（Rosetta），到了那儿，也就意味着到了尼罗河奔腾汇入地中海的地方。对福斯科尔来说，他们抵达尼罗河三角洲后，各种各样的新发现、新认

[1] 拉希德（Rashid），也称罗塞塔（Rosetta），埃及的海港城市，位于尼罗河三角洲西北部，距罗塞塔河口约13公里。建于9世纪，是地中海地区与印度贸易的重要中继站。

知、新经验迎面而来：一直生活在内陆湖畔的候鸟群，不计其数、成群结队地掠过头顶；土地平旷，在高大的棕榈树丛之间，水稻与三叶草欣欣向荣。在拉希德，他们向一些方济各会[1]修道士借宿；过了些日子，其中有一位修道士就随同尼布尔、福斯科尔、博朗芬，一起前往城市外围的那座瞭望塔，望塔上面的视野非常开阔，可以俯瞰整个绿意盎然的三角洲。由此，博朗芬作了一幅画，这幅画也是他在整个远征过程中最成功的画作之一。福斯科尔也极尽文字来描述那片视野："从这个有利视角向外看去，景色无与伦比，尽收眼底。拉希德整座城市、阿布吉尔[2]堡垒、迈阿迪亚湖[3]、地中海海域、尼罗河宽广流域中的岛屿和河岸，目之所及的一切都在埃及的夏日光辉中铺展开来。"

11月6日，远征队重返旅途，继续坐船沿尼罗河行进。下一站就是开罗了。每当途中遇到风力阻碍时，船上就得有五个男人下来，去岸上用绳子拉着沉重的船艇逆风而上。他们以这种方式前行得极为缓慢，但这种平和温柔的节奏让福斯科尔非常满意，因为每当他看见河岸上有某种稀有花朵时，他都有充足的时间跳

---

[1] 方济各会（Franciscan），1209年由圣方济各创办的天主教托钵修会，提倡过清贫生活，衣麻跣足，托钵行乞，会士间互称"小兄弟"。
[2] 阿布吉尔（Aboukir），也作"Abu Qir"，亦译作"阿布齐"，埃及地中海沿岸村庄，位于亚历山大东北21公里，拉希德以西。阿布吉尔堡垒应位于阿布齐湾与历史上的阿布齐潟（xì）湖之间的地区。
[3] 迈阿迪亚湖（Lake Madie），Madie，即El-Ma'adia，迈阿迪亚，现在的伊德库潟湖（Idku Lagoon）旁一小村。

上岸去，采集，收好，再赶上行船。其余时间里他会坐在甲板上，欣赏沿河变换的风景：棕榈树，房顶平坦的棕色泥坯房，上面有很多苞米堆，每天早上都会引来一群小鸟落到上面觅食；地面上晾晒着大片大片的稻谷，十岁左右的孩童负责用踩踏的方式给稻米脱粒儿，那些女孩全身赤裸，男孩只戴了一顶红色小圆帽；时不时地，会有身穿蓝色破旧外套的男人骑驴而过，或者是头顶陶罐儿的女人从河里向岸边慢慢走去。

日落时分他们会在城镇外不远处抛锚泊定。由于河中强盗频繁出没，他们不得不每天安排一个警卫守夜。这人得在甲板上来回行走，月光之下，与粗壮的桅杆、长长的略有倾斜的帆桁一起，呈现出暗黑色的廓影。只要听见芦苇丛中有窸窸窣窣的声响，警卫便会拿出他的枪来，当空开上一两枪，以此表明船上的人都是有武器装备的，时刻防卫着呢。枪声爆破在潮热逼人的夜里，毫不留情，余音回响。这时，会有一只受惊的鹭鸶振翅飞进夜空，也有一回听到一阵赤脚跑过的声音，就在船近旁。真正是冷月热塘夜更深。警卫收起了枪，看着鸟儿飞远不见影了，此时河滩周围，一切又回归了平寂。

2

1761 年 11 月 10 日，远征队抵达开罗。冯 · 黑文给冯 · 加勒写了一封信，讲了他们在这儿的借宿情况。这封信是在两周之后寄出的，其中着重反映了这位世界级讲究的绅士，是如何执着于住宿的舒适度和那些繁文缛节的。

“第五天夜里，我们抵达开罗海港。第二天上午，即 11 月 11 日，星期三，我们在荷兰领事馆的一名翻译陪同下进了城。到那儿之后，我和一位法国人留下看管我们的行李，后来我把它们都搬到了那座房子——位于法国街区的克莱芒特先生租给我们的住处。当真正亲眼见到那座房子时，我尽量克制自己内心的万分惊恐：只有三间破旧的房间，没有任何家具，窗子上也没有玻璃。他们告诉我们这个国家的风俗习惯就是房间里不摆家具，同时窗户上不装玻璃。因此，对于我们来说，当务之急就是要给房间配备家具，给墙上洞开的地方都装上玻璃。那个法国人，看到我们处境尴尬，随即提出要给我们供用一些家具。那位荷兰领事也提出我们可以去他那儿住，我想他那儿定会有足够的房间给我们所有人。我们的医生，克拉默先生，满怀感谢地接受了那里的一个房间。尽管如此，就我个人看来，住在那里并不是特别有利的选择，部分原因是距离太远了，部分原因是这位威尼斯领事（就是上文的法国人）——从他那儿我能看得出来——和那位荷兰领事是死对头。最终，那位法国人向我提供了一间文雅又舒适的公寓，位于贝佐阿尔丹先生的宅邸，后者是这儿赫赫有名的法国商人，因此我就接受了他们提供的住处，这个房子位于法国街区，这点尤其令人满意。博朗芬先生和天主教圣方济会的一些托钵僧住在一起；福斯科尔先生和尼布尔先生两人，则住在从克莱芒特先生那儿租来的房子里。我们在这儿也都有仆人和厨房，所以也会自己准备食物，我们从亚历山大走之前买了一些必要的用品，有燃料、葡萄酒等等。”

冯·黑文最后提到的共享厨房，很快就会引起远征队其他成员新一轮富有戏剧性的猜疑。不过眼下他们还是觉得这种住宿安排，让全体人员都很满意。福斯科尔和尼布尔，坚持要住在从克莱芒特先生那儿租来的简陋房子里，如此一来，这两位朋友终于与冯·黑文隔离开来了。相应地，冯·黑文这边也对自己住的那间舒适公寓十分满意，在这儿他可以和法国外交官以及商人待在一起，和他们进行漫长而文雅的交流，谈论伏尔泰和克莱龙小姐；而对于和事佬克拉默而言，毫无疑问，他很开心住宿是这么安排的，因为他终于能借此机会，远离那位诡计多端的丹麦同胞，同时也远离了福斯科尔和尼布尔——从某种程度上来说——令他人心慌不安的旺盛精力和执行工作的各种积极主动。自从离开哥本哈根到现在，克拉默就没做成什么事，也没有做任何收集，更没做什么记录。他需要一个假期。光是眼看着福斯科尔和尼布尔展露出的旺盛精力——而自己却无能为力——他就觉得心神疲惫厌倦至极。

而这两人正盼望着君士坦丁堡那边的回复——命令冯·黑文

和目前远征队的其他人员分开来。但他们却等了好些时日，直到抵达开罗一个多月以后，才收到一封来自那位丹麦外交大使的信，信中充满失望、抱怨和不快。冯·加勒在信里是这么开头的，对于他们在罗得岛上写的那些事，他感到了内心的惶恐，但又随即表明，尽管如此，他还是很难相信冯·黑文真的会有这样令人畏怖的计划。要果真如此，就等于声名扫地且罪大恶极。因此他认为应该这样做比较妥当：目前而言，要尽全力与这位丹麦语言学家以同事关系和谐共处，总之不能让他觉察到克拉默其实早已把他买砷一事告诉他们了。至于对他的愤怒和厌恶，他们必得尽其所能地藏而不露，假装他们之间的关系还是很友好的，是建立在对彼此信任的基础之上的。总之，就是这件事——他们已知毒药的这个事实——他们千万不能再让其他人知道。与之相似的任何事情，冯·加勒说，都会惹得国王陛下勃然大怒，随后等着他们的，便是陛下的疏远厌弃甚至处置——这都是一瞬间就可以降临的事。由此，尼布尔受到了训斥，因为他之前写过，如果情况需要，即便不得已，他也要毙了冯·黑文。“诸如此类的暴力举动，将会引起全世界的关注，是最不合时宜之措，也会严重损毁皇室远征队建立起来的名声。不仅如此，还会将整个民族的荣耀以及你所在远征队中这些世界上最出色学者的荣誉，都付之一炬，毁于一旦。”最后，冯·加勒告诉他们，他已经发送了一份密报给国家外交部部长冯·伯恩斯托夫男爵阁下，也对他传达了他们希望冯·黑文远离此行的诉求。所以现在，一切都将取决于伯恩斯托夫对此事所采取的决策，冯·加勒坚持劝他们留在开罗，并维护远征队全体成员的统一。

回复是给出了，但对这种没有最终定论的且倾向于否决的回答，福斯科尔和尼布尔明显备感失望。但必须得承认的一点是，福斯科尔写道，在开罗这里，他们的确不是那么害怕了，部分原因是幸亏冯·黑文觉得他们现在居住的这座房子不够好（而自己出去住了），部分原因是现在他们周围生活着很多欧洲人，如果要采取那种暴力方式解决的话，的确不是理智可取的做法。但不久之后，远征队就会离开欧洲街区向沙漠地区行进，一旦到了那里，他们就会被当地视为“蛮夷”，生活在那些狂暴野蛮的阿拉伯人之间。“我们经常不得不自我提醒，我们其实是在极度危险的情况之中生活着，并且无可奈何，因为这种威胁是出自我们自己人。阁下您不妨设想一下，这样的情形对于我们所有人来说，是如何寝食难安。这就好似噩梦一般。不久前他恼羞成怒，又要求道——其实是威胁——让我们把远征领队一位移交给他。为此，我们查阅了皇室规定的条约，里面相当明确地说过，我们所有人一律平等，但这一条并没有钳制住他，截然相反的是，他还声称这一点将会很快被解决。据我观察，他所展露出的太多太多迹象都在表明，他是会一不做二不休的。说实话如果没有他在其中，我们这个团体真的会快乐幸福得多。”

尼布尔也表达了相同的意愿：要是冯·加勒留给他们的一线希望能够实现，那他们所有人都会备感幸福与快乐。他承认，就他要枪毙冯·黑文的这一决定，大使反对得极是。“但是谁又能做到袖手旁观呢？就眼睁睁地看着，我们所有人都害怕的事情，发生在那样一个没有法律管辖的地方吗？因此，我满怀谦卑地表达我的希望，愿阁下您理解我，向伯恩斯托夫男爵阁下禀报此事时，可否不作反对的阐释，只作客观转述呢。我将不胜感激。”

从目前来看，似乎只有“坐以待救”了。福斯科尔曾在罗得岛点燃的那根导火索，如今再也不敢向君士坦丁堡那边展露丝毫。现在，他只得让火星子千里迢迢地一路燃向哥本哈根了，冀望于它能带来希望的结果。福斯科尔、尼布尔、博朗芬三人，一边继续着他们在开罗的工作，一边紧绷着心弦等待伯恩斯托夫的回复。

3

有许多事要做。对丹麦远征队而言，接下来数月是一段忙碌时期。1 月初上，埃及短暂的冬天刚刚过去，彼得·福斯科尔开始进入沙漠展开远足考察，夜里留宿于小村小镇上，把稻草铺在身子底下睡去。如此马不停蹄的他正在深入推进植物学的调查研究，其间，身边就只有一对阿拉伯助理陪同。进入 1 月中旬，他已经抵达塞得港了——走的正是前往苏伊士的商队路线；到月末时，他又出去了，这一回仍是继续开拓考察边界，足迹远至迈塔尔和比尔克地区的村镇，麦加商队通常会在那些地方搭帐篷宿营。待到春暖花开之时，他又旅行返回亚历山大，采集那些在雨季过后迅速生长开花的花儿；而后刚刚迎来3月，他便再次走进沙漠——在迈塔尔附近的谷地——继续埋头于他的植物学研究。

得益于自己似乎永不疲倦的旺盛精力，光是不同种类的花儿，福斯科尔就收集到了120多种，其中很大一部分都是完全不知名的。此外，他还收集了很多种子，也包括当时在土耳其收集的，其丰富程度多达好几百种。与此同时，他也对这个国家的动物群进行了观察研究。每回的考察所得一收集完毕，福斯科尔就把自己关进他那间工作室——在开罗的克莱芒特先生的那座房子里——开始将他各种各样的发现分门别类。1762年的春天过去后，他的工作成果以两篇论文的形式呈现：一篇是《阿拉伯地区—埃及的植物群综述》，另一篇便是相应的《动物群综述》。到了7月30日，他写信给林内乌斯，说起这些分类编目工作的完成，还有他给在哥本哈根担任（最高）行政长官的莫尔特克寄去的论文。"我给他们发的是急函，恳请他们收到后立即将文章印刷出来。但有一点我不确定，就是哥本哈根那边的人会不会反对呢：毕竟论文是由我这样一个外国人写的，而不是出自远征队的那位所谓'丹麦自然历史学家'之笔。不知道他们会不会以此为由而心生反对。"事实证明，福斯科尔如此担忧的确是有道理的——但没办法呐，命运就是这么安排的。

除这些全面而详尽的动物学及植物学的工作之外，待在开罗的那段时间里，福斯科尔还专注于另一方面的研究——相当程度上其实已经超出皇家指派给他的专业任务范畴。在君士坦丁堡，也包括在亚历山大，他被各种各样的独具东方特色的商品货物吸引住了。所以每天一到傍晚时分，他便去集市上闲逛溜达，以作消遣。这个时候刚刚好，一天中最烘人难耐的热浪已经退去，在集市上，他和一些商人交流，弄清楚不同商品的用途，包括它们的成分和成本。在亚历山大时，他广泛而深入地调查研究了阿拉伯人烘焙面包的方式；在沙漠里展开植物学考察期间，每天傍晚到小村小镇上宿营时，他都会碰到将要起程的商队，因为那都是他们常会经留的地方，白天他们在这儿歇脚休整，夜晚降临前便撤营起行，在星辰的指引下继续在沙漠里赶路。如此种种都会让他感觉到，自己正在邂逅一个特质鲜明的美丽新世界。是的，用不了多久，他就能确信，那真的是一个引人入胜的世界，就像他的花儿一样。

那段时间，也就是在克莱芒特先生的房子里，他忙着准备那两篇要发表的学术论文时，他发现，在太阳快要落山时出去，能看到那些刚来不久的商队。对他来说，这无疑是很合心意的发现，这位埋身于各种研究的教授，甘愿为之花上一个钟头的时间徘徊逗留：夕阳余晖下，能看到空气中弥漫着的尘埃，他就在光与尘中，兜转于成包成捆的货物、折膝而跪的骆驼，还有那些沉默不语的人之间。那些人身着及踝长袍，打赤脚走在沙子里。就这样，他发现了那些商队其实来自麦加，其规模之大，足足有几千头骆驼。他们跋涉一路来到开罗，带着翡翠、珍珠、钻石、风信子，麝香[1]、灵猫香[2]，印度的棉布和丝绸服饰，基列的乳香[3]。待到莱麦丹结束的一个月后，福斯科尔再一次看到商队，他们正要离开开罗，踏上回麦加的路途。而此时商队一并带回的有：金银丝线混织的丝绸、蜡光纸和普通纸、法国及威尼斯的服饰、蓝色和白色的亚麻布（虽然说的是希腊制造，但其实是产自开罗）、缝纫用具、火药和枪支、糖浆和芝麻油、白色和棕色的蜂蜜、蚕豆、梨子、小扁豆、大米、小麦，以及各种各样的食用谷物，更不用说铁钉、盐、氨水等各类物什了。

在某些夜晚，他拜访了一支商队，他们来自苏丹[4]内地的森纳尔州[5]，那里的人被叫作“结拉巴长袍”[6]，因为他们身上都围着黄色、蓝紫色或猩红色的大披巾。这些人的头发短而蜷曲。掌权

---

[1] 麝香（musk），是麝科动物林麝、马麝或原麝雄体香囊中的干燥分泌物。是一种药材，又名寸香、元寸、当门子、臭子、香脐子。

[2] 灵猫香（civet），是灵猫科动物（大灵猫和小灵猫）香腺囊中的分泌物。具有行气、活血、安神、止痛的功效。

[3] 基列的乳香（balmof Gilead），源自《圣经》。基列，约旦河东，在死海以北的一大片土地。那里出产一种香料，称为基列的乳香，可用作治疗伤口，或作为化妆品。

[4] 苏丹（Sudan），位于埃及下方，非洲东北部、红海沿岸、撒哈拉沙漠东端。

[5] 森纳尔（Sennar），位于苏丹东南部，东邻埃塞俄比亚。

[6] 结拉巴长袍（djellabe），伊斯兰教国家男女均穿着的宽敞长袍。

领队的都是“包黑炭”一样的黑人。他们会在老乡——同是“结拉巴长袍”——开的小客栈前勒缰停驻，以售卖珊瑚和琥珀，对方则以珠宝、念珠、镜子、马刀和枪支等物品来换取。他们从非洲一并带来的还有奴隶（包括年轻女奴）：在这些奴隶之中，小男孩大约 8 岁，只需要花费 25 马赫布卜[1]；年轻男子则是 20—30 岁不等，花 35—40 马赫布卜即可买到；若是阉人，则价格高达 110 马赫布卜；至于年轻女人，若是处女，则至多需要 40 马赫布卜，不是处女，最多只需 30 马赫布卜，如果是会做饭的女奴，价格便可以高达 60 马赫布卜。不过除了奴隶之外，这支来自苏丹的商队还带来了大量别类货物：一群猴子，每只只需几帕拉[2]；鹦鹉，每只卖 2 马赫布卜，但若是会学舌的，就要 25 马赫布卜；乳白色的整根象牙，以及红、黑、白、黄等色的犀牛角，在它们之中，黄色犀牛角当属最佳；还有鸵鸟的羽毛和特殊的鸵鸟油，后者可用于治疗风湿病和关节炎；以及用象皮制成的鞭子，炼金术士需要的金砂，用豌豆制的可穿项链的念珠（做祷告用）；可使烟劲儿更烈的盐，用于催情的药粉，必得烹熟后才能食用的羽扇豆[3]；各样大小的各种瓜果和豆类；能治眼睛疼痛的菜籽儿；还有稀有的阿拉伯树胶，产自科尔多凡州[4]，可用于制成药物、染料和漂白剂；

[1] 马赫布卜（mahbub），奥斯曼帝国统治下使用的一种金币。
[2] 帕拉（para），一种价值很低的货币。
[3] 羽扇豆（lupin），“Lupin”在希腊文里是“悲苦”的意思。
[4] 科尔多凡州（Kordofan），苏丹一州，位于苏丹西部。

还有秋葵干果，治疗腹部绞痛效果极好，以及名副其实的罗望子果[1]馅饼，如果某人吃下太多秋葵果干而不适的话，这无疑是最佳解药。

即便是当今时代，在沿尼罗河河岸分布的努比亚沙漠地带，仍可看见一直延续下来的那支苏丹商队。傍暮时分，在沙漠远处绵延行进着的骆驼长队，给沙丘镶上了一道剪影组成的流苏边缘；或是某个清晨，在一个黑人聚居的小镇集市上，整支骆驼商队停下来，被小孩子和吠犬团团围观。现在基本上只有那些特定的动物会被带到北部，到索哈杰[2]和开罗的市场上。就仿佛随着时间的流逝，非洲最深处的所有财富都被售卖罄净；那里不再有秋葵水果，不再有金砂，不再有猴子。当然了，也不再有被运贩的“人货”，这或许会让人不禁认为：那儿没有会做饭的女人，却也没有被卖得更便宜的女人——因为她们都不是处女了。

对于彼得·福斯科尔在这段时间的活动，有一点不得不提。无论是在开罗对商队的调查研究，还是他深入沙漠的外出考察，自始至终，靠的都是他相当突出的语言天赋。根据尼布尔的记述，待在开罗的时间里，福斯科尔不仅对阿拉伯语的主要语法形式了如指掌，而且对尼罗河三角洲的各种方言也熟悉精通。尽管如此，

[1] 罗望子果（tamarind），一种水果，也可作调味料。其果肉可生食，也可做熟后食用。可药用，治疗肠胃不适。

[2] 索哈杰（Sohag），位于上埃及中部，尼罗河西岸。

他的求知心常会让自己陷入各种危险境遇。有一天下午，在迈塔尔附近，他和助理走散了，随后就被一个财迷心窍的阿拉伯人袭倒在地。万幸的是，在最后一刻，他的助理找到这儿来，赶走强盗才救了他一命。因此，对于返回亚历山大的这段长途旅行，他就被警告不要走直线骑行穿过沙漠，而应该选那条相对慢些的沿河路线——但这些话于他不过是耳旁风。结果呢，眼看着离目的地就只剩一小段距离时，他被充满敌意的贝都因人包围了。这次经历让他颇为难堪。具体情况我们可以在他回到开罗后寄给林内乌斯的一封信中读到："我知道在返回亚历山大的路上很可能会被强盗围截攻击，对此我也做好了十足准备，所以当时遇到那些人我并没有觉得灰心丧气。除却那些丢了也没所谓的东西之外，我就没带什么贵重物品在身上，并且就我的穿衣打扮来看，不过就一普通农民而已。一般来说这些阿拉伯人多少还是有些善念的，至少能留人一条活命，只要这人不做任何反抗且将他们所要求的双手奉上就行。于是他们便给我留下了裤子、帽子，一条能包住我上身的披巾。至于我的衬衫，当然是不得不脱下来给了他们。"

可是，福斯科尔即便打消了反抗的念头，但那个顽固执拗、据理力争的他忽然发现，向强盗交出他们所要求的东西，其实是屈服顺从，而这一点对于他来说，几乎是不可能的事。是啊，他忘记了自己的原则，一次次地挑衅那些手持皮鞭而与他一样冷漠倨傲的人，就像他曾经在瑞典面对最高权力机构时的行为。可以说，到目前为止，幸运仍是与他同在的；但不久之后的一个下午，在金字塔旁，当他帮助尼布尔进行测算工作时，他的固执使他俩陷入了危险境地。

4

福斯科尔专注于外出考察植物的时间里，卡斯滕·尼布尔也一样沉浸在自己的工作中，如同埃及这座城市一样繁忙。在那部四开本的日记中，他对这座城市的记录竟多达149页，其中还不包括大量的版画插图——都是摘自他自己的和博朗芬的绘画（雕刻铜版印刷而成）。他就在绘制那张详尽的城市地图的过程中，开始了自己的调查研究。他记录了这座城市不同的街区、清真寺，以及所有的大型广场；对于当地从尼罗河取水的供水系统，包括用于净水的工具，他也进行了一番说明；他讲到这座城市的居民，他们的礼仪和风俗习惯、衣着，当地政府的组织形式，以及商品贸易——关于最后一项，他非常仔细地列出了一张进出口贸易的长清单，以作具体详尽的介绍说明。另外在日记本中，对于戽水车萨基亚、磨粉机、榨油机、农耕工具、乐器、硇砂[1]等，他都给出了全面而完备的操作说明。为了便于理解，他还在所有说明

[1] 硇砂（sal-ammoniac），音“náo shā”，中药名。为氯化物类卤砂族矿物卤砂（硇砂）的晶体或人工制成品。具有消积软坚、化腐生肌、祛痰、利尿之功效。

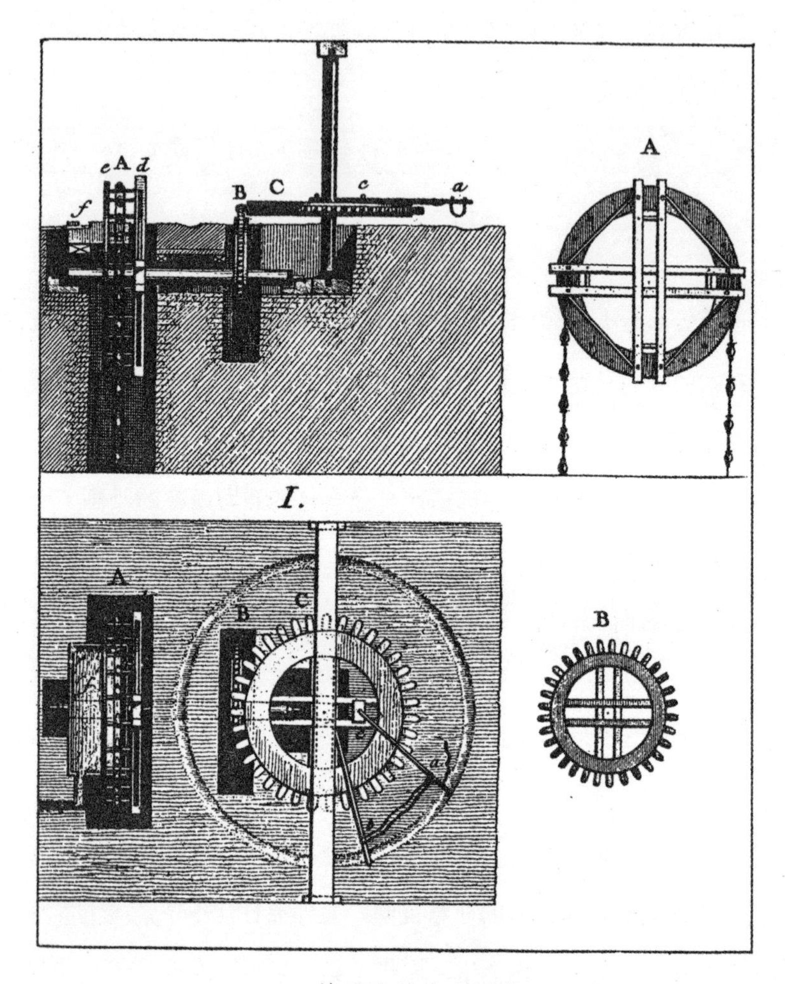

埃及人的水利设施

卡斯滕·尼布尔画的机械示意图，图中装置为埃及人用于灌溉农田的岸水车——“萨基亚”。

上都附了清晰的工作原理图。在这些素描绘图中，有一张画的是一台被尼布尔称为“小鸡的温箱”的设备——从原理上来说，它与我们现在使用的（体弱或早产婴儿）保温箱没有本质区别。不仅如此，甚至连埃及人玩的各种各样的游戏，也都成了他深入研究的对象；他写道：“这些东方的原住居民会如何打发他们的休闲娱乐时光呢？我知道了解这些的确不是最最重要的事情；但目前人们仍在玩的那些小游戏，基本上都有着非常古老的历史，因此我想，它们或许可以反映古代的创作者在创作这些丰富多样的游戏背后所要表达的深层含义”——而这恰恰也是米凯利斯教授之前的所思所言。

在这几个月里，尼布尔与博朗芬走得很近，因为这位德国教授非常关心阿拉伯人所实行的割礼一事，于是尼布尔就经常得回答他提出的那些复杂问题。为此，他有时会去找阿拉伯学者讨论，但有时也会凭经验给出一种更为直觉的回答。有一回，尼布尔、福斯科尔、博朗芬三人一起，拜访了一位非常杰出的阿拉伯人。这是一次格外难忘的经历。我们且听尼布尔娓娓道来：“我们去拜访了一位在开罗十分有地位的阿拉伯人，他拥有自己的乡间庄园，大约在城外六七英里的地方。就是在这次会访期间，福斯科尔和博朗芬两位先生表示，他们很想看看受过割礼的年轻女孩是什么模样，并且想把她画下来。我们的主人十分慷慨，立即下令将那个大约 18 岁的年轻农家姑娘带进来。他说我们想看什么，便可以随意看。于是当着在场形形色色的土耳其仆人的面，我们的画家就把姑娘的那个地方完全写实地画了下来。但是他的手一直在抖，他很害怕那些穆斯林会对此不悦而有什么冲动之举。他们确实不悦，但碍于这个房子里的主人是我们的朋友，他们就不敢表现出任何反抗行为。”

卡斯滕·尼布尔在开罗期间所取得的突出成就，要归功于他作为一名测绘员所具备的优秀才干。前面提到的那位丹麦海军军官，F.L. 诺登，已经完成了对埃及和努比亚的伟大探索，他绘制出的尼罗河流域地图，从第二瀑布远至开罗，内容详尽；但他却忽略了——至少是同等重要的——从开罗到地中海的这一段流域；也就是在这里，尼罗河分成了两条主要支流，其中一条的河口在达米埃塔[1]，而另一条就在罗塞塔。由于这些地区的人口极为稠密，其小城镇数目也因而极为可观，那么，要测绘出尼罗河流域这一部分的地图，此项任务的庞杂程度，绝不亚于测绘前面提及的远达第二大瀑布的那一长段。而这，就是尼布尔当下正在展开的工作。他一路向北，从罗塞塔到开罗，已经把其中所有小城镇都记入初步绘制的草图中；但尼罗河两条主支流的另一条——也就是从开罗到达米埃特的那一段——他还尚未进行考察。因此，从 1762 年 4 月的最后一天，一直到 5 月 15 日，他与博朗芬，还

[1] 达米埃塔（Damietta），埃及最古老的港口之一，处在地中海与尼罗河的交汇处。

有两个土耳其仆人一起，又完成了这段从开罗到达米埃特的河流往返之旅。在所有那些规模稍大的镇上，他都用自己的星盘测量了当地的太阳高度角，收获颇丰也顺利，毕竟地势低平，几乎处处都能看到真实的地平线，所以测定的结果也就精准无误。此外，他也用自己的罗盘测定了尼罗河流经他们路过的每个城镇时的流向；尽管如此，不得不提的一点事实是，只要他进到城镇里面，就必得放弃使用他的仪器。因为他们还是会吸引过去一群愤怒的民众——此种现象仍旧没有改观——后者仍是认为他正在施展巫术。因此，取而代之的是，他用罗盘仔细测量这些城镇的街道及广场的方位，读取数据；此外，他还耐心地踱步于主干道及其周围区域，记下步测出的数据。这样一来，到后面的工作时，他就能凭借这些数据来实现他的计划。

在这些调查研究的基础之上，尼布尔已经考察清楚的城镇，在开罗和米埃特之间多达 174 座，在开罗到罗塞塔之间多达 135 座。他在记录每一处城镇的名字时，用的都是阿拉伯语和西语两种形式，同时标注好指南针测定的尼罗河经过这个地方时的流向。在他忙于测绘这张地图的同时——这也是他测绘的诸多大比例尺地图中的头一张——他摸索出一套工作方法，这是一种建立在简单原理之上的方法。对此，他到后面会给出详尽阐述，但在初期，就是它纯粹的简洁性、原始性，对远征队而言有着极为重要的意义。事实证明的确如此，只要遵循这套方法，诸事行将顺遂，如若弃置不顾，便有灾难临头。

在君士坦丁堡期间，尼布尔和冯·加勒待在一起，那时他们就已经意识到，对于远征队成员来说，穿着阿拉伯服饰旅行是多么有必要，但与此同时，还是有些不对劲，总有什么让他们——作为身处东方世界的欧洲人——看起来与众不同，明显的格格不入。后来，随着在开罗待的时间越来越长，尼布尔慢慢确信了那些不对劲的事儿：光是穿得像阿拉伯人，说阿拉伯语，也还是不够；他们必须得照着阿拉伯人的方式生活，饮食、起居都要和阿拉伯人一样，尤其是也要睡那种稻草铺成的床垫。只有这样，才可能有机会与他们建立起真实的联系，也从而避免那些疾病。相反，如果他们在当下这种全然不同的环境里，还要继续沿用欧洲的那套方式生活的话，那么他们随时都可能会被这里的疾病当头一棒放倒在地。

实际上这就意味着，远征队成员必须尝试调整他们自己以适应当地普通人的生活了，同时也意味着他们得放弃那些特权，那些他们凭借介绍信而从当地显赫人物那里可能会享受到的特权。财富会让一个人看起来有距离感，尤其是在一贫如洗的阿拉伯城镇上，那看起来简直就是既扎眼又招憎恨。确实如此，在尼布尔还没动身去达米埃特之前，当这种特权转化成实际而具体的事项时，他就见识了这种特权所带来的不靠谱的意图。由此，尼布尔提到，当需要一个当地人做助理时，他更愿意接触一位普通商人，因为可以要求此人来提供某些应需人员，而不是经由某些政要名流所推荐的某某人。“当一个人得知自己是被某位显赫推荐时而来，他会立即陷入一夜暴富的幻想情景里。于是从那一刻起，出于对他的需要，他将不会放过任何能让自己多赚钱的机会，或者说，他会尽其所能使自己在对方面前有着不可或缺的存在感。为了能够恰到好处地展示自己的热心，他会假装当下采取的每一个步骤都是带有危险隐患的，即使此刻并没有什么可担心的。诸如此类的情况总会让我感到，还是用一位诚实可靠的当地商人最好，因为一般来说，他们对各种情形了如指掌，即此时此刻此情此景是否真的需要这样担忧。更不用说，他们还有自己的船夫和骆驼领队，而这些人会更加重视自己与商人之间的良好关系，因此他们更仰赖商人，而不是那些政要官员，说到底从官员那儿也巴望不着一丝一毫。”于是尼布尔选了一个普通人担任自己的向导，就像他自己说过的那样，他更愿意“向那些可怜的、只收到一点点馈赠就会很高兴的学生那儿”寻求自己所需要的信息。相反，他不愿意用那些胡乱施加影响的人，“他们的心被更重要的事情占据着，加之太过骄傲，根本不情愿与一个基督徒聊好几个小时”。

尼布尔的此番评论，是他真实三观的有力证明。他没有先入为主的观念，或者说偏见。很少有像他这样的，大部分欧洲人都傲慢放肆且自以为是。在 1762 年，这种思想观念仍旧很顽固，即在殖民主义扩张的概念之下，始终暗暗传递着的一种认知：欧洲国家是掌控着这些外国人民的。由此出发，他发现如果要获得这些外国人的信任，真正可行的方式，是声明自己已经摒弃人和人之间那种附属与掌控的关系，同时，要和他们说同样的语言，穿同样的服饰，采取他们那种朴素的生活方式。可以这么说，尼布尔的这些想法，已经赶超下一代人的思想。然而，亚洲和非洲最近两百年的历史，恰恰是被迫建立在与之对立的行为准则（道德原则）之上。

还好尼布尔为人谦逊，生活简朴，加之行事低调，使他避免遭遇那些更为戏剧化的事件——那些曾如此频繁地发生在福斯科尔进入沙漠的旅途之中的事件。只有一回他发现自己可能要身处险境，也就是他身边伴随这位信心十足的植物学家的时候。因为后者始终觉得，把那层令自己高高在上的优越感外衣脱掉，是很难的事。那是 1762 年的春天。福斯科尔之前就曾承诺要协助尼布尔，到吉萨金字塔[1]那里去做一些测量工作。于是某个下午，在两个阿拉伯向导的陪同下，尼布尔带上他的星盘——把它放在鞍子的前面——与福斯科尔一起骑驴前往。他们穿过了一个又一个沙丘。就在快要到达金字塔的时候，他们忽然发现一个全副武装的阿拉伯人，正策马奔腾，仿佛要全力冲出沙漠一样，向着他们冲来。

[1] 吉萨（Gizeh），现埃及第三大城市，在尼罗河下游左岸，与开罗隔河相望。吉萨金字塔是一个金字塔群体的总称，而不是指哪一座单独的金字塔。

为了更为真切地感受事发现场，我们必须要声明的一点是，当时那里全然不同于当今时代所呈现给我们的旅游景象。因为那时拿破仑还没远征埃及，也没有像传说中的那样，把金字塔打造得像欧洲各国首都一样豪奢：那里没有带泳池浴缸的宾馆，没有网球场；那儿也没有马术学校或夜总会，没有卖明信片和彩色胶片的书报亭，没有柏油马路——在那上面的某个车载小酒馆中——可以看到奇阿普斯[1]金字塔和哈夫拉[2]金字塔，沐浴在月光下，或是泛光灯下。相反，彼时那里是开罗的偏僻地带（只能骑驴到达），这些体积庞大的金字塔则伫立于沙漠之中，被沙尘风暴席卷鞭笞，与斯芬克斯一同半掩于尘沙，为滚落的石块所环绕。与世隔绝一般，风沙侵蚀，物换星移，它们仍在。头顶上的浩瀚星辰，倒是常来看它们，也仿佛是那里仅有的游客。廊道塌陷了，墓室也早被洗劫一空，而它们还是伫立在那儿。当某位苏丹[3]心血来潮，想在开罗修建一些新建筑时，又或是附近村子里的人们需要盖一个新牛舍时，它们就被当作便利的采石场了。

就是置身于这样一片荒无人烟的沙漠，福斯科尔和尼布尔看着那个陌生人快马加鞭地飞奔而来，在他们的驴子前面勒紧了缰

---

[1] 奇阿普斯（前 2598—前 2566），即胡夫（Khufu），全名胡尼胡夫，埃及第四王朝第二位法老，希腊人称他为奇阿普斯（Cheops）。他曾经远征过西奈半岛和努比亚。

[2] 哈夫拉（Khafra，约前 2558—约前 2533），埃及第四王朝的第四位法老，希腊人称他为希夫伦，他继承了胡夫的王位，在吉萨建立了世界上第二大金字塔——哈夫拉金字塔。

[3] 苏丹（Sultan），有别于国家“苏丹”，指阿尤布王朝的统治者。

绳。当这人弄清楚他们是有任务在身时，便主动请缨，要带领他们前往金字塔。但福斯科尔拒绝了，因为他觉得他们身边有那两位向导便已足够。然而这个阿拉伯人却一本正经地表示，无论他们接受与否，他们是不能够阻拦他跟他们一起走的。于是，他就骑着马和他们一起向前走去。正当他们要绕过一座沙丘时，他忽然加快速度骑到前面，将手中长矛一掷，刺进福斯科尔面前的沙堆里，说，除非给他施舍一些钱，不然别想再往前走。眼前这遭遇不禁令卡斯滕·尼布尔吃了一惊："福斯科尔先生不仅拒绝给他任何东西，并且拒绝承诺，任何承诺都不行，无论什么。而眼下的真实处境，是我们几个骑在驴上，手无寸铁，可以说对这个酋长一样打扮的人毫无防备，尤其是我们根本指望不上那两位向导帮忙。因此，说时迟那时快，我骑着驴子爬到沙丘顶上，向福斯科尔先生喊道，有很多人在下面的旷野里劳作呢。这个酋长一听见我这么说，立马变得相当客气，好说好商量的。由于这个阿拉伯人之前说他要陪同我们骑到吉萨，但这时我们决定不再往前骑了；相反，我们要往回走，到距离吉萨差不多三四英里的一个村子里。遂在回返的路上，这个年轻的酋长恼羞成怒，然而恐生事端，我们也只得忍耐着。到了要分道扬镳的时候，他再次向我们索要赏金。要是给他一点钱，兴许他也就满意了。但福斯科尔先生态度很明确，不给，就是不给，一点都不给。男人这时意识到，光以口头要求是得不到任何回报的。于是他的手就猛地伸向我同

一个骑马的埃及人

博朗芬画的一个埃及的阿拉伯人。根据尼布尔的叙述，在金字塔附近曾试图袭击福斯科尔的那个贝都因人，也是同样的装束（该图是由克莱门斯制作并装裱的版画）。

伴的脑袋，抢走了他的包头巾。而我朋友此刻的反应，是感到叹为观止，他真的‘叹服’了。他转瞬间变得冷漠，继而转过身去，向另外那两位阿拉伯人说道：‘你们都是贝都因人；在我们国家，人人都会说，只要我们欧洲人处在贝都因人的保护之下，无论去哪都一定是万全的。因此，要是你们就这样眼睁睁地看着我被你们自己的族人抢劫了，那我回到家乡后，一定会告诉他们，以后万万不可相信贝都因人。’这番话一出，随即强烈地激起了阿拉伯人的自豪感，他俩当即就强行让那人把包头巾归还给他。接着那人便回过身，向我走来，而由于我也不会给他任何东西，他遂飞速地够到了我的星盘——我骑在驴上，紧紧将它护在身前。”

尼布尔的确是个宽厚包容的人，但也的确无法忍受那双粗鲁野蛮的手放在自己的星盘上。说到底，星盘就是他最可靠的向导，能够给他任何人都不能提供的信息，并且在埃及这儿，它更是完全不可替代的。因此，若不是这个阿拉伯人想要强取他的仪器，性情平和的尼布尔也不会火冒三丈。

“遗憾的是，我却做不到像福斯科尔先生那样，临危不乱、冷静平和地取回自己的东西。我抓住他缠在脖子上的大方巾，此刻他虽骑在马上但双手没有抓缰绳，因此一下子就从马上摔了下去。但这也让我立即陷入千钧一发的境地。由于落马，这个年轻人感到颜面扫地，遂变得气急败坏，毕竟他是当着一些农民的面——这些农民逐渐在我们周围聚集起来——被一个基督徒拉下马来摔倒在地。随即他就掏出了手枪，指向我的胸膛。实不相瞒，在那一刻我觉得死亡已经近在咫尺了——但这把枪里也极有可能并没有装子弹。加之其他在场的阿拉伯人也在尽量平复他的情绪，最后他让我们明白一点：他可以就此罢休，只要给他 1/2 国家银行达勒[1]。”

在接下来的一段日子里，在类似于这种恐怖分子的威胁之下，尼布尔和福斯科尔继续他们在金字塔的工作。尼布尔借助罗盘，测量金字塔所处的方位，他发现塔身四面刚好对着北、东、南、西——后来更新的测量设备其实也没怎么影响这个测量结果，因为校准金字塔每一面的方位，与罗盘的基本方位（正北东南西）对比，这两者之间的出入微乎其微。此外，尼布尔还爬到奇阿普斯金字塔和陡峭的哈夫拉金字塔顶上去作测量——此举在当今时代也就只有训练有素的登山者才敢尝试。等他下来时，他深信这两座金字塔应是自上而下被浑然劈成的——这也是大多数专家都同意的一种说法。

最终，尼布尔试图测量这两座金字塔的高度。他自我开解道："面对这些建筑史上的旷世奇迹，我知道可以用来细细研究的时间已所剩无多，更何况自己还时不时为一些潜在的强盗暴徒所围绕。因此，我也不能总是选择那种最为直接 —— 虽然也是最

[1] 1/2 国家银行达勒（Speciedaler），即 48 斯基令（Skilling）。其间换算关系如下：96 斯基令 =1 国家银行达勒，2 国家银行达勒 =1 里格斯达勒。

为可靠——的办法，加之我的测量工具呢，也不总是像我所希望的那样精准。”让我们来看看他后来选择的方法是什么。尼布尔在地面上继续用自己的星盘测量角度，凭此进行若干巧妙的三角换算。没错，他就是借助数学里的三角关系计算出了奇阿普斯金字塔的高度，足有 440 英尺。如果我们假设他正使用的是丹麦尺度，即丹麦的一尺相当于 0.31385 米，那么由此他估算出的奇阿普斯金字塔的高度，就变成了 138.09 米。根据最新的测量工具——一种非常复杂的精密仪器——所测出的奇阿普斯金字塔的高度是 137—138 米。也就是说，这两者间的差异仅为 71 公分——几乎不到 0.5% 的一个误差。对于哈夫拉金字塔的测量，他也采取了类似的方法，所得结果比现代数值还是高了一点。而就这两座金字塔的高度来说，事实上，当今时代的是比尼布尔那时所测量的要低一点点的，这是两百年来风沙侵蚀而塔身下降的不可避免的一个结果。虽说如此，但这并不能作为理由来充分解释他手动测得数值所造成的差异，毕竟这个误差是无法忽略的。当时为了测得金字塔的长度——由于上面总有大量石块坠落——尼布尔也只得满足于用步子测量，虽然他尽其所能地精益求精，但这个方法所得结果的偏差还是高达 5%。

尽管存在这些误差，在吉萨的这段时间里，他还是成功取得了此次远征的首个重要成果。值得铭记的一件事是，当拿破仑 · 波拿巴对法国士兵说出那句广为流传的话时——“金字塔顶上有

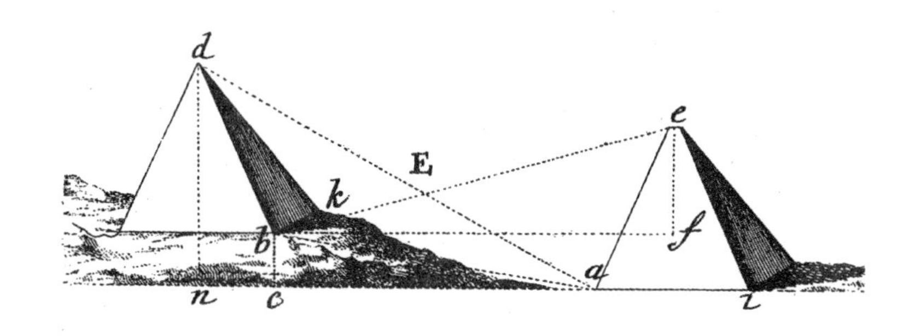

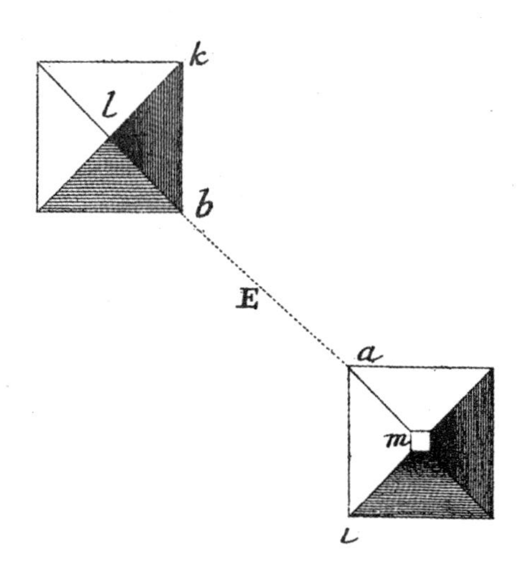

尼布尔计算金字塔高度所采用的测量方法

尼布尔测量金字塔高度所借助的三角关系图。

四十个世纪在俯视你们”——那个来自北弗里斯兰省沼泽地的乡村小伙子，早已在36年前测出这座金字塔的高度，且误差不超过0.5%。拿破仑的话在整个欧洲产生回响，而尼布尔的测量结果却没有，同样也没有人为此丧命。从另一方面讲，他们似乎唤醒了千百年来那些默默无闻的过去，那些劳动人民挥洒浸透在这些花岗岩石中的汗与血，因此，这里或许真的有某种存在，就在高处俯视着拿破仑。而古埃及人用以表达他们自己的那些最初的想法，仿佛经由卡斯滕·尼布尔，借助他的地理测算这一媒介，再一次了然于世。在沙漠里，在这两座充满神秘与迷惑的采石场，它们重现于奇阿普斯法老和哈夫拉法老的坟墓。

从某种意义上说，相对于那些直接用星盘测量就可以得到结果的工作而言，尼布尔在金字塔的测量工作的格局，则显得更为广阔而深远。这是我们第一回看到，他也开始深入思考研究，那些并不是只用简单易懂的几何公式就能够弄明白的事物。他留意到建造金字塔的岩石中的那些小化石，差不多有硬币大小，甚至在当今时代还被阿拉伯人称为“Fadda abu el-haun”，即“斯芬克斯的恩惠”。除了这种化石之外，他当时还发现了另外一种更小的化石——如今在埃及的山地上还有大量分布。尼布尔捡起这些化石中的一颗，或许他是从福斯科尔那儿了解到，这颗化石曾经是一只在海里生活的软体动物。也就是说，在那个远古的时代，它生活的那片海覆盖着现在的整个埃及。尼布尔站在那儿看着这些化石，惊叹地想道："这种不计其数的蜗牛从出生再到覆灭，究竟用了多少年？那时这座山达到现在的高度了吗？一直到埃及这个地方彻底变干旱，又过了多少年呢？尤其是，如果水的逐渐消失情况是像最近几千年来一样呢，如果就是以这么缓慢的速度呢？那么，后来又过了多久，埃及这片土地才变得人口富足，富足到可以让人们开始梦想建造第一座金字塔？以及时间又轰隆隆碾过多少年，才建成了我们现在仍旧可以看到的这整个金字塔群？然而，即便是现在的我们，仍旧不能够明确指出，究竟是在哪个世纪，是由谁，建成了最后一座金字塔。"

随着在吉萨金字塔的测量完成，尼布尔在埃及的工作也要结束了。数月倏忽而过，他们期盼的伯恩斯托夫的回复仍旧杳无音信，加之他们的起程一次又一次被推延，眼下尼布尔不得不为自己活跃的思维另找一些出口。他决定临摹誊录一些象形文字的碑文。当时是在开罗最繁华的某条街道上，尼布尔看到一座（雕花大理石）石棺上面刻有这种文字，遂引发了这方面的好奇心。他在日记里写道，这份抄写工作之艰难，起初几乎艰难得令他感到无望；不过，在一点一滴地完成大量练习之后，他觉得埃及文字也没到难于上青天的程度，和希腊文古阿拉伯文差不多吧。

这份工作，用他的话说，全是"个人的兴之所至"，然而从他的日记来看，整个工作所包含的内容非常繁复且细致：他复写的大型版纸至少有 13 份，每份上面都是非常仔细的手写象形文字。

尼布尔寄希望于这些誊本，或许能有助于解答埃及文字之谜。然而这种希望到底是徒劳的，因为这谜底一直悬而未决，直到55年之后，商博良[1]天才般地破译了罗塞塔石碑（Rosetta Stone）。而抄写古老碑文的尼布尔呢？他的确也会成为破译某一种语言的直接原因，并且起到了至为关键的推动作用。不过不是现在。就我们远征队的整个历史进程来看，要讲到这一段尚且还需时日。

但不管怎么说，这13份誊本还是能给观赏者留下一种强烈深刻的印象，虽然在完成过程中遇到种种困难，而从作品本身却几乎看不出那些艰难的痕迹。要知道誊抄的碑文是在一条开放的街道上，熙来攘往，时常会有一些好奇的阿拉伯群众过来围观，他们半是震惊半是愤怒，无奈之下，尼布尔也只得在围观中展开自己耐心细致而又进程缓慢的工作。正是由于这些人群的纠集，尼布尔很快就引起了当局的反对；于是，这些所谓的“saradsj’s”（其实与普通警察并无二致）就穷尽各种想当然的托词，赤裸裸地向他“敲竹杠”。由于尼布尔为自己选的助理是一名“可怜的学生”，又由于那些叫骂的侮辱和怨愤的骚乱，遂接二连三地，这两个人总是被迫中断他们的工作。有一天下午，一个警察威胁尼布尔，说要是他不立马消失，当街就会给他一顿暴打。那位穆斯林身份

[1] 商博良（Champollion，1790—1832），法国著名历史学家、语言学家、埃及学家，是第一位破解古埃及象形文字结构并破译罗塞塔石碑的学者，从而成为埃及学的创始人，被后人称为“埃及学之父”。

的学生就建议他赶紧撤离，因为那个人的威胁已经相当明确，如若迁延后果会很严重。尼布尔被迫屈服于淫威之下，在那群乌合之众的嘲笑声里，他收起纸笔等用具，消失了。走在回家的路上，那种难言的羞耻笼罩着他，让他忧伤，又深感刺痛。最终他向自己的阿拉伯学生倒出苦水，为什么他就应该忍受这些侮辱呢，何况还是来自这样一群无知之徒，而自己却没能力还击？

继而一阵沉默。他们沿着街道往前走了一会儿。后来那位穆斯林回答他了："狗要吠你，你还能不让它叫么？再有，驴已经踢了你，难道你踹回去，就能让自己好受吗？"

5

根据当时皇家下达的指示来看，在开罗临摹象形文字这一工作，这一项艰巨的任务，本应是远征队的语言学家冯·黑文教授的分内之事。但如果这位尽享尊贵的绅士也能像尼布尔所做的那样，在相同的情境下，被迫忍受、经历种种不便，那也确实令人匪夷所思。总的来看，待在开罗的他并未试图做好本职工作，可以说连这样的想法都没有。那段时间里，福斯科尔对沙漠商队的到来饶有兴趣，尼布尔正忙着测量金字塔的高度，而这位丹麦人呢？在法国街区贝佐阿尔丹先生的宅邸中，过着与世隔绝般的豪奢生活。没想到就是这样，冯·黑文教授还另有其难。

自从在开罗安顿下来，冯·黑文所寄出的手信中，目前仍尚存于世的唯有五封：三封是写给冯·加勒的，一封写给莫尔特克，还有一封写给特姆勒——驻哥本哈根德国大使馆的一位秘书。前四封信都是用法语写就，最后一封是用德语——通篇流利完美，无可挑剔。在这些信中，他以巧妙措辞遮盖自己在开罗玩忽职守的事实，如此，微妙之间，那些根本未完成的工作也就不易被觉察了。

先说说冯·黑文在信里陈述的内容。身为一位教授，应当谨言慎行，断不可轻浮草率才是，但他呢，他将一切社交俗务事无巨细地诉于冯·加勒：他参加了那位法国领事和威尼斯领事举办的招待会。他发现前者“年轻、富有、冷静、沉默寡言，但人人赞他温文尔雅”，然而后者看起来是“年事已高，虽弱不禁风，但性情暴躁易怒，架子十足”。由此种种，冯·黑文一开始觉得自己是参加了一个极为寡淡的招待会；但出乎意料的是，那位威尼斯领事（尽管他之前还觉得人家“性情暴躁易怒”）格外和蔼可亲。经过了对两位领事的拜访，接下来便是城中那些颇有名望的欧洲巨贾了；冯·黑文汇报说，这些人他都正式拜访过了，他还说“这些绅士们，加上他们的家眷，总共得有 40 个人吧”，可想而知，在这段时间里他忙得多么不可开交。

不过以上这些也就算是他讲述社交生活的一段前奏而已。冯·黑文进见穆斯塔法帕夏本尊，也就是开罗的市长大人，在写给冯·加勒的信中，他足足费了好几页的笔墨来讲述这次拜访。市长大人礼貌周到地接待了他；市长大人身穿华美的紫貂色长袍礼服；市长大人向丹麦国王陛下问安；冯·黑文教授发表一小段感恩致辞时，在座所有人无不起立倾听；冯·黑文教授弯腰鞠躬并致以微笑；这所房子里的奴隶及侍婢更是数不胜数，他们给冯·黑文教授供以“咖啡、冰冻果子露，还有甜香四溢的玫瑰露”。

而后他的社交注意力则转向了——西奈的大主教大人；亚历山大的主教阁下；安热利·德阿萨纳西奥先生，一位富有的希腊轮船大亨；尼科洛·帕雷姆布尔先生，另一位富有的希腊轮船大亨——这位丹麦教授备受尊崇悦纳，所到之处极尽精致奢华的迎接与款待，自然也包括那最最甘醇芳香的玫瑰露。克拉默先生倒是还沾上了点光。冯·黑文教授说起这自家同胞兄弟，竟不吝溢美之词。可以这么说，在开罗逗留的那段漫长时间里，若不是他冯·黑文偶尔大发善心地说了这么一段好话，估计连被赞誉者本人——克里斯蒂安·克拉默——都没想到原来他自己还是有所作为的。作为远征过程中的唯一一点凭证，我们不得不把它完完整整地引用在这儿了：“作为一名医生，克拉默先生在开罗很受欢迎。那位威尼斯领事曾请他会诊，奥迪巴斯基帕夏也托他前去给驴群和马匹做检查。”

然而提及自己参加的学术性活动时，我们的语言学家就不似这般事无巨细地说明了。他只是顺带着对莫尔特克提及，在开罗，

埃及人的帽子

埃及人的帽子式样，博朗芬画。

他已经弄到的“手稿大概有 50 份左右”，而后就此打住，不再展开任何相关的细节说明。但数月之后等他再汇报时，数目反而是大幅度减少了，这一点从他写给特姆勒的信中可以看到，他说在埃及，他“只找到几本珍贵的希伯来文的《旧约》，这些文字少说也是 1000 年前的，另外，还有一些阿拉伯书籍”。他的历史学方面的研究呢，他告诉莫尔特克，在这一方面，他理应毫无成果可言：“任何人想要研究穆罕默德时代之前的阿拉伯历史，都无异于是让自己误入歧途白费力气，因为在这方面，所有可以研究的内容，都被那位历史学家波科克[1]说尽了。既然如此——就算身处阿拉伯当地——我们还能了解到更多的历史信息吗？我对此深表怀疑。法兰西学院也曾执迷于此，而最终所得微乎其微。”从这番话中不难看出，令冯·黑文深表怀疑的，还有远征队其他成员的工作成果——比如在吉萨进行的测量工作。“就拿金字塔来说吧，”他不屑一顾地评论道，“我不相信我们之中有谁可以在那儿研究出新的成果来，因为我们之中没有谁在建筑学方面是行家里手”。

在他写给莫尔特克的信中，冯·黑文最终说起了自己的“口语”研究。但他究竟做了些什么工作，听起来也是闪烁其辞：“其余时间，我都用于专门的语言学调查研究，但要圆满结束这项工作所需时间是很长的，而目前待在埃及的这段日子根本不够，因

[1] 波科克（Pocock，1604—1691），英国的东方学专家和《圣经》学者。

此，现阶段的我尚且无法与其他学者进行这方面成果的有关交流。此外，米凯利斯先生也对我提出要求，在埃及也好，在阿拉伯当地也罢，不要太执迷于语言学的调查研究。”

把这些敷衍搪塞借口推诿总结一下。简言之，冯·黑文在埃及一年多的时间里进行的所有工作活动，就是购买了两本希伯来文的《旧约》。克拉默先生这边，则是治好了一头驴。剩下的呢，都就着玫瑰甘露喝了。

然而基于现状，以上还不算是这位丹麦教授工作上最为严重的疏漏。除了语言研究、誊摹碑文、购买古籍之外，皇家所下达的指示中，还派给冯·黑文一项相当明确的任务，也是远征队待在埃及期间必须完成的。早些年间，有一部分英国人在西奈沙漠里发现了一座小山，当地的阿拉伯人称为“摩卡提卜山”——“铭文之山”。据那些英国人说，岩石上面布满铭文，欧洲学者推断这是出自摩西之手，是他当时引领以色列人逃出埃及后穿过西奈沙漠时所刻。因此，他们得考察这座山岩，复摹这些铭文，破译这些内容，从而确定这些文字的源起——这也是此次远征担负的所有目标任务中最受密切关注的一项。那么，谁来翻开《圣经》研究的新篇章呢，谁来担任摩西与弗里德里克五世之间的媒介呢？没错，就是这位丹麦人，被赐予此等荣耀的，就是弗里德里克·克里斯蒂安·冯·黑文。

这位教授，忧心忡忡是他，夜郎自大也是他；洋洋得意是他，怏怏不乐也是他。从一开始我们就看到，在这项艰巨的使命面前，他扭转局势，极尽迂回之术，从某种层面上看，就像一个小矮人非要把一件巨人斗篷穿在身上一样。早在君士坦丁堡时，他就开始展露出惊恐不安。那时他幸运得不行，偶然间听那位法国大使说起——此人早就试着劝说他不要白费力气——任何深入阿拉伯菲利克斯腹地的尝试都是毫无希望之举，因为那座小山根本就不存在——冯·黑文心急火燎地把这条讯息传达给伯恩斯托夫，还不忘附上那一句，在君士坦丁堡压根儿就没人听说过这座特别的小山。

在开罗，他故伎重演。那位西奈的大主教大人说，这座摩卡提卜山倒是有，但铭文一事却是闻所未闻。在整个高贵优雅的法国街区上，没有一人曾听说过那里有什么碑文，一点点传闻都没有！冯·黑文因而更有理由不相信了，但他却做了一个出人意料的决定：担负起前往那里考察的责任。1761 年 11 月，他向冯·加勒汇报说，由于高温影响，在夏天是无法前往沙漠的，等冬天一到，他必将去考察那座小山。冯·黑文似乎是忘了，他写这封信时正身处冬天，显然这会子没有什么理由可以继续拖延了。他应当立即动身出发。然而两月倏忽又过，在 1762 年 1 月的一封信中可以看到，冯·黑文依然没有离开开罗，再一次，他重复相同的话，“赤日炎炎似火烧，夏天前往西奈山根本受不住啊”。这会儿明明是春天，可听他一讲，踏上旅途仍是困难重重的事：“这个季节里会有一股炽热的气流从南部吹来，直涌进沙漠，如果我们这时进入其中，毫无疑问会丧失所有兴致，且代价高昂。要想对那片灼热地域一探究竟，需要持续数周甚至数月时间，都不一定会有什么收获。因为那些碑文或许压根儿就不存在”。冯·黑文上回草率地下了保证，本该言出必行，在开罗期间抓住任何能够抵达那里的机会，然而一转眼他就犹疑不定畏步不前了。“千真万确，就像我之前说的那样，这趟旅程必然会艰险交迭，也会让人身心交瘁。”他提到，据说近来有 16 位进山朝圣的人，在那里被当地的阿拉伯人囚禁了；更有甚者，一些贝都因人还劫掠了近海的一艘轮船；最近有一位刚刚从西奈沙漠回来的多纳蒂[1]先生，“精疲力尽，经受了严重的侵犯与侮辱不说，沙漠里的阿拉伯人对他态度十分恶劣，根本就不准他在那里采集药草”。冯·黑文总结以上陈列出的各种不幸遭遇，让人瞬间联想到那一回，风帆战舰停留在赫尔辛格时他相似的不安与惊恐：“这些都是近在眼前的实例。我真心希望，我自己不会，不会成为这些不幸中的一员。”

几月光阴走似车，冯·黑文仍旧没有做好让自己接受磨难的准备。4 月 16 日，他写信给特姆勒，专为商议赴西奈的旅行计划。老调重弹，他说只能在冬天成行，又以一贯的措辞夸饰夏日的高温，也少不了说起“铭文之山”地区的不幸遭遇——自然他笔下

[1]　多纳蒂（Donati），意大利旅行家，他于 1761 年参观了埃及西奈的圣凯瑟琳修道院。其日记发表于 1879 年。

的这份新闻快报内容又严峻了不少：被抓捕的那 16 位朝圣者现已扩增到 17 位；近海地带被袭击劫掠的不只是一艘商船，是三艘，而第四艘还没来得及陷入倒霉境地，就直接在红海遭遇了沉船。最后当然要说的是，在开罗有越来越多的人表示，他们从未听说过摩卡提卜山。但到末了他却反其道而行——仿佛是以危急形势彰显个人高义——表明自己的看法与态度时，他说他坚信有且一定要找到那座小山，“万不得已之时，就算要把连在巴勒斯坦、阿拉伯半岛和埃及之间的那一整片沙漠踏遍，我也要找到它”。

冯·黑文在他的巨人斗篷下晃来晃去，翻云覆雨，大言不惭地凭空瞎吹。他不敢直截了当地要求给自己卸除这份责任，同时他也的确担心自己会落人话柄——毕竟他一直把反对挂在嘴边——他怕自己不能在哥本哈根那边树立起极为良好的形象。于是，在这封给特姆勒的信中，冯·黑文找到了一个理由，一个不那么容易被反驳的借口。他写道，他几乎可以说是在前往西奈的旅途上了：当时眼看着就要出门了，可恰恰在这一刻，冯·加勒下达的指示到了——远征队成员一律留在开罗，切不能自行分散为小集体，直到等来伯恩斯托夫进一步的指示再说。除此之外，冯·黑文还写道，博朗芬直接拒绝和他一起去往西奈。结尾处他又补了几句：“要是没有别的突发状况，就算一个人我也欣然前往，即便明知有不测我也会漠然视之，一往无前，直到我们再次回到家乡。愿得上帝护佑！”

从他这一通新的理由之中，我们不难看出，哪些是真事儿，哪些仅仅是托辞。冯·加勒是命令过远征队，目前全体应当等留在一处，但这很明显不能解释成冯·黑文的那层意思，后者不过是以此为由，心安理得地拖延自己应赴西奈的重要旅程。那照他这么说，福斯科尔本不该去亚历山大，尼布尔和博朗芬也不能去达米埃塔了。经历过买砷事件以及在“格陵兰号”上的专横无礼之后，要说冯·黑文无法说服博朗芬陪他一起前往西奈，这种情况的确大有可能；但要说他曾制订过任何这一类二人出行的严肃计划，却是根本不可能的。那封信的最后两行，说只要没有其他突发状况，他独自一人也会欣然规往，那些话也不过是他为自己虚构的故事情节罢了。他所说的话，除了给这次未能成行的重要旅程扯出连篇借口之外，没有任何可信价值。诚然，无论是在他的信件里，还是在别的文件里，冯·黑文总是以这样一种他特有的含混不清的表达方式来闪烁其词。不过从另一方面来看，信的内容其实可以反映他的现状。这与他在君士坦丁堡的绝望买砷事件是有着密切因果关系的。是的，现在他只有自己为伴。其他人都不想与他有任何瓜葛。信中字里行间都透露着这个事实。因此，把所有掩饰一一剥落后，真相就会大白——为什么应赴西奈的旅途始终没有着落。他并没有那种自己带头做事的勇气，同时他也找不到任何人来协助自己。直到几个月之后，多亏了远征队里其他一位成员，出人意料地做出果毅决定，他的处境才得以改变。

于是，我们的冯·黑文教授才有了前往西奈的可能。

滞留在开罗的数月里，大家都在等盼伯恩斯托夫的消息，团队内部的关系也没有得到改善。另外，在冯·黑文和福斯科尔这两个宿敌之间，戏剧性冲突随时随地都可能会上演。3月15日那天，事态恶化升级，以至于尼布尔只得写信给冯·加勒，落款处也有福斯科尔和博朗芬的签名。在信中，他再次请求，将冯·黑文撤离远征队：他讲到他们如何等盼哥本哈根那边的决策，而一直以来又是如何毫无音信；信中再现了福斯科尔与这个神经过敏的丹麦人之间的冲突画面——尽管类似于这样的唇枪舌剑还有很多；这一回仍旧是涉及某些政治方面的谈论，冯·黑文对某位荷兰人评头论足，语言不堪入耳：

> 已经第十次了，他还是口气轻蔑，出言贬损，而我们的植物学家平心和气，冷静回应。就算当时没有荷兰人在场，那些极为微妙的表达也是很容易让人觉察到的，尤其是一下子提及整个民族的时候。冯·黑文烦时火冒三丈，说彼方根本没有资格来纠正他。自那以后，他就变得怒不可遏，总是说那种毁谤中伤之话，粗鄙不堪，就像当初在风帆战舰上时一样。此人言行之不可理喻，还表现在他会被愤怒冲昏头脑，随手就抓起一个罐子，威胁着要砸向我们植物学家的脑袋。此时此刻，两人之间的冲突到如此地步，事态愈演愈烈，我

们赶紧上前抢下罐子，阻止更坏情况的发生，也谨遵阁下您一直以来的劝告与主张，即不能对他施加逼迫，同时那种会让他做贼心虚神经过敏的话，一句也不要讲。但这并没有阻止他继续说那些粗鄙不堪的话，尽管我们也提醒他，之前已经有过一回，因为这些类似的话语，他不得不作出检讨道歉，并且还是当着阁下您的面。然而没有用，他一点儿都不吸取那件事的教训。因此，我们植物学家现在只有虔心祈祷，哥本哈根那边能够对这次新的侮蔑事件，给出一个圆满的解决方案。

对于我们远征队其余成员来说，和这样一个人生活在一起，真是太困难了。是，他现在确实没和我们住在同一所房子里，但他却莫名其妙地好多次在晚饭时间前出来，去到我们的厨房里，随后再离开，说是要去和那些法国商人吃晚餐。阁下您设身处地想一下，我们见闻此种情境之后，心情会怎样沉重郁闷，就是晚餐放在眼前，也都没有胃口了。就对此事不吭声吧，或许不需要再担心当时他从君士坦丁堡买到的那些东西——尽管我们这样安慰自己，但他若想伤害我们，还是有很多别的办法的。我们这几个，有的为了寻找植物进行考察研究，曾深陷险境，被阿拉伯人包围；有的为能测绘出那些城镇乡村地图，也曾甘愿让自己暴露在类似危险境地之中。在这样一个国家里，人为了得到钱，什么事都做得出来！那么，派一个阿拉伯人来尾随我们其中一人，然后一个土耳其人来尾随我们另一人，最后用这种方式把我们二人分别解决掉，是很容易就能办到的事。于此人阴谋诡计笼罩之下的我们，已寝食难安的我们，恳切地请求阁下，您尽快把我们从其中解救出来吧，此事真的刻不容缓，已是燃眉之急。

记得第一回，是在罗得岛上发出这样的呼救，转眼间 6 个月都过去了。然而又一个月打马而过，仍旧没有哥本哈根那边的任何消息。迫不得已，福斯科尔只能悄悄传信给伯恩斯托夫，以求得一决策。4 月 20 日，他去信给丹麦外交部部长，在末尾处这样写道："请阁下您明察，外交大使冯·加勒先生就是我们的公正审判者，在那段时间里，他一直与我们远征队保持联系。同时感谢阁下您的怜悯心与正义感，我们得以满怀信心地期盼，此事无需久待，必将拨云见日。"

清清楚楚明明白白，这两封信都在用事实说话。与那封写于罗得岛的信不同，当初的讲述由于出乎意料，多少有些啼笑皆非的语气，但到了现在，他们只想坦陈事实，切切恳求。随着时间一月接一月地过去，他们的处境越来越糟糕。福斯科尔与冯·黑文之间那根紧绷着的弦儿，已经到了千钧一发之际，只需稍一使劲，便将断裂。整个远征队都无法正常工作，也因此陷入一种动弹不得的状态；他们千等万盼，只求哥本哈根那边给出一个人心所向的决策，以重启这支队伍，让他们继续完成当初的宏伟计划。等到福斯科尔最后的信也寄出后，换来的却又是数月的漫长等待，石沉大海一般。大家渐渐心灰意冷。眼下夏天又要到了，距离曾经在菲斯克船长晚宴上的第一次冲突，也已经过去一年多了，福斯科尔和尼布尔几乎已经不抱任何希望，他们发出的请求仿佛还在回响，但却没有收到任何回应。阿拉伯菲利克斯显得比以往任何时候都遥不可及。一切归于沉寂。埃及的炎炎盛夏包围了开罗。尼布尔中断了铭文誊摹的工作，只能和博朗芬一起，在稍有凉意的夜晚吹奏一会儿长笛。无奈之下，福斯科尔的植物学短途旅行也被迫中止，因为在河流枯水期的影响下，基本没有植物继续生长，而几个月前采摘的植物如今也在他手里枯萎凋谢了。

在一切沉寂之中，1762 年的 6 月也行将结束。而后不久，谢天谢地，伯恩斯托夫的决策终于到了，终于。这次总共收到三封信，分别给福斯科尔、冯・黑文，还有尼布尔。话不多说，这三人自然是连忙退回自己的房间，迫不及待地打开了皇家公函上的印章。

6

在哥本哈根大本营。由弗里德里克五世发起这项冒险而富于创新的事业，深深激起了民族荣耀自豪感，人们感到这是在进行

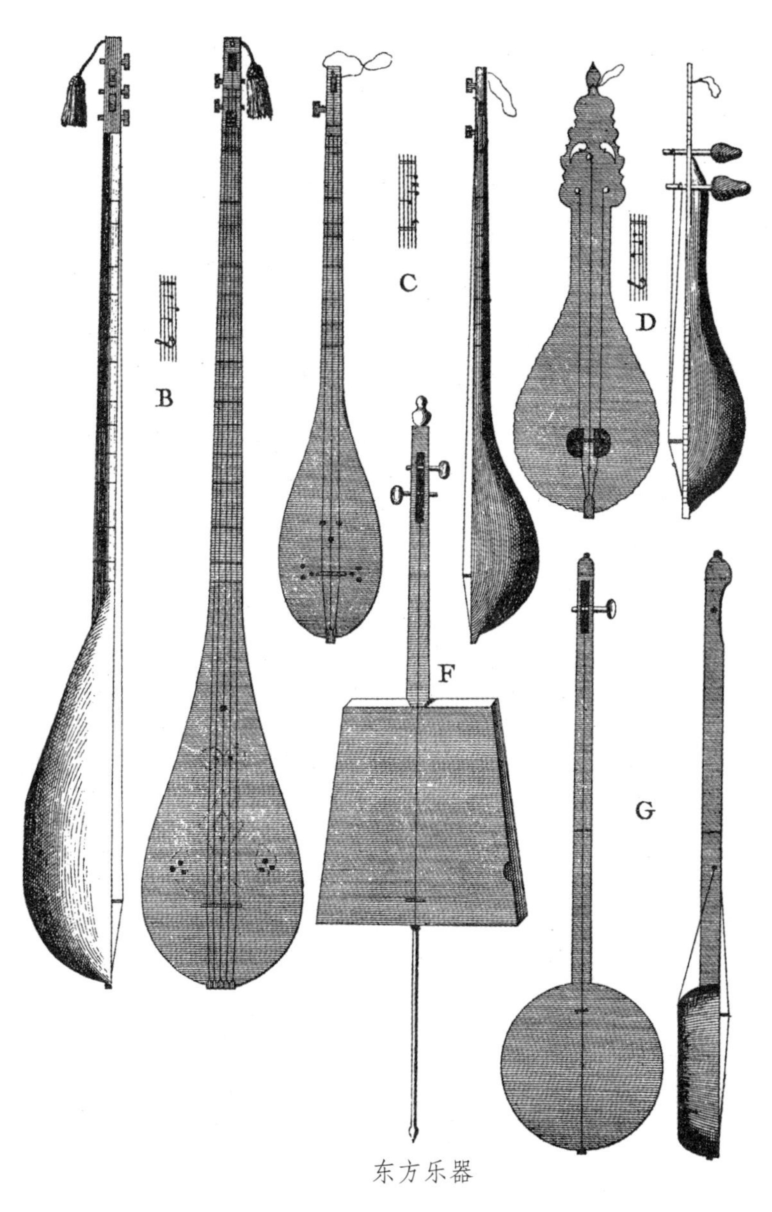

东方乐器

东方乐器，博朗芬画。

一项神圣而不可侵犯的伟大事业。在 18 世纪末期，就如当今时代一样，科学是神圣事业；通过派遣这五位科学人才，国家和民族都感到极为欣慰，因为他们走在科学研究的最前沿。然而，这个团队内部有矛盾冲突？他们都已忧心如焚？这些事让普罗大众知道？不必说了，不应该也不可能。何况，《丹麦皇家邮报》（*Royal Danish Post*）于 1761 年 12 月 21 日（星期一）这天，还发表了关于远征队的首篇新闻报道，行文高奏赞歌，字里行间无不洋溢着欢欣自得：

> 尊敬的国王陛下一如既往地促进科学发展、推动知识进步，为致力于此，在这一年年初，他派遣了一个学术团队前往东方考察——当然这已是众所周知的事。事实上，他们此行的首要目标，是在那个迄今为止对我们而言仍是鲜为人知的国家——阿拉伯菲利克斯，考察三年时间。现在，据我们得到的可靠资料来看，他们在过去的一整个夏天里，不仅仅在君士坦丁堡为这次漫长的远征旅途做足了规划和准备——都是学术界里相当重要的课题；同时在各类必需品方面，他们也得到了四面八方的供给与支持，特别是奥斯曼土耳其国王提供的通行证，以及来自各驻外大使向奥斯曼朝廷递交的推荐信等，如此一来，这一行人的安全得到了保证，他们到各个地方的通行也已获得准许。后来，他们一路穿过地中海，

抵达埃及的亚历山大，全体平安康健，状态极佳。他们获许在开罗停留数月，随后就从这儿沿既定路线前往西奈山。到达西奈山后，由于此地的特殊存在性，他们要专注于研究那些刻在山岩表面上的古老碑文，据说这些文字是在摩西带领以色列子民出逃时所留，因此这必将是对《圣经》历史至为关键的解读与诠释。未来我们的团队会从这儿继续他们的远征，沿红海顺流而下，终达阿拉伯菲利克斯。

就在《丹麦皇家邮报》刊登这则新闻之前，那封从罗得岛发出的不速之信，彼得·福斯科尔在其中的惊人披露，迫使君士坦丁堡向哥本哈根全盘托出。福斯科尔的信实在是令丹麦外交大使左右为难。冯·加勒立即意识到，那二人之间的关系已经紧张得间不容发，而信中关于裁办某人的诉求，却令他无计可施——这个决策太过重大而他自己一人做不了主。身为一个外交官，他把能想到的缓和之计也都用了，而此时他别无选择，只能采取自己最不讨喜的这个办法：谦卑谨慎地向外交部部长汇报这件极不愉快的事。

1761 年 11 月 17 日，冯·加勒决定将福斯科尔的这封信呈报给哥本哈根的伯恩斯托夫。随函寄附的还有一份长达数页的汇报，是他用法语写就。这番扣人心弦的讲述，目前就收藏于丹麦国家档案馆。好似故事终于舒展开翅膀，其间不为人知的部分显现出来，聚光灯打在这出戏剧的主要人物身上。一切瞬间明朗。

对于当前始料未及而愈演愈烈的状况，他想瞒也瞒不住了，必须硬着头皮向阁下汇报，在一番扼腕长叹之后，他话锋一转，说起远征队当时待在君士坦丁堡的那段日子。他讲道，如何在他们初来乍到之时，自己就已觉察到远征队成员之间的不妙氛围，原因就是他们当时很明显地分为两派："一切一目了然，那位冯·黑文先生拉着同胞兄弟，也就是那个医生，与自己联手；而那个天文学家和画家，则是向着福斯科尔先生这边。"

看到种种隐情吐露，怨诉不迭，又看到双方龃龉于其中，冯·加勒对其追本溯源后，于此刻向伯恩斯托夫道出了个中细节，即发生在"格陵兰号"战舰上的那一出充满戏剧性的晚宴。他并没有如实复述冯·黑文对福斯科尔的侮辱与践踏，只说"冯·黑文说的话粗鄙不堪，出于对阁下您的尊敬，此话我不当讲。但是鉴于问题的严重性，我得把那话的恶劣性质还原一下。就这么形容吧，会那样说话的人，和那些最让人无法忍受的懦夫没什么区别，好比是一条小狗被逼急了要咬人。"

沿着必须道出的丑恶，他却以必需的优雅绕道而行。终于讲完这段后，冯·加勒着即说起自己是如何成功说服了他们，让双方互相原谅，并在整个团队的见证下拥抱彼此。然而，不久却听说冯·黑文一门心思要寻求报复，一想到这，他就感到深深的悲哀与痛心。但是，他继续写道，"进一步讲，就算在此人的性格深处或许真的潜伏着罪恶的种子。可话说到这儿，我必须得承认自己的内心想法：我总归觉得这件事是他们的想法太过黑暗，他们是在把设想中的一切归咎于冯·黑文，并让我对此作决断，这样的话就太不人道了，我倾向于相信他不会加害他们。唯一核证过的事是，他的确买了砷一类的有毒药品，而实际上他作为教授的职责范围又用不到这些药品，如此一来，待那位医生向其他人讲述这件事后，就引起了各种可怕的怀疑揣测；而我也立即联系了他们信中提到的那个药剂师，据此人所说，那些药品的总量比起这些学士们所声称的，要远少得多。”

既然杰出的外交官说到这至关重要的一点，那么作为后世的知情人，就不得不插嘴说两句了。不为别的，只是得戳破这个彻头彻尾的谎言。的确很遗憾，但这是无法回避的事实：冯·加勒去世之后，他所留下的文件中，有一张是药剂师开具的账单——同样也保存在哥本哈根的国家档案馆里——可供我们细细审查。发票抬头是“Comptedes Médicamentque Florentapoticaire eu l’honneur de fournir pour Messieurs les voyageurs de la cour de Danemark”，即药物说明，“药剂师佛洛伦特很荣幸为来自丹麦王朝的旅客提供药品。”这张单子上写着，冯·黑文实际购买的砷，是价值 24 阿斯皮尔的分量。我们现在虽然并不清楚这种特殊货币所代表的购买力度，但我们可以参考账单，联系实际情况。我们可以注意到砷的总量其实是账单上面数目最小的那两项。要知道即便是在当今时代，就其效力所需的量而言，砷的确是一种造价低廉的原料产品。通常情况下，无须多少便能达到一刀封喉的效果。换句话说，最多5克就足以致命，而放到现在若要买100克砷的话，花费还不到4先令[1]。这就意味着，只需要大约2.5便士就能放倒一个人。就算我们现在对人类生命估值很低，也不得不说这个价格简直是低得离谱了。所以，至关重要的一点，并不是冯·黑文为买这些毒药所花费的金额——而是药的量。福斯科尔汇报说，那个丹麦人买了两包。这是什么概念？足以放倒一个排。再看看冯·加勒在向伯恩斯托夫报告时是怎么争辩的。要是那位外交大使，真如他自己所说的那样，在第一时间掌握了药物来源的第一手资料，那他仔细查看药剂师给的这张账单时一定会恍然意识到，福斯科尔所言不假。亨里克·许克[2]有研究表明，那张单子上的药物也可以用重量来计算。据称，冯·黑文拿到的是31duells的黄砷，4盎司的砒霜。若是通过这种货币来对照的话，我们可以对这两种单位进行一个准确换算：32duells= 1ounce，也就是说，冯·黑文当时买了大约有5盎司的砷而1盎司是30克多一点点，那么由此可得，两包的砷差不多有150克。考虑到一个人用量至多5克就能致命，照这么一算，他买的量足以杀死（至

[1] 先令（shiliing），这里指英镑先令，1英镑=20先令，1先令=12便士。便士是最小的货币单位。1971年英国货币改革时，先令被废除使用。

[2] 亨里克·许克（HenrikSchück，1855—1947），瑞典文学史学家、大学教授、作家。

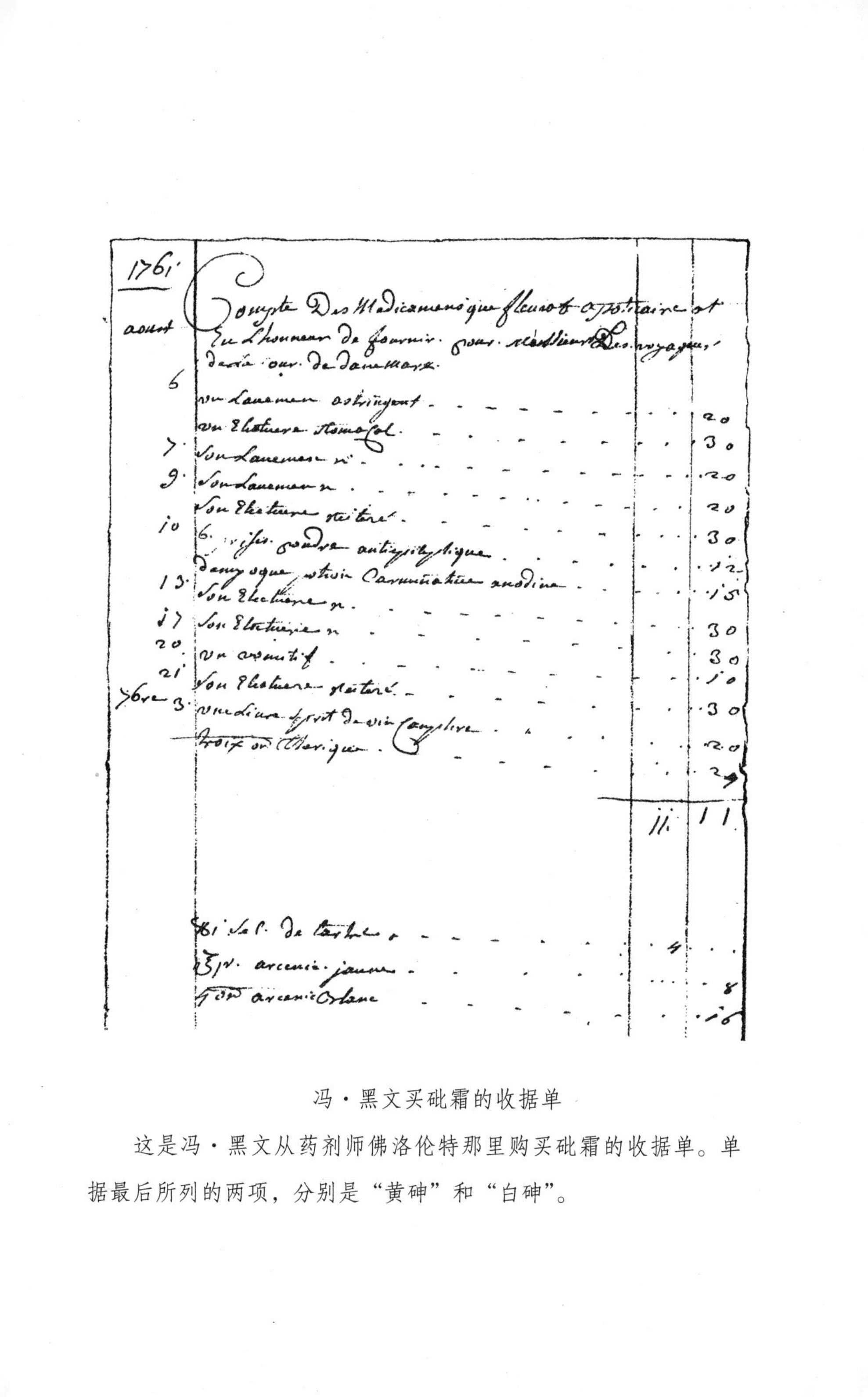

冯·黑文买砒霜的收据单

这是冯·黑文从药剂师佛洛伦特那里购买砒霜的收据单。单据最后所列的两项，分别是“黄砷”和“白砷”。

少）30 人了。也许有人并不明确一个排大概是多少人，那就这么说吧，冯·黑文买的这些药，再干掉 5 个去阿拉伯菲利克斯的远征队，也是绰绰有余。

明明铁证如山，冯·加勒却说了句“远少得多”。他试图以轻描淡写，将大事化小小事化了。而在接下来的汇报内容中，他依旧秉承这个方式，使伯恩斯托夫根本无从知晓事态的真实严重性——那些从中作梗的话，直接左右了丹麦外交部部长决策的风向标。最终结果便是给远征队其余人员带去了深远而不可测的影响。外交大使继续讲道，他认为他们对立冲突的双方的确是有必要分开的。别忘了冯·加勒刚刚还对福斯科尔信中所言展开了一系列的怀疑及辩驳，但现在他又很支持后者所提出的要求——此举是他所采取的更为灵活的外交谋略，这其中有他作为外交官的一种特殊的思维逻辑方式。冯·加勒接下来会对福斯科尔这个人作进一步论述，这番论述会让我们立即明白过来，此人基本上已经失却那种直言不讳的能力了。

毕竟对于任何当权者而言，“丑闻”的发生一直被视为“不能原谅的罪过”，而冯·加勒也希望能避开这个雷区。远征队应当分开，为了能让这个建议站稳脚跟，冯·加勒随即对远征队各成员展开了一系列的人物简评。这就好比是同一个故事的不同版本，作为读者的我们，则可以借此机会换个角度看看这出戏中早已为我们所熟悉的人儿，在他笔下是如何被刻画的：

“每个人都有自己的性格，或者说个性，每个人也都有其值得嘉许的才华及成绩。就这个团体而言，各成员也是如此。冯·黑文先生显然有不少可取之处。就说他在文学领域的学术研究吧——这也是他的强项所在，我必须承认，没有比他更合适的第二人选了。要是他的品格和性情也能得到如此赞誉，那就更好了。有关这些，那封附信所言太过武断，太过非黑即白。反正到目前为止，我所看到的他并不狂躁易怒，也没发现他有任何暴力倾向。至少在君士坦丁堡的这段时间里，他的情绪处理得很好，脾气也控制得不错。至于福斯科尔先生，他还是天才一样，才华横溢，博学多识。他的思维创造力中时刻闪烁着各种火花，这自然离不开他独一无二的洞察力。但他很冷漠，总是一副置身事外的样子，这让我不由得想到，他的品性始终保留着他本国的民族劣根性。所以这二位之间的矛盾，可以说是来自斯堪的纳维亚的两个民族之间源流至今的古老偏见，而他俩都很难从各自的偏见中走出来，所以很明显，即便他们共同承担着远征使命，也永远都不会达成一致。”

前面对于买砷一事他就轻描淡写，这里遂又故伎重施，冯·加勒把冯·黑文病态的虚荣自负，改头换面为一丝丝的“反瑞典情结”。换句话说，以上所言是为了让伯恩斯托夫的眼睛只局限于这二人之间的敌对状态，他要强调的是他俩的私人恩怨，在某个恼羞成怒的时刻尖锐化了，于是气急败坏之下，让人觉得这其中有谋杀企图。基于此念，冯·加勒又对远征队其他成员展开了一番人物简评汇报。他接着说下去：

“尼布尔先生兢兢业业，做事无可挑剔。说起他的品行，当真无愧于‘正直’二字，财务一事就应当交付于他，没有再合适的。说到这儿——在下还有一句冒昧之言——当时没有将财务交与冯·黑文的确是正确的选择，他花钱如流水，而尼布尔是持度节俭的人。这些评价都是基于我以往对他们的观察及接触。尼布尔呢，理想地来说，要是他能比真实的自己再果决、再坚定一些的话，就更好了。至于那位画家，应该说他是我们认识的人中最为和善友好的那一类人，与任何民族、国籍的人都能和谐相处，叫人挑不出什么毛病来。我觉得他既做好了自己的本职工作，同时也得到了大家的一致认可。还有那位医生，人也不错，何况就其取得的成就来说，在埃及人和阿拉伯人眼中，他已经算是年轻有为。即便他处于完全依附于冯·黑文先生的状态，其他人还是会公平公正地对待他。或许并不是由于自己内心愧疚，他才吐露出整个事件——从而拉响了远征队整体的警报——或许他是另有隐情。没准儿就是这位教授对他太过颐指气使了，而他对这位教授心怀不满也不一定。”

冯·黑文应当与其他成员分开。冯·加勒终于在最后，折回这个提议，说接下来的安排，或许可以让其他人继续按原计划远征到阿拉伯菲利克斯，而那位丹麦人则留下来，在开罗以及大马士革继续深入他的相关研究。通过这个办法，他说，应该可以免去丑闻的散播，防患于未然，阻止学术界人士的说三道四。由此，他建议伯恩斯托夫就装作什么都没发生，无论是对丹麦远征队还是对整个世界。至于他下达给他们分开的命令，就说是哥本哈根这边考虑到术业有专攻，远征目标应当分而取之，遂经过一番深思熟虑之后才做出了这个决定。

而后就此打住，冯・加勒结束了他的汇报。那些不愉快，他已经向部长阁下一一讲述完毕，且巧妙地自圆其说，最后呢，没有产生一丁点儿不愉快的影响。一方面，他将这二人之间的矛盾大而化小小而化微，只是将买砷一事一笔带过，同时将其归咎于无伤大雅的民族偏见。另一方面，他认为如果这场远征还想顺利继续下去的话，二人应当立即分开，为此他高谈雄辩。总而言之，两方面的态度都被他占尽：所有言辞为的便是无论伯恩斯托夫现在作何决断，冯・加勒都可以让自己谦卑地表明，他的态度与阁下完全一致。

后来的事，正如他所期望的那样。哥本哈根那边，伯恩斯托夫不免失望地与莫尔特克商讨此事。1762 年 2 月 9 日，他去信给冯・加勒，回复说，听闻远征曲折离奇，他感到忧虑，也感到悲伤，毕竟这项事业耗资巨大，经历了重重困难才得以开启，如今却开始展露颓败迹象。至于其余事项，伯恩斯托夫也赞同冯・加勒的看法：要是没有其他可行办法，要是群情激愤无法平复安抚，那就只得把那人分隔开了。首相之见亦是如此。此时，伯恩斯托夫在这封加密信里附了一条皇室命令，即以上所说，冯·加勒是可以代为施命的，如果他认为有必要。

如果他认为有必要——这一句话至为重要。不得不说，伯恩斯托夫，在一语双关的说话艺术上也是很有一套的。就分隔冯·黑文一事，他确实已经放手交给冯·加勒去办理了，但随后他便在信里逐一列举出，由于这么一分隔而可能将导致的一系列不利情况。

首先，伯恩斯托夫说道，这也是事实，即冯·黑文特地为此准备了许久，无论是西奈山之行，还是西奈之后的远征。要是现在就命令他留在开罗以研究历史遗迹——并且这些遗迹或许早就有人研究过——那无异于是把他从一项他曾为之精心而努力准备过的任务中给排除了，取而代之的是给他一份平淡无趣索然无味的工作。那么你可能会问了，西奈山之行就一定大有收获吗？不一定，因为确实也极有可能他们从中发现的只是许多无价值的碑文——但毕竟这些都是无法提前预知的事。也恰恰是由于未知，国王陛下才派遣一人到那里去，一个能够对这广为人知的圣地进行探索并发现其重要价值的人——冯·黑文便是远征队中那唯一一个满足这些要求的人。这种独一无二的不可替代之处同样适用于其他成员，派往阿拉伯半岛远征队的每一位成员的任命都是如此，他们都肩负着自己的使命，缺一不可。此行要求他们对《圣经》原本的奥义进行新的诠释——这也是重中之重。那么话又说回来，冯·黑文就是最有能力来完成这项重要研究的人，也正是如此，为了协助他完成这项艰巨任务，国王才委派给他一名画家、一名医生、一名植物学家、一名天文学家。

伯恩斯托夫的高见，无不揭示出他始终被蒙在鼓里的事实。他对冯·黑文在学术及人文方面的“短板”一无所知，而现在，丹麦外交部部长又继续说道，这其中牵扯的是更为微妙的根本利益关系：

> 不仅仅如此。如果我们把冯·黑文排除在远征队之外，那么福斯科尔先生将会取代他的位置，从而成为整个组织的“领头羊”。难道我们就能保证他，一个瑞典人，会和其他人相处得好吗？要知道这些人并不是他的同乡同胞。我非常清楚，他们之间是平起平坐的，不存在高下之分，但是，总会有那么一个人不自觉地成为领头，这个人也就因而会常常视自己比他人更特殊。那我们现在就假设那个人是福斯科尔先生吧，他在远征队其他成员之间顺承了这个位置，事事做得天才一般出色，然后呢，整个学术界会怎么看？那将只会认可他自己，说尽他一人的好话。就好比是只靠他一人便成就了整个远征队所要实现的所有目标，那样的话，就没有比这再让我们国家民族蒙羞的事了，我们难道要看着一个外邦人，

剥夺掉这项功业的所有荣耀吗，不要忘了，这项伟大事业最初可是在咱们国家孕育而生的理想啊，是多亏了咱们自己君主的慷慨助力才得以成行的远征啊。

伯恩斯托夫最后总结时，再次提到冯·加勒有权行使对冯·黑文下达的秘密示命——如果坚信这是避免远征中途崩徂的唯一方式的话，但他随即又在信末附言道，他个人衷心希望冯·加勒能够不行使这道密令而将诸事处理妥当。

很明显，伯恩斯托夫信中的说话技巧与冯·加勒在汇报中的如出一辙。言辞华丽虚饰，真实情境就这样被扭曲歪解。和外交大使一样，对于罗得岛寄信所言——福斯科尔、尼布尔、博朗芬在其中控诉——的真实隐情，丹麦外交部部长几乎不闻不问，只是一笔带过。两位教授之间的敌对之所以充满戏剧性，本质上是因为他们之间的对立反差：福斯科尔精力充沛、能力又超群，冯·黑文才知匮乏、却傲慢自负。于是为了将这种敌对合理化，伯恩斯托夫竟就接受了外交大使的看法，即所谓的民族差异性使然，然而据我们所了解，这只不过是其中无关紧要的一部分。最终，伯恩斯托夫和冯·加勒一样，视错不错，将错就错，把一切归咎于远征队成员之间这种所谓的民族偏见，相信正是基于此才生出种种事端。

就伯恩斯托夫而言，他会作如此观想也是有缘由的，这要追踪到曾经发生在哥本哈根的那一起激烈冲突——福斯科尔与克拉岑施泰因。那份记忆在他脑海里至今鲜活，更何况冯·加勒又在汇报中扭曲了事实。福斯科尔曾试图将林内乌斯带入丹麦远征队的工作状态中，并希望让那个叫法尔克的瑞典人取代他认为不够合格的克拉默。之前他所做的这一切，无非是为学术研究打通便利之途，当然了，事态后来的发展无疑是让这些设定都失效了。可正是由于他妄自尊大而言行失控，曾经为达成那些想法所采取的极为不妥的方式全都被哥本哈根政府看在眼里，从而后者便只会认为，他的种种行为都是瑞典民族优越感的一种表现。不就是想要独占鳌头吗？学术研究特权没有争到，索求不成反赔大本，现在可好，要为曾经的斗争付出代价了，代价惨烈。过去那一场所谓的发生在丹麦人与瑞典人之间的冲突，在远征队内部的闹剧中只不过是冰山一角，现在可好，在伯恩斯托夫的信中已然变成那个堂而皇之的动因，那个不希望移除冯·黑文的动因。而真正紧张危险的情境却因此被保留了下来。在这场远征接下来的发展过程中，其他各种意想不到的结果也会接踵而至，而它却一直都在。

不管怎么说，冯·加勒心知肚明。一个外交官，他必须是一个能够读懂言外之意的人。冯·加勒便是这样的人。正如我们所看到的，他是一个非常出色的外交官，因此对他来说，伯恩斯托夫的信充满了背后深意。坦言之，这封密函与一封空函并无差别。

它不过是一个象征形式。既然伯恩斯托夫在其中已传达出自己的不安了，那么冯·加勒就要好好利用它。既然他之前的用尽心思就是为了与外交部部长达成一致——不管后者会如何决定，那么再次向伯恩斯托夫的汇报便是小菜一碟。1762 年 4 月 17 日，他写道“阁下您明鉴万里，罗得岛怨诉而引起的所有疑惑，如今已烟消云散”。冯·加勒承诺，他会立即着手办理此事，对这些怨愤的人提出忠告，劝导他们恢复理性明智，尽量平息他们之间的矛盾冲突，这样一来，他们至少能够容忍彼此的存在，也能够互相帮助彼此完成这项共同承担的使命。

因此，外交大使的说服工作内容，也就是他写的三封信——正如前面提到的，已于 1762 年 6 月被送至在开罗的远征队成员手中。这的确是项艰巨的任务，其中两封信尤其能证明这一点。第一封信给福斯科尔，其实是写给整个远征队的，信中只是给出官方回应的信息，即罗得岛信件中所有请求都被回绝了。尽管如此，冯·加勒所写的另外两封，分别给冯·黑文和尼布尔的信，却是精妙绝伦，无不显示其长袖善舞的外交能力。

特别是那封写给冯·黑文的信，给人的感觉就是高空走钢丝。开篇冗长，极尽溢美之词，把这位丹麦教授捧上天后，冯·加勒才小心翼翼靠近正题：

亲爱的朋友，我深知你学富五车，才高八斗，对此我不得不深表敬意为先。只是有小事一件，扰我心神良久，终不得解，请恕我直言。此事关乎集体的团结统一，关乎品行的端正良洁，关乎心灵的友善美好，尤其还与共同利益息息相关。而这共同利益，自然你也明白，就是你与你的远征队友一起肩负着的远征事业。只有这一切牢固于心，才能让远征稳步前进，抵达荣耀终点。待取得此等成就，方不负国王陛下，其慷慨、其爱国、其求知若渴，另有整个学术界翘首以盼、拭目以待。当下我正要表的，非那微不足道的龃龉过节，自马赛至君士坦丁堡一路上发生的琐碎分歧，你我清楚这其中不过是一点误会。我相信，双方曾在我见证下努力达成的和解，是如我所愿，是真诚而真实。尽管如此，在后来这段时间内，我还是收到一封来自开罗这边的信，信中表示，那次和解似乎并没有保证其稳固长久。这些绅士们倒没有苛责怨诉，他们只是对某些始料未及的事有所耳闻，从而惴惴不安。但我确实得告诉你，我亲爱的冯·黑文，他们对这件事非常关切——还给我列出相关依据来：你萌生过与他们水火不容的心念么？你明白的，整个学术界的目光都聚焦于你身上——即便你不是此次远征的领队——在他们眼中，你也是最杰出最优秀的那名成员。冯·黑文先生，众所周知，你是一名丹麦人。就此一点，远征对你来说，难道不是幸运之至、荣耀之至吗？为了你的君王与国政而奋斗，参与到这样一次使命之中，这使命且是由你的祖国规划发起，是在其王冠的护佑之下，勇攀高峰，使你的祖国人民永垂不朽！以上帝之名，你应当视这项使命为你人生中最为珍贵的事情。想想正等待着你的那份荣耀与称誉，再想想另一方面，任何天灾人祸般的灾难事故可能带来的后果——或许会让此次远征的整个目标功亏一篑。我是担忧，若陷入那种不幸情况之中，任何批评指摘都会径直冲你而去，而国王陛下也会由此落入公众世界的哗然舆论之间。

此事我不必对你隐瞒，出于必要的义务，我也同样对福斯科尔先生讲了这些话：我把这些交代给他，一如我交代于你。就我所在的角度来看，理解万岁，平和万岁，应与所有人和谐与共。总而言之，一个人应当脱掉所有偏见的外衣以防患未然，当留心听从理性的呼唤、铭记对祖国人民的责任，特别是要谨记我们的神耶和华。相信你聪慧过人，无须我再多言。最后我想说的，便是恳求你把我所说的话，当作一个朋友的肺腑之言来看，不要告诉别人，你要相信，我只是真心实意为你好。

精明圆滑的冯·加勒以一石击二鸟，这次言传意会比以往任何时候都要成功。他既夸赞冯·黑文以满足其虚荣心，同时又给他发出警告。他既让冯·黑文知晓自己对他的疑虑，又处处暗示那位丹麦人清白无辜。假若冯·黑文真想要用他从君士坦丁堡买到的砷来毒杀他人，那么他权当是读了一封预警的训斥信；如果他根本就没有那种坏念头，那么这已经被精心粉饰过的威胁，也不会让他觉得有什么冒犯之处。

不用说，当外交大使把笔转向卡斯滕·尼布尔的时候，话风就是截然不同的感觉了。没有赞美客套，没有模棱两可直入正题，就像对大使馆的员工那样直言不讳。不过另一方面，冯·加勒还得要求尼布尔对信的内容保密，于是他在信中对后者写了一句（加了下划线的）话："读完这封信后要严格保密。"

起初，冯·加勒告知尼布尔——除了他写给远征队其余人员的那封信之外——他必得亲自对后者进行一番单独的嘱托："你很清楚，之前提出的分隔要求，是不合我们君王的心意的。相反，这个团队要作为一个整体，齐心协力以继续这场远征，且刻不容缓。因此，现在就看你如何决定。遵循这些示命，越快越好。"

与此同时，冯·加勒让尼布尔放心，之前他威胁要枪毙冯·黑文一事，并没有像他曾设想的那样，被过分阐释或曲解。"恰恰相反，我向上面所汇报的，全是认可你的评价，凸显你正直的品行，让人感觉你或许是那个最有能力做好的人，即便通过规劝不能完全调解他们之间的矛盾，那至少也能引导他们文明得体地生活，友好和善地相处。把这个目标牢记在心，那么一方面，你得做到恰当地看待冯·黑文先生的应激性行为；另一方面，也要恰当看待福斯科尔先生并不完全是自然反应的表现，从某种角度来解释，我们姑且认为他表现出的是一种——冷静。什么意思呢，就是你必须得时刻提醒自己，得有意识地来看待他所做出的反应，才会觉得，哦，正当反应不该是冷漠（总之就是不要总觉得他就是正确的）。因此，在不失却后者对你的坚定信任的前提下，你必须尽力去赢得前者的信任。说白了就是，你得一碗水端平。”

简言之，是冯·加勒和蔼地拍着尼布尔的背，慷慨地分享着自己屡试不爽的妙招——如何尽善尽美地做到一举两得。但就到这一步为止了。从这一刻起，他等于是申明了推辞的理由，以后远征队成员之间再有什么纷争，都不需再呈报给他。对于最初冯·黑文买砷一事，他毫无意义地断言：“至于备受争议的药物一事，你们那都是无稽之谈，是杞人忧天。在这件事情上请相信我，无须担忧，世界不像你想象的那么邪恶。我对这件事实在已无话可说。”

整件事就这样不了了之。世界不像你想象的那么邪恶——这就是那三封信的主旨。6月的那个午后，福斯科尔、冯·黑文、尼布尔，回到各自房间里读信，那句话仿若是埃及的夏天写给开罗的。他们的希望已然幻灭。在他们一次次向冯·加勒、向伯恩斯托夫请求帮助后，在他们逗留于埃及等待近一年后，在那一页页雅致精巧的外交话语后，现在所谓的判决就这样走向事件的高潮，那就是没什么可判决的，一切如常，一切照旧。

7

“对于公民的自由来说，唯一的危险因素，恰是来自于国家中的那些凭借官职、等级或金钱，而拥有无上权力之人”，他曾如此勇猛而无畏地为公民论自由，自那部论著被明令禁止以来，三年已然过去。当福斯科尔收到丹麦政府部门下达的指示时，极有可能就在某一瞬间，他想起了自己写在其中的这句至理名言。与冯·加勒一比，福斯科尔永远都不是那种能用话语来一举两三得的人。在给这位丹麦外交官的回信中，他批驳了丹麦朝政，其沉稳平静，就像他在瑞典时为出版自由而进行的论战一样。这个远征命令是丹麦国王发出的，福斯科尔写道，寄予厚望的初心与企盼，已一落千丈，如今是跌至谷底的忧虑和不安。对冯·黑文买砷一事就这样轻描淡写，一笔带过？不，他不能接受，他要一针见血地道出实情：丹麦朝廷只是不情愿面对这个男人的无知以及他欺诈的品行。“一旦事实真的证明他就是那样的人，而我们却要容忍这一切，为的是保有这个怯懦者的祖国同胞的声誉，那诚实本分的我们呢，就会被暴露并牺牲在这样一种最卑劣不堪的危险之中。所以就目前看来，我们好像根本不能指望从你们宽厚仁慈的政府那里，得到多少理解和同情。”一语中的。这就是福斯科尔对冯·加勒的禁令的回击，后者不是拒绝弄清楚他们的任何怀疑吗。好，那么就在这一点上，这位外交官将会听到清清楚楚明明白白的声讨。这么做显然会让事情更好，福斯科尔说，让冯·黑文知道他们其实是在防范着他的，任何妄图伤害他们生命的行为，也定会反过来让他自己身陷险境。在这之前，福斯科尔向上提出办法，预期能够很快除掉他，但是现在，这个希望幻灭，他必须要求冯·加勒严惩那个丹麦人。如果没有达成所愿，他会觉得自己有这个义务来亲手完成它。

在福斯科尔顽强抵抗的背后，是弥漫在罗得岛上的三个签名人之间的失望情绪，清楚分明。就连随和的博朗芬，也因此深感沮丧。尽管他没有福斯科尔的英勇——站到权威面前对峙，但他还是决意将这些失望写下来。"能够接到任命，为国王陛下完成心愿，乃是我荣幸之至"，他给冯·加勒写道，"但与此同时，我必须得承认，这样的一场远征于我和我的两位同事来说，如哑巴吃黄连，有苦难言。但远征是国王陛下的心愿，他的命令我们必定无条件地服从。就我而言，我将会尽我所能来维系整个团队之间的平静与安宁——我唯一祈求的是那位黑文先生可以配合我们"。

就是尼布尔，也并没有对那位外交官的论辩感到信服。他在回信中声明，一直以来，这是每个人都有目共睹的，福斯科尔先生对待工作勤勤恳恳，一丝不苟，从未见过他暴躁易怒，而且他看待诸多事物的眼光，都是深入、深远、深刻的。以上这些品质与能力，在另一个人身上根本看不到，尼布尔说，"尽管我的法语和意大利语说得并不好（当然我很乐意学习完善），然而我发现自己根本无法适应冯·黑文教授的语言方式。他的阿拉伯语水平始终不怎么样，即便是我单独和他待在一起时，他说的大部分话都像是凭空捏造出来的。他所有的政治预言，到现在为止，都已被证明是错误的。然而他始终顽固不化地坚守自己的观点，同时把所有不赞同他观点的都视为愚人。鉴于此，请阁下您不要再责备我，因为比起后者，我真的更愿意和前者相处为伴”。

这一回尼布尔向冯·加勒表示，无论是在福斯科尔面前，还是在冯·黑文面前，自己都会感到缺乏信心。在这封信的开篇他就详尽阐述了这个问题，至于外交大使非常希望看到的，他担任起这两方中间的调解者一事，尼布尔是这么说的：“我还没能顺利地让他们俩达成一致。况且无论与他们俩中的任何一个相比，我都算不上是一个思想者。而他们俩在哲学领域都有很高的成就，正是如此，比起互相敌对的双方，一直以来我才是那个更为焦虑不安的人，而他们则可以做到用一种哲学上的达观来看待所有事情，他们会直接转过身去，在下一秒钟继续做他们的研究，就好像什么事都没有发生过一样。”

还记得那年夏天，他对“学问和真知”燃起的热情，纯真而朴素，令他大声质问自己，能否真正担负起远征使命，是否配得上“卡斯滕教授”这一头衔。而今在其映照下，以上那番充满讽刺意味的话语，正是见证了他在态度上的彻底转变。这期间经历了太多。那个来自沼泽湿地的年轻人，一路自学，怀着青春的热忧，去到格丁根大学，在迈耶教授的指导下，看到了天文学和数学的神圣光辉。自“格陵兰号”从哥本哈根起程以来，18个月的时间已然过去，尼布尔抓住了无数个研究的机会，与“学问和真知”面对面交流。其间他见证了福斯科尔坚持不懈的尝试，以按照林内乌斯的想法重塑这一场远征；他也看到了冯·黑文山洪暴发式的愤怒，就因为对其能力不足的一点微不足道的暗示。这一个为了骗过丹麦政府，不择手段到捏造编码的地步；另一个索性买来砒霜密谋。他们我行我素，顽固、傲慢、任性、苛刻。一个精力充沛，另一个好逸恶劳，但两人的共通之处是觉得自己杰出超群，名扬万里，并且对此坚信不疑。即便在整个事件中，这一个要比那一个好得多，但就他优柔寡断的性情而言，与他们为伴仍旧是一件令他深感疲惫的事。好不容易才得以近距离审视这些自称是“学问与真知”的化身之人，他看到了什么呢？——叫嚣的怨诉、无声潜伏的野心、阴谋诡计、不可一世，如此种种，交织一团。

尼布尔对此事产生了全新认知。在给冯·加勒的信中，他直言不讳地总结道，自己现在要从福斯科尔和冯·黑文这场纷争中抽离出来看问题：这场纷争早就威胁到整趟远征的久安，并且使每一个成员都要经受无妄之灾的威胁。正如我们起先看到的那个尼布尔一样，有条不紊、沉着镇静地观测金星，任凭风帆战舰上枪支弹药的派布武装。现在他继续自己在远征中的工作，任凭那两位哲学博士的咒骂侮辱横飞过自己头顶。当与穆斯林谈起他们的信仰时，他并不想让对方改宗换教，现在也是一样，他不想改变哪一个——只想从远征队的这场内部战争中抽身而出。他们中的任何一个，只要从人性的角度来看，和另一个一样好，并无差别，他的确愿意把他们往好处想。但这种态度本身并不意味着，他会继续让自己卷入到他们的对立中去。以后他和哪一个都不对立。冯·加勒让他一碗水端平。尼布尔按照他说的做了——不过是把碗放到了地上。

从圆滑处事的角度来讲，虽然尼布尔所采取的态度与冯·加勒的建议不同，但其结果却是一样的。并且我们很快就会看到，这个结果会如何令人大吃一惊。不过从其个人角度来看的话，如果尼布尔真的遵从了外交大使的建议，那后来的形势发展就会截然不同。他在信中告诉冯·加勒，自己无论是对福斯科尔还是对冯·黑文都没有信心。他没有靠近这个，也没有倾向于那个，更没有像他被建议的那样，和两个人都保持好关系。他就让自己独来独往。渐渐地，远征队其他成员好像也和他一样“独立”了，尽管没有他表现得这么明显。若真如此，那这就是伯恩斯托夫干预调和之后的第一个有目共睹的结果。其本身意图不就是让他们都一样，人人平等不搞特殊化吗？好了，看看现在的结果，他们果然是所有人都变得一样了——只不过是一样地孤立。其本意是根除掉内部矛盾，好比是要禁住一条双头恶龙，而制伏手段却是从中间把两个头劈开，结果呢，恶龙仍在。只是所有成员都变得一样孤立了——最终意味着——远征队内部由两派敌对，变成了五人对立。

眼下我们要回到1762年8月3日——整个团队之间弥漫着一种失望而沮丧的气氛。9月末，苏伊士会有轮船出发前往阿拉伯半岛的吉达。不要忘了冯·黑文的重要使命。他本该从苏伊士前往西奈山的那场考察屡屡被推延，而现在已经没有时间再让他干耗而众人徒等了。一行五人各自都在为行程做准备，不日即随同商队离开开罗前往苏伊士。然而就在他们准备期间，坏消息却接踵而至。来自西奈半岛的萨瓦勒哈[1]部族的一伙强盗洗劫了港口附近的整片区域，7月准备出发去苏伊士的那支商队也被劫掠一空，还有许多人被杀害。这大概就是远征队待在开罗的最后几周时间里士气大减的真实缘故。

然而与此同时，远征再次出发的各项事务也都已准备完毕。只是留在开罗最后的这段日子里，远征队成员之间笼罩着的消沉情绪始终不散——这一点在卡斯滕·尼布尔的日记里得到了直观展现。眼下万事俱备，他们唯一巴巴等着的就是一句话的事儿——何时前往商队的集合点。为了打发时间，他们雇了一些会跳舞的埃及女孩前来给他们跳舞解闷，由于这五位成员都是未婚男子，

[1]　萨瓦勒哈（Sawalha），生活在西奈半岛上的诸多部族之一。

这些跳舞女孩遂不能在他们的房间里表演：

我们只好让她们在外面的街道上跳舞。在开罗，绝大部分欧洲商人的宅邸都坐落于运河沿岸。这条河蜿蜒穿过这座城市，在一年中的某些特定时期，河水会变清，只要尼罗河还没有涨到使拦河大坝决堤的程度，那些跳舞的女孩便能借此时机从欧洲人这儿大捞一笔。眼下为了尽可能驱散即将到来的旅程所带来的那些令人不安的思绪，我们就找来这么一班会跳舞的女孩，让她们在我们居所前面干涸的河床上表演。缓歌缦舞，此起彼伏，聊以忘忧。起初，我们观看这种表演并没有发现什么特别的乐趣，一方面是乐器和歌声，听来都极为凄惨；另一方面是那些女子展露的体态身姿，在任何思想健全的男子看来，都是过分暴露，难免有伤风化。还有，一开始我们觉得她们一律都很丑，黄皮肤的手，鲜红色的指甲，脸、胳膊、脖颈上的黑色或蓝色的装饰物，脚腕上大圈的镯子，还有大耳环和大鼻环，头发上不知抹了多少发油，离得很远也能闻到。尽管这所有的一切，都不怎么合我们的心意，尽管她们都没有嘹亮美妙的歌喉，尽管吧，尽管所有，我们还是慢慢地感觉到，她们中也有唱得极为动听的，并且平心而论，她们的确都很美丽动人，直到最后，我们完全倾心于她们的歌声与舞蹈之中了，仿佛她们是欧洲最美妙的歌手和舞者。

此情此景，令博朗芬绘出一幅动人画作，毫无疑问，这幅画便是尼布尔日记中提到的迟来的认可——是那些年轻女子光彩照人的美妙写照。画幅前景是一名蒙面的阿拉伯人，抽着一根大约一码[1]长的烟斗，背景是几棵棕榈树，树旁有一个男人和一个女人席地而坐，正奏着手中的古老乐器。继续往前看，便是演奏者和抽烟斗人之间的那些手舞足蹈的女孩：四个赤足的年轻女子舞于沙地之上，没有蒙面，身上一袭柔美的长袍，领口处敞开，露出结实饱满的乳房。

为了驱散即将起程所带来的那些令人不安的思绪，远征队成员寻求到的就是慰藉。正是这些年轻女子，随着起程日子越来越近，她们也似乎变得越来越美丽。此情此景，不免令人回忆起福斯科尔和尼布尔的那段经历——在驶向亚历山大的船上和那些女奴相处的经历。一方面，这些年轻女子的目光抚慰了他们，威胁和危险被抛在脑后。另一方面，他们恍惚以为，前往阿拉伯菲利克斯，只不过是在那儿生活一阵子。

于是他们在开罗的这一段漫长停留，讲到最后，会让人联想起从哥本哈根出发的那段海航的尾声，仿若一弓拉两弦得到的双音效果。不难想象，这位年轻而真诚的天文学家，站在克莱芒特

[1] 码（yard），长度单位，1 码等于 3 英尺（36 英寸）或 0.9144 米。

Baurenfeind del: Defehrt Sc:

舞女

博朗芬画的年轻舞女素描：去往苏伊士的前夕，她们在为丹麦远征队表演。

先生的宅邸前面，站在缓缓垂落的夜幕下，沉浸在女孩儿们的舞蹈中，已然忘我。你看，年轻女孩儿赤足在暖热的沙地上跳舞，你听，那音乐悠长绵延的哀悼，不绝如缕，仿若从沙漠里吹来的风，奏响了乐器。尼布尔就这样一直站在傍暮夜色里，耳闻歌声，目睹舞步。或许那歌声唱的是爱情，或许唱的是赴战的英雄；又或许，只是在诉说一个古老的故事：一个要去寻找幸福与快乐的人，在路上遇到了死亡，而后死亡就紧跟着他的脚步，一直跟着，直到他抵达目的地实现自己目标那一刻，死亡才跃上了他的肩头，仿佛是好奇一样，想看看他究竟找到了什么。

| 4 |

西奈山一无所得

在开罗期间，远征队在文明礼仪上就已经做到了去欧洲化。现在，真实的沙漠之旅就将起程。对于他们而言，前往那里意味着进入一个全新而又古老原始的环境。因此在收拾行装的时候，他们得带上可能会用到的各种生活用具及工作设备。对此，卡斯滕·尼布尔在日记中有一番简短记述：各自带好书籍和科学仪器——福斯科尔的埃利斯显微镜[1]和尼布尔的哈得来星盘[2]自然不在话下——他们得准备一个帐篷，几张行军床，一些（里外全都镀了锡铜的）烹饪用具；至于准备的食粮，则有面粉、稻米、饼干、黄油、咖啡豆和食用油；肉没有带，因为商队里的那些阿拉伯人一般都会带绵羊、山羊和鸡，路上可以现宰来吃，所以到时候要吃的话就直接买那些人的。他们把黄油装在一个厚皮制成的容器里，一张圆形的兽皮可用作桌子，这张皮的边缘钉着铁环，所以把它收束起来后就像个麻袋，可以直接驮在骆驼上。他们把杯子放在一个皮面精装的木匣内，蜡烛也放在一个类似的匣子里，由于匣内有小托座和卡槽，这样一来不仅可以放蜡烛，点上蜡烛后这个箱子还能起到台灯的作用。盐、胡椒粉，还有其他调味料

---

[1] 埃利斯显微镜（Ellismicroscope），出现的时间大约为18世纪中期，一说是1744年前。

[2] 哈得来星盘（Hadleyastrolabe），由哈得来发明的天文仪器。哈得来（John Hadley，1682—1744），生于英国赫特福德郡，是数学家也是发明家，他改进了反射望远镜，于1721年制造出第一台足够精密的天文望远镜，后于1730年发明了一台象限仪，可以通过测量地平线上方的太阳及其他行星高度来确定海上的地理位置，即便是看不见地平线的时候也一样可以确定。后来出现的六分仪（sextant）便是基于此发明的。尼布尔手中的星盘应该就是这台象限仪。

都放在另一个木盒里，这个木盒有小抽屉，遂可以将它们分类存放。镜子由于易碎而不便携带，取而代之的是一些精美的镀锡铜的盘子。他们还得带上行军要用的灯笼，外罩是亚麻布的，不像纸糊的那样，这种可以折叠——除非是那种非常大的灯笼不能折叠，因为外罩和底座上有铁皮箍住。每人都要带一个厚皮制的水壶，并且要留心时间，要清楚在路上已经多久没有找到新水源，因此，他们也要在随身带的这些山羊皮制的囊袋里灌满水。酒也得捎上，装的时候都倒进了大号的玻璃扁酒瓶，每瓶容量抵得上20个水囊。然而事实证明，这么装瓶非常不切实际，由于是骆驼驮着酒瓶，一旦摔倒，或者是碰到其他载货的骆驼，酒瓶子就很容易破碎。于是他们立即采用了阿拉伯人的方式，把酒保存在山羊皮的囊袋里。这些囊袋十分方便好用，装水时就把有毛的那一面朝外，盛酒的话则把有毛的那面翻向里边，由于囊皮密封得十分彻底，酒在其中就不会产生异味。尼布尔写道，“即便作为一个欧洲人，用这样的容器存酒还是头一回，它就像有一层防护材料似的，至少我们不必再为路上漏酒而担心了”。唯一没有带的，是用来做饭的柴木及其他燃料，因为商队在停驻时，他们总能找到出售可作燃料的动物粪干。

这次旅途要穿越沙漠，他们考虑再三，除了跟随远征队的瑞典侍从贝里格伦之外，还选定了一名厨师和一名仆人一同前往。随着时间推移，贝里格伦已经成为尼布尔使用星盘的得力助手，那名厨师来自希腊爱琴群岛，侍从则是个年轻的犹太人，出生于阿拉伯菲利克斯的首府萨那，还曾到过印度和波斯。但不幸的是，那小伙儿是犹太人，因而不招阿拉伯人待见。所以尼布尔后悔没有像之前一样找个穆斯林身份的侍从。为了弥补这一点，克拉默博士自告奋勇地要做私人翻译，"因为他的阿拉伯语尚且不是很好（言外之意是可以借此机会练习口语）"。那个小伙子同时还是一个希腊人，尽管他在信仰上属于穆斯林。

1762 年 8 月 27 日下午，这个人员混杂的团队已将行囊收拾妥当，准备就绪。等听到城堡发射那门大炮后，他们就离开开罗。这一声炮响是信号，表示那支浩荡的麦加商队所派出的信使已经到达开罗，不久商队就会抵达。商队人员中也有从麦加返回的朝圣者，若谁有朋友或亲属刚好在其中的话，就可以凭此信号预留出时间以准备迎接他们的到来。尼布尔知道，麦加商队抵达前的报信，暗示着目前苏伊士与开罗之间的沙漠地带已经没有强盗贼帮肆虐横行了，毕竟最近几个月来，这个地区已经被他们劫掠遍了。但反过来想，这也意味着有一支商队将会发往苏伊士。

就在这天下午，远征队成员听到了堡垒的一声炮响，随后便雇来骆驼，连人带行李驮到了苏伊士商队的集合地。此地位于城市外围的沙漠山谷里，距离迈塔尔村不远，在他们刚到开罗的那段时间里，福斯科尔常在这一带进行植物学考察。这一天下午抵达山谷后，他们发现这里充满生机：遍地帐篷，旁边是骆驼、草捆，还有包裹。阿拉伯人正在忙着为旅途作各种准备。似乎没有人知道商队起程的具体时间，为稳妥起见，福斯科尔雇了他认为很有必要的骆驼——而远征队其实并不必需。到后来，他们看着太阳的最后一丝光辉落在开罗东北方的城堡古墙上，转瞬间消失了踪影。于是远征队开始为夜宿作准备，他们要住在迈塔尔附近的这个山谷里。夜色变浓稠，仿佛幕布一样铺开，繁星闪烁。人们安营落宿，动物憩于其间，一片宁静。只是偶尔有声音划破这静谧的夜：某个帐篷传来小孩的啼哭声，又或是营帐外围拴着的驴子，忽然间向着升起的月亮嘶叫起来。

接下来的一整天，都是在混乱与嘈杂中度过：狗群狂吠，骆驼粪便散发难闻气味，尘雾在山谷间弥漫开来，遮天蔽日。仍旧不能确定商队何时起程。突然之间没有任何预兆地——随着太阳遁入天际——所有帐篷都已被收束完毕，与其他包裹一同装载到骆驼背上。接着，这些散布在山谷间的大型动物纷纷起身，挪步向前，汇入这条走向东方的长队中去。丹麦远征队遂也快速加入其中，尽量保持跟在商队的中段，若是遇上袭击，这个地方的幸存概率最大。团队成员都骑在马上，除了尼布尔。由于好奇，他选的是一头单峰骆驼。尽管一开始担心会落在队伍后面，但很快他便对自己的选择感到满意："我把自己的褥垫都横在鞍座上，这样一来我就能先坐这边，再坐另一边，由此我发现自己其实可以背朝太阳坐，毕竟现在可是一年中最热最难熬的时节。相反，我

卖面包的女人

原图为素描，博朗芬画的卖面包的女人（该图是由克莱门斯制作的版画）。

的同事们则不然了，他们只能一直保持着同一个姿势骑行，很快就感到疲惫难耐；到了傍晚时分行程结束，我并没觉得乏累，好像这一整天我都是舒服地坐在椅子上一样——这还要感谢那匹单峰骆驼。与双峰骆驼一样，它能够自己控制行进速度，因此不需要我费神而能与他人保持同步；但骑马就不得已了，有时要走得快些，有时又要走得慢些，得时刻跟商队保持一致。”

若论及商队骆驼的精确数目，远征队成员则各执一词。这支商队大约共有 1500—1600 头骆驼，冯·黑文在日记里写道（他的日记持续写了几周的时间了，在整个远征期间，这是他第一段也是唯一一段的日记记录时期），福斯科尔给出的数目远比他高，声称应该有“几千头骆驼”，然而尼布尔却说最多不过 400 头。尽管最后这位给出的数目最小，但人们更倾向于接受他的估算。一方面是他早已证明过自己在这一类记述方面的精准度；另一方面，则在于 8 月末从开罗前往苏伊士的这支商队，与其他商队比起来算是规模较小的一支。现在距离轮船从苏伊士前往阿拉伯半岛还有一个月时间。接下来用不了一两周，会有大量要随船运往远方的人和货物，补充到这些商队中来。到那时，商队骆驼的数目通常都会在 6000 头以上。而 8 月 28 日出发的这支商队，携带的货物主要是苏伊士造船公司所需的材料：来自黎巴嫩的木材，和欧洲制造的铜钉。此时福斯科尔和尼布尔的注意力，都被那四只骆驼深深吸引去了，它们两两并排前进，每对儿都驮着一根沉重的横梁，在这两根横梁之间挂着一只锚——来自他们将会乘坐的那艘前往阿拉伯菲利克斯的轮船。

第一天，商队一直行进，到晚上十一点才停下。福斯科尔记述了这次“安息处”的抵达：阿拉伯人是怎样沿着最先停下的地方，一圈圈如涟漪扩散般地扎好帐篷；又是怎样给骆驼卸下货物，而后令其跪卧藏膝，形成一堵环墙，把人和货物等围绕起来。他们将在这片裸露的沙地平原上过夜。安顿好后，福斯科尔便提上他的灯笼，到周围走走看看。然而他发现，这里只是生长着一些霸王灌木、月亮花，以及沙漠金合欢树。整个晚上，他们都得轮流站岗看守行李，其中部分原因是防止陌生人潜入商队，另外还要防他们的带路人——就像福斯科尔写的——“他们很清楚，在这样方便藏身的环境下，偷偷摸摸，干掉个人或动物，实在轻而易举。”

故境重演。何时起程，不知道，也打听不到任何确切消息。唯一迹象来自这几百头骆驼。日落前一个小时，它们被迫起身，被装载得满满当当。它们几乎是同时开始大声嘶鸣的。每个人都在仓促之中准备完毕，就像福斯科尔说的一样，没有人想要冒险“从这个团体和这份安全保障中脱离出去”。再一次，密密麻麻一大片，渐渐汇入这条有序的骆驼长队中，慢慢走向沙漠，就像一条蠕动的千足虫，径直朝着太阳前进。此刻，这颗火红光球仿佛静止了一般，靠在前方的沙丘顶上，短暂停歇。

8 月 30 日，他们迎着灼目的烈日，一直赶路到正中午，最后终于在一些暗灰色的白垩小山间停下。这些欧洲人已疲惫至极，希望休息时间能再长一些，但当前几乎没有时间吃东西，更别提小睡了，商队只停驻一个小时，随后便再次出发。在这之后会一直行进，没有中间停歇，在将要日落之时，赶到塔亚山脚下，安营落宿。在这儿，“脚夫们”被恩赐了几小时的休息时间。随后的路程，他们先要通过一段狭险山口——这儿是袭击来人的绝佳埋伏地点，早年所有的商队经过时，都曾被萨瓦勒哈劫掠过。但如果是在夜色中的话，他们顺利通过这段隘路的可能性会更大些。这样一来，他们就在午夜时拔营起行了。然而商队在山间才走了半个时辰，就突然听到附近的一声枪响。声音在四围的山岩石壁间回响着，沉入夜色中了。

福斯科尔和尼布尔摸到了自己的枪。但随后阿拉伯人就说不必紧张，刚刚显然不是什么强盗。那是浩荡的麦加商队发出的枪响，他们与苏伊士商队一样，想借助夜色穿越这些危险的路途，所以说眼下那支大型商队也正通行于其中，且走了有一段距离了。几天前他们已经听见开罗城堡的一声炮响，通报他们的即将到来。现在耳边能听到的，是那些骆驼走在硬实路面上的节奏有声，就像阵雨落地的密集声响，与此同时，还有人们频繁的开枪声——他们要吓跑所有的萨瓦勒哈。心头的疑虑消除了，福斯科尔与尼布尔便把他们的武器背回肩上。不是强盗，是来自阿拉伯菲利克斯的欢迎问候。是一支来自麦加的商队，壮阔而浩荡，必能顺利通过山隘。它带着珍珠、钻石、麝香、香脂而来，务必会到开罗换取缝针、钉子、蜡光纸和普通纸。

因此他们顺利走完危险的山路，并没有遭遇袭击。再过五个小时，太阳又要升起了，商队现在稍作休息。距离苏伊士还有半日行程。丹麦远征队于是打发了一个仆人，先去镇上唯一一家旅馆租下一间房。商队随即再次上路，没走多久，他们就看到了红海的北端。城市随后映入眼帘：停泊在锚地的轮船，沙地上的泥坯房，一眼望去，土灰灰的一片，甚至连一棵可以带来些许生机的棕榈树都没有。8 月 31 日上午 10 点，他们抵达苏伊士。根据尼布尔的计算，他们坐在骆驼上或者说马匹上的时间，正好是 32 小时 40 分钟。

当今时代，开罗和苏伊士之间已经开通了公路。总长 136 千米，但拥堵严重，路面状况也不是很好。驾驶一辆现代小汽车的话，跑完全程大概需要两小时吧。

2

由于个人原因，博朗芬在这次旅程中格外煎熬折磨。一路上，这位友好的画家发起高烧，持续不退，就算在晚饭后喝上一杯白兰地，也无济于事。抵达镇上那家简陋的小旅馆后，他几乎不省人事，必须立即躺到床上。然而房间里没有任何家具。无奈之下，他们只好支起一张行军床让他先躺下来。时间一天天流逝，他的身体每况愈下。远征队抵达有些日子了，尼布尔在日记中写道，他已经放弃希望了，他感觉博朗芬不会再好起来了。

在苏伊士，丹麦远征队又重新住到了一个屋檐下。上一回还是在亚历山大，自那时算起，已经过去将近一年时光。这两位激愤难平的教授，福斯科尔和冯·黑文，如今睡床紧挨着，吃饭在一张桌。而博朗芬身体状况的严重恶化，使他们当前的困难处境更加复杂了。这困难早在抵达开罗时就折磨着冯·黑文的内心。他现在就将动身去西奈半岛，寻找那座“摩卡提卜山”——“铭文之山”。三周以后，轮船将会从苏伊士驶向阿拉伯菲利克斯。余日无多，没有时间再可以耗费了，也没有机会再作进一步拖延——除了接受当下的现实处境。炎热的季节，可想而知，对于一场要深入沙漠的考察而言，这个时节再糟糕不过了。并且，这场旅途会把他直接带入贼匪的老窝地带，那些坏透了的萨瓦勒哈生活的地方。现在，这个语言学家被迫自愿带头去做他不得不这样做也早该去做的事情——这是整个远征过程中的第一回。也是最后一回。

最初的打算是让博朗芬陪同冯·黑文前往考察，前者负责誊摹摩卡提卜山上的铭文，与此同时，其他人就留在苏伊士，研究红海潮汐变化的重要问题。诚然，博朗芬在开罗时就已经表明，拒绝单独陪同喜怒无常的丹麦人前往。但到了苏伊士就由不得他推脱这件事了，作为远征的一部分，这是当时皇家指示中明确下达的，专派给他的任务之一。然而就当博朗芬病倒之时，冯·黑文所有的如意算盘也都打乱了，他现在面临着的，是要被迫做一个选择，这个选择令他极其心烦意乱。要么是他承担起这次考察，就像他一直以来的独居独往那样，他完全独自一人承担——这是真正令他感到危险的；要么就是，他必须得让自己低声下气，以请求其他队友中的某位帮忙——其他人与他又势不两立。冯·黑文的最后所选，则表明他的恐惧远在虚荣之上。是的，他选了后一种做法。在他们抵达苏伊士后不久，某个晚上，他向队里其他几人提出这件事来。他不能单独去西奈山，他必须要求至少一人随之前往。没有人答话。他遂转向自己的同胞兄弟。他问克拉默能否和他一起去摩卡提卜山。然而好脾气的克拉默也在很久之前就受够冯·黑文的脾性了。况且他并不认为自己有能力承担这项任务——这样一趟危险的旅程。加之无论如何，克拉默的理由都是无可辩驳的：作为医生，他希望留在苏伊士照顾病榻上的博朗芬。克拉默不会和他一起去摩卡提卜山。

所以，冯·黑文失去了一个同盟（的机会）。他现在要单独对抗福斯科尔和尼布尔。这两个令他耿耿于怀的人。有那么一瞬间，他都计划了要用砒霜毒死他们二人。其间一段长久的沉默无言。随后，恐惧再一次击败了自负。他转向彼得·福斯科尔，压低声音问他，是否愿意前往摩卡提卜山。又是一阵长久的静默。冯·黑文低头看着桌子，福斯科尔面无表情地凝视着他。随后他回答了丹麦人的请求。皇家指示中并没有一处命令写道，植物学家的义务还包括去西奈半岛的考察。何况，他也为博朗芬感到焦心，后者在旅途中一直帮助他，不辞辛劳地为他绘画标本。福斯科尔不会和他一起去摩卡提卜山。

现在只剩一个人，站在冯·黑文和那段充斥着萨瓦勒哈的漫长旅途之间。在正常情形下，最后这个人恰是在任何方面都令他充满质疑的一个人——一个孤陋寡闻的乡巴佬。为谋取他手中掌握的远征队财务大权，冯·黑文曾无数次对其施加侮辱和威胁。那么可想而知，尼布尔转过脸，把目光投向别处，背对他们，听着这番交谈的进行。现在，他继续摆弄手中的星盘，假装全神贯注。这一次的沉寂令人感到窒息。没有人站出来营救这位丹麦人。继而是一段更为漫长的沉默。隔间病榻上，博朗芬的沉重呼吸声清晰可辨。随后，冯·黑文教授压低了声音，问卡斯滕·尼布尔是否愿意效劳，同他前往摩卡提卜山。

福斯科尔仍旧看着冯·黑文，面不改色而无动于衷。冯·黑文低头看桌子。在这个打了通铺、紧挨紧邻的房间里，博朗芬的沉重呼吸声清晰可闻。尼布尔还是俯身摆弄星盘。直到最后，他张口说话，语气里没有一丝讽刺反语的意味。仿佛他只是在对眼前的仪器做出回答。卡斯滕·尼布尔说，陪同冯·黑文教授前往摩卡提卜山一事，他没有异议。

这个回答完全出乎意料。但我们确实不清楚其中细节。无论是福斯科尔还是冯·黑文，他们都有充分理由对此保持沉默。而尼布尔呢，虽然他在日记中有提到冯·黑文向他人所提出的请求，但他对以上的记录非常小心谨慎。尽管如此，从尼布尔同意前往摩卡提卜山的那一刻起，他就变成了决定性力量，而弗里德里克·克里斯蒂安·冯·黑文，已是强弩之末。曾有多少封写给冯·加勒和伯恩斯托夫的信，都换不来这一点，而尼布尔却用他的一个“yes”做到了，这实现，几乎可以说是不期而至。至于骄傲的教授呢，为个人困境所迫，出卖自己，已经落到仰赖他人的地步。于是最后一刻，尼布尔站出来救助他。这并非出于怜悯同情；相反，是出自他在开罗时所做的那个决定，即在将来，他既不属于冯·黑文这边，也不属于福斯科尔那边。因此，现在他所采取的态度会有更深远的影响，会彻底证明，谁是强有力的那一个，谁又是匮乏无力的那一个——会彻底让冯·黑文自惭形秽。这一回，冯·黑文不仅要做到谦卑恭顺，毕竟在赫尔辛格时，他曾可怜可笑又可鄙地逃脱义务。这一回，他是溃不成军彻底战败而不得不缴械投降。他等于是从现在起，已经失去了任何——可以站出来对抗他人的——这种想法的可能。从现在起，他只会江河日下。从冯·黑文的本性来说，一旦他这种对自我的虚荣和傲慢被彻底摧毁了，那么他的心气也就会一落千丈。他就是这么一类人，只要还没沉底，就必然设法让自己成为头儿。现在好了，希望俱灭。尼布尔的那番话，看起来像是对他的救助，实际上是令他下坠的开始。

冯·黑文挫败到什么程度呢。在接下来这段日子里，大家看得一清二楚。他现在已经沦落到无足轻重的地步，就连福斯科尔也肯俯身屈就地帮他一个忙。由于这个丹麦人语言不通，无法与阿拉伯人进行交涉，福斯科尔便主动承担起这个责任。他去和三位族长沟通，这三位都是萨瓦勒哈，他们会带领尼布尔和冯·黑文前往摩卡提卜山。9 月 4 日，福斯科尔与那些阿拉伯人达成协议，后者分别以 18 patak[1]/ 匹和 15 patak/ 匹的要价，向他们提供 8 匹单峰骆驼和 2 匹双峰骆驼。双方进一步约定，那些阿拉伯人要自己准备他们路上所需的粮食，并且要允许尼布尔和冯·黑文在摩卡提卜山停留足够长的时间，以完成对铭文的誊摹。等他们到达那座山后，阿拉伯人要派一部分人赶回苏伊士，再把远征队其余人员带过去——希望到那时能出乎所有人的意料，博朗芬已经康复了。

两天之后，在远处的海湾彼岸，一只小型旅队行将出发。于是这天傍晚，尼布尔和冯·黑文坐上一艘渔船摆渡过岸。他们将在那边的露天沙滩上度过这一晚。然而第二天上午——根据尼布

[1] Patak，阿拉伯人使用的一种货币。

尔的日记——也就是1762年9月7日，一股强劲的狂风从北方袭来。当下行李都已装载完毕，旅队开始向着南部的萨拉勒哈地区行进。在苏伊士这边的海堤上，福斯科尔站在那儿，看着对岸的尼布尔和冯·黑文，随着他们的阿拉伯向导一起，慢慢地消隐在沙尘暴中。

3

对于留在苏伊士的福斯科尔来说，这是远征过程中第一回，他感到时间像是被拉长了。或许他还有点懊恼自己没有一同踏上这段危险却令人振奋的西奈山之旅。一想到那位令人不堪忍受的同事现在已经彻底灭了威风，要是能和尼布尔一同前往就好了，这段旅途必会大有所得。可恰恰相反，福斯科尔只是独自一人，在苏伊士附近的沙漠里，在滚烫的荒野中四处闲逛。远处隐隐透着绿意，他便大着胆子走向那两片山谷，德吉尔和穆斯贝哈。以防有劫匪出现，他随身带着枪。然而他并没有遇上强盗，但不开心的是，除了一些常见的霸王灌木丛，他也一样没有找到其他任何植物。正值炎热时节，这些山谷都已沙化荒漠化。而唯一捕捉了他目光的，是那些沙漠羚羊。它们时不时地靠近，隔着一小段距离停下，好奇地看着这个孤独的游荡者。

到红海海岸边走走，还能略好一点。福斯科尔收集了各种各样的贝类，捕了一些鱼，再把它们弄到太阳底下晒干，随即压好它们，就像他为那本收藏集制作植物标本时一样，都是为了方便保存。他发现当把硝酸倒在上面时，沙子会起泡，但这个方法看起来好像会烧毁他的采集目标。太阳直射在眼前的水面上，福斯科尔接下来发现的，便是“浅海处的水真温热，游个泳消遣一下，舒服极了”。

一周以后，博朗芬的身体状况明显好转。福斯科尔也在寻找各种挣脱途径，以逃离苏伊士死水一般停滞不前的生活。9 月 16 日这天，他雇了一艘渔船，沿着海湾向南划行了大约 40 英里，来到古拜贝镇。据说摩西就是在这里带领犹太人过红海的。在北面吹来的一股新鲜海风的推动下，他们于日落时分抵达古拜贝。福斯科尔发现那里并没有什么特别之处，在植物标本方面也没有收获——不过是些种类繁杂的芦苇和盐生药草。书里多次提及的那些纪念石，不过是大自然中一些露出地面的岩石，而且上面并没有碑文。至于以色列人穿过红海的成功逃离，福斯科尔在古拜贝也没有找到任何能解释的答案。围绕这一谜团，他发现这里的海水仅有 12 英寻[1]深，从而证实其涨潮落潮之间的落差也就仅有 2 埃尔[2]。即便传说中以色列人过红海时潮水退去两倍之高，如此一来水深也仍旧只是降低了 4 埃尔而已。古拜贝水深变化尚如此少，

[1] 英寻（fathom），测量水深单位，合 6 英尺或 1.8 米。
[2] 埃尔（ell），旧时量布的长度单位，相当于 45 英寸或 115 厘米。

更何况要使苏伊士海湾变干呢——根本不足够。加之福斯科尔发现，地形地势中有诸多迹象表明，在古代此处海平面甚至还要更高一些。他不失文雅地总结道："那种不同寻常的彻底退潮，恰好发生在那样一个重要时刻，对这件事本身而言，充满神圣而崇高的意味。但不得不说，这就是一次奇迹。我们只能这样想。不然的话，就算穷尽所有自然规律，我们都无法解释整个事件。因此我们只能承认，它完全是一次自然奇迹。"

9月18日晚上，在一段颇为艰难的逆风划行后，福斯科尔返回了苏伊士。眼下博朗芬正在迅速恢复中，他的身体越来越强健了，但是另一方面，目前还是没有阿拉伯人来带领他们前往西奈山。根据协议约定好的，前些天他们就应该到达目的地了，然而却迟迟未有回音，这让福斯科尔很不自在。尼布尔和冯·黑文遭遇了什么不测么？白纸黑字都清楚约好了的，他们怎么不遵守协议呢？福斯科尔记得尼布尔早前说过，如果发现那个丹麦人要实施邪恶的凶杀计划，他会一枪毙了冯·黑文。这两人离开苏伊士前往摩卡提卜山那会儿，冯·黑文备感耻辱之情形，比以往任何时候都甚。那他如今，在绝望之际……福斯科尔及时打住了这个糟糕的猜测。眼下他确实得努力把注意力转移到别的事情上。于是他到码头附近散步，和那些渔民、商人、造船工人攀谈，巧妙地收集自己想要的信息。通过这种方式，他发现，建造阿拉伯三角帆船[1]的松木，要么产自叙利亚的安提俄克，要么产自希腊群岛，而其中用于建龙骨的柚木，却是从印度购得。此外他还得知，建造小型船只的木材，来自柏树、金合欢树，甚至是丝绵树。由于运输这些材料耗费巨大，要打造一艘轮船的代价是极为高昂的：一艘大型轮船就要花费45000里格斯达勒。相应地，红海上的船运费用也得如此高昂才能抵补轮船造价的成本——以至于只有三趟前往麦加港口一吉达的航班。从苏伊士出口的货物有小麦、稻米、小扁豆、蚕豆、烟草（装在手工缝制的皮革包里）、香皂肥皂、亚麻布、各种金属工具（同样配有手工缝制的皮套）、刀子、镜子、面粉、枪支。回航轮船的主要载货是产自阿拉伯菲利克斯的咖啡豆（装在缝制的鞣革皮具里），还有一些焚香。最后，商人们还领福斯科尔参观了很多专用轮船，船上从头到尾设有大型木制的集装箱——就像一间间浴室一样。这种阿拉伯三角帆船负责苏伊士最重要的进口运输：它们顺海湾而下，行程数日，抵达图尔[2]港口。它们需要从那里带淡水回来。

就这样，他打发了一天、两天……一个周过去了。博朗芬彻底恢复了。然而担忧却转移到了另一方面——尼布尔和冯·黑文

[1] 阿拉伯三角帆船，整个船体用木头建造，船头和船尾皆成尖形，船体上竖有一至三根桅杆，桅杆顶端挂着三角形的风帆。它是阿拉伯人称霸东非的“战舰”，与欧洲人早年在地中海和大西洋上使用的四方形帆船以及中国人在太平洋上使用的平底帆船，被后人并称为世界航海史上的“三大帆船”。

[2] 图尔（Tor），又作“Tur”，埃及南西奈省首府，位于苏伊士湾。

究竟怎么样了？目前距离远征队起程前往吉达已经没有多少时间了。但是始终没有任何阿拉伯人回来，也始终没有西奈山那边的任何消息。

4

无论是尼布尔还是冯·黑文，两人都在日记中全面而详尽地记述了他们这一路是如何追寻摩西和以色列人足迹的。尽管他们都踏上了这一段至为关键的旅程，然而在这段经历中，冯·黑文所要取得的成就将会备受关注。这场西奈考察是专门指派给他的任务，并且也是整个丹麦远征的目标任务之一，正因如此，伯恩斯托夫才不想把冯·黑文与其他队员分遣开来。在西奈半岛，冯·黑文将会有独一无二的机会来追溯以色列人出逃过程中留下的线索，从而取得令整个现代文明世界瞩目的研究成果。他将会考察摩卡提卜山，并誊摹上面的铭文；他会在西奈找到那座山，摩西曾在上面领受十诫；他会找到那块磐石，摩西曾为百姓击打出水；最后他会参观西奈的那座修道院，传说那里藏有最古老的希伯来文手稿——从未有欧洲学者仔细研究过（更不用说编录成册）。总而言之，这项任务极具展望前景，甚至超越了对阿拉伯菲利克斯地区的考察探险——因为那里几乎没有孕育任何这样的可以轰动世界的成果。从学术的角度来说，冯·黑文所分得的任务简直是再好不过了，甚至可以说，只要解决掉其中哪怕一个问题，他就能名利双收，不仅可以蜚声世界，丹麦国王也会赐予他无限荣耀与名望。

但从冯·黑文的日记中，我们读到的却是他如何没能完成这项任务。他说“天刚破晓，我们就从苏伊士湾的东岸出发了”，骑了三个小时，才到“Ayum Musa”，也就是“摩西泉村”[1]。“本着喝水打算，我们便在那里停下歇脚。这些泉中有一个是咸水，另一个——用阿拉伯人的话说——是淡水，但尝起来却难以下咽，特别是装进水囊之后。而那两天，我们就靠喝这种水过活。我们吃着自己带的主食，但那些阿拉伯人立即就为粮食供给的事与我们产生争执。由于双方约束的协议中明确规定，除了那三位族长之外，我们不用给任何人提供食物。而他们仨中的一个头儿，却为另外的五个人要求大米和黄油，他这么做就是能够省下他们自己带的粮食。我真想朝着他们啐一句，怎么不想吃石头啊你们？但我们也清楚自己眼下是身处沙漠之中。于是我就提醒他那份协约上的规定，并问他，我们在苏伊士预付给他们的 87pataks，他和另外两位向导都用来做什么了。就不明白了，他们为什么不用这些钱解决衣食问题？我刚刚还忘了跟他们说了，当时他们说服

[1] 摩西泉村，据说是《圣经》里的“伯毗珥”，也就是摩西的坟墓所在地。相传摩西带领以色列人离开埃及后，在旷野中漂流，没有水喝，摩西举起手杖击打岩石，泉水从坚固的岩石中流出，让 30 万以色列人饮用。

我们预付 87pataks，这笔钱可是总费用的一半。从现在起，这件事会让我们一直处于极为不利的境地。即便直到整场考察结束，那些阿拉伯人就只得到这一笔钱，他们仍然算赚到了不菲甚至过分的利润。事实上，是双倍利润：他们从我们这儿收取的是每匹双峰骆驼 15pataks，然而后来我们发现，他们自己只需要支付 3pataks；整个行程下来，一匹单峰骆驼只花了他们 5pataks。所以我们的质问也好，争执也罢，其实到头来都是杯水车薪。如果我们还想安生地活着，就不得不给，给他们所有的 8 个人咖啡、烟丝、面粉、稻米。每当我们吃饭时，他们都会不请自来地凑上前，一点点食物都不会剩下。这意味着什么？除非我们从这 8 个人那儿得到解放，不然就得一直供应下去”。不愉快的用餐停歇过后，11 点时，他们又上路了。一直骑行在沙尘暴里，直到傍晚 6 点。“我们在一片低矮的灌木丛间停下，打算在这片沙地上落宿。风刮得很猛，我们无论如何都扎不好帐篷。沙子刮进我们眼里，也刮到我们的食物上。”

吃的上面都是沙子，水又难以下咽，还加上一群贪婪的阿拉伯人，让他们连饭都吃不安生。以上就是追寻摩西和以色列人踪迹之旅的第一天给冯·黑文所留下的主要印象。食物，是他遇到的大问题。而另一方面，对尼布尔来说，食物问题所引起的口角之争不过是微不足道的小事，比起远征队的目标任务，这都是可以一笑而过的摩擦：“与我们同行的人中，除了三位族长，还有几位是他们的朋友及侍从，后者想去看望住在沙漠中的亲属，于是我们也会承担他们在路上的一部分嚼用。因为对于他们而言，只要有一个阿拉伯族长在旅途中，那么此人就得负责所有人的吃食。而我们花了那么多钱，却只是为了看一些古老的碑文——他们便由此把我们看作富有之人。”

就考察第一天而言，尼布尔的个人问题完全是另一个维度的："我们正将穿过的这片地区，是东方最吸引人的地区之一。摩西曾讲述过他和他的子民在此沙漠中的那段行程。为此，我会尽心尽力、尽我所能地精准勘测每一条我们走过的道路，留心可能会有助于精进地图的每一处事物。”

现在，他遇到了两个主要的难题。这俩难题在他随后将要展开的阿拉伯菲利克斯地图的测绘工作中，也占据了很大的比重：如何精确测量走过的路程，以及如何确认可靠的地名。

相对来说，第一个困难要好解决一些："在这些村子里确定距离，其实并不像在欧洲时那么难。这里的邮车，除了在驶向旅馆时会驾得很快之外，其余时候都是慢悠悠地走。旅队也都是以这样的速度行进。于是我便留心计数自己的步子——跟着旅队步行上半个小时，有时是在早晨或傍暮的清冷时分，有时是在午后毒辣的日头底下。通过这个办法，我发现，在热的时候我会走 1580 个复步，而在冷的时候我就能走 1620 个复步。因此，我就取了一个平均数，即保证在道路从头到尾都是平坦的前提下，每半小时走 1600 个复步。”以此为准绳，他就只需要留心他每次走路的开始和结束时间，便可以计算出走过的距离了。

但要彻底弄清楚那些地名就难得多了。这些疑心重重的阿拉伯人不能理解，为什么这个欧洲人那么热衷于打探地名，以至于连那些最破败的小村子，还有那些彻底沙漠化了的山谷，他都会打听。“我总算取得了一个阿拉伯人的信任：一方面我给了他一些钱，另一方面我让他和我骑一匹骆驼，就坐在我身后。我问他我们经过的那些小山的名字，总体来说，他给我的回答是准确无误的。然而我的同事认为这些贝都因人都很低级，他就没有想要与他们好好交流——他觉得那会是轻贱了自己。所以人家对他提出的问题，要么回答得很粗鲁，要么就直接说个错的。”

现在貌似清楚了，冯·黑文在第一天就已经和向导们成功闹僵了。问题就出在要额外给阿拉伯人提供一些面粉和稻米。芝麻大点儿的事，他怎么会耿耿于怀斤斤计较呢？要知道这个男人一直到现在，吃、住、旅行，哪一样不是靠国家公费支持着，多少钱没花过呢——可是六年来还不照样碌碌无为么。再说回这次考察，要想顺利完成的话就少不了这些人的配合及帮助。可偏偏冯·黑文就与他们树了敌。

敌对造成的后果很快便瞄准了他们。就在第二天，冯·黑文在日记里写道：

“就粮食一事，与阿拉伯人争执过后，我们便迎来了不幸的下场——黄油罐子被一个阿拉伯人踢翻了。那个带皮革套的罐子里，装了大约得有 20rotal[1] 的黄油。也不知道那人是无心之举，还是有意为之，总之黄油都流到沙地上了。是的，流掉了。因为这里是埃及、是沙漠地区，不是在我们国家，黄油既不硬实也不是固态，而是液态——特别是在夏季，就像熔化了一样。”

他不是在沙漠中对人家满怀敌意么，还拿那张废纸一般的协约说事儿，他以为这么做就能为自己的态度洗脱干系？显然，这些阿拉伯人是被这个男人激怒了。不仅如此，以他们洞察人心的能力，可以说是吃定他了。他们早就发现了他的软肋，如今便要展开报复。眼下他吃了这亏，也就只能认了。但这还只是开始呢。冯·黑文的态度很快会让丹麦远征付出更大代价，到那时，可就不仅仅是 20 rotal 的黄油了。

次日，即 9 月 9 日，他们走到一处号称是“法老的温泉”的地方——这是从山坡上的穴洞中涌出的一汪温泉。尼布尔遂在岸滩上支起星盘，尝试确定红海所在的具体位置，此时此刻，冯·黑文倒是应该进入那个有名的洞穴里寻找碑文。但他却一无所获：“温泉淌过的那个斜坡太陡峭了，要走的话，必须得有人站到斜坡上方，用绳子拉住下面这个人的身体才行。此外要进去还必须带上灯，里面太黑了，只靠白天照入的那点点光线，根本看不见墙

---

[1] Rotal，一种计量单位。

上有什么。况且在入口那儿，只需稍稍向洞里探一探身子，便能感觉到强烈的热气扑面而来，还伴随一股硫黄的味道，根本无法往前，只得立刻撤身出来。”

在感官受到如此冲击之后，他便返回旅队那里了，但是却发现“那个族长头头强迫我们的厨师做了饭，并且在我们回来之前，就已经和那些阿拉伯人把食物吃得一干二净了”。

可想而知，这个饥饿之人此时多么怒不可遏。于是口角之争又起。然而恰恰到了第二天晚上，那些阿拉伯人就以更有力的方式报复了回来。但这一次的报复就不仅仅是一罐黄油那么简单了。9 月 10 日这天到底发生了什么呢？来看看冯·黑文的日记是怎么写的吧：

“晚上，我们才休息到半夜，这些向导就把我们叫醒了。他们大声咧咧着，说到下一片绿洲还有很长一段路途，所以他们希望能在太阳不那么晒之前就到达那里。话虽如此，但背后有着秘而不宣的企图，而我们是直到往回走时，才意识到这一点的。其实那天晚上，离我们扎营的地儿不远处，就有一大块山岩，上面刻着碑文，而在那附近的小山上还刻有很多。他们乘夜带我们上路了，就是要错过这些。他们就是不想让我们看到。”

这话说得——很明显——那些向导心里是没存什么善念了。眼下距离这场考察的第一个目标——著名的“摩卡提卜山”——还有几乎不到一天的路程。在那里，若没有这些阿拉伯人配合，他们是什么都做不了的。第二天上午，旅队有过一次短暂歇息，而后便继续往前走，大约到正午时分，领队就示意大家停了下来。然而在此之前，队伍才不过行了一个半小时的路程而已：

“我们的确没弄明白，为什么才走了这么短的路程就停了。直到后来那些阿拉伯人告诉我们，现在距离摩卡提卜山非常近了，他们明天就能带我们到那儿——因为剩下的这段路还不至于近到可以在今天下午就赶完。”

这解释令人好奇。尤其是到了第二天，他俩发现剩下的路程其实只要俩小时就骑到了。尽管拖延了时间，但冯·黑文貌似对此很是宽容。实在好奇，他怎么一下子这么大度包容了呢？日记应该暗示了其中缘由：

“今天下午和晚上，那些阿拉伯人都凑上前来，鼓动我们做一顿正儿八经的晚餐吃。我们只好宰了一只山羊。他们把一半的羊用来煮汤，另一半就用火烤着吃。自从离开苏伊士后我们就没再吃过肉。所以这羊肉无论怎么吃，尝起来都是味道极好。”

第二天，也就是9月11日，天微微拂晓他们就出发了。所有人既然都已吃饱喝足，那么现在，便是前去承担重要事务的时候了。我们且听冯·黑文的继续讲述：

我们终于要在今天抵达摩卡提卜山了，这个将会带给我们启发与教化的地方。七点钟时，我们到了那座山脚下。从这儿开始就没单峰驼什么事了，它们便到一片小灌木丛前吃起来。我们打量着眼前这座要爬的山：这座砂岩，不就是这里仅有的那种石头吗，随处可见。我们心中的希望开始失色——这种岩石本身就不能用来刻字。从七点半到九点半，我们爬了整整两个小时。这座山非常陡峭，既没有山路，也没有那种脚步可依循的小路，我们要么跳着从一块石头迈到另一块石头上，要么就沿着山沟和岩壁攀爬。总算登上山顶后，四下望去，只见各种各样的岩石零落散布，都是直上直下地竖立着，可以用作墓石。

山顶一片开阔，然而表面崎岖不平，要徒步穿过去的话，怎么也得至少一个小时。我们刚走了没多远，就发现了一个小岩洞，它是完完全全从山岩上开凿而成的。随即我们便在它后面看到了一个更大的洞穴：（按常人步幅来测）长有18—19 步幅[1]，宽有 12—14。这个洞的形状极不规则，洞里凿出了两个壁柱作支撑，每个壁柱的柱围大概是两埃尔。这个洞的高度很低，根本不足以让人在其中直立行走。这么说吧，这洞只有约 2 丹麦埃尔[2]高。又往前走了一段，我们便看到了那些墓石。就是上文提到的那些。其中一处墓石之多，远远超出我们从山顶所看到的。但这些石头大都东倒西歪，

[1] 步幅（pace），2.5—3 英尺。
[2] 埃尔（ell），1 埃尔约等于现在的 2 英尺。——原英译者注

且已破损。有一些倒还矗立在那儿，上面也有碑文——却都是象形文字。由于年岁已久，这些象形文字的开头部分已经磨损耗蚀。那些横尸在地的墓石也是如此。立着的有八九块吧，但墓石上留存的那部分象形文字尚且清晰可辨的，或者说还能勉强认得出来的，就只有四块了。一块石头大概有3埃尔高，其中有两边是0.75埃尔宽，另外两边是0.5埃尔宽——都不是四四方方的规矩形状。这些砂岩呈灰色，其实有点偏褐色或红褐色，但由于只是偏了稍微一点点而已，所以姑且把它描述为灰色吧。我的确不清楚这些墓石的材质是否类似于罗马和埃及的方尖碑，但上面的象形文字确实是同一类。

这四块石头安放的位置，看起来像围成了一个小小的正方形空间，边长大约有4—5埃尔。但由于一些石块倒在它们中间及旁边，因此这个形状就不那么容易辨认。墓石近旁还有几个小洞穴，它们都隐藏在岩石下面，积满了尘土沙粒。于是只能手脚并用，爬到里面去一探究竟。其中一个洞穴里面，就只凿了一根壁柱用以支撑，在它后墙上，也就是正对着入口的洞壁上，还凿了两个更小的洞。这些洞中洞，或者说，这些洞壁上凹进去的类似于壁龛一样的地方，大约有1埃尔高，都足够深，可用来供奉小小的神像。在那些破损的墓石中，有两处特别的画像：一个是半身肖像画，脸部已被严重破坏，想必是些阿拉伯人弄的；另一个是画有三个头的神像，头像各自面向一边，第三个比朝向正前方的那个略低一点，第二个的两条胳膊紧紧抱住身体。这两幅画像的技艺都颇为低劣，远不及当初在亚历山大时，我让博朗芬先生在丹麦领事家中临摹的那幅神像。在那幅画作中，除了有三头的神像之外，也有象形文字符号。

即便有人愿意相信，是以色列人创造了这些墓石，兴许还从埃及带出来了象形文字，但是，至少在短时间内解释不了的，就是这两幅画像。因为可以确定的是，摩西根本没有让以色列人，或是为以色列人，刻画这些东西。那就更不用说，这些象形文字本身还包含着人和动物的画像。

我们问那些阿拉伯人，剩下的所有碑文都在什么地方呢：我们四下里的这些山和山谷，凡是可能有更多碑文的、涵盖面更广的，我们要求都要找到，因为我们都要研究。然而他们却说，这就是全部的了，并且还一脸吃惊地反问我们：难道这还不多吗？简言之，除此之外，这里再没什么可看的了，也没别的可追寻的了。无论是我们身旁的阿拉伯人，或是其他阿拉伯人——无论我们怎么盘问——都向我们保证道，这里就只有这一座“Djebel el-Mokateb”。除此之外，再无其他。

在这座山顶上，一个昨晚和我们一起吃饭的族长向我们宣称，这座山及其中的一切，都归他所有。他这不是凭空吹嘘。阿拉伯人不仅是这片沙漠的领主——他们承认族长高于一切法规，而且这个族长是莱加特部落中最有权势的人之一。

我们能否誊摹，全都取决于他是否允许。就为这个许可，他要价 10patak。另外其实还有一事可以作为他商量许可的条件，但起先并没有亮出来。由于他并不接受我们提出的 4patak，我们遂走开了，正当我们往前走着，向着我们的那个族长便过来悄声说道，要是那个大族长和那些阿拉伯人连同他在内——照我们协议上定的——从这座山上下去后，能拿到另一半的钱，那么他们就准许我们誊摹。我们就笑了，回答他说，他们当然能得到全款。但前提是，我们得考察完（世界上）所有该考察的山之后——这才是照我们协议上所说的。随后他便问我们，是否可以许诺提前支付部分钱款。这自然是没有商量余地的。而那个大族长也始终不接受我们所提出的总款额（到这时，不仅是初步协议作废了，全部协约都已作废）。我们吃力地下了山，在山脚下跨上单峰驼时，就已经 12 点了。一个小时之后，我们回到营地，也就是旅队休息的地方。其间有两个族长一直跟在我们身后，听到我们说拿出钱来的种种困难，他们便问我们一直在考虑什么。这些人心里打的算盘是：就为那座山上的宝藏，我们会给他们的钱，哪怕没有 1000patak，少说也得几百。而我们的回答是，我们还是不愿意接受这个条件，也不愿意把另一半的钱款给他们。如今他们非常清楚了，就说我们之所以一毛不拔，纯粹是出于怨毒和恶意。他们说，他们十分明白，我们已经在大脑里，或者说记忆里，保留下那些铭文了，等我们单独待着的时候就会写下来。而躺在山中的那些宝藏，或者说那些钱，到时候就会随我们而去，那些钱会翻番，会回流到我们自己的国家——如果事情就按这样一直发展下去的话。我们告诉他们这完全是无稽之谈。然而说什么都没用，他们不信。那个族长愤愤不平地冲我发狂：你们不是这种人，是什么人呢？——只要你们想，让云下雨都成。我告诉他，他现在是想钱想疯了，财迷心窍了。除此之外我还能说什么呢。我再也不想和他白费口舌了。

故事陷入了僵局，虽然次日他们还将继续行进，然而到此，便是摩卡提卜山之行的结尾了，“记忆如手中流砂，我很遗憾自己如今只模糊记得，来自格洛斯特克洛赫的那位英国主教大人，曾讲过一位英国商人的旅行。据说那人在 1722 年真的见到过这座摩卡提卜山。写到这儿我不禁想到，我们所见到的那座呢？到底是不是真的呢？我深表怀疑……”冯·黑文在日记结尾处，还是打了个问号。

可见，这次丹麦远征最宏大的目标任务，算是让咱们的丹麦教授落到了实处，结果却是，一事无成，一文不值。他讲的整个故事听来似真，却又不过一面之词——其实用几个否定句就能陈述清楚。首先，他没有发现希伯来文字的碑文。他找到的是一些洞穴和墓石，墓石上刻有象形文字，但有一半已经被风蚀损毁。而其中那些刻有神像的碑文，则让他得出了这个结论：那不可能是由以色列人留下的纪念石。因此他们很可能根本没有抵达真正的“Djebel el-Mokateb”。他便问向导，这附近是否还有别的山岩。而那些阿拉伯人——之前就老回避他的质问——便尖酸刻薄地说没有了。冯·黑文对这个回答很满意——这是至为关键的一方面。另一方面则是，在他已经彻底放弃寻找那座真山的念头之后，他又继续无视已经找到的那些碑文的重要意义。而尼布尔准备好要誊摹那些象形文字时，阿拉伯人又刁难起来，原因很明显，他们瞄准了这个机会想捞一笔钱。这个时候，其实只要和他们适度地讨价还价就好了，冯·黑文却一毛不拔转而羞辱他们，说他们是财迷心窍。最终声明自己再也不想和他们白费口舌。过了一阵子，福斯科尔听说这件事——明明可以成就的事，竟就那样付诸东流了，他不免有感而发，在日记里说到，他简直不能相信，冯·黑文怎么就不会利用那种幼稚的迷信思想呢。“我震惊了。我的队友竟然没有把这些想法转化为自己的优势，在我看来，这明明是很容易就能办到的啊。我们都知道，即便是人类世界中最危险，甚至有生命危险的事情，也可以慢慢地变其为有利条件——只要灵活机动、手法高明。”冯·黑文没能利用阿拉伯人的迷信思想，部分原因是他压根儿就不想利用，他也不想和他们有任何瓜葛，还有部分原因是他不友好的态度，让自己早就失去了他们的信任。所以最后他只得承认，即便这些人天真到会相信他有大能力，可以召唤世界上的宝藏、可以呼云唤雨，而他却没能借他们之力做成什么事。他唯一做成了的，是他与向导之间的关系进一步恶化了——他明明还得靠人家。他真正唯一考虑的，是如何半途放弃抄录碑文的这个想法。这次考察明摆着是虚行一场了。明天他们仍旧要继续赶路，然而手头上却没有任何抄录下来的碑文，也没有一张绘制好的地图，这感觉，就像他不知道也不确定自己是否真的到过“Djebel el-Mokateb”一样。

此次一事无成之后，冯・黑文便开启了自己的第二使命：探索西奈山，并考察附近的圣凯瑟琳修道院。这趟旅程所用时间比原计划的超了一天，因为那些阿拉伯人有家人住在费兰绿洲[1]，遂强迫他俩在那里停驻。眼下，冯・黑文在向导那儿的权威已经所剩无几，所以当其中一人和他互换单峰驼时，他也不好发作，只是忍气吞声。然而换给冯・黑文的那头单峰驼的鞍座已经破裂，结果便是这坐骑一起身，就把他摔了下来。于是剩下的这段旅途，他就只能徒步走完了。不仅如此，他也没能让哪个阿拉伯人

[1] 费兰绿洲（Faranoasis），西奈半岛最大的绿洲，被称为“西奈之珠”。在《圣经・旧约・出埃及记》（17:1,8）中，费兰（旧约中的“利菲订”）地位突出，摩西曾在此地击打磐石出水；约书亚照摩西所说的，在此地与亚玛力人争战。费兰是前往圣凯瑟琳修道院的必经之路。

履行他们的义务，所以就没有人返回苏伊士，也就没有人把福斯科尔、博朗芬、克拉默带到这里来。因此福斯科尔现在就非常担心，但他的惶惑不安也是不着边际的：冯·黑文残存的那一点主动权，最后在苏伊士时也已丧失殆尽。那么他将何去何从？为善，还是作恶？对他来说，共餐，已不再意味着有机会实施报复——而是可以从中找到（同归于尽的）安慰。不过福斯科尔到底是夸张了，与其在他的幻象中感受这些忧心忡忡的时刻，我们不如来看看冯·黑文在费兰绿洲质朴宜人的闲适生活吧：

> 费兰河谷一片富饶，比起沙漠里的其他地区，这里人烟浩穰。群山绵绵起伏，成林连片的棕榈树蔓延开来。那些阿拉伯人递过来满满几篮子的枣儿，让我们吃吃看。他们还养了好些山羊。我们瞧见一座山坡上有一群山羊正在吃草，数了数约有130只。此外，阿拉伯人还养了一群狗，为的是防卫夜里那些来这儿偷食山羊和骆驼的野兽。狼啊，包括条纹狼啊，他们怨诉道，还有熊和老虎啊，主要就是这四种野兽。他们会用猎枪射杀它们，这种猎枪是用火柴引火，一点就着。
>
> 午后，那位哈桑族长的妻子特地来营帐这儿看望我们，给我们带了些鸡蛋。她还说那些小鸡可以卖给我们。这些沙漠里的阿拉伯家庭主妇的着装，始终都是那一款，百年来都

没什么变化，就像泰弗诺[1]所处的那个时代的妇女穿着一样。来看望我们的这个女子，右耳垂上坠着一只硕大的银环。可以毫不夸张地说，那环大得都可以够到她鼻子了。低低地垂落在胸前的，是她脖子上戴着的那条大银链子。这两样银饰，在别的阿拉伯女子身上都不曾见到过——她们戴的要么是黄铜的，要么就是其他金属制成的。

费兰河谷的这片角落里共驻扎了八个帐篷，都住满了老婆和孩子。只有最贫穷的阿拉伯人才只有一个妻子。那些更为富有的族长，都拥有两到三个妻子。我们那三个向导中，两个都是有俩老婆，而剩下那个就只有一个。但是他们无一例外都想要更多的钱，至少得够自己再买几个老婆的。我们对哈桑夫人——那个向导的妻子——和其他阿拉伯女子说起，我们国家是一夫一妻制，她们听后面面相觑，只是叹息。我们就问她们是怎么想的，而她们似乎也觉得一夫一妻会更好，但都不敢说出来。等到我们踏上回返的路途时，她们才渐渐变得泼辣起来，后来也就对此直言不讳了。

一边乘凉，一边吃枣，一边与阿拉伯女子谈天说地。好时光倏忽而过。9月14日，他们又要撤营出发了。这一回他们将深入

[1] 泰弗诺（Thévenot，1633—1667），法国的东方旅行者，著有很多游记作品。他还是语言学家、自然科学家和植物学家。

河谷，一直往前，直到抵达西奈的修道院，以及“摩西之山”——“Djebel Musa”（西奈山）。于是这一路上不得不克服的种种困难，便又在典型的“冯·黑文式披露主义”之下铺展开来：“在通往摩西山的漫漫长路上，充满各种令人畏怖的山岩怪石。一座座绵延细长的小山，一条条蜿蜒迂回的小道，盘旋其上，逶迤而下，等我们一一走过——真可谓曲径通‘极狭’——一条狭窄山谷又现于眼前：夹径乱石遍布，如羊肠鸟道，‘才通人’。所有人遂从坐骑上下来，步行前进。而我不得已，还是骑在骆驼上，因为我发烧了。山道忽上忽下，坎坷崎岖，间或有石头滑落。在这样的道路上，单峰驼走起来比双峰驼要稳实得多。四周到处都是巨砾，看上去像是从山上落下来的。”

他们就在这个山谷里过了一夜。第二天一早，八点半刚过，他们就抵达修道院了。“这座修道院是献给圣凯瑟琳的，于是这里的大主教就自称是‘西奈大主教’。”眼下是在西奈沙漠，时间是9月15日。此时此地，远征过程中的第二出好戏即将搬上舞台。那么冯·黑文究竟是如何演绎这段具有重要历史意义经历的呢？且听他慢慢道来：

> 除非那位大主教在里面，否则修道院的正门不对外开放。为此，修道院在一面墙上还另开了一个角门，以供那些修道士出入。这意味着什么呢，整座寺院的进出决定权都掌

握在他们手中：无论是供给还是人，他们想让你进，你才能进。因此只要正门是闭着的，就再没有别的入口可进到院里去。所以我们刚一到那儿，那些阿拉伯人就开始叫门。在等修道士来应门的时间里，我们刚好可以对这座修道院打量一番。西边是院门，有一大片阴凉地儿，我们就坐在那儿等。这座寺院位于山谷最低处，因而并不算傍山而建，建造的形状也不是规规整整四四方方。院墙是用砂石砖垒成，砖块大约0.5埃尔长，0.25埃尔宽，或许可能会再宽一点，差不多就是如此。过了一会儿，一个修道士把门打开了，我们遂上前说明来意：我们手中有一封来自君士坦丁堡的信，要交给这里的一位神父，即马其顿的克里斯托弗，还有就是，我们是法兰克人。一听我们并不是希腊人，他表现得不是一般的惊讶，尽管如此他还是说道，他这就进去向院长通报。与此同时，我返回营帐去取那封信，同时把那个希腊仆人带来——在阿拉伯人帮不上忙时，他可以充当我们和神父之间的交流媒介。我再回到那儿后，也没见一个神父出来。又等了很长时间才等到一开始和我们说话的那个人，他冲着我们的阿拉伯人大声喊话，让其中一人到墙那儿说话。“墙那儿”，其实指的就是在正门近旁的那个小洞，实在是够低矮的，里面的那个修道士为了方便说话，不得不卧伏在地。而那个小洞有多小呢，只能容得下一个人伸进去一条胳膊。就像是在慷慨激昂地下达命令一样，里面那人说道，哈桑族长可以带领其护送的人——也就是他口中的“那些陌生人”——进到这座修道院中，但其余阿拉伯人——也就是他说的“聚集在外面的这些”—— 则都不得进入。他说这话时嗓门极大，足以让所有人都听得一清二楚。说罢，他要求我们出示那封推荐信。我便从小洞那儿传给他，他拿到后就送到里面去审阅。借着传信这个动作，我算是感受到了修道院墙的厚度。就算是保守估计吧，怎么着也得个 1.5 埃尔厚。我们俩当时真的是已经把手往墙里伸，更准确地说是往洞里，伸得再也不能往前伸了，而我手里的信也就刚刚才触到他的指尖。

那些修道士没商讨多久便出来了。他们把信返还给我们，原封未动，就像刚刚收到的那样。退还理由便是，这信并不出自他们大主教之手，所以他们不能收。那个负责发言的修道士声称，他们有令在先，只收开罗那位大主教的亲笔信，其余一概不收。因此他们不允许我们进入修道院。他们冲那些阿拉伯人大声喊道：“这些人都是法兰克人，给我们的信是来自他们自己的国家，来自斯坦布尔[1]，所以无论他们或是他们的信，我们都不收留。”

此话一出，事情就明了了。冯·黑文压根儿没有那封进入修

[1] 斯坦布尔（Stamboul），如拜占庭和君士坦丁堡一样，是伊斯坦布尔的旧称。

道院的许可信。有他在开罗时发出的信件证明在先，我们知道，那位“西奈山的大主教”，他明明拜访过好几次的，但在那段时间里，他满脑子都是那位基督教会最高神职人员说的话——穿越西奈沙漠时会遭遇种种危险不测。至于向人家讨要介绍信一事，他却忘得一干二净了。他明明清楚要进修道院此信必不可少，再说，不就要一封介绍信吗，在他这里难道不是小菜一碟?

但现在说什么都晚了。要是能得以进入，他便会发现，原来这座沙漠修道院里竟藏有无价之宝:俄国的教会圣餐杯，希腊的银制枝状大烛台，金色刺绣的祭台布和祭衣，镶钻的十字架以及主教权杖——所有这些都来自中世纪的国王、主教、隐修会的馈赠。然而这里最重要的东西，并不是以上这等华美荣光之物，当然，也不是令冯·黑文心醉神迷的那些。最重要的，要在修道院二楼的图书馆里找。西奈修道院里的这座图书馆，不仅仅是一处值得观光的景点，更是古老的手稿抄本的收藏馆。即便放在当今时代，就其藏品的重要价值而言，其地位仅次于罗马的梵蒂冈。在这里，冯·黑文可以找到3500份手稿，其中希腊语的有2250份，阿拉伯语的有600份。最主要的是，这里藏有世界上最著名的《圣经》抄本之一，它被世人称为“西奈抄本”，可以追溯到公元4世纪，后来被蒂申多夫[1]发现——此人自然没有忘记为自己准备一

[1] 蒂申多夫（Tischendorf，1815—1874），英国的《圣经》学者。1844年，他发现了世界上最古老、最完整的《圣经》，即Codex Sinaiticus，“西奈抄本”，可以追溯到325年。

份来自开罗大主教的介绍信。

冯·黑文的日记显示，他并没有争取任何进院的权利或机会，也没有坚持要求要看任何《圣经》抄本。他只是希望对方能施舍点儿食物："修道院看来是不可能让进了。我问其中一个修士，至少可以卖给我们一些食物吧——我们的所有粮食都被那些阿拉伯人吃光了。而他回答这里是沙漠地带，他们自己也没的吃。虽如此说，他还是表示会去果园里看看，如果有无花果或葡萄，就给我们一些。说罢他就走开了，我们则再一次被晾在墙外面。"

眼下，冯·黑文就刚刚受到的挫败联想到了摩卡提卜山的无果而返，最后他不无悲壮而矫情地总结到，无论如何，食物还是不及《圣经》抄本重要："要是我们没有得到任何食物或者救济品，而就此两手空空离开的话，我的确会觉得很难过。然而更令我悲痛的是，我竟就这样与那些古籍抄本擦肩而过，无缘一见了。"话虽如此，他在日记里还是透露出食物笼罩在自己心头的挥之不去的紧迫感：

> 1个小时之后，修道院果园——恰好就是西边的那面墙——的墙头上，递出来一个盛着葡萄和无花果的提篮。这真是馈赠。可是很大一部分都被那些阿拉伯人吃了。12点多时我们回到营地，带回来的提篮基本已经空了。好在一并带回的还有纯净的山泉水——真是再好也没有了。刚刚我还忘

了说，12日那天，那些阿拉伯人就已经抽光了我们所有的烟草，也取走了我们所有的面粉和油；14日那天，我们的稻米也吃完了。所以自那时起，除了当时从开罗带走的那点干巴巴的饼干，我们便一无所有了。他们告诉我们，这里什么也弄不到，他们也不知道该去哪儿才能搞到点儿吃的；而他们唯一能认同的，便是我们现在应当打道回府。看来只能不得已而为之了。其实我早就有所觉察，西奈山之行必不能成。我们不可能到达西奈山。就看那座修道院建在什么地方吧，这样一处狭窄的深谷，甚至还不够一个中型规模军队的驻扎地盘，那就更不用说摩西当时带领的60万人了，连妻子儿女一起算上的话，总数必定超过300万了。相传，就是在上述反复提及的——这座由希腊人建造的——修道院附近，伫立着那块著名的磐石，上面有十二个洞孔，当时摩西曾为其子民击石，泉水便从中流出。我们自是没有这眼福一睹究竟了。我们如何就这般不走运呢——看看我们前面都经历了什么——缘由其实一目了然。

冯·黑文没有再花费精力去确认这是不是真实的西奈山，只是像前些天面对摩卡提卜山时的态度那样，就此放弃了。他不想寻找摩西击石出水的地方了，所以这个计划不得不就此打住。同时，他也不想再为修道院里的抄本而尽人事——寺院访问不访问的，早就听天命了。他为这些放弃所找的理由只此一个：他们一点口粮也没有了。而他自己似乎也意识到这个借口实在不够高明。因为费兰绿洲距离西奈修道院只有一天的行程，需要多少食物那里没有呢，怎么着也能缓解当前的窘迫之境。既然他们有充足的钱，要打发几个阿拉伯人回去拿来充足的口粮，根本不是什么难事儿。退一万步讲，就算全体人员都撤回了，那也可以过一阵儿再来西奈山。这么做的确有额外开支，但比起丹麦政府从哥本哈根派遣一支远征队前往西奈半岛，却徒劳无获而遭受的损失，这点花销简直是九牛一毛，不足为道。

这似乎与尼布尔的看法不谋而合。他并没有在日记里详述食物的问题，但是，当冯·黑文提出他们应当回返时，他捍卫道，“即便我们没能进去修道院，那至少也得爬过西奈山再走啊，我无法就这样穿过沙漠而回”。面对尼布尔的这个提议，冯·黑文又给自己找到了另一个借口，日记中是这么说的：“我的确万分渴望好好看看这座山，但我实在无法攀登，我不光发烧了，同时脚也受伤了。我只得让尼布尔先生在两个阿拉伯人的陪同下单独前往了。”

第二天，尼布尔就去爬西奈山了，然而冯·黑文却在两个阿拉伯人的陪同下踏上了回返的路途。在这前一天，尼布尔画好了两幅圣凯瑟琳修道院的画，画中寺院与群山及河谷的位置关系清楚可见。此外，他还绘制出一张这个地区的地形草图：一方面通过测量太阳高度角，另一方面通过估测从苏伊士到这里的距离，

圣凯瑟琳修道院

尼布尔画的圣凯瑟琳修道院。

从而确定出此地在西奈半岛上的确切位置。眼下他心满意足：自己登上了真正的西奈山——没错，摩西当年就是在此领受十诫。目之所及，有一座沿小路而建的小教堂，他遂画了下来。更重要的是，在山岩表面上找到的所有碑文他也都誊录下来。随后他便马不停蹄地往回赶，一直到下午才追上冯·黑文。而冯·黑文呢，看起来也不像高烧不退的模样，大概是为费兰绿洲的美食珍馐拼死一搏了，所以伤脚也没影响他快马加鞭一路疾驰，终于在这天夜里得以抵达。一回到那儿，阿拉伯人就又没了踪影，各回各家去了，让他们等了三天时间。在西奈山时，冯·黑文明明诸事在身，却苦于没有吃的；现在是吃的应有尽有，却无所事事。直到9月20日，他们才再次出发。次日拂晓，尼布尔就独自骑往摩卡提卜山，希望在无阿拉伯人的干扰下将那些铭文誊抄下来。然而他的举动还是没能瞒过那些人。但他好言相求，又出了些小钱，对方便通融了，他可以在岩壁这儿工作一整天。于是他便为这方铭文之地绘制出一张精确的地形图，并且通过研究发现，这里曾是埃及的古老墓地，因而那些岩壁上的象形文字符号就更为重要了，他遂将其誊摹在自己的旅行日志中，足足铺满了三页。完成这些后就已是向晚时分——冯·黑文早在纳扎卜村里把自己安顿妥当了——尼布尔便去那个小村子里与之汇合。翌日一早，尼布尔又提前出发了。因为这次要誊摹的那些铭文岩画是在来时走过的路途中，也就是那一晚阿拉伯人为了报复冯·黑文而让他们乘夜上路所错过的那些。再一次，他顺利得到了族长的许可，便一直在那儿工作到太阳落山。他发现了一种库法体[1]的铭文，这种铭文会与骆驼及牛的岩画搭配在一起出现。于是他用了日记本整整两页纸，把包括这种铭文在内的山岩上所有的铭刻都誊了下来。

正当尼布尔顶着大日头忙于工作时，冯·黑文正在下一个小

[1] 库法体（Cufic），阿拉伯文书法体之一，属于古老的书法体。

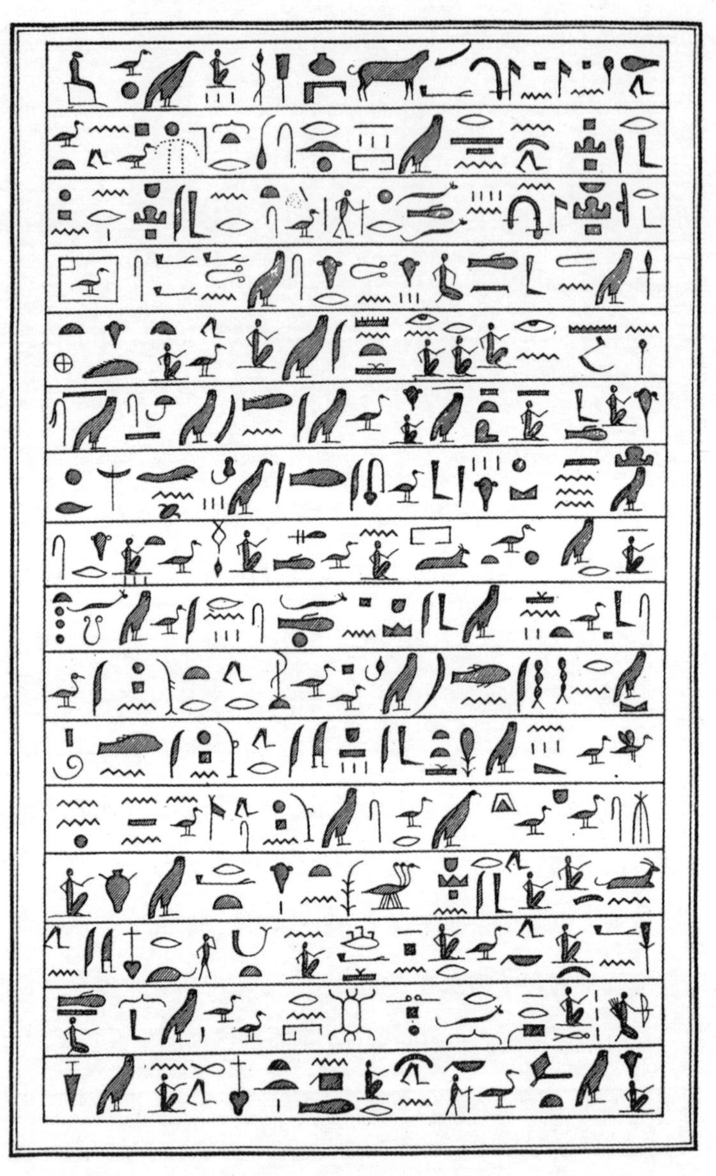

"铭文之山"的象形文字

尼布尔在"铭文之山"抄写的象形文字。

村里优哉游哉呢。以下是他在日记中的最后一次记录：

多不幸呐，我们的画家病了，只能留在苏伊士。很明显我们的远征也受到了种种影响。这不仅意味着我们另外两名成员的缺席，主要是他自己的工作也都落下了。于是很多难得的考察内容就这样与我们擦肩而过，包括前面提到的摩卡提卜山上的铭文。我们的错过，或者说损失，可想而知有多少吧。要精准如实地画下它们并不容易，也就只有博朗芬先生有这个能力。不过好在还有尼布尔先生，尽管他的职责并不在此，专业范围也与绘画不沾边，但他好歹弥补了这一方面的缺失。要是让我画，肯定远不如他画得好，一方面是我对绘画艺术一窍不通，另一方面是前面所提到的，我在铭文誊摹方面的困难，尤其是象形文。然而超出我的预期，尼布尔先生独当一面，全都完成了，所以平心而论，他功不可没，也当之无愧。等到他有时间了，就把这些成果都寄回国去。

真真是巧舌如簧。借由对尼布尔——勉强算得上是中肯之言——的一番归功讲述，他好歹自圆其说了。于是这一段用丹麦语写就的阿拉伯菲利克斯的远征日记，也就到此画上了句号。

1762 年 9 月 25 日，福斯科尔像往常一样，在苏伊士的码头边上来回踱步。这时，远方隐约可见一支小型旅队，他们穿过海湾，继续缓缓向北，正朝着城镇的方向驶来。当这一切在福斯科尔眼中慢慢清晰起来，他犹如心中一块巨石落地般地感到安慰。不多时，在苏伊士的小旅馆里，远征队将重新迎来大团圆。精神面貌自然是焕然一新：博朗芬痊愈如初；尼布尔的回归意味着福斯科尔百无聊赖的打渔生活终于可以宣告结束。不可思议的是，他们最养尊处优的朋友，冯·黑文，也随之从沙漠里回来了，安然无恙。然而问起他此行取得的成果时，他能说的便只是一点：西奈山那边也一样，没有什么新发现。

5

随后这段时间内，冯·黑文重新整理了他的西奈考察日记，并经由冯·加勒，给伯恩斯托夫寄了回去。然而尼布尔和福斯科尔一样，担心这个丹麦人会背信弃义而窃取利用他的工作成果，于是他把日记保留在了自己身边，寄回去的只是一份临时汇报。

这么一来，伯恩斯托夫对尼布尔在西奈半岛的工作详情也就一无所知了。另外，当他读到冯·黑文的那些毫无意义的讲述时，心便开始在失望中下沉，越来越沉，最终触底，化成了纯粹的愤怒。这项任务就算完成了？——这场奢昂的远征最主要的目标之一，这难道就是所有收获？这些荒唐可笑的记述？那些更重要的亟待解决的问题呢，就置之不顾了？通篇不是说身体虚弱无力，就是说脚受伤了，连食物问题也值得长篇大论——这些事情难道能为丹麦国王在整个欧洲学术界赢得荣耀与尊敬吗？！拿什么回应那千等万盼的所有期待，就凭这份令人笑掉大牙的汇报？

1763 年 6 月 21 日，在给冯 · 加勒的信中，丹麦外交部部长大发雷霆：远征成果一无所取，整个远征队可以说百无一是。现在好了，全体一起背黑锅了。成员们挨个儿遭到严重批评：福斯科尔所提交的日记，到 1761 年 4 月 6 日就没了下文；尼布尔压根儿就没有任何日记寄回来过；克拉默更是从众人之中脱颖而出，人家什么都没寄，从哥本哈根出发到现在，整整两年半的时间过去了，一封信都没写过！但这还不是全部。整个旅程花费高昂，还伴随着种种阴谋阳谋私谋密谋，后来总算是到苏伊士了，终于可以真正去实现此次远征最重要的目标之一了。紧跟着，画家——远征考察必不可少的帮手——偏偏在这个时候病倒了。于是只能留他在苏伊士恢复身体，让其他人前去考察。至于那个医生，他是受自身所迫，留下来陪病人，福斯科尔呢，半点理由没有，但也拒绝同队友一起去西奈。剩下的那俩，“现如今一个给我们寄回来一份平淡无奇的日记体汇报，如此兴味索然。这其中完全没有我们所期待的那种引人入胜的研究发现，反而对那些微不足道的生活琐碎和细枝末节，说起来滔滔不绝没完没了”。他在开罗明明拜访过大主教，竟然还能忘了给自己要介绍信；他还怀疑山的真实性，否定“Djebel el-Mokateb”的研究意义，认为继续待在那儿是多此一举；他根本还没弄明白自己是否到过西奈山，竟然就觉得一切荒唐可笑而理应即刻打道回府，伯恩斯托夫评论冯·黑文，简直是荒谬绝伦！“我不得不说，所有这一切简直就是一场悲剧，糟糕透了。按这种情形发展下去，根本完不成国王的命令，更无法满足世人对我们学者所寄予的厚望。整个欧洲学术界翘首以盼拭目以待的，可绝对不是这些乌七八糟的汇报。”

冯·加勒一看顶头上司已火冒三丈，遂即见风使舵，吠影吠声：“说到此次沙漠之行，有一点我不得不提。其实在向部长阁下您呈送冯·黑文所写的汇报之前，我的确犹豫过片刻，到底要不要说说我个人的看法，毕竟他和队友在这次考察中所得到的成果实在是太微薄。唉，当时我之所以没讲，就是怕自己话一出口就给差评。又想到在这之前为形势所迫，我已经向您汇报了那么多糟心的事儿，私认为此次最得体的做法，应是把我的个人反思先搁置一旁。”

然而事到如今，伯恩斯托夫并不满足于只是向他在君士坦丁堡的下属发泄愤怒。在他外交部部长的身体里，其实还住着一个校长一样的自己。现在这位校长站起身来，要对远征队的每个成员都予以警告处分，他要在谴责信函中明确警示他们，今后必须严格遵照皇家指令执行任务。冯·黑文收到的警告无疑是最严重的。因为给他的那封信用的不是校长的语气——而是一个政客的表达方式。所以可想而知外交部部长大人是以怎样精致考究的措辞，杀他个措手不及。

如同音乐先响起的前奏曲，伯恩斯托夫提醒冯·黑文，丹麦能够组织这样一场远征，多亏了国王陛下的恩典与支持，他继续说到，进一步讲，如果远征成功了，则必定会令所有远征成员名声大噪，震彻整个学术界，这一点毋庸置疑。"想要赢得国王的认可，想要在他面前建立起信誉，再也没有比当前更合适的机遇了。你可以用你孜孜不倦的努力、热忱与追寻，来证明给他看，来实现以上所愿。国王陛下坚信你必定不辱使命。机不可失，时不再来。"

成败关乎国王喜怒。先引出这含蓄委婉的威胁，接下来，伯恩斯托夫就要直接探讨那份毫无正能量可言的日记了。他说日记已经译成德文寄给米凯利斯了——后者迫不及待地想看。希望这位出色的学者能对它感到满意吧，随即他不无讽刺地补了一句，至少这份日记翻译得细致入微。而后，伯恩斯托夫继续写道："在阅读的过程中，我感觉这一定只是日记的一部分摘录，你自己肯定还留有一份内容更完整、收获更充实的考察日记。我猜想，或许是临寄出前的时间不够充裕，你没办法誊好完完整整的记录，所以只好寄给我一份临时性的交代，于是就格外细密地讲述了旅途中衣食住行的种种事件，和你所遭遇的种种困难。沿着这个思路往下想，我便坚信，你那份自留日记的涵盖面一定更加广博，想到这儿，我便会由衷欣慰，因为这其中必然包括很多更有趣、也更清晰的详细记录——我们对此自然是非常期待——它们必然能够反映出你优秀的专业能力以及渊博的学识。就像我也愿意相信，你会在那份翔实的日记里，更加深入地去钻研——作为语言学家应尽职尽责去解决的——那些困惑。话说回来，这也是国王纡尊降贵地准许你旅行穿越埃及而后深入沙漠的，唯一缘由。那么最后要说的一点，便是但凡你有时间，就将自留日记速速发来，我的确非常期盼收到这份完整汇报，这样我就可以真的信服了。我也的确愿意守住这份信任，但是，万一出乎所有预料与期待，事情是另外一种样子的话，那么无论是你在国王面前的信誉还是公众对你的认可，我就都无法保证了。你若清楚公众对你的期待已经达到了怎样一种巅峰状态，你就应该明白，任何微不足道的成就或平庸无奇的论著，都是无法满足他们的。尽管所有关于你的一切，我都怀抱希望，但我亲爱的先生，此一番沉思忖度令我痛心疾首，这其中的利害关系我都已说尽，望你明白。”

在信的最后，伯恩斯托夫以反证的说法，直指冯·黑文的失职，无论是在摩卡提卜山，在西奈山，还是在圣凯瑟琳修道院。在他看来，冯·黑文的玩忽职守所导致的严重后果，便是在远征回返途中这些考察任务都不得不从头来过——这也是他所能想到的挽救这场远征荣耀的唯一可能的办法了。

然而到头来，伯恩斯托夫的所有困扰都是枉然。因为他笔下那些糖衣炮弹般的威胁，永远抵达不了它们的原本去处。他给冯·黑文的信写于1763年6月21日。就在这封信寄出去几个月以后，他收到一封来自阿拉伯菲利克斯的信，令他震惊到难以置信的地步。此信仍旧是由福斯科尔执笔，但落款处也有写尼布尔、克拉默，以及博朗芬。信上标注着，“1763 年 6 月 9 日，写于穆哈”，时间比伯恩斯托夫的那封还要早 14 天。信中，福斯科尔照旧是开门见山：丹麦语言学家，弗里德里克·克里斯蒂安·冯·黑文，溘然长逝。

下部

一千零一天

| 5 |

帖哈麦的春天

1762年10月5日，夏日晴空万里，海面风平浪静，丹麦远征队的六位成员又一次站在摆渡船上，向着太阳缓缓驶去。摇桨的吱呀声颇有节奏地响着，烘热烤人的空气包围着他们，也压在波光粼粼的海面上，纹丝不动。在他们身后，苏伊士这座城市逐渐远去。那些房屋的灰白轮廓与清晰的影子，错落交迭成一幅动图，在小船渐行渐远的过程里，慢速变化着。而他们前方停泊着四艘大型轮船。阳光太刺眼了，他们目极之处，只是阴影里一点轮船的边缘，桅杆顶端和绳索，看上去都像是炽热耀眼的光点，各种反射光线打进轮船周身的水里，如同火花，相互碰撞，也相互扑灭。这几艘便是将要载运他们开启南航远行的轮船：三天后出发，先顺海湾而下，继而斜入红海，一路穿越过后抵达麦加的港口——吉达。

那六人站在小船上，身边是一些大木箱子，装着他们的行李和仪器。上一回这样的相仿情景，还是在那个隆冬的清晨，他们划船去哥本哈根锚地，以搭乘风帆战舰。18个月多的时间就这样倏忽而过。眼下若是只看他们的外表，真的很难相信这还是那六个人。皮肤自不用说，早在烈日暴晒下成了棕褐色；尼布尔和福斯科尔都是一脸络腮胡子；六人身上的东方长袍，也都穿了一年多了。所以现在他们看起来一点儿都不像什么学者，就像是一行做买卖的——从开罗远道而来，去往南方经商贸易。不仅如此，六人内心深处的感受也与当年离开哥本哈根收费站时大相径庭。

较之彼时——整艘小船上弥漫着沉闷而阴郁的愁绪——恐怕此刻他们互相之间正闲聊热风与天气呢。许久以来，他们已经适应了周遭陌生的环境，就算是个人的古怪性情，经过这么长时间之后，彼此间也早都司空见惯了。最初起程那会儿，是远征大幕刚刚拉开，剧情即将上演，却因渺茫而令主人公们惶惑不安。可谁又能料到其间冯·黑文会去买砒霜？福斯科尔和尼布尔继而在信中愤怒地控诉和威胁？然而，这些都过去了。眼下的剧情已经推移到了转折点——起初那种不安的迫近感，现在已经明显消退了。他们不想再浪费闲暇和精力在那上面。仿佛是热烘烘的空气对他们产生了某种催眠效果，使那些讽刺、挖苦、坏话，开始逐渐重复，慢慢变得不足为道。然而另一方面，他们闲谈时会说起那些寻常可见的事物，因为重复也有它重复的乐趣。自从冯·黑文在苏伊士放下尊严向队友发出恳求，随后在西奈半岛又一事无成以来，没人会再拿他当回事儿了，就更不用说还担心他会胡作非为。他们深知在往后的日子里，冯·黑文光是忙着给自己的饭菜调味还来不及呢，他根本没时间给别人下毒。

至于福斯科尔，在苏伊士以各种方式与无聊生活对抗了几周之后，他的暴脾气也变得温和了。就连冯·黑文——在此期间所写的一封信中——也说他是相当和气。因此，从各方面都可以看出来，他们的整体氛围有了改观。其实发生在他们六人之间的这种改变模式，是遵循一种心理学定律的，并且这个定律应该可以运用到所有这样的远征队中：受到胁迫的成员所组成的团体，起初会形成一种紧张的心理状态，而当这种紧张状态失控时，他们的言行心理就会变得不可理喻，甚至荒唐可笑。因此后来的结果，也是唯一的结果，便是他们会陷入一种态度中，即看起来像是超越了个人的敌意仇恨一样——尽管如此，这种结果其实与友谊并没有任何关系。当人们生活在一种资料共有、权力共享的情境中时，他们很可能会互相之间无法容忍，但同时呢，又没资格驱逐对方。这种情境并没有让他们成为多么要好的朋友，但不管怎么说，至少暂时可以让绝大多数人，都具备一种良好品质。

总而言之，到目前为止，远征队整体来看还是相当不错的。阵容整齐，从未缺兵少将，亦未受害于强盗或瘟疫。博朗芬的病情曾令大家焦虑不安，但他后来彻底扛过危机，现在看上去已经恢复得和以前一样健康了，甚至连他们所取得的学术成就，也可以为其提供一定程度的乐观。诚然“摩卡提卜山”之行并没有取得显著成就，但尼布尔为其地图所收集的各种信息，对于这个地区将来的探索会有巨大价值。他们在埃及期间所得到的各种成果，也超出了所有人的预期：除了寄回的几百份植物标本之外，福斯科尔还完成并寄回了他的论著，其中两篇是植物学的，还有一篇是动物学的；尼布尔完成了近 1000 页的日记记录，包括天文学和气象学的观测研究，包括地图以及城镇规划，还包括当地风俗习惯的记述；博朗芬的木箱里收藏着他的大量画作，绘有植物及其他自然界生物，服饰、机器、仪器设备和各种工具，还有历史遗迹和乡野风景。尽管已经做了这么多，对于这趟远征来说，其背后的那个疑惑，那个巨大的疑惑仍旧在沉默地发问，并始终没有得到回应。曾对其仅有过的一次具体阐述，还是来自福斯科尔——他们刚刚离开哥本哈根的那天。但没关系，我们不久就会看到真正的面对面交锋，看到这个疑惑如何盘旋在远征队每一位成员的脑海中而不肯离去。眼下，冯·黑文已经毫无威胁了，他们的内部纠纷也已平息。然而，说远征队的主旋律也好，说远征队的原动力也罢，则被这个疑惑取而代之：为什么是阿拉伯菲利克斯？

1762 年 10 月 5 日，在那个平静夏日里，小划船上的六个人感到快活舒畅。他们心情这般愉悦。因为远征的初步准备阶段已经结束，远征队的矛盾纠纷也已过去。还因为他们即将弄清楚等待自己的究竟是什么。是什么呢。这很难说明白，但确实存在。如果诸事能照计划顺利进行，那么预计再过些天，那四艘轮船就可以把他们送到这个疑惑的答案跟前。

无论如何，船上的小长假时光即将到来。事实上，他们从上周开始就已经在盼望了。就在冯·黑文和尼布尔从西奈半岛回来的四天后，一支浩荡的商队也抵达了苏伊士，与之一同抵达的还有那些打算前往麦加的朝圣者。这些人如同大群的巨型青草蜢，他们聚扎在这个小港镇上，使其人口稠密程度在一夜之间远超开罗。男人、女人、孩子，乌泱泱一片混杂：那些穷人挎着包袱，拄着乞讨用的拐杖；那些富人除了仆从，还带着雇来的全副武装的保镖，以保护自己在行途中的安全；还有那些数不清的大批商贩，他们或贫或富，都是利用这个机会来确保自身及货物在抵达麦加前的安全，但与此同时，他们又可以在这一路上做点小买卖。于是，无论那些富人和穷人在哪儿遇上，你很快就会发现那里一定还会有一个商贩，然后结果很可能就是，富人变得更富了，穷人变得更穷了。苏伊士，就像一个此起彼伏而又混乱嘈杂的买卖聚集地：这里有山羊、服饰，还有那些等着主人来将自己买回家的女子们；银币在阳光底下耀人眼目；6000 匹刚刚抵达的骆驼塞满了大街小巷；货包货箱卸在码头边，搬上搬下，堆积如山；而码头边上，驴夫“驾、驾、驾”地厉声喝着，手起鞭落，抽打着驴子的生殖器。贸易游戏于人间，如涟漪般在苏伊士这方土地上扩散开来。每个人都忙极了。

看着周围这忙乱嘈杂，福斯科尔只好为远征队走个后门了。彼时他与海港那儿的人们已经非常熟络，遂设法让他们预留出最上层的舱房来，且是位于最大的那艘轮船上面。目前那四艘轮船正在为起程做准备，因为那一大群忙人都得靠它们去吉达。原计划的起程日期是 10 月 8 日。但我们知道，在此三天前，丹麦远征队就已经向着他们的大轮船出发了。他们希望——尽可能不声不响地——提前在预留舱房中安顿好自己，这样一来等其他乘客抵达时，他们早就已经在船上了。因为穆斯林朝圣者都不是很待见欧洲旅客。所以大家都很高兴福斯科尔预订到这样一个舱房，可以与那些人远离开来。“对我来说”，尼布尔写道，“这里真的非常方便进行天文观测，而又几乎不会被人觉察到。虽说我们正往南方驶去，且船锚定的时候——当下盛行北风——船尾也总是朝向南方，但由于我在舱外观测时，很容易就能测出太阳落在本地子午线上的时刻，便发现其实绝大多数时间里，我们的航行很大程度上也偏向东方。”就这样，尼布尔通过秘密的观测研究，得到了红海的第一部分海图。

在远征队登舱三天以后，四艘轮船客货满载，于是拔锚起航，向南推入波光粼粼的大海。就他们所在的这艘轮船而言，冯·黑文估测有 500—600 的载客量，全体船员——福斯科尔数了数——至少有 72 名，其中大多数都是携带妻儿随船生活。船上最好的舱房，住满了那些要前往麦加的土耳其富人和他们的全部女眷。这些女子就住在远征队下层的客舱里，正如来自君士坦丁堡轮船上的那些年轻女奴一样，她们很快就适应了船上的生活。并且我们不久就会看到和上次一样的丰富多彩的同船效应。船头和船尾的甲板上，到处都是商贩，他们把箱子和麻袋放在周身，只留出中间一点空间，用来聊天、睡觉、抽烟管儿、煮饭，再或者做点买卖。到最后，这四艘轮船的每一艘都添上了三四艘小型轮船拖在后面——上面载的大多是马匹、山羊及绵羊。每当这些动物要喂食时，就从大船上把一麻袋稻草扔到水里，且得扔到大船船尾那儿，好让它漂荡到小船近前，然后牧人再用撑篙钩杆将它打捞上来。此外，还有一条小船热闹非凡，上面进行的是另一种贸易往来。因为那条船上载满了妓女。这些妓女被称为“麦加圣女”：她们得在这段前往圣城的朝拜之旅中努力工作，从而维持营生，以顺利完成朝圣。好不讽刺。

在这支海上旅队向南行进的过程中，福斯科尔和尼布尔也在核实他们的航行路线。对此，两人在各自日记中都是摇头质疑，不无否定。船长由于担心会错过路标，就总沿着海岸线航行，但这些海岸线都是位于珊瑚岛和岸礁之间，可以说是暗藏危险而不易察觉，于是这位欧洲舰长每次都会在穿行过程中开足马力，好快点将船驶入开阔海域。而到了每天日暮时分，他们又不得不顶风停航，因为船长不敢在夜间继续这样冒险地“沿海岸线航行”。一天下午，尼布尔的发现触及了问题核心，他找到了航向偏离的一部分合理解释：在轮船罗盘下方有两大块磁铁。当时操舵员把磁铁放到那儿，是坚信其存在能够增强罗盘指针的磁力（然而适得其反）。现在尼布尔征得了许可，已将其挪走。而彼得·福斯科尔呢，他看着眼前的航行状态，不免回想起那年冬天菲斯克船长与斯卡格拉克海峡的搏斗，相形之下，那时真是令人欣慰，哪像现在这般迟缓落后呢，他耸耸肩，在日记中写道：“大风一起，绝大多数船帆都得卷起来。若是风力再强一点，也就只敢张两面帆了。到后来船长就认为，最好还是顶风停船吧。但是乘客却觉得，再浩瀚的大海，再大胆的航行，他们都习以为常了。所以每次顶风停船，往往会引来人们的各种不满与怨愤。”

以这样不慌不忙的节奏航行了三天后，船队抵达图尔港口。轮船的液体舱需要在这里补足新鲜淡水，福斯科尔便借此机会登岸，收集到一些植物及贝壳。此外，他还找到了去往以琳河谷的路，就是《圣经》中提到的那片旷野绿洲。然而他并没有意识到，自己被那些不友好的阿拉伯人跟踪了。不过他们都是乘船旅客，是一些很有胆识的土耳其人，跟踪他只是想及时制止他前行，因为到那里他很容易被捕为俘虏。

欧洲人那时所受到的对待时好时坏。在船上，他们经常不得不忍受各种威胁与冷嘲热讽。有一位身为政府要员的穆斯林乘客，对他们格外关注，有天早上，他看到博朗芬在为福斯科尔绘制一幅海洋生物标本图，大吃一惊，他就挖苦远征队成员，说是否由于在他们自己的国家找不到什么可值得研究的了，遂不惜花大本钱，千里迢迢跑这儿来考察，就为了寻找这些毫无价值的东西。但是从图尔出发三天后，福斯科尔抓住一次绝佳的时机挽回了他们受损的声誉。1762 年 10 月 17 日这天出现了日食，在红海上可以清楚地看见。正是由于这次日食的出现，福斯科尔当即成为这艘阿拉伯轮船上的风云人物。虽然作为男主角的他在日记中对此剧情只字未提，但尼布尔的幽默感却被激发了：“福斯科尔先生预先对船长提起过今天会有日食出现。也是为了能让他对我们保持

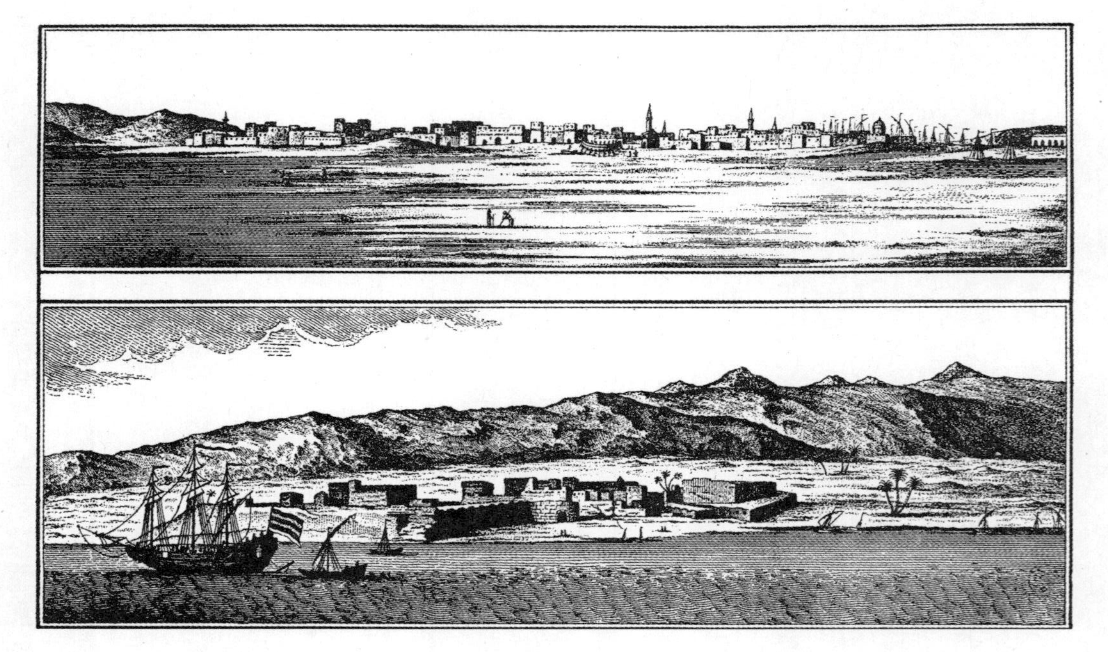

下红海的远航途中

下红海的远航途中：上图所绘为苏伊士；下图所绘是远征队乘坐的阿拉伯帆船在图尔港口泊定的场景。

和善亲切，所以我就做了不少说服工作，让福斯科尔借助这个现象，在船长和那些极为重要的商人面前好好出出风头，而我会对此保持沉默，只在暗中观察。于是，他们所有人都感到极为震撼。这是一个能够预言日食的男人！那些穆斯林由此认定他是一个非常博学的人——无论从精神层面还是从客观存在事实来看，还不止如此，那些人还觉得他会是个好医生。因此，当福斯科尔先生宣布的这次日食真实发生时，所有穆斯林都一致认为，他绝对绝对也是一个非常厉害的医生。于是接下来，他们就像在突然之间都得病了一样。每一个人，都为着自己那点儿小恙不适前来向他寻医问药。我们这位新兴的医生也乐善好施，就告诉他们这些'疑难杂症'的最佳治疗方法。他给出的绝大多数建议都是调整睡眠与饮食。到后来，有一个穆斯林朝圣者上前抱怨自己一到晚上就看不见了，而福斯科尔先生回复他说，点上盏灯试试。此建议一出，听者大噱。于是上一分钟还这儿那儿不舒服的那些闲人，在听到这个建议后，都立即'笑到病除'，健康如初了。"

航行依旧，船队已经驶过西奈半岛南部，推入更广阔的海域中去了。自轮船从苏伊士出发以来，这是他们头一回由于不得已而只能打消在日落时分顶风停船的念头：四天三夜的时间里，这只小型舰队一直朝东南方航行，目之所及没有一片陆地。最后是到了第四天下午，阿拉伯半岛的海岸才跃入前方的视野之中，船上遂即沉浸在一片沸腾的欢呼声中。危险期总算渡过去了，朝圣者都穿起了自己的朝圣服装，轮船鸣炮示喜，鼓手也打起鼓来。到了晚上，帆缆之间吊起了五颜六色的灯笼，乘客也都纷纷出来，沿着栏杆在灯笼下面悠闲漫步。船头船尾的甲板上，商人点火打枪的声音清晰可闻，响亮在空气中，他们内心难以抑制地感到喜悦欢腾。在乘客和海员之间，传递着一个用以集资的陶罐，他们要酬劳那位领航员，感谢他非凡出色的领航成就。欢乐和鸣一直在船上持续到深夜。眼下从大船上向停在近旁的另外三艘看去，分明若有六艘：这三艘灯火通明，浮于漆黑海面之上；那三艘倒映水中，摇曳生辉。

然而福祸相依。除了来自飓风和茫茫大海的威胁之外，还有其他隐患一直潜伏在旅途中，等待着它们的制造者将其引爆。还记得住在远征队舱房下面的那些女眷吗，她们天天嘁嘁喳喳，争吵不休——远征队也天天间接地受其叨扰。没错，就是她们，就是她们中的一个在船上引发了火灾了。当时她要用木炭熨斗[1]熨烫亚麻衣服，遂得先烧火炭，后来就起了火。尼布尔讲道："要不是那些女子的呼救声像她们争吵时那么有力，火势很快便会危及整艘轮船。那些阿拉伯人看起来相当焦虑不安——虽然过了一阵子她们的舱房里又起了一次火。舰长则派了一名操作级海员[2]前

[1] 木炭熨斗（Charcoal iron），采用原始炭火加热的方法，熨衣前，把烧红的木炭放进熨斗里，待底部热得烫手了再使用，遂亦称"火斗"。

[2] 操作级海员（junior officer），一般来说，海员分为高级海员和普通海员。高级海员分为管理级和操作级。

来对女眷施以重鞭。起初这鞭子的抽打声听来的确骇人。但自那时起，舱房里便恢复到一种前所未有的安宁寂静，于是接下来的24小时，再也没听到女子的任何一点儿声音。”

卡斯滕·尼布尔不仅对那些女子的说话声有着敏觉的听力，同时他也有一双敏锐的眼睛来发现她们的魅力。这发现同样也出自年轻的天文学家在此次远行期间所进行的秘密观察——不过这种观察用不到星盘。还是让这位罪人自己来忏悔他的罪过吧：“女士的洗浴间和我们的挨着，都很宽敞，可以同时容得下四到五个人。对于我们来说，去洗浴时唯一不方便的一点，就是得沿着她们的洗浴间往前再走几步。起初我走到那儿时非常吃惊，因为女子们的声音近在咫尺，清晰可闻。我实在是太好奇了，就在隔墙板那儿到处找可以看到里面的缝隙，而后我确实找到了一道小缝儿。从苏伊士起程到那一刻为止，我几乎再也没见到过穆斯林女子未蒙面纱的脸庞。后来在这趟旅途中我看到了多次。清晨时分，总会有那么三四个女子在那儿，赤身裸体地沐浴畅洗。”

不得不说，年轻女眷们的沐浴画面颇具熏陶作用，而这趟以苏伊士为起点的漫长旅途，也将在这一幕幕的畅浴图中趋向尾声。就像当初从君士坦丁堡出发的远航，最后在那些年轻女奴的陪伴下趋向尾声；就像当初寄居在开罗，最后以那些跳舞女子而趋向尾声一样。仿佛是相同的女子在重复地出现，如古希腊歌舞剧中的合唱队，和谐地融入这一出出剧中，给观众与演出者带来了幕间休息。

2

1762年10月29日，四艘轮船抵达吉达港口。船一锚定，乘客大流遂即涌下，那一行欧洲人亦裹挟于是。穆斯林朝圣者即从此地向东出发，走陆路，前往麦加朝圣。丹麦的朝圣者则要继续向南航行，前往阿拉伯菲利克斯。

眼下，远征队得先在吉达安顿下来，在中途短暂停歇。他们租到了一座石屋，靠近港口。结果在那儿一住就是六个多星期，已经远远超出了当时预期。因为这里总刮北风。而那些载运咖啡的轮船——也是负责他们最后这段沿海岸线南行之旅的轮船——却被顶头风耽搁在了从穆哈到吉达的途中。尽管就这样被迫停留在麦加的港口了，远征队却没人抱怨这事儿。想想过去他们生活在埃及，周围全是充满敌意的阿拉伯人，那段日子真是令人战战兢兢。而在这儿，他们拥获的是截然不同的体验：人们普遍会对他们流露出友好和善——令其受宠若惊。这是第一回，他们可以按照自己的心意行事：可以在街上散步，可以参观咖啡屋，不用担心会被恶意干涉，或妨害作弄。吉达的阿拉伯人并不像埃及人那样将这些欧洲人的存在视为一种冒犯。当然了，他们其实也不怎么了解欧洲人。

无论是出身高贵，还是地位卑微，他们一律彬彬有礼，客客气气。但也一律很好奇。于是尼布尔只得将他的星盘安置到当地帕夏的府邸中。这位尊贵杰出的绅士年轻时也曾对天文学略知一二，因此，当他看到这些欧洲仪器时，自然是不无羡慕嫉妒。所以的确是多亏了这神秘复杂的仪器，他们才能“预知未来”，一时间声誉大起。这天下午，帕夏府上有招待会，在场的一位族长说他被自己的一个侍从偷走了200达克特[1]，眼下他就要求尼布尔来告诉他究竟哪个侍从是小偷。尼布尔自然是吃了一惊。他推却了，因为这确实也不是他的星盘所能测知的事情。随后，在场的诸位老者中有一位主动请缨要查清此事：他把那些侍从——偷钱的那人也在内——都传唤了来，让他们在庭院里站成一排。老人遂从他们面前逐一走过，并把一小张纸塞到他们嘴里，接下来是一段长长的祷告，祷告完毕，他便要求他们把纸吞下去，并向他们保证，清白无辜者一定平安无事，而真主安拉则会将小偷揪出。此刻尼布尔惊呆了，他目睹了这个老人再次沿着那一排侍从，让他们逐一张开嘴巴接受检查，最后果然发现了一个不敢吞纸的小子。此人吓得满头大汗，当即告罪求饶。

随后，在接下来几周的时间里，尼布尔一直埋头于各种常规的观察测量与研究。他调查了这个城镇的海关税率，制作出相关

[1] 达克特（Ducat），该金币是“一战”以前的欧洲贸易专用货币，主要为贸易所使用。最早是由威尼斯铸造，代号为DVX。

的进出口贸易表。他发现这里的饮用水都贮存在很大的陶缸里，而那些陶缸都放在山上的泉水附近，离住房很远，所以得借助骆驼把水运到家中。然而他最艰巨的任务，其实还是这个城镇的地图测绘工作。为了能让自己有效完成，他也在城墙外围区域进行了很多测量工作。在这些短途旅行的过程中，他更愿意让一个当地的阿拉伯人陪同前往。后者可以协助他摆弄仪器，同时告诉他各个区域的地理名称。一天早上他们经过沙漠里的一座小教堂，尼布尔便问其向导为何会有这样一个教堂矗立在那儿。阿拉伯人神色凝重地看着他，“那是夏娃的坟墓”。说罢一阵短暂的静默，仿佛是要让这句话所饱含的深意缓缓渗入听者的心脏。他看向那座建筑，后来还是用同样凝重的语气继续说道：“小教堂之所以建在这儿，就是为了让祭坛的中心恰好坐落在她的肚脐之上。”

由于小教堂所在的区域在他的地图测绘范围内，尼布尔遂一丝不苟地作了测量，并在日记了进一步注解道——当然也是基于一个阿拉伯人的信仰：简单来说就是，亚当应该是葬于锡兰[1]。

既然远征队在吉达停留了长达六周的时间，那么我们不禁要问，其他成员在此期间都忙什么去了呢。然而却不得而知。博朗芬作了一些画：一把精工制作的女用阳伞遮阴下，坐着一位正

[1] 锡兰（Ceylon），斯里兰卡旧称，印度洋上的热带岛屿，中国古代曾经称其为狮子国、师子国、僧伽罗。该国中部有一座“亚当峰”，由于峰顶有一类似人类足迹的凹坑，该山遂被穆斯林尊为圣地，认为那是亚当被逐出伊甸园后在此峰单足站立千年的遗迹。

在售卖面包的妇女；一个沿岸走来的渔民，看起来就像从美术学院里径直走出来的人物，眼下正要带着他的八条鱼，去作登山宝训[1]的祷告。有关博朗芬，我们只知道这么多，剩下的就不清楚了；冯·黑文在这段时期更是没有留下任何记录；克拉默一如既往没有任何动静，不在人世般的沉寂；甚至在福斯科尔的日记中也找不到任何有关吉达的描写或记录——这位精力充沛的教授是怎么了？他感到厌烦，感到疲倦了么，还是冯·黑文的存在仍旧令他紧张不安——尽管远征都走到这一步了？12月初上，他写信给冯·加勒，要求他设法向哥本哈根那边征求国王的许可：等他们在阿拉伯菲利克斯的首都萨那考察过后，就允许他以最短路线返回家乡。“到最后，这种遥遥无期的长途跋涉令人心生厌倦。远离了故乡，远离了所有的通信联系不说，还得和这样一个本应离得越远越好的人日日夜夜生活在一起，怎么受得了。”

在此期间，福斯科尔还从吉达寄出了一批种子和数包自然物种标本。但除此之外，就只能靠我们自己发挥想象力了。或许每一天当傍晚如约而至时，他会和尼布尔一起出门。他们从海港边的石屋里出来，走到码头那儿，尼布尔要弄完他的货品表单——这也是福斯科尔感兴趣的事。我们看到他们在那些商品定价中流

[1] 登山宝训（Sermon on the Mount），亦作“山上宝训”，指《圣经·新约·马太福音》第五章到第七章里，由耶稣基督在山上所说的话。山上宝训当中最著名的是“八种福气”，被认为是基督徒言行的准则。耶稣基督把天国里的法则说给他的门徒听，是为要叫每一个基督徒都做天国之子。

吉达的渔民

博朗芬在吉达画的渔民（该图是由克莱门斯制作的蚀刻版画）。

连忘返，有印度的丝绸和蜂蜜，埃及的糖浆及麦芽酒，欧洲的锡、水银、封蜡（火漆）。在他们周围，这个（或许从那时起就没怎么变过的）阿拉伯码头上，到处是熙熙攘攘的人群。一张张黄棕色或黄色的尘容满面的脸，其间，偶尔也会闪现两鬓银发的老者。各种汗臭的酸腐味道混杂在一起。苦力们眼睛都瞅向地面；一个商贾骑在驴上；阿拉伯三角帆船沿码头一字排开，桅杆微斜，如长矛一般，刺向夕照映空下的灿烂晚霞。

后来，不知从哪天开始刮起了南风，过了一阵子，就在一个夜晚，那艘扑朔迷离的轮船终于出现了。没错，就是那艘将载送他们最后一段航行的轮船，载送他们抵达也门——阿拉伯菲利克斯。

但那艘船看起来的确不怎么振奋人心。它被称为“塔拉德”，是一艘开放的小型船，形状酷似一个桶，被一分为二，船尾稍尖。船长只有 7 英寻，宽刚过 2 英寻。换句话说，大小约是 42×12（英尺）。船身通体都用木板子一块块拼装起来，几乎看不到一枚钉子，就像丹麦古代那种老式木船一样。这艘小船只有一根桅杆、一面帆，没有甲板，也就没有舱房。因为这船不是用来载客的，是专门运送咖啡的。它从阿拉伯半岛另一侧的马斯喀特[1]海岸出发，经

[1] 马斯喀特（Muscat），阿曼首都，地处波斯湾通向印度洋的要冲。马斯喀特港是古代中国和阿拉伯国家贸易的重要港口，是海上“丝绸之路”途经阿拉伯半岛的唯一港口城市。

过阿拉伯菲利克斯的穆哈，载上一船咖啡豆，送到吉达；眼下它将原路返回穆哈，载上一批新货，再运回马斯喀特。然而这种原始感还不止如此，船上配备的工作人员也都是一群看起来杀气腾腾的野蛮人。船长是个阿拉伯人，几乎全裸出镜，只用绳子绑了块腰布遮羞盖臀，上面还别了把大弯刀。这艘船上起码有 9 名船员，都是黑奴，其中一些来自非洲的黑种人，一律塌鼻子薄嘴唇；还有一些来自印度马拉巴尔海岸，比起那些非洲人，他们的皮肤颜色要亮得多，透着一种金棕色的油亮光泽。但船员和船长一样，通身除了包头巾，就只有腰间那块遮羞布了。

对于远征队成员来说，要接受这些，他们心里还是有点忐忑不安。总觉得不太靠谱，他们都不想把自己的生命托付给这样一艘前往穆哈的小船，并且还是将近 400 海里的长途航行。但是他们别无选择！吉达这里的每个人都劝他们见“好”就收，别奢求太多了，在这一整个冬天里，要想抵达也门确实没有条件再好点儿的轮船了——除了这艘来自马斯喀特的“塔拉德”桶船。于是在拿到那封给卢海耶——阿拉伯菲利克斯第一港口城市——多拉[1]的推荐信后，他们就决定在 1762 年 12 月 18 日登船。与他们一同踏上这趟旅程的，还有一位绅士，伊斯梅尔 · 萨利赫，他来自穆哈，是个巨贾的儿子。这位年轻人非常善于社交，性格活泼

[1]　多拉，dola，阿拉伯语，地方行政长官的意思。

开朗，会说一点荷兰语，并且对欧洲人的各种情况了如指掌。远征队坚信，等他们到了穆哈应该会有用到伊斯梅尔·萨利赫的地方，并且他们也乐得接受这位阿拉伯人的恭维，这恭维既不浮夸，听来又十分受用——果然是受过良好教育的人。因此，他们可以说是怀着十足的信任向此人发出了邀请，共赴远征旅程。

第二天早上，即12月19日，这艘稀世奇船就从吉达港口起航了。船上是各种各样稀奇古怪的人和货物，船员及侍从都算在内的话，大概总共有20人。远远看去，那情景怪诞而令人想笑。眼下晴空万里，不见一片云彩，阳光和煦，温柔的北风轻轻拂着海湾，这便是阿拉伯半岛的冬天了。用不了多久，即便微风似有若无，这艘怪模怪样的“补丁拼接船”——福斯科尔给“塔拉德”起的外号——也会让人心生“轻舟要过万重山”的畅快感受。因为一想到长途远征的最后一段即将铺展在眼前，远征队成员便期盼起来，情绪也开始高涨。就是克拉默有点闷闷不乐，他的手表掉进地板缝隙里了，而大木箱子堆积得到处都是，根本没法找，再加上肯定会有海水从这艘破船底下渗进来，手表在底下必定会进水，毁了毁了，看样子是别再想找回来了。是啊，这艘没有甲板和舱房的小船被塞得满满当当：所有乘客都把行军床牢牢安扎在各种行李和大木箱子之间，一直在那儿，白天也盘踞在那儿，一直都是露天而眠，正可谓“昼长以背向日，夜漫以目窥星”。此外，船头那儿还支着泥灶，是一座圆桶状的烤炉，炉顶端缩窄，还开了个口。船员中的两个马拉巴尔人专门负责乘客的餐饭，主要是椰枣和“高粱面包”[1]，后者每天都焙烤，以保证新鲜出炉。看其中一个印度人是这么制作“面包”的：先用两块大小适宜形状吻合的红色花岗岩制成的小磨，把蜀黍米磨成粉，再用这些磨好的面粉和成一个生面团，放置到第二天，让它在这个过程中慢慢发酵。然后给泥炉生火，让柴火充分燃烧，到逐渐烧完而灰烬仍旧灼炽的程度时，就把发好的面团通过顶上的灶口放进去，紧贴到炉壁上，再把烤炉后面的小风口用火泥罐堵上——以上的“面包”制作工序在当今时代阿拉伯的烘焙店中仍旧可以看到。后来，面团在烘烤下就会变成一种“扁面包”的样子，不过，这种“面包”很坚实，和厚的烙饼差不多，这时把它取出来，抹上芝麻油，趁热吃下。对于这种原始而简陋的食物，冯·黑文是作何反应我们并不清楚。但福斯科尔——我们终于可以重返他的日记了——却是无论如何都热爱不起来，“我的确不习惯吃这种面包”，他说，“同时我也不能接受它的味道。但船上的这些人就不一样了，尽管没别的食物可吃就只能吃这个，可一个个长得高大威猛，健壮结实。他们虽然为奴，却比我迄今为止见过的所有阿拉伯人，包括土耳其人，甚至是那些完全拥有自由身的人，都要快乐，也更知足”。

---

[1] “高粱面包”（durrabread），与新疆维吾尔族的传统食物“馕”类似，也叫烤饼、炉饼；上文提到的“烤炉”与馕坑类似。

吉达

博朗芬在吉达画的素描。该图前景中的这艘三角帆船，将会载着远征队抵达阿拉伯菲利克斯海岸。

那么他们究竟有多快乐多知足呢？就在这一群人刚出发的那段日子里，福斯科尔就看得清清楚楚了。当时是一个奴隶向船长诉苦，说是感觉自己心口那儿很疼："那个船长早有所准备了。他拿来一根铁棒，把一端伸进火里，等铁棒烧得通红时，就在那个奴隶的胸膛上烙出两个火坑来。好了，的确觉不到心痛了。可这种治疗看起来比病痛更让他难以承受。"

沿海岸的航道可以说是险象环生，因为他们总是在嶙峋的礁岩之间穿行。这位船长就像之前担任苏伊士船队的那位舰长一样，不敢在夜间继续航行。每到夕阳西下，他便顶风停航收帆，偶尔也会停在沙漠海岸的避风港湾，或是某座珊瑚岛的背风地带。这时，泥炉里生起火来。福斯科尔也渐渐找到了自己感兴趣的事。他收集贝壳，观察研究海滩上的鸟类，他发现了沙锥鸟、风暴鸥，成群连片的秃鹫，它们都是以人和动物的粪便为食。与此同时，尼布尔支起了星盘，准备夜观天象。根据这段时期他所做的天文观测记录来看，每一次停泊他都会得到新的测量数据，而这些数据将会帮助他完成整个红海的大型海图绘制工作。通过观察白羊宫主星以及金牛宫主星与月球之间的距离，他可以准确算出这些停泊地所在位置的经度。就这样，我们看到有一盏旅行提灯在那里安静地亮着，尼布尔就着微光将那些数据一一记录下来。彼时四下里无人未眠，夜已经很深了。

若是傍晚时分"塔拉德"停在离海岸不远处的话，他们便会借机作一次短暂的外出探险——努力从当地人那儿购买食物。之所以这么说，一方面是由于船停在浅滩处，另一方面是他们害怕强盗，所以就算他们蹚过浅水上了岸去，也是毫无分文在身，并且尽可能地穿最少的衣服，这样一来，就算是遭遇强盗，他们也已把损失降到了最低。我们知道，福斯科尔偏好冒险这一口，所以他总是时刻准备着加入这种未知的探险考察。他们有时会找到一些偏僻的羊肠小道，通往一些破败的小村庄，那儿的房子都是茅草屋，看上去就是草皮草席盖成的；有时也会和沙漠游荡部族的人做交易而讨价还价：等到买卖谈成后，他们也会邀请船上的几个阿拉伯人一同前往，付钱拿货，他们会把椰枣分给阿拉伯人一起吃。就在他们共同经历过这样一次交易（或者说一起分享过美食）之后，其间所有敌意都烟消云散了，大家变得热情好客，所谓是有福同享。但他们偶尔也会碰上意想不到的事。那一次他们涉水上岸，忽然就看到五六个人朝他们横冲而来。这些人头上啥也没戴，但头发都留得很长，结成大辫子，在颈后荡来荡去，通身上下只缠了块“遮羞布”，手里握着根木棒。福斯科尔当即就看到了那些木棒，来不及犹豫，他遂从近旁一棵树上折下来好些枝条用作武器，防不防身先不说，起码手里有个东西看起来像那么回事。那些人随后而至，其中一个头头儿走到他们面前停下，把手里的棒子轻轻放在自个儿跟前的沙地上。接着迅雷不及掩耳之势，我们的船长想要先发制人，就一把抓走了地上的武器。剩下的那些阿拉伯人看出远征队成员仍旧有所疑虑，遂也把自己手里的武器都扔到他们面前的沙地上，以此示明自己的和气和诚意。紧接着有很多女子也加入了进来。她们穿着破破烂烂的黑汗衫，包着黑色头巾，但并没有全包住脸蛋——她们脸上一律画着黑色线条和三角形，以祈求好运吉祥。眼下，福斯科尔就向这些女子买了一点酸奶，还买了一点黄油，液态的，盛在小小的皮囊袋儿里。但这些卖家在接受买家付钱时，更愿意他们用方铅矿[1]作为支付方式，或者是一种可作黑色颜料的矿物——她们可以用来涂画身体。然而作为欧洲人，他们并没有这两样东西，于是只好从船上收集了别物，用衬衫兜着，涉水送上岸来。所以最后呢，女孩只好欣然接受这些新鲜出炉的“高粱面包”了。

旅途中的确不时会有这种小剧场上演，但言归正传，这漫漫南航究竟行进得如何，到底还是由那北风为他们做主。1762年的平安夜傍晚，他们在火山岛“科通贝尔”的背风处停泊下来。无论尼布尔还是福斯科尔，都觉得这一天乏善可陈：除了他们得给那位领航员筹钱——当然这也是人家应得的酬劳——之外，这天的太阳高度角有点不好测量，到了晚上，尼布尔不得不纠正对木星观测的方向。就这些事，再没了。那圣诞节呢。圣诞节属于他们很久之前生活的世界，而那个世界早就不是他们目之所能及的

[1] 方铅矿（galena），硫化物，也是一种比较常见的矿物，提炼铅的最重要矿物原料。

了。但是眼下不久，就会有另一个全新的世界替代它并占据他们的生活。也就是四天之后，在他们对准东南方向的望远镜视野中，会有许多房屋如同从尽头边缘拔地而起一般，让他们意识到卢海耶就在眼前了。卢海耶，也门最北边的港口城市。而也门，这片土地还有另一个名字——阿拉伯菲利克斯。

船上的人们热血沸腾。他们第二天就到了。但由于现在是退潮期，他们只得停在离海岸还有六七英里的地方。船长收帆泊定后便上岸了，一来是去安排摆渡船接送乘客，二来是去看看城中是否安全——若不安全，他们还得继续向南再航行一段，好抵达下一个城市，荷台达。几个小时后他回来了。这里各方面情况听上去都还不错：地方长官埃米尔·法尔汉多拉[1]向他们致以问候——此人可是个厉害人物，对于所有从外国来访的考察人员来说，他绝对是个必不可少的朋友；酋长说自己非常想见远征队，想邀请他们在卢海耶留下做客；他还承诺他们要是留下，每人都会拥有自己的骆驼，从而就可以走陆路去穆哈。另外，还有城中一位特别显赫的商人——由于生病而急需一名医生——向他们致以问候，并主动提出要尽地主之谊，免费提供一座自己的房子供他们居住。所以眼下他正迫不及待地等他们登陆呢。

这一切真是好极了。当然没什么可疑虑的了：经过短暂商讨之

[1] 埃米尔·法尔汉（Emir Farhan），“埃米尔”一词，就是阿拉伯酋长的称号。

后，远征队成员一致决定接受这些好意，就在卢海耶中止他们的航行，后面转而走陆路前往穆哈。他们当时从吉达带上的那位朋友，那位彬彬有礼的商人之子，由于还要继续随船航行，此时便主动提议说，他可以帮他们把那些大木箱子带到穆哈去，存放在海关，等他们到时便可以直接去取。福斯科尔和尼布尔一听不用自己拖箱带箧，自然觉得这方案再好不过了。于是那些木箱里的他们收集来的所有研究资料，那些一旦遗失便很难弥补回来的精神财产，他们连皮带壳儿地全都托付出去了，托付给了这个尚且还未露出真面目的伊斯梅尔·萨利赫，同时还对他的关照千恩万谢，感激不尽。等所有行李都差不多搬空了，克拉默遂设法将手伸到地板下面，“捞”出了刚从吉达起程没多久就掉到下面的那块手表，他简直要喜极而泣：尽管他们对这艘“补丁拼接船”瞧不上眼，但船底那儿的确连一滴污水都没有，他的手表安然无恙——并没有“毁了毁了”。因此这又算是紧接着到来的一个好兆头吧。当这艘小船上演着告别的那一幕时，整个远征队、船长，还有那个笑眯眯的伊斯梅尔·萨利赫，所有人无一不心情大好。

当下是 1762 年 12 月 29 日傍晚，他们这就要摆渡上岸去了。再过六天，从哥本哈根出发的这场远征就满两周年了。而福斯科尔、冯·黑文、尼布尔、博朗芬、克拉默，还有他们的侍从贝里格伦，也终于要在阿拉伯菲利克斯这片土地上迈出他们的第一步了。

3

早在亚历山大时代，也门这个地方就是一片极为古老的领域——曾被他称为“Eudaimon Arabia”——欢欣鼓舞的阿拉伯。可惜了，这位马背上的战神，32 岁时就害了热病，英年早逝，因而没能征服自己梦想中的这片土地。在他之前，再往回推 500 多年，是密尼安文化繁荣兴盛的时代，东方与地中海贸易使这片土地上产生了巨大财富，而这种文化便是巨大财富的产物：彼时来自印度的船只在这里的港口上卸下货物，随后，密尼安商人就通过商队运输的方式，将那些货物和这个国度里的特产——乳香、香脂、没药——发送到加沙[1]去。继而那些辉煌显赫的城市随之涌现，国王领导着王国崛起，遂尽其所能地扩大国土疆界直至巴勒斯坦边境。

大约在公元前 700 年，这种文化开始日趋没落：尽管密尼安势力衰弱下去，但那些财富累积下来的成果却没有因此而消失。他们只是被萨巴伊人取代了。后者建造了诸如塞瓦和马里卜这般极尽奢华的辉煌城市；后来示巴[2]女王——作为国富与智慧的代表，前去拜访“智慧的所罗门王”——这个故事历来都会被选入

[1] 加沙（Gaza），巴勒斯坦的加沙地区最大城市。加沙地区靠近埃及边境和地中海，通过沙丘带上的一个豁口与海岸相通。

[2] 示巴（Sheba），即萨巴伊王国，经营黄金、香料和宝石的古代王国，《圣经》中译作“Sheba”（见《旧约・列王纪上》）。

"儿童圣经教育课程"。由此可见，无论是历史还是我们自身，都可以在阿拉伯菲利克斯的传奇历程中找到深远渊源。等到托勒密埃及王朝开始让货船进入红海后，商队就显得多余了。萨巴伊人的帝国统治随后土崩瓦解，塞瓦和马里卜也逐渐为风沙所侵蚀掩埋，成为沙漠中的一座座沙丘。后来亚历山大未能踏上此地，但纳巴特人[1]来了，希米亚里特人[2]来了，再后来，穆罕默德率领他们骁勇善战的轻骑兵长驱直入，占领近海的沙漠平原地带[3]。朝代的兴衰更迭从未停止过，但是仍旧没有人可以摧毁或重建这片土地的幸福传奇。它即便被毁坏了，也仍旧可以充满幸福愉悦，从废墟之中重新站起来，如同翱翔在熊熊烈火之上的百灵鸟，不失婉转优美的歌喉。这片土地上的男人被残杀，女人被强奸，孩子成为俘虏，但它却从未给世界其他地方带去这般可怕的罪孽。它就是地球上的一方天堂。当人们抵达那些淤塞的港口，那些曾是东方财富聚集地的港口，就会发现，这种希望仍旧蓬勃活在其间。也门亦始终被称为"阿拉伯菲利克斯"，如此历久而不变，究竟为什么？

如果仅从这个国家所处的地理位置来考虑，我们无法找到可

---

[1] 纳巴特人（Nabataean），阿拉伯游牧民族，约在公元前 6 世纪，从阿拉伯半岛迁徙到约旦。

[2] 希米亚里特人（Himyarite），相传约公元 400 年，希米亚里特王国统一阿拉伯半岛南部。

[3] 公元 7 世纪初叶，也门和平地接受伊斯兰教，其本地古代文化融入伊斯兰文化。到 632 年时，阿拉伯半岛基本统一。

靠解释。也门包括两部分：一部分是帖哈麦地区[1]坦荡的沙漠平原，从南部的穆哈延伸至北部的卢海耶，是一段狭长的沿海地带；相对而言，另一部分多山，是包括首都萨那在内的富饶腹地。萨那、穆哈、卢海耶，这三座城市的地理位置几乎构成了一个等边三角形。如果经过这三座城市画一个圆，那么圆心就大致会落在拜特费吉赫。这座城市建立在帖哈麦沙漠的中心，会有来自萨那所在的富饶山区的各种货物在此集结，从而分别汇入穆哈和卢海耶这两个港口。现实情况是，货物虽多，但基本上已经没有乳香和香脂——那些时代毕竟已经过去了。不过令人欣慰的是，阿拉伯菲利克斯盛产多种香料作物，其中便有我们现代文明社会所喜好的。没错，这里有咖啡，还有烟草。骆驼载着咖啡豆，驴子驮着烟草叶，总有源源不断的商队沿帖哈麦平原而下，抵达拜特费吉赫后，便进入沙漠地带，这里北风大作，尘沙狂卷，四下里连一根草苗都看不见。即便每年夏天山区都会迎来雨季，可帖哈麦沙漠也是滴雨不下。这里温度之高，难以想象：山区下过雨后，本会有洪水从上面冲下来，然而还未奔至近海的什么地方，就已经在流经沙漠时被吸收得一干二净了。这里的冬天空气干燥稀薄，

---

[1] 帖哈麦地区（Tehama），也作“Tihamah”，亦译作“蒂哈马”，指阿拉伯半岛的全部沿海地带，即阿拉伯半岛西岸、南岸与东南岸的狭窄平原，终年高温，空气潮湿。“帖哈麦”一词意为“闷热的低地”，常冠以所在地区的名称，如汉志帖哈麦、阿西尔帖哈麦、阿曼帖哈麦等。这里特指也门西部的红海沿岸的沙漠平原地区，其中的大片沙漠呈现银色，由于一亿年的石膏质海床几经变幻，石膏晶体被风化剥蚀而成，也是世界上唯一的银色沙漠。

但到了夏天，尽管缺雨，气候却会变得潮湿，且让人身体受不住，就好比蒸桑拿的地儿，人们连月住在其中就会日渐虚弱下来，没有力气吃东西，又没有饮用水来解救身体的巨渴。这里的人均寿命也很短，婴儿死亡率极高，黄疸病、痢疾、疟疾，夺命无数……可以说，世界上几乎没有哪个国家的年死亡率会像这个“人间天堂”一样高。这是也门的命途，是定数。等那些外来侵略者乘兴而来，却一无所获败兴而归后，这些疾病掌权的时刻便到了。它们开始在这片土地上肆虐横行，它们要征服这个国家。可即使如此，也门仍旧被称作“阿拉伯菲利克斯”。为什么？

这个国家，这个疑惑。1762 年 12 月 29 日傍晚，远征队就要进入这个国家，与这个疑惑相遇相识了。船长带回的有关卢海耶的情报，也算是没有让他们在“塔拉德”上白等：那位酋长向他们表示欢迎，那位主动提供一座房子的富商也对他们寄予厚望，热切期盼。嗯，船长的确说得没错。随着行船缓缓靠岸，他们已经看到那位商人亲自站在码头迎候。由于此人的关照，远征队非常顺利地通过了海关。他带着他们来到那座石屋，并交代说这房子他们可随意安排使用。没多久，一位信使送来了一只肥美的活绵羊，说埃米尔·法尔汉交代了，这羊就作为见面礼；另有附信一封，再次嘱托他们，把自己当作他的上客就好，莫要见外，伊玛目[1]领导下的这个港口城市非常欢迎他们，想住多久都可以，并且绝对保证他们的安全。由于这一行人的各种炊具都留在了船上，那位商人就安排人给他们送来一顿非常丰盛的晚餐。在吃了那么长时间的椰枣和“高粱面包”后，面对这些美味，他们自然是大快朵颐。此外，无论酋长还是商人，都主动提出要代他们向那位船长付钱，即乘坐“塔拉德”从吉达到卢海耶所需的费用。尼布尔不是那种习惯于索取的人，身为远征队的财务负责人，他只是好言谢绝了对方的盛意。但他在日记中却也忍不住问自己，若阿拉伯人的旅行团队像他们这样到了欧洲，不管是到了欧洲哪里，是否也能得到当地人民这般程度的友好对待呢——那位声名显赫的阿拉伯人如此热情地款待他们，实在是令腼腆而客气的天文学家十分欣慰和感动。“相对于埃及，我们发现这里的阿拉伯人不是一般地好客和周到。这当然令我们心情舒畅，特别是本地人从一开始就这样彬彬有礼地接纳了我们，而这儿又恰恰是我们最主要的远征地。”抵达卢海耶的第一晚他在日记中如是写道。

然而一夜过去，他们听说海关扣留了一些大木箱子——这些木箱就没有被伊斯梅尔·萨利赫带到穆哈去——遂担心海关再出于对那些仪器的怀疑而展开仔细搜查，不过好在埃米尔·法尔汉亲自赶到那里下达指示，所有木箱不许拆封，直接寄往欧洲。事

[1] 伊玛目（Imam），伊斯兰教领袖头衔，这里指在也门首都萨那执政的伊玛目。

实上这位酋长很想看看那些仪器，听听他们讲解、演示该如何使用。他们看出他有这一层心理了，便从木箱里取出一些他们觉得他会感兴趣的新奇物件儿，接着，一些颇有地位的阿拉伯人也围上来一探究竟。福斯科尔就拿出他的放大镜来，向这些阿拉伯人解释其用途。此一情节，尽管作为主人公的他在日记中只字未提；然而，尼布尔却又一次“慧眼识心”，嗅得出彼时情境下的那种喜剧味道：“眼下福斯科尔先生要求海关工作人员给他弄来一只活的虱子。很明显这个要求一提出来，他们就不大乐意接受了：怎么个意思这是？这个欧洲人想什么呢，难不成我们身上就应该有这种东西么。然而等到他承诺会给他们一些斯托伊弗[1]作为找来这种生物的报酬时，情况立即发生了质的变化，有一名工作人员连忙表示他可以贡献一只出来。哈，没有什么事情比看到这个巨无霸虱子更讨酋长欢心了。接着，在场的其他人也都轮流着仔细观察了一遍。最后也轮到了那个贡献虱子的海关工作人员。但此人看到后却愤怒地赌咒起来，说什么他从来没见过阿拉伯虱子有这么大个儿的，放大镜下面躺着的这只巨无霸必定是一只欧洲虱子，绝对的，错不了。尽管一口咬定如此，但他还是对同事显摆自己有多幸运，只用了一只普通得不能再普通的虱子，就让某个欧洲人足足给了他 4 个斯托伊弗。于是消息很快便传开了，说我们不

---

[1]　斯托伊弗（stuiver），当时荷属印度尼西亚所产的一种银币，算是当时的国际货币之一。

是那种寻常的欧洲商人（偶尔从印度那边过来的欧洲人）。他们相信我们对虱子的研究兴趣远远超过对阿拉伯人的。然后第二天就有个人特地来拜访我们，给我们带的虱子整整有一把那么多，声称每只只要 1 个斯托伊弗足矣。”

不过总体来说，福斯科尔放大虱子也就算是一次预热吧，现在则轮到尼布尔和他的星盘了：“在我们展示的所有东西中，卢海耶的这些阿拉伯人最感兴趣的，便是我的天文望远镜了，因为通过它看到的所有景象都是倒置的，这简直令他们叹为观止。我让他们对准远处的某个正在穿过集市的女人。他们吃惊得哟，眼珠子都要瞪出来了：为什么看到的这个女人可以在空气中行走，但她的裙摆却没有落下来？这奇观令他们情不自禁地欢呼道，‘Allah Akbar’（真主至上）。这里的每个人都很欢喜我们这些神奇的外国人来到了他们的城市，同样，我们也感到非常愉快，能够在这个国家遇上这么好心善意的本地人。”

接下来的这一天，便轮到克拉默医生来秀一秀他的看家本领了。毕竟在仅有的那则“谣传”中，这支远征队可是有一位医生的，何况卢海耶差不多得有一半的居民身体都不太健康。克拉默尽量通过苦口婆心的方式来给他们治病，但没多久，这些病人就提出要更强效的药物。迫于无奈，这个丹麦人就不得不采取了一种极端方案。他本意是希望看病的队伍能因而有所缩减，结果呢，恰恰相反，比之前多了去了。尼布尔写道：“不得不说，能让克拉默医生一下子如此名声大噪的，也就只有泻药了。他给病人开的是‘巴斯 - 卡提卜’（bas-kateb），这种药的强效力可谓上下都给你通个透。按理说那些病人的身体反倒应该更虚弱了，但是对于阿拉伯人而言，他们为了尽可能地让身体变强壮，反而会更喜欢这种类似于泻药的药物。后来的情况，便是寻医问药的人们鱼贯而入，开口就要这类强效力的药粉。最后我们所有的巴斯—卡提卜都给他们要光了。”

如此一来，在他们刚到卢海耶的这段日子里，一个个好奇的阿拉伯人让远征队的住处门庭若市。这些人即便都很有礼貌，但也还是给欧洲人出尽了难题。他们总是把所有事物都看得不同寻常——明明有时就是很稀松平常的事。到后来，尼布尔只好找来一个门卫在那儿把守着，传令给访客，要是没有一个明确目的或正当理由的话，就不让进门。这招果然奏效了。克拉默终于可以把泻药放回货架上，转而满怀热情地给他们那位富有的资助人看病去了；冯·黑文也拾起了自己那份——不太好界定范畴的——语言研究工作，他告知伯恩斯托夫“我所负责的语言学方面的研究情况还请您谅解，手头上实在是累积了这样或那样的资料亟须整理，因此考虑到‘成果’尚如此之不完善，自然也就不能这样堂而皇之地寄回祖国。对此，我必须花时间进行细细考究。同时我还在思索一个问题，即语言学的研究精华难道真的就在这些收集来的各色资料中吗？这不禁令我心生质疑”。

实不相瞒，既然冯·黑文愿意花时间深思这类问题，那远征考察的重任就又像过去那样落在了尼布尔和福斯科尔肩上。尼布尔对这座城市展开了一系列的考察记录，包括历史、地理位置、环境特点、贸易等各方面。他每天都在闹市区里逛啊逛，在那些布满灰尘的茅草屋和弯曲街道之间走走停停。其间的那些木匠车工等都坐在地上，忙着给自己的木质手工艺品作进一步抛光加工，彼时阳光俯冲下来，撞在上面闪了个趔趄，遂决定识相地俯首称臣，把光芒奉给这些耀眼的作品。没有人会恶意干涉妨害尼布尔的工作，这真是第一回，他不用冒着自己可能被攻击的危险，可以放心使用星盘和罗盘。卢海耶地图是他到目前为止绘制得最为精确的一张，同时也为他后来绘制的那张非常有名的也门地图打下了基石。

在这样可喜的工作环境下，福斯科尔找回了那个孜孜不倦的自己：他在吉达时的那种虚弱无力感已经消失，眼下在卢海耶的这个福斯科尔甚至要比以往任何时候都强。他在日记里再次写满诸如计量单位、货币、汇率、货品价目等各种内容。他调查了这个城市的历史，发现过去这里经常会遭遇来自沙漠敌对部落的侵袭，城市也一次次遭遇焚毁，于是原住居民就逃到了近岸的岛屿上，在那里他们是安全的，因为他们的征服者没有船。除历史外，这里的“法律体系”也勾起了“全能学科[1]博士”的研究兴致。他

[1] 全能学科（philosophy），即（包含自然科学在内的）哲学，除医学、法律、神学外的所有学科。

非常震惊竟然还有血债血偿这样的“复仇”规则。也就是说，如果你是一个背着几条人命的杀人犯的亲属，即便你没有参与杀人的过程，你也会生活在时刻可能被杀害的隐患之中，因为那些死者的亲属会为他们报仇，你就得血债血偿。这规则确实残忍，却已约定俗成，相形之下，还是印度榕树[1]更讨福斯科尔的欢心。城中也住着一些信奉此树的人，他们都有一颗菩提心，莫说杀人了，连一只蝼蚁都会放生，因为他们相信肉身死后灵魂还会一再轮回转世。福斯科尔在日记中记录，这些人买来活鱼后会到海边放生，但他们却不得不付给渔民两倍的钱，因为后者十分清楚他们信奉的是什么。

回归老本行，自然是植物学占去福斯科尔的绝大部分时间和精力，就像在开罗时那样——但不同的是这次远征队里只有他自己这么做——他从卢海耶出发踏上了各种长途短途的旅行考察：最开始呢，就当是试验吧，他先到了附近的纳曼村，紧接着就往更远处的库德米行进，到后来他都走到穆尔去了，那里是沙漠尽头，紧挨着也门富饶的边境地区。接连数日，他就这样骑着驴子周游前行：经过成片的种满蓝草[2]和罗勒[3]的田野；循着泥路穿行

[1] 印度榕树（Indian Banyan），即菩提树。

[2] 蓝草（indigo），即能产生靛蓝的植物。凡可制取靛青（靛蓝）的植物，均可统称为“蓝”。

[3] 罗勒（basilherb），为药食两用芳香植物，味似茴香，全株小巧，叶色翠绿。有疏风行气，化湿消食、活血、解毒之功能。

在珍珠粟[1]田里，那些谷子长得和他一般高，都快熟了，有位农民就坐在田里的一棵垂丝柳下，正厉声呵斥着，驱逐那些想吃谷子的鸟。这里没有人会试图去威胁或攻击他。福斯科尔——就像他给林内乌斯信中所言——“在这之前，总是一边进行着植物研究，一边不得不屈服于强盗的淫威之下”，而现在好了，那些顾虑忧患彻底远离了，在也门这般安详平和、毫无妨害阻挠的环境下，他终于可以深入展开植物研究，就像在他的故乡瑞典一样。等他返回卢海耶时，光是新的植物标本就带回了100多种，这自然让他对当地人民的美好品行赞不绝口。

其他人也交口称赞。这个国家的确有它不同寻常之处。在他们远征的漫漫长途中，没有哪个地方的民风可以和这里的友善亲和相提并论。即便是在当下冬夜里，于外面的小庭院中闲坐，他们也会觉得此时此地的温柔冬夜比斯堪的纳维亚的夏日都要暖和舒适，是当地人善良美好、乐于助人的德行使然。对此，远征队每一个成员都有着深刻的切身感受。从日记中便能清晰感受到，他们此时已生发出一种和谐而统一的氛围感。那种祥和与平静环绕着他们，使之冰释前嫌，温暖如春光般发散在每个人的心田。是啊，两年的时间已经过去，他们彼此之间也已知根知底了，谁还没有缺点弱点呢，但都在天长日久的相处中，或遗忘或原谅，

[1] 珍珠粟（pearlmillet），又名蜡烛稗、御谷，主要分布于南亚和非洲的谷物。原产非洲，史前传到南亚，魏晋时传入中国。

或习惯或包容了。他们历经万难，现在终于来到了这个国家，来到了此次远征的目的地。这里让他们觉得自己像是被期候已久的客人，又如山河故人般，有一种宾至如归的感受。最后，他们仿佛抵达了自己理想中的故乡。卡斯滕·尼布尔写道："在卢海耶，可以说是万事胜意。博朗芬先生和我也把小提琴拿了出来，傍晚时分我们两人就拉上一段二重奏。"我们眼前不禁浮现出这样一幅画面：庭院里，暖柔的傍晚夜色，星点初上，地面沙土若毯，尼布尔与博朗芬立于其中，根根蜡烛掌在临时找来的烛台上，与坐在土板凳上抽着烟管的其他人一起，静静欣赏那两位的二重奏。在这些个寂静的夜晚，在这个遥远的阿拉伯沙漠城市里，在这些低矮的土泥墙间，他们演奏的什么音乐？泰勒曼[1]？维瓦尔第[2]？巴赫？我们无从知晓。只知眼前这一切太美好了，不是吗。就好像昨天他们还在激烈争吵呢，转眼就拥有了幸福与恬静。何曾想过来去迅疾。转眼拥有，转眼即逝。始料未及可以是喜悦，更可以是悲痛和沉重——仿佛就等在明天。想到终成一梦，不禁觉得眼前这一切，实在太美丽。

除了我们耳闻目睹外，彼时尼布尔和博朗芬的奇妙音乐也传到了他们四邻耳中，还传到了安静的街道上，令过路行人清晰可

---

[1]　泰勒曼（Telemann，1681—1767），德国作曲家、风琴家，处于巴洛克时期与古典主义时期之间的过渡阶段，是当时德国最重要的作曲家、管风琴家。

[2]　维瓦尔第（Vivaldi，1678—1741），意大利神父，巴洛克音乐作曲家，小提琴演奏家。

闻。随即城中传言又起，那些身怀绝技有着十八般武艺的外国人，甚至还能奏出闻所未闻的奇妙音乐呢。一位年迈的富商听说了这事儿，便差人送信给远征队，请他们带着小提琴到府上为他演奏一曲。然而，尼布尔和博朗芬不见得这么想去。他们深知这些音乐在他们眼中是极好的，但在穆斯林那儿却不见得会得到这种认可。因此，他们就婉拒了那位富绅的邀请。结果过了一阵子，富绅反倒不请自来了。然而他身体虚弱到了极点，都不能走路了，可他实在是太想和欧洲人说说话了，他想听听他们的音乐，所以他决定骑上驴亲自登门拜访，眼下已经来到他们住处的大门外，等在他的坐骑上，两边各有一个仆人扶护着。远征队成员当即请他快快进来。尼布尔和博朗芬点好蜡烛，为他演奏了一曲曲凄婉动人的音乐，因为他们知道阿拉伯人更容易接受认可的是严肃悠扬的乐曲，而不是明快流畅的。曲罢，贝里格伦端上了咖啡，接下来便是交流畅谈的时间。他们说起欧洲和东方，说起基督教和伊斯兰教，到后来这位老人便开始讲起自己的人生经历。

这一段尼布尔在日记中有所记述："他从未有过明媒正娶的妻子，但他夸耀自己剥夺了大量女奴的处子之身（如果我没记错的话，是 88 个），得到后遂即将女孩嫁出去，或是还她们自由身。停顿了一会儿，他又继续说道，现在他府上又有两个新来的女奴，年轻又漂亮，所以他真的非常想和之前那样享有她们的处子之身。接着他便向我们的医生提出了一个至关重要的总结性要求，希望托医生妙手给自己回春，让他再度雄霸床笫之间。”

从尼布尔的日记中我们可以看出，在卢海耶这已经不是克拉默第一次面临这种尴尬的难题了。尼布尔继续讲道：“卢海耶还有一位富商也面临着同样尴尬的境况。看样子他应该在50—60岁，给我们医生开的价是100国家银行达勒。只要他能帮他重获力量，哪怕就每个只尝一次，一次就够了（因为一直以来，他的两个年轻女奴什么办法都试过了，但就是徒劳无功）。可是呢，这位富商其实已经找过不少‘英国神医’，也试过各路神药，所以结果就是他的体力精力已经耗得可以了。因此我们的克拉默先生便也只是爱莫能助、无力回天了。”

卡斯滕·尼布尔在讲述这两位绅士的困境时，是潜而不露的讽刺态度。然而克拉默的看法，或许与他大相径庭呢。他并不觉得讽刺。相反，他倒是蛮开心的：这地方所有的病人竟然都面临着同一种困境，天呐！多好。对于一个年轻而又相当不爱工作的医生来说，毫无疑问开心还来不及呢——在这个地球上哪儿还能找到病情如此整齐划一的国家？找不到的，只有阿拉伯菲利克斯有。而他如今真的来到这里了。

不只是克拉默，其实大家都有这种实实在在的美好感受——尽管各成员内心欢喜的原因不尽相同。莫说尼布尔和博朗芬奏小提琴以伴良夜，就连难以取悦的冯·黑文当下都感到知足了。他在给伯恩斯托夫男爵阁下的信中写道：“作为欧洲人来到阿拉伯菲利克斯，他们对我们体贴周到，彬彬有礼。就连这里的普通人对我们也是很有好感，也很和气（完全不是那种粗野蛮横之刁民）”。也是同一天，他在给尊贵的莫尔特克伯爵阁下的信中写道：“翻山涉水，我们终于抵达阿拉伯菲利克斯。这片土地秩序井然，当地的阿拉伯人不错，我们在这儿受到了前所未有的欢迎及接纳，与他们之间的相处也很和谐融洽——比起埃及和那儿的阿拉伯人，当下真的是好了不止一两分。”要说是真的对这个新国家百分百心满意足的话，其实上面两段陈述的表达力应该再强点才是。但我们也应表示理解，毕竟冯·黑文是百般挑剔的冯·黑文。同时，我们也清楚这个教授是多么容易神经紧张胆小怕事，多年来为了拖延行程，他也是各种借口托词都试过了，甚至可以的话，他都可能让这次危险的远征直接半途而废。然而在写给伯恩斯托夫和莫尔特克的最后两封信里，他的语气口吻已与过去截然不同。他不再费尽心思去揣测设想种种不可能，不再回避对阿拉伯菲利克斯的探索考察。他甚至声称自己想要在这个国家待上两年时间。

如果说侍从贝里格伦在此之前一直是整出戏剧中默默无闻的工作人员的话，那么现在我们就可以看到他也从幕后走到台前来了，因为在卢海耶那段时间里，他也是颇有成就的。彼时那位酋长的马儿生病了，病得还不轻，于是克拉默医生就一直持续不断地给它们治疗。也就是这段时间，贝里格伦介入其中。他根据自己当年跟随那位骑兵上校在普鲁士作战时期获得的经验，将那些

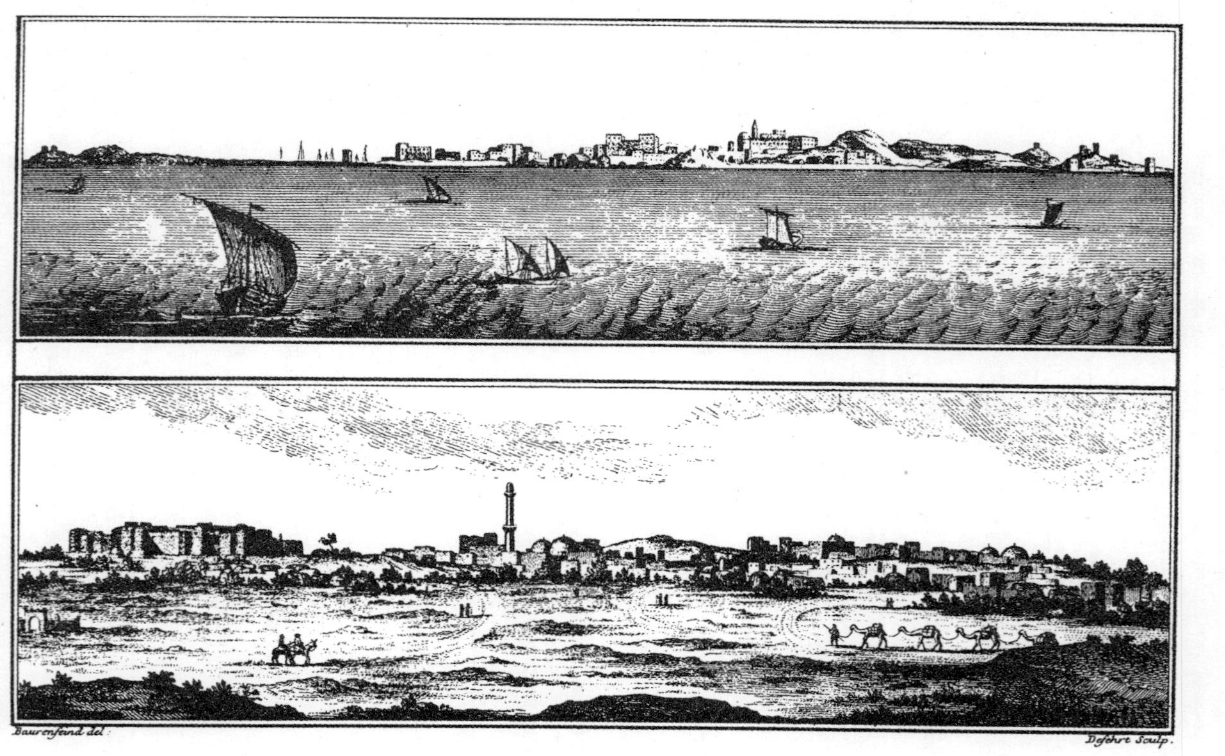

卢海耶和拜特费吉赫的风景

马儿都给治好了。酋长大悦，热情的称赞收都收不住，原来丹麦远征队是有两位医生——贝里格伦和克拉默——两位同样出色，都是妙手回春啊！

看过了他们的种种感受。既然如此多的证词证据都指向了同一个方向——此地带来的强烈幸福感——那么有关“福地”的传说还是有其可取可信之处的。现在我们大概能够推测出，应该是在1763年的2月中旬，丹麦远征队已经又在为起程做准备了，这一次他们要穿越帖哈麦沙漠前往拜特费吉赫。等到那时，他们便将正式开启——人类有史以来——对也门的第一次探索考察。等到那时，远征队成员已经没有人再为“阿拉伯菲利克斯”这个名字的意义而困惑了，因为所有的一切似都在表征或暗示着，这个国家，确实是人世间的一片福地啊。

只是眼下有一件事情还没办妥。即作为告别礼物，给埃米尔·法尔汉送什么好呢。后来远征队成员一致同意，那就给这位赞助人兼保护人送一块手表吧。不过他们嘱咐他得妥善保管此表，就像爱惜他从他们那里借来的那台望远镜一样。作为回礼，埃米尔·法尔汉重新提出要为他们支付去往拜特费吉赫所需的骆驼和驴子的费用。然而同上次一样，财务负责人还是谢绝了这份好意，他说他们虽身处阿拉伯地区，但真的不需要靠当地人出钱来维持生活，他们还没到那个地步。过了一天，埃米尔·法尔汉派来的信使出现在大门口，求见冯·黑文。信使手拉缰绳，牵着一匹俊美矫健的白色阿拉伯种马。冯·黑文行至门前，不禁心生惶惑，由人看向马，再由马看向人，反反复复不得其解。这是，怎么个意思？就在此时，信使向他弯腰鞠躬，幅度之大，头都要触到地面了：埃米尔·法尔汉大人送上关切问候，一点薄礼不成敬意，恳请冯·黑文先生收下这匹马，让它伴随你去。这份心意是酋长大人敬献给丹麦国王陛下的，还请你代为送至陛下马厩之中。

4

城中有富人，富人有宅邸，又有骏马与女奴，问题自然多。这说的是城中，不是阿拉伯沙漠。沙漠里没有宅邸，没有富人，也没有属于富人的麻烦。住在阿拉伯沙漠里的人们都是日出前就早早起床了，那时天刚拂晓，要过很长一段时间太阳才会出来，温度才会升到如火中烧的程度。因而对于他们来说，这段时间——天色微亮却不会觉得很热——非常宝贵，要充分加以利用。在这样的清晨时分，一个阿拉伯人在他的营帐前生好一堆火后，便蹲下来，开始找火柴，点火，一边抽烟管一边等那冲咖啡的水烧开。等咖啡好了以后，他就倒到一些小杯子里，端给周围的人。他供应的咖啡真是小小杯呢，一口就喝没了。于是大家喝完以后把杯子递过去时，便还会再得到一杯。这是殷勤的待客之道，是一种约定俗成的规矩。如若给人端一杯满溢的咖啡，则是有失礼节的，就好像在表达这样的意思：给你，快喝吧，喝完了就可以走了。当然不能这样，喝咖啡的事儿可不是匆匆忙忙的，那一口喝完了，手上空杯了，也不能立即再要一口，得坐上一小会儿的，再把空杯递过去。就这样，很长的一段时间也在不知不觉间过去，地平线那儿透着一线光亮，太阳开始露出一点点边缘，起初只是紧紧附着在天边尽头，继而俯仰之间便腾空而出，万丈光芒迸射。太阳升起来了。然后就没有然后了。没有鸟儿的鸣转啁啾迎接新一天的到来，没有树叶随风摆动的沙沙声。有且只有人的嗓音，是打破万籁俱寂的第一声。沙漠令人生出万事万物仿佛从生活中撤退了一般的感觉，简洁明了，一览无余，让人的生活也变得如此清晰可见，历历分明。是的，沙漠广袤而浩瀚，沙漠的那边仍旧是沙漠。寂静中，人只听得到他自己的嗓音，和他走在暖热沙土上的脚步声。所以可听到的声音很少，并且就像他自己感觉到的，连这点声音也是转瞬即逝的，基本上与荒无人烟没什么区别。但是，沙漠里的这些阿拉伯人却对微小事物深感知足。他们就生活在这里，喝着自己的咖啡，就算每次只喝一点也乐此不疲。他们觉得自己作为命运的客人，就算他们伸出杯子时命运没有给倒上满满一大杯财富，他们也不会觉得不公道。然而在这一点上，命运却没有他们那种殷勤的待客之道。命运倨傲无礼，仿佛对他们视而不见，不闻不问。在沙漠里，除了贫穷，再也找不到其他可以定义生活的词语了。

这就是那里的世界和那个世界里的生活态度，这也是远征队成员即将面临的。1763 年 2 月 20 日，向着南方出发的他们，要穿过前方广阔无边的帖哈麦沙地平原。至于弗里德里克五世的阿拉伯种马后来怎么样了呢？很不幸，没找到与之有关的记载，但它确实是没有随同他们所在的商队一起前往拜特费吉赫，因为大家一律骑的是驴子。但行李是用骆驼运载的，然而骆驼走得比驴慢，所以每天清晨都得把它们预先送走。夜晚呢，远征队都是在小村子里留宿，每到一个村里，那儿都要为他们宰一只山羊。这是埃米尔·法尔汉吩咐的，他们刚一到那儿，向导就会传令给村里的农民。而农民只得乖乖献上羊羔，却不能向他们要钱。但是每天晚上，尼布尔都会悄悄地施舍给主人一点钱财，算是尽己所能。没错，他的人生确实已迈向整个世界，但这也不至于令他忘本，一只山羊对于北弗里斯兰地区沼泽湿地的一家农户来说意味着什么，他心里估量得出。

为了尽可能地路过更多村子，也为了让福斯科尔能有机会进行植物学的短途考察，他们就放弃了那条经由迈拉维阿直接穿过沙漠的路线，转而选择了从加纳米沿着山脉行进。所以一直到了 2 月 25 日，远征队才抵达拜特费吉赫。他们得到这里的海关处去拿行李，此外还得给安巴尔·赛义夫送去一封介绍信，此人算是当地的一位商界领袖——就像卢海耶的赞助人那样——会带着最细致最周到的盛情接待远征队。他着即安排了海关行事，他们的行李遂不必拆封就通过了安检，并被送到一座石式建筑里——他租给远征队的住处。紧接着就要到晚饭时间了，而他们又来不及现拆行李安设用具，于是他便邀请他们到自己府上用餐。一切进展顺利。一如既往，他们依然保留初到阿拉伯菲利克斯的感觉。

拜特费吉赫的这座沙漠城市，是这一整片沙地平原上的贸易中心。这儿距离三角形各顶点——卢海耶、穆哈、萨那——都是大约 4 天的路程。商贩们先向内地走上一天，抵达咖啡小山群，接下来的一天半时间要朝反方向行，把咖啡带到荷台达[1]港口的近海地带。因此在拜特费吉赫这里，会有咖啡贸易商们特地前来购买咖啡，他们来自汉志[2]、埃及、叙利亚、土耳其、摩洛哥，甚至是来自波斯和印度。看得出贸易繁忙吧？可这个城市距离富裕水平却还差得远呢。尽管常有咖啡商贩的骆驼队伍从街道上经过，但那些街道都是尘土飞扬，狭窄逼仄，大部分居民住的那种茅草屋子就随意散乱地分布在那儿，只有很少一部分人住的是石屋。市场上，只能找到最基本的主食，饮用水也非常短缺。

所以对于远征队来说，不过是由于这个地方的中心地理位置适合，他们才把这里定为总部。因为以拜特费吉赫这里作为出发点的话，成员们就可以在同一时间朝着各自特定的方向，来展开

[1] 荷台达（Hodeida），濒临红海东南侧，也门主要港口之一。
[2] 汉志（Hejaz），中文又译希贾兹，是沙特阿拉伯王国西部沿海地区三个行省（塔布克省、麦地那省和麦加省）的合称。因其辖区有伊斯兰发祥地麦加和麦地那而闻名于世。

他们对阿拉伯菲利克斯的这场探索考察之旅。冯·黑文和克拉默一路，他们负责前往荷台达港口；福斯科尔则往东部去考察咖啡小山群，那里的植物群落极为丰盛；卡斯滕·尼布尔就以拜特费吉赫为主要根据地，深入沙漠展开一系列长途侦查，为他所要绘制的那张宏伟的也门地图来系统地收集各种信息。

其实这项浩大繁复的制图工程自他从卢海耶出发后就已经开始了。测绘工序还是那一套，就是当初他和冯·黑文去西奈半岛的行途中他所试验的办法。就是通过跟着驴子徒步丈量的方式，他再一次确定出半小时时间里所走过的路程——平均下来是1750个复步。依据这一点，他便可以算出自己行进的速度，如此一来他就只需要记下经过两个地点的时间，进而转化为复步的数目，再化为英里，从而便确定出两地之间的距离了。另外，通过袖珍罗盘仪他确定了路线的方向，只是这个小仪器无法精确地测量出角度的变化。不过也有它好的一方面，因为他会更频繁更认真地进行观测，从而就会留心到一些不容易被观测到的细微之处。每当他环顾四围，这片坦荡荡的沙漠就像是一个连绵不断的大圆包围着自己，每一处都可作为一块坚实的根据地，他希望能用自己的星盘测出这里的太阳高度角。到了傍晚，他除了记录下白天的观测数据之外，还会修正之前所作的路线测量。也就是说，他会借助星辰作进一步的天象观测，从而计算出小罗盘测量的误差——在这个地区他得到的结果是西经11°50′。

他就这样日复一日地跋涉、观测。如同将巨幅拼图一块块找齐，摩天积木一块块搭起，最终他终于成就了那张也门地图。这是一张先锋派杰作，是随后的一个多世纪里欧洲人进一步探索考察这个国家所凭借的依据。多年以后，当两位伟大的英国探险家——哈里斯和帕尔斯格雷夫——深入这片地区考察时，鞍囊里装着的就是他们随身携带的这张由尼布尔绘制的也门地图。哈里斯在他的《也门》一书中写道："尼布尔所作的努力和成就，其价值可以说是无可估量"；帕尔斯格雷夫正好是在丹麦远征队出发的一个世纪以后穿越了这个国家，也曾在其远征一书的扉页献词里写着对尼布尔的怀念，"他是为欧洲打开阿拉比亚（Arabia）世界的第一人"。

不得不说，前面从卢海耶出发的那一程，放到这张要绘制的地图上，也就只是一段线条罢了。眼下在拜特费吉赫，这项工程才算真正开始了。一连数月的时间里，尼布尔得经常骑着驴子到这儿到那儿，当然了，不管去哪儿都要深入远处的沙漠地带。而帖哈麦沙漠里热不可耐的高温，决定了他基本上都得等到夜晚降临后才能进入其中。但是话又说回来，天都黑了还观测啥呀？于是尼布尔和他的向导便决定彻底放弃这项舒适——转而利用那流金铄石的白天时间。接下来，他们就有很多个夜晚都在沙漠里度过：诸事从简，索性是披风一裹，席地而卧，彼时夜幕低垂在眼前，仿佛要给他们再披上一条被毯。另有一些晚上，他们就睡在那些个贫穷的咖啡小茅舍里——当地人称其为“莫卡亚斯”：那儿有饮用水可供过客补充，还提供一种小小的“基什尔”——一种用咖啡果的外皮制成的茶色饮料——用一种很大的无釉陶杯盛着小小一份。不过也有特别幸运的时候，当时他们曾找到一所叫“迈乌萨利”的大型旅馆。里面住了很多旅客，房间里打通铺，睡土炕，大家你挨我我挨你，彼此拥挤着分享那烟雾缭绕。餐饭供应的是新鲜出炉的“高粱面包”，还有鲜牛奶，不过这牛奶之浓稠，若一不小心手指沾了一下，是可以拉出一条长丝线来的。

在那片不变的夜幕之下，在那片不变的沙地之上，时间一天接一天地过去。那些盖有小茅舍的村子，还有茅舍旁拴着的驴儿。那些戴着面纱的女子通体一色，看起来就像是在城外围用来制靛蓝染料的大缸里充分浸泡过一般。阅读尼布尔的日记，我们可以看到他每一天的行踪与见闻——虽然绝大部分都是平淡无奇的琐事。比如有天夜里，已经是午夜过半钟了，他们进到一家咖啡小茅舍，“除了看到一个年轻男子双手双脚都是六指之外，这里乏善可陈”。村民们基本都长一个模样，他们身后的驴子叫哼声也是一样。只有名字和日期是在变更的。到了 3 月 7 日，尼布尔头一回离开了拜特费吉赫，他要考察沿海地区的村庄——顺道考察加利夫卡——那里种有很多枣椰，树下散乱地分布着二十来座渔民住的茅草屋。在荷台达，他遇到了冯·黑文和克拉默，眼下这两位的生活状态就是陪着当地的有钱人们消遣娱乐。“由于并不想中断行程而去完成那些纯粹是仪式性的拜访”，尼布尔遂觉得走为上策，于是他第二天就取道马什富尔返回拜特费吉赫了。在这两天后，也就是3月11日，他又在路上了。这一次的行程是经由迪姆内去泽比德。沙漠里的春天到了，河床谷地间随之积聚了一点湿润气息，因而开起了一层小花覆在上面，不过不仔细看的话看不出来。穆斯林也开始给墓地里的墓碑涂上一层新石灰。在一个村子里，他数了数大概有6000多个盛满了靛蓝染料的大缸。随后他又返回拜特费吉赫了。到此时，城市西南方向的山地已经考察完毕，于是3月19日他便动身去往北方的卡哈迈。测量、计算、做记录，他似乎看到那幅地图正慢慢成形。毫无疑问，他如此频繁的长途骑行贯穿了帖哈麦的整个春天，这个春天也是他自哥本哈根出发以来度过的最美好的时光。他全心全意地沉浸在自己的工作中。他的喜悦就在这系统而不受干扰的持续劳动中，在独居而简单纯粹的生活里，就像那一片沙漠一样广袤无垠。这喜悦如此丰盛，有时候令他禁不住也想破例一次，在日记里，在连篇累牍的日常观察记录中，插入一点对自我精神面貌的描摹——我们也是第一次看到一个更立体更生动的卡斯滕·尼布尔——以下便是他在阿拉伯菲利克斯的第一段幸福快乐的时光：

其实我每次考察之前，也没有多么细致地进行准备。我雇了一头驴作交通工具，鞍囊里再带上几件衣服和几本书，行头的话无非是一条头巾、一件无袖披风、一身阿拉伯长袍、几条亚麻裤子、一双凉拖。虽然在这儿并不需要担心会有强盗袭击，但毕竟人在旅途，总归还是得带上点防身武器的。我呢，是给自己挎了一把马刀，腰间别上一把手枪。我的驴夫——同时也是我的向导和侍从——是靠步行跟随我赶路的，所以他的武器除了那把马刀外，还有一把铲刀和一张盾牌。另外，我还带了一块旧厚毛毯，白天就用它充作驴鞍坐垫，傍晚时就既作桌板又作椅子，等到了夜里就权当是我的睡铺了，那件大披风——阿拉伯人都是穿在身上当防晒服的——刚好用来作盖毯。当然，作为生命之源，水也是必不可少的，就灌上一陶罐儿的，钩在鞍座上捎挂着。阿拉伯人的话，还得余外带上一件必需品——“海德雷”，也就是烟斗子，会装在一个小皮革包里。但此一项我想我就免了吧（之前也不是没让自己尝试过，我是真的享受不来也习惯不了那种烟草）。不过，我试着以阿拉伯人的生活方式——不用刀子叉子勺子——生活了有一段时间了。相信我，如果一个人习惯了这种生活方式，带着对此知足的态度踏上他的也门之旅，那么就算是到了晚上，他也许只能在咖啡小茅舍里买到一点干巴巴的高粱面包，他也还是会觉得很快乐，他会深感满足和幸福——就像我一样。不可否认，确实是越有能耐的阿拉伯人旅行起来也会越舒适。但这种情况不仅是说他会带非常多的钱上路，更是意味着他必得忍耐很多的恼火麻烦事儿，因为他还带了那么多的侍从仆人呢。再说了，一个有钱人行在途中根本不安全，哪像一无所有的人，可谓省心极了。”

在尼布尔看来，沙漠的人类生活仍是未曾变改的贫穷。既然一无所有，那么无名之辈，何乐而不为。

5

当尼布尔展开他在帖哈麦的长途侦查时，福斯科尔也已深入——拜特费吉赫出东边（距其一天行程）的——咖啡小山群内部地带了。和尼布尔一样，他也觉得1763年的3月是他在整个远征过程中最为幸福快乐的时光。这段时间里，他也有一个阿拉伯向导和他一同前行，他们一连数日在哈迪耶、布勒古斯、穆卡贾、库兹马等地的村子里长途跋涉。这些地区的气候，相对于灼干焦躁的帖哈麦地区而言，还是相当温和舒适的。一年多以来，福斯科尔一直在那几乎称得上是不毛之地的沙漠国家进行植物学研究，现在他终于发现了非常丰盛同时也极为稀有珍贵的植物群落。这里的山林繁盛茂密，成群连片葱葱覆盖，他在其中一处凉爽的山谷地带找到了蕨草、幽兰，还有一些是他完全不认识的植物。所到之处他都能闻得到咖啡种植园里的强烈花香，是呢，眼下正是咖啡树花开得热闹的时候。

期间他也回过拜特费吉赫几次，不过都是短暂停留。有一回听他说起他考察的那个地区有多么精彩纷呈不可思议，博朗芬和克拉默便决定要和他一起去那儿。对于一直都是非常勤勉的博朗芬而言，那些山间农舍和咖啡种植园自然给他带来了一系列的绘画素材。至于那段时间的克拉默，我们翻看有关资料——尽管他们没有明确具体的记录，在福斯科尔展开一系列短途考察时他都陪在身边，非常尽心尽责地帮助收集那些奇花异草。由此可见，彼时两位教授的工作配合已非常密切。也就是说，克拉默其实并不是一个糟糕得一无是处的助理。话说到这儿，又不禁想起曾经的那个福斯科尔，在哥本哈根怒火中烧，要与克拉岑施泰因决一雌雄……不得不说，那时他的暴烈与极端，而今似盐溶于水，真的已经化解彻底了。

所以这也难怪尼布尔从卡哈迈回来时，发现拜特费吉赫的大本营竟然空了，他们一并都去了咖啡小山群。就连冯·黑文都觉得，自己不妨也跟着去吧，反正不远，况且能和福斯科尔、博朗芬、克拉默彼此作伴一起行动，多好呢。这下尼布尔也等不及了，刚回来还没坐热乎，就再一次扳鞍上驴，快马加鞭地赶到那里，和他的伙伴们共同度过了一段期盼良久的假期生活。那儿的阿拉伯人十分友好地接待了他们，不过就是有点好奇，这些欧洲人来了好多天了，既然不是为贩卖咖啡，那他们究竟要做什么呢？他们就无法理解了，为啥呢，这些人花费那么多钱来这儿，却没见他们获取一点儿收益，为啥呢——于是就有传闻说这些欧洲人是能自己造金子的：为什么福斯科尔一直在山林间穿行？他正在寻找一种极为特殊的药草，因为十分有必要对其进行批量生产。为什么尼布尔每天晚上都在研究浩瀚星海？因为他理解宇宙魔法的艺术奥秘……但是远征队没有在阿拉伯菲利克斯找到金子。他们找到的，只是平静与和睦。其实在卢海耶那会儿就能看出他们的相处较从前好很多了，如今在这片富饶肥沃的山谷间，他们终于成为一个紧密结合的整体。从这一方面来看，不得不说此处堪比人间天堂。整个远征队这么久以来，可是第一次共同参与一场短途考察呢，并且为的也不是别的，就是喜欢伙伴们在一起努力的快乐。

真是闲处光阴易过，倏忽间已再次返回拜特费吉赫了。尼布尔也得继续他的地图测绘工程，目前来看，他还需要测量的地区，正是位于当前城市东南方向的那片。于是他向福斯科尔提议，他们两人应该一起作一次长途考察，前往塔伊兹[1]，这个城市位于拜特费吉赫东南方的那片山区，从这儿出发大约要五天行程，到那儿以后，距离穆哈的东北方也就只有几天路途了。他们此行主要是穿越山区地带，那儿的方言和咖啡小山地区的比较像——福斯

[1] 塔伊兹（Taiz），也门西南端高原地区峡谷低处的一座山城，是塔伊兹省的省会，第三大城市。

科尔差不多已经掌握——但这两种方言和帖哈麦地区的大不相同，于是尼布尔希望能有福斯科尔陪同前往。福斯科尔当即就答应了他的提议。他们雇了两头驴，于3月26日离开了拜特费吉赫。从这儿到塔伊兹要经过乌登和乔卜拉，是很长的一段骑行路途。一路上福斯科尔收集植物，尼布尔则继续进行他的地理拼图。他们还测量记录了每天所到地区的气温度数，这一点尼布尔在出发前也交代给博朗芬了。因此，他们依照这个办法获得了一组基础数据，这样一来就可以比较沙漠的不同山区的气候差异了。无论走到哪里，两人也都尽量让自己看起来不那么引人注目。他们都是沿着城市的郊边走，一般那里都会有市集，他们便会问询一些有关当地民族的问题，得到的回答有来自沙姆地区[1]的，当然也有从北方过来的——这些阿拉伯人对土耳其或希腊都有了解。他们俩都是有足够耐力的人，所以一日就能行很长的路途。太阳一出来他们便出发了，尽管日头灼烤着蜿蜒曲折的山间小径，但他们持续整整一天都在路上，只有等到夜幕彻底降临时，才开始为自己寻找一处歇脚的咖啡小茅舍，然而小舍也不好找，相比起来，竟还不如帖哈麦地区的多见。就算找到了他们进去以后也会发现，店里通常都只有他们两个客人。店老板就到最近的农户家里为他

[1] 沙姆地区（es-Sham），沙姆地区或沙姆（al-Shām），是阿拉伯世界对于地中海东岸的整个累范特地区（Levant）或大叙利亚地区的称呼，而随着历史的发展，所指亦有不同。

Baurenfeind del: I.F.Clemens.Sc:

咖啡山的女子

咖啡山的一名年轻阿拉伯女子，博朗芬画（该图是由克莱门斯制作并装裱的版画）。

二人的驴子弄点口粮，他们呢，就坐在店里吃晚饭：“虽然绝大多数情况下，吃的东西只有高粱面包（还是我们从前一天就剩下的），喝的就是一小杯水或‘基什尔’，但经过一天的长途跋涉之后，这晚餐尝起来无比美味，比我们在欧洲吃到的最好的饭菜都要可口。”尼布尔写道。

日子一天天过去了，这二人行途中也没发生很特别或是新奇的事件。但到了4月4日下午，他们遇上了一件激动人心的事儿。那时刚经过乔卜拉和塔伊兹，正在回拜特费吉赫的路上，他们像往常一样，一前一后骑着驴子沿石径前行，在高温的烘烤下他们也有点神志恍惚，四下里寂然，只听得见驴蹄子“嗒、嗒、嗒”在石子路面上的走步声。忽然之间，福斯科尔瞥见前方远处隐约有一抹奇异的亮色。就在他们继续前进了几分钟后，福斯科尔一下子反应过来了。那是一棵正值花期的树，繁盛茂密，就在不远处的路边小山坡上。福斯科尔遂即朝那儿飞奔了去，尼布尔一时没反应过来，还愣在路上，接着福斯科尔回头兴冲冲地对他喊着什么，尼布尔遂也向着小山坡赶去。福斯科尔急忙下驴，走到那树的近前儿，眼下他真是喜不自胜。确定无疑了，他们眼前就是——整场远征中要完成的——植物学领域最伟大的发现了。是的，他们终于找到了名副其实的麦加香脂树！

就在尼布尔拴驴子的时间里，福斯科尔已经砍了一截树枝，坐在树荫底下忙着记述它的开花特征。其实作为一名植物学家，福斯科尔或许还称不上是一个伟大的采集者，因为通常情况下，他都仅仅止步于采摘自己所发现的那些植物的花朵，至于叶柄、花梗、根茎秆等，几乎都不带的，所以经他保留下来的植物基本都没有“全尸”。但是他对标本的描写说明却极为仔细详尽的，甚至可以说细致入微到一个专家仅凭他的这些文字就能把那种植物一眼识别出来。据说（毫无疑问事实就是这样），福斯科尔会这样做的原因是他对此有所担忧：在哥本哈根那边，他的那些新的研究发现所带给自己的荣耀，或许会被直接剥夺了去。因此，所有植物标本当然是一律寄回丹麦了，但是相应的描述说明他都决定留给自己保管，直到远征结束回返以后再呈上去。

这回福斯科尔保留了一段开花的树枝，也附上了文字说明，等他回到拜特费吉赫后，他首先要做的一件事是把这个新发现汇报给林内乌斯。还记得他当初离开乌普萨拉时，林内乌斯曾表示自己多么希望福斯科尔届时能够给他寄回一段开花期的香脂树枝条，若是这个心愿能在他死前得以实现，那么他就能仔细研究并亲自描述其特征属性了。4 月 18 日，福斯科尔从拜特费吉赫写信给他——无视丹麦政府的禁令——同时随信附寄了那一段树枝：“现在我弄清楚了麦加香脂的种类和所属，这种树生长在也门地区，但是当地居民并不清楚怎样从这树上提取香脂。可惜我不能在私信里汇报自己的研究发现，所以我只能说：这既不是黄连木属，也不是乳香树，而是布朗发现的一种。除此之外，我还设法找到了来自美洲及印度的很多植物，你简直无法想象有多少，这里还有一些新物种，是完全没见过的。可惜我不能够在信里一一列举。不过不要灰心，这些总会问世的，只要上帝仍旧恩赐我们生命，保佑我们健康。说实在话，一个国家能有一次这样的植物学远征真是值了，然若论及这个项目的功劳，到最后一定会归于格丁根大学的米凯利斯教授。但万一，我是说万一我没有机会活到回去与你共同探讨研究这些采集成果，那，我和科学也好，科学界与我也罢，其中损失之惨重，真是无以言表了。”

等那封信和——生长在奥德附近的——那棵树的那截花枝抵达乌普萨拉时，则是一年多以后的事情了。彼时早已物是人非。林内乌斯原本可以实现他人生第一次研究名副其实的香脂树花的心愿，奈何花不等人，几乎凋败枯尽。当这个满载狂热渴求的植物标本抵达他手中时，他也得知了“科学界损失之惨重，真是无以言表”的那个消息。就在收到从拜特费吉赫寄来的这个包裹的第二天，他给天文学家沃根亭[1]写了一封信，凄凉痛惜地说起那个令他震惊的消息：“昨天我收到福斯科尔给我写的信了，他却已不在人世……”

可又有什么办法呢，命运就是这么安排的，故事也只能这么讲。1763 年 4 月 4 日，在奥德附近的小山坡上，在那棵香脂树下

---

[1] 沃根亭（Wargentin，1717—1783），瑞典天文学家和人口统计学家。天文学成就突出，月球上的火山口“Wargentin”便是以他的名字命名。

的阴凉地上，福斯科尔正坐在那儿举着放大镜细细观察。此时尚无一片花瓣枯萎——甚至是截然不同的情景：福斯科尔欢欣雀跃，因为这棵香脂树的出现足以让他在丹麦远征队于阿拉伯菲利克斯的所有考察活动中夺得荣冠；这里每个地方的居民都如此彬彬有礼，与人为善；远征队所有成员在精神上也实现了彼此之间的友爱升华。这般春风和畅的局面还真是从未出现过，而未来前景由此看来也充满明亮与美好。

紧接着，事事急转直下。继奥德附近的发现之后，二人再次踏上回返路途，先是到了帖哈麦地区。毕竟他们之前在山区生活了好一阵子，此时的沙漠天气酷热烤人，他们十分承受不住。在近乎生死疲劳般跋涉了一天之后，他们夜里很晚才到库尔图卜村，最后终于找到了一家咖啡小茅舍得以过夜。尼布尔在日记里写道："外面的气温始终居高不下，小舍里就不同了，我们常常是进屋瞬间就能感受到其中的凉爽干燥，真真是宜人。那天在高温和长途中跋涉了太久之后，人实在是累瘫了。于是那天夜里我就疏忽大意了，本应给自己盖上那件大披风的，然而披风始终在我肩上解都没解下。并且当时我是如此不小心，直接躺到了泥地上，当即就睡了过去，而身子下面什么都没铺。结果可好，第二天一醒来我就重风寒感冒了。直到两天以后，也就是 4 月 6 日，我感到略有好转，于是我们才继续踏上返回拜特费吉赫的路途。但自那以后，我总是隔三差五就被感冒找上门来，弄得我身疲体乏，提不起精神来做任何事。”

福斯科尔和患病体弱的卡斯滕·尼布尔是在4月6日晚上回到拜特费吉赫的。就在抵达远征队的大本营时，他们才发现这里也有坏消息。冯·黑文教授在床上一病不起了，情况很不乐观。尼布尔的日记——再一次出卖了他对这个丹麦人的厌恶——详细讲述了当时的情景：

> 等到抵达拜特费吉赫时，我们发现冯·黑文先生病了：看来拉肚子拉得挺严重，把他折磨得不轻，埋怨声喋喋不休。这也是有史以来，他对我们继续完成这次远征所必须承受的生活方式最为不满的一次。我们已经有很长一段时间没酒喝了，任何酒，甚至包括酒精，连个影子都看不到。我们只能满足于喝水、咖啡和“基什尔”。其实在帖哈麦的大部分地区，连喝水都成问题，人们也警告我们不要吃太多肉食。当地居民很少吃肉，他们清楚如何制作别的最合适的食物，总体来说，那些吃食都和当地人的生活习性相应相宜，对身体来说平和无害。他们觉得要一顿不带肉的餐饭，其实是很容易的。但我们的厨师在市场上找不到多少他需要的食材，因为他只做欧洲菜式。因此，我们在大本营里几乎是每天吃肉，我认为这也是影响我们身体健康的一个重要原因。特别是我们之中根本不怎么锻炼的人，最甚者便是冯·黑文先生，他的活

动范围就是这座屋子，事实上他都懒得从沙发（也就是他的床）上起来，除了用餐时间。

这便是 1763 年 4 月第一周的景况。就这样，帖哈麦的春天结束了。尼布尔和冯·黑文都病了，每个人都意识到必须尽快离开拜特费吉赫，到一个环境好些的地方，找一处条件好些的住所——然而所有人对他们当前处境的评估都没分析到点子上。尼布尔为自己的风寒发热一直反复发作所找到的解释是饮食不当，他甚至把冯·黑文的病也归因于此。而这两方面他都想错了，不仅如此，就连队医克拉默也没能诊出个所以然来。他们离开拜特费吉赫的决定，就像这场远征命运的不幸转折点。为什么？因为尼布尔没害风寒。冯·黑文也不是拉肚子。他们都染上了疟疾。

| 6 |

为什么是“阿拉伯菲利克斯”？

那是很多年以前的事了。有位圣人在帖哈麦地区居住下来，接着就有人特意前来听他讲道，摩肩接踵，络绎不绝，自此一个城镇便在那片土地上渐渐发展起来。于是才有了“拜特费吉赫”，这个地名是“智者之家”的意思，然而在1763年春天，没有智者生活在拜特费吉赫。如果有的话，那智者一定会向丹麦远征队成员们解释，前往穆哈的这场旅途，真的是万万使不得。

拜特费吉赫与另外三座重要城市——卢海耶、穆哈、萨那——基本上处于等距关系。卢海耶的话，远征队已经探索考察完毕，在此毋庸赘言。眼下他们去意已决，要离开拜特费吉赫以探索新的地区，从而为两位病患另辟一处好居所，于是他们就面临着二选一的难题了。要么他们就向咖啡小山群进发，首都萨那就在其北；要么就去海港城穆哈，这样他们就得继续深入帖哈麦沙漠的南部地区。彼时正值4月末，也就是说，夏天的前奏才刚开始。沙漠，的确是于不久前在春天的几周时间内焕然一新了，然而用不了多长时间，它就会转变成天地间的一个大烤炉，到那时，穆哈地区也将笼罩在炽热潮湿的气候里，各种细菌繁衍生息，能喝的水都会被污染殆尽，空气闷热难耐，吹不到一丝微风，到那时，穆哈便会如同人间炼狱。而萨那呢，恰恰是另一幅景象：首先那里地势高，山间气息清澈新鲜，园子里有蔬果不说，还有凉爽宜人的浓荫，未受污染的水井。其实，这两处都在此次远征必须考察的城市之列，但到目前为止，就他们在也门所受到的接待来看，就算没有预先得到穆哈那边提供的介绍信而径直去首都，应该也没什么大问题。况且对于那些提前寄放在穆哈海关处的大木箱子，眼下他们也没有任何的紧急需要。所以照一切分析来看，选择应该指向的是直接前往萨那的路途，至于穆哈则可以等到气候再一次秋高气爽时再去，也不迟。这样一来，他们就可以遵循萨那当地的过夏习俗：其实和当今时代的人们也没什么不同，就是但凡有点闲钱能支付得起的，都愿意搬到山里去避暑过盛夏。再说了，萨那比穆哈也远不到哪里去，主要是队里还有两位久病虚弱的患者，根本经不起鞍马劳顿大颠簸，所以得往高处山地走，那儿气候适宜，自然能为他们俩身体健康的恢复提供良好环境，相反，再看穆哈的炎夏溽暑，简直不是人体所能承受的，别说在那儿养身体了，能不能存活下去都是个问题。显然该做哪个决定不是明摆着嘛，实在没什么好犹豫的了。

然而，事实到底匪夷所思。远征队的表现就好像根本没有深入探讨过这个问题一样。真的很奇怪，他们之间难道是像过去那样产生了严重的意见分歧吗？没有理由如此，并且也找不到任何相关迹象。但事关整支队伍生死存亡的决定，他们就这样全体无异议地通过了，仿佛一艘船上的全体海员只不过开了个碰头会议，便达成了一致决定——本着试试的念头——遂即拔开了船底的通海阀门。没错，在拜特费吉赫的最后时间里，整个丹麦远征队就和这艘拔了通海阀的船一样。1763 年 4 月 20 日，他们离开了“智者之家”，就要穿越南部的沙漠地区，到穆哈避暑去。

福斯科尔和尼布尔会在白天骑驴行进。一个是为了收集，不想错过路上碰到的任何植物；另一个是为了给地图采集数据。而远征队其余人员，则是骑骆驼走夜路行进，那二人的行李及仪器设备也是由他们负责带着。

暑热之狠，似要把人吞噬了去。眼下，福斯科尔的华氏温度计频频显示100度。干旱、沙化，周身一切莫不如此。满眼看不到植物，也几乎不见村庄，只偶尔有一支骆驼商队在小路上擦肩而过——载着从海边采集来的盐货，运到山区那边交易。到了晚上，他们只能像以前一样，找沿途的咖啡小茅舍过夜，就睡在泥地上。尼布尔还是时时要与找上门来的风寒发热作斗争，每当他好不容易入睡了的时候，其他成员的抵达又会把他从梦里给生生拽醒。因为根据安排，由后到的几个负责带仪器，而他的星盘用驴子也不好驮带，于是也交了出去。等夜里他们一到，他就得用星盘观测星象了。他要凭此计算出他们所在的位置，然后把数据添加到那张地图上去。1763年4月23日傍晚，眼看城门就要关了，福斯科尔和尼布尔终于抵达穆哈。精疲力竭。正要骑进城门里去的时候，门卫把他们拦了下来。原因是严禁犹太人和基督徒在街道上骑驴行动。尼布尔认为这条禁令就是一个不祥的预兆，“这是什么糟糕常规”，他说道。确实，自从他们离开开罗以来，这还是头一回碰上。二人一时无言以对，只得拉着笼头引驴前进，而这座古怪城市街道上人满为患，他们穿行其中，缓慢而吃力，真是疲惫极了。能怨谁呢。不是计划好接下来几个月都要在这儿度过吗。

还记得穆哈的巨贾之子吧，那位年轻的伊斯梅尔·萨利赫，会说一点荷兰语，对欧洲人的各种情况了如指掌。当时他们还在吉达，他去登门拜会，现在说来，那差不多是6个月以前的事了，他的彬彬有礼，他的曲意逢迎，彻彻底底赢得了他们的欢心，以至于他们主动向他发出邀请，希望他能随同远征队一起登上那艘来自马斯喀特的咖啡船，当然了，他的随船费用一律全免。当他们决定在卢海耶登岸时，这位伊斯梅尔·萨利赫又出谋划策了，也算是回报他们的好意吧，他说他可以帮忙照看他们那些大木箱子——当然也包括福斯科尔收集到的植物标本——把它们带到穆哈的海关处。于是他们便一百分信任地接受了他的提议，拱手转交了自己最为宝贵的知识成果。他们深信自己遇到了一个有权有势的朋友，等他们抵达他的故乡时，对方一定会奉上莫大帮助。

回到1763年4月23日傍晚。当福斯科尔和尼布尔在城门那儿被拦下时，他们其实知道有三位英国商人和一大批轮船从孟买而来，也是刚刚抵达这里。彼时他们确实是思前想后地纠结了一番。到底要不要去找那几个欧洲人来帮忙安排一下自己在城里的住处呢？后来他们还是打消了这个念头。他们担忧，自己一身灰头土脸的东方装束，如果让人家误以为是无业游民流浪汉怎么办，就像尼布尔写的，如果人家觉得不是“地道纯正的欧洲人”呢？话虽如此，他们终究还是弄到了英国人的住址，并且他们发现这些绅士真的是非常富有，也非常热情好客。只是他们没有去投靠人家。因为他们要直奔伊斯梅尔·萨利赫家。

再见到他们俩时，这位年轻人真是“喜出望外”啊。嘴里忙不迭地道着，哎呀自己最好的朋友们终于来了，想念张嘴就来，倒弄得这两人不大自在，都不知道接下去说什么好了。他着即给他们找好一处住所，安顿好后就邀请他们来家里做客，喝酒划拳。作为虔诚的穆斯林当然是不能喝酒的，但他不想让他们自斟自酌，所以就给他们找来了可以陪酒助兴的“变节者”，一个印度的天主教徒。此人一开喝，绝对是虔诚的酒鬼无疑了。福斯科尔和尼布尔对这种陪酒方式感觉不妙，遂好言谢绝了对方的“再来一杯烧酒吧”。而伊斯梅尔·萨利赫此时说话的语气变得亲密无间，他建议，你们把络腮胡子剃了吧，也把欧洲装束换回来。总之，最重要的一点就是，在这里你们千万不能表现出自己对阿拉伯人好像很了解，不然的话就只会引起当地居民的各种怀疑。他们遂说起在这之后还要前往萨那的打算。东道主一听，先是大惊失色，随后转为厌恶神情。如果你们就打算只身前往的话，则是万万不可；那些萨那土著粗蛮不堪，还处于未开化状态；比较明智的选择还是留在穆哈，不管怎么说在这儿还有我保护着你们呢。他们于是给他讲起了，之前在帖哈麦时大家兵分几路所完成的长途考察，以及他们在各方各面所受到的热情接纳和友善对待。伊斯梅尔无论如何是没有想到这些的，他的吃惊程度不亚于刚刚。出于穆哈人维护穆哈的心理，他声称自己当然要比他们更了解萨那人，那里的人，对待欧洲人，哼，用的可是仇恨的冷暴力。他说这番话的时候语气非常冰冷。随后则话锋一转，说道，尽管如此，你们还是很幸运的，我父亲在城中也算是有头有脸的人物，到那时在各方面他都可以帮衬你们。

就伊斯梅尔·萨利赫的这番说辞，福斯科尔和尼布尔也由衷信了，一点都没怀疑其真实性。他们还问到，明天他是否可以和他有权有势的父亲一起陪同他们前往海关去，好把那些寄存的从卢海耶发来的大木箱子给取走。得到应许后，他们便向主人告辞了，离开他家时，那位负责陪酒的印度人也一同退了出来。而后者就像打开了话匣子，登时变得滔滔不绝，他们一边沿着街道往前走，一边听他大侃特侃，也许是酒后吐真言，印度人开始说起伊斯梅尔·萨利赫处于灰暗地带的那一面——他对外国友人的钟爱以及他那个有权有势有头有脸的父亲。这下可好，福斯科尔和尼布尔心中不免疑团惊起，理想人物与现实人物根本无法重合。到最后，等酒陪彻底讲完后，他们再也没有什么疑惑了。他们终于知道自己彻底被耍了。

第二天早上九点钟，远征队其余成员并行李及仪器设备也都到齐了。眼下包括尼布尔和福斯科尔在内，他们一行人都到了海关。然而除了看到穆哈的酋长亲自把守在那儿之外，根本不见伊斯梅尔·萨利赫的身影，更别提他那位有权有势有头有脸的父亲了。这时福斯科尔只得向那位酋长求助。他问道能否通融一下，先把他们从拜特费吉赫带过来的这些物什给批准了，这里面有厨房用具，还有他们的床，由于冯·黑文赶了一整夜路，加上持续的发热折磨，现在已是气若游丝，必须立即休息。然而这个请求遭到了否决。海关工作人员表明，他们首先要检查一下从卢海耶随船发来的那些大木箱子。这其中有个箱子装的是一些小瓶子，里面盛着福斯科尔从红海收集到的各种鱼类。于是福斯科尔急忙恳求他们不要开瓶检查，因为里面装满了高浓度的酒精，一旦打开倒出来，鱼的味道会特别刺鼻难耐。那些海关工作人员根本不听，他们打开了瓶子，把鱼儿都弄了出来，又在瓶子里搅来搅去，想看看那些液体里还藏了什么别的东西没有，最后索性把它们全都倒到了地上。结果呢，酒精掺杂臭鱼，整栋房子里都是那个难闻的味道。

卡斯滕·尼布尔写道："可想而知那些阿拉伯人闻到之后的反应吧。在他们的宗教禁忌里，但凡是酒可都一律不沾的。可想而知我们当时感觉有多羞愧吧。在那位酋长面前，他的海关办公处都被我们的东西给弄得污脏不说，还臭气熏天。"这种味道也加重了冯·黑文的难受和虚弱。他们于是再一次请求能否先看床铺，检查完了好还给他们。但又一次遭拒。海关工作人员仍旧坚持要打开从卢海耶来的那些大木箱子。这一回他们找出了那些软体动物——之前在打包时还没怎么晾干晒透——闻起来也是腐臭的味道。一时间，周围看热闹的人群压低了愤怒的声音交头接耳。海关工作人员也恼火起来：所有装着软体动物——福斯科尔非常仔细用心地打包过——的行李箱，都被扯了出来全部倒空，地板上到处都是，他们手拿撬棍仔细地在其中拨弄翻找。福斯科尔大声呼求着，快别这样做，这样下去全都毁了。但这点阻拦丝毫不起作用。阿拉伯人冲他们说道，收集这种东西的人，肯定是脑子有问题、心智不健全，更别说还把这些东西寄到这里来，不就是为了愚弄我们酋长大人和海关工作人员吗。围观人群顿时议论纷纷。有一些人的看法更为奇怪，说这都是些极为珍贵稀有的生物，但是被欧洲人施蛊迷惑了它们的眼睛。至于酋长本人，看起来像是性情温和的那类人，到这一刻为止，尚且还未听信那些无稽之谈。但是，紧接着工作人员就提溜出一些曲颈瓶来——福斯科尔在这些烧瓶里用酒精封存了一些小蛇。这下子众人都愕然了，惊得也顾不上讨论了。过了一会儿，是一位工作人员打破了沉寂，他找到了合理解释，他说，欧洲人来也门的动机现在已一目了然，他们就是要用这些毒蛇来毒死穆斯林。为什么，他们之中还有一人专门假扮成医生？分明是要借此找到一个恰当合适的机会，好实施这个恶毒的计划。酋长一听百姓的生命陷入了危险境地，便失去了所有耐心，严声厉色地宣布道，以真主之名，再也不准这些外国人在这个城市里继续逗留，今夜之前就得离开。不用说，看客当即一片哗然。这些欧洲人立刻就被逐出了海关，都没能带走一件东西，包括那些最基本的必需用品——厨房一切用具并他们的床铺——统统都被扣留在里面了。在他们身后，海关大门就这样紧紧闭上了。

与此同时，侍从贝里格伦急急忙忙从远处跑来。大事不好了。刚刚有一些阿拉伯人强行进入了伊斯梅尔·萨利赫为他们找的那座房子里，把他们的鞍囊袋子都扔到了窗外，那里面装的是他们从拜特费吉赫带来的书和仪器。现在，那座房子也已经被封死了。福斯科尔和尼布尔立即冲了回去——把那些得以幸存的物什先保全下来再说。他们很快就明白过来一切的幕后主使是谁了。这些不速之客的探望拜访，奉的都是伊斯梅尔·萨利赫的命令。

福斯科尔真的要气疯了，一怒之下就跑去他家里了。结果呢，百般问询都无济于事。这位彬彬有礼的谦谦公子仿佛是遁地消失了一样。根本没有人知道能在哪里找到他。而这些可怜的欧洲人呐，眼下是聚到一处了，正一起在这个城市里“四处参观”。新住处，想要寻求一个新住处。太难了，可以说毫无希望可言，所到之处，迎接他们的只有辱骂声。整座城市都已经听说在海关处所发生的事情了，没有人会愿意给他们房子住的，他们害怕会被毒死。一小团人就这样挨家挨户地问了整整一天，且不说冯·黑文和尼布尔还饱受疟疾的折磨。经他们问求过的那些人们会跟到街上去，冲着他们的背影大声地威胁恐吓，街上总有一群小男孩紧跟着他们，也是不停地嘲笑讥讽。直到接近傍晚时分。他们才遇到一个“kadi”（法官），愿意做他们的担保人，帮他们劝说一户阿拉伯人家租给他们一间屋子。房子主人也清楚自己可以借此机会捞一把油水，遂向他们要的是 2 倍租金。需要一次性交清四个月的预付费用，他说着，眼光向上斜睨过去，无不狡黠地等着对方的反应。尼布尔就把钱如数放到了桌子上。

没过多久，他们所遭遇的不幸便传到了从孟买来的那些英国商人耳中。后者遂即传了信来，要请他们共进晚餐。也是到了这时，尼布尔才看见一束温暖光芒：“这是我们所受到的邀请中最为融洽适意的一次，再也没有比这更愉悦的用餐了。我们和英国人一起享用了一顿如此丰盛的晚宴，自从开罗出发这么久以来，我们就没有再见到过这样温厚淳良的同类，所以我们也是借着这个机会，找到了真正的、坚定不移的朋友。”

第二天情况仍没有丝毫好转。海关那边扣留的物什他们也还是一件都要不回来。眼下伊斯梅尔·萨利赫再一次现身了，这回他直接把话挑明，说，安抚酋长的唯一办法就是给他送礼，且不能少于 50 达克特——将近 200 克的银子。你们知道不，酋长大人是不接受基督徒的造访的，不过，伊斯梅尔·萨利赫说道，我倒是可以做个顺水人情，替你们把钱呈送上去。此时远征队成员已经完全处于被动地位，明摆着只能顺应这个阿拉伯人了，但还是先把他给打发走了，说他的好意他们心领了，他们还是希望由自己亲手把礼物送给酋长大人。眼下远征队终于明白过来，整出闹剧唱到最后还是钱的问题，但万万没想到竟然是要这么大的数目，真是狮子大开口。等过了这一日，第二天照旧还是没从海关要回任何一样东西时，尼布尔便做了决定，想办法弄到了酋长府邸的拜访准许，咬咬牙带上 50 达克特，硬着头皮送钱去了。如此心情沉重地带着这么一大笔钱到了那里，差一点儿他就进去了。然而就是在大门外，他得知酋长意外中枪，伤在脚上，才不久的事儿。尼布尔遂即舒了一口气，现在他终于有一个正当理由可以避免送钱了——送出去这笔钱意味着远征队的财库也就所剩无几了："我当时转念一想，真希望酋长当下就需要我们的医生拜访看望，这样一来我们也就可以挽救自己的处境，而免于送礼了。"

但是尼布尔的希望落了空。的确有人向酋长献策，说可以派人去请那位丹麦医生，然而酋长并没有采纳，因为他担心自己会被欧洲人寻机报复，担心自己会被下毒。4 月 27 日，他们获准进入海关取回床铺用品，但是褥垫已遭严重损毁，根本不能用了。4 月 28 日，他们什么都没拿到。到了 4 月 29 日，他们也只是获准拿回一些无关紧要的琐碎零用。除此之外，就再也没有了。就算现在尼布尔认识到——用他自己的话说就是——权当那 50 达克特是必须得扔掉的了，他也做不到亲自去把这些钱交到酋长府邸里去，去了估计都没那个气力带自己回来，甚至就连乞求对方收下这笔钱的那种卑躬屈膝的态度，他都做不出来。于是这个任务只好交给福斯科尔去完成了。

要去亲手送上这份礼，有那么一瞬间，对于这个独善其身的瑞典人来说，这的确是一个会令人刺痛的耻辱。但福斯科尔毕竟是福斯科尔，他依旧要捍卫自己的权利与尊严——这是他做事的原则，并且根据以往经验，他知道如何将这种捍卫化为个人优势，从而碾轧对方。因此他的样子有点心不在焉，只是不耐烦地将这笔巨款从自己手上送交出去了，看起来就好像是很乏味的形式主义，不得不走个过场罢了；同时他还有点困惑：酋长收钱的时候咕哝了一些含糊其辞的客套话作为收钱的借口，好像是有意等着福斯科尔来反驳自己似的。福斯科尔呢，对此不置一词，他甘愿冷冰冰，甘愿兀自诧异，甘愿不形于色。等到宴会结束之后，由于福斯科尔是可以用流利的阿拉伯语进行交流的，眼下这位阿拉伯人反倒变得彬彬有礼起来，特别殷勤好客的样子，说自己很意外——并反问——福斯科尔他们怎么不早点来探访他。福斯科尔则冷淡回应，似乎对这些溢美之言无动于衷，他随即转换话题，提出了几个一针见血的问题，令对方甚是难堪。就算这个阿拉伯人没有受其贿赂，此刻他也实在找不到理由——为什么他们的交谈需要他屈尊俯就地恭维谄媚？酋长渐渐意识到，这次会面其实是两个完全不同的人格之间的交锋，而属于他的那份尊严与高贵，就像是皱缩了一般，越想越令他难受，最终内心悔之不迭，早知道自己要被迫接受这份摆在眼前的冰冷待遇，他宁可不要那50达克特。但就在这时，福斯科尔起身告辞了，他先前的困惑已经有了答案，甚至可以说，他已经得到了所有想要的回答。至于酋长，眼下也只能是心知肚明地接受了对方的谢礼，而好自为之吧。

在这之后，穆哈的风果真说变就变了。第二天一早，远征队就收到了两只绵羊和一大袋稻米，都是酋长送的；海关那边也把扣留的大木箱子原封未动地交给了他们；克拉默医生也要去看酋长的伤脚了。福斯科尔走在街上，遭到了某个不足道的阿拉伯人的辱骂，此人立即锒铛入狱——只能说自认倒霉吧，谁让他没跟上事态的发展呢。此外，福斯科尔还得时刻提防着伊斯梅尔·萨利赫，以免他再把当前的好境况给搅黄了。眼下，当远征队其他成员都处于不大活跃的状态时，福斯科尔却比以往任何时候都要忙碌。显然就连难以承受的高温天气都没能阻挡他早出晚归的步伐：协商谈判，安排筹备，拟定协议。在不到两周的时间里，他俨然是当前处境里的主人，而且是工作领导两不误，他的日常工作量比以往更大了。于是再一次地，他的日记里记满了度量单位、计量单位、货币单位的各种表格。他研究这个城市与阿比西尼亚之间进行的金子与象牙的贸易，标记好没药、乳香、珍珠母的价格，他还发现阿拉伯人尤其对贩卖铁、钢、枪筒炮管感兴趣，“不过他们偏爱的不是圆形的，而是厚五边形的”。

这段时间福斯科尔可以说是一个人做了五个人的工作。而另一方面，这些日子对于尼布尔和冯·黑文来说却颇为焦灼。他们的身体状况进一步恶化。在尼布尔的记忆里，他从未有过如此糟糕的处境。5月18日，他勉强用法语拼凑了一封写给伯恩斯托夫的信，信中是他有史以来第一次，于无奈之下请求丹麦外交部部长宽恕他——由于染病在身——未能完成并寄出自己负责的考察记录。眼下他把自己的“受寒”称作“痢疾”。相形之下，冯·黑文则是另一种光景了。在穆哈他一封信都没写。过去很多时候，这位丹麦教授给自己的玩忽职守编造的借口就是伤残和得病。然而，当发热已经不再作为一个托词，而是成为真正折磨他的痛苦时，当他终于与自己冷酷残忍的不祥命运面对面站立时，他所做的，却是沉默地接受了命运的裁决。他写的最后一封信就是在卢海耶时写的那封，他在其中表达了自己的期望，他说自己想在阿拉伯菲利克斯待上两年时间。其实冯·黑文打算在阿拉伯菲利克斯停留的时间远不止两年。所以他那封信仍旧是说谎了。然而在穆哈的他却连一封信都没写。他的人生就这样迅疾走到了弥留之际，对此，卡斯滕·尼布尔的记述如下：

由于在拜特费吉赫时就已经埋下了诱因的种子，眼下冯·黑文先生的身体状况是一天糟过一天。傍晚之后，他会觉得稍好一点，特别是当他可以到户外呼吸一点凉爽的空气时。但在炽热白昼的高温笼罩下，他就十分熬不住了。22日

> 到23日的这天夜里，他是在屋顶平台上露天而眠的，那上面空气凉爽宜人，他身体能感觉舒服一些。第二天晚上刮很大的风，他不敢再待在外面过夜，因为他还没有习惯——像阿拉伯人那样——把脸带头都蒙起来睡觉。而后在24日到25日的这天夜里，他就再一次冒险到屋顶平台上睡了。结果第二天一大早——想必是夜里严重受寒——他就病重了，严重到什么地步了呢？自己都回不了床了，还是两个仆人上去抬的他。下来后，他的光景就越发暗了下去，呼吸越来越弱，才到这一天的八点钟，脉搏就基本全无了。我们遂切开了他的一条静脉，这时他看上去似乎又回活了几分。在接下来的一个钟头里他写了遗书。尽管我们始终没有放弃希望，我们相信他还会再好起来，然而到了晚八点，他就开始胡言乱语，不停说话，什么都说，一会儿阿拉伯语，一会儿法语、意大利语、德语、丹麦语。说完后他就坠入了深深的睡眠之中，更准确地说，是陷入昏厥，随后到了10点左右，他便撒手人寰了。

根据尼布尔的记述，虽说也门这里没有用棺材埋葬死者的风俗习惯，但远征队成员无论如何还是找来了一个木匠，做了只大木箱，用来“盛放我们朋友的遗体”。英国商人还给他们派去了6位海员帮忙，都是来自印度的天主教徒，他们在5月26日接近黄昏时分，把死者的遗体运送到欧洲人的教堂墓地——就在市郊外的不远处。那三位英国人也与福斯科尔、博朗芬、克拉默，还有生病的尼布尔一起，前往墓地送棺。至于葬礼，也是按照基督徒的仪式办理的。

与此同时，卡斯滕·尼布尔在日记中也写了一份讣告——考虑到这些话是出于刊登公布的需要——表达难免有夸大其词的修饰与失真：“一直以来，冯·黑文先生致力于东方文献资料的专注研究，可谓是钻坚研微，苦心孤诣。在我们回归之际，他将带回包括东方学术领域在内的最为重要的研究发现——这原本是无可非议的期待。而今他已离去，所谓学术界之莫大损失矣。”

多年以后，尼布尔在给儿子讲述时则对此坦陈不讳了：“冯·黑文首先是一位不合格的语言学家，其次是他所选的工作，其实是任何人都可以胜任的工作。他在整个远征期间的唯一念头就是回家，他最喜欢谈论的话题就是他为自己规划的舒适未来。研究和考察所带来的那种振奋与快乐，本可弥补旅途中的很多困难及贫乏，而他却丝毫感受不到。于是，我们从没有人觉得是在放弃这场远征，倒只有他自己一直在打退堂鼓。对他来说，美酒佳肴才是生活最值得追求享受的愉悦，而在阿拉伯半岛，远征队所有成员都只能吃单一的食物，喝变质了的饮用水，他一开始是沮丧，继而失望，大失所望后便觉得走投无路，常常怨毒咒骂，甚至有时会迁怒于其他同事。他生性好吃懒做，加之该地区又气

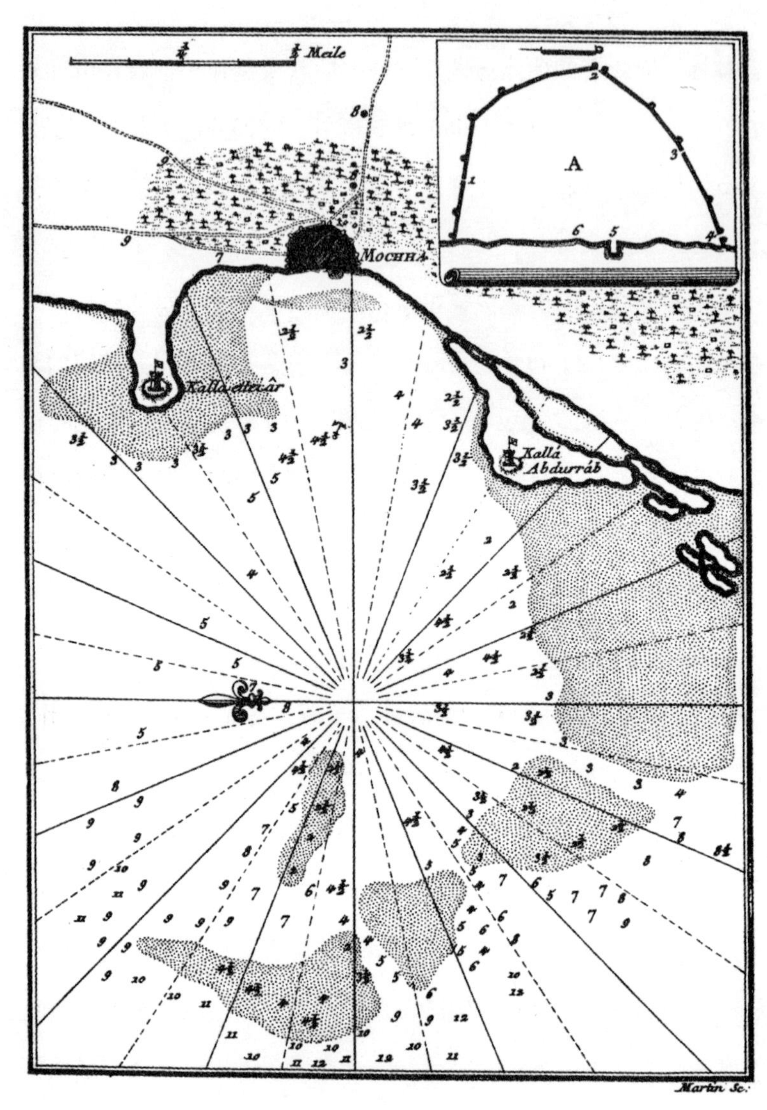

穆哈

尼布尔绘制，“7”为冯·黑文的埋葬地所在。

候炎热，他就更有充足理由什么事情都不做了。不仅如此，他还总是盛气凌人，表现出一副目空一切不可一世的样子。他总觉得自己是我们所有人里最为优秀出色的成员，觉得自己是远征队当之无愧的领头人，因此最让他懊恼的就是他始终没能掌握队里的经济大权。最后他所遗留下来的文件都是些毫无价值的纸张，真的是连一点点有价值的研究发现都没有。”[1]

就像克拉默博士的无能一样，冯·黑文的失败也是不争的事实。丹麦远征队仅有的这两个丹麦人——真是本色出演——诠释了两个毫无出息的角色，毫无疑问这便是丹麦没有此二人的相关文字记载的主要原因了。对于以上这些，我们的确一度认为是板上钉钉的事儿，觉得事实就应该如此，然而，然而我们有没有想过呢，这中间其实也存在情有可原的因素，是我们从前忽视了的未曾深究清楚的现实情况——甚至连冯·黑文自己心里都不是十分明白。

第一点要提的现实处境是，他孤身一人。此一点，不论是从学者身份还是单单只从人的角度来看，始终都是如此。整个远征队如同一支专门由自然科学家组成的队伍，而只有他自己是一名人文学者。这种截然反差很可能会加剧他与其他队友之间的紧张

[1] 卡斯滕·尼布尔这番一针见血的评价，深受后世认可，即福斯科尔的两位传记作家——卡尔·克里斯滕森（Carl Christensen）和亨里克·许克（Henrik Schück）——很相信这番评价，过去这么多年以来，他们算是唯一关注并研究过丹麦远征队的人了。——英译者注

关系（相比之下，什么丹麦瑞典之类的国籍不同的问题倒真对人际关系没什么太大影响）。于是在远征生活中，他与他们可以说是根本就说不到一处去——长此以往这在某种程度上就会产生足够的孤立与隔阂。

再者便是远征路线，这一路上所有的规划安排原则上都是满足绝大多数成员的需要。也就是说，满足的是自然科学的需要。福斯科尔和尼布尔可以随处进行他们的研究调查，但冯·黑文呢？作为一个语言学家，他的工作基本上就是与图书馆挂钩的。而无论是吉达、卢海耶，还是拜特费吉赫，这些城市都没有图书馆。除了圣凯瑟琳修道院之外，他们只有在首都城市才能找到图书馆。然而等到冯·黑文感染疟疾久病不愈时，远征队统共也就才到过两座首都城市而已——君士坦丁堡和开罗——在那两处地方他也都购买到了颇有价值的手稿抄本。他仅有的那点成果确实屈指可数，但究其原因，我们需要特别记住的一点，也是最重要的一个原因，即是等到远征队最后衣衫褴褛、身虚体弱地抵达萨那，抵达阿拉伯菲利克斯的首都，抵达远征长途中的第三座首都城市之时，冯·黑文已经病逝于来时路上了。

这些看起来显而易见的事情，之前确实从未着重说明过。从某种程度上看，他其实是迫于无奈而不得不接受当时处境，他陷入一种被动而长期的悠闲状态，而只能忍受福斯科尔和尼布尔在各自领域内大放异彩，进行各种活动与探索，眼巴巴看着他们取得各种收获，看着他们把那种要强的个性所饱含的热情劲儿酣畅淋漓地宣泄消耗出来——他或许也有，而他却不能够。他生性懒惰，没错，这是他不作为的一个原因，但还有一点也是实情，就是他压根儿没得选只能接受的外部环境，这种外力反过来加固加强了他那不良的素质，最后懒惰便真的积习成癖了。他也尝试过，很多次。但其自负和虚荣心总是让问题变得复杂。而他所做所为所导致的其中一个结果，则是他与队友之间的关系从一开始就变得僵滞而无望。曾经走投无路之际，某一瞬间他似乎是把自己逼上了极端，买来砒霜，然后呢，也就没有然后了，邪念随生即灭，即便他是真有贼心，实则也没贼胆。无论他的手信还是日记，文字掩护之下不过是一个虚弱而匮乏的人，一个小男人，但绝不是一个谋杀犯。那些砒霜或许就是一种恐吓罢了，因为对于这个无力同时又备受孤立的人来说，他太想表现自己了，太想让众人臣服于他，可是又有什么方式方法适合自己呢？情急之下，他觉得唾手可得的也就只有砒霜了。说白了，其实就是他表现出来的反抗众人的一种姿态吧，其实也与某些人的那种挑衅行动别无二致——相比之下，福斯科尔可以说是非常冷酷无情了。而若事实就像福斯科尔和尼布尔给冯·加勒的信中所怀疑的那样。也就是说，冯·黑文真的有谋害打算的话，那么他们一行人竟能活着抵达阿拉伯菲利克斯，也真可以算得上是创造奇迹了。想想他们不停强调的隐隐遍布于周身的那些机会吧，其实对于任何一个谋杀者来说，尤其还是在异国他乡，真有这么多机会的话他干嘛不下手还一直拖着呢？根本讲不通。冯·黑文压根儿就不敢，任何人他都不敢杀。这点确认却是尼布尔和福斯科尔花了很长一段时间才得到的，然而啊然而，就算他们从一开始知道他不会这么做，整件事情的发展其实也不会有什么出入。正是因为发现了冯·黑文买砒霜一事，他们也为自己想做的事找到了理由。理由就是在出现任何谋害迹象之前，他不能再继续长久待在远征队里了。所以他们试图要做的，就是把冯·黑文从队伍里剔除出去。后来，他们就给冯·加勒和伯恩斯托夫寄了两封信，字里行间都隐约透露出他们心里的如意算盘，毕竟信中他们对此要求再三。然而事与愿违，无论在君士坦丁堡还是在哥本哈根，冯·黑文的极端行为都被轻描淡写地一笔带过了，到头来却像是他们扭曲事实夸大其词。平心而论，此一事人证物证俱在，确实不是说说而已的小事，但同时也不是福斯科尔和尼布尔两人说个对口相声就能如愿以偿。总归是一个巴掌拍不响。等尼布尔意识到这一点后，他便从这局游戏里抽身而退了，主动提出陪同冯·黑文前往“摩卡提卜山”。但是紧接着呢，这场较量就迎来了尾声：在苏伊士时，冯·黑文算对自己下狠手了，丢掉遮掩的铠甲，直接把自己的“软肋”亮了出来，还迫使自己逐字逐句地坦白了内心的担忧及怯懦——他此次败下阵来，也是永无挽回余地了。

在最后这几个月的时间里，福斯科尔似乎常常对冯·黑文流露怜悯之情。然而，这份同情怕是流于表面而不由衷吧？也是因为有那么一封信的存在，才让我们得以窥见其内心深处原来一直掩藏着对冯·黑文的憎恶。那封信是从穆哈寄出的，不过千万别误会，不是给伯恩斯托夫汇报冯·黑文去世的那封简信，而是他于百般繁忙的各种业务之中仍旧抽出时间写给林内乌斯的长信。都说死者为大——再怎么说冯·黑文也是九泉之下的人了——但福斯科尔在这封信里仍旧对他充满鄙薄之意。彼得·福斯科尔写道：“5 月 25 日这天，我们队里有一名成员去世了，就是那位冯·黑文教授。他的离去也算是造福了我们剩下的所有人，这场远征真的一下子变轻松了，简直无比轻松。像他这种性情古怪的人，搁哪儿哪儿麻烦。”

然而福斯科尔错了，他这一生偏偏就错在这一回。他们的远征并没有变轻松。也就是过了还不到一个月，厄运就降临到这位斯堪的纳维亚的学者身上，彼时对于远征队而言也是要承受一场飞来横祸——彼得·福斯科尔与世长辞。

2

穆哈城郊外的墓地里。空气中弥漫着刚刚新翻过的泥土气息，尚在人世的那一行五人正往回走，此情此景，他们闻到的却是另一种苦涩气息，反正不是个滋味儿。倒说不上他们是为死者心有戚戚焉，更多的还是为自己吧——这样的突然离世确实是给他们所有人都敲响了警钟。当前处境随时都可能变得让人承受不住，这一点他们是心知肚明的。之前在英国人的帮忙以及福斯科尔的英明决断下，他们好不容易才从初抵穆哈的那段危机四伏的日子里走了出来，然而还没过多久，冯·黑文就病逝了。眼下的尼布尔看上去就像故去的自我所遗留下来的一个影子，冯·黑文的遭遇给他内心带来的震撼也远在任何人的感受之上。他非常清楚自己也正在与同样的病魔纠缠厮斗，即便他存活了下来也只能说是侥幸，不然的话刚刚入土为安的那个人就是自己无疑了。除了福斯科尔仍旧精力充沛孜孜不倦之外，其他人的状态都不是很好。穆哈的溽暑天气让人吃不消，四肢乏力，无精打采，现在所有人都后悔莫及，当初就应该搬到山里去避暑，继续停留在帖哈麦地区真是一个错误选择。然而从另一方面来看，人迹罕至的山区也未必就欢迎他们的到来，据穆哈人的说法，萨那的那位伊玛目可是凶狠残暴而又性情多变。

可就算待在穆哈，他们也不过只是暂时性的安定罢了。总有种朝不保夕之感。如果英国人的船舰还停泊在锚地那儿，那就意味着他们还是安全的；但是，要是人家在8月上旬起锚前往印度去了，那他们呢，又要何去何从？

或去，或留，反正都是危机四伏，两下里的处境都充满了各种不确定性。这也就难怪会听到反对的呼声了：眼下都这样了，阿拉伯菲利克斯这个地方，难道还有什么进一步考察的必要吗？但是，远征队里并不是所有人都坚持这种看法。这一回他们要想达成一致，看来是不得不经历一番激烈争讨了。尼布尔提到了两种占主导地位的看法：“一方想要随同英国人在8月离开穆哈前往印度，随后跟船去往伦敦；另一方想去萨那，要在也门这个地方继续待上一年再说。”尼布尔没有具体提到谁是什么态度。尽管如此。假若说的就是克拉默和博朗芬，是这两人非常迫切地想去看一看萨那，想去那位伊玛目住的宅邸拜访他——这话听来也确实不大可信，就好比说是福斯科尔和尼布尔主张放弃继续考察这件事一样，是不可信的。

不管怎么说，去与留的争论还是倾向了次要利益那方。主要是由于整个讨论最终是以折中妥协的方式达成一致的。也就是说，最后决定的是他们要跟着英国人的轮船前往印度，但是呢，考虑到距离出发还有两个月时间，他们遂决定利用这段时间作短途旅行，先到萨那一趟，而后在轮船起航前再回到穆哈来。这个决定意味着两方愿望都得到了部分满足，同时两方也要共同承担——或者说均摊——这个决定所带来的结果。只是，结果悲不堪言。

之前他们在拜特费吉赫，的确还可以通过前往萨那来挽救远征队当时的情形。而今却已时移事异。山区虽然还是坐拥凉爽气候，他们也终于决定要往那里去了，那么情形会好转吗？先看看眼下是什么光景吧，他们在穆哈这座不利于健康的城市里待了一个多月以后，已是身心疲乏，更不用说眼前等着他们的是一段向着山区漫长跋涉的强行进军了。就算能够快马加鞭地赶路，他们也再追不上，或者说找不回，自己已经失去的体格与精力。别忘了，疟疾也与他们同呼吸共命运呢。

这些暂且不说，何况还有穆哈酋长这一关要过。他们要走，酋长却不放行。他的脚还没好实落，遂离不开克拉默医生。福斯科尔于是也把话说得很明了了，他们已经失去了一位同事，眼下还有一位同事也病得很重，所以他们当务之急就是尽快离开这里，另寻一处凉爽之地。然而，他的这番理由压根儿不起作用，酋长声称，在收到来自萨那伊玛目的入境许可之前，他是绝对不会让远征队离开的。可哪能就这么浪费时间干等呢，他们务必得立即上路，不然的话在英国轮船离开穆哈之前就赶不回这里了。考虑到时间紧迫，福斯科尔遂提议道，可以让他们先去塔伊兹，在那儿等候伊玛目批准的许可抵达。这个方案酋长仍旧不配合，相比之下，他倒更愿接受克拉默先生的提议——远征队的医生应当留在穆哈继续为他治疗，其他人可以先行离开。

没想到就是这样一件偶然小事决定了整个事态的发展。一个赤脚医生来到这座城市，仿若妙手神医一般，宣称他在不久之后就能治愈酋长的伤脚。克拉默啊克拉默，他以为自己立下汗马功劳了呢，以为自己能借此机会免于远征了呢，谁知道，到头来，酋长只是送了一头驴给他，就当作是医治的辛苦费了。酋长最终还是准了远征队的离开，也为他们写了一封推荐信，到时好交给他在塔伊兹的同僚，不仅如此，酋长还派了自己的一个侍从跟随前往，以供他们使唤。坦白讲，这个侍从的到来并不怎么受远征队成员的欢迎，他看上去是贼眉鼠眼的那种，面相上先就靠不住。所以他们怀疑这个侍从的首要任务是作为其穆哈主人安插在远征队里的间谍而负责监视他们的。不过眼下已经没有时间再作进一步的协商了。他们把绝大部分的钱财都寄存在英国人那里，但是带上的仪器设备十分齐全，因为一旦他们觉得有必要在山区那里待上一整年的话，这些都是少不了的。于是 1763 年 6 月 9 日的日落时分，尼布尔、福斯科尔、博朗芬、克拉默，还有贝里格伦，一行人从穆哈起程了，朝着萨那，阿拉伯菲利克斯的首都城市进发。

由于高温难耐，一开始穿越帖哈麦沙漠时，他们只能在晚间赶路。人在浓重的夜色下根本看不清罗盘上的具体读数，但是出于测绘地图的需要，尼布尔无奈之下，也只能借助于天文观测来确定他们所行路线的方向。经过两天的夜路之后，他们到达穆萨的村子，也就是从这里开始，他们要进入山区地带了，迎接他们的是危险重重的崎岖石路。在这种情况下，他们便不再敢在夜里铤而走险了。莫说夜间了，就是白日里，这山间小道也是危机四伏，雷鸣电闪伴随暴雨突袭，倾盆滂沱的同时泥沙俱下，都是家常便饭，因此他们行走的道路也就会变成水浪翻涌的湍流。另一方面，温度下降得非常明显，早上福斯科尔用他的列氏温度计测量时只有14摄氏度（相当于60华氏度）。此外，乡间风景也随之变换了风格。他们发现自己置身于一片丰饶的山区之间，放眼望去，到处都是绿葱葱的玉米地，真是漫山遍野。沿途还有放牛的农民，他们在路上安置了一些大水槽子，用来接雨水，好饮牲口。正午时分太阳毒辣，他们也能找到庇荫地儿待着——无花果树和罗望子树底下都是乘凉的好去处。晚上，他们就在大型商队旅馆里过夜，这种驿站旅馆在他们的行经路途中都有分布，旅馆外面也都设有围墙，旅客可以带着他们的骆驼一起进来，购买高粱面包、咖啡、米饭、黄油。每天晚上大门都会关闭，直到第二天一早，每个旅客都确认过自己没有丢失任何东西之后，大门才会重新打开，所以说在这儿夜宿也是十分安全的。

时间宝贵，耽误不得，他们一路上快马加鞭，到6月13日就已抵达山城塔伊兹了，此时距离他们从穆哈出发才只是过去了四天而已。福斯科尔和尼布尔之前曾来过这里一次，就在他们二人从拜特费吉赫出发的那场长途侦查的过程中，那时他们还发现了麦加香脂树。当时二人在旅途中全是乔装打扮，现在他们一行人是以官方授权的客人身份而来，受到了酋长的接见及招待。不过这位酋长的神色游移不定，一直忧心忡忡地打量着眼前的客人，毕竟他也是未见其人先闻其名了——眼前的这些客人就是那些随身携带装满活蛇的大木箱子的欧洲人。对于这件事，尼布尔在日记里淡淡地写到，这一新闻显然已不胫而走，整个阿拉伯半岛没有不知道的了。仿佛故境重演，这一回又是福斯科尔抚平了这位酋长的惶惑与不安。酋长把他们带到一栋宅邸里——房子主人刚刚锒铛入狱了，作为待客的见面礼，他还差人送去了两只绵羊，一袋面粉和一袋燕麦。有来就有往，作为回礼，他们就送了他一卷印度的亚麻布料——尼布尔在他的账簿上清楚分明地记着其价值“24达勒”。事实上，贝里格伦才是有义务送礼给酋长的那个人。在宅邸大门外，他被一个门卫拦了下来，理由是不给小费就不准进。这时瑞典学者——算是以其人之道还治其人之身的办法——给他的侍从解了围。福斯科尔不动声色却又不失幽默地向门卫发问，难道仆人之间互相给小费是这个国家的风俗习惯吗，要真是这样的话，那他也必须跟你要点东西了，因为他现在正为自己的主人发愁该给你的主人准备什么礼物呢。门卫一听便笑了，也就让贝里格伦进去了。眼下在这个山城塔伊兹，一切似乎都有条不紊，正展现出它最好的面貌与秩序来。

对此，远征队成员也是心满意足。凉爽的气候令他们神清气爽，终于不用再忍受穆哈的炙热了，他们现在每天只洗一次澡就可以。尼布尔常常用他的寒暑表测量气温，从其记录的数据来看，塔伊兹的气温就是再高都没高过穆哈的最低气温。目前来看，唯一令他们忧心的就是穆哈酋长当时在他们临行前非要送给他们的那个仆人。因为对于远征队的各种事务，此人三番五次地插手掺

塔伊兹

尼布尔画的塔伊兹城素描：沿着道路向左走，通往萨那；向右则通往穆哈。

和，擅自专断，每当他们需要获取信息而登门拜会当地有名望的居民时，此人也总是悄么声儿地就潜入府中，出现在他们的宴会之上。到后来福斯科尔不得不对他指明，他出现在这些场合中显得十分多余，是不应该的。结果呢，这个阿拉伯人觉得自己受到了冒犯，等远征队再去拜访当地居民时，他就躲得远远的。但是没过多久他们就意识到，酋长派来的这个间谍暗地里又用别的手段干扰他们的事务。

眼下，工作上的事情的确占据了他们所有人的精力。尼布尔开始收集这个城市的历史信息和政府形式。由于博朗芬一整天都在忙着给福斯科尔画植物，根本腾不出一点儿时间给他，所以他就自己动笔给城墙内的建筑画了一幅素描图。从图中不难看出，他是站在城墙外的北方向上来眺望塔伊兹的整体面貌的，这座城市位于苏卜尔山的山脚下，这山因花闻名于世，漫山遍野花海烂漫，其种类之繁盛，据当地人的说法，全世界的所有花儿都在这里了——那就不用说福斯科尔听闻此讯时的欣喜若狂了：眼前就是这样一座山，仿佛感天地而万物生，不需要你翻山越岭不需要你艰难跋涉，这欣欣向荣之景象你每天都能看到，就在眼前，你触手可及。然而，令福斯科尔大为气愤的是，塔伊兹的酋长下令不许他上山。可想而知他得有多么恼怒吧。但这禁令也事出有因——当地政府和山上的一帮土匪正处于交战状态。且无论结果如何，反正对于酋长而言，什么都比不上他自己在这个城市里的权威重要。所以他不会冒险放人上山，一旦福斯科尔被杀死了，他怎么和萨那的伊玛目交代？一名欧洲学者在他的地盘上丧失生命，他如何担得起呢？退一步讲，就算福斯科尔平安无事，当地居民也会觉得此事荒谬，连酋长自己的士兵都不敢冒险前往的地界儿，一个外国人竟然可以在里面闲逛游荡，且毫发无伤？怎么解释得清！

福斯科尔只好转而计划去别的山。6 月 18 日，他向着苏拉克出发了，然而只过了三天他就返回塔伊兹了，因为那里在与一帮土匪发生过一次战役之后，所有村子里的人家都跑光了。这意味着福斯科尔在那儿根本找不到食物。于是三天之后无功而返，他疲惫不堪，又愤愤不平，遂即向酋长再次提出申请，希望他准许自己进入苏卜尔山。继而经过他持续多天的反复申请要求后，这位长官终于在 6 月 24 日应允了，福斯科尔和尼布尔可以进入苏卜尔山考察，前者收集植物标本，后者抄录铭文石刻。由于他们已经在协商这件事情上浪费了数天的宝贵时间，眼下二人话不多说，着即收拾行装，打算第二天一早就出发。正当他们俩一起忙着打包行李的时候，有人敲门了。是那个穆哈的仆人。阿拉伯人面无表情地通知，你们不得不取消前行的计划了。福斯科尔粗鲁地回应说，这你管不着。仆人接着就幽幽地笑了起来。管得着管不着，你们也都是无计可施，你们必须得照我说的做。原来他的主人给塔伊兹的酋长写信了，信中坚持要求他们立即返回穆哈，次日拂晓前就得出发。

第二天一早，他们发现那几匹用以运载行装的骆驼就拴在门外面。福斯科尔仍旧坚信那封来自穆哈酋长的信件定出自仆人捏造，于是他便假借还未收拾好行李为由，设法拖延他们的起程。他告诉那个穆哈的仆人，塔伊兹的酋长想必还在等着他们的告别礼物呢，所以他得替他跑一趟腿，说福斯科尔本人想见酋长一面。一个小时之后这个仆人回来了。只带回了一句话，酋长病了。

第二天一早，骆驼和驴子又一次被带了过来，于是他们就被温柔但坚决地提醒，他们此刻必须离开了。福斯科尔一声不响。过了一会儿，他开始采取行动了。他下令，不得给骆驼装载，同时清楚声明，除非他本人和酋长交谈过了，否则绝不离开塔伊兹。一如既往，福斯科尔就是福斯科尔，他的固执己见到底是起了作用。那天下午，一个仆人前来传话，说酋长请他去一趟府上。福斯科尔意识到他有必要着即提出一些妥协折中的建议：他愿意放弃去苏卜尔山的短途行程，条件是远征队可以继续留在塔伊兹，直到他们等到伊玛目那边的准信儿，看是否允许他们前往萨那。但是酋长不依不饶，绝口不应，远征队不用费劲去考察苏卜尔山了，当然，也不能继续留在塔伊兹。他们必须立即打包行装回穆哈去。他就留给他们 12 个小时的时间来收拾行李。时间一到，他们必须离开他的城市。

看来抵达萨那的所有希望都在顷刻间幻灭了。再一次，远征队打包好他们的仪器设备，给外面等候多时的骆驼装载上去。就在他们几近收拾妥当的时候，一位信使快马加鞭地送来了一封信。福斯科尔遂接了过去，打开来大声读着，把信的内容翻译给其他人听。这是穆哈酋长写来的信，他只是想要通知他们，他的国家领袖——萨那的伊玛目——已经传下令来，希望他们继续赶路速速前往萨那，片刻不可耽搁，同时记得带上他们所有的奇珍异宝——之前在卢海耶和穆哈给海关众人展览的那些。随信寄附的还有几封推荐信，分别给伊玛目本人和他的大臣——法基·艾哈迈德，另外有一封给塔伊兹酋长的信，要求他协助远征队的再次起程。

读完这封信之后，福斯科尔的第一反应就是要见酋长，他也更确信之前那封来自穆哈的信准是伪造的。等他来到酋长府邸时，却在大门前被拦下了，酋长此刻正与他的哈来姆[1]共寝呢，并不希望被打扰，所以眼下不可能与他面谈了。福斯科尔只好作罢，将穆哈酋长送来的信转交到一名仆人手中。

第二天一早，福斯科尔态度非常坚决，他要引领远征队朝着萨那进发，哪还管塔伊兹酋长允许不允许。又是好一通收拾，将仪器设备打包好，大木箱子从里屋搬到街上。然而此刻他们却找不到任何一匹骆驼了。那位酋长，仿佛是重新弄清楚了自己的职

[1] 哈来姆（harem），尤指旧时某些穆斯林社会中富人的女眷，即前面提到的土耳其富人的“女眷”。

责一般，通知他们说，他提供的这些骆驼是准备带他们回穆哈的，因为他接到的指命是要送他们回穆哈，而不是去萨那。尼布尔写道：“当下我们都不知道该向哪里求助去。我们势单力薄，根本无法让自己对抗一个能够随意调遣五六百士兵的家伙，此人之嚣张，就算是顶头上司下的命令他也不准备遵从。”这几句话给人的感觉就是，自己周遭究竟要发生什么，到底要怎么样，一时间尼布尔似乎也看不清楚了，无从判断，无处下手。但是，于所有模糊中清楚无疑的一点他还是知道的，那就是他得再次将手伸向远征队的钱箱了。事实上呢，的确是这样，这个酋长经手的所有事情最终的指向，就是钱。尼布尔自然不会忽视这一点。作为一个沼泽湿地农户家出来的孩子，合理分配使用远征队的资金也是他有生以来肩负的至高职责所在，他真的不想再让那么多的钱在自己手中付诸东流；但另一方面还得避免引起武力冲突，到底如何是好，他确实得沉思再三了。

至于福斯科尔，仍旧坚持和上次一样的态度，虽然在这类事情上，剖开他的动机成分仔细看看就会知道，这其中更多出于他骄傲自豪感的满足，而不是节约省钱——毕竟酋长一收了钱就会不由自主地谦卑起来。这一回福斯科尔既不需要钱，也不需要士兵，他觉得有他自己就已足够——这才是充分必要条件。他还是尽量运用之前的策略，希望能像最初在穆哈的那段混乱僵滞的日子里，他救远征队于水火之中那样。于是他去登门拜会了当地的法院院长——也就是这里的法官——把他们收到的穆哈寄来的那些文件摆在他面前。两人其实不费吹灰之力就达成一致了，因为这个法官也是一个正直的人，他当着福斯科尔的面，给塔伊兹酋长写了一封信，信中申明酋长不可以违抗萨那的伊玛目所下达的命令。几个小时之后，酋长就回复他了。说整件事都是误会。他绝没有想要阻拦欧洲人前往萨那的意思，他只是希望他们能够再等几天，这样他就能有充足时间为他们写好——那些十分必要的——推荐信。

眼下福斯科尔除了接受这个回应，也无计可施了。两天之后，酋长又差人送来一封信，而这封信里根本没有他之前许诺要写的推荐信。信使送来的只是酋长下达的命令，他们必须立即离开塔伊兹——回穆哈去。

现在尼布尔开始动摇了。他有些犹豫不决，或许他们真的应该尝试用钱来安抚这个愤怒的男人？福斯科尔此时满腔怒火，他坚决不同意，他不想屈服于酋长的淫威之下，索性出了门，再去找那法官一趟。法官呢，其实对酋长反悔一事已有所耳闻，眼下见了福斯科尔，就给他看了自己刚刚给酋长写好的信。这信倒是很有福斯科尔的风骨，就只写了一句话：“不要对这些外国人起贪念，他们是我们的客人。”

再一次，酋长很快就回复他了。说整件事都是误会。他绝没有想要阻拦欧洲人前往萨那的意思。

这一回，福斯科尔再也不想留给自己任何机会，来变更自己的想法了。他快速行动起来，下达命令让大家打包行装，他自己去安排行途所需的骆驼和驴子。第二天下午远征队必须准备好离开塔伊兹。不管三七二十一了，那个穆哈的仆人也被他打发走了。福斯科尔另找来一个仆人代替——此人是那位法官推荐给他的。所有一切都在火速进行着。福斯科尔仿佛有分身术一般，一会儿在这儿，一会儿在那儿，哪里都有他身影。眼下一切终于按照他的计划进行了。次日下午，他租的驴子和骆驼也都送到了。一切准备妥当，所有成员整装待发。

但只有一人除外——福斯科尔。他病倒了。疟疾悄无声息地潜伏，伺机而动，毫无预兆地把他一下子撂倒在地。大厦崩塌。街上，骆驼都已装载完毕，而床上的福斯科尔面色灰青，胆结石引起的剧痛把他折磨得死去活来，时不时还伴有发热带来的阵阵寒栗，在十指用力的紧抓下，床身和着他的身体，不住地颤抖。一个小时过去了，疼痛稍有缓解。尼布尔进来看他，站在床边也是什么都做不了。怎么能让福斯科尔在这种身体状况下骑行去萨那呢？不可能，不可能连命都不顾了。出了问题谁都担不起这个责任。当前，他们除了再一次推迟出发也别无他法了。然而，发热使福斯科尔的身体倒了下去，但却奈何不了他的意志。他一如既往地固执己见。任何再进一步推迟行程的想法，他都不赞成，也不同意。他们自从穆哈出发以来，三周的时间已匆匆过去，距离英国轮船出发前往印度也就只剩一个月多一点的时间了，但他们连去萨那的 1/4 段路途都没走完。如果他们还要去首都的话，眼下一分一秒都不能再耽搁了。是的，他们必须去首都。他们必须按计划出发。

福斯科尔铁了心要走，他要到街上去。尼布尔根本劝阻不了他。此刻他就站在大门口那儿，声音低微而坚决地要求所有人立即跨上坐骑。大家半躲半闪的目光投向这个步履维艰的病人。而他目不斜视，由贝里格伦和法官的仆人架着自己虚弱的身子，好歹被扶送着跨上了驴鞍。

那是 1763 年的 6 月 28 日，夕阳西下，这支小型旅队就要出发了。在福斯科尔的外套内侧口袋里装着一封信，这信是塔伊兹的那位法官写给他的。在过去的这段时间里，他们俩一起对抗酋长，虽说彼此间交流很少，倒也不乏默契。正因为他与福斯科尔身上有着相同特质吧，面对强权，他们总是希望靠正义的力量捍卫自己的权利。再加上各自都是简约的交际风格，一来二去，两人遂渐渐成为十分要好的朋友了。于是在他们行将起程之际，法官就把这封信作为自己的临别礼物送给了福斯科尔。这是一封与萨那伊玛目有关的介绍信，但读信人却不是这位阿拉伯菲利克斯的统治者。当下福斯科尔怀揣着信，将奔赴这个位高权重的伊玛目，这个统治着阿拉伯半岛最富饶地区的伊玛目——事实上这封密信就算让他看了也无妨。如同之前给酋长写的信一样，内容简洁明了，只有一句话：“相信他是为善之人。”

行途漫漫。等待着福斯科尔的是生死疲劳的考验。仿佛一个人的远征。尽管身边有一支小型旅队，所有人同行同息同疲劳，但就生死而言，只有他自己明白，这其中一线之隔的孤独抗争的滋味。

尼布尔的工作正是测量这漫漫行途，就像以往测量丹麦远征队走过的所有路程一样。然而实情并不如意。他在日记中抱怨，一路上旅队总是走走停停，他都无法准确计量出他们走过的距离。不只是他，大家都觉得不尽如人意。出发当天夜幕都降临了，他们才刚刚走到塔伊兹城门外的一家旅馆。接下来的路途便是一天短似一天的行进。每天越来越频繁的不得已的沿途停驻。那些脏破陈旧的咖啡小茅舍，是他们找到的容身之处，要躲避时不时浇注下来的倾盆大雨，也好让福斯科尔有一阵短暂停歇。就这样，四天时间过去了，他们才到阿布村庄。次日一早，也就是7月2日，福斯科尔骑在驴上，已经虚弱得跟不上骆驼行进的速度了。于是到了下一个村庄拉阿德时，他们只好将旅队人马兵分两路。赶骆驼的人带上牲畜先走一步，他们则陪着病人慢慢地跟在后面行进。深夜里他们终于抵达巴克恩河谷。此时，福斯科尔被胆结石折磨得几近疼晕过去，任他意志力再怎么坚定，这会子也在驴鞍上支撑不住了，险些要直直地栽下地来。之前无论如何，每天他们起码能走上6英里的路程；而后到了7月3日，这一天完完整整走到黑，才不过行了 3 英里路。眼下他们总算是来到了 —— 自穆哈至萨那途中的最高山峰——苏马拉山脚下的门西勒村。

也总算有一份幸运以慰风尘——终于不再是那些破旧脏乱的咖啡小茅舍——他们在门西勒找到了一家基础设施齐全、相对来说足够干净舒适的大型商队旅馆。屋子里是石砖地面，他们甚至能有一个单独的房间与其他旅客隔开。于是远征队当即决定接下来的一天就在这里度过，希望福斯科尔能把他的精气神儿恢复起来——病人此刻终于不再抗议行程的推延了。但是第二天一早，当尼布尔出去支起星盘打算测定此处的具体地理位置时，却不幸再次与风寒撞了个正着，遂即发起热来，就像他之前在日记里提到的，一阵阵的“寒冷”，自他在拜特费吉赫的那次伤寒之后，就时不时地找上门来。眼看福斯科尔的身体没有丝毫好转的迹象，他们一致赞同继续住在这个设备完善的大型商队旅馆里，直到尼布尔和福斯科尔的身体有所恢复再说。和上次一样，虚弱疲敝的瑞典人对此没有任何异议。但是那些负责赶骆驼的脚夫就不以为然了，他们嚷嚷着，不光人要吃饭，还有那么多动物呢，这荒山野岭穷乡僻壤的，上哪儿去弄来那么多的粮食？连一天的都凑不出来。他们信誓旦旦地向尼布尔提议，在苏马拉山的另一边，还有一个更大的城镇杰里姆，大家应该到那儿去，因为从门西勒到杰里姆，要比前一天从巴克恩河谷到门西勒走的路程还近呢。考虑到苏马拉山处处是悬崖峭壁，几乎无法通行，他们遂承诺自己会带人回来把病重的福斯科尔驮运走，一定把他带到山那边去。尼布尔说服自己信了，打算照他们说的走走试试，看看次日傍晚能不能抵达杰里姆。然而不幸的是，他到那时已经没有必要再检验这些阿拉伯人的说辞了。从门西勒到杰里姆的路程，至少得有巴克恩河谷到门西勒路程的5倍。

因此，他们在舒适的大型商队旅馆里只是休息了一天时间，便在1763年7月5日再次出发了。尼布尔和博朗芬一起，一大早就走了，日出之前的清晨比较凉爽，他们要在这段时间里快马加鞭地赶路。克拉默和贝里格伦则留下来，和福斯科尔一起等待驮运人员的到来——那些阿拉伯人说好会回来带走病号的。

远征队成员刚一分开，困难就接踵而至。尼布尔和博朗芬往山上行进了一段之后，就非常懊悔自己选择在这一天的大清早出发。眼下他们正爬到半山腰的背阴地带，空气寒冷刺骨，身上穿的衣服又薄得可怜，而其余那些厚衣服都留在了门西勒，和行李一起，都已打包、装载到骆驼上了。他们瑟瑟发抖，也只得继续向上跋涉。尼布尔在日记里写到，他不光“寒冷”难耐，胃里也跟着翻江倒海，每次都是还没走多久就得停下来，靠着山岩一阵哇哇大吐。不仅如此，由于他们之前从塔伊兹到门西勒的沿途一路都能找到充足水源，旅途中随身携带饮用水的习惯就在不知不觉间被他们慢慢摒弃了。现在可好，在苏马拉山，他们连一滴水都找不到。更不用说尼布尔每次呕吐完了都没有水漱口。好容易才穿过那座山口，此时正午的阳光照射过来——他们也终于走到山的向阳面儿了。“我发誓我从来都没有过这样口渴的感觉。”尼布尔都赌咒发誓了，他从来不是那种夸大其词的人，可想而知他得渴到什么地步吧。这种情况持续了很久，后来日头都偏西了他们才抵达山脚下，恰好碰上一个在田里劳作的农民，恰好农民带了水——他们这才讨到了一点生命之源。

翻山越岭，最后终于抵达杰里姆。这一路上尼布尔的身体遭受种种煎熬，尽管如此，他们每经过一个村庄，尼布尔都会记得打听当地的地名。在他所绘制的也门地图上，从门西勒经由苏马拉山延伸至杰里姆的这段路程所涵盖的地区中，总共出现了 5 处地理位置名称。等到他计量出他们所走过的路程时，之前所有的猜疑也就得到了证实——实际路程真的要比阿拉伯人向他们描述的远太多了。那么，其他人呢，现在怎么样了，走到哪里了？尼布尔在杰里姆城外来回踱着步子，一直看着山路那边，眼下他是到这儿了，克拉默和贝里格伦呢，还留在门西勒的商队旅馆里吗？尤其一想到病重的福斯科尔，他心里就更是七上八下。时间一分一秒地过去。山路上仍旧空无一人，任何旅队的影子都没见着。直到日薄西山之时，尼布尔才瞅见前方有一小团尘云扬起。千等万盼，这一小队人马总算是到了。尼布尔立即快步上前迎接他的朋友们，却不料等待着他的境况竟是那般触目惊心。

回到门西勒的商队旅馆。他们的处境可以说是急转直下。那些赶骆驼的阿拉伯人说好了会回去驮运病人的，结果呢，福斯科尔、克拉默、贝里格伦白等了他们一个上午。直到正午时分，他们仨才彻底明白过来自己被放了鸽子——这帮穆斯林或许觉得背运一个基督徒是降低身份有失尊严的事情。反正不管怎样，他们在门西勒无人问津已是不争的事实，不仅如此，粮食也供应不上，眼看着人和牲畜都要没得吃了。要是他们还想在太阳落山前赶到杰里姆的话，就不能再等靠下去了，必须即刻起程。但病人情况很不乐观，福斯科尔内脏疼痛欲裂，此时再让他坐到驴上骑行前进根本是不可能的事情。最后，他们只好把一匹骆驼上的行李全部挪走，再用绳子将他牢牢捆缚在骆驼背上。眼下这是他们能想到的唯一可行的办法了。

就这样出发了。正午的阳光垂直照射下来，坚定不移地烤着这队上山下山的人马，仿佛他们跋涉的脚步越是艰难，它就越是毒辣。目之所及，足之所及，别提什么山野景色了，就连一棵绿树，在阳光赤裸裸的照射下，给他们带去的都是切肤般的灼烧疼痛。天空不见一片云彩，赤道近区的太阳就像会喷射火焰一样，落在病人身上，灼烧着，继而与他身体的疼痛一并燃烧起来，火势熊熊，烈焰吞心。直到太阳退隐在山屏后方，这条“苦难之路”[1]才算走完。彼时杰里姆城外，尼布尔奔向他们，不禁惊恐万状，他

[1] “苦难之路”（Via Dolorosa），位于圣城耶路撒冷，从耶稣被审判的地方起，到他被埋葬的地点（今天的圣母教堂），共分为十四站。

都要认不出眼前这个病入膏肓的朋友了：仿佛驮兽身上的一个漏洒至半的麻袋，彼得·福斯科尔横躺着，被捆绑在骆驼背上，嘴里持续不断涌出呕吐物，沿着牲畜沾满尘土的肋腹缓缓流下。他脸色发青，眼睛睁着——意识还是清醒的——似乎要说什么，却只是睁着，连一句话都说不出。痛苦之情难以名状。

他们缓步走到杰里姆的旅馆。眼下已经没有房间可以单独租给他们了，除了那间拥挤的公共房间——也是人满为患——但也只好就此先安顿下。然而，他们这些异乡人一进到那个房间里，就引起了众人好奇，没过多久他们身边就团团围聚起一群人来，你推我搡的，俯视眺望着他们的行李物品，大呼小叫的，对他们评头论足，对那些仪器设备指指点点，不知道都是些什么古怪玩意儿，就向他们问东问西的。但大家说的都是些俏皮话，无非是趁机拿他们打趣逗乐，房间里（嘲）笑声浪此起彼伏，好不嘈闹。尼布尔意识到，在这里是别想有片刻安宁了，他们必须重新租一个房子。于是他嘱托克拉默和博朗芬照顾好福斯科尔，自己拖着疲惫的身子再次走进这座城镇的暮色里。杰里姆的规模比一个村子大不了多少，稀稀落落的房屋，但每一间都住满了人。尼布尔就这样挨家挨户地叩门问房，过了很久，天都黑了，他终于以一个高得离谱的价格租到了一间屋子——福斯科尔总算有了一个可以安然宴息的去处。

可是等他回到旅馆，又面临着新的难题。无论好说歹说，在场的穆斯林都无动于衷——只顾着看热闹——没有一个愿意帮助他们把病人从旅馆这儿运送到那个房子里。于是就在这些阿拉伯看客的围绕下，博朗芬、克拉默、贝里格伦，还有疲敝的尼布尔，共同把福斯科尔连带行军床一并抬出旅馆，来到大街上。当下这一小队人马周围即刻聚集起嘈杂人群，他们只得一边厉声呵斥着，一边从人群中开辟出一条前进的小路。总算是挪到了新住处的跟前儿，克拉默去开大门，不得不把几个阿拉伯人搡到一边去——然而在当时那种意志消沉的光景下——他的动作可能是气急败坏了点。结果呢，那些个站着看事儿不腰疼的人被推恼了，当即就向他们扔起了石头。几个欧洲人躲都躲不及，直到最后钻进屋子里，大门在身后关上，门闩紧紧拉死，他们这才松了口气，免去可能会被乱石砸死的悲剧——而门口扔石头的声音仍旧闹哄哄地持续了好一会儿才平息下来。福斯科尔终于能好好休息一下了。眼下他躺在这个昏黑的房间里，头顶上方的那根蜡烛安静地燃烧着，他想试着舒展四肢，却无奈疼痛与寒热交迫，整个身子都在不住地颤抖。

在随后几天里，尼布尔一直在日记中劝服自己相信福斯科尔正在一点点好转。这个向来实事求是的男人几乎都不敢正视眼前的现实处境了。他的身体一直是病而未愈的虚弱状态，现在博朗芬和贝里格伦也开始抱怨自己常常觉得“寒冷”。他们都没有勇气再走到这个敌意重重的城镇中去。尼布尔原本想去登门拜会那些有名望的人——以收集当地的各种信息。可是眼下他也不得不放弃这个念头了，取而代之的是他让自己坐在福斯科尔病房里的窗前，对着外面的风景画画。这样的生活一直持续了好几天后，他才敢让自己试着去市场上转转。去干嘛？用他自己的话说，“是为了不让自己继续忧思萦怀”。泥坯房子茅草屋，街上牛粪随处见，他就这样一连好几个钟头地在外面四处闲逛。不过独自走在街上时，他看起来和一个阿拉伯人无异，于是并没有人觉察或留意到他的存在。就这样，他脚踩拖鞋，步履疲惫而沉重地向前走着，时而问问某些商品的价格；时而在平旷广场上席地而坐的那些裁缝、修鞋匠、铁匠等手艺人的货摊前驻足观看；也会在某个会做包皮环切手术的人的铺子外面停留片刻，这类人通常也会给人治病，用放血疗法，或是用他锈迹斑斑的刀子割开患者脸上的皮肤，再在伤口上涂搽葫芦巴籽粉。

这天是 1763 年 7 月 10 日。随着夜幕缓缓降临，尼布尔返回住处，彼时情况极为不妙，福斯科尔被再一次的发热紧紧攥在手里，看上去生不如死。自从塔伊兹出发以来，他一直在和病魔抗争，无论是抵达门西勒前的长途跋涉，还是翻越苏马拉山的那段苦难之路，尽管他都苦苦撑了下来，但就在最近这 5 天的时间里，他的意志，已经被彻底瓦解掉了。眼下福斯科尔再也没有任何心力去反抗了。这天夜里 10 点钟左右，他陷入深度睡眠，自此不省人事。待到第二天上午，刚过九点半，彼得·福斯科尔，在阿拉伯菲利克斯的杰里姆咽下了最后一口气，时年 31 岁。

尼布尔画的杰里姆城素描，当时他就是坐在福斯科尔病故的那个房间窗前画的这幅图。

是日下午，尼布尔只得向当地机关上报死讯。他派遣由塔伊兹法官推荐给福斯科尔的那位仆人，去当地酋长和法官那里请求帮助。酋长对此事不理不睬，法官倒是推荐了一个阿拉伯人，他认为此人应该会卖给远征队一小块地用以埋葬死者。尼布尔着即前往购地。然而买卖刚敲定没多久，那厮却不得已而反悔了。原来是因为那块地紧挨着一条水渠，而周围农田的灌溉全靠这渠中之水，于是邻居们就威胁这块地的主人了，说，要是那个基督徒埋在这里的话，一旦渠水出了什么问题——无论干涸了或是腐坏了——你都得负全部责任。

与此同时，酋长那边也传来口信，他要立即和远征队的一位成员面谈。尼布尔遂有备而去——决心要秉承福斯科尔生前的风骨气节——面对强权一毛不拔。那位酋长告诉他，依据当地律法，无论是一棵菩提树还是一个犹太人，只要是死在他的地盘上，那么他便是死者的唯一合法继承人。尼布尔知道，由于博朗芬一直以来都勤勤恳恳地帮助福斯科尔绘制植物标本，后者出于感激之情已经把自己的所有财产都赠给了前者，因此，尼布尔冰冷地回答说，死者既不是一棵菩提树，也不是一个犹太人，而是一个欧洲人，就算是穆哈的酋长在当初他们失去另一位同事的时候，也没有作出这般声明，还要继承——剥夺——死者的财产。酋长的儿子倒是十分圆滑，说是不要只从字面意思来理解，他父亲的话无非是说，在外来客亡于此地的情况之下，他作为这里的统治者是应该得到一份厚重谢礼的。尼布尔回道，作为远征队的财务负责人，若写不出一张正当合理的收据凭证，他是无法支用任何一分钱的，由此他便要求酋长以书面形式告知——究竟他想要多少钱。眼下尼布尔已经把话说到这一步，酋长无言以对了，遂只能就此作罢。同时酋长还有些忐忑，他很清楚接下来远征队是要前往萨那的，他担心此事会被上奏给伊玛目。

尼布尔从酋长那里出来之后，就径直进城，最终他还是设法找到了一块地，那地既不挨着灌溉水渠，也没靠近耕地。只是上哪儿再找六人运送尸体入棺呢，尼布尔也犯难了。他不光开出了非常高昂的价格，还保证道下葬的过程可以在半夜三更的时候进行，这样一来就没有人会发现了。即便如此，仍旧没人应承。直到第二天，他才好不容易找到六个衣衫褴褛的苦力——只有他们愿意接这运尸下葬的活儿。是夜凌晨三点，趁城中居民熟睡之际，这一行六人集合完毕，领走了福斯科尔的棺材。由于害怕会被发现，他们心中一直惴惴不安，几乎是夺命穿过街道飞奔到墓地，十分仓皇匆忙地埋完了事——棺材距离地表只有一铲子的深度。经过了白天那一番的找寻与协商，尼布尔被折腾得精疲力竭，身心交瘁的他彼时卧病在床，站都站不起来，因此，“葬礼仪式”举行的时候，也就只有博朗芬和克拉默在场了。

然而就在几天之后，他们得知，福斯科尔的尸体在下葬的第二天晚上就被一些阿拉伯人给挖了出来。这些阿拉伯人暗中留意到他是装在棺材里下葬的，遂觉得棺材里定有某些价值连城的陪葬品。于是这些盗墓者就破棺取尸，把缠好的裹尸布也解了开来。最终却一无所获。失望之余他们连尸体都没包——更别说尸归原棺了，直接扔在地上就一走了之了。后来是一个犹太人把此事上报给酋长，酋长随即令他把尸体重新埋回去。而这个犹太人争道，除非有报酬，否则不干。酋长说，这好办，你只管把尸体埋好，报酬嘛，那具棺材就归你了。

3

想当初冯·黑文去世时，尼布尔在他的日记里不无夸饰地写了一份告别挽言，而这一回，则免去了那套华丽而违心的说辞，只要实事求是地陈述便已足够："我们满怀沉痛地哀悼福斯科尔先生：一直以来，他行成于思，业精于勤，时常外出跋涉，进行植物学的各种长途短途考察；他与每个地方的普通老百姓都能打成一片，也是在这种交流接触的过程中，他把自己的阿拉伯语磨练得极为精湛——从而成为我们团队在阿拉伯语言文化方面最为出色的队员。所以对于我们来说，他的存在就像是领队人一样，常常是我们的典范与榜样；与此同时，对于这场远征，他可谓是全身全心地投入与付出。他始终不懈地追求着，迫切希望实现我们这场远征的成功。平心而论，他仿佛是命中注定为阿拉伯远征而生的男人。即便是在我们的生活遇到诸多不便与艰辛的阶段，他也鲜少有垂头丧气或暴躁动怒之时。此外，他身上还有极为可贵的一点，那就是在远征刚刚拉开序幕的时候，他就能做到像一个当地人一样去生活。这一点对于远征而言十分必要，如若不然，最为博学的人——福斯科尔先生——便不可能在征途中的各个地方都取得如此丰厚的研究成果。"

尼布尔的这番话，不是对一位学者的纪念，而是对一位同事的深深缅怀。眼下这场死亡危机给远征队带来的损失十分严重：福斯科尔生前就是团队的策划人和组织中心，安排分配任务从不会为权谋私，他向来一视同仁。细细品味尼布尔的这番缅怀，其实不难读出他的担忧，对于眼前，对于未来，没有了福斯科尔的远征队，将要如何独当重任？不过，尼布尔在忧患之中倒也看清楚了整件事情的本质：冰冻三尺非一日之寒，即远征队之所以落得眼下这一步，根源并非在杰里姆停留的这几天。后来他也向自己的儿子讲起过福斯科尔一生的功过是非，其中着重强调了这位死者在科学界所取得的成就：“福斯科尔是整个远征队里最博学的，如果后来能活着返回欧洲，他或许就会成为整个欧洲最博学的人。他勤勉，孜孜不倦，同时又吃苦耐劳，无畏无惧于任何艰难险阻。他的缺点就是争强好胜，固执己见，以及骨子里的或冷漠或激愤的性情。”

至于尼布尔用寥寥几句速写而成的这幅人物肖像，倒是十分精准清晰。性格成分里，积极与消极的，还真是一半一半。福斯科尔并不总是平易近人，他骨子里冷漠，同时也自信自足。他身上有很严苛的正义感，以至于他会对一些人产生太过尖锐的评判，比如对冯·黑文，后者时而弄虚作假，逃避责任，总是蒙混过关，令其难以忍受。但是这种正义感同样也会激发他，以真情实意，结交最纯洁正直之人，而这些人一旦为他的真诚所打动，就会为他全力以赴，甘苦与共——这一点确实是信而有证，福斯科尔与博朗芬之间就建立了深厚友谊。其实福斯科尔是一个很难相处的人，对他来说，真理永远高于一切，为此他甚至不惜舍弃以人为本的处事原则（这也是世人觉其冷漠的一个原因）。他固执己见，从不妥协让步，不圆滑不通融，得罪人惹恼人也就是常有的事。他也从不拐弯抹角，对于那些不赞同他的人，向来都是直抒己见，如果对方仍旧坚持，那他必会迎战到底——直到对方溃不成军。福斯科尔对他人要求苛刻，精益求精，永不止步，因为他对自己的要求就是如此。

再说他在科学界的声望。根据尼布尔的评价，福斯科尔跻身欧洲最出色的学者之列，对于这一说法，任何严肃学者，无论是与他同时代的还是后来时代的，都没有否认。他的博学多才表现在诸多领域，神学、哲学、语言学、经济学，同样还有化学、地理、动物学、植物学，且在以上所有领域中，他都取得了全新的研究成果。特别是他对植物和动物进行的描写与说明，其精准，其细致，可以说是前所未有。努力换来了丰厚回报，他所采集到的标本各种各类，不计其数，十分珍贵。

然而，见识广博、洞悉真知，决心与毅力，如此种种混合到一起之后，却也徒劳无功。到头来落了片白茫茫大地真干净！整个远征期间，福斯科尔真正担心的事情只有一件，那便是其他人可能会窃取他的研究成果——在他找到时机彻底完成之前。他不想和任何人分享这份荣耀。为此他发明了数字编号暗码，并以缩写的形式运用到他所有的文字描写说明中，如此一来，这些暗码就可以自成系统而难以被人识破。坦白地说，他的担忧并不是毫无根据的。然而，哥本哈根却不是那个真正截获了他理想的敌人。“万一我没有机会活着回去的话，那，我和科学也好，科学界与我也罢，其中损失之惨重，真是无以言表了。”他在给林内乌斯的那封信里似乎预见了这种可能性。没错，死亡才是。死亡截获一切，不由分说。

当福斯科尔在 1763 年 7 月 11 日病终于杰里姆之时，他的所有手稿及绝大部分的采集标本都还是原封未动的，由此可以估量一下还剩多少。1761 年他们待在君士坦丁堡期间，他曾留下并打包了一大批植物标本，以及“格陵兰号”航行过程中他所采集到的海洋动物。福斯科尔曾经十万火急地要求立即将这些大木箱子寄发走，不然的话，酒精在当时那种温热的气候下很容易就会挥发干净。但是冯·加勒却不急不忙。等到这些辛辛苦苦采集来的成果终于被送到哥本哈根时，都是两年以后的事了，而那时，绝大部分生物也都腐坏了。随后到了埃及，福斯科尔也寄走了三大包植物，好多个箱子，装有酒精封存的动物，昆虫标本和大量鸟类标本。这批委托运送的货物抵达其目的地时也都遭到了严重破坏，因为运途中遇上的一些海盗偏偏对这些东西感兴趣。后来在苏伊士，他也寄走了一箱自然历史标本，而这个箱子压根儿没到终点，直接不知所踪。接着他们到了阿拉伯半岛，他什么都没寄，所有家当和收集品都装在了那些个大木箱子里，后来经由伊斯梅尔·萨利赫代运到穆哈海关——亏得有这个家伙的“帮忙”——在那儿所遭到的破坏，正如我们先前所见，福斯科尔的很多收集都未能幸免。于是再一次，高温致使酒精挥发，不少箱子里的鱼都腐烂了，结果就是不得不将这些烂鱼投进红海里去。然而，就算经历了如此不幸，保留下来的起码还有 12 箱，福斯科尔死后，这些箱子也都从穆哈被运到了孟买。到孟买以后，它们又被送到加尔各答，那里的一位丹麦商人会负责把它们带到德伦格巴尔。然而等到了德伦格巴尔时发现，运输过程中那些箱子又遭到了严重损坏，大量包裹都进了盐水，那些盛着标本的烧瓶也都碎了，酒精要么挥发要么失效了。德伦格巴尔的那些传教士只得将以上这些统统扔掉，剩下的则由亚洲公司出钱，重新用更结实的箱子打包好后，装载到一艘丹麦轮船上，驶往中国。等到旅程全部结束以后，轮船将会返回哥本哈根。1766 年，也就是在福斯科尔去世整整三年以后，他生前的收集所剩下的最后一部分才得以抵达丹麦。

按理说，种子是最方便运寄的。即便如此，出于某些原因，福斯科尔在这方面的工作强度仍旧是不亚于动物标本的采集。福斯科尔不仅从君士坦丁堡、开罗、吉达、卢海耶都寄出了种子，而且还给这些种子非常仔细地编上号码列了目录，多达 347 种——

想必是到那时为止的数量上限，且无论后来他在也门发现的那些。不管怎么说，这都不是一笔小数目了。然而事实上，福斯科尔寄出的种子数目——是这个总和的6倍——总计有2000多种，都是单独寄出的大批量。还记得福斯科尔当初的那个计划吧，是的，他确实付诸实际行动了：他给欧洲所有极具影响力的高等院校都寄去了种子。这个计划最初还是他在马赛逗留期间的一个设想，为的是能够让他有机会给林内乌斯分享自己调查研究的劳动成果。福斯科尔从君士坦丁堡、开罗、吉达、卢海耶四地，向欧洲各地的植物学家寄出种子，分别有哥本哈根的厄德尔乌普萨拉的林内乌斯、伦敦的米勒、巴黎的朱西厄、莱顿的布尔曼、蒙特彼利埃的索瓦热。因此，他就要准备六份不同的种子集合，并且还得把所有条目都列得清清楚楚，于是他在给林内乌斯的信里提到了自己准备的不容易：“确实是让我的工作量加重了很多，但一想到这是在为科学而工作，我也甘愿如此，不遗余力。”由于这些采集全都抵达了哥本哈根和乌普萨拉且没有损毁，那么想必其他城市的大学应该也都收到了。除了以上提及的这些种子之外，还有福斯科尔在远征过程中搜集编写的那本大型植物标本集，从这本集子最初的文本内容来看，其中含有1300种不同植物。最后，这本植物标本集也是毫无损毁地成功抵达了哥本哈根。

至于福斯科尔的手稿——他们在他死后整理了七个大包裹——将会随轮船从孟买送至哥本哈根，包括他的远征日记、对各种动植物的详尽描写说明，以及诸多方面的论著。其中，论著涉及穆斯林的风俗习惯、也门语言的发音法、哥普特教会、麻风病，还有也门的早期历史。另外，手稿还包括他所到过的那些国家地区的价格、货物、货币、计量单位等方面的记载；我们前面还提到过，早期福斯科尔曾在开罗寄出了论文专著，包括《开罗—亚历山大的植物群综述》《埃及陆生生物繁殖能力研究》《埃及植物系统编目分类》。第一篇是送到哥本哈根了，后两篇据德国领事馆的那位秘书特姆勒所言，则是“没有收到”。

尽管一路上遭到损失毁坏的不计其数，福斯科尔还是有很大一部分的收集成果及手稿顺利抵达了目的地。既然如此，按理说这些辛苦所得此时应当处于安全保管中了吧？终于不必再遭损毁，终于可以被呈给权威机构进行详尽的科学审查了吧？然而真相，却是苦不堪言。福斯科尔沥尽心血换来的这些成果，无论在翻阅千山万水的过程中遭受了多少毁损，都比不上它在哥本哈根的命途惨烈。

也许天公不作美吧，事件的起因还是那些动物标本——最终抵达哥本哈根的少说也得有十个大木箱子。这些箱子的收件人是彼泽·阿斯卡尼俄斯。此人是自然历史博物馆的馆长，也是弗里德里克五世在夏洛滕堡宫建设的“经济自然历史阶梯室报告大厅”的一位教授。阿斯卡尼俄斯是克拉岑·施泰因教授的密友，二者都是当初力挺克拉默的那一派，毫无疑问，记忆如昨般历历在目，彼时与福斯科尔之间因候选人而起的那场恶战，这两人自然是不会忘记的。那么，阿斯卡尼俄斯先生是否对这个机智的瑞典人仍旧心怀憎恨？或者仅仅是他这个人原本就这样冷漠？缘由虽不明确，但是事实无可争辩：在接手了装有死者的标本的这些箱子和包裹之后，他就置之不理了，既没有打开，也没上呈给任何的科学审查机制——如此一来他也省却了给数百个玻璃容器更换酒精的麻烦。就这样，好几年过去了。在乌普萨拉，林内乌斯开始焦躁不安了。他迫切地想要知道那些标本的情况，于是他就询问丹麦当时最有前景的动物学家，布吕尼奇。随后在1765年年初，他收到一封回信：“关于那些丰富而宝贵的材料，目前情况尚不明确。但我知道它们是福斯科尔先生的毕生心血。几年前，这里曾收到过他的采集成果，里面的那些标本基本都是来自地中海及其周围地区，也有一部分来自埃及本土。当时我也看到了，心底里颇为震撼，十分佩服，若没有勤勉刻苦的付出，如何能有那么壮观的收获量？如此丰硕的成果，可想而知得有多么庞大而繁杂的收集过程：箱子里装满了昆虫和鸟类的标本，还有各种玻璃容器，里面盛着鱼、两栖动物、蜗牛等，都用酒精封存。但很遗憾，我只是匆匆一瞥，还没来得及展开细致的检查工作，它们就都被转交给阿斯卡尼俄斯先生了。当时一同转交的还有从阿拉伯半岛寄来的其他物品。我不知道事实是否像我看到的那样——我衷心希望不是——有很大一部分动物，特别是那些鱼，由于潮湿和高温的影响，已经腐坏了。”布吕尼奇非常清楚接下来会怎样，但他无能为力无可奈何。林内乌斯试图通过米凯利斯，间接地向伯恩斯托夫小心谨慎地打探一下情况，并主动提出自己可以帮助破译福斯科尔的编号暗码。他确实是很礼貌地提出了要求——这要求听来难免有多管闲事的意味：“我实在无法想象那个全权负责的人能自觉自愿地保管好那些标本而不让它们遭受任何损毁。我确实不放心。”

然而，林内乌斯的担忧到底还是成了真。那些箱子自抵达之始就被置之不顾了，一直处于无人问津的状态。当那些受委托运送的箱子包裹——经由孟买、加尔各答、中国——抵达哥本哈根后，也是面临了同样被弃置的命运。就这样，几年时间又过去了。容器里的酒精都已经挥发干净，动物尸体腐烂，干鱼受潮，鸟类标本也沦为虱子、跳蚤、飞蛾的殖民地。1770 年索伊加汇报说，那边仍旧没有采取任何措施。随后施特林泽上台，实行改革，清整党派，阿斯卡尼俄斯被罢免，布吕尼奇随即于 1772 年接任，最后终于能够着手处理福斯科尔的箱子了。然而到那时，收集成果也已经是百般腐损潮毁，很大一部分都只能落得个被扔掉的下场。布吕尼奇、法布里丘斯、奥托·米勒，三人都把这些标本运用了起来，作为他们描述新物种的基础。但后来哥本哈根于 1807 年惨遭炮轰，这些箱子的命运便再度被束之高阁，长达 30 余年的时间无人问津，无人检查。对于彼得·福斯科尔“如此丰硕的成果”，当今时代的动物博物馆中只收藏有昆虫、鱼、珊瑚和贝类——后者宛若天助神力——它们并不会由于人为的忽视而那么容易变质腐坏。

再说回福斯科尔收集的植物材料。种子是2000份有余，经他分类、编号，打包、分发，寄送到欧洲不同地区城市的6所大学——运途中难免时常遭遇各种不测。不过起初一切进展都还顺利。可想而知，乌普萨拉的林内乌斯一收到福斯科尔寄来的种子就迫不及待地播撒了，最终栽培成活的植株起码有80棵。哥本哈根的奥德尔也很认真负责，把种子都播撒在他个人的植物园内，栽培成活的植株多达230棵。以上这些都还只是福斯科尔从君士坦丁堡和开罗两地寄出的种子。而后来委托运送的那些——就不归奥德尔管了——全都落到了阿斯卡尼俄斯的手中，当然也就和那些动物标本是相同的遭遇。等到1772年，布吕尼奇打开这些认真封装过的、加有标记的包裹时，种子自然而然已经失效完尽。那么，欧洲其他四个城市的大学呢？他们收到福斯科尔——“出于科学的利益”——寄给他们的种子了吗？为此，卡尔·克里斯滕森曾做过调查。伦敦那边，米勒连一粒种子都没收到；巴黎那边，朱西厄对此事闻所未闻；莱顿那边，布尔曼从没见到过福斯科尔的包裹；蒙彼利埃那边，索瓦热与以上三位收货人一样，对派件详情一无所知。

另外还有福斯科尔的大型植物标本集——其中包含了大约

1300 种不同的植物——也在托运遗物之列，完好无损地安全抵达了哥本哈根，随后被转移至阿斯卡尼俄斯教授的保管之下。这集子自此也是陷入了一段漫长沉寂的等待。中间虽曾有罗特博奥研究其中的一些植物，但给出的描写说明不过蜻蜓点水。直到后来马丁·瓦尔[1]的投入，才算是开启了对标本集真正的科学鉴定，然而到那时为止，福斯科尔已经去世整整 20 年了，那些植物也都因蛀蚀和受潮而遭到严重毁损，其中许多都已不复存在。霍内认为，现在看到的这册大型植物标本集中所包含的植物，应该只是当初福斯科尔发现的 1/3。直到 150 年以后，卡尔·克里斯滕森重新汇编了一本《福斯科尔的植物标本集》，才得以凭其历史价值为福斯科尔鸣不平。谁说不是呢。那么多的心血付诸东流，被白白糟蹋浪费了，那集子从未像福斯科尔希望的那样，对当代科学研究产生重要意义和深远影响，为他赢得生前身后名。从未，从未。

那些从阿拉伯菲利克斯远道而返的大木箱子，就丢在堆满杂物的储藏室里，日复一日年复一年地等待着，等待着被开启。而人们仿佛是无暇顾及。在那些个年月里，难得有人会去爬这段吱吱呀呀通往阁楼的朝不保夕的楼梯，更没有哪个福斯科尔回来面对它们——除了越积越厚的灰尘。然而等到两百年过去以后，世界各地的动物学家和植物学家都慕名而来，就是为了在哥本哈根

[1] 马丁·瓦尔（Martin Wahl，1749—1804），生于挪威，丹麦植物学家、动物学家，曾在乌普萨拉拜于林内乌斯门下研习植物学。

一睹当年福斯科尔“丰硕成果”幸存下来的，残余剩货。

他手稿的命途也没好到哪儿去——尽管手稿与自然历史的收集物大有不同。照理说，比起一箱子动植物，寄送和保存一份手稿要更方便容易得多。既不会腐烂变质，也不会招来飞蛾，无论骇浪滔天，摔磕碰撞，它都能经受得起，但独独受不起的则是漠不关心，不闻不问——而这恰恰是福斯科尔手稿的遭遇。

还有论文。福斯科尔之前在埃及，基于亚历山大和开罗附近的植物群，写的三篇论文中只有一篇被送达目的地。不幸的是，这唯一送达的一篇也随即在哥本哈根消失了。除此之外，福斯科尔的其他主题研究不胜其数，其中麻风病、哥普特教会，以及也门的古老历史，这几方面的研究时常会作为参考的原始资料而被引用到尼布尔的书写之中，但是这些资料却从来都没有作为独立的作品被发表出来。至于那本写得满满当当的日记——涵盖了他从出发第一天到离世前两周的所有远征经历——实际上也是完好无损地抵达哥本哈根了，然而也同样没有被发表出来。在 1774 年 10 月 27 日的《新学快讯》上，有这样一则简短的纪事：据哥本哈根报道，“丹麦现任国家外交部部长，冯·伯恩斯托夫伯爵发表声明，已故的福斯科尔教授前往东方的远征日记，不日将交付刊印。非常期待这本日记的问世”。但是，这则期待已久的新闻在宣告完后，便没了下文。福斯科尔的日记根本没有问世。如同他从埃及发出的那篇论文，就那样消失得无影无踪了。学者卡尔·克里斯滕森在致力于完成福斯科尔传记的过程中，也始终坚持不懈地在寻找，然而整个 19 世纪，这份日记手稿始终处于失踪状态，因此他也是始终寻而未果，遂万不得已而放弃了。到 20 世纪 20 年代初，亨里克·许克终于在基尔大学的图书馆中找到了这份手稿。即便如此，当局照旧不急于发表，所以无论是卡尔·克里斯滕森还是亨里克·许克，在世时都没能看到这本日记问世。直到 1950 年，距离作者写下日记的第一行字都过去将近 190 年的时间了，彼得·福斯科尔的日记才在乌普萨拉发表出版——书名为《前往阿拉伯菲利克斯的旅程》。不过到此时，那份日记中关于他们考察的国家及人口的大量信息，自然是失效无疑了。

这部文字记述可说是七大包裹里的“主将”，好在抵达哥本哈根时尚且完整无损。包裹里还有两篇分别对动物学和植物学进行长篇论述的手稿，用拉丁文写就，后于 1775 年发表，也就是我们前面提到的——《阿拉伯地区 - 埃及的植物群综述》和《动物群综述》。翌年，又有一本画集问世，名为《自然与发现之图志》，其中含有 43 幅博朗芬的精心之作，都是他为福斯科尔所画的标本写实图。从这些作品的问世来看，其实福斯科尔在自然科学领域的最重要的研究发现也算是被保留下来了，尽管它们备受忽视，但毕竟还是只局限于他所在的那个时代。不过值得注意的一点是，至今我们都不清楚当时负责发表福斯科尔作品的那个瑞典人究竟是谁，但可以确定的是，此人的编辑能力非常不专业，尤其体现在那本《植物群综述》上，这本书足有379页——被认为是福斯科尔的主要研究成果——经他一出版却弄得通篇都是错误。那位编辑的校勘工作根本没有做到位，书稿中的植物与文字说明对应不起来，这就导致整本书里处处都是错误解说。也就是说，他其实没把福斯科尔当初在田间野外所完成的这些笔记很当一回事儿；相反，他觉得就是某种理论的实践基础罢了，于是既没有校订也没有组稿，最后就那样草率付梓了，还用说么，整本书都是乱序的。通篇看来，连一点基本的逻辑连贯性都没有。原本福斯科尔最伟大的成就，就如此被迫沦入一团无厘头的混乱之中了。这种情况持续了150年，直到后来卡尔·克里斯滕森还原了整部作品。他好比是把这本弄错了的鸿篇巨制一点点地全部切分开来，得到无数小块的文字描述碎片，再像玩拼图一样，把无数个单位碎片拼合起来。如此他就拼出了那张正确的图，也就是福斯科尔曾经日积月累完成这部鸿篇巨制的思路历程。彼时再看这部作品则是一目了然：福斯科尔的研究发现包括300种植物，涵盖24个不同的属，这些就算是放在卡尔·克里斯滕森的时代，仍旧能称得上是新发现；再看他对这些植物的描写说明，都是基于非常精准而细致的观察，确实是前所未有；不仅如此，这本书也展露出福斯科尔在植物形态学方面的十分渊博深厚的学识；他能捕捉到这些植物的变态，能发现性状的消失蜕变，并进一步总结形成理论，可以说在这方面的阐述，他是远远领先于自己所处的那个时代的。

毫不夸张地说，他堪称是植物地理学的奠基人之一。但由于没能及时对那些资料进行恰当而准确的划分和排版，那本书也就没能对当时学术界产生什么影响。出于对福斯科尔的欣赏、敬佩，以及无不惋惜，卡尔·克里斯滕森总结道：“对一个人，及其作品、成就所展开的历史叙述，若是只局限于迄今为止他——对科学发展所作出的——被世人承认或知晓的研究贡献，那么在这种视野下，对福斯科尔的讲述就会变得乏善可陈。”

什么都没留下。等到所有存货都清点完毕，这就是最终结果。冯·黑文在这场丹麦远征中没有作出任何科学贡献，这已是我们有目共睹的结果。两位教授野心勃勃，互为劲敌，最后也步入了一样的命途。远征一路走来，一位是好逸恶劳，缺乏积极主动，满脑子都是个人的舒适享受，没有主见，也毫无理想可言。他身后什么也没留下，除了一本不足取的日记，而且还是仅仅记述了远征过程的某一段特殊时期——他彻头彻尾的尴尬而可耻的惨败经历。另一位是从早忙到晚，业精于勤，对万事万物都有着浓厚兴趣和强烈求知欲，天才般的想法和理论层出不穷。他人习以为常视而不见的事物，他却善于从中发现并加以钻研，旨在窥见那神秘奥妙之所在。他广泛收集，分门别类，描写、说明。他不仅留下了日记，还有七大包裹手稿，十大箱子标本。比起另一个，他的遗物确实足够多了。两人的努力成果可以说是判若天渊，但到头来结局却是一样的。没有生前身后名，无异于，什么都没留下。

只有一件除外。那是一株名为“福斯科尔”的植物，是福斯科尔发现的，但是由林内乌斯为其命名，后者经常会以科学家或科学事业赞助人的名字来命名植物，所以对于当时那个时代而言，这可是很多人梦寐以求的殊荣。因由便是如此，当初福斯科尔独自前往亚历山大进行长途考察——行途一路不乏戏剧性，在这期间他发现了一种花儿，他觉得是新品种，等回到开罗后他就写信给林内乌斯说及此事，要求他给这个新发现命名。

林内乌斯把福斯科尔寄来的种子种下去了，待到花儿长成后，他便进行了仔细考察，结果却事与愿违。这花儿不是新品种。他也就不能再为其命名。不过，福斯科尔寄给他的快递包裹里还有很多种子，林内乌斯把它们都种在了乌普萨拉，从播种到植株长成，将近两年的时间就这么过去了。随后不久，他就听闻福斯科尔在遥远的杰里姆病逝一事，由此他便决定用学生的名字来命名另一种植物——以此荣耀聊表其纪念之情——这种植物的成体植株也来自福斯科尔当时寄来的种子，但在对比之下，它确实是新物种。最初，福斯科尔在这植物种子的外包装上写的是“Caidbeja”，因为他当时是在塞得湾附近的村子里找到的，那村距离开罗又很近。眼下林内乌斯将其更名为“Forsskalea”，并沿用了福斯科尔的描写说明：tenacissima；hispida；adhaerens；uncinata。

一听说这件事，卡斯滕·尼布尔简直要怒发冲冠，发誓永远都不会原谅林内乌斯对死者的所作所为。根据他儿子的叙述，尼布尔觉得后者的命名行为十分卑鄙，实在有辱死者人格。针对尼布尔的这番指责，无论克里斯滕森还是许克，也都曾试着为林内乌斯开解罪责。他们知道，就是由于那几个形容词，尼布尔才会这般愤怒不平，但他们认为林内乌斯不该为那几个形容词背锅，因为那不过是作为植物的性状描述，原本就是福斯科尔自己写的。话虽如此，但这理由及解释，未免还是单薄了些。众人，怕是不信服吧？毕竟对此抗议的不止卡斯滕·尼布尔一人，许多同时代的学者，像贝克曼、林德贝里等也都持有相同看法。毫无疑问，原因还是出在伟大的林内乌斯身上。他的命名原则有迹可循，世人都知道：他用一个人的名字来命名一种植物，总是会试图在这种植物和这个人的个性之间实现某种和谐统一。统一就统一吧，既然必定会对献名之人形成某种暗示性的对照，那么他林内乌斯明明是可以选择其他植物的。事实关键的地方就在这里，林内乌斯选出的——用来刻画福斯科尔形象的——那种植物，恰恰是那么鲜明突出、引人注目。如此一来，让人怎么相信这纯粹是一桩巧合？这自然也是尼布尔为死者鸣不平的缘故。不过，就算林内乌斯是有意而为之，也不至于像尼布尔设想的那样不堪。侮辱践踏人格这种说法，还是言重了。他这么做也是情有可原吧。他只是碰巧对上了事实。他了解彼得·福斯科尔也很清楚，要纪念这个男人的荣誉，用兰花和玫瑰，是不相宜的。如同杰里姆城外的沙漠坟冢旁，开不出一朵娇弱的花儿。美丽与芳香都会消损完尽，自然都不是福斯科尔的写照。唯有强烈的、炽热的、持续的、侵蚀的、令人产生疼痛感受的……才是他的个性所在。回看那四个流芳百世的形容词：tenacissima、hispida、adhaerens、uncinata，邦硬而倔强、野生而狂热、棘手而执拗、棱角分明而锐不可当。在世人心中，彼得·福斯科尔即是 Forsskalea，一株会蜇人的——荨麻草。

4

经历了彼得·福斯科尔从生病到去世的那段日子，远征队前前后后也耽搁了不少行程，时间一下子变得格外紧迫，的确是连一天也浪费不起了。眼下距离英国轮船从穆哈出发还有不到一月的时间，可是他们到萨那的路途却连一半都没走完。福斯科尔下葬的第二天，尼布尔、博朗芬、克拉默、贝里格伦就从杰里姆出发了，他们要继续穿越大山的旅程。这一走，听上去有点儿砥砺前行的味道，仿佛他们此时是带着不畏艰险的必胜决心。然而事实却并非如此。虽说他们正向着这场远征最后一个最重要的目的地进发，但这一行人其实深感前途渺茫，不过是心照不宣罢了。在杰里姆历经的种种让所有人都觉得自己的生命岌岌可危。福斯科尔是他们所有人中最精壮的那个，这是大家有目共睹的，如果连他都会那样一命呜呼，那么他们这些人还有什么指望呢？尼布尔的伤寒发热症状反复发作，持续数月而不见好转。就在最近几周里，博朗芬和贝里格伦的身体也是迅速走下坡路。这寒热先是奇袭，继而埋伏，什么时候会正式发动总攻？今天？明天？一周时间内？到那时他们将会忍受怎样的痛苦折磨？眼看在这个国家的征途就将结束了，而阿拉伯菲利克斯，却像是受了诅咒一般厄运不断，难道是要让他们死无葬身之地？

特别是尼布尔。在经历了一系列不幸之后，他受到的打击十分严重。首先是失去了福斯科尔，意味着他失去了一位情同手足的队友。自冯·黑文不作为开始，远征大任自然就落到这二人肩上，而他俩不仅责无旁贷，更是联手齐心，立志共同成就这番辉煌事业。不仅如此，远程开始一年多后，福斯科尔俨然已成为团队各个方面的领导核心：他负责与阿拉伯人协商接洽，他拟定计划，他带领大家去执行，去落实，去实现。如今呢，留下尼布尔独自一人承担这份重任，孤立无援，身边的博朗芬和克拉默虽然比他年长，但都不中用，且不说这二人行动力很弱、决策力没有，就到现在了，他们连阿拉伯语还不会讲。

一切让人感觉无望。尼布尔开始深深怀疑他们是否有人能活着返回家乡，这怀疑也加重了他的另一个担忧。如果整个远征队全军覆没，那所有辛苦所有心血换来的成果，该怎么办？那些装满福斯科尔的标本的大木箱子，交与谁照管？尼布尔现在带在身边的，有七大包裹都是福斯科尔的手稿，此外，还有他已经写了1000多页的日记，更不用说，还有他的地图和各种天文数据，博朗芬绘有乡野风光、城镇、衣着服饰、植物动物的所有画作。若是远征队无人生还，那谁来保管这些财产，把它们带回哥本哈根？如果整支队伍就这样消失在茫茫山际间而没有任何成果幸存，那么故国以及整个欧洲，又会作何评论？难道说，这些年历尽艰险沥尽心血而换来的所有成就，最后竟落得个一朝毁之全部归零的结局？

他儿子写道：“这是父亲在远征途中的一个节点。当时他被那种绝望的感觉紧紧捏住了咽喉，却连一点反抗的力气都没有。到后来，他发现自己其实陷入了一种无力状态，甚至由于长期以来一直如此，已经习焉不察。这也是欧洲人在热带国家，饱受疾病及忧惧折磨时，常常会有的生理反应。”继离开杰里姆以后，尼布尔屡屡精神不振，加上前面这次突如其来的中途停搁迁延过久，于是在接下来的旅途中，即便清楚霍达法和扎菲尔两地的村庄很有历史价值，他也只是打马而过了，既没有深入其中仔细考察，也没有抄录那里的希米亚里特语的铭文——这些铭文倒是成了19世纪几次远征的目标任务。7月13日晚上，他们抵达达马尔。这是一行人从杰里姆出发后的第一个夜晚，落宿时，向来审慎的财务负责人非但没有选普通客栈，反而租下了一间房子，房租交了整整一个月的。赶了一天的路，鞍马劳顿，本来以为能让大家伙儿好好休息一晚，谁料想这薄愿却也成了奢望。真是宿不逢时，这天夜里恰好发生山石滚落，于是一宿惊心动魄。可屋漏偏逢连夜雨，第二天贝里格伦卧病在床，已是起身都难，但其他人还得继续赶路，只能留下他听天由命了。

不完整、不集中，势单力薄，死气沉沉。眼下，尼布尔、克拉默、博朗芬，正走在漫漫远征路途的最后一段。一路无话。每个人都陷入了自我沉思。甚至都没留意到一群阿拉伯人借口要咨询克拉默医生而一直好奇地跟着他们。这个时节正值雨季，雨水来得格外凶猛，每天下午雷暴一过，他们的衣服行李也就都湿透了。仍旧是一程无话，除了紧伏在驴背上，任凭寒热在内灼烧着他们的身子，任凭雨水在外倾盆而下。随后，7 月 16 日的黄昏时分，仿佛否极泰来般的，暴雨顿止，天地廓清，太阳破云而出。彼时他们在骑行途中，经过了一些富饶庄园，周围还有大片果园，园子里满是葡萄藤、核桃树、杏树，果子都已透熟。树上的叶子滴滴答答落着雨珠，道路上的小水洼映着夕阳的最后一抹红晕。再绕过一道弯，霎时间，山村风光现于眼帘。三个男人当即勒骑驻足，静默俯瞰。山谷、房屋，雨后停留在半山腰的水汽还尚未散去，袅袅升起的炊烟探入其中，混融一体了。天地此刻沉浸于寂然之间，万物莫不如此。近前还有一只食蜂鸟栖于枝头，默不作声地端详着三位远道而来的客人。他们虚弱至极，乍一看到如此景色，似乎不敢相信自己的眼睛。良久才确认，山谷间的这座城市确实不是寒热患者看到的海市蜃楼。是真实的，空气中弥漫的新鲜泥土芳香是真实的，树叶上的雨珠滑落的滴答声是真实的，振翅飞起又落回同一枝梢上的绿色食蜂鸟是真实的。眼前的确不是幻象。是萨那，是阿拉伯菲利克斯的首都。经过这两年半以来的长途跋涉，他们终于到了。

尼布尔、克拉默、博朗芬，三人仍旧穿着各自的阿拉伯长袍，这长袍还是他们当时在埃及买的，经过天长日久地穿着磨损，已经破旧不堪，满是尘土灰泥。再往上看，是三人憔悴枯槁的面色，数日来饱受疾病折磨的他们，此刻看上去更像是一帮将要饿死的土匪强盗。他们一致认为，眼下不能就这样衣着褴褛地直接进入伊玛目的城市，因此他们暂且先到附近的咖啡小茅舍里稍作休息调整，换下这一身脏烂行头。只不过他们所有衣服中最显风度的，也就是之前君士坦丁堡入手的那些土耳其服饰了。虽说在此地穿一身土耳其服装不太相宜，但好在这些衣服干净整洁且不破旧。等到梳洗过后，把胡须也修剪过了，他们就换上这些干净衣服。整装完毕，随即出发，继续沿山路而下。上路没多久，只见一个阿拉伯人向着他们快马加鞭而来。此人在他们面前勒马停住，看上去好像颇有地位，自我介绍时措辞也颇为讲究。他是伊玛目的国务大臣法基·艾哈迈德的文官。他说，伊玛目对他们的到来真是期待已久了，每当有传报说他们即将抵达，伊玛目就派他骑出城外前去迎接，并转告他们，陛下为之安排了一处居所，供其自行支配，意欲停驻多久都可，全凭己愿。

这一晚睡得踏实啊。风餐露宿漂泊无定的日子过了这么久，他们都快忘记躺在真正的床上是什么感觉了。第二天一早，他们正坐在那儿喝着咖啡，伊玛目的见面礼就送到了——这礼物之丰厚，都可以一字排开了。除了绵羊五只，另有三匹骆驼满载而来：厨房食用油、蜡烛若干、稻米数袋、各种菜蔬。随礼而至的还有伊玛目的口谕，说自己正忙着为军队支付薪水而实在抽不出身来，请三位原谅他这两天不能接待他们。尼布尔在日记中对此耽搁表示强烈反对：英国轮船起航的日子，他一直牢记在心，可是眼下他们身为客人，还没受到伊玛目的召见，若是就这样在萨那城里四处奔走的话，又显得太不礼貌了，所以耽搁的这两天意味着他们得在那处居所里无所事事地度过。不过话说回来，这两天时间也能让他们的身体在某种程度上得以好转。他们的精神的确恢复了不少，因为贝里格伦也从达马尔赶过来了。这个坚韧刚毅的瑞典人奔波了一路，看上去有点疲惫，有点困倦。他坦言，自己走这最后一程真是举步维艰，比当初在普鲁士打的任何一仗都要吃力，可又别无选择，只能沿着这条通往萨那的路一直走下去。一路上，人们只要一看到他的模样，就拒绝给他提供任何住所，因为他们害怕他会死在自己那儿。后来有一个地方的人们找了一头驴子给他，就是为了摆脱掉他——让他骑上驴子赶紧离开。

眼下远征队凝聚在一处，大家的精气神也都再一次恢复起来。在这个美丽的地方，尼布尔吃着葡萄，得以暂缓，得以暂时抛开对过去的悲哀和对未来的忧惧：“那是一段短暂的美好时光，我们生活得如此舒适。这栋房子里的每一个房间都布置得十分妥帖，房子周围被一个大果园环绕，里面有各种各样的果树，看起来都像是野生的。那是一个充满阿拉伯风情的果园，建有喷泉和池塘，绿树成荫，随处可栖。”

两天之后，7 月 19 日，他们受到了伊玛目的接见及招待。这天正午之前，法基·艾哈迈德的文官来接他们去王宫。为了迎接他们的到来，宫殿里可以说是事无巨细地精心准备了一番，彼时都已安排妥当。阳光明媚，广场上仿若洒满碎金，马匹、侍从、各级官员陈列其间，把整个广场围得水泄不通。后来伊玛目的马官到了，他手执一根大棍棒，一边吆喝着一边向前，众人纷纷退居两侧，如此，一条通往殿内的大道清理出来了，远征队成员得以进入。卡斯滕·尼布尔是他们之中唯一会说阿拉伯语的人，遂作为领队。此刻，这位出身于沼泽湿地而自学成才的乡村小伙子，要面见阿拉伯菲利克斯的伊玛目了。以下就是尼布尔讲述的他与国王陛下的这次会面：

这次晋见是在一个大厅内进行的。此厅极为宽广，呈矩形结构，其上覆有拱形圆顶。大厅中央设有一座喷泉，泉水喷涌而出，射向14英尺的空中。水池后面是一段升高的平台，再往后又有一座高台，那里便是伊玛目的御座所在了。自喷泉至平台周围的整块地板上，都铺着波斯地毯。至于王座，则设在那方形高台之上，台面上铺着丝绸，座上置有三大块靠垫，皆为上乘质料，做工精美，其一放在伊玛目身体后面，另两块置于左右两侧。而王位上的伊玛目本人，则是以东方传统盘坐，两腿交迭于身体下方；穿一件明绿色短罩衫，两袖宽长肥大，外面披着金色斗篷，开身，沿胸膛垂于身体两侧，在中间系了一个大大的蝴蝶结。伊玛目的儿子们站在他的右手边，左手边站的是他的众弟兄。在他面前的那方平台上，站着他的国务大臣法基·艾哈迈德；再往下一阶，就是眼下远征队所在的位置。剩下的便是各级阿拉伯领导人，他们依次分列于大厅两侧，靠墙而立，其队伍之长，一直延伸到厅门那里。

我们就此穿过厅廊，被径直带到伊玛目跟前，亲吻他的右手背、掌心，还有沿其膝盖垂落下来的一边衣角。对于一个人来说，在受阿拉伯王子接见时，这三项亲吻礼仪中，通常只有第一项和最后一项。因此，对于一个外国人来说，如果王子伸出掌心来让其亲吻，那就是至高无上的荣耀。整个大厅里肃穆庄重，寂然无声。就在我们触及伊玛目的右手时，忽然听到传令官的大声高呼，那话意思倒很明显，大概是说，真主保佑我伊玛目，真主与他同在。殿内瞬时响应他的这声高呼，在场所有人都跟着重复，那声音听来极为悠长深远，仿佛发自丹田之气。由于我是走在最前面的，我当时就一直在想，到时候一定要尽可能地用流利的阿拉伯语来表达赞美；但是想的过程也不妨碍我留意观察整个殿堂，其壮观华美，恢弘气势，在阿拉伯半岛的其他任何地方都不曾见过。可必须得承认的一点是，我着实被他们的呼声吓了一大跳。特别是我触及伊玛目手的那一刻，他们就在那时开始大声呼应的。但我很快又恢复了镇静，因为当我同事接过伊玛目的手来行吻礼时，他们又一次开始高呼。就是在那一霎那我忽然想到了自己的家乡，觉得眼前的仪式像极了我们的“三呼万岁”。

卡斯滕·尼布尔听不太懂萨那的地方话，因此他与伊玛目的交谈不得不借助于一个翻译来进行。由于他并不想对这场远征的目的及动机展开详细述说，他便解释到，他们都是丹麦人，此次穿越红海而来，因为这是抵达丹麦殖民地德伦格巴尔的最短路线。他们希望能在这趟旅程中考察伊玛目领导下的这片大好河山，世人都晓得这里是福地，既富饶，又美丽。很多事情尼布尔连提都没提。他没有说他们为了这份光荣差事丧失了两名同事，他也没有说他们在穆哈期间破费了 50 威尼斯达克特，他更没有说，杰里姆和达马尔的人民都是用石头来向他们表示欢迎的。他说的是，他们的旅程无论行进到何处，都是一路平安，足见伊玛目治国有道，他还强调说，这样的夸奖在伊玛目听来定是意料之中的事吧，就像后者一定知道自己的子民，这片土地上无论何处的子民，在迎接他们时，定是热情好客、体贴周到、以礼相待的。随后他便示意其他人将他们的“罕见之物”都陈列出来。首先亮相的是放大镜和望远镜。他们这个业余马戏团也算是身经百战了，这一回又献上了精彩演出：伊玛目看到了远处的人们头下脚上地在空中漫步，也看到一只虱子变成了一只庞然大物。尼布尔还展示了他们的气压计和罗盘，博朗芬的一些绘画，还有一些版画、地图和图表。最后，他们向伊玛目和法基·艾哈迈德献上自己准备的礼物：手表以及福斯科尔的部分仪器。如此，陈列展示的所有物品都很受欢迎，无一挑剔，无一质疑。等到远征队返回住处时，他们每个人都收到了一个钱包，里面装着价值 99 科码西的钱——也就是 3 达勒——全是面额很小的硬币。财务负责人倒是对这个奇怪的回礼有点摸不着头脑了：“伊玛目给钱的形式，实在有点特别，他似乎就是专门给我们硬币的。不过，反正在市场买任何东西都得付现钱，或许，这就是阿拉伯人无微不至地为他人考虑的一面？给我们这么多小子儿，可能是觉得，这样一来，我们就省去大面额兑换的麻烦了。”

在伊玛目的接见之后，远征队成员也就获许在首都城中自由行动了。尼布尔随即展开对这个城市的地图测绘工作。然而，由于他们抵达这里的消息早就传遍了大街小巷，总有一帮好奇的围观群众会在他工作过程中产生干扰。于是他只得放弃使用星盘和罗盘测取角度方位，转而拾起在埃及时用的老法子来：装作若无其事地走路，实则在用步子测量街道。等他完成了地图的草图后，他便开始试着了解这座城市的贸易情况——这是以前他和福斯科尔经常会做的一项工作。他考察了这里的大型市场，记下那些集聚了各种贸易的大街小巷：食用油、木炭、铁器、葡萄、玉米、黄油、盐、面包，最后一项永远都是正在出售（几乎在阿拉伯半岛的所有地区都是如此）。这座城市里还有一个很特别的市场，里面有允许拿衣服以旧换新的摊位，还有很多摊位专卖来自土耳其、印度、波斯的各种货物：药草、药剂；梨子、杏子、桃子、无花果，既有晒好的果干，也有新鲜的水果。许多街道上的营生五花八门：铁匠、鞋匠、马鞍匠、裁缝、帽匠、泥瓦匠、石匠、金匠、装订工、文书。所到之处，各种新鲜菜蔬瓜果琳琅满目，单单就葡萄来说，尼布尔仔细数过了，起码有 20 种。

阿拉伯菲利克斯的首都完全超出远征队的预期。萨那是真正的人间天堂。更有幸者，在上次晋见过后，远征队受到来自各方名贵要人的友好接纳。在这里，无一人向他们敲诈勒索，无一人向他们扔石头砸窗户。伊玛目亲自为他们找好一处居所，比远征途中住过的任何地方都要舒适。眼下，伊玛目还邀请他们在这座城市客居一年。且不说萨那是此次远征的主要目的地，就说他们在开罗也曾逗留过一整年的时间，如此看来，他们还有什么理由不满怀感激地接受这份慷慨的邀约呢？这一年结束后，英国轮船还会再次返回穆哈，到那时再带上远征队前往印度，从而经由德伦格巴尔回到家乡。这其中的好处与方便真是不言自明的。与其匆忙仓促地踏上返回穆哈的凶险路途，还不如在萨那静享一年悠长安宁的时光——在这或许是最好的生活条件下——养足体力，恢复精神，潜心做自己的调查研究。真是有百利而无一害。是啊，有百利，有百利。怎样呢，尼布尔真是毫不犹豫——他，拒绝了伊玛目的邀请。

尼布尔自己也觉得有必要对此给出解释说明。究竟为什么决定返回呢？他在日记中口若悬河般地作了一番自我剖白。起码，有五个理由。首先，两位教授已不在人世，队中无人能够在这个国家展开语言学和自然历史方面的调查研究；其次，尼布尔到目前为止所做的准备工作，足以让他绘制出一张十分详尽全面的也门地图；再次，尼布尔对伊玛目的残忍行径已经有所耳闻，好些人落入其手，都惨遭迫害；又次，前车之鉴，穆哈酋长和塔伊兹酋长曾多次刁难为难他们，尼布尔不希望远征队再继续遭到这些地头蛇的欺压凌辱；最后，则是大家都担心这里的恶劣气候进一步妨害他们的身体健康。

事实上，尼布尔之所以会拒绝伊玛目的友好表示而想迅速离开萨那，缘由归根结底只有一个，也就是他在日记中没有直言明说的那一点。他们不只是担心，他们是真的怕了。冯·黑文和彼得·福斯科尔的死亡如出一辙——这是他们有目共睹的：病情一旦恶化起来，就迅速瓦解整个人的身体及意志，可却弄不清楚究竟为何，包括克拉默，对此也是无能为力。他们内心非常清楚，这种疾病已经在自己身体内部潜伏下来了，所以他们害怕，害怕自己也会不久于人世。还不仅如此。最坏的假设是，如果他们所有人员都命丧萨那的话，那么，远征的各种文件、记录、收集来的标本，也将没有机会回到哥本哈根了。那么整个远征大业功亏一篑，也就一无所成。这其中利益之损害，此刻也是分外清楚了。尼布尔的身体仍旧没有痊愈；原本笔耕不辍的博朗芬也是连续数周都没有画画了；贝里格伦被寒热折磨得痛苦不堪；抵达萨那之后，克拉默也开始抱怨这种莫名其妙的“寒冷”。这便是尼布尔果断决定离开的真正原因。立即动身返回穆哈，是他们拯救这两年多来的所有精神劳动成果于水火的唯一机会了。死亡之神如不速之客，一个接一个地登门造访，站在他们每个人身边悄声耳语，发表了同样的恐吓和威胁。如果他们还想逃离死亡的手掌心，他们就必须逃离阿拉伯菲利克斯。

英国轮船说不定在 8 月上旬的哪天就起航了。晋见伊玛目那天是 7 月 19 日。由此满打满算，他们也就还有 14 天的时间。而尼布尔一开始做的计划——是在 7 月 20 日离开萨那——不免太过乐观了。因为眼下又是被迫无奈的迁延耽搁。首先，一场精心筹备的告别盛宴已经由伊玛目安排下了。送往，迎来，基本无二，还是那些仪式过场。可这一回却不只是一钱袋的小额硬币的问题了。尼布尔，作为远征队的核心领导人，被赠予了一套传统服饰——是只有阿拉伯贵族才穿得起的。伊玛目同时还给远征队送了骆驼和驴子，以作他们回程时的交通运输工具。最后作为告别礼，他还给了他们很多钱——价值 200 达勒。一下子倒让尼布尔有点手足无措了，这么多的赠礼钱财，如何接受是好，要是接受了会不会显得他们有失礼仪和尊严？不过，一想到在穆哈时曾被诓去的 50 威尼斯达克特，他就说服自己收下了。此事尚且如此，然而还有一事耽搁了回程。最后的这次欢送宴上，尼布尔不怎么在状态。就在那个金碧辉煌满目琳琅的厅堂之上，他不幸又一次遭到风寒奇袭。从尼布尔的日记中可以看出，当时他的身体状态很不乐观，整个人如坐针毡，以至于这位最有礼貌的人不得不向伊玛目失礼了，他恳请后者允许他到外面的阴凉地里坐一会儿——或许能稍缓体内难耐的发热症状。可怜的尼布尔被折磨得死去活来。

不料在受到伊玛目接见之后，新的麻烦又出现了。这回都是供他们使用的那些骆驼惹出来的好事。因为好些掮客从中看到了商机。这些人以为远征队是做买卖的，以为自己掺和进来就能从中抽得利润。于是这些无赖掮客各种造访，远征队又不得不费口舌，向他们解释，消除误会。就这样，一连好几天的宝贵时间就

一身阿拉伯装束的尼布尔

尼布尔穿着萨那伊玛目送给他的阿拉伯民族服饰。

这么浪费掉了。直到7月26日，这支小型商旅才做好起程准备。

可是此刻又面临着艰难的抉择。尼布尔必须要在两条返回路线中做出选择，一条是原路返回。也就是说，主要道路得经过塔伊兹；另一条则是不经常走的路线，需要穿越危险的人烟稀少的山区地带，经由莫夫哈克和萨姆富尔，抵达拜特费吉赫。尼布尔决绝地选择了后者。路途非常遥远不说，交通也不方便。但是他宁可在破旧的咖啡小舍里歇脚落宿，也不愿意再次被杰里姆和塔伊兹的两位酋长玩弄于股掌之中。为此，他确实也做好了心理准备，就算是要绕一大圈弯路也在所不惜。不过尼布尔选择走这条路线，除了能避开以上两个地区之外，其实对他要绘制的也门地图有很大价值，因为如此一来，他就可以弄清楚从萨那直线延伸到拜特费吉赫的整条路途的地理概况了。

与时间的赛跑就这样开始了。四个寒热受虐者为了及时抵达穆哈，真是披星戴月，马不停蹄。但很快尼布尔就意识到，这是他在也门走过的最为艰难的路途了。在莫夫哈克境内，他们片刻也不敢停留，一直强力行军。大雨滂沱，倾盆而下。骆驼在泥泞海河中举步维艰，时不时还有山石坠落。到7月30日，他们快要抵达哈利西的村庄了。紧接着在前面负责赶骆驼的领队却突然停了下来。无法继续前行。眼前这条窄路沿着悬崖边缘延伸下去，而大雨却给冲出了一道陡峭沟壑，足足好几码宽。根本不可能带着骆驼穿过。其余的阿拉伯人跟上来后也是一致同意，眼下无路可走了，又没有其他道路通往拜特费吉赫，他们必须掉头返回萨那。但对尼布尔来说，这么做无异于是在也门继续停留一年。他立刻下令给这些阿拉伯人，从山脚下搬石头，堵住那水流的深凹处，这样一来，骆驼就能通过了。但尼布尔没有领导派头，言行缺乏威严，所以那些阿拉伯人只是耸耸肩，拒绝遵从命令，他们说，要是照他说的做，那得起码耗费两天时间才能把沟壑填上。怎么办呢，尼布尔只得走到克拉默、博朗芬、贝里格伦面前。看来他们必须亲自动手了。于是那一天剩下的时间里，这四个病人就吃力地拖着石头往沟壑里填，而那些阿拉伯人则是袖手旁观，一直旁观，一直旁观到他们发觉，几个欧洲人还真的要把沟壑填起来了，直到这时，他们才一个个地伸出援手来帮着搬石头。差不多黄昏时分，终于填得可以让骆驼走过去了。继而太阳下山，他们随后抵达萨姆富尔，到那儿时已是精疲力尽，不想混乱之中，尼布尔竟把罗盘弄丢了。

第二天一早，仍旧是大雨如注。天才刚拂晓，他们就继续上路了。这一天之中，他们光是在塞罕河[1]中涉水的次数，少说也得有 12 回。他们自身早已是里里外外全部湿透，都湿得麻木了，再湿也无妨了，但是骆驼不行。就骆驼来说，涉水所耗费的时间是

[1] 也门的河流都是时令河（季节性河流，如我国的塔里木河的下游地段），这些河流只在一年之中的丰水期可能有水流，其他季节都处于干枯状态，因此也门属于无流国。

一回比一回长。所以都到傍晚时分了，他们还没能走出哈茨吉尔。

过了这一晚，就迎来8月1日了。可到穆哈的路程他们就连三分之一都还没有走完呢。尼布尔当机立断，他们必须加快速度前进，减少中途的停歇休息，日行2倍路程。就在这天夜里，他们抵达拜特费吉赫。

最后这一段行程总算把他们带出这片暴雨地带了。进入沙漠区域，高温又把他们团团笼罩，无论是人还是骆驼，都像背上了更重的负担。在拜特费吉赫，尼布尔同意休息一天，但条件是他们必须在日落时再次出发，利用晚上时间的凉爽，快快赶路。眼下终于是尼布尔熟悉的地区了，他可以继续增加他们赶路的速度。接着8月3日一早，他们就抵达泽比德了，这里的酋长给他们提供了粮食和新骆驼。是日傍晚，他们继续向着谢尔德舍进发，并于深夜时分抵达——这比他们预先估计的要快。然而就在咖啡小茅舍里休息了一个钟头后，尼布尔下令让大家再次出发。于是，在8月4日日出之前，他们抵达了迈乌西德。这个村子坐落于海岸边上。随着太阳沉入红海之中，红海看上去比以往任何时候都要火红灿烂。彼时他们又一次跨上驴子，扬鞭而去。12个小时之后，尼布尔便可以把这最后一程记入日记本中了。他写道："8月5日，上午9点，旅途结束，精疲力尽，我们再一次进入穆哈。"

但是，尼布尔、克拉默、博朗芬、贝里格伦，却没能实现他们此行的心愿。他们用尽最后力气赶到海港码头。只一会儿的时间他们就明白了——他们来晚了。英国轮船已经起航。

5

这四人从萨那骑到穆哈，真可谓疲命拼尽，生死置之度外。我们只需比较一下去时的天数和里程，就知道回程时他们是如何不顾一切地赶路了。追踪卡斯滕·尼布尔日记本中的这段日期，可以看到，远征队是在 6 月 9 日离开穆哈的，而 7 月 17 日才抵达萨那。整段旅程占去 38 天时间，中间包括在塔伊兹和杰里姆度过的日子。也就是说，去时实际用在路上的时间是 16 天。再看回程，他们是 7 月 26 日离开萨那，8 月 5 日抵达穆哈。考虑到最后抵达时是在清晨，所以要计算的行途时间应该到 8 月 4 日为止。换句话说，他们去程用了 16 天，而回程只用了 9 天，且不说他们返回时走的是更长的路线，暴雨如注，寒热交迫，渡河涉水，道路冲毁——还得亲自修好方能继续向前拼命跋涉。而骆驼的前行速度是不变的。这就意味着，实际上他们每天行进的时间之多，是之前的 2 倍。

奔命、过劳、透支，身体哪能承受得住？既是如此，那就不得不为此付出代价了。眼下他们虚弱无力，不堪一击。身体崩溃的主要因由还是在于两地气候的剧烈反差。山区的萨那，空气轻薄而舒爽；哪像位于热带的穆哈，空气滞重而闷热，让人喘不动气。再加上积劳成疾，才进入穆哈不过三天，尼布尔就卧病在床，与一场高烧殊死搏斗，昏迷不醒。两天之后，就轮到了博朗芬。再一天，连克拉默和贝里格伦也扛不住了。就这样，四人都倒下了。眼下距离冯·黑文去世还不到三个月，远征队剩下的四名成员还是躺在那幢房子里，却都是卧病不起，卧的还是同一种病。

确实都很受折磨，不过好在痛苦中还有安慰。那是他们刚刚抵达的第二天，尼布尔特意去拜访那些英国商人——其实只是为了确认一下——没想到他们中有一位还留在城里没有走。此人名叫斯科特，尼布尔在日记里记述了这位英国朋友对四位病人的照顾有多么周到体贴。“他给我们带来各种各样的欧洲吃食，这在当前情况下，对于原本只能吃上阿拉伯食物的我们来说，简直是比收到神丹妙药还要好呢”，尼布尔说道。不仅如此，斯科特还带来了更重要的提神剂，足以安抚他们归来后的失望情绪。那就是轮船的事。其实驶往印度的轮船只有三艘。由于他们卖给阿拉伯人的货钱还没收齐，这第四艘轮船就只得推迟出发时间了。至于它目前没有在码头停泊的原因嘛，则是斯科特——为了充分利用中间耽搁的这段时间——派它往吉达运货去了，等把那一船的咖啡送到，预计在8月的最后一周就会回到穆哈。

这个英国人果然预料得不错。8月20日，那艘轮船再次停泊在穆哈码头。但与此同时，丹麦远征队成员的情况却还不及先前了。在接下来的这一天，也就是1763年的8月21日，当他们离开阿拉伯菲利克斯时，只有卡斯滕·尼布尔一人能够站起来走路。而克拉默、博朗芬、贝里格伦三人，都是被抬上船的。

由于仍有一些阿拉伯人的货款还未收齐，船长约翰·马丁一直等到 8 月 23 日下午才拔锚起航。他什么船货都没载，印度那边并不稀罕咖啡豆。如果非要说载了什么货物的话，那就是钱了。都是当时随船运到穆哈的那些货物换来的钱款——将近 25 万达勒，全部是现金。剩下的那部分随船货物呢，则是一打大木箱子，装满了干鱼和各种软体动物；七大包手稿，门类繁多；一个大文件夹里，夹满了压扁的植物。如此相较之下，后者的那些玩意儿实在显得无足轻重，不值一提，放在约翰·马丁船长驾驶的这艘要穿越印度洋的双桅帆船上，看上去就像鸡毛蒜皮一样无所用之，仿佛丢了也不足惜。

在北风轻柔的推动下，两天之后，轮船抵达非洲和阿拉伯半岛之间的海峡。毕竟是海上空气新鲜，尼布尔的精神为之一振，终于可以再次拿起仪器了。他记得米凯利斯教授有一个悬而未决的疑惑。也就是说，在他当前所处的地理位置，是否曾有一条连接起非洲与阿拉伯半岛的陆路，如果真有的话，那这条陆路得有多长。教授对此持否定看法。而眼下尼布尔不仅测定出圣安东尼海角的纬度，还作了多次的声距测量，因此，他现在已经可以回答教授的这个疑问了。

8 月 26 日，起风了。没过多久，非洲及阿拉伯半岛的海岸线，也消失在他们身后，再也望不见。此时，克拉默也有所好转，起码能让自己走到甲板上透透风；但博朗芬和贝里格伦的状况却很不乐观。卡斯滕·尼布尔写道："克拉默先生的身体状况，应该是从上船的那一刻开始好转的。但博朗芬先生却是每况愈下，光景一日弱似一日，到8月27日傍晚时分，我问了他一个问题，可他已经虚弱得说不出话了。从那时起，他便陷入了深度昏迷。后来我想给他吃一点营养品或是一点药，却发现怎么都叫不醒他了。就在这样的不省人事里，他于8月29日午前11点左右，彻底离开了人世。"

"对于这位画家应当得到的赞扬和称颂，我想用四个字来形容：无以言表，或溢于言表。他手执画笔，留下了多少作品啊。那么多的城市景观、各地的传统服饰，尤其是他为福斯科尔先生绘画的自然历史标本……他的能力与他的勤恳，这些便是最有力的说明。他不仅是一个画家，更是一个雕刻家，可是他很不幸，他不能返回哥本哈根了，也就不能亲自把他的画作刻到铜版上。我真心为他，为他的不幸和不能，感到悲哀和痛惜。而我们的侍从贝里格伦，也是在运上船时就已经病得很重了。他之前曾在波美拉尼亚对抗普鲁士的战争中，为一名瑞典骑兵上校效劳，远征这么久以来，他从哥本哈根开始就一直跟随我们。他的身体非常强健结实，原本在阿拉伯半岛远征过程中的艰难，对他来说是完全能克服的。然而现在，他已经承受不住了。在博朗芬先生去世后的次日，也就是 8 月 30 日，他也去了。至于两具尸体，都被抛入大海。”

从阿拉伯菲利克斯起程才不过一周时间，远征队就减少到只剩两人了。

说到哥本哈根那边。光天化日之下，波光粼粼的印度洋上已经完成了两次下葬，而哥本哈根那边呢，自然是对整个连环死亡事件还一无所知。一连数月以来，伯恩斯托夫还在继续写信——给那些已经死去多时的成员——强行下达指示和命令，最后等他终于收到讣告时，一整年的时间都已经过去了。1764 年 8 月 1 日，三则用红字印刷的“杂讯”，出现在《皇家专报》上。首尾两则极为简短。第一则是在汇报国王陛下“再次出城前往布雷根特庄园”。最后一则也是只有一句话：“一男子因负债逃往城外。”在这两条国内新闻中间夹着的，则是一条信息量非常丰富的资讯：

我们刚刚得到确切消息，有一则非常不幸的新闻要宣布。无论是科学爱好者，还是考古研究人员，一定对阿拉伯远征有所了解。这场远征是由国王陛下发起，斥巨资打造，方方面面精心准备，倾注了无限关注与心血，并由著名的米凯利斯担任顾问，出谋划策，最终组织起一支学术考察远征队。这支队伍用了 8 个月的时间横越阿拉伯菲利克斯，兢兢业业无有一丝倦怠，深入探索了那片土地上的每个角落，完成了各色各样的价值收集，取得了非常突出的成就。然而，在万能上帝的意愿之下，他们命途坎坷，可叹可怜，所有人接二连三地被疾病击倒，只有两位死里逃生。另外三位，都抱病而终了。冯·黑文教授和福斯科尔教授，分别于去年5月25日和7月11日相继离世。随后博朗芬先生也被死神夺取生命。最后还有一位瑞典侍从，也随他们而去。就此剩下的两位幸存者，工兵上尉卡斯滕·尼布尔，和克拉默博士，为了挽救自己的生命，走投无路之际二人不敢有片刻拖延，只得于去年8月23日从穆哈动身，前往东印度的孟买去了。

等到这则告示刊印出来时，由于滞后性，它的表述并不完整。因为就在那时另一起死亡也已发生，不然这则告示就是精确无误的了。所幸这场远征还是按计划正在执行中，因此所有牺牲，也算是没有白白葬送生命。

但是仍旧有一个问题悬而未决。福斯科尔曾在远征开始的第一天就产生了这个疑惑，在日记里，他问自己，为什么阿拉伯菲利克斯被叫作“福地”。真是想不通这样一个古怪的名字到底从何而来。那片土地被称作“福地”，难道是说，它是人间专门掌管“命运”的领地？他们所有的信件和日记，都应验了。冯·黑文宣称自己要在那里待上两年时间。三个月后他便不在人世了。彼得·福斯科尔说那里一定能许他一个功成名就的未来，让他的研究成果震撼整个科学界。三个月后他在杰里姆被死神拖走了。他们抵达卢海耶不过六个月的时间，尼布尔就在萨那意识到，如果幸存者还要继续留在阿拉伯菲利克斯的话，那就等死吧。

这个回答，算是很接近正确答案了。冯·黑文当时要是花大力气好好研究的话，他是能够窥探究竟的。倒不是因为他对诗歌的兴趣，关键在于他是一个语言学家。

这个谜题其实是在一个误解之上产生的。因为“阿拉伯菲利克斯”这个名字是一个翻译上的错误。就是我们当代称呼这个国家的另一个名字，“也门”，这个字眼才是真正的罪魁祸首。在阿拉伯语中，“也门”最早是表示“右手（边）”或“右边”的意思。但是当阿拉伯人想要“确认”地球上的四个方位时，他们总是会面朝东方，就像在欧洲辨别方向时自然会朝向北方一样。因此，“也门”这个词，起初就是“右”的意思，到后来“南”的含义也就出现了。所以说，何为也门？只是坐落于右方的一块土地罢了，只是朝向南方的一块土地罢了。众所周知，阿拉伯人视右边优于左边。“左”在当今的阿拉伯地区仍有“肮脏”的意思，是被视为次一等的，差的，不及“右”；而“右”或“也门”，则逐渐演变成带有“幸运的”（“福气的”）或“有裨益的”（“仁善的”）的含义。“阿拉伯也门”一词，在一系列的曲解翻译后，就变成了欢欣鼓舞的阿拉伯（Eudaimon Arabia）、阿拉伯福地（Arabia Felix）、凤凰于飞的阿拉伯（L’Arabie heureuse）、幸福快乐的阿拉伯（Das glückliche Arabien）。这个词语的真正含义，其实就是“阿拉伯半岛南端”。

卡斯滕·尼布尔并不知道这一点，但是他再也没用过“阿拉伯菲利克斯”一词。他就把这个国家称作“也门”。饱经忧患，备尝艰辛之后，这片土地再也不是他心中的人间福地了。尽管如此，他还是在日记中写道：“在未来的日子里，我不希望由于我们的悲惨经历，欧洲君主便不再支持这种类似的远征考察，我也不希望学术界的专家人才由此对这种远征望而却步。要是我们能对‘寒热’症候多加警惕和防范，要是我们从一开始就依照东方本土习俗生活，要是我们远征队每一位成员彼此之间更多一点信任，少一点因怀疑和争斗而带来的怨恨和挫败，那我想，或许我们全体都能幸福快乐地回到欧洲。”

当尼布尔说到“幸福快乐”的时候，言外之意也很明显。他是个不相信空话的人，也不迷信于那些措辞表达。什么“阿拉伯菲利克斯”，什么“幸福快乐的阿拉伯”，或许他不曾真正相信过。但毫无疑问，彼得·福斯科尔和冯·黑文相信它存在。这二位都对“幸福快乐的阿拉伯”深信不疑，即便两人信奉的都算不上是同一个国家：对前者来说，此地意味着机遇，能让他取得重大的学术成就，为自己博得荣耀、功名、利禄——丹麦国王承诺的终生抚恤金；而对后者来说，此地意味着钱，意味着余生享不尽的荣华富贵。在这两个人中间站着的，是一个沼泽湿地农民的儿子。

他既不是教授，也不是博士，更不渴望成为远征队的核心。他什么也算不上。但是，等到远征亡命，残余几人生死未卜地被载离阿拉伯菲利克斯之后，唯一一个还立于人世间的，就是他了。

| 7 |

卡斯滕·尼布尔的归来

在印度洋上，一年到头都是夏季。地处热带多雨气候区，在这懒洋洋的海面上，随时都会有暴雨猛然倾注，不由分说。让人觉得仿佛天上有什么雨神龙王，产生了这般疯狂的念头，要水洗印度洋似的。不过这样的雨水也就只是持续几个小时，一旦雨停，乌云随即四散而去，天空恢复成一尘不染的土耳其蓝。船身周围，一群飞鱼跃出海面，鱼身似鲱鱼般大小，耀着银光，闪现又回落，仿佛一把硬币撒入大海。这里昼夜平分，12 个小时的日照紧随 12 个小时的黑夜，如此轮换更迭。傍晚来临之时，恰逢白昼死亡，似血祭一般，船尾后方的那片海洋红如血泊。这里没有黄昏薄暮，转瞬间就是漆黑一片。海面上没有月光洒落，一线光辉都没有，也永远都不会有。因为在这里，月球处于天顶位置。一个人必须完全仰起头来，才能看到那张醉醺醺的肿胀脸盘当空悬挂，一览无余，而天狼星和猎户座冰冷地围绕着它旋转，从各个方向各个角度，端详着、打量着。等到第二天早晨一来，便又是一幅夏日景象了。舱面上，海员们打着赤脚，脚下这木质甲板被太阳烤得滚烫，接合处的树脂都流汗了。唯一能给眼前景象带来一丝缓解的，就是季风了，不过它的习惯也很单调乏味。一整半年是从西南方吹来，另一半年再从东北方吹。日复一日，这里的一切就像是凝固静止了，没见什么变化，只有季风独自在非洲和亚洲之间来回穿梭。尽管如此，尽管在印度洋上一年四季都是夏季，尽管季风吹过时也并没有对此留意，但不变的恰恰是一切在变，一直在动，在发展变化中，在溜走、在离开，就像幸福和快乐一样，出现、消失，都是在不经意间，就完成了。

1763 年 8 月，约翰·马丁船长从穆哈拔锚起航，此时正是盛行西南季风的季节。若是微风轻轻推动船的正横后方，稳实可靠，他便能凭借此风向东驶往印度。可眼下这季风的力度却根本不足够，因为它的强劲势头都用来抵达亚洲了——由此便呈现出一副渴望回返之态。于是在这场远行中，约翰·马丁便有些许日子因无风而不能航行，但是三周以后，他带着 25 万达勒的钱款，12 箱残余遗物，还有两位被死神尾随的乘客——卡斯滕·尼布尔和卡尔·克里斯蒂安·克拉默，抵达孟买。

和英国人一起来到孟买后，两位病人发现这个城市井然有序。就在不久前，这里刚刚结束了一场殖民战争，法国战败后，胜利者遂将他们生活中的肃穆静寂，连同威士忌一起，出口到这地球上最远的角落里来了。自从离开君士坦丁堡，这么久以来，尼布尔和克拉默从未穿戴过欧洲服饰，眼下他们俩终于换回来了。不仅如此，英国人还给他们提供了一处舒适的居所，又找来一位医术精湛的英国医生照顾他们。卡斯滕·尼布尔设法与加尔各答的一位丹麦商人取得了联系，把福斯科尔那些重要的大木箱子托付给他，请他带到德伦格巴尔去，如此一来，也算是把心头一桩重要的事办妥了。孟买的天气也不错，比起穆哈的湿热气候，这里则要清爽舒适得多。海港码头内，几艘大型轮船停泊等待，季风方向一变，即刻拔锚起航，载着他们前往伦敦。一切的一切，总算是让人感到未来可期了。

然而计划赶不上变化，事情并没有按照预想的那样发展。帮助和照顾，到底是来得太迟了。就在1763年岁末，彼时季风还是吹向非洲大陆的，但克拉默却已是病入膏肓，只一息尚存，所以他们根本没有离开孟买的可能。后来新年刚过没多久，1764年2月10日，卡斯滕·尼布尔的最后一位同事，也撒手人寰了。我们无从知晓克拉默的死亡细节。尼布尔只是在他的日记里写到，这一天克拉默不得不“离开这凡尘世界了”，此一回他没有像之前那样，再为死者书写任何纪念缅怀之类的话。归根结底，不是他不情愿写。只是他的确无话可说。不过看这最后结局也能猜得一二，他俩之间的关系其实并不怎么和谐：尼布尔在写给冯·加勒的一封信中曾提乃，克拉默一直坚持让尼布尔称呼他为“博士先生”；还有一次，他们俩打算分道扬镳，各走各路，独自回丹麦去。话虽如此，说这些倒也无意于评判克拉默这个人，就算要评判，这两处细节也不足够说明，只不过从这两件小事中，可以窥见二人之间关系之紧张。当时驶往伦敦的轮船，一艘接一艘地出发了，他们俩却都没能够随船离开。二人的处境就不免令人焦虑不安，于是在这段日子里——一直到最后克拉默去世——就连尼布尔也是没好气的。这种没好气，在他写给冯·加勒的信中就有一处表露得很明显，话是这么说的：“不妨让博士先生把他的笔记交上来给您看看，想必他应该有什么重要的研究发现吧。”

看似无心之言，实则充满讥讽。尼布尔心知肚明，克拉默身后的确是一字未留。这个谜一般的人，从哥本哈根到孟买，历经这么久的时间，这么长的旅途，竟然没有写过一封信，也没有留下任何文字记录。在国家档案馆收藏的有关阿拉伯远征的那一大堆文件中，竟然找不到一个字是出自克拉默之手。要不是在一些由其他队员寄出的信里看到过他的签名——可以作为物证，我们不禁要怀疑了，这个人是否真的参加过这场远征。回顾他这一生，可曾有鼎盛时期，或者有什么代表作？还是有的，且只有一次。即对于如何正确护理金丝雀，他提出了一点建议。且不论这个事实对于克拉默的人生有什么突出的意义影响，就说一位博士一生最突出的成就，是会护理金丝雀——哈，这个事实本身也够突出的了。世人若要问，这个沉默寡言的丹麦人，在他结束于孟买的那 32 年人生中，做过的最具深远意义的事是什么呢？那可真是，得好好想想了。哦对了，他算不算是一位绝世罕见的，生活的艺术大师？或者说，饭桶一个？

四年前离开哥本哈根的那六个人，如今只有卡斯滕·尼布尔一人尚在人世。他在日记里写道：“从人数上说，我们这个强大的团体已经不复存在了。只有我自己活了下来。一想到指定的回返路途是经由巴士拉穿越土耳其，我就觉得，自己接下来要面临的境遇，要克服的种种艰难险阻，绝不会亚于我们从埃及到孟买所

尼布尔的座驾和轿夫

自博朗芬离世之后，尼布尔就承担起了远征队的绘画工作。这幅图便是他画的印度轿夫和四人大轿——在孟买和苏拉特的游行队伍中极为常见。

遭受的。因此，我仅有的一个微小心愿，就是希望有生之年能再次看到欧洲。为了实现它，当务之急，是我得努力恢复健康，如若不然——到最后我也是一死，那，我所有的文件记录，所有的研究成果，也就跟着生死不明了，还谈什么回到欧洲？”当时尼布尔的想法便是，与其奋不顾身走那条危机四伏的陆路，他更愿意全力以赴，先让自己的身体恢复起来，等到差不多可以的时候，再实行先前的计划——随船去往伦敦。然而等到克拉默离世时，这个可能的打算也暂时成为不可能了：由于季风已经结束了它在非洲的旅程，彼时正吹往亚洲呢。也就是说，六个月之内，是不可能再有轮船发往伦敦了。尼布尔只得滞留在孟买。到三月，他感觉身体恢复得足够了，便决定踏上一趟向北的短途旅行，去考察最大的海港城市苏拉特，并做好行记。3 月 24 日，刚好有一艘前往中国的英国轮船要去那里装运一批货物，他遂跟着去了。在苏拉特，尼布尔不仅对这座城市的贸易进行了一番研究，还见证并记述了当地盛大的节日欢庆，人们或骑在大象背上，或坐在四（六）抬大轿里，沿街道列队游行前进。两周之后，他便随同英国轮船返回孟买。他再一次变更了计划。他要去中国。他还给自己预定了一个舱位，等到几周之后轮船离开孟买驶往中国时，他就能继续跟着去了。

但是人算不如天算，尼布尔万万没有料想到，疾病不仅没走远，再次反扑回来时却比先前更凶猛了。他其实不该这么早就投入工作的。眼下倒好，病情把他的所有计划都打乱了。其实当时他从苏拉特回来的途中就感到身体似乎是被“寒冷”再次“攫住”了。等他回到孟买时就已经发起热来，高烧持续不下，比他在也门最严重时还要糟糕。4 月 20 日，英国轮船已然出发，前往中国去了，此时的尼布尔呢，却躺在床上瑟瑟发抖，无能为力。

这一回被袭虽很严重，他最终还是抵挡住了疾病的猛烈攻势。不过，这一挡倒是把他挡醒了，可以说是幡然醒悟：身体明明发出了警告，自己不能再继续这样无视下去了。所以等他再次恢复到正常状态时，他便彻底改变了自己的生活方式。六个月的时间里，他不吃别的，就吃米饭、水和一些水果，努力养成严格的规律作息和生活习惯。但那并不意味着他就因此而对自己的工作有所懈怠。在接下来的数月里，他为孟买的宏篇叙述打下了坚实基础。他记录了这座城市的地理环境，它的历史和政府领导形式，它的气候和贸易，它的宗教和种姓等级制度体系。他研究了印度的语言和历法，去过两趟神象岛[1]做考察，对那儿的神庙做了非常详尽的记述——后来又用了八整页插图予以补充说明——由于博朗芬已经不在了，为了再现那些浮雕和圆雕，他只得自己拿起笔来尽力而为。在有关印度的方方面面中，尤其令他着迷的是印

[1] 神象岛（Elephant Island），位于孟买港东约 9 千米处。由小岛的港口沿山坡往前走约 10 分钟，便可看见一座建于 6 世纪的印度著名石窟。神象岛之名，据说是由石窟前树立的巨象雕刻而来，但这座雕刻现已移往市区维多利亚花园的博物馆。

度人。他们对待食物和金钱的态度是勤俭的，为人又谦逊。这种生活方式及理念，与他个人的理想生活习惯非常接近。尤其是现在，他的病情迫使他不得不简化自己的饮食，他为此所恪守的原则，也与他们的近乎一致。于是，有关印度人的记述，他还在结尾处作了一番深思，读来不免有点异端的味道："我们欧洲人倾向于把他们叫作野蛮人、异教徒，说他们是偶像崇拜者，这些称呼无不透露着我们的观念，即自视甚高，好像他们是低劣于我们的种族。然而无论是谁，如果能有机会更好地了解过他们，便会发现——或许在所有那些总是试图相互伤害的民族中——这些人不仅温和、诚实，还很勤劳。"

在孟买，尼布尔先是结识了当地备受尊敬的帕西人[1]。帕西人其实就是波斯人的后裔，当时的波斯人没有屈服于伊斯兰教，仍是继续信奉拜火教[2]，遂于公元652年阿拉伯人推翻萨珊王朝[3]之时，被逐出波斯。尼布尔记述了他们特有的天葬礼俗：将死者的遗体奉于高高的塔楼之上，以待秃鹫掠食（即便在当今时代，一些偏远的波斯城镇仍旧保留着这种传统习俗）。距离孟买不远处就

[1] 帕西人（Parsees），生活在印度的拜火教徒（伊朗先知琐罗亚斯德的信徒），大部分是波斯后裔，最初定居在波斯湾的荷姆兹（Hormuz）一带，因仍受迫害而于8世纪漂洋过海到了印度，主要住在孟买市以及市北一带的几个城镇和村庄里。

[2] 拜火教（Mazdaism），即琐罗亚斯德教（Zoroastrianism），是基督教诞生之前在中东最有影响的宗教，是古代波斯帝国的国教，也是中亚等地的宗教。摩尼教之源，中国史称祆教、火祆教、拜火教。

[3] 萨珊王朝（Sassanid dynasty，224—651），波斯第二帝国，是最后一个前伊斯兰时期的波斯帝国。

有这样一座塔楼，尼布尔想一探究竟，但是等他到了那里时，却发现塔楼不知何时被锁起来了。对此，他在日记中作了一番解释说明："有一个年轻美丽的女孩儿突然去世，就被葬在这儿，但塔楼紧锁，据说是她的爱人又来这座公墓看望她了。"

就这样，尼布尔在孟买展开了非常繁杂的调查研究，他的记述工作一直持续到1764年秋天。彼时，他已经明显感觉到自己的身体有所好转了。除了日常的采集信息之外，他也会拿出精力和时间来自学英语。领导孟买政府的英国自由党给他留下了深刻的好印象，就他个人而言，他觉得自己在这里的生活多亏了他们的友好对待，热情与慷慨，而这一切，最终促使他成为一位温厚和善的英格兰迷，这种气质和品质由此而贯穿他的一生。随着身体的恢复，尼布尔想要外出旅行的念头也日益炽烈，到后来他便舍弃了先前经由伦敦而直接回国的计划。眼下英国商船又要准备从孟买出发了，尼布尔没有为自己预定舱位。他打算执行最初的计划，也就是包含在伯恩斯托夫下达的指示中的那个计划——走陆路回国。

临行前几周都忙于各种准备工作。首先是寄东西，尼布尔决定，冯·黑文和福斯科尔的手稿，连同博朗芬的画作，以及他自己的各种文件，这些统统随船运往伦敦，如此一来，用他的话说，"就算我在返回途中遭遇不测，无论抢劫或是命丧黄泉，此次远征的成果至少有所保留而不至于全部尽毁了"。接下来便是写信给冯·加勒，告诉他这个计划。如果最后尼布尔真如计划的那样，抵达巴士拉了，这位大使也好提前为他准备钱粮，佐以等候。

最后还有一事。虽与上面两件没什么关系，却也亟待解决。一来是要弥补贝里格伦的空缺，二来则是他病未痊愈，需要助手帮忙。之前，也是在孟买，尼布尔曾花钱买了一个16岁的黑奴："那个男孩是一对非洲夫妇所生，这对夫妇是后来改变信仰皈依天主教的，所以我允许他从一位天主教神父那里学习基督教文化。我之所以这么做，最初是打算带他一起去中国，再随我返回丹麦。但没料到，最终我还是选择了途经巴士拉的这条陆上路线。既然如此，与其担忧到时候会有穆斯林把他从我身边抢走，不如在孟买就归还他自由。因为在土耳其的欧洲人，基本都不会给自己配备奴隶；另外，也免了到时候有人会说，我带着一个双亲是天主教徒的男孩到欧洲，就是为了把他变成一个基督徒。"遣走这个年轻黑奴之后，尼布尔给自己配了一个丹麦侍从。此人姓甚名谁倒是没有提及，只知道他来自德伦格巴尔。于是他们主仆二人便一起上路了。此次出发和之前一样，仍是随英国轮船前往，只不过这次是东印度公司的小型战船——向西驶往阿拉伯半岛东南端的马斯喀特港口。

起程那天是1764年12月8日。卡斯滕·尼布尔由此踏上了漫漫归途，如果一切顺利的话，这趟旅途的终点，便是哥本哈根了。

2

回想当初，丹麦远征尚且处于甄选成员、组织队伍的阶段，格丁根的米凯利斯教授就提出了一个计划。他认为应当整理好一系列学术疑难，让这些成员带着问题出发，从而在远征过程中努力寻求解答。精明强干的教授也是说做就做，立即着手操办此事，可谁曾想，真正去做时，工作量就铺天盖地地猛增起来，以至于远征队都从丹麦出发了，这汇总工作距离收尾还远着呢。后来他设法把一些零碎的古怪问题通过信件寄给了福斯科尔和尼布尔，但是那份完整的问题清单却一直没有寄过来。等到最后米凯利斯竣工之时——从目前仍旧收藏于国家档案馆的相关样本来看——那份终于整理好了的清单，总共汇集了100个问题，加起来得有600多页，通篇都是用漂亮的字体手写而成。于是，这份繁重的疑难作品清单，在完成后就寄给了远征队，只不过，它最后抵达时是在孟买，收件人也就只剩卡斯滕·尼布尔了。

发来的这100个问题，真是只有他想不到，没有教授问不到的。方方面面都有涉及，甚至还问及“老鼠”一词在阿拉伯语词汇中对应的所有不同叫法。尼布尔还留意到，其中有一个问题是要求远征队调查星体的发光程度，即相比于斯堪的纳维亚的国家，在东方国度，哪些星星的发光程度要弱。为此，他打算就在孟买到马斯喀特的途中展开研究。只要逢上风平浪静，他便在甲板上支起星盘，观察地平线上方出现的众多星辰，测量它们的地平纬度。经过一系列观测，他断定这些星星看起来并不比家乡那边暗。不仅不暗，实际情况反倒是要亮得多。至于行船的白天时间里，尼布尔则坐在前甲板的遮阳篷下安心休养，听着轮船前进过程中水浪被船艄冲劈开来的刷刷声，看着鼠海豚[1]“大军”在前方跃水腾空的会操表演，好不自在。

他们在平安夜这天驶近马斯喀特的海岸线。但是由于海面寂寂无风，轮船无法继续前行，只得停顿。然而此处海水又太深，以至于无法下锚，突然一阵强劲海流袭来，将船推出45英里远，直逼危险的岩礁海岸。第二天呢，刮的又是向岸风，很是猛烈，为阻止轮船撞向礁岩，全体海员不得不日以继夜地工作。这样恶劣的处境一直持续了一周时间才得以缓解，终于在1765年1月3日，他们进入了马斯喀特港口。入港之后，轮船便在靠近护栏的位置下锚了，旁边停泊着的，是一些满载椰枣的阿拉伯三角帆船，船上配置的船员中有一部分都是原来的法国雇佣兵：自从在殖民地战败以后，军队里的这些残兵败卒如林子里的惊弓之鸟，四散而去，命运不免悲苦，走投无路之际，也只得为穆斯林卖命了。

---

[1] 鼠海豚（porpoise），一种可以长至1.85米的齿鲸，它背部黑色，腹部白色，生活在北大西洋的欧洲、非洲和北美洲东岸，以及在黑海和太平洋亚洲和美洲的海岸附近。

从马斯喀特再次出发的话，这艘英国战船将会继续向北航行，进入波斯湾[1]。但是，尼布尔听闻随后不久还会有下一班从孟买出发的英国轮船前来此地——并且也是会经由马斯喀特继续往北行进，他便当机立断，在此处下船了。下一艘船是在两周之后抵达的，中间这段间隔的时间里，他刚好为自己的行纪和地图采集完各种需要的信息。不过他感觉自己的身子还是恢复得不够硬实，因而不敢深入内陆进行长途考察，加之眼前这一阵子也等不到别的北行进入波斯湾的轮船过站，于是他就在1月18日随同新抵达的那班轮船离开马斯喀特了。下一站，将直奔波斯的布什尔[2]。

经历过印度洋上温和平静的夏日时光后，眼下尼布尔感受到的波斯湾的天气，可真是变幻莫测了。“我从未见过什么地方的风，像这段旅途中的那般瞬息万变。这一分钟还平静柔缓着呢，紧接着下一分钟就成了狂风呼啸，而风向之间的切换也是令人猝不及防，其迅疾，往往是从一个方向直接变为反方向。尽管如此，我并不想对这些危险展开絮絮不休的谈论；相反，在这种情况下，对于现有的安稳，我该感到知足才对。因为海员们才是始终置身于险境之中的人儿，相比之下，我们这些乘客，则不过是偶尔踏上如此远行，却总喜欢把航海中的危险和不便挂在嘴边，连连哀叹。不管怎么说，于情于理，都不应当如此。”正是尼布尔这一趟横穿

[1] 波斯湾（Persian Gulf），是阿拉伯海西北伸入亚洲大陆的一个海湾。
[2] 布什尔（Bushire），伊朗西南的城市和港口，位于波斯湾北岸一个小半岛上。

波斯湾的旅途，促使丹麦后来再次派遣远征队前来考察。尼布尔接下来在日记中的这段记述——巴林群岛[1]和法拉卡群岛[2]——便是后来的丹麦远征队的目的地了：

据说，古时的巴林群岛人烟浩穰，岛上共能找到365座城市和乡村遗址。然而，现如今这座岛上只有一个城市和几处城防要塞；村庄的话，加到一起总共还不超过50个，且都非常破败萧瑟。至于剩下的那些遗址，想必是许久以来，外国人为了征服这片土地，多次发动侵略战争，而人们不堪战乱，民不聊生，那么多的城市和村庄就这样渐渐荒弃下来了。不过，这里的采珠业保留了下来，仍旧名闻遐迩。巴林的当地居民都是什叶派[3]穆斯林，说阿拉伯语。此外，还有许多人跟我讲起，在距离岸边有段水程的海床那儿——海水大概有两英寻那么深的地方，能找到一处清甜甘醇的泉水，渔人们若要采集饮用水，常常直接潜入海底，把山羊皮囊袋灌满就成了。再往北的更远方，是许许多多无人居住的小岛。另外，在距离科威克城不远处，还有一座荒无人烟的岛屿，名

[1] 巴林群岛（Bahrein），位于波斯湾西南部，属于巴林国，巴林岛是巴林国的主岛，也是巴林群岛的主岛，与卡塔尔、沙特阿拉伯隔海相望。

[2] 法拉卡群岛（Failaka），位于科威特湾口，距离海岸约18千米，与科威特市隔海相望，是科威特的第二大岛，有人称其为科威特文明史的摇篮。

[3] 什叶派（Shiites），伊斯兰教的第二大教派。

叫“弗吕舍”，即法拉卡，也归阿拉伯人管辖。从安维尔[1]绘制的地图来看，那里应该就是“珀吕什”了。当地绝大部分居民都来自巴林，所以他们绝大部分也都是靠采珠业为生。

在日记里，尼布尔很遗憾地写道，由于他的身体不够康健而未能前往一探究竟，所以，用他自己的话来说，他渴望“这一切可以留给后来居上的接班人”。后来，果然有人替他做到了。

关于群岛的记述就是以上这些，进入波斯湾的远行于是也完成了第一阶段。1765 年 2 月 4 日傍晚时分，尼布尔抵达布什尔。布什尔是设拉子[2]的港口。在这里，他了解到，他们打算把货物交给一支骡子运输队，这支商队将会穿过那些石灰岩群山，蜿蜒而上，直抵设拉子。而设拉子距离著名的波斯波利斯[3]遗址只有两天路程，尼布尔决定借助这个机会随同这支队伍前往。不过在出发之前，他先把那个丹麦仆人解雇了，因为面对这样艰巨的工作，那仆人表现得不情不愿，任务还没开始呢，他就打退堂鼓了。紧接着，尼布尔便从布什尔另雇了一个穆斯林来顶替他的位置。

于是，这个未免略显寒酸的二人小团体，就随同商队离开港

[1] 安维尔（Jean-Baptiste Bourguignon d’Anville，1697—1782），是法国地理学家和制图师。

[2] 设拉子（Shiraz），伊朗第六大城市，南部最大城市，法尔斯省省会，伊朗最古老的城市之一。公元前 6 世纪是波斯帝国的中心地区。

[3] 波斯波利斯（Persepolis），意为“波斯城市”或“波斯城”。对于古代波斯人来说，这个城市被称为 Pārsa，意为波斯地区。

口，向着内陆进发去了。综观整支运输队伍的人员组成，基本上除了小商人，就是亚美尼亚人[1]—— 都是正为躲避内战而寻找容身之地的难民。再看这支商队的运输，只有一匹骆驼——剩下的都是驴子和骡子，而尼布尔的坐骑则是队伍里仅有的一匹马。为方便行事，他把自己打扮成英国人。自从到孟买开始，一直以来他都是欧洲着装，但是眼下他却很后悔这么穿，因为修身的裤子紧紧贴在腿上，骑马非常不方便，不仅如此，这身奇装异服也引来了其他旅客的注意。不管他做什么，一言一行都会成为人们长时间讨论的话题。有一天傍晚，他们到了一个村子里，尼布尔就派他的侍从去弄些喂马的谷草来，与此同时，他则着手准备自己的晚餐："我杀了一只鸡——然而纯属偶然——在整个屠宰过程中我都是面向西方进行的。但是当即就有一个亚美尼亚人特地过来提醒我道，一个基督徒在宰鸡的时候，始终应当面向东方，就像做祷告的时候一样。但也有人相信我之所以面西，实则是在面向麦加，相信我这么做是为了我的穆斯林仆人，因为他也会和我一起吃这只鸡。由此我便意识到，不过是剁个鸡头而已，面向何方都成了问题，我的宗教信仰都要为此而受到众人的评判和质疑，所以我决定，除非以后我是想给自己找麻烦，否则我再也不会亲自动手剁鸡头了。"

[1] 亚美尼亚人（Armenian），欧洲南高加索地区的古老民族，也是亚美尼亚主体民族。自称哈伊，又称阿尔明尼亚人。

就这样行进了两天之后，这支杂七杂八的商队抵达群山脚下。自此，道路变得十分崎岖艰险，比尼布尔之前在也门跋涉过的那些道路还要难走得多。于是，尽管吃了很多臭骂，挨了不少鞭子，这些驴子的步子也还是挪得非常缓慢。甚至到了有些地方，山岩之间的小道如此狭窄，以至于这些动物身上驮着货物根本过不去，只得先卸下来。所以，他们也常常会在行进过程中看到驴子的骸骨——都是不堪忍受负重与折磨而猝死途中。他们的队伍里就有一头驴子是这样倒地而亡的。尼布尔写到，动物尸骨未寒，而主人则是当即就把它的皮给剥了——直接卖给商队里做鞋的伙计，那伙计便把这皮子裁剪成几块，边缘锥上小孔，拿线穿好收起。就这样，才走了不过几里路，皮子就被物尽其用了，这可怜的牲口——被榨得一干二净——真是死得其所。

自从进入山里，天气就变冷了许多，眼下他们每天都会逢上下雨。不幸的是，尼布尔把帐篷留在了布什尔，此行并没有带："我知道绝大多数旅客都很穷，所以我不想独树一帜，显得自己像个有钱人。"不仅如此，他当时以为的是，旅途中他们可以在咖啡小茅舍里歇脚留宿，就像之前在也门那样。但是山中人烟稀少，根本不见屋舍，夜复一夜，他们只能露天而眠。尽管在白天的行进过程中，他们已经被雨水淋得湿透，然而到了夜里，还是会有更多的雨水不期而至。

八天之后的那个傍晚，他终于顺利找到了一座屋舍，遂即租了下来，希望能在最后弥补自己一个干燥而安宁的夜晚。然而这回下榻未能遂愿。对于这个夜晚的释怀，尼布尔可是比以往任何时候都更需要他的幽默感来拯救自己："罗姆琼村坐落于高山之巅，距离商队的目的地不远。为了打发今天剩下的时间，也为了躲避晚上的鬼天气，我就在这个村子里租了间房。此外，我还拾了些许柴木，邀请了几个亚美尼亚人来与我一同分享这份舒适。没过多久，就有一大群妇女领着孩子投奔我来了。起初他们非常满足，因为我非但没有将其拒之门外，反而是让她们自己在房子里选个地方安顿下来。但是后来我一踏出这间房子，那些女人便和男人换了位置，等我再回来时，就发现火堆周围坐了一圈女子——有一种妻妾成群的感觉。从布什尔起程以来，这些女子一直都小心仔细地包着头巾，面庞从不示人，与所有陌生人也保持着距离。因此，要是我此刻就这样唐突地坐在她们中间，那实在是太不礼貌了；但如果我把她们从火堆旁赶走，却也一样尴尬至极。所以，我只能在这座房子里另找了一个角落，努力地为自己再生一把火，然而浓烟直起，把我熏得够呛，简直招架不住，只得作罢。于是我便想着，为自己另寻一处居所吧？——却又根本不可能。结果呢，我只好眼巴巴地在外围等着，等着我的女驴友们，在我的火堆前把她们的衣服烘干了再说。然而事实上整个夜晚，这整个屋子都被这些女子和孩子们霸占了，索性随他们占吧——不然我还能咋办。而外面呢，外面狂风大作，冰雹雨雪夹杂其中。这座房子啊，没有窗子也就罢了，屋顶还漏雨，稀稀落落的，滴渗得哪哪儿都是水。换句话说，整个晚上我都不得不抱着我的铺盖卷儿来回挪腾，从一席之地到另一席之地，却到底都没有找到一处干干的地方可供我躺，或者哪怕只是躺下后不被打湿。这还不算，半夜里，我猛然听到‘咔嚓’一声，声音随即被窗外的风暴淹没。这座房子原来是建在一座陡峭的斜坡上面，而我完全没有意识到这一点——我所在的房间其实相当于二楼的位置。在这间房外还有个棚子，我把我的马就拴在那儿了。这下好了，咔嚓一声，马棚一塌，我的马径直穿过木板做了个自由落体运动，落在了楼下卧室里四仰八叉酣眠正香的房主人身旁。”

这过去八天里的行军速度，坦白讲，比当初远征队穿过也门时还慢，慢了起码有 3 倍。所以，等到眼前的这支商队最终抵达久负盛名的设拉子城时，都已经到 3 月 4 日了。

在设拉子。尼布尔一切顺遂。他和城中唯一一名欧洲人住在一起，此人是一位博古通今的英国商人。当地政府长官对尼布尔非常友好，照顾得十分周到，甚至还向他担保说，要是有人胆敢冒犯骚扰他的话，无论是谁，一律处斩。尼布尔对此话深信不疑。因为就在这天，长官接见他的时候忽然有人来报，说是抓到了一个卖腐肉的屠户。接下来，便上演了一出“严惩不贷”：这个可怜的家伙耳朵被钉在木桩上，如此被罚着在市场上站了整整一天。

遥想当年，亚历山大征服波斯帝国之后，一把大火就烧了波斯波利斯。尼布尔并不是欧洲第一个前来考察这座皇城遗址的人。像德国医师恩格尔贝特·肯普弗[1]、意大利探险家彼得罗·德拉瓦莱[2]、法国历史学家让·夏尔丹[3]，都曾在他之前到过这里。但若拿以上诸位的考察成果与尼布尔的研究发现相比，则是九牛一毛，顶多算是旅行随笔吧。他们是通过别的途径抵达这处遗址的，但其调查发现，对后来人的探索考察而言，其实并没产生多少影响，也没起到什么作用。我们不久就会看到，这座古城，不仅是打开波斯历史大门的关键入口，事实上也是当代整个亚述学[4]领域的宝藏所在。这至为重要的发掘使命，眼下便落在了尼布尔肩上。自从亚历山大试图毁灭它的辉煌以来，尼布尔则是穷尽想象与推理，试图重现它原貌的第一人。

既然如此重要，对于尼布尔来说当然也不例外，此行是他在整趟考察中收获最为丰厚的。相形之下，就连埃及的金字塔也逊色了许多。根据他儿子的记述，这些收获被认为是尼布尔"旅行中的瑰宝"。他颇为吃力地阅读前辈们留下来的文字记述，一点一点艰难地钻研，可谓是苦心孤诣，穷千里目而更上层楼。就在考

[1] 恩格尔贝特·肯普弗（Engelbert Kämpfer，1651—1716），德国博物学家，医师，探险家，他以游览俄罗斯、波斯、印度、东南亚和日本而闻名。

[2] 彼得罗·德拉瓦莱（Pietrodella Valle，1586—1652），意大利作曲家，音乐学家和作家，他在文艺复兴时期曾在整个亚洲旅行。

[3] 让·夏尔丹（Jean Charden，1643—1713），法国珠宝商和旅行家。

[4] 亚述学（Assyriology），是研究古代美索不达米亚地区语言、文字、社会和历史的学科。因起始于对亚述文字的研究而得名。

察之旅即将结束时，临行前第二天晚上他一夜没有合眼，次日天还未大亮，他就跨上驴鞍，径直奔赴几公里之外的波斯波利斯了。那天是1765年3月13日，也就是他离开设拉子的前一天。他独自前往，身边只有一位侍从陪同，另有一向导在前面带路，领他们穿越这荒无人烟的大山："那道路绝大多数时候都极难行走，陡峭而崎岖，怪石嶙峋。从前的沃野肥田，眼下却是一片荒芜，早就没了农桑痕迹。沿途的树叶子簌簌作响，仿佛是在哀怨悲诉，忆往昔部落之间征战不休，此地遂屡屡遭其蹂躏摧残。就连曾经造福这片土地的灌溉系统，如今也已全然荒废了。"

骑行了几个小时之后，他们偏离了通往伊斯法罕[1]的主干道，继续向东行进，打算直抵皇宫遗址。向导抗议，他们当务之急是先把晚上的歇脚处找好，但尼布尔却坚持说他一刻都不想耽搁："即使我心中非常明白，皇宫遗址的周围是废墟一片，根本没有可供我落宿的村子，然而，与波斯波利斯遗址有关的那些听闻和阅读，早已在我脑海中幻化出一幅幅景象，令我对此心旌摇荡，朝思暮想地渴望亲眼见到，那我又怎么能够克制住自己迫不及待的热切心情，把即将得见真面目的时间浪费在找住宿这件小事情上？"

几个小时之后他们终于到了。波斯波利斯此刻就在脚下，尼

[1] 伊斯法罕（Isfahan），是伊朗最古老的城市之一，建于公元前4世纪、5世纪的阿契美尼德王朝时期，多次成为王朝首都。为南北来往所必经之路。

布尔勒住坐骑，俯而视之：眼下，仿佛是群山摊开掌心，托起了这座遗址，如此捧到自己面前。昔日的薛西斯和大流士的宫殿，如今已是阒无一人，只有太阳的光辉从西边照射过来，洒落在那些数不清的细长圆柱上，映出一片玫瑰色的流影。看上去就像是亚历山大纵的那场大火未熄，而它们仍旧立于其中。随着傍晚的来临，尼布尔也将要完成他在遗址考察的首次探寻：高涨的热情令他不知疲倦，圆柱、柱头、底座、墙壁、浮雕，他在其间缓慢挪移着身子，认真查看，细细打量，一处都不落下。那些浮雕工艺几乎是完好未损，布满符号的墙壁，像极了一片片鹬鸟栖息的沙滩。所有这些存在加到一起，对他来说究竟意味着什么，现在还不大好说，但有一点是清晰明了的——这里的考察工作需要耗时数周。因此，一直待到天已经黑得什么都看不清了的时候，尼布尔才从其中抽出身来，向着一扇——专供波斯国王进出的——壮阔大门走去，解开他拴在一旁的驴子，晃醒他的侍从和向导。三人遂即上驴，往遗址南边骑了有一个小时的路程，抵达一个名叫“迈尔达斯特”的村子。尽管天色已晚，最终他还是找到了十分友好的村民，愿意提供一个小房间让他落脚。房间较简陋，由于常供过路旅客借宿，床上也没铺床单，不过没关系，这天晚上尼布尔睡得像小猪一样酣甜。

于是在接下来将近一个月的时间里，这个小房间就成了尼布尔每天晚上留宿的地方。他会在每天日出时分起床，给驴上鞍，骑到遗址那里，从早 8 点开始工作，一直持续到傍晚 5 点，天色开始变暗时才停下：他测绘出皇宫遗址的底层平面图，临摹浮雕，抄录碑文，对诸多细节展开研究。此地地势颇高，是典型的高山高原气候，时常寒气袭人。西边的山巅之上仍有积雪覆盖，在深邃苍穹的映衬下，闪耀着皑皑银光。每天早上他抵达这里时，宫殿大理石地面上那些坑坑洼洼里的水都还是上了冻的，而后随着太阳在天空中缓缓爬升，也就慢慢都消融掉了。绝大部分的时间里，他都是独自一人在那儿。只在极偶尔的情况下，会有一些游牧的库尔德人[1]为了寻找草场，带着家眷，赶着羊群，经过此地。当他们远远看到有这样一个奇怪的人，身穿欧洲服饰，在一片废墟里苦思冥想时，他们总会走到这人跟前，一看究竟。尽管四下里只有他自己一人，但他却从未因此而受到什么威胁，就连一句不友好的话都没有。那些库尔德人会借着机会与他闲聊一阵，礼貌地瞥一眼他的画作，想着，这个人的内心是感到多么好奇呢，才会不惜穿越世界来到这里，来到这里后就只是坐着，画啊，写啊。他着实令他们感到惊奇，也大为赞叹。最后离开前，他们会卖给他一点牛奶和一些山羊奶酪。到此为止，闲聊便结束了，牧民们则徒步回到他们的羊群中间，尼布尔则继续弯下腰来，面对薛西斯留下的碑文。

[1] 库尔德人（Kurd），主要居住在伊朗库尔德斯坦和高加索南部的穆斯林游牧民族。是中东人口仅次于阿拉伯、土耳其和波斯民族的第四大民族。

波斯波利斯遗址

尼布尔画的波斯波利斯遗址。

等他回到村子里的时候，情形也是大同小异。他住的“公寓”没有其他旅客留宿，房里鲜少响起陌生人的叩门声，若有，通常也是一些“贫穷的干杂活的人，带着他们的原始工具，走村串户地找活儿干”。等结束了一天的工作回到住处后，尼布尔会去购买菜蔬、稻米、黄油，再来上一只鸡，备齐食材后便自己动手，制作“烩肉饭”。没过多久，村子里的农民都和这位独处的欧洲人混熟络了，这不，复活节期间，他坐在房间里忙于最后的画稿，来自迈尔达斯特以及附近村子里的村民们都来拜望他。他就展示了自己的作品。村民们说起要庆祝复活节的事，他便告诉他们具体哪一天是春分。显然他所推算的日期比传统的庆祝时间提前了两天，但是村民们深信不疑，都按照这个陌生人的消息把日期纠正了过来，就在他说的那天开启节日欢庆。他们当然也向他发出了邀请，而他，自然也欣然接受了。

3

在波斯波利斯，卡斯滕·尼布尔再一次遇见了年轻女子。在他漫长的远征旅途中，年轻女子总是每隔一段时间就会出现在他的生活里，就好像是有隐身术一样，陪着他从一个地方到另一个地方，只在偶然情况下让他知道她们的存在。这一次是一群年轻的农家女孩，她们都来自迈尔达斯特及其附近地区。新月再次升起，莱麦丹[1]刚刚结束，拜兰节[2]的欢庆即将到来。节日期间尼布尔仍旧是在遗址那里忙于工作，然而出乎他意料的是，有天下午，他看到一群少女少妇，竟结伴向他走来："她们都是附近村子里的，有一些骑驴而来，还有一些是步行。只有极个别用头巾围着脸。或许她们只是想来看看那座遗址究竟有些什么，又或许，她们是想看看，到底那个来到本地的奇怪外国人长什么样子。"

很快事情就不言自明了。原来这些女子听人说起这个欧洲人是一个非常聪明的抄写员，所以特地前来寻他，而现在，她们已经亲眼见到在他周围的大理石地板上散铺着的各式抄画纸张，便相信事实的确如传闻那样。这些骑驴的步行的女子哟，大老远从周边村子里赶来，其实就是为了向他讨一张"护身符"：她们想让尼布尔在小小块的纸上写一些话，好佩戴在身上以防病祛邪，保佑自己能够生儿育女。尼布尔呢，自然很高兴能为她们献上一份绵薄之力。他把手头上抄写碑文的工作放到一边，拿起他的鹅翎笔，坐下来，正儿八经地用阿拉伯语给诸位女香客写起了符篆。当时的画面可想而知，尼布尔弯腰弓背地坐在那里，一丝不苟，任笔走龙蛇，行云流水，挥洒自如；女子们围在他身旁，目光紧紧锁住鹅翎笔，屏气凝神，随他一起潜心贯注。

"生活在这些谦逊朴素的人当中，就和生活在欧洲的任何一

[1] 莱麦丹（Ramadan），伊斯兰教斋月，指穆斯林在日出后到日落前斋戒。
[2] 拜兰节（Feastof Bairam），伊斯兰教节日，是土耳其国家的开斋节，一年两次。

处村子里一样”，尼布尔在日记中坦露心声。良好的生活环境，加上在遗址中收获的丰富工作成果，使得尼布尔的旅途重新焕发出活力与生机。1765 年 3 月 27 日，他坐在迈尔达斯特村的小房间里，给君士坦丁堡的冯·加勒写了一封信，将经由设拉子那边寄出。这封信现在仍旧收藏在丹麦国家档案馆中，通篇都是用法语写成——真是惊叹，他的法语什么时候变得这么好了呢。信中就自己漫长的返乡之旅，说明了相关情况，也就是目前旅途暂时中断，他要在波斯波利斯待上一阵子。首先，也是最重要的一点，得给他寄钱来，因为他现在已经没钱了，而作为回报，他以向丹麦国王陛下承诺的名义保证道，自己所需的这笔开支必定换回丰硕的考察成果。他给冯·加勒写道：

这段旅途的收获之多，将会远超以往，包括自地中海以来一直到孟买这么长的时间里取得的所有考察成果的价值。但由于前面各种“必要”支出的耗费，到目前为止，我已一贫如洗，迫切需要您的财力支持。尽管远征这一路漫长而艰辛，我仍旧满怀希望地恳请您，和伯恩斯托夫男爵大人，相信我。即便远征队遭受了如此重创，我也必不辱使命，我相信您不会弃我于不顾。此外，还有一事，不知我们伟大的国王陛下可否考虑准许我前往达莫[1]、巴勒贝克[2]，以及其他所有圣地，包括已经去过的上埃及境内的“摩卡提卜山”——毕竟之前的考察成果不尽如人意。无论如何，我都时刻准备着，全凭国王陛下的调遣。

在孟买的最后那段时间里，尼布尔收到了伯恩斯托夫很久之前写的那封信——信中痛斥冯·黑文在西奈半岛的一事无成。而现在他又主动请命，要再次踏上这样充满艰险的征途。并且在必要时，他甚至还得去巴勒斯坦，乃至去探索考察尼罗河上游。经历了四年多“漫长而艰辛”的远行考察之后，他对冒险非但没有厌倦，反倒一如从前般强烈渴望。然而这一回，就像他在孟买时一样——虽说原本计划好了要漂洋过海去中国的——没有料想到的一点是他太高估自己的能力了。别忘了，他逗留在迈尔达斯特村的那段日子，是为了考察波斯波利斯。既是风吹日晒的考察生活，又哪能只有田园牧歌般的闲适呢。就说他在遗址中所临摹的那些碑文吧，有许多楔形文字都刻在墙壁的高处，只有当太阳斜照到上面时，他才能够看得清楚。但是在1765年，还没有发明类似于太阳镜这样可以保护眼睛的用具。此外，大理石地面上也

[1] 达莫（Tadmor），叙利亚的帕米尔古城，见《圣经·旧约·列王纪上》（9:18），“所罗门建造基色、下伯和仑、巴拉，并国中旷野里的达莫”。
[2] 巴勒贝克（Baalbeck），黎巴嫩中部贝卡谷地中的城市。贝克，意为“城”，“巴勒贝克”意为“太阳城”或“太阳之域”。

有铭刻，但是它的表面太过光滑了，太阳光线一经反射便十分明亮晃眼。如此一来，两下里都对他的双目造成了损伤。于是，尼布尔就这样一边忍受着疼痛，一边继续坚持工作了一阵子后，便遇上了大麻烦。有一天早晨他在房间里醒来，发现自己看不见了。不用说出门考察了，那一整天剩下的时间里，他都不得不接受自己的"雪盲"状态而躺在床上休养眼睛。后来到了第二天早晨，视力刚一恢复，他便又重返波斯波利斯了。阳光火烧似地照射在墙壁上，也照射在雪白的纸张上。尼布尔照旧坐了下来，继续他前天中断的工作。

随后便是第二次警报的拉响。他的仆人，自从患病以来也有段时日了，面对这严酷的高山高原气候，如今再也扛不住了。就在4月初的一天傍晚，这个仆人病逝于迈尔达斯特。由于尼布尔已经渐渐习惯了死神在自己周围搞突袭，所以日记里他也没有对这起死亡事件展开详细讲述。不过从中还是可以看出，仆人的死迫使他重新审视自己的处境："要是我的仆人一直保持着健康良好的身体状态，那我真的很乐意在那片废墟中再待上一阵子。但是我的眼睛已经受到严重损伤，加之身体也始终处于一种虚弱状态，所以眼下实在是没有我继续冒险行事的余地了。仆人的离开，权当是他留给我的一个警示吧。既然此地不宜久留，我便尽早起程了。4月7日，我回到了设拉子。"

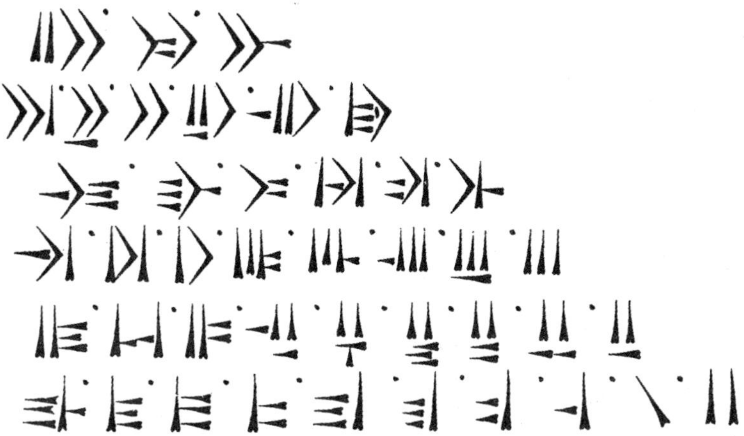

尼布尔再现的楔形文字字母表

尼布尔为再现楔形文字字母表所作的尝试和努力。

尽管返回时间比计划的提前了，但事实上，尼布尔在波斯波利斯留下的未完成的工作却并没有多少了。历时 24 天的皇宫遗址考察，所有的劳动成果都呈现在了他的日记本中。尼布尔编写的这份全面而翔实的记述，总共 43 页：对整座建筑的地理位置作了详尽阐释；提纲挈领地论述了不同建筑物的不同用途；对铸像和浮雕进行了细致描绘，并试着解释它们的象征意义。在记述的基础上，还有补充说明的插图，起码有 39 张：有平面图、远景图，有浮雕和铸像的绘画，有包括底座和柱头在内的纪念柱的侧面像，最后还有一系列非常详细的铭文临本。

作为笔者本人，我写此书的意图并非学术性的历史记述，因此，对于尼布尔在波斯波利斯所取得的成就，在这里也就不展开全面详细的评述了。不过有一方面涉及的详情，不得不细细说来，那就是尼布尔关于楔形文字的铭文临本。在漫长的远征途中，他勉力完成的工作的确不少，却没有哪一项工作消耗的心血能抵得上那一张张铭文——上面的符号成百上千，神秘莫测，全是他认认真真临摹下来的。尽管付出的代价巨大，但都是值得的。正是由于这些临本的存在，丹麦第一次远征所留下的影响才会如此深远，才得以延续至今。

无论是肯普弗、夏尔丹，还是彼得罗·德拉瓦莱，他们从波斯波利斯带回的楔形文字的铭文拓本，都不能为当代语言学家的破译解读工作提供准确而有用的帮助。尼布尔是第一个成功地将各个楔形文字区分开来的人，他甚至建立起一套由 42 个不同文字组成的楔形文字表。最终他注意到，在废墟中，几乎所有的楔形笔迹，都可以分成三组写法，相比第一组，另两组总会包含更多其他的符号。他把观察到的这些特征，认真收集、临摹在他的图版上，但在那时，包括他在内，没有人能解读它们。

后来，丹麦主教明特[1]继续研究。这位杰出卓越、孜孜不倦的教会历史学家，就出生于丹麦远征队离开哥本哈根的这一年，

[1]　明特（Friedrich Münter，1761—1830），哥本哈根大学神学教授、东方学家、教会历史学家、考古学家、西班牙丹麦主教和共济会主义者。

他是尼布尔的忠实追随者。在尼布尔研究的基础上，关于那些特征他说明了以下两点：首先，三组写法的后两组，肯定和第一组有相同的文本，且第一组的记号要远远少于其他两组，这很可能是由于它是用古波斯文写成的。其次，他发现了一种特定的楔形字符的表示，并将其与三组中所有的楔形笔迹区分开来，他认为这种特殊标示，十之八九是“国王”的意思。

这是向前迈出的第一步：已经可以在文本中清楚地找出有关“国王”名字的记载，而正是由于其中一些国王名字在这之前已经被知悉，这就使曼特的继承者——来自德国的语言学家兼东方学专家——格罗特芬德[1]的工作容易了许多。不久，他就坚信，尼布尔的铭文拓本一定起源于两个国王，且这两位国王是子继父位。通过追踪和纠错，他发现，如果假设那块纪念碑是献给大流士一世[2]和薛西斯一世[3]的，那么在这两个名字中用到的记号就完全一致了。于是在1802年，他解读出这两个名字中的符号含义。

这又将研究往前推进了一步。然而不久，脚踩“七里格快靴”[4]

[1] 格罗特芬德（Georg Friedrich Grotefend，1775—1853），德国书法家和语言学家。他的主要贡献在于他对楔形文字的解密。

[2] 大流士一世（Darius I the Great，前558—前486年），出身于波斯人阿契美尼德家族支系，他统治波斯帝国37年，既是波斯帝国的君主，也是历史上著名的政治家之一。

[3] 薛西斯一世（Xerxes I，前485年—前465年），波斯第四代君主，大流士一世与居鲁士大帝之女阿托莎的儿子。其名字在波斯语中意思是“战士”。

[4] 七里格快靴（seven-leagueboots），里格（league），长度单位，约等于3英里或4000米；在17世纪，邮递员的靴子被叫作“七里格快靴”，一步七里格，夸张形容速度之快。也被用以形容传奇人物做成意义非凡、影响深远的事。

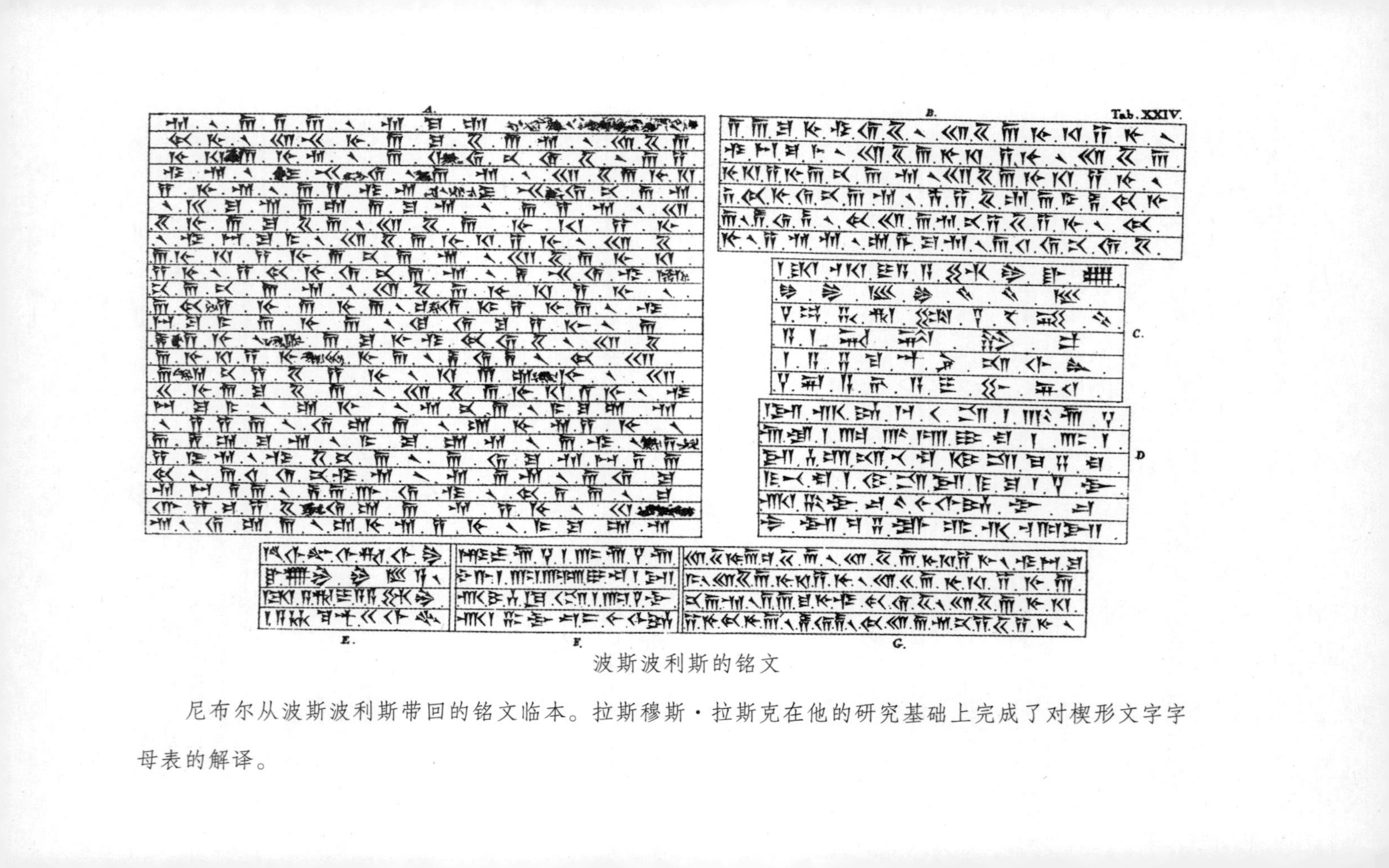

Tab. XXIV.

A. B. C. D. E. F. G.

波斯波利斯的铭文

尼布尔从波斯波利斯带回的铭文临本。拉斯穆斯·拉斯克在他的研究基础上完成了对楔形文字字母表的解译。

的男人便后来居上了——拉斯穆斯·克里斯蒂安·拉斯克[1]一如既往地我行我素。他认同尼布尔的基础研究，但他的研究运用的是自己的天纵才华。他曾去过东方，在波斯帝国和其他地方亲眼见过楔形文字的笔迹。他对“国王的名字”之类的猜测性工作不感兴趣，因为他是一个语法专家。1826 年，他发表了一篇用丹麦语写就的专题论文，题为“关于《赞德 - 阿维斯塔》[2]及其古波斯语译解中的时间和真实性研究”。他在其中指出，尼布尔收集的所有古波斯语的楔形笔迹中，都涉及一个所有格复数的问题。他解释了这些字符会以“-anam”结尾的必然性。基于此，拉斯克仍是继续钻研“m”和“n”这两个重要字母的含义，尽管其他学者在这方面努力进行了许多尝试之后，都无功而返。这个“所有格复数”的发现的确是具有划时代意义的。后继有人，楔形文字笔迹的神秘面纱最终被揭开 —— 两个同样来自小国家的学者，还原了人类的这种最古老的语言。

当然，在这个课题的研究上，卡斯滕·尼布尔一直是沉寂的。因为这些发现绝大部分都是在他死后才出现。回到 1765 年 4 月 7 日这一天，他离开了迈尔达斯特村，用他受损而刺痛的双眼，最后一次看向沐浴在日光之下的波斯波利斯。那一刻的尼布尔几乎

---

[1] 拉斯穆斯·克里斯蒂安·拉斯克（Rasmus Kristian Rask，1787—1832），丹麦语言学家。

[2] 《赞德 - 阿维斯塔》(Zend-Avesta)，赞德（Zend)，中古波斯语，大意是指对《阿维斯塔》的解读。《阿维斯塔》是拜火教的宗教经典。

不敢去想，有朝一日自己还能带着楔文临本回到哥本哈根。

4

在设拉子。他的身体从巨大的损耗中恢复了过来。由于国家动乱，去布什尔的商队很少，因此尼布尔有一个多月的时间恢复休整。而他在波斯波利斯工作时受到损伤的眼睛，也在这段日子里得到充分休养，炎症慢慢消退。三周之后，他勉强能到户外活动了，与此同时，他也不忘行纪的撰写。无论是设拉子满山的葡萄树，芬芳扑鼻的玫瑰香水，还是荫凉的花园，他都用文字记录了下来。由于眼睛的缘故，他得等到太阳落山后才能到房间外面去。风拂过梧桐树，发出沙沙声，一阵小雨落下来。春天又到了。遥顾往昔，也是在这样的春天里，有一个既是天文学家也是数学家的男子，写下了一首关于酒与黑夜的小诗：

呐，奈何春天与玫瑰一起消逝；

芳华的青春篇章将要掩闭；

夜莺在枝头婉转啁啾；

谁知它从何处来，到何处去！

但是尼布尔对诗歌不感兴趣，“莪默·伽亚谟”[1]这个名字他连提都没提。因为他有其他事情要忙。到5月14日时，设拉子已经聚集起足够多的旅客，他们组成了一支前往布什尔的商队。这支队伍向东出发，再一次穿过群山。等他们行进至沿海的平原地带时，气温变得极高，白天根本无法赶路，所以就像在也门时那样——他们只能夜里行军。考虑到眼睛，尼布尔对此倒是欣然接受。太阳西沉，黄昏刚刚结束，他跨上坐骑，再一次出发了。傍晚暮色里，星斗光荧荧，许多昆虫隐隐发光，身后的西部天空那一片黄道光也微弱地在照着亮。这些光源都不会伤害到他的眼睛，他在日记写道：“我于5月28日抵达布什尔，尽管身体虚弱，又疲惫，但却深感幸福。”

低地的高温气候大大削弱了尼布尔的体力。于是这一趟旅程下来，他的眼疾又犯了。目前他正为如何离开布什尔而焦急万分。因为就在他抵达的这天，他听说有一艘驶往巴士拉的英国轮船，此时就泊在海港内，即将出发。但不幸的是，他的行李和文件还在后面，得第二天才能抵达设拉子，到那时英国轮船早就出发了。所幸还有一艘开往哈尔克岛[2]的小型荷兰舰，尼布尔遂给自己买了一个舱位，希望能凭借此舰追上那艘英国轮船。5月31日，舰

[1] 莪默·伽亚谟（Omar Khayyam，1048—1131），生于波斯湾边的内沙布尔（今伊朗东北部），1131年卒于内沙布尔（一说卒于1123年），是当时负有盛名的数学家、天文学家、医学家和哲学家。著有《代数学》和《鲁拜集》。
[2] 哈尔克岛（Island of Kharg），波斯湾北部的大陆岛，现属于伊朗。

艇抵达哈尔克岛。然而，海关工作人员却耸了耸肩。那艘英国轮船刚好在一个小时前离开了。

这回不走运，导致尼布尔在接下来两个月的时间里，一直被迫滞留在正值盛夏暑热的哈尔克岛。由于波斯人和一个阿拉伯部族海战的缘故，附近的海域也跟着动荡不安，如此一来，那些前往巴士拉的轮船都不得不另辟航线。7月初上，一艘印度轮船入港了，船长刚好顺路要到巴士拉去，遂提出要免费载尼布尔一程。但是船长来去匆匆，打算在半小时后就拔锚起航；尼布尔其实更倾向于乘坐一艘小型舰艇，沿着幼发拉底河向上航行，以便对沿途河岸上的那些村庄进行标记。所以最终尼布尔还是谢绝了印度船长的好意。谁知三天以后他便听说，那艘轮船刚刚驶离哈尔克没多久，就被波斯的暴君谢赫苏莱曼给俘获了。

可以说尼布尔再次与一场横祸擦肩而过，但就目前而言，其处境仍不安全——波斯湾的气候着实堪忧：眼下南风开始盛行，闷热与潮湿重逢，令尼布尔难以抵挡其势头，即便他每天晚上都睡在屋顶露台，每天早上醒来后依然会发现床单是湿答答的，以至于晾晒前他都不得不用手使劲拧干。时间就这样一天又一天地过去了，尼布尔眺望着地平线，眼看着波斯人与阿拉伯部族之间的争斗都已经平息了，却还不见有船只来。到最后，在7月的最后一天，他总算能搭上一艘小船前往巴士拉了。海风依然从南方吹来，所以只用了两天时间他就抵达幼发拉底河的河口处了。接下来，尼布尔便迎来了清新纯净、闲适惬意的沿河之旅。这条大河，两岸筑有高高的堤坝，足以抵挡河流泛洪；再往上，则是大片的枣椰种植园，一望无际。就像在埃及时一样，这趟旅途所经过的每一个村庄的名字，尼布尔都要弄个清楚明白。于是我们可以看到，仅仅在尼布尔绘制的——从波斯湾延伸至巴士拉——这一部分地图中，他所标注的村庄就不少于 92 座，每一处地名都是双语对照，既有西语也有阿拉伯语。

随后，尼布尔就来到了湿热的人间地狱——巴士拉，这是他在东方见到的最肮脏的城市。他写到，在这座城市里，下水道中的污水都是直接排到街上的。人和骆驼会忽然晕倒，死于中暑，而他们死后的尸体都没有人管，就那样弃之不顾，直至臭气熏天；因此就招来了数不清的苍蝇，围着尸体嗡嗡直转，随后就在他们的眼睛和嘴唇上安家落户。虽说这些都不尽如人意，但尼布尔毕竟不是来旅游观光的，他还有自己的事情要做：他对这座城市的近现代历史进行了一番收集整理；绘制了详细的城市街道地图，地图上所划分的不同地区名称，总共算起来至少有 73 处，每一处地名也都是双语对照，既有西语也有阿拉伯语。随后他又转向了城市贸易，就幼发拉底河的船舶运输展开调查，详细记录了 25 种不同的椰枣及其名称。最后，他还考察了这座城市的堡垒要塞。这些工作说起来简单，却不是两三天的旅游观光就能完成的：以上所有，是尼布尔在这座不堪的城市，花了将近 4 个月的时间换来的劳动成果。

不过这些都是后话了，当时并没有人知道尼布尔这个人在做什么。因为他在这段时间里销声匿迹了。8月初，他抵达的消息在巴士拉已是众所周知，他也从荷兰领事馆那里取到了冯·加勒从君士坦丁堡寄来的钱款。在这之后他便突然消失了，就像人间蒸发了似的，等到四个月后离开这座城市的时候，这个男人都不叫卡斯滕·尼布尔了。

我们知道，自从丹麦远征队从哥本哈根起程以来，欧洲各国的首都城市一直密切关注着他们的进展动态。在祖国丹麦那边，伯恩斯托夫时不时地收到远征队的汇报成果，并且会在第一时间发给米凯利斯，而米凯利斯则负责就此与当时学术界最顶尖最出色的学者建立联系。即便那些汇报的成果通常都要等上很长一段时间才能看到，但他们与远征队之间的这份联系却从未断过。事实上，所有受过良好教育的欧洲人都清楚远征队经历了什么。也门的死亡悲剧不仅传遍了欧洲的高等学府圈——在眼下正讲到的1765年的盛夏时节里——整个世界的新闻媒体都在追踪报道卡斯滕·尼布尔的漫漫返乡记。于是便有了《乌得勒支公报》于同年6月3日刊登的那则通告，有关尼布尔在布什尔的抵达报道里有如下说辞："一位丹麦学者来到这里，计划由此前往巴格达，迪亚巴克尔，阿勒颇等地旅行考察。而这位学者，便是四年前丹麦国王陛下派遣前往红海沿岸的阿拉伯半岛考察的五人远征队中唯一生还者。”

由此可见，当时的人们消息非常灵通，对于远征队的经历以及尼布尔的行踪，他们也都是了若指掌。只要是当时的社会交流媒介能够触及的地方，便都对此一清二楚。就此而言，真是全世界人民的眼睛都在盯着他。

恰恰就是在这个时候，尼布尔从众人视线里突然消失了。从1765年11月底他从巴士拉起程，到1766年6月6日，这半年多的时间里，自始至终他连一个欧洲人都没见过。在巴士拉，他脱去了那身欧洲装束，尽管从到孟买以来他一直这么穿，但那副打扮时常令他抱怨种种不便，因此他又再次换回了阿拉伯着装。但光是换了衣服，到底还不够。这一回他要更彻底一些，他要努力像一个真正的阿拉伯人那样，衣食起居，生活从内到外，方方面面他都要落实。无疑他早就想这么做了，这回之所以能落到实处，也是由于眼下远征队只剩他一人了。他给自己另取了一个阿拉伯名字，叫“阿卜杜拉”，意为“神的仆人”，基督徒和穆斯林都能用。这次转变的确彻头彻尾，没有人知道他的真实名字是卡斯滕·尼布尔，就连他的仆人也不知情。

这六个多月的时间里，他生活在阿拉伯百姓之中，日常起居、饮食、言行举止，无一不像一个真正的阿拉伯人。看他早年在沼泽湿地的成长经历就能知道，其实他更喜欢这样一种秘密而保有隐私的生活。在设拉子，当他对自己的欧洲装束不胜其烦时，他写到，只要能顺利地把研究做完，就算是让他换上寒酸破旧的东方着装，他也甘愿。要知道，在他身处的那个时代里，欧洲人可觉得自己是优人一等的，觉得自己是至高无上的，所以他说他也甘愿，和我们当今时代的随口说说不一样，他说这种话无异于会被视为一种莫大的耻辱。对于尼布尔来说，他的这段日子就像是T.E. 劳伦斯[1]晚年的隐居生活：阿拉伯人穿的斗篷披在他们俩身上，仿佛有了童话寓言里的斗篷神力，可以让他们隐身而对外不可见。在这东方国度里，无论尼布尔还是T.E. 劳伦斯，都被隐姓埋名的生活方式深深吸引而无法自拔，用一句东方谚语来说，他们都是敢于放下身份的人。一个名字而已，不过是障眼法，真正的旁观者始终没有变过，就是这个放下身份的人。

从现在开始，尼布尔小心行事，让自己的存在躲避一切可能会吸引旁人注意的事物。甚至包括他在这段时间内发给冯·加勒的汇报，为了避嫌也都是内容简短，且数量极少。加之这为数不多的汇报信中，有一些都遗失在寄运途中了，剩下的就算送到，也都是来年的事了。于是君士坦丁堡和哥本哈根那边的人们就开始为他担忧了。那一连数月里，伯恩斯托夫认定，尼布尔在旅行途中也遭遇了和他同伴一样的命运。至于冯·加勒，则是凭着丹

[1] T.E. 劳伦斯（Thomas Edward Lawrence，1888—1935），出生于威尔士，因在1916—1918 年的阿拉伯大起义中作为英国联络官的角色而出名，也称“阿拉伯的劳伦斯”。

麦那边对他的倚重，大肆强调福斯科尔、博朗芬、克拉默的死亡悲剧，在他们对尼布尔的消极揣测中加薪助燃，因此，莫说是劝慰宽心，他不加重他们的疑虑也就好了。如此一来，丹麦远征就这样不可思议地沉入了诡秘之中，尼布尔消失得无影无踪了。但幸好他的日记保留了下来，我们可以从中追踪他这日复一日的秘密旅程。

从巴士拉继续前行的话，尼布尔打算去叙利亚的阿勒颇考察。最短的路线就是直穿沙漠。但是，由于那些地区盗贼蜂起，活动频繁，单枪匹马着实危险，要想深入其中，必须得跟随武装精良的大型商队，然而内战的缘故，巴士拉的贸易已严重受创，根本无力组织装配这样一支商队。所以这趟旅途别无选择，尼布尔只能取道巴格达。于是在 11 月 28 日，他登上一艘河船出发了。这回他预订的舱房有些狭小，同住的还有一位病怏怏的土耳其人，此人着实给他添了不少麻烦，不过另一方面，他与其他乘客的关系却是十分喜人的。当这个奇怪的阿卜杜拉支起奇怪的星盘时，他们就会在他的四周围成一个圆圈，如此倒是甚好，他们的长衣服恰恰为他阻挡了北风和尘土。由于幼发拉底河的流向并非正南正北，尼布尔在绘制地图中遇到的最大困难，其实就是测定他所走过的里程。另外，这一趟旅程正是逆流而上，且因退潮和顶头风，行船时常会遭遇阻滞迁延。绝大多数时间里，这船要沿河岸上行，全靠有人从岸上牵拉；再者，船时不时地还会搁浅，一旦遇到这种情况，水手们就只得脱下衣服，跋涉到河中，把船从淤泥里弄出来。然而这还不算，最糟糕的搁浅因由是农民为了灌溉农田而在河上筑坝拦水。如此一来，水手们就得挖开一条足够宽的通道，才能让河船过得去，可这一挖就得耗上数日时间。夜里他们把船泊在河岸边上，引来盗贼频频光顾，有天晚上小偷都溜进尼布尔的舱房里了，为了吓跑那贼，他不得不打了一枪。后来到了拖船的时候，他们自然又再次沦为热情的沙漠部落的掠夺对象。船长便让尼布尔站在前甲板上持枪把守。尼布尔照做了，他还得到了船长的许可——非常和蔼地给这些强盗们分发椰枣。这下轮到罪人们惊呆了，船长告诉他们，这个来自巴格达的阿卜杜拉，是一位修养极高的正人君子。

离开巴士拉后，一个月的时间过去了，眼下他们终于抵达一座大城镇——利姆卢姆。此时尼布尔已经受够了土耳其病人的呻吟声，也受够了行船时不时的耽搁停顿，因此，他决定离船上岸，接下来就和一个贫穷的阿訇一起，从这儿走陆路去巴格达。为此，尼布尔从教长那儿雇了一匹马，教长则趁火打劫，狠狠敲了一笔竹杠。随后，他们便向北出发，骑至马什哈德阿里[1]，从那儿换成

[1] 马什哈德阿里（Meshed Ali），有别于伊朗的马什哈德（Mashhad），即纳杰夫（Najaf），是伊拉克中部城市，纳杰夫省省会，也是伊拉克境内伊斯兰教什叶派著名的圣地之一。每年有不少穆斯林到此朝觐。

骑驴，向希拉[1]进发。抵达希拉之后绕道而行，去往卡尔巴拉[2]，在那里加入一支两百来人的朝圣队伍，再次返回希拉。

一日傍晚时分，他们行至幼发拉底河河畔的平原地带，尼布尔在一些土堆旁勒住了驴子。当下暮色笼罩，一派安宁，河水静静流淌，仿若平原上的一段金属条块，看不出它是熔了，还是凝了。夜幕渐渐低垂，深邃苍穹下，西边那一道浅浅的山脊仍旧清晰可见。尼布尔从驴子上下来，驻足而观，久久不曾离开，或许他是在脑海里还原这座大城曾经的模样：占地面积有三十英里，门道那儿设有大型市场、商店、办事处；河岸这边有他们已经发展成熟的信贷体系——随时为金融战争待命，还有船舶运输业、矿业、灌溉系统；那边是图书馆——上面是瞭望台，内院还有清澈的水塘，红土砖砌的游廊蜿蜒回转，好不凉爽；再往远处看，码头上繁忙喧嚷，你来我往，来自全球各地的商品货物，各种各样，五彩纷呈，贩卖什么的都有，石榴、椰枣糖浆、米酒、芝麻酒，熙熙攘攘，穷人、富人、牧师、妓女，从印度到地中海的沙漠一路跋涉而来的士兵，知悉天体运行轨迹的天文学家，还有能够轻而易举绘出几何结构平面图的工程师，对此地面积及其体积作出必要估算可谓举手之劳。这究竟是哪里？忽然间一只猫头鹰呜呜

[1] 希拉（Hilla），伊拉克巴比伦省省会，希拉河河港与谷物贸易中心。
[2] 卡尔巴拉（Karbala），伊斯兰教什叶派圣地之一。历史上卡尔巴拉还是什叶派的根据地和宗教学术中心之一。

叫着，飞过河边湿地，声音突兀，听来阴森凄厉，尼布尔担心前面那两英尺深的草丛中会藏有蛇，所以此刻他不敢深入土堆一探究竟。他依然伫足原地，于良久凝望之中，天马行空的神思终于奔驰了回来。是了，这是古巴比伦。

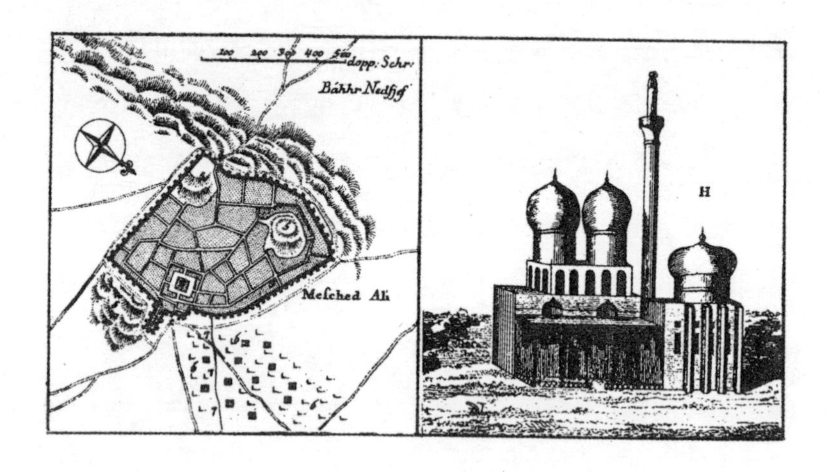

马什哈德阿里

尼布尔绘制的马什哈德阿里地图和圆顶清真寺，寺内保存着第四代哈里发阿里的陵墓，该城由此而被称为“圣城”。

5

在1765年的圣诞节前夕，尼布尔作为最早的一批欧洲人，骑进了马什哈德阿里这座圣城。傍暮余晖中，哈里发陵墓之上的金色圆顶在他眼中闪耀光芒。在这之后，他又穿过了埃尔比勒——古城阿尔贝拉，当时亚历山大曾征战于此，波斯国王负隅顽抗，此处见证了他征服波斯的巅峰之战。1766 年伊始，尼布尔只身一人，与一驴夫骑行在前往巴格达的路上。

从他的日记中，能够看出这趟旅途还是挺逗人发笑的："我的驴夫是个妙语连珠大师，一讲起淫荡的施虐，就有说不完的粗野下流话，整个远征过程中我还真是从没听过这样讲话的。一路上他也的确是过足了嘴瘾。不像我见过的那些阿拉伯人——从不谈论自己的妻子女儿，这个男人一点都不避讳，大侃特侃，他觉得无论是自己的女人，还是他的母亲、祖母、太祖母……上至五辈六辈的女性，分分秒秒都该被施以最极致的虐待。"这样的语言消遣大概持续了一周左右。而后在 1766 年 1 月 9 日，这一天的傍晚时分，尼布尔来到了巴格达。他写到，这里的房子都没有窗户，局促狭小的空间里闷热无比，就像太阳照射下的烤炉；凉爽的空气只有通过捕风塔[1]传送至那些昏暗的房间。紧随其后的便是那些日常工作了：考察记述这座城市的近代历史情况，包括迄今为止的 48 位帕夏及其在位时间；测量这座城市的街道及城防，绘制地图。

如此按部就班地工作了一个月后，他再一次感觉到了死神的

---

[1] 捕风塔（Windtower），西亚、北非地区的一种建筑构件，用于调节温度和空气湿度。

影子。在巴格达也是一样，他没能找到一支要去阿勒颇的商队——不过倒是有一支大型商旅将要前往大马士革。多日里他一直思忖着要不要随同后者出发，但到最后时刻他还是决定不去了，此后没过多久，他便在旅行日志中写了这样一段话："我确实是选择留在了巴格达，且应该为此深感庆幸，事实证明这个决定是对的，就在那支商旅即将抵达大马士革的时候，他们遭遇了突袭，整支队伍被一洗而空，货物全失——包括我随之寄出的一箱文件。"

于是尼布尔观时待变，遂有了下一步策略。没去成大马士革也没关系，他决定继续沿底格里斯河[1]北上。不管怎么说，这条路线总归要安全一些。毕竟巴格达与大马士革之间是沙漠地带，村庄零星稀少，相比之下，他相信会有大量城镇分布于大河流域，可供他考察记录，无论如何都是更好的选择。这一回，尼布尔是和 30 个犹太人一起，这些人绝大多数一贫如洗，衣着破烂，并且全部都是"赤手空拳"——什么武器装备都没有。他们一律骑驴而往，只有尼布尔自己雇了一匹马，此外他还有两头骡子，一头是他仆人的坐骑，另一头驮运行李。

如此，一支手无寸铁的旅队于 3 月 3 日从巴格达出发了。时逢多雨季节，底格里斯河的支流河道水位持续上涨，大部分桥道都被冲垮淹没，所以每一次的涉水渡河都成了燃眉之急。抵达阿

[1] 底格里斯河（Tigris），西亚地区第二大河流，发源于亚美尼亚高原，总长约 1840 千米。

勒通库普里镇时，尼布尔面临着十分严峻的处境：“最近一阵子，雨连日连夜地下个不停，我们已是浑身湿透，精疲力竭。但旅队依然决定径直穿过这座村镇，到小扎布河对岸的那片开阔田野间露营扎寨。他们所有人都建议我继续跟随旅队前行，因为他们非常肯定，这条河的水位在这天夜间会大幅上涨，水流也会变得汹涌湍急，若再等到次日早上过河，就太危险了，弄不好都会把命搭上。要按往常，每当我要为自己的旅途做规划安排时，我都会听从当地人的建议。但是，既然已经知道今晚会有大雨降临，那我当下的想法便是希望能在一间像样的舒适房间里度过这个夜晚，以避开这场大雨，也晾干我湿漉漉的衣服。此外别无他求。因此我就只是让驮行李的骡子跟着旅队去了河对岸，至于我嘛，则和仆人留了下来。”

那一天是1766年3月12日。自尼布尔在波斯波利斯考察以来，一年时光打马而过，倏忽间又一个莱麦丹结束了。傍晚时分，他便来到镇上四处闲逛，观看拜兰节的庆祝盛况：眼下镇上处处设有摊位，小吃、茶点、饮品，供应齐全；集市上人也很多，吞剑、耍蛇、击剑，各种民间表演艺术，无奇不有。如此喜庆欢腾的氛围，甚至促使尼布尔让自己享受了一回阿拉伯“马杀鸡”，全身的每一块肌肉都得到了按摩——其实是毫不留情的拳头捶打；一通按摩下来，尼布尔浑身气血畅通，原本长途跋涉了一天的鞍马劳顿之感消失了，真是舒服。等到了夜里，果然又开始下雨，不过尼布尔不怕，那时的他正躺在一个像样的房间里的像样的床上呢，可谓酣眠不觉，甚是香甜。直到次日出门一看，他方才惊醒过来——昨儿个驴友们的确不是开玩笑的：

“3 月 13 日这天早上，我刚一出门就愣了，真没想到，昨晚仅一夜的时间水竟涨了那么多。眼下我要想过河，还真得豁出去了。我多么希望我能留下来。可是我的星盘，连同其他不太贵重的行李，都已随同旅队被驮到河对岸去了，所以此时此刻，我必须，只能，跟过去。而旅队人员早就在一个多小时前出发了。没办法，我只得带上我的仆人和马夫 —— 这俩都胆薄得很，冒险一搏，去追他们。后来我们好歹赶上旅队了，但这一天的骑行也实在是，有点太惊险了。我们在途中先后遇上了两个库尔德长官，他们当时冲着我们疾驰而来，看起来都像是要打劫我的样子。不过，由于他们的武器只有一根长矛，而我带着火枪，我便大着胆子向他们问路。幸好我没有露怯，他们也就没敢对我怎么样。”

3 月 15 日，他们行至大扎布河岸上，不得不勒骑伫足，望河兴叹。眼下旅队又犯难了。河流湍急凶猛，几乎泛滥，骑行蹚水根本不可能的；然而此处又无船可乘，唯有一排破陋的“羊皮筏子”[1] 停靠在岸边。撑筏的都是住在远岸村子里的雅兹迪族

[1] 羊皮筏子（Kellek），皮筏子，古称革船皮筏子，用兽皮缝制而成，是最简单，也是最早出现的皮船。

人[1]——也就是所谓的“拜魔鬼的人”。尼布尔表示，有生以来，他还真是从未见过如此简陋不堪的船舶。32 个兽皮缝制的气囊紧紧扎在一起，再捆上一木排，就是整只船了。眼看着这些筏主——怎么看怎么不靠谱，他记得驴友们在前面的旅途中就一直在谈论，千万不能当着雅兹迪人的面说魔鬼的坏话，甚至连“撒旦”这个名字都不能提，惹恼了他们可不是闹着玩的，这些人一旦火起来，二话不说就翻筏子的，多少人因为一时失言而命财两失啊。听着众人窃窃私语，激流哗哗拍岸，筏主们又何尝不清楚，眼前这些乘客其实对他们的宗教信仰怀恨在心，只是敢怒而不敢言罢了。不过那又怎样呢。此处是他们的地盘，他们撑筏子的人才是老大。此情此景，谁人过河不得仰仗他们。尼布尔也不例外。和身边的这些犹太人一样，他也看明白了。事实的确如此，这会子他的心里也开始七上八下。明摆着的，可供渡河的筏子寥寥无几，要想让整支旅队都过到河对岸，必得来回摆渡上几次才成。所以每个人都想乘第一班——每个人都想早点到对岸——至少第一班的皮筏子让人心理上觉得是相对更保险的。但是，没有人愿意答应筏主的要价。双方一言不合，接着口角之争爆发，尼布尔如实说道，自巴格达以来的整个旅途中，从没见过他的驴友们如此激烈地骂架，凶狠极了，还不带“撒旦”这类的脏字儿。他自认为当下权

[1] 雅兹迪族人（Yezidis），即信奉雅兹迪教的库尔德人，分布在伊拉克、叙利亚、亚美尼亚、格鲁吉亚、土耳其一带，但以在伊拉克的社群最庞大。许多人相信雅兹迪是基督教或伊斯兰教的分支，但其实它是截然不同的宗教，其源早于基督教。

宜之计，还是不要争吵为好，毕竟过河就指望这些人了，自己的小命儿还得托付给他们呢。于是尼布尔就按照船家的要求，如数把钱付了，另外又给了他一些小费，为的是找到一只尚且看得过去的皮筏子——起码所有的羊皮气囊得是鼓鼓的才行啊。

就这样，渡河之行开始了。队伍里所有驮畜的鞍子及行李全部卸下，一律“自由泳”过河。马和骡子自然都好说，每三到四匹为一组：有一个船夫把衣裳脱了，在自己胸前系了个羊皮气囊，负责在前头引领它们，游泳横渡过河。可是驴子的情况就比较棘手了：每头驴背上都必须捆绑一对羊皮气囊才成，然而一趟下来却最多只能引渡两头。彼时有一头驴子被大水冲走了，岸上的主人遂即冲着那负责人咒骂不绝，而后他回过身来，朝着自己剩下的驮畜走去，不料它们都仰躺在地，已经全部被割喉了。

与此同时，尼布尔的皮筏子也准备得差不多了。他的行李和鞍子都已在木排上装载完毕——尽管木排看上去很不牢靠，这时船家发令了，尼布尔得平躺到这些东西顶上。横竖都得照办，恭敬不如从命。随后，这个披散着长发的赤裸的魔鬼崇拜者，便将木排缓缓推离了河岸——出发了。剩下这一程，可真就是生死有命富贵在天了。尼布尔倒是一如既往，每当可能陷入危险处境的时候，他总是会用自己别具一格的幽默感苦中作乐：“听着身下的河水哗哗冲过，我理所当然地以为我会和我的魔鬼崇拜者一起被卷入其中。然而没想到的是，上帝竟然出手相助，让我们渡到了对岸。”

经由这样的摆渡方式，这支大型旅队可算是全部过了扎布河，毫发无伤。随后这一行人马便继续踏上通往摩苏尔的旅途，没再遇上什么大问题。眼下，他们正行进在一片片郁郁葱葱的玉米地间，有越来越多的村落出现在视野中——虽然看起来仍是破败荒旧。为了弄个清楚明白，尼布尔挑了其中最破旧的一座村庄，画了一张略图，而后就标注在他所绘制的地图中。这个地方便是尼尼微[1]遗址。

1766年3月18日，旅队抵达摩苏尔。这是自从离开巴士拉以来，尼布尔第一回登门拜会欧洲人。但结果却是十分不尽如人意，所以他不打算再去委求他们了。他找到了一些传教士，希望他们能帮忙找一处房子。他告诉他们，自己是来自丹麦的新教教徒，可对方发现他其实是和一支全部由犹太人组成的旅队一同跋山涉水而来，由此便断定他是个傲慢无礼之徒——也必然是异教徒。结果呢，他们遂在他面前砰的一声把大门关上了。如此碰了一鼻子灰，也没弄到个像样的房子落宿。不过好在底格里斯河畔还有一处阿拉伯人的公共旅舍，尼布尔幸得其中一间房。傍晚时分，他坐在河岸上看行船。这一带的船舶运输依旧是靠皮筏子，

[1] 尼尼微（Nineveh），西亚古城，是早期亚述、中期亚述的重镇和亚述帝国都城，最早由古代胡里特人建立，其址位于现在伊拉克的北部尼尼微省，底格里斯河的东岸，与摩苏尔城隔河相望，意为“上帝面前最伟大的城市”。

从摩苏尔顺此流而下，便可直抵巴格达。但是并没有船逆流而上从那边过来，同时发出的这些船也都是有去无回：到了巴格达后，他们会把那些充了气的羊皮囊子从木排上解下来，再用驴子把它们运回摩苏尔，至于剩下的船体，则当成旧木料给卖掉了。

在摩苏尔的工作前前后后大概只用了三周时间。没过多久，尼布尔听说有一支大型商队已经整装完毕，将经由马丁前往叙利亚的阿勒颇。这一趟旅途要穿越沙漠地带，且要在了无生机的山路上跋涉行进。尼布尔明白这其中艰险，但还是决定抓住时机跟随而往。就像过去在开罗随同那支浩荡的商队旅行考察一样，他还是为起程前的准备工作列了一张清单。虽说中间隔了四年时间，然而究其内容，并没有太多变化：皮包里还是要装上炊事用具、盘碟、喝水缸子——这些家伙什儿一律是镀锡铜的；皮面精装的木匣里装上调味的香料，行军野营用的提灯，一张既当桌椅又做床铺的牛皮。此外，他还得在山羊皮的酒囊袋里装上一点白兰地，每次喝的时候兑上两倍比例的饮用水。酒水这样一掺和之后，口感自然不怎么样，但他听说这样喝对身体有好处。再看他为旅程储备的物资，也和在埃及时差不离：仍旧是稻米、梅干、杏子、咖啡豆、晒干的肉，以及曾让冯·黑文深陷窘迫的液态黄油。他也给自己捎上了一小袋子面粉，这样一来，他就能常为自己烘焙新鲜面包了。另外，他在每次踏上远途旅程之前都会准备一些乳制品：把鲜牛奶装在皮袋里，翻搅、静置，待其发酵成凝乳后，装上满满一袋，而后每次去掉一点乳水，直到彻底除净，最终就会得到他所需要的乳酪："口渴的时候弄一点出来，加水搅拌均匀，即可调配出一杯凉凉的饮料，如此喝下去真是美味舒爽；饿的时候则可以拿出来就着饼干当饭吃，也是极其扛饿管饱的。"

其余的行李装备也一样简单：他的波斯烟斗，挂在鞍子前面；帐篷，只作应急用，相当小巧——以免再招来那些好奇心旺盛的窥探者；床铺的话，有褥子一条，薄被单一张，枕头一个，他总是和阿拉伯人一样，和衣而眠，一件不脱。"这并不意味着阿拉伯人就比欧洲人不爱干净，他们只是洗澡洗得更勤罢了"，他如是写道。尼布尔的衣服、书籍、文件，都让他放进了装草褥的袋子里，仪器设备则装在原有的盒子里，总之，所有行李加到一起，单独用一匹马来驮运，便稳稳妥妥地足够。

1766 年 4 月 11 日，旅队在摩苏尔城外集结完毕。这支队伍是尼布尔自离开开罗以来，跟随的所有商旅队伍中最大的一支。总共不低于 2000 头驮畜：1300 头骆驼专门驮运五倍子——产于库尔德斯坦——可作药材及墨水原料；120 头骆驼驮运印度丝绸、波斯丝绸、巴格达产的亚麻，45 头骆驼背上载满麻袋包，里面装的都是咖啡；剩下的 500—600 头驮畜是马、骡子、驴子。要是把那些负责照管骆驼和马匹的人也算在内的话，那么旅客的人数起码得有 400 人。除此之外，队伍里还有一支掩护队，由 150 名士兵组成，都是商人雇来的，用以壮大队伍，防御袭击，保卫旅队的安全。不过最后还会有数百人添进来，他们都是来自途中经过的各个城镇，口头上说着加入进来是为了增强这支队伍的防御力量，事实上是心里打着如意算盘，想趁机大捞一笔呢，这些人都是见钱眼开，只要给钱什么都做，所以到后来，那些富商们腰包里的钱总是会不知不觉地，就流转到他们手中了。

这支商旅由地位最高的商界人士统领，他们被称为“商队领袖”，会得意扬扬地骑行在队伍后方。没错，就是尘沙不绝的队伍后方，那里的麻烦如尘沙一般多，他们就负责解决各种纠纷，此外还负责支付（包括关税在内的）各种过路费用，承担给各地长官的送礼任务，安排旅客之间的各种均摊费用等。换句话说，他们这些仿佛有三头六臂的人——要维持商旅的方方面面有序进行——反倒得走在队伍后方；而骆驼则是最先被装货的，所以走在最前面。他们于破晓时分出发，骑行一整天，踏过辽阔而干旱的平原地带。阳光肆意照射，每个人的脖颈都感到火辣辣地灼烫，就连骆驼也没精打采，垂头丧气地踩着自己的影子往前走。走，走，走，一直走到太阳归西才安营扎寨。而商旅过路的消息通常会不胫而走，沿途的小村小庄也就都提早得了信儿。所以每天傍晚都会有一大群库尔德人前来兜售他们的山羊奶酪和凝乳。幸运的话，他们偶尔也能买到一只鲜嫩多汁的小鸡，一般来说都是活的，健健康康十分肥美，他们会当即折断鸡翅，这样它就跑不了了。

时间一晃而过，从摩苏尔出发也有些时日了。一天傍晚，商旅突然陷入紧急状态，看样子很需要那150个士兵的掩护保卫。当时，他们刚把营帐搭好没多久，接着就看到远处辽阔的平原草地上空尘云大起。说时迟那时快，急报瞬间传遍了整片营帐：一大帮强盗正飞奔疾驰而来，他们要突袭我们啊！此消息一炸锅，可把那些驮兽的主子急煞了，他们的骆驼、马、骡子都还在外头吃青草呢，眼下他们是什么手头的事情都顾不得了，直奔草地而去，得火速把那些家伙牵回营帐。一时间众人骚动不安，乱作一团。然后就有一探报的哨骑飞奔回来，大声疾呼道，他目测营帐前方有2000名库尔德人。骚动与不安愈演愈烈。紧接着又有一个阿拉伯人跳下马来，上气不接下气地汇报，说，据他所见，不是2000名库尔德人，是4000……

尼布尔站在商旅的大营边缘，看着那团尘云逐渐逼近，直到他们大军压境。此刻，营帐间人慌马乱，失去组织的队伍，乱成了一锅粥，小团体内部也是人员离散，尼布尔处在这等瞩目的险要位置，便随同一些——阿拉伯人和土耳其人勉强组成的——小团体上前迎敌。他努力使自己保持镇静，反正眼下除了再一次接受“生死有命”外，什么都做不了。时至今日，他已经走过了两河流域，漫漫旅途中或是虚惊一场，或是有惊无险，或是化险为夷，总之能平平安安活到现在，已是超出了预期。虽然之前在波斯波利斯由于他疏忽大意而用眼过度，导致眼睛发炎肿痛，现在仍旧需要小心爱护，但尼布尔的身体状况到底是日益增强，恢复到了正常状态。自从离开巴士拉以来，他经过了无数个类似于海关这样的机构，基本上只要是成一定规模的村镇就都有安设，想当初他在也门时，曾为此吃过多少苦头，受过多少怨气，浪费了多少时间和精力，损失了多少宝贵的精神财产，而自从到了两河流域，他便再也没为此困扰过。他独自旅行，最多只带一个仆人，也就没有人会去关注这个衣着简朴的阿卜杜拉了。当人们看到他的行李中装着书籍这样并不常见的东西时，只断定他是一个清贫的德尔维希[1]—— 一没有钱二没带货——眼见着也没什么可为难的，便就放他通行了。不过前些天有一回确实起了纠纷。那是个很好争论的族长，还蛮不讲理，他扣下了尼布尔唯一的一张行军床。无奈之际，尼布尔把巴格达苏丹亲笔的推荐信呈给他看，但对方根本不把这放在眼里，只是把头一摇，脖子一梗："在这儿的沙漠地盘上，我才是你的苏丹"，他撇撇嘴继续说道，"至于你的文书，对我不起任何作用"。尼布尔迫不得已，只好去拜访当地长官。长官倒是及时，连忙邀请尼布尔与另外 16 位客人一起共进晚餐，他还命人宰了一头骆驼，以示隆重与尊敬。除了骆驼肉外，等到所有客人都已入席，也就是席地围坐成一个大圆圈后，一座

[1] 德尔维希（Dervish），伊斯兰教苦修教士。Dervish，波斯语，即乞讨者、托钵僧的意思；最早出现在 10 世纪。他们是苏非派的一种，仿照佛教出家隐居、云游四方，其生活方式与小乘佛教出奇的相似。

米饭堆成的小山就被运进房间里来了。彼时尼布尔留意到，在场所有人都是齐刷刷的一个动作：一看见这尊丰盛的食物，就忙不迭地挽袖子，每个人都把长袍子的宽大袖管撸到了肩膀头儿。随即上演的那一幕便完美诠释了什么叫眼疾手快，米饭小山刚在泥地板上摆放妥当，十六只赤膊就齐刷刷地伸了过去。每个人都抓了满满一手，饭里融了的黄油，顺着手腕流到了胳膊上，他们就边吃边舔，无所顾忌，无比潇洒随意。还好对尼布尔来说，这顿宴席没白赴。等到骆驼肉吃完了，他也总算把行军床给要回来了。

此时此刻，他站在营帐外面，眼看大敌缓缓逼近。一场战役即将打响。半个小时过去后，只见尘云铺盖开来，遮天蔽日。尼布尔隐约看到前方有阿拉伯人小小的黑色廓影，是半小时前冲出去探寻敌情的哨骑，眼下他们看起来倒像是在往回奔返。没错，是在往回奔返。幸运女神又一次眷顾了他。那些探哨冲进大营，都顾不得下马，便声嘶力竭地汇报敌情，几乎喜极而泣。那铺天盖地的尘云中不是 4000 个库尔德人，而是一群牧羊人和 4000 只绵羊。

4 月 25 日尼布尔抵达马丁。商旅队将由此继续前往阿勒颇，尼布尔则留了下来。他打算在这座高海拔城市里住上一段时间，这里有干燥的高山气候，饮用水十分洁净；果园里物产丰盛，梨子、李子、苹果、榛子果、野樱桃，应有尽有；山谷间一片富饶，高山草甸茂密繁盛，刚好是放牧牛羊的天然牧场。两周时间过去之后，尼布尔随同一支小型旅队继续北上，抵达迪亚巴克尔，也又一次看到了底格里斯河。在这里，他和一些很有才干的东方人住在一起，他们都是天主教圣方济会的托钵僧。八天之后，也就是5月19日，他得以继续前行，随同另一支旅队前往阿勒颇。途中有一段，尼布尔把他的行李都托付给了仆人，让后者跟着旅队继续前进，而他自己——和一个库尔德向导一起——单独行动，绕路去山城乌尔法打探一番。这个有着12座宣礼塔的古城，经历过塞琉古帝国，帕提亚帝国，也曾是古希腊埃德塞省的一部分，后来又被称为“先知之城”[1]。然而此行仍是艰险，尼布尔在路上遇到了一伙强盗想趁机打劫，好在他带了枪，强盗被震慑住了，便没敢再进一步靠近，方才化险为夷。单枪匹马深入这样的荒山野岭着实危险，尼布尔也意识到了这一点，因此，他一确定好埃德萨的具体位置，就立即动手绘制这座城市的地图，但仓促之间也只能是草草了事，而后便片刻不敢停搁，立即掉头，快马加鞭地向着旅队人马追去。

当时已是下午很晚了。太阳开始偏西，悬落在褐色群山之间，日光变得柔和而依旧温热；道路两旁郁郁葱葱，生长着橄榄树和栓皮栎。就这样往前走，荒无人烟的乡野风光随之焕然一新。尼布尔写道：“在这片地区，我们发现有许许多多的水井，水井旁有

---

[1]　先知之城，即乌尔法是犹太教、基督教、伊斯兰教三大宗教的圣人亚伯拉罕（易卜拉欣）的出生地。原文为“first Christian”，所以此处应是特指基督教先知。

一些正在给牛饮水的姑娘。她们都是周边村子里的，不像城里的女子那样都围着头巾包遮脸庞。她们发育得很好，皮肤被太阳晒得黝黑发亮，看上去十分健美。我们遂下马与她们打招呼，她们则把瓦罐递上前来，让我们喝水，又给我们的马儿也饮了水。先前在别的地方，我也曾感受过如此良善友好的对待，但是这一回给我的触动尤为深刻，因为利百加[1]当时就生活在这片地区，对待那些疲倦的过路旅客，她也是这般乐善好施。说不定我此时喝下的水，就来自她当时取水的那口井呢。眼下，我们距离哈兰已经非常近了。不过，如今的哈兰，其实就是一座小村庄而已，从乌尔法出发先往南走，再往东南方向走，两天即可抵达。但被认为是‘拿鹤之城’的地方确实就在那里，据说很久之前，亚伯拉罕在此地应召出发，前往迦南地，但那时他的家族中有人留了下来，而后便一直在那里生活下去了。”

次日，也就是1766年6月6日，尼布尔于傍晚时分骑进阿勒颇城。这是自离开巴士拉以来，他第一回见到友好周到的欧洲人。于是从这一刻起，阿卜杜拉这个名字便在故事中消失了，与此同时，尼布尔六个月隐姓埋名的旅行生活宣布告终。这段仿佛隐形了的考察之旅，则随着它的终结而慢慢露出整体面貌，之前他走过的所有地方便如此浮现于世：各地人民、乡野风光、历史遗迹，

[1] 利百加（Rebecca），即亚伯拉罕之子以撒之妻，见《圣经》（创世记24）。

以及数不清的各种收集，无论是过往的盛功辉煌，或是被埋藏的文化宝藏，所到之处，耳闻目睹，心中别有珍藏。以下就是他在日记中记述的一则传说：

> 一日下午，在马丁山区。一农民路经一山岩时发现了一个洞口，便走了进去。洞中有两人并坐在一张桌子前，桌上摆满了金银财宝翡翠珠玉，可谓价值连城，无以计数。这二人发现农民眼睛都直了，其中一人便拿起一些灯黑[1]递给他，说，把这黑色的物料涂抹到眼皮上。农民照做了。就从那一刻起，农民就瞎了，以后也没再好起来。

这则寓言故事不免让人联想到另一个乡村男孩，在某个下午，拯救了一些无人问津的楔形文字的铭文，让它们得以重见天日。接着第二天早上醒来，他自己却看不见了。尼布尔讲述这则寓言是有一语双关的含义吗。或者说，他自己有没有意识到这两者之间有异曲同工之处？我们不得而知。他只是如此说道："这个传说，让我忍不住想给读者们一讲为快。"

[1] 灯黑（Lampblack），从含碳物质不完全燃烧中（如从带烟油灯的火焰中）沉积出的细而疏松的黑煤烟。

6

如今一切都变了：名字也公开了，孤立隔绝的年月也过去了。抵达阿勒颇后，尼布尔便去拜见了荷兰总领事，冯·梅西克先生。早前尼布尔还在巴士拉的时候，此人就曾寄信过去，邀请他来府上与之同住。对于他的到来，领事馆可是期盼已久了，此次自然向他敞开怀抱，热烈欢迎。毕竟他消失了这么长时间，这已经成为近东地区欧洲圈子里时常谈论的话题；因此 6 月 6 日傍晚他突然现身，便在当下引起了巨大轰动。城中欢迎仪式不断，所有的大型接待会上都会谈论远征队各成员的悲惨命运，和他从那时起就独自坚守的如此艰辛而长久的考察历程。从孟买到巴士拉，再到巴格达，他独自一人走了下来，现在漫漫旅途终于圆满结束。抵达阿勒颇 24 小时后，卡斯滕·尼布尔便成了当时的英雄人物。其他的人物们则都争先恐后地想要见他一面，为他效劳——从收到的如潮水般涌来的请帖中——荷兰总领事因而意识到自己的声望就这样在一夜之间骤增猛涨。不仅是他，就连圈子里最籍籍无名的荷兰人也都跟着沾足了光，那可真是顷刻间身价翻倍，堪比欧洲街区里的那些时髦女郎。

各种邀约盛情难却，令大名鼎鼎的尼布尔身心愉悦，宾至如归。他在日记里写道："故乡一别经年久，到了阿勒颇，我才算遇见最友好的人。他们就像丹麦国王陛下的子民一样，无论是农民村夫，还是像出生于荷尔斯泰因的冯·梅西克先生这般尊贵的人，所有人，都是一样的友善亲和。我客居于此，无时不刻不受到主人无微不至尽心尽力尽善尽美的照顾。他会把我引见给城中其他的欧洲人，所以每天我都有一大群朋友相伴左右，如此相见甚欢的氛围深具疗愈作用，我很快就把过去自己所遭受的那些磨难艰苦，坎坷不幸，通通抛诸脑后了。”

在阿勒颇，尼布尔还收到了伯恩斯托夫和冯·加勒的不少来信，信中二人的语气从关切到日渐焦急。他们四处打探他的消息，唯恐他在考察途中遭遇不测，因为他们也听说了，之前从巴格达出发的那支旅队在即将抵达大马士革的时候惨遭劫掠。于是尼布尔赶忙给冯·加勒报平安，而冯·加勒接到信后便于 1766 年 8 月 8 日特此上书，禀告这个令人宽慰的消息——尼布尔在阿勒颇安然无恙。

除此之外，哥本哈根那边也回复了尼布尔先前在波斯波利斯的去信。来信中说，丹麦国王陛下决定，“摩卡提卜山”既然已经去过，便不必再去周折了；陛下也同样认为没必要再去巴勒斯坦和上埃及。相反，他迫切希望尼布尔在回返途中去一趟塞浦路斯：据说英国人波科克曾在那座岛上发现了古文字，并认为那是腓尼基人留下来的，因此，国王陛下希望尼布尔能够对那些铭文进行一番详细而深入的考察探究。

丹麦国王的要求，使尼布尔不得不再一次与时间展开赛跑，紧张而又疲劳。由于再过一段时间，安纳托利亚[1]就会迎来冬天，到那时就会面临严寒的高山高原气候，因此在这之前，就刚好有一支大型商旅即将出发前往君士坦丁堡，尼布尔则非常希望能够跟着他们一同离开阿勒颇，所以眼下时间分外紧迫，他必须立即动身去往塞浦路斯，在旅队出发前赶回来。1766年，塞岛内战不断，血流成河，但尼布尔却没有因此而取消他的行程："那些国家毕竟距离遥远，有关他们战事的传闻难免有夸大其词的成分。我还是得赶紧出发，先去伊斯肯德伦[2]，再从那里乘坐专用船舶前往塞浦路斯的拉纳卡[3]。"

其实尼布尔抵达阿勒颇不过才两周时间。然而就是在这么短的时间里，他收集到了有关德鲁兹教派穆斯林及其发展历史的非常全面而详尽的信息。而后他便随同一支旅队在6月24日这天再次出发了。此次行程将会取道安提俄克，直抵伊斯肯德伦，也就是亚历山大勒塔。大概在6月30日的正午时分，尼布尔抵达贝伦城[4]。这里山林蓊郁，层峦叠翠，远远望去绵延数里而不绝，直至

[1] 安纳托利亚（Anatolia），又名"小亚细亚"或"西亚美尼亚"，是亚洲西南部的一个半岛。

[2] 伊斯肯德伦（Iskenderun），旧名"亚历山大勒塔"。土耳其东南部第二大港。

[3] 拉纳卡（Larnaca），塞浦路斯东南部拉纳卡湾沿岸的港市，又名"拉纳克斯"，古称"克提昂"；"拉纳卡"在土耳其语中意为"石棺"，因当地多石棺而得名。

[4] 贝伦城（Beilan），即贝伦帕斯（Belen Pass），紧邻亚历山大勒塔。从历史上看，它和北部的阿曼门形成了西里西亚和叙利亚之间最重要的路线，被称为"叙利亚之门"。

地中海沿岸：自远征队离开亚历山大以来，尼布尔再也没有看到过地中海。五年时间已然过去。可是眼下他来得不巧，伊斯肯德伦没有船开往塞浦路斯，他也就无法即刻出发，只得在这里等上一等。时间一晃，数日就过去了，到后来，总算有一艘开往马赛的法国船舰可顺路载他一程。最后尼布尔终于在 7 月 18 日这天抵达拉纳卡。

紧接着第二天，他就去考察季蒂昂遗址[1]了，也就是波科克声称他发现腓尼基文字铭文的地方。尼布尔在那里边走边找，一整天都快结束了，却一无所获——连一个字母都没看到。后来在向晚时分，终于有一些石头引起了尼布尔的注意，这些石头由于建造教堂支柱而被投入使用，经凿砌过后虽未能保留原本完整的形状，但起码有一面是刻有文字的。如此振奋人心的发现，令尼布尔感到欢欣鼓舞，还等什么，当然是快快抄写下来。好巧不巧，就在这天傍晚，拉纳卡的一位来自意大利的专家给他当头浇下一盆冷水：其实他发现的这些所谓铭文根本就不是腓尼基文字，而是亚美尼亚文字，所以年代相对而言也是要晚得多的。

一想到几番周折特此绕道而来，眼下却要无功而返，尼布尔实在是不能接受这样的结果。尽管他也可以借此机会记录一下当地民情，比如岛上的希腊居民和土耳其居民之间剑拔弩张的关

[1] 季蒂昂（Citium），古希腊时期塞浦路斯岛上的城邦。

系——但这一点成果对于尼布尔来说貌似远远不够。他希望不虚此行，想要更多的发现和收获。于是在尼布尔抵达塞岛八天之后，当他发现有一艘将要开往雅法的法国船舰时，就不禁想到，虽说皇室已经下达了命令不用我去巴勒斯坦，可眼下在塞岛的考察任务已然结束，莫不如就借助这个机会去那片大陆探上一探，早早随船出发，早去早回。另一方面，阿勒颇那边，在冬天来临前去往君士坦丁堡的最后一支商旅将在八月末起行。所以他只剩一个月的时间了，并且十有八九可能会赶不回去，然而，这点顾虑全然不成问题，他决心已定，必须要去。对他而言，躺在身后的东方土地，就仿佛是一个曾经与他朝夕相处过数年的女子，在必会到来的永别之前，他渴望再见上一面，好好看看她。所以要么就不去，要去的话就不枉此生——耶路撒冷必须一见。他的星盘已经测量过开罗、孟买、巴格达。再过不久，它将会被支起在圣墓教堂[1]之上。

尼布尔不是没有过这样的亡命经历。然而回想起来，上一次还是和博朗芬、克拉默、贝利格伦他们一起。当时这几人从萨那出发，星夜兼程地跋涉在艰险的山区路途中，马不停蹄地直奔穆哈，最后可以说是火速走完全程。但是自那以后，他便再没有过

[1] 圣墓教堂（Holy Sepulchre），基督教圣地，又称“复活大堂”，耶稣坟墓所在地，耶路撒冷基督教大教堂之一，是耶稣基督遇难、安葬和复活的地方——传说耶稣被害前，就是沿着“受难之路”背负着沉重的十字架，一步步艰难地走向刑场的。

这般匆忙仓促的赶路状态。不料就在接下来几周里，他又生生地感受了一次。7月30日，法国轮船抵达雅法，而后两天之内尼布尔就骑进了耶路撒冷，和城中的方济各会修士住在一起。“我现在已经抵达耶路撒冷。对一名基督徒而言，就像犹太人一样，耶路撒冷是这个世界上最神圣的城市，其象征意义不言自明”，他在日记中如是写道。应修士们的邀请，尼布尔参加了天主教仪式，他认为自己没有理由不这么做：“我认为‘人们同样可以在罗马天主教堂内感谢上帝的恩典’，于是我就去做弥撒了。教堂设在城东的穆斯林区，令我大为吃惊的是，这里不仅有如此绝妙的管风琴演奏，整个弥撒过程中的声乐及器乐的唱奏都是一流水准。管风琴家和歌唱家都是方济各会修士，并且绝大多数都是德国人。这一切多么动人心弦啊，太久了，我真的太久没有听到如此美妙的教堂乐曲了。”

其实尼布尔的赞美称颂并不夸张。想想看吧，在过去这五年多的时间里，他一直都身处伊斯兰教的文化氛围中，周围来来回回都是穆斯林，而今周游至此，还有什么事情能比得上沉浸在教堂音乐的洗礼中更让他动容？特别是对于一个曾经还梦想着成为管风琴家的人来说。

但不管怎么说，眼下的时间仍旧十分紧迫。就耶城而言，古往今来，它确实接纳了不计其数的访察旅客，这些人为之留下的行纪撰述多如牛毛，综合来看自然也是详尽无遗，极其全面的了。

不过历史上却始终都没有一张同样翔实完备的耶路撒冷城市地图，而耶城准确的地理位置，也一样没有确定出来。因此在接下来的这段日子里，尼布尔就要完成这项查漏补缺的测绘工作。他先是到橄榄山[1]上画了一幅城市的全景图，其视角之广远，都已经延伸到伯利恒[2]了；完成这项工作之后——时间距离他初抵耶城已经差不多过去14天了——他便和6名方济各会修士一起骑回了雅法。恰好就在抵达的第二天，尼布尔找到了一艘沿海岸线航行的小船，船上还有空铺，即将开往阿卡——就在海法的北边。

然而尼布尔觉得光是走了这几个地方还不足够。现在他也很想去看看大马士革。于是他便四处找寻“车坊”租马——希望能从阿卡骑马前往叙利亚的首都。但是由于前不久麦加商队刚刚从城中经过，眼下这里已经连一匹马都找不到了。到了8月16日，尼布尔只好继续乘船前进，先沿海岸线航行至西顿[3]，而后在这里再一次尝试去往大马士革。这一回他在西顿的集市上找到一些农民，允许他跟随他们一同赶路，于是几天之后他便绘出了一张大

[1] 橄榄山（Mount of Olive），（据称）橄榄山以前被覆盖在橄榄林中，是《旧约》和《新约》中多次提到的耶路撒冷城外的山脊。这里是耶稣升天的地方，也是他经常祈祷和休息的地方。

[2] 伯利恒（Bethlehem），对于基督教来说，伯利恒有着非同一般的意义。该城最著名的基督教古迹是坐落于市中心马槽广场的圣诞教堂。它位于耶稣出生的马槽所在地伯利恒之星洞遗址之上，其使用权主要归属罗马天主教、希腊东正教圣诞教堂和亚美尼亚东正教等基督教派。

[3] 西顿（Sidon），又名赛达，古代腓尼基北部奴隶制城邦，滨地中海东岸，即今黎巴嫩的西顿约建于公元前2000年左右，与推罗并称为腓尼基两大商港城邦。

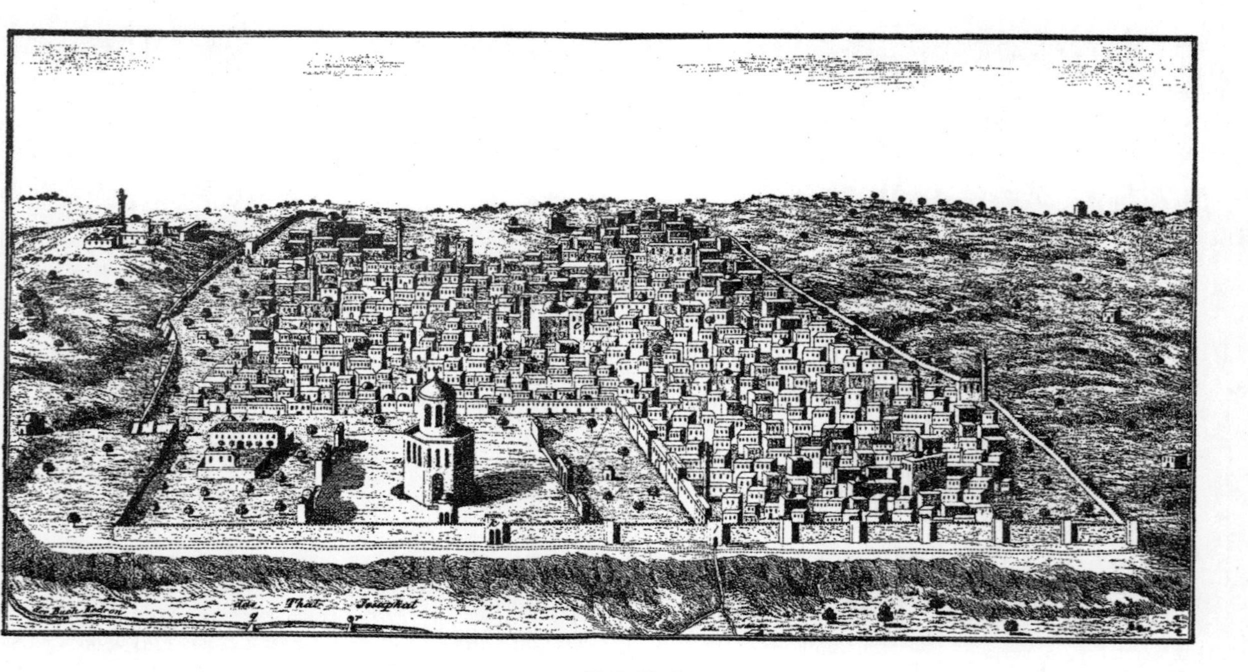

耶路撒冷

尼布尔画的耶路撒冷素描，取景于橄榄山。

马士革的地图，并且确定出城市的具体位置。到27日这天，他就回到了西顿，紧接着便找到了第三艘沿海岸线航行的小船，载着他向北驶去，经由的黎波里于29日日落时分抵达拉塔基亚，也就是老底嘉城。意外的是，在拉塔基亚，他竟遇到了冯·梅西克先生。这一相逢可倒好了，足足占去他六天时间，而后他们才登上回返的航船。因此，等尼布尔回到阿勒颇时——他刚一登陆便发现——自己的担忧到底还是应验了：去往君士坦丁堡的商队早在八天前就已经出发了。

尼布尔再一次面临艰难的抉择。他要么加入冬天的商旅队伍，要么保险一些，乘坐邮车。相对来说后者要更舒适，不过同时也意味着过程封闭，没办法进行地理方面的勘查观测。因此，纵使要在最恶劣的冬天里穿行于安纳托利亚山区，他也还是更愿意随商旅一路跋涉而去。既然如此，尼布尔就得在和善友爱的阿勒颇等上一阵子了，不过他也没闲着，在这段日子里，他完成了大量的地图图稿的誊绘工作，把之前落下的日记也都补了起来。时间转眼到了11月，商旅终于准备完毕，即将动身离开：这支队伍主要是由希腊商人组成，他们来阿勒颇囤上一大批货物，而后再在商旅队伍途经的那些城镇市场上，把它们卖掉。其中，被推选为“商队领袖”的是一位经验丰富的阿拉伯商人。现在，起程的日子到了，1766年11月20日，这支队伍从阿勒颇出发了。他们将穿越小亚细亚前往君士坦丁堡。

如此，尼布尔便也再一次开启了大型商旅的跋涉生活模式：于队伍停驻时购买储备食物；拂晓时分静悄悄上路；两两结伴前行，闲谈以消永昼。那些咖啡销售商也从中看到了商机，如果道路安全无患，他们便会抢先骑到前头去，挑一个适宜休息的地儿，冲好热腾腾的咖啡，坐等后面商队的到来。但与此同时，隆冬将至，天气也越来越让人耐受不住了。严寒威逼中，他们常常不得不露天而眠。没过多久，大队人马终于进入村落地，却只见白雪皑皑，四下里寂静无声。行军开始变得艰难，骆驼和骡子在两英尺厚的雪地上迈不动步子，因此时不时地就会有商人折损驮畜，都是精疲力尽倒地而亡。等他们再跋涉到更高海拔的山区地带时，暴风雪便来了。“这会子的冬天狂风暴雪，如同丹麦的故乡一般苦寒难耐”，尼布尔在日记里写道。数年来，面庞早就被晒黑的他已经习惯了沙漠里的阳光，所以眼下他只能使劲低垂着脑袋，硬着头皮在冰天雪地里艰难骑行。尼布尔身穿厚羊皮大衣，外面罩着一件威尼斯帆布的白色连帽斗篷，他把兜帽拉起，蒙住自己的头颈，那双手已经冻得青紫，僵冷麻木地瑟缩在长长的袖管里。这两件衣服都是他在阿勒颇时买的，此外他还给自己准备了贴身的羊毛保暖内衣，和一些长条布带。长条布带都是裹腿用的，扎好裹腿后再穿靴子就保暖得多，到了晚上再解下来，放在火堆前烤一烤，很快就烘干了。最后，他还把自己用来装水的皮囊换掉了，改用带柄的陶罐，毕竟天寒地冻，水也结冰，在这种情况下，陶罐相对来说要更坚实、更耐热，也更方便：想喝水的时候把罐子放在火前，慢慢地等里面融化就可以了。

商旅举步维艰，行进十分缓慢。到 12 月 11 日抵达科尼亚[1]这天，他们才走了不过总路程的一半，距离君士坦丁堡还远着呢。彼时旅队人马疲敝，已经没有气力继续往前，遂不得不在城中停驻下来，休养了将近两个星期的时间，直到 1766 年的平安夜这天，才重返旅途。山路冰冻，暴风雪呼啸其间，骆驼走不了几步就打滑落摔。队伍虽说在科尼亚休息了好些日子，但上路以后，步伐仍旧沉重迟缓——甚至更慢了。尼布尔随军记录的距离一览表便能解释他们的行进过程是怎样变化的：旅途最初阶段，日行 9 小时，30 英里；相应地到了最后一阶段，则成了日行 6 小时，20 英里。并且时而气温略有回升，便带来些许落雨，虽落雨却又飘雪，反而使道路更难走了。旅途之初的道路，起码还有个道路的样子，可到了后面就不是那么回事了。眼下融雪成烂泥，道路泞滑难行，骆驼马匹，皆是蹄腿深陷其中而不能自拔。待到行者们抵达破落败陋的村子时，无不全身湿透。问宿却也难，大家只能是勉强住下，根本没有个敞亮地儿可供他们烘干衣服。不过好在整个旅途已经要接近尾声了，1767 年 1 月 13 日，他们穿过一大片板栗林

[1] 科尼亚（Konia），一座历史悠久的土耳其城市，多古迹，在古代和中世纪时被称为“伊科尼恩”。位于安纳托利亚高原中南部地区，面向科尼亚盆地，背靠托罗斯山。

后，终于逼近布尔萨[1]了。这里距离君士坦丁堡就只剩下几天路程了。但是尼布尔已经没有力气继续往前冲了，即便他清楚自己可以在土耳其的首都找到冯·加勒，可以就此舒舒服服地住下来，可以彻底从鞍马劳顿中解放出来。但他真的太累了，他决定在布尔萨缓一缓，便找到一家小旅馆先住下来。旅馆确实小，能有烤炉就很不错了，对他而言已足够温暖舒适。尼布尔决定就在这里好好休息上一阵子，把前面的文字记录补上，再把一些画稿完成。谁料想越是到了最后，他的旅途反而越像奥德赛从特洛伊离开后的归乡之旅。他刚刚在布尔萨安顿下来，紧接着这座城市就出其不意地地震了！旅馆在猛烈的摇晃下开始松动，尼布尔连忙夺命往外奔，情形之危急真是惊险连连——整个屋顶瞬间就塌了下来。最后他是四肢着地，手脚并用，总算匍匐而出。

转眼就是 1767 年年初了。时间过得真快，尼布尔在波斯波利斯抄录楔形文字铭文也已然是两年前的事情了。眼下又迎来了新一年的莱麦丹。在险些成为瓦砾场的布尔萨城中，居民们和其他穆斯林一样，只在夜间进食。到了白天，街道则空寂无人，只有尼布尔自己走来走去——他刚好可以借着没人搅扰的时刻完成那些测量工作。就这样，尼布尔在这里足足停留了一个月的时间，

[1] 布尔萨（Brusa），旧称“布鲁萨”，土耳其西北部城市、布尔萨省的省会。历史上的布尔萨曾是奥斯曼帝国的首都（1326—1365），也是丝绸之路临近西方终点的主要城市。

方才觉得自己的身体恢复到能够骑行的状态了，于是他便出发去了穆达尼亚港口。在那里，他坐上一艘小型希腊轮船，并于 2 月 16 日傍晚时分抵达君士坦丁堡。

然而，丹麦国王陛下驻君士坦丁堡的特使却已经不在这里了。6 年前，我们的老朋友冯・加勒曾接待远道而来的远征队，让他们住在自己府上，供他们吃穿用度；而今远征队最后一位幸存者终于得返土耳其首都，却已无人迎候。可叹今非昔比，尼布尔在阿勒颇时备受欢迎与瞩目的无限风光时刻已是过往不再。彼时的公使馆里，只有一位名叫霍恩的秘书，而后就在 1761 年福斯科尔和冯・黑文拥抱彼此并握手言和的那个房间里，他接待了风尘仆仆的尼布尔。回望那时，由于感染痢疾，尼布尔的身子虚弱不堪，一直处于休养之中，自然是所有工作免谈。所以从某种程度上来说，他与这座城市互相之间都是陌生的。他的测量也好，文字记述也好，都是一片空白，如今刚好可以借此机会好好考察一番。尼布尔在这里一待就是四个多月，在如此充足的时间里，他把过去的留白都给补上了。尽管土耳其的国力日渐式微，但说到底，它仍旧是一个国土边疆绵延至欧洲地界的大国：它的惯例制度、政府机构、军事系统、贸易等方面——尼布尔都给出了极为全面的讲述——无不说明了这一点。他的这些记述放在当今时代自然已经过时，但在那时却是不同凡响的，能把这样一个鲜为人知的国度向世人打开，简直堪称实时报道了——何况那还是一个对欧洲其他地区持续构成威胁的国家。

等到初夏来临，这项工作总算圆满结束了，尼布尔终于也可以正儿八经地考虑回家的事了。眼下有四种方案供他选择：坐船前往马赛或者热那亚[1]；取道威尼斯，或经由贝尔格莱德[2]和维也纳——骑行回家；取道布加勒斯特[3]和华沙骑行回家。第一种方案实行起来会进展极慢，同样，取道威尼斯或维也纳的方案也会耗时很久，因为所有从东方进入基督教国家领土的旅客，都必须经历40天的隔离检疫期。由于道路险阻，最后一种方案里的路线则是最不保险的，但同时也是最快的，波兰那边对于隔离检疫这一项并没有硬性要求。此外，这条路线所经过的很多地区，基本上都不为世人所知。相较之下，取道马赛、威尼斯、维也纳的三种路线即便舒适又安全，于尼布尔而言，却都不及未知更有吸引力——所以最后他的返乡路线就这么敲定了——他要骑行穿过东欧而回。

万里征途，他终于能够踏上最后一段了。1767年6月8日，尼布尔随同一支商旅骑行出了土耳其首都，直奔阿德里安堡——位于现在的保加利亚境内。当他从城门那里走过的时候，他看到

[1] 热那亚（Genoa），历史悠久的古城，曾是海洋霸主热那亚共和国（1100—1815年、1798—1805年时称利古里亚共和国）的首都。

[2] 贝尔格莱德（Belgrade），塞尔维亚共和国首都，地处巴尔干半岛核心位置，是原南斯拉夫地区最大的城市，也是仅次于伊斯坦布尔、雅典和布加勒斯特的巴尔干半岛第四大城市。

[3] 布加勒斯特（Bucharest），布加勒斯特，意为“欢乐之城”，有“小巴黎”之称。

大门两边分别有一人被钉死在木桩上，这是对劫匪的惩罚。不过就当前来看，道上还是比较安全的。他们骑行一路，两侧都是肥田沃野，农民正安然地犁牛耕地。仅仅用了四天时间，他们就抵达了阿德里安堡。然而从这里开始，便没有什么商旅队伍继续北上了。显然，尼布尔不可能就这样单枪匹马地继续前进。欧洲的土匪可不像沙漠地区的土匪那么单纯。那些人不仅仅会抢劫你，为了保险起见，他们出其不意攻其不备，会直接在你身后来上一枪。因此，等尼布尔从阿德里安堡再次出发时，他是在一名土耳其长官的陪伴下上路的。此人刚好也要北上，他这一趟带上了 16 名全副武装的士兵作为自己的贴身保镖。一周之后他们过了多瑙河，而后又走过了丰饶的瓦拉几亚平原，向着摩尔达维亚继续前进。路上逢雨至，为河洪所迫，他们常常得绕道远行，于是，直到 6 月 28 日，这一行人才抵达布加勒斯特。

布加勒斯特是尼布尔在返乡途中经过的第一个真正意义上的欧洲城市。如同在管风琴的烘托下，耶路撒冷令他感受到的圣洁光辉一般，此刻他在布加勒斯特，同样为这座城市的似曾相识而感怀不已：对于这样一个经久未归乡的游子，一个从东方远道而返的游子来说，还有什么比这种熟悉的感觉更能打动他的心呢？日落暮色中，教堂的钟声缓缓响起，街上的女子不怕见生人，也都不围头巾，四轮马车来来往往，如此真实——这难道不是欧洲吗？这是欧洲，但这一次，尼布尔的旅途仍旧像奥德赛的返乡之旅一样危机四伏：在布加勒斯特，他不仅听到了教堂的钟声，看到了马车和漂亮的女子，他还撞上了瘟疫。走在街上，随处都能看到有人突然倒毙而亡，也随处都能看到大批装运死尸的车夫，他们嘴里骂骂咧咧的，厉声警告着生者。眼下尼布尔找不到可以同行相伴的人了，除了一名来自阿勒颇的仆人和一名来自阿德里安堡的向导之外，就剩他自个儿了。但不管怎样，尼布尔都决定继续前行。幸运的是，他还没走多远就碰上了行商，后者愿与他同行同往，于是这支单薄的队伍便也组了一支四人的小型商旅。到了傍晚，他们就去村子里的农户家前叩门问宿。有一回尼布尔竟然荣幸地睡在农民自己的房间里，和他的妻子女儿一起。夜里农民把蜡烛一吹，四个人就都钻进各自的被窝里了，瞧这两性之间如此率真的关系态度吧——这难道不是欧洲吗？

两天之后，他们在路上又遇到了一个民间流浪乐手，这个乐手以演奏风笛为生，彼时刚从集市上卖艺回来。尼布尔和同伴听闻后赶忙从马上跳下来，请他为大家演奏一曲。此情此景他在日记中是这样描述的：

> 我不知道，是因为我太多年没有听到如此像样的音乐了吗，还是因为这个年轻人真的很在行？总之就是，当我看着他站在这乡村大道上演奏自己手中的风笛时，我就仿若置身于歌剧院最美妙的咏叹调中一般，享受而又惬意。他带给我

这般意想不到的愉悦，作为回报，我给了他一枚硬币。但这还没结束。随即他又演奏起来，商人们便跟着手舞足蹈，而我，自然也迅速加入其中了。大家都在这条乡村大道上跳起了保加利亚和瓦拉几亚的民间舞蹈，就这样跳啊舞啊，忘我于其中，直到后来向导提醒我们是时候继续赶路了。

他们便如此日复一日地持续北上。7 月 5 日，尼布尔穿过了瓦拉几亚和摩尔达维亚之间的边界线，进入福克沙尼[1]地界。这里的海关工作人员告诉他，由于布加勒斯特发生了瘟疫，他必须得接受七天的隔离检疫期；不过商人们可以通行，因为他们没有到过瘟疫横行的城市。对此决定，尼布尔自然是极力反对，他实在是不希望这一年的冬天还要冒险在路上度过了，他也丝毫不希望把时间耽搁在福克沙尼。但海关工作人员坚持他们自己的规矩，而尼布尔也同样态度坚决，于是双方就开始了冗长的协商，最后经过一番颇为费力的讨还之后，对方终于同意把尼布尔的隔离检疫期缩短至三天。到 7 月 8 日，尼布尔便能继续向北进发了。就在这天傍晚时分，他在一家小旅馆里，意外“追”上了那三位商人，也就是当初和他一起在通往福克沙尼的大道上跳民间舞的那三个同伴。这下可让他对造物主的安排感激不尽了。他幸亏耽误

[1] 福克沙尼（Focsani），建于 15 世纪初，罗马尼亚统一前该城分属摩尔达维亚和瓦拉几亚。

了几天，幸亏没能直接上路。整件事情发生得太快了，匪夷所思，也足够发人深省。几天前都还活蹦乱跳着呢，三个人说没就没了，大路上尸首留下的血迹才刚刚被冲刷掉。劫匪果然是有的。

眼下身边只剩一个仆人了，尼布尔又一次孑然一身，踽踽独行。再次上路后他们走得更慢了。尼布尔又一次遭到了“寒冷”的侵袭，很快便发起烧来，途中不得不常常停下休息，每次下马都会呕吐。他在日记里写道：“现在就盼着能快点踏上一片基督教的领土。我并无怨言，这点轻微的不适真的不算什么。感谢主啊，不仅让我走过了这么多的国家，还保佑我在如此漫长的旅途中逢凶化吉，于病灾艰险中平安无事。对我来说，波兰边境就如同丹麦边境一样亲切，所以我片刻不想耽搁，只愿以自己最快的速度奔赴那里。”

不过他当前仍旧是在土耳其境内。直到 7 月 18 日，等他渡过德涅斯特河，向着科丁——位于现在的苏联[1]——迈进时，他才算再一次踏上了基督教的领土。在而今名为卡缅涅茨—波多利斯基的这座城市里，他告别了仆人和向导，打算稍作休整。待到十天之后危机已经渡过，尼布尔便独自一人骑往伦贝格[2]，也就是现

[1]　作者在写作这本书时，苏联还未解体。

[2]　伦贝格（Lemberg），利沃夫历史上曾经属于许多不同的国家：波兰与波兰—立陶宛联邦，奥地利帝国与奥匈帝国（称为伦贝格）；第一次世界大战后短命的西乌克兰人民共和国；回到波兰；然后是苏联。此外，瑞典和土耳其都曾试图征服该市，但未能取得成功。

在的利沃夫，并于8月1日抵达那里。眼下道路畅通无阻，所经之处，都是耕地良田和整齐干净的村庄。8月8日他骑过了卢布林，十天后便抵达华沙。在这里他受到了波兰国王斯坦尼斯劳斯·波尼亚托夫斯基的接见。国王不仅是大文豪，也是科学界的领袖，他曾通过一系列的交流途径收集远征队的消息，现在终于得见远征真人，欢如平生，此后多年，他与尼布尔一直保持着通信联系。

不过眼下除了真正必要的停留之外，尼布尔并不打算在华沙久待。到了9月6日，他便又一次在路上了。十天之后他穿过了德国边境，进入布雷斯劳。

他写道："至于布雷斯劳和哥本哈根之间，现有的这一地区的地图已经足够全面，也足够翔实，所以我也就没有必要再画蛇添足多此一举了。"

写下这几句客观公正的话后，尼布尔的日记本也画上了句号。这本承载了尼布尔近七年考察历程的伟大行纪，见证了他是如何对一寸寸土地勘测记绘，那铺满1500多页的一字一句，全是他的所见所闻所感所思。当下无须多言。此外，还有尼布尔的星盘，彼时也应该被他打包在行李中了。

基本上是用不到了。不过从他记录的天文数据表上可以看出，到了后面他还又拿出来用过几次，所以我们依旧能够凭此追寻他归期最后的那段踪迹。出布雷斯劳后，他先后取道瓦尔道、德累斯顿、莱比锡，抵达汉诺威。想当初在这里，迈耶教授教他使用天文仪器，正是有了那段时间的学习，天文观测才成了他漫长征途中不可缺席的一部分。只是等他再次回到这里时，迈耶已经去世好几年了。不过米凯利斯仍旧健在。他已经被封为爵士，眼下正当知天命的年纪。不用说，尼布尔在他这里一定受到了极为亲切友好的接待。虽如此，尼布尔在汉诺威也只是待了几天就走了。他仍旧继续北上。但不是去丹麦，而是绕了一小段路后，继续跋涉了一小段长途。原来尼布尔奔赴的是北弗里斯兰省的那片沼泽海岸呐。他回到了出生地，走亲访友，叙叙旧，拉拉家常。不过和前面一样，他没待多久就又出发了。顺着童年熟悉的湿地小路往前骑，一直骑到了海岸边上的阿尔滕布鲁赫村。

他在这里停下了。既是专程前来，必是有事要办。是的，阿尔滕布鲁赫，农场，叔叔。过去在这里，侄儿要念书时，叔叔极力反对，后来五年打马而过，少年的青春时光便都用在了农场的打理上。再后来，他去了汉诺威——恰恰是在他缺席的这段时间里——他听说叔叔去世了。他是叔叔的唯一继承人，阿尔滕布鲁赫的农场便是遗赠。这里其实是他人生漫长征途的出发点。因此，在整场远行结束之际，他也理应不忘初心，回归此处，有始有终。

刚一抵达阿尔滕布鲁赫的农场，尼布尔便跳下马来。着即从行李中取出星盘，像以往一样安置妥当后，测量好这个地区的纬度，再从容不迫地将数据记录在表中。没错，就是阿尔滕布鲁赫——我们如今仍旧可以看到这些数据——这座城镇和大马士革、耶路撒冷、巴格达、孟买等，同列于一张表中。等到这份工作圆满完成后，尼布尔才继续后面的行程。

数据表中显示，尼布尔后来还用过一次星盘。日期：11 月 17 日；地点：尼堡市。是一个晴朗的冬夜，在波罗的海的大贝尔特海峡旁边。尼布尔选取的是飞马座的 α 星和 γ 星[1]，他测出北极星的方位，计算角度，从而作出合理的修正。于是，前往阿拉伯菲利克斯的丹麦远征的最后一项发现也被记录在案了。尼堡位于北纬 55° 19′26″。

3 天以后，也就是 1767 年的 11 月 20 日傍晚时分，卡斯滕·尼布尔骑进哥本哈根。

7

旧事重提，似朝花夕拾，不无幻化，不无真切。绝大多数人的心中都会保留着自己童年时代的美好画面。随着时间流逝，童年中的许多记忆和印象都褪色了，但那种美好的感觉却会与日俱增，恰是因为回不去了，反倒会让我们深信过去的那些时光是最好的。披碱草在苦晒下纹丝不动，浪潮翻涌，向着沙白色的海滩上撞去，溅起朵朵浪花，在太阳的照耀下闪射白色光华。有些人

[1] α 星（Alpha）和 γ 星（Gamma），分别指主星和亮度居于第三位的星。

为了寻找它，走啊，走啊，直到世界尽头——可是尽头又在哪里呢——哪一片海都不是。那些走到天涯海角的人，就在走到天涯海角时，想起他们遗失在来时路上的最真诚最热切的美好。于是他们便日日夜夜地怀念那些旧时光，渴望将余生结束在自己生长的那片园地间。任何人，在其垂暮之年，都会像幼童一样，嚷着要回家。

尼布尔的晚年故事也是如此。此次他回阿尔滕布鲁赫的考察，才只是一个开端而已，这并不是他最后一次勒马掉头奔向那片平坦的沼泽海岸。因为哥本哈根几乎没有他容身之处。在过去那些艰难的岁月，哥本哈根就像是他心中一处难以抵达的安全之地，而今他终于回归了，这回归却也成了失望之至，成了辛酸悲苦之至。如果尼布尔曾心怀期待，以为自己回到哥本哈根会像进入阿勒颇时那般备受欢迎的话，那这份期待必然会狠狠破碎。“作为唯一一本可以邮寄的期刊”，曾经为远征队大肆鼓噪声势的《哥本哈根丹麦邮寄新闻》，而今也就只是报道了尼布尔的抵达——在11月20日草草提了一笔——“18日这天，工兵上尉尼布尔从海外返回祖国”。海外？海外具体是哪里？不知道。三天之后又有一处报道，这下倒是没有含混不清的表述了，因为回归名单连“海外”二字都给一并省去了：“上校—克鲁斯—6月—尼瓦伊；上尉—尼布尔—阿尔托纳[1]。”

这样的报道，写不写有什么区别呢。没有人在乎尼布尔是谁。城市里的兴致已经被其他事物取代了。无疑，尼布尔一定会受到伯恩斯托夫的热切欢迎，但也不过是起初有几分相见欢喜，那股兴头劲儿一过，部长阁下也就把注意力放到其他要事上了。时代变了。就在尼布尔身处异国他乡的那段漫长时间里，一切都变了。

1766 年 1 月，尼布尔还在巴格达期间，国王弗里德里克崩殂，时年仅四十有三。此后，17 岁的克里斯蒂安[2]子承父位。新王声色犬马，昼夜荒淫，时常携带情妇出入城中的妓院酒馆，流连忘返，乐此不疲。甚至于凌晨时分在宫殿外面，都能看到窗子里面洛可可风格的床幔簌簌摇晃，“Madame”取悦国王陛下的身影隐约可见，欢愉呻吟声不绝于耳。相比之下，先前的时代多好啊，即便“罪恶”，也未曾有过这等荒淫无道的事。

或许伯恩斯托夫也曾小心翼翼地试探着向殿下暗示过他的精神状态。但又能如何呢？而今这些高官们也是如临深渊，如履薄冰。国王时不时就会罢免一名政府要员来取悦自己——每次都会发出尖细刺耳的假笑声。就这样，莫尔特克也已经被“削减权势”

[1] 阿尔托纳（Altona），德国汉堡州和汉堡市西北部区名，位于易北（Elbe）河右岸峭壁上；1640 年被丹麦人占领；1664 年设市；1866 年归属普鲁士；1937 年并入汉堡。

[2] 克里斯蒂安七世（Christian Ⅶ，1749—1808），1766 年（17 岁）起担任丹麦及挪威国王和石勒苏益格—荷尔斯坦因公爵，是国王弗雷德里克五世和其第一任妻子，英国国王乔治二世的女儿路易丝公主的儿子。

了。从目前来看，伯恩斯托夫的处境算好的，还能继续留任，不过，他已经不抱任何幻想了。这漫长的一生走到现在，什么荒唐没看到过？一匹马儿伸直了腿，最精明的马夫还会悲痛呢。何况，是一个时代。

就在这样的时代背景下，阿拉伯远征队如同一个长时间不用而被注销了的账号，已被全然遗忘。在先王弗里德里克的自然科学的报告大厅内，福斯科尔的收集仍旧躺在那些大木箱子里，长年累月地保持着一个姿势，腐烂着，无人问津。尼布尔独自一人从孟买出发，翻越千山万水，终于抵达这座城市时，却也是“发现无人等候”，无人关注，无人在意，除了名单上那一点确认——他是否从尼瓦伊骑回。这是种什么态度呢，仿佛丹麦人觉得，尼布尔是不合时宜的，他会带来棘手难办的问题，会让他们接应很多麻烦事。不错，有些事情自然是要秉公处理的。那些重要的负责官员都好像没睡醒似的，找出官职等级簿来，轻轻掸去上面的灰尘，慢悠悠地查，查到了尼布尔是工兵上尉。此时有人眼睛一亮，随即提主意道，何不将他晋升为工兵上校？这一回若再受封，尼布尔也算是当之无愧了。不过，按照规矩来，官衔每次只能提升一级——战功赫赫除外。

办完这些手续之后，他们还得把他带进宫廷。此一项的例行公事也是一样烦琐。其实尼布尔受到的接见也就那么回事，一天时间都在陪候。国王、克拉岑施泰因教授、伟大的诗人克洛卜施托克。会见之初，四下无话，一段适当的沉默之后，国王、克拉岑施泰因教授、伟大的诗人克洛卜施托克便评说起尼布尔的远征，大概就是旅途十分精彩有趣云云。而后，他们随意吃了点东西，接着这场会见就到此结束了。且看独一无二的《邮寄新闻》报道："多年在外的阿拉伯远征结束以后，著名的工兵上尉尼布尔现已返回祖国，并于上个月 30 日受到国王陛下的接见。陛下对上尉亲善有加，关怀备至，对他的远征成果也是兴致颇浓。尼布尔先生遂十分荣幸地参加了皇室宴席。"

过场就过场吧——尼布尔也不甚在意——把这些都走完后，他还有更重要的事情要忙。其中摆在首位的，便是归来后要清算的远征账目报表：所有费用加计扣除之后，这场远征总共花去国库 21000 里格斯达勒，折算成现在的货币约合 100 万丹麦克朗，即 5 万英镑。看了这个数目，是不是觉得这场科学与文化的事业斥资巨大？是因为财务负责人尼布尔的奢侈、挥霍、铺张浪费？殊不知阿马林堡宫中，单单是萨利为弗里德里克五世雕刻的那尊骑马铜像，就动用了近乎 6 倍的财力。再看看这段时间里的宫廷开销吧——每年支出可达 30 倍有余。

这笔约 21000 里格斯达勒的总账中，还包含了政府拨放的一小笔津贴，是当时伯恩斯托夫为尼布尔争取到的，是以保证后者能够专注于撰写（并出版）他的阿拉伯行记。是啊，远征考察已然结束，留下来的文字记录堆积如山，眼下尼布尔一头扎入其中，却有些茫然了。要把它们都整理清楚，真是难如登天，皓首都不一定能功成。迈耶教授已经不在人世，谁来检查他的天文测算结果？他把这些数据呈给了耶稣会士黑尔，此人也是一名天文学家，但他对于迈耶的研究体系并不熟悉，所以就斩钉截铁地驳回了这些文件，并称他们对这些数据毫无兴趣。尼布尔原本就缺乏自信，这下更感挫败了。如何是好？无奈之际他也打算放弃了。

此外还有一个阻碍，那就是他不知道该用哪种语言来系统地阐述这些成果。他的母语是低地德语，在他仅有的几年求学生涯里，他从未学过如何书写标准的德语。反正别无选择，他决定就用纯粹的写实笔风来完成——通篇不含润饰矫作——直白、清冽、干脆。后来他的作品始终贯彻这一风格，从未变过。他并不追求文体的华丽，他平铺直叙、有条不紊，沉静泰然、清凉如水，不足之处则是语词有限，难免略显单调乏味。但他的作品整体读来仍旧是浑然有力，这种力量不是来自文学层面上的质量与美感，而是源自人类故事的真实——活着的存在的，人之所以为人——的力量。

1772 年，记录尼布尔考察成果的第一部作品问世。书名为《阿拉伯行记：个人见闻、观察与收集》——献给丹麦国王。这部四开本图书共计 432 页：开篇引言，是对米凯利斯教授问题的回答；而后便是正文，涉及国家的方方面面，真可谓无所不包：有对当地气候、宗教、民族特征、司法体系、两性关系的报道；也有详尽记述：接人待物、饮食习惯，居住设施、衣着服饰，一夫多妻制，语言字母、文学、历史年代学、天文学、医药科学；以及这个国家的植物群落、动物群落、农业生产；再往后的章节记载了许多地区，像也门、哈德拉毛、阿曼、波斯湾沿岸的酋长国、哈吉莱、内志、汉志、西奈沙漠。

几乎是对每一处地区，每一方面，尼布尔都有新发现要报道。然而万事开头难呐，尼布尔的作品也不例外。此书出版之后反响平平。它太专业化了，很难激发大众的阅读兴趣。当时激起的唯一一点浪花还是德国一学术期刊发表的书评，不过没有好话，只有一番毁谤与中伤。对此，尼布尔也都逐一驳论了，但他仍旧希望听到更多回音。他要唤起世人对此书的浓厚兴趣，他要想办法把它推广出去，于是他决定，自费将书译成法语版本。可惜，这个决策实在是不英明。他的法语知识太有限了，根本不足以鉴定译者的翻译水准。到头来可好，法译本相当拙劣，几乎是不堪卒读，出版之后没多久就停止发售了。尼布尔是赔了夫人又折兵，付出的心血掏出的钱，都浪费了。

然而在同样漠然的哥本哈根，事情还要糟糕得多——尼布尔失去了（唯一）认可自己的人。就在后来的几年间，朝政果如伯恩斯托夫预言的那样翻覆了。马儿不受车夫的管驾，脱缰而去，撒欢儿奔腾，几欲癫狂，不料伤了腰腹部肾脏。现在好了，马车

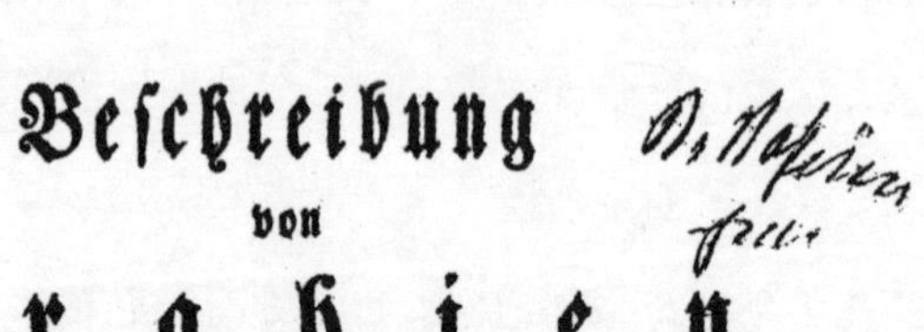

Beschreibung
von
Arabien

Aus eigenen Beobachtungen
und im Lande selbst gesammleten Nachrichten
abgefasset
von
Carsten Niebuhr.

Kopenhagen, 1772.

Gedruckt in der Hofbuchdruckerey bey Nicolaus Möller.
Zu Leipzig zu bekommen bey B. C. Breitkopf und Sohn.

尼布尔第一本书的封面图

被一待高操控在手，此人名叫约翰·弗雷德里克·施特林泽[1]，来自阿尔托纳，是个狂热分子。此人到来没多久，伯恩斯托夫就不得不“考虑另立门户”了。虽说是为丹麦鞠躬尽瘁20年，然而“三十年河东，一朝河西”，就在1770年9月15日，伯恩斯托夫被罢免，并被勒令离开丹麦。昔日的外交部部长在一小队人马的陪送下前往罗斯基勒[2]——尼布尔也在其中。伯恩斯托夫明白，王权旁落，朝廷岌岌可危，他洞若观火，却有心无力，无可奈何。既已如此，徒留于罗斯基勒何用？还是走吧。他最终去了汉堡，而后再也没离开过。1772年2月，伯恩斯托夫与世长辞，去时心中仍感失望、疲惫——当然，也未能看到尼布尔的书问世。不管怎么说，那本书代表着丹麦第一次前往阿拉伯的伟大远征，是由一切努力凝结而成，所以，若是没有他伯恩斯托夫的全力促成与配合，又何谈这场远征？

而今，哥本哈根密谋暗涌，危机四伏，尼布尔也开始考虑离开这里了。“对于那些曾在东方国度生活过的欧洲人来说，他们非常渴望能够像东方人一样，过一种安宁祥和，而又不失尊严的生活。父亲也是如此。思而不得，令他深感痛苦与悲哀。”尼布尔的儿子在他的传记中如是写道。当时，尼布尔——可以说是丹麦唯

[1] 约翰·弗雷德里克·施特林泽（Johan Frederik Struensee，1737—1772），德国医生，生于丹麦王国统治之下的阿尔托纳。
[2] 罗斯基勒（Roskilde），丹麦西兰岛东部港口，是一座千年古城。

一一位会讲阿拉伯语的人——适逢一名来自的黎波里的高官到哥本哈根访问，他与此人相谈甚久，聊到后面甚至都开始计划新一轮远征了。尼布尔很想前往黑色大陆——非洲。不过他的这个想法始终未能成行：其一，无疑是缺乏资金支持；其二，是他认为自己有义务将阿拉伯远征收获的所有资料整理出来——以求不被时间与尘土湮没。所以尼布尔哪里都没去，相反，他要把过去这场远行的日记撰写出来。除此之外，当下还有要事等他完成，那纯属意料之外，却足够让他暂缓任何进一步远行的计划。

我们知道，在他身处东方的那几年里，尼布尔的身边总是每隔一段时间就会出现一群女子环绕其左右。她们的美好尼布尔都看在眼里，也都记在心里，每当傍晚时分面对自己的日记本时他便会坦言相告。而如今又有女神出现在他面前。不过，这次只有一位，这次也是最后一次。她就是克里斯蒂亚娜·索菲·布鲁门贝格女士，来自哥本哈根，时年 31 岁。她的父亲是皇家御医，也是国王的常任医师，按理说，家境如此优越的女子定能有不错的婚配。然而，她与尼布尔早年命运极为相似，年纪很小时双亲就去世了。成长的艰辛自不必说，性情也是敏感内向——“如娇花照水”“似弱柳扶风”——惹人怜惜。1773 年，尼布尔与她结为连理。次年，他的远征日记第一卷发表于世。这部作品总共 500 多页，以 1761 年他登上“格陵兰号”的那一刻为开始，一直到 1763 年福斯科尔和冯·黑文死后，他从穆哈再次起程时结束。

但是这些文字记述仍旧没有引起什么反响。尼布尔于是决定，把自己的资料暂时先放在一边，转而处理彼得·福斯科尔留下的——那些尚处于尘封状态的——手稿文件。可是问题又来了，到时候怎么出版呢。且不说别的，就看尼布尔自己那两本书吧，出版前受到的待遇是漠不关心，出版后得到的反响是不感兴趣。什么阿拉伯远征，国家现在，连一分钱，都不会资助给他。要出版福斯科尔的作品，尼布尔别无选择，只能自掏腰包。然而这一回，他还是吃了语言文字的亏。没办法，他是真的缺少文学出版的相关经验：由于福斯科尔的所有手稿都是用拉丁语写就的，尼布尔根本读不懂，只能交与他人。那么究竟托付给谁了呢？一个谜一般的十分不合格的编辑，此人姓甚名谁我们至今不知，反正就是前面提过的那个瑞典人。结果呢，那本《阿拉伯地区 - 埃及的植物群综述》就在乱序排布下成了一本畸形著作，书中诸多描述文不对题，驴唇不对马嘴。因此，此书一出便惹来众多非议，那些专家们言辞批评之犀利，毫不客气。如此反响，可真是平白无故，令作者冤屈难申。尽管如此种种，福斯科尔的心血总算没被埋没。彼时尼布尔也已是生活拮据，然窘迫之下，他仍旧决定出版博朗芬的作品——《自然与发现之图志》。相对来说这部作品最为幸运，因为它是远征队留下的所有成果中最快引起关注和重视的一部。整本图志含有博朗芬 43 幅画作的复制品，皆为手工上色，绘画内容包括海洋生物、鱼、鸟、植物，其美难以言喻。和之前一样，此次出版仍旧是尼布尔自费。许久以来，没有声张也无标榜，他只是默默去做。可以说，如果没有他的倾囊相助，这些作品也许就会在时间的尘封下，被逐渐掩埋，并被迅速遗忘。尼布尔非常清楚这一点，所以他不惜一切代价，要为曾经的伙伴发声，让过去的努力发光——所以等到这些作品全部问世时，湿地沼泽海岸边上阿尔滕布鲁赫的那座农场，也已经被他彻底变卖掉了。

尼布尔竭尽全力这么做，是“为了忘却的纪念”，也是希望队友可以死得其所。在这之后，他便再次拾起了日记的撰写工作，并出版了第二卷。此卷将近 500 页，涵盖他从孟买开始，一直到进入阿勒颇的旅行生活。但是目前情况仍旧没有改善，他还是得靠自己，政府只在他出第一本阿拉伯的书时发过一次津贴，之后就彻底断了支持，至于他的日记、福斯科尔和博朗芬的作品等，都是他自费出版的。总而言之，为了这些作品的问世，他所有积蓄都已用尽，眼下是入不敷出，而不得不放弃日记第三卷即最后一卷的出版计划。

时间一晃而过。转眼间他回到哥本哈根已经十年了。此时是 1778 年的春天，到目前为止，尼布尔已经出版了五部鸿篇巨制，其中绝大部分的写作素材仍旧是源自那场远征。记得当初他刚刚回到家乡时，写第一本书前还游移不定，不知选择哪种语言系统是好。现在再看他的作品，哪一部不是运笔自如，行文流畅无阻？

早就没有那种顾虑了。十年来能做到如此高产，很明显，这位工兵上校是十分沉迷于写作。因此也挺叫人费解的，工兵上校除了写作，日常还做些什么呢。当时国家即将对挪威展开一次全新的地理勘测，有人便觉得尼布尔是承担这份工作的不二人选，还推举他为团队负责人。坦白讲，能受邀负责这份工作，的确是一种荣耀，尼布尔若接受了的话，凭借这项任命，带领一支团队，把工作圆满完成后，他必定能获得一批同僚的追随认可，这对于一个光杆司令来说，可不是天大的好事吗。

然而卡斯滕·尼布尔却谢绝了。谢绝这份工作机会也就罢了，与此同时他还向上请命，希望国家能批准他前往梅尔多夫继任当地议会的书记员一职。此奏一呈，上司愕然，一下子丈二和尚摸不着头脑了：尼布尔是脑子有问题吗？梅尔多夫位于迪特马申地区，那里不仅地理位置偏远，气候环境等各方面都十分糟糕。放着大好的机会不要，偏偏去那穷乡僻壤不毛之地，真是令人匪夷所思。多少有识之士排在他后面，争破头地希望能得到赴挪威工作的机会；再反观迪特马尔申县的职缺，却无人应补——估计等到后面也没人愿补。因此，在如此悬殊的“竞争”之下，尼布尔如愿以偿。1778 年夏天，他带着妻子和两个孩子搬到了梅尔多夫。

在 18 世纪末期，迪特马申地区几乎算得上是世界尽头了。就整个王国而言，再也没有哪个地区比那里更偏远了。至于梅尔多夫，则是距离各大主干道数英里不等，位于西部地区，通往那里的道路松软潮湿，如沼泽地一般，夏天还勉强过得去，此外就只有等冬天的路面结冰变硬实了，方能通行。因此，那里其实就是一片潮得发酥的沼泽湿地，一眼望去，茫茫然无边无尽，如此延伸铺展开来，分不清哪里是海，哪里是岸，仿佛已融为一体。谁能找到通往地球这般偏僻角落的道路？除了天灾，便是人祸——战争和破坏——然而这二者却起到了非同小可的影响。纵观丹麦到此时期为止的历史脉络可知，前前后后曾有不少战争劫掠者（特别是海盗）到过这里，他们纵火焚烧，农场被夷为平地，村庄尽毁。甚至到了1778年，这种被焚毁的痕迹还是很明显：城镇看起来又小又破，城区人烟稀少；辽阔平坦的沼泽湿地上，只是一片荒弃景象，杳无人迹而满目疮痍。过去那番美丽的乡野风光已荡然无存。莫说穿林打叶声了，春天的暴风雨都找不到一棵树来让它摇晃。长夏永昼，从早到晚都能看到燕鸥潜入黑尔戈兰岛的海湾捕食鱼儿，乐此不疲；成群结队的银鸥低飞盘桓，厉声阵阵，密切关注着下方的猎物，而下方，反嘴鹬、蛎鹬、绒鸭正忙着在沙滩的营巢上繁殖后代。

1778年的一个夏日，尼布尔带着妻儿家当，跋涉在这片开阔的乡野间。野旷天低，远处的地平线似乎在向他招手，35岁的他，走过三大洲之后来到了这里，一处距离他的出生地不到30英里的地方。他在梅尔多夫的郊外盖了一座房子，为自己打造了一座小小的天文观测台，开辟了一个园子，种上了许许多多的果树。近年来他的身体状况仍不是很稳定，当初在也门时染上的“寒热症”总是每隔一段时间就会复发——尽管遭袭的间隔期比从前长了。他料想，自己应该是没有机会看到那些果树结满果实了。但是他想错了。他比园子里的那些果树活的时间要长。尼布尔在迪特马申地区的梅尔多夫议会任书记员，长达35年之久。

他此次举家迁徙，并不是为了去德国。一直以来，他对外都是以丹麦人自居，旅行时也都是用丹麦护照，其实从他为国王弗里德里克五世效劳的第一刻起，他便觉得自己是一名丹麦人了。只不过在当今时代，在官方对照18世纪的语言及国籍的判定下，他才会被当作德国人。不过尼布尔之所以会离开哥本哈根，也不是由于没有得到足够的荣耀，若他真是为此而深感失望，那就不会轻易拒绝赴挪威的工作机会了。事实上，随着时间一天天一年年地过去，尼布尔已经很少感到失望了。他的作品已经开始显露锋芒，先是在国外，后来连哥本哈根也深深认可了他。但他心意已决——任是多少功名也无法撼动其坚。他曾成为法国科学院的准成员，该院邀请他前往巴黎，接受这项最高的学术荣誉，接受对其卓越功勋的表彰。卡斯滕·尼布尔不为所动，仍是留在了迪特马申地区的梅尔多夫。

当整个欧洲的高等学府都在讨论阿拉伯远征的成果时，议会书记员却在乡下过着一成不变的安宁生活。他筑堤修坝，管理税务；与教区牧师探讨交流，问当地治安官借书；他偶尔也会给历史学术期刊投寄文章；作为父亲的他，看着自己的孩子一点点长大，他教儿子地理与英文，每天晚上都会讲睡前故事，阿拉伯的寓言、哈里发[1]的故事、穆斯林的生活等，常常一讲就停不下来。客厅里摆放着他的大木箱子，里面装着他远征的所有仪器和文件，家族成员都把这木箱称为“约柜”[2]。在极为特殊的场合下，他才会取出自己古老的笔记本，讲述他去拜访萨那伊玛目的故事。

时间如河，无声无息地流过生命，尼布尔年事已高，渐渐打消了出版最后一卷日记的念头。1795年，哥本哈根的那场大火令尼布尔损失惨重，迫使他放弃了所有计划：大火焚毁的书，造价高昂，皆为铜版印刷的纸张，其中也包括第三卷日记在内——大部分都是由克莱门斯亲自制作——如此心血就这样付之一炬。痛惜之余，幸好还有一事可作慰藉。他的地理测绘研究获得了当时最为出色的权威专家的认可。德萨西[3]当时正从事于土耳其征服也门的历史翻译工作，他通知尼布尔，他发现所有书中的地名都是依据尼布尔的地图而定。没过多久，著名的地理学家扎克对尼布尔根据迈耶系统所确定的经度数据作了检测与验证，结果非常

---

[1] 哈里发（Caliph），指穆罕默德去世以后，伊斯兰阿拉伯政权元首的称谓，是伊斯兰政治、宗教领袖。哈里发，源于阿拉伯语“继承”一词音译，原意为“代治者”“代理人”或“继承者”，后成为阿拉伯帝国元首之意。

[2] “约柜”（Ark of the Covenant），又称“法柜”，是古代以色列民族的圣物，“约”是指上帝跟以色列人所订立的契约，而约柜就是放置了上帝与以色列人所立的契约的柜。这份契约，是指由先知摩西在西奈山上从上帝耶和华得来的两块十诫石板。

[3] 德萨西（De Sacy，1758—1838），法国贵族，语言学家、东方学专家。

精准，它们现已全部得到批准认证，并且他们将会以此为基础，对东地中海地区的地图进行大范围修订。

无常逐一升起和熄灭，尼布尔的赤子之心永恒。生命如圆，最终是一个回到最初的过程。眼下他离自己的出发点越来越近了。66岁这年，尼布尔决定用自己的一部分财产买一块沼泽湿地。置地以后，他挖凿排水沟渠，努力开垦耕田。虽说这方产业并不能给他带来极大的经济收益，但又有什么关系呢。他做回了农民，可以躬耕农亩、亲近田壤，这让他重新焕发生机与活力。有那么一段时间，这位老人就像少年时那样，撑着竿子越过沟渠，在湿地里来来回回，忙于农事。乐此不疲。

可惜好景不长，安宁短暂易逝。其实一直以来，死亡从没走远过，时不时地还会扔他一块石子儿，提醒他自己的存在。现在随着他年纪增大，死亡开始真正逼近了。首当其冲的便是这双眼睛：先前在波斯波利斯受到过损伤，自那以来他就不得不好生注意，但凡处在光线强烈的环境里，他必须得让双目有所遮蔽，不然的话就要忍受频频袭来的强烈刺痛。而后来，就是夏日的某一天，尼布尔在沼泽地里忙活，由于他把仪器的半透明镜片落在家里了，一时疏忽大意，竟直接就用双眼对日观测起来。这下他可是给自己招来了麻烦。当时他正忙于当地新的土地测量工作，双目对日之后，他每天晚上都得加亮灯光才能看清地图上的线条。可是随着灯光越加越强，情况很快就变成无论拿过来多少灯盏，线条都成了模糊一团。他只能放下绘图笔了。再后来，他就像那个库尔德农民一样，灯黑盖住了观察者的眼睛。卡斯滕·尼布尔双目失明了。

差不多同时，死亡又一次到访，他失去了自己的爱妻。体质虚弱的克里斯蒂亚娜·索菲，其实一直都不适应沼泽地的湿冷气候。她得了哮喘，于1807年去世，时年65岁。妻子一走，操持家务的责任便落在了女儿肩上。不仅如此，她还得为尼布尔大声阅读文件，记录整理他的口述内容。随着任务的日渐加重，他们便找来一名年轻的地理学家担当助理。此人名叫“格洛耶”，是尼布尔的忠实粉丝。还写过一篇印度的小专论。在尼布尔去世多年以后，格洛耶终于攒足了钱——于1837年出版了尼布尔的最后一卷日记。

与格洛耶的密切协作令尼布尔十分愉快。以下是他儿子记录的这段时期尼布尔的生活状况：

> 尽管那段时间父亲失明了，但他对自己所肩负的公务却从未有过懈怠。白日里他会与格洛耶交流，有关东方的许多回忆涌上心头，再次鲜活；从格洛耶那儿，他也会听说新的远征情况，或是精彩片段，或是相关行记。这确实是他人生中充满莫大喜悦的一段时光。每当我在去信中向他汇报人们从东方带回的消息时，他总会为之动容，口述复我的回信总是很长，因为他有许多深感兴趣的问题要问。

长年累月伏案工作，尼布尔的髋部肌肉变得虚弱无力，他连站都站不稳了。这个变化令他十分难为情。有一天他就那样笨拙地站着，把大腿骨都弄折了，这下好了，那一条腿彻底瘸了。死亡仿佛必须要强取豪夺一番才肯罢休——它要把他撂倒在地——最后再把他彻底制服。死亡伪装成各种面目，潜入他的生活，对他穷追不舍趁火打劫。他从上到下从里到外的所有、所得、所获、心血、辛勤、耕耘、成就，乃至他的爱妻，它都要抢夺了去。在彻底制服他前，还要把他撂倒。这个男人出走多年，行遍半个世界，见过人间天堂，也曾温柔地看过那么多城市上空的浩瀚星辰，如此究竟的个体，如此丰盛的生命，在人世间最后的模样，却只是一个坐在轮椅上的盲人。他的儿子写道：

一大家子人都围在他身边。其实父亲不舒服的时候常有，但在这种热闹闹的欢乐氛围下，他还是会振奋精神，想要说点儿什么。每当这个时候我们也会安静下来，告诉他我们想听旅行中他所经历的那些曲折离奇的故事。那些故事，父亲每每讲述，都不乏生动而丰富的细节。尤其是有一回他讲到波斯波利斯，真是细致入微，活灵活现。一说起那些刻满铭文和浮雕的古墙，他就像是在诉说一座前几天刚刚看过的建筑，历历在目，他能够完完整整地描述给我们看。而我们听

> 他娓娓道来，也如身临其境，惊奇不已。随即他又说道，在他失明后躺在床上的时间里，所有的东方画面都从内心深处浮现出来，清晰可见。对他来说，讲起的那些过往经历就如同发生在昨天。这种感觉难以名状。眼睛是看不见了，心眼反而能看见：他静静地躺在那里，和当年躺在东方穹顶之下一样，眼前的黑是东方的夜，睁开眼便能看到浩瀚星河，广袤无边。这是他一个人的世界里，最令他满足的喜悦。

所有记忆都复苏了，好似重见光明。这个瘸腿的盲人已经很老了，他躺在床上，出发远行去了，他会再一次走过漫漫长途，去萨那，去波斯波利斯。不过迢迢千里对他来说已经不是什么困难了。他的身体如释重负，嘴唇也不再焦渴；他还是喜欢走夜路，机警如旧；他知道头顶上空的猎户座会默默守护，会投下些许光辉，微微照亮他在暗夜下的脸庞，模糊的眼睛，如止水的心。这些，便是尼布尔看到的最后画面。生命的这个圆，他终于走完了。1815 年 4 月 26 日，在迪特马申地区的梅尔多夫，82 岁高龄的尼布尔与世长辞。他走的时候，十分平静安详，没有一丝痛苦和挣扎。就像他的同伴一样，尼布尔也是行到异国他乡某个不知名的去处——兴许是觉得那里好——索性就留了下来。

是卡斯滕·尼布尔的归依之处了。你说，那片地域叫什么名字呢？在地图上能找到吗？边界又在哪儿呢？

在尼布尔的传略最后，儿子以简洁的线条勾勒出父亲鲜明的人物特征。他说父亲像农民一样，天性淳厚，为人朴实无华，做事坚毅果决，生活克己自律，一切从简节制。他继而写道："父亲这一生，始终对周围世界'明察秋毫，见藐小之物也必细察其纹理'。他生性务实，任何事情讲求有理有据，拒绝抽象概念，也从不臆测妄断。因此对于每一事物的阐述，他总是要落到实处才行。评判一本书或一篇文章，他最看重的是内容，即是否有真材实料，是否所言不虚；其次才是笔风，越简洁明了的，越合他心意。诗歌对他来说是无用的文学存在，不过他喜欢福斯[1]翻译的《荷马史诗》，也喜欢《赫尔曼和多罗泰》[2]，再有就是一些简单歌曲。小说的话，他只读菲尔丁[3]和斯莫莱特[4]。此外，他也挺喜欢建筑学的，但是对雕塑不感兴趣。音乐也属他的热爱之一。父亲在世时最常做的事情，是观察探究周围的世界，格物以致知。"

"生来为观看，矢志在守望"[5]，浮士德所言，正是尼布尔的心声。他的命运何尝不是如此呢，虽然到最后双眼看不见了，但他

[1] 福斯（Voss，1751—1826），德国古典主义作家、诗人、翻译家，最杰出的翻译作品便是《奥德赛》（1781）和《伊利亚特》（1793）。

[2] 《赫尔曼和多罗泰》（*Hermann und Dorothea*），德国文学家歌德的一部叙事诗。

[3] 菲尔丁（Fielding，1707—1754），18 世纪最杰出的英国小说家，戏剧家。著有《约瑟夫·安德鲁斯》《弃婴托姆·琼斯的故事》及《阿米莉亚》。

[4] 斯莫莱特（Smollett，1721-1771），苏格兰作家、诗人，代表作品包括《兰登传》及书信体小说《亨弗利·克林克》。曾与托马斯·弗兰克林共同修订 35 卷本英译《伏尔泰全集》。

[5] Zum Sehen geboren,Zum Schauen bestellt。出自歌德《浮士德》第二部（守望者之歌），梁宗岱译。

内心仍旧明亮。他儿子在传略中也有写到，在梅尔多夫的晴朗夏日里，尼布尔会从大木箱里取出和他一样上了年纪的星盘，悠悠然地跨过沼泽地，开启一段小程流浪——有时一出去就是好几天。这则信息在他后来留下的星盘记录表中可以得到印证，其中有一系列的观察研究数据，都是取自梅尔多夫及其周边地区。在短途旅行的过程中，尼布尔也会顺道去别的城镇探访老友，有一回他住在一个连自己都不知道是哪里的镇上，次日天刚破晓他就出门逛去了，等到三个小时后回到住处时，他就能说出镇上每一栋房屋的坐落情况，其描述之精准到了什么地步呢，房东只根据他给出的信息就能告诉他这是谁家的房子。

对于了解尼布尔的读者来说，这则逸闻不足为奇。毕竟他曾经历过将近七年的长途旅行，那种能力是他多年如一日的磨炼所得。事实确实如此，尼布尔从未变过，包括远征结束后，他依旧奉行过去的生活工作准则。毫无疑问，梅尔多夫的书记员工作有时候会令他感到枯燥无聊，但深入沼泽地的短途旅行不也一样单调么？还记得那年春天他在帖哈麦沙漠中的“突围考察”嘛，还记得他骑行穿过美索不达米亚平原么，我们记得，尼布尔更记得，所以他必须像以前一样，即便孤身处于沙漠般的环境里，也要抓住那一点点荒原中的自由，和那点自由带来的由衷喜悦。当他凝视远处的沼泽地尽头时，那一道连贯的基准线自然会跃入眼帘。那就是真正的地平线，是他在异国他乡无数次支起星盘，要测定太阳高度角时所必需的地平线。然而在陆地上的绝大多数地方，由于地球表面的参差不齐，无论出于什么样的实际目的，人眼根本无法看到真正的地平线。可如果在大海上，沙漠里，以及丹麦平坦的沼泽地带，人们所看到的地平线则无一不是清晰的，仿佛会无限延伸。那里是天壤交接处，是巨大的寂静无声的圆。一个人只要站在这圆的中心，便能找到他自己——无论距离多远，无论朝向何方。

这个圆，几乎是尼布尔所有测量成果的依据，也包含了他个人宇宙的所有基本组成：光线和物质、星辰和大地，以及他对现世的坚定信念。这就是“视界之圆”，与他有缘，而他不知。他曾越过边界，情况就变得对他不利，急转直下。但当他身处其中，便仿佛与世隔绝地置身于一个永恒的瞬间，天堂也触手可及。这个圆就像一个充满魔法的环，绕在他身边，保护他。他身处其中便可以刀枪不入，坚不可摧，哪里有它，哪里就是故乡。当他在阿尔滕布鲁赫旁的农场里看管乳牛时，它环绕着他；当他在沙漠里时，它又找到了他——每次相逢都一如既往地大而清晰。等到他年迈体弱时，它再一次环绕在他周围。到最后，当他腿瘸眼盲地躺在床上时，天已经不再那么黑了，而他也无法再看到星辰一颗接一颗地在这个大圆内升起。就这样，尼布尔从这片大地上出发了。或许到最后，这里就是阿拉伯菲利克斯。

附　录

丹麦远征纪事年表

远征队成员生平简介

1761.01.04—1767.11.20

1756年5月，米凯利斯向伯恩斯托夫提议，培训传教士探索阿拉伯半岛；

1756年10月，伯恩斯托夫通知米凯利斯，弗里德里克五世已将此事提上议程并接受斯特伦的提名；

1756年11月2日，伯恩斯托夫通知米凯利斯，冯·黑文被正式授予任命；

1757年春，米凯利斯去信伯恩斯托夫，为冯·黑文申请助理；

1758年夏，数学家一事仍无眉目；

1759年1月1日，米凯利斯向伯恩斯托夫推荐福斯科尔。

冯·黑文

1727 年，出生于丹麦菲英岛南部的西斯凯宁厄教区；

1745 年（18 岁），步入大学，仅三年通过神学专业考试，又两年获得语言学硕士学位；

1756 年（29 岁），接替斯特伦前往“阿拉伯之行”的任命；

1758 年，提出前往罗马学习阿拉伯语，后遭到米凯利斯的反对；

1758 年 9 月 9 日，伯恩斯托夫通知米凯利斯，同意让冯·黑文去罗马，并且给他涨了充足的年津贴，罗马之行的开销亦含在内；

1759 年春，冯·黑文依然未出北德；4 月，冯·黑文赋闲在法兰克福；彼时他突然收到伯恩斯托夫一信——后者想了解其近况，回信写于 1759 年的 4 月。此后杳无音信；

1759 年 8 月，米凯利斯与冯·黑文失联；一直到 12 月，仍未打听到任何消息；

1759 年冬，远征队第一次耽误（原定于 10 月的起程计划未能执行）。

彼得·福斯科尔

1732 年，出生于赫尔辛基，10 岁被乌普萨拉大学录取，而后在乌大专研神学；

1744—1750 年（12—18 岁），家境所迫而留在家中受学，父亲教他拉丁语、希腊语、哲学和神学；

1751 年获五年奖学金；跟随林内乌斯学习植物学；

1753 年 10 月 13 日，正式进入格丁根大学学习，攻读神学和哲学，以及米凯利斯教授的东方语言学（米凯利斯那时年仅 36 岁，但已经成为当时最知名的东方学专家）；

1756 年（24 岁），身为博士的他被推选为德国国家科学院准院士；并于同年秋回到母校乌大；

1759 年春，福斯科尔加入丹麦远征；自 1759 年 1 月 1 日起，直到远征队起程，丹麦政府每年支付给他 500 里格斯达勒；

1759 年 7 月 21 日，伯恩斯托夫同意了福斯科尔提出的所有条件；

1759 年 9 月，《瑞典水星报》报道福斯科尔应征加入远征队一事及所获职称、薪酬；同年 11 月 23 日，《论平民的自由》首先在乌普萨拉大学“出版”，初版 500 份；

1760 年，瑞典议会大会商讨“自由出版”相关事宜；1766 年，瑞典颁布《出版自由法》，书报审查制度废除——福斯科尔离世三年；

1760 年 9 月 20 日，作为远征队成员最先抵达丹麦，受到了伯恩斯托夫“最庄重的”礼仪接待。

尼布尔

1733 年 3 月 17 日，出生于北弗里斯兰省海边湿地的一个小农场里；未满六个月时失去母亲，后由继母抚养；

1749 年（16 岁），帮助叔叔管理阿尔滕布鲁赫的农场；

1753 年（20 岁），决定成为一名测绘员；

1755 年（22 岁），刚刚进入汉堡的一所学校开始学习字母和九九乘法表；

1757 年（24 岁），即确定“阿拉伯项目”的第二年，尼布尔获得了格丁根大学的入学资格，拜在克斯特纳教授门下学习数学；

1758 年（25 岁），夏，向米凯利斯毛遂自荐；

1760 年 9 月 29 日，离开格丁根，坐上开往哥本哈根的邮政车。

博朗芬

1754 年（26 岁），被皇家艺术学院授予小枚黄金奖章；五年之后，因“摩西和燃烧的荆棘丛”一画荣获大金奖章及远征资格；

1760 年（32 岁），从德国南部的纽伦堡出发，应召前往丹麦。

克拉默

1732 年 1 月 19 日，生于哥本哈根；

1753 年（21 岁），进入大学，七年之后即 1760 年（28 岁），通过医学考试；

1760 年 12 月 29 日，被授予博士学位 —— 距离远征队从哥本哈根出发只剩六天；除却博士论文，他只在 1759 年出版过一本书。

候选人之纠纷

1760 年 11 月 24 日前后，福斯科尔去找克拉岑施泰因理论，并多次写信给伯恩斯托夫反抗任命克拉默一事；

同年 11 月 28 日，国王给远征队的各个成员下达指示，包括对福斯科尔的明确斥责，以及对他请愿书里的请求的驳回；

1761 年 1 月 1 日，距离远征队起航仅剩四天时间，福斯科尔给林内乌斯写信诉说克拉默无能一事；

候选人的纠纷一直持续到 1760 年年末，彼时身为硕士的弗里德里克 · 克里斯蒂安 · 冯 · 黑文从罗马回到哥本哈根。

冯 · 黑文罗马之行

从 1759 年 4 月起失联，直至 1759 年 11 月 11 日，伯恩斯托夫才收到冯 · 黑文一封来信；

5 月 22 日离开法兰克福，7 月 20 日抵达来航，后至佛罗伦萨，前往罗马的起程推迟到 9 月中旬，时又感冒，直到 11 月初才抵达；

抵达罗马 6 个月即离开丹麦 18 个月之后；

1760 年 3 月 22 日，他给伯恩斯托夫去信，说梵蒂冈图书馆只在早九点到中午时间对外开放；

1760 年 7 月 15 日，米凯利斯写信给冯 · 黑文，通知他皇室下达的相关命令：最晚 9 月底，远征队所有成员都要在哥本哈根集合完毕；

1760 年 8 月 16 日，他在给伯恩斯托夫的信里抗议自己已无钱回返；

8 月 25 日，米凯利斯写信给伯恩斯托夫，恳请丹麦政府宽容冯 · 黑文并寄去他想要的全款；

9 月中旬收到一笔费用后，没有立即动身返回哥本哈根；

10 月 9 日，到达威尼斯，11 月 14 日，到达汉堡，直到 12 月才回到哥本哈根；

1760 年冬，丹麦远征队的起程再次被耽搁。

远征路线变更

1760 年 2 月，米凯利斯收到一封建议书：远征应直接去往阿拉伯半岛，期间取道君士坦丁堡；

1760 年 12 月 14 日，福斯科尔写信给林内乌斯，说路线有所变更；

1760 年的 12 月 21 日，风帆战舰“格陵兰号”已在哥本哈根城外的锚地泊定；

1761 年的 1 月 4 日这天，六人乘摆渡船驶离收费站。

远征出发时的国情

全国上下都弥漫着对战争的不安和恐惧：1761 年是“七年战争”的第五年，英法殖民大战进入第六年。

“格陵兰号”哥本哈根——马赛

1761 年 1 月 7 日，扬帆北去，抵达赫尔辛格；

1 月 14 日，驶出赫尔辛格锚地；经过库伦角，滞留在卡特加特海峡；

1 月 17 日，飓风把他们带到了莱斯岛；

1 月 26 日，穿过卡特加特海峡，向北缓缓行驶；

2 月 2 日，一整天狂风大作；

2 月 8 日，菲斯克决意驶向挪威港，却未能停泊，最终重返赫尔辛格锚地；

3 月 10 日，菲斯克作了第四次尝试，驶离赫尔辛格；

3 月 13 日，根据尼布尔的测算，他们当时应与“赫特兰”处在同一纬度；

3 月 25 日，一夜飓风后，次日早上尼布尔的星盘显示，“格陵兰号”已经被赶回冰岛沿岸；

3 月 31 日，终于迎来了美好的春日气候；

步入 4 月，风帆战舰直奔爱尔兰西部；

4 月 13 日，距离西班牙北部的菲尼斯特雷角不远了；

4 月 21 日，抵达葡萄牙南部的圣文森特角；

5 月 9 日，普罗旺斯海岸，4 天后（5 月 13 日），“格陵兰号”停泊在埃斯塔克海湾；

5 月 14 日，两个月的航行终于结束，丹麦远征队的所有成员上岸；

5 月 7 日，冯 · 黑文抵达马赛，一周之后见到了丹麦远征队的其他成员。

马赛——君士坦丁堡

6 月 3 日，船队正式出发；

6 月 5 日，遇上英国船四艘；

6 月 6 日，尼布尔观察金星运行；

6 月 7 日晚，再一次遇到英国船舰（十艘）；

6 月 14 日前后，船队驶入马耳他海港；

6 月 30 日，抵达士麦那（伊兹米尔）；由于尼布尔病重，福斯科尔只得独自踏上短途考察之旅；

7 月 10 日，离开士麦那，驶向更北方的忒涅多斯岛，即“博兹贾阿达”；

7 月 30 日，远征队抵达君士坦丁堡。

君士坦丁堡——亚历山大

1761 年 9 月 8 日，从君士坦丁堡出发；

三天之后即 11 日，穿过达达尼尔海峡——福斯科尔和尼布尔在此登陆；

9 月 19 日，驶过萨摩斯岛；

9 月 21 日，抵达罗得岛，福斯科尔、尼布尔、博朗芬三人登陆，写信给冯·加勒，揭露冯·黑文买砒霜一事；

9 月 22 日，再次起锚；

9 月 26 日，抵达亚历山大港，远征队成员一直等到此日才上岸，他们希望遇到那位法国领事；

亚历山大期间始终未能等到来信；

10 月 31 日，离开亚历山大，河航前往尼罗河西部的拉希德；

11 月 6 日，重返旅途，继续坐船沿尼罗河行进；

11 月 10 日，远征队抵达开罗；

11 月 11 日，进开罗城。

在开罗——

冯·黑文

1761 年 11 月，向冯·加勒汇报，说等冬天一到，他必将去考察摩卡提卜山；

1762 年 1 月，冯·黑文依然没有离开开罗；4 月 16 日，他写信给特姆勒，专为商议赴西奈的旅行计划。

彼得·福斯科尔

1762 年 1 月初，开始进入沙漠展开远足考察；中旬，抵达塞得港；月末时足迹远至迈塔尔和比尔克；春暖花开之际，返回亚历山大；

3 月初，继续进入沙漠展开植物学考察研究；

1762 年春尽时，其工作成果以两篇论文的形式呈现：一篇是《阿拉伯地区—埃及的植物群综述》，另一篇便是相应的《动物综述》（《开罗—亚历山大的植物群综述》、《埃及陆生生物繁殖能力研究》和《埃及植物系统编目分类》）。

尼布尔

与此同时展开了尼罗河流域地图的测绘工作，一直持续到 5 月 15 日；1762 年春，在福斯科尔的协助下在吉萨金字塔群展开测量工作。

期间远征队内部关系恶化

3 月 15 日，尼布尔写信给冯·加勒，落款处也有福斯科尔和博朗芬的签名：再次请求将冯·黑文撤离远征队；

4月20日，福斯科尔去信给伯恩斯托夫，仍是恳请撤离冯·黑文一事；

1761年12月21日，《丹麦皇家邮报》发表有关远征队的首篇新闻报道；而就在1761年11月17日，冯·加勒将福斯科尔的申诉信呈报给伯恩斯托夫，信中不无歪曲事实；

1762年2月9日，伯恩斯托夫去信给冯·加勒，表示后者可以代为施命；

1762年4月17日，冯·加勒承诺他会立即着手办理此事；

1762年6月，（冯·加勒代伯恩斯托夫下达决议的）三封信抵达开罗。

开罗——苏伊士

1762年8月，远征队准备离开开罗，气氛消沉；9月末，苏伊士会有轮船出发前往阿拉伯半岛的吉达；

8月27日下午，离开开罗前往商队集合点，次日正式出发；

8月31日上午10点，抵达苏伊士；博朗芬病重。

苏伊士——西奈半岛

9月4日，福斯科尔与阿拉伯人达成前往西奈的协议；9月6日傍晚，尼布尔和冯·黑文坐上一艘渔船摆渡过岸；9月7日，正式前往西奈半岛；

一周以后，博朗芬好转；

9月16日，福斯科尔雇了一艘渔船，南行至古拜贝镇，实地考察红海潮汐变化及摩西引领以色列人过红海的遗迹；

9月18日傍晚，福斯科尔返回苏伊士；博朗芬正在恢复中。

冯·黑文和尼布尔在西奈半岛

9月7日和8日，与阿拉伯向导闹僵；

9月9日，抵达“法老的温泉”，一无所获；

9月10日入夜后休息没多久，即9月11日凌晨被叫起，天微微拂晓就出发；而后在费兰绿洲停歇几日；

9月14日，出发前往西奈的修道院和西奈山；次日（15日）一早八点半刚过，抵达修道院；

9月16日，尼布尔去爬西奈山；冯·黑文回返；是日夜里二人再次抵达费兰绿洲；

9月20日，再次出发；接连两天的拂晓时分，尼布尔独自出发前往山群以誊抄铭文；

1762年9月25日，二人返回苏伊士；

1763年6月21日，由于看不到可喜的远征成果，伯恩斯托夫在给冯·加勒的信中大发雷霆：

福斯科尔所提交的日记，到1761年4月6日截止；尼布尔没有寄回任何日记；克拉默什么都没寄，整整两年半，一封信没写；

1763 年 6 月 21 日，伯恩斯托夫去信冯 · 黑文，督促他拿出远征成果，几个月以后收到远征队其余成员从穆哈寄来的冯 · 黑文的讣告。

苏伊士——吉达

1762 年 10 月 5 日，远征队乘摆渡船前往驶向吉达的大轮船；10 月 8 日正式出发；

10 月 17 日，出现日食，福斯科尔凭此预言博得船上众人认可；

10 月 29 日，四艘轮船抵达吉达港口，旅途停滞六周。

在吉达——

12 月初上，福斯科尔写信给冯 · 加勒，流露归乡迫切之意；

12 月 18 日，登上前往卢海耶的“桶船”；次日出发。

吉达——卢海耶

1762 年平安夜傍晚，在火山岛“科通贝尔”停泊；此日抵达卢海耶，由于退潮而暂时于海岸停泊；

1762 年 12 月 29 日傍晚，在卢海耶登岸（再过六天远征即满两周年）。

卢海耶——拜特费吉赫

1763年2月中旬，丹麦远征队为穿越帖哈麦沙漠的起程做准备；

2月20日，从卢海耶出发；

2月25日，抵达拜特费吉赫。

在拜特费吉赫——兵分三路的考察

3月7日，尼布尔离开拜特费吉赫，考察沿海地区的村庄——顺道考察加利夫卡；

3月11日，再次出发，经由迪姆内去泽比德；

3月19日，动身去往北方的卡哈迈：测量、计算、做记录，地图在慢慢成形。与此同时，福斯科尔也在咖啡小山群考察；

1763年3月，一连数日在哈迪耶、布勒古斯、穆卡贾、库兹马等地的村子里长途跋涉；

后于3月26日，福斯科尔与尼布尔一起离开拜特费吉赫，经由乌登和乔卜拉到塔伊兹考察；返回途中尼布尔受风寒；

4月4日，福斯科尔发现了麦加香脂；

4月6日晚，福斯科尔和尼布尔回到拜特费吉赫；冯·黑文病重；

4月18日，福斯科尔从拜特费吉赫写信给林内乌斯，附寄了一段麦加香脂枝条。

远征继续南下前往穆哈

1763 年 4 月 20 日，离开拜特费吉赫前往穆哈；

4 月 23 日傍晚，福斯科尔和尼布尔抵达穆哈；次日远征队抵达，于海关处遭遇为难与羞辱；所有行李被扣；

4 月 27 日，获准进入海关取回已遭严重损毁的床铺用品；4 月 28 日，什么都没拿到；4 月 29 日，拿回一些无关紧要的零用；而后福斯科尔去给酋长送钱；

5 月 18 日，尼布尔写信给伯恩斯托夫，恳请他宽恕自己未能完成并寄出考察记录；

5 月 25 日，冯·黑文病逝；26 日黄昏，在穆哈的教堂墓地下葬。

离开穆哈

1763 年 6 月 9 日日落时分，远征队从穆哈起程；

6 月 13 日，抵达塔伊兹；

6 月 18 日，福斯科尔前往苏拉克，三天后返回塔伊兹；

6 月 24 日，酋长应允福斯科尔和尼布尔进入苏卜尔山考察；穆哈仆人伪造信件阻挠远征队的进一步前进。

离开塔伊兹

6 月 28 日日落时分，福斯科尔于病重之际带领远征队离开塔伊兹；福斯科尔越来越虚弱，队伍行进越来越慢；

7月3日，抵达穆哈至萨那途中的最高山峰——苏马拉山脚下的门西勒村；

7月4日休息了一天；

7月5日再次出发，尼布尔和博朗芬清晨离开前往杰里姆，傍晚，其余人员抵达，福斯科尔被捆绑在骆驼上，奄奄一息；

1763年7月10日晚10点左右，福斯科尔陷入深度睡眠，自此不省人事；后于次日（11日）上午九点半刚过咽下了最后一口气，时年31岁。

福斯科尔的考察成果

去世整整三年以后，即1766年，他生前的收集所剩的最后一部分抵达丹麦；

从1772年开始，福斯科尔的收集成果以重见天日，大部分已腐坏；

1774年10月27日，《新学快讯》一则简短纪事报道说要发表福斯科尔的日记，后并未付诸行动；

1775年，《阿拉伯地区—埃及的植物群综述》和《动物综述》发表；

20世纪20年代初期时，亨里克·许克在基尔大学的图书馆找到了福斯科尔的日记手稿；

1950 年，这部日记在乌普萨拉发表出版。

其余四人前往萨那

1963 年 7 月 13 日晚，抵达达马尔；

次日贝里格伦卧病在床，其他人继续赶路，留下他听天由命；

7 月 16 日黄昏，天气放晴，三人抵达萨那；而后不久，贝里格伦抵达；

7 月 19 日，受到伊玛目的接见及招待；

7 月 26 日，再次做好起程准备。

离开萨那

7 月 30 日，快要抵达哈利西村时，填石渡河；

8 月 1 日，到穆哈的路程连三分之一还没走完；

8 月 3 日一早，抵达泽比德，当地酋长为他们提供粮食和新骆驼；

8 月 4 日日出之前，抵达迈乌西德；日落时再次出发；

8 月 5 日上午 9 点，再一次进入穆哈。

穆哈——孟买

1763 年 8 月 21 日，四人离开阿拉伯菲利克斯，只卡斯滕·尼布尔一人能行走，克拉默、博朗芬、贝里格伦三人被抬上船；

8月23日下午，轮船起航，开往孟买；

8月27日傍晚时分，博朗芬病危；后于8月29日午前11点左右离开人世；次日即8月30日，贝里格伦去世。

在孟买——

1763年9月，抵达孟买；

1763年岁末，克拉默病重；

1764年2月10日，克拉默离世；

3月24日，尼布尔跟随英国轮船前往苏拉特，两周后返回孟买；

4月20日，英国轮船出发前往中国，尼布尔“寒热症”复发遂卧病在床，被迫滞留于孟买，一直持续到1764年秋。

尼布尔的漫漫归途

1764年12月8日，踏上归途；

1765年1月3日，轮船进入马斯喀特港口，尼布尔登陆，两周后再次出发；

1月18日，随同新抵达的轮船离开马斯喀特；

2月4日傍晚，抵达布什尔；

3月4日，抵达设拉子城。

在设拉子和波斯波利斯——

1765年3月13日，前往波斯波利斯，而后在此展开楔形文字铭文的临摹工作，期间往返于波斯波利斯与迈尔达斯特村；

3月27日，给君士坦丁堡的冯·加勒写信，提出经费与继续旅行考察等事宜；

4月7日，尼布尔离开波斯波利斯，回到设拉子；

5月14日，随商队从设拉子出发前往布什尔；

5月28日，抵达布什尔；

5月31日，抵达哈尔克岛；

7月31日，搭上一艘小船沿幼发拉底河前往巴士拉；两天后抵达。

从万众瞩目到隐姓埋名

1765年盛夏，乌得勒支公报于6月3日刊登新闻，报道尼布尔的行程；

1765年11月底从巴士拉起程到1766年6月6日，其间尼布尔销声匿迹，化名为“阿卜杜拉”隐于阿拉伯人之间生活。

两河流域的探索

1765年11月28日，登一条河船从巴士拉出发；一个月后，换走陆路骑行，抵达古巴比伦；

1765 年圣诞节前夕，作为最早的一批欧洲人，骑进圣城马什哈德阿里；

1766 年伊始，在前往巴格达的路上；

1 月 9 日傍晚时分，来到巴格达；

3 月 3 日，从巴格达出发，沿底格里斯河行进；

3 月 12—15 日，先后经过小、大扎布河；

3 月 18 日，旅队抵达摩苏尔；

4 月 11 日，随同一支大型商旅从摩苏尔出发；

4 月 25 日，抵达马尔丁，留了下来；两周之后，随同一支小型旅队继续北上抵达迪亚巴克尔；

5 月 19 日，随同另一支旅队前往阿勒颇，途中经过“先知之城”乌尔法地区；1766 年 6 月 6 日，尼布尔于傍晚时分骑进阿勒颇城，引起巨大轰动；

1766 年 8 月 8 日，冯 · 加勒向伯恩斯托夫禀告尼布尔在阿勒颇安然无恙的消息。

肩负皇命后的考察之旅

6 月 24 日，再次随同旅队出发前往塞浦路斯；

6 月 30 日，正午时分，抵达贝伦城；

7 月 18 日，抵达拉纳卡；

7月30日，随法国轮船抵达雅法；两天之后，尼布尔进入耶路撒冷；两周后随船前往阿卡；

8月16日，继续坐船从阿卡出发，先沿海岸线航行至西顿；从此地前往大马士革而后于27日返回西顿；继而经由的黎波里于29日日落时分抵达拉塔基亚即老底嘉城；6天后回到阿勒颇。

阿勒颇——君士坦丁堡

1766年11月20日，随同商队从阿勒颇出发，穿越小亚细亚前往君士坦丁堡；

12月11日，抵达科尼亚；停歇两周左右时间；平安夜，重返旅途继续前进；

1767年1月13日，进入布尔萨；差不多停留1个月后再次出发；

2月16日傍晚时分，抵达君士坦丁堡；停留将近4个月的时间。

离开君士坦丁堡

1767年6月8日，随同一支商旅骑行离开君士坦丁堡，直奔位于现保加利亚境内的阿德里安堡；

6月28日，抵达布加勒斯特，遇上瘟疫；

7月5日，穿过瓦拉几亚和摩尔达维亚之间的边界线，进入福克沙尼地界；隔离检疫 3 天；

7 月 8 日，继续北进；

7 月 18 日，渡过德涅斯特河；在卡缅涅茨—波多利斯基停歇十天左右；

8 月 1 日，抵达伦贝格，即利沃夫夫；

8 月 8 日，骑过卢布林；十天后便抵达华沙；

9 月 6 日，再次出发；十天之后穿过德国边境，进入布雷斯劳；

11 月 17 日，在波罗的海的大贝尔特海峡旁边的尼堡市观测天象。

回到哥本哈根，远征正式结束

1767 年 11 月 20 日傍晚时分，卡斯滕 · 尼布尔骑进哥本哈根（1766 年 1 月，尼布尔还在巴格达期间，年仅 43 岁的国王弗里德里克五世崩殂，随后 17 岁的克里斯蒂安七世子承父位）；

1770 年 9 月 15 日，伯恩斯托夫被罢免，并被勒令离开丹麦（施特林泽上台）；

1772 年 2 月，伯恩斯托夫与世长辞；随后，记录尼布尔考察成果的第一部作品（1761 年 1 月 4 日至 1763 年冯 · 黑文与福斯科尔离世）问世。

余生——

1773 年，尼布尔与索菲结为连理；

1778 年春，尼布尔已出版了五部鸿篇巨制；时年夏，他带着妻儿搬到梅尔多夫；

1795 年，哥本哈根的大火令尼布尔损失惨重，迫使他放弃了日记的出版计划；

1799 年，66 岁的尼布尔买下一块沼泽湿地；

1807 年，65 岁的妻子离世；

1815 年 4 月 26 日，在迪特马申地区的梅尔多夫，82 岁高龄的尼布尔与世长辞（1837 年，尼布尔的最后一卷日记由助理格洛耶出资发表出版）。

参考文献

1

卡斯滕·尼布尔:《阿拉伯行记》,哥本哈根,1772 年版。

卡斯滕·尼布尔:《行记:阿拉伯半岛及其周边国家》卷一,哥本哈根,1774 年版;卷二,哥本哈根,1778 年版;卷三,格洛耶、奥尔德豪森主编,汉堡,1837 年版。

彼得·福斯科尔:《论平民的自由》,斯德哥尔摩,1792 年版。

彼得·福斯科尔:《阿拉伯地区—埃及的植物群综述》,卡斯滕·尼布尔主编,哥本哈根,1775 年版。

彼得·福斯科尔,G. W. 博朗芬:《自然与发现之图志》,卡斯滕·尼布尔主编,哥本哈根,1775 年版。

彼得·福斯科尔:《远征阿拉伯福地:日记 1761—1763》,乌普萨拉,1950 年版。

约翰·大卫·米凯利斯:《往来书信》(第二部分),J. 戈特利布·布勒主编,莱比锡,1795 年版;其中含有伯恩斯托夫与米凯利斯之间的来往信件,冯·黑文写给伯恩斯托夫的十二封信,1762 年 9 月 6 日至 25 日期间冯·黑文从苏伊士至摩卡提卜山的考察日记。

奥格·弗里斯:《伯恩斯托夫书信选》卷一,哥本哈根,1904

年版。

此外还有当时的许多报纸和（学术）期刊。

同时包括很多未发表于世的手信，财务账目、汇报、日记，以及其他收藏于丹麦国家档案馆中的相关文件。

2

B. G. 尼布尔：《卡斯滕·尼布尔的一生》，基勒·布莱特尔三世，1816 年版，第 1—86 页。

卡尔·克里斯滕森：《博物学家——彼得·福斯科尔》，哥本哈根，1918 年版。

亨里克·许克：《林内乌斯的时代——彼得·福斯科尔》，斯德哥尔摩，1923 年版。

利奥·斯瓦：《I. F. 克莱门斯》，哥本哈根，1929 年版（书中有对 G. W. 博朗芬的简短介绍）。

《丹麦人物传记辞典》

神父布尔：《历史档案（新增序列）》卷 11，1884 年版，第 423 页。

D. G. 霍格思：《渗透阿拉伯半岛》，1905 年版。

E. 格拉泽：《马里布之行》，1913 年版，第 129 页。

罗伯特·L. 普莱费尔阁下：《也门历史——阿拉伯菲利克斯》，1859 年版。

W. B. 哈里斯：《穿越也门的旅行》，1893 年版。

译后记

——时空旅人的笔记

2019/05/05 11:33

该从何处说起。

经过数日的连续校订工作，此刻大脑空白，嗡嗡作响。很想找个支点让灵魂靠一下。如果能将内心所得向你娓娓道来。

我开始翻看这半年来的文字记录。

便签、记事、译文笔记，手机、电脑、本子，灵光一现的，絮语绵绵的，十分零碎。不觉间也积攒了这么多。一时间感慨决堤。

终于不再空白。

2018/11

人该怎样评价自己的生命，怎样获取智慧，怎样直面死亡，爱的意义是什么。

2019/04

我说不出自己追寻已经在地球上消失了的事物有什么意义。

想到初中物理学过的平面镜成像。历史仿若一面镜子，时空的光打在上面，于是在追溯与探寻的过程中，我看到了另一个自己。那个人是我。却又不是。我凭着她见到了自己的模样，可她只是我的虚像，替我存在于历史的时空中——穿梭，停驻，任凭己愿。她很幸运。

而现实的我，也只是千万看向这面镜子的人中的一个。那种感觉，仿佛是自己与曾经追寻过的人产生了交集。在无边时空的延展下，那段历史的镜子并不大，而我与他们又离得很远，所幸光路可逆，由是我看到了他们。

四目相对的心领神会，一瞬间明白了所有追问的意义。

2018/11

Enlighten——“点亮的感觉”。

第一遍翻译的过程中，“Lake Madie”是我无论如何都搜不到的一个湖。或许是自己地理知识匮乏，或许是翻译经验尚浅。在第二遍查漏补缺的过程中，我渐渐和所有谜底玩起了侦探游戏。就那样一个人“动身”去案发现场了。不同时代的地图与文字，包括学术论文，任何一点蛛丝马迹都不能放过，收集所有相关资料，它们都可能是破案的关键节点。慢慢理出一个头绪。没有头绪，就继续“实地”考察完善信息。兴许失踪的湖泊与人一样，改名换姓或改头换面了呢。

记得很清楚，是四月里的一个雨天，我在找寻潟湖，起初是一个，后来是一片，于是就有了尼罗河三角洲—拉希德流域西部的地中海沿岸地带的潟湖群。而我找不到的那个“Lake Madie”就在其中，准确地说，是它曾在其中。

当我发现它已经消失了的时候，内心滋味难以名状。一开始不太能接受。这种伤感无处诉说，只能凭他在自己的世界里空余回音。或许只有春雨听到了叹息，我看着窗外想起那句，“盖将自其变者而观之，则天地曾不能以一瞬”。万事万物生灭无常，无一刻不在变化。“Lakes are one of the fastest which disappear quickly; its life is only a moment in the age of the earth history .”大湖尚且如此，何况人呢。

2019/04

历史确实没有真相，可不妨碍它迷人。太迷人了。

人类只是各司其职。

“Lake Madie”的消失是翻译过程带给我的第二次震撼，第一次是金字塔。

“寄蜉蝣于天地，渺沧海之一粟。”

“在金字塔顶上有四十个世纪在俯视你们。”当拿破仑带领法国军队兵临塔下的时候，或许他内心是真的感到畏怖了。

人类推动了世界进程，这世界指的是人类活动的范围。换言之是人类活动能够施加影响的领域。对于那些亘古不变的存在，（姑且称之为）永恒的宇宙世界而言，人生而如尘埃。

当卡斯滕·尼布尔在金字塔附近捡到贝壳细细打量的时候，他或许理解四十个世纪意味着什么。沧海都能变桑田，四十个世纪对于整个地球历史而言，不过是瞬间。

更有他论者，提出金字塔是建造于万年以前。这是世界未解之谜，其神秘如同百慕大魔鬼三角的失踪案件。令人匪夷所思。

那个下午，在查找金字塔相关资料的过程中，我开始了解到许多像金字塔（与狮身人面像）一样悬而未决的神秘谜题。它们归根结底都在指向一个方向，即时间的秘密。案例中那些失踪多年而又再次出现的飞行员，他们带着自己"穿越"的所见所闻回到了眼下这个时空。他们就像是时空旅人，诉说着亲身窥见到的时间奥秘。

我从心底羡慕他们。如同我想穿越到丹麦远征所在的那个250多年前的时空。当意识到自己有这个想法时，我对着镜子里的那个自己笑了。我想我喜欢历史的原因，其实在于我对时间的好奇。历史的终极，大概是这个问题：我从哪里来。隐隐觉得，等到这些谜题真正解开之时，人类对于客观物质世界的很多固有认知将会被推翻重建。

2019/2/24

从时间上说，这个世间哪有成功，不过是完成与未完成。

开始翻译《阿拉伯菲利克斯》之前，我的人生正处于一段漫长的漂泊阶段。居无定所，四海为家，旅行的背后是对现世的逃避，恨不得躲到天尽头。二十有四的年纪，惶惑该如何活着，如何存在，如何过完这一生。最后一个如何，在2018年夏，我不敢问自己。刚刚确诊是重度抑郁和精神障碍的我，只觉人生无望。

莫谈快乐，世事唯有无力。

大学本科念的是数学，一无所成。深感自己的人生就像一道数学题，考试计时已然开始，答题卡上我发现自己错了，解答过程的字迹隽秀认真，可又有何用，从一开始就错了。想改正却无处下笔的我，就是昨天那个惶惑的我。再要一张答题卡重新来过？去日苦多。乱涂一通，得过且过？于心不安，余日无多。仿佛有很多选择的人生，却没了选择。滞留于那一阶段，徘徊不前，渐渐连原地踏步的力气都要失去。

秋末冬初时，强迫自己去找工作，二十天的面试之后，仍旧没有踏入社会的动力，只是模糊地得到一个结论：我要做的事须是向内求的。

于是凭着对文字的一腔热爱，得到了这本书的翻译资格。是翻译，让我找到了与文学相处的恰当距离。我终于没有那么郁郁不得志了。

翻译是从 12 月中旬开始的，也成了我对抗冬天的一件武器，比药物管用。

对于抑郁症患者而言，冬天是难熬的季节。人很容易失控，掉进冰窟里爬不出来。而翻译并不会一劳永逸地解决这个问题。所以，当然也有崩溃成一滩烂泥的时候，感觉世界的灯都黑了，光也灭了，好像什么都没变，自己仍旧一无所成，诸如生无可恋的想法又会找回来把自己紧紧捆缚。可我必须承认有所改变的一点是，一觉醒来的我，像被什么力量拉起来一般，可以不计从前地坐回书桌前，穿回到 250 多年前的时空里，随着远征队继续走下去。

就是在这样反复多次的折磨与解脱的过程中，我确认了自己是真的热爱文字，热爱翻译这份工作，并且可以继续与抑郁对抗下去。

2019/01

"你很认真地做完一件事，会得到很大的满足。"

在生存的漫长历程中，人类感知到了时间的存在，从而赋予它以"时间"这一概念。遂觉得，以时间为度量，世间事可以分为两种，完成与未完成。从这个角度来看人生，即便岁月易蹉跎，也不该匆忙了事。对人生新的感与观，让我渐渐清晰一个态度，保持耐心地翻译。成功，只取"成"字足够；至于渴望快乐，不如渴望充实——充实自己更能给精神带去愉悦。

这种态度是我在丹麦远征中看到的。

《阿拉伯菲利克斯》分为上下两部分，第二部分可以用一句话概括，即完成它，如同抵命般完成它。

漂洋过海，颠簸辗转两年，总算抵达传说中的“阿拉伯福地”。一行人欢喜正好，谁知无常又到。好逸恶劳的，最先薄命；那无情的，分明报应？总归皆为痴迷才枉送了性命，到头来只有梦里功名。

不曾想，那福地的“福”字，原来只是原始语词的译意在天长日久中的曲解罢了。人间天堂，不过一个理想的梦境。终究是眼睁睁地看着幸福与快乐幻灭了。当所有期待都破碎成灰时，接下来的路，该如何走下去？这就是那场远征——也是尼布尔——最后所面临的。

整个故事由此走向高潮。而尼布尔的旅程却仿若刚刚开始。一人的远征，如独自从荒凉沙漠中一步步走出的过程。

死里逃生，或者说劫后余生的尼布尔，生命历程反倒比先前更为丰富精彩。旺盛的求知欲与不懈的探索精神，引领他走进古老的东方世界。孟买的抬轿出行，帕西人的天葬礼俗，波斯湾的海与岛屿，波斯波利斯的楔形文字铭文，一年一度的莱麦丹与拜兰节，巴士拉的捕风塔，拜魔鬼者的羊皮筏，水井与利百加，阿勒颇的宾至如归，两河流域的考察，一路寻访的圣城，耶路撒冷的弥撒……

如此不胜枚举。

可以看到，作者汉森全方位、多时空地一路紧随，还原这场远征的记录，如同拍摄纪录片一般不辞辛劳。细致入微处见天地辽阔。当然这是我后来才有的感悟。起先觉得这部作品难以归类，它并非传统意义上的历史小说，与现在流行的非虚构文学的要求也不很吻合。大概是翻译到一半的时候，我忽然觉得《阿拉伯菲利克斯》像一部纪录片。汉森的笔触时而生动细腻，时而冷静客观，远征一路张弛有度，“劳逸结合”，诙谐幽默的语风更使其独具一格，镜头语言、画面语言，文学语言、历史语言，相辅相成，呈现出多维时空的艺术讲述。

“充满英雄主义的光辉，又不乏时运弄人的荒诞。”

那是启蒙时代，也是大航海时代的尾声，英国即将确立海上霸主的地位，即将成就“日不落帝国”，世界也即将迎来巨大裂变，进入第一次工业革命阶段。那是一个如何“动荡不安”的年代，可想而知。而丹麦远征队，就是在这样的交变之际出发了。

那个时代的航海行程，全凭天意。无风不能使舵，劲风抵挡不过。有时有惊无险，有时铤而走险。且不说还有疾病的袭扰侵犯。通信不发达，信件往来辗转，流离失所，动辄数月失联，杳无音信。消息的滞后性，将在外，君命想接收都难。异国他乡，语言、风俗、习惯，种种隔阂，衣食住行，东西方差异甚大。总而言之，身不由己的时候太多。

更何况生活往往总是出人意料地戏剧化。猜忌、冷暴力、彼此孤立，或为一己私欲，或为一己私利，对功名的垂涎，对安逸的渴求，矛盾激化后，都拿着自己的角色忘我地入了戏。或客居或旅居异乡，或跋涉或安营在沙漠。哪里都一样。敌意常有，友善难求，全副武装都不一定防得住敲诈勒索。居安思危，那居危如何？

这就是真正的远征大幕尚未拉开前的两年倏忽岁月。

那两年里，时有一个疑惑萦绕心怀——

那个地方，为什么叫阿拉伯菲利克斯？

言犹在耳，余音不绝。

心理学家说，七年是一个轮回，丹麦远征何尝不是。从1761年1月4日起程，到1767年11月20日归来，作为唯一的幸存者，沧海桑田般的，尼布尔完完整整走过了一个轮回。而七年之后归来的他，实已走向不惑之年，曾经的疑惑也已消散。但彼时他的感受，却如同故国的异乡人了。

世人早已将“阿拉伯之行”忘却。正如他在帖哈麦沙漠中看过的日出，太阳只是在一跃而出的瞬间引来惊奇的注目，然后，就没有然后了。一切成果变得无足轻重，正如他的回归一样。这些遗忘与漠视我则不必赘言，科林·休布伦先生在《前言》中已有全面的引述与概括。

而凝望着无边无际的沉寂与苍凉，尼布尔决意拿起笔来，将所得付诸文字，以抵挡时间的灰尘与历史的湮没。他倾囊出版了自己与队友的所有作品。

是“为了忘却的纪念”。

最后，想借作家金宇澄先生的话表达纪念的意义所在——

记忆与印象，

普通或不普通的根须，

那么鲜亮，

也那么含糊而羸弱，

在静然生发的同时，

它们迅速脱落与枯萎，

随风消逝，

在这一点上说，

如果我们回望，

留取样本，

是有意义的。

这份笔记如同梦呓。

痴人说梦的最后一句，是祝福你（在这本书中）找到时空之旅的秘密。

李双

2019/05/06 00:57